ロンギノス／ディオニュシオス

古代文芸論集

西洋古典叢書

凡　例

一、本書はロンギノス『崇高について』、およびディオニュシオスの「修辞学書（Scripta Rhetorica）」の名のもとに伝えられる著作から六篇、すなわち『模倣論』『トゥキュディデス論』『デイナルコス論』『アンマイオスへの第一書簡』『ポンペイオス・ゲミノスへの書簡』『アンマイオスへの第二書簡』を収録する。

ロンギノス『崇高について』の訳出にあたっては、*Libellus de sublimitate Dionysio Longino fere adscriptus* recognovit brevique adnotatione critica instruxit D. A. Russell（Scriptorum classicorum bibliotheca Oxoniensis）, Oxford, 1968 を底本とし、底本以外の校訂に従った場合は註で明記する。

ディオニュシオスの訳出にあたっては、ビュデ版古典叢書（*Denys d'Halicarnasse : Opuscules rhétoriques*, Texte établi et traduit par G. Aujac（Les Belles Lettres）, Paris）の Tome V : *L'imitation*（*Fragments, Épitomé*）*- Première lettre à Ammée - Lettre à Pompée Géminos - Dinarque*, 1992 および Tome IV : *Thucydide - Seconde lettre à Ammée*, 1991 を底本とした。いずれもトイプナー版（*Dionysii Halicarnasei Opuscula* ediderunt H. Usener et L. Radermacher, 2 vols（Bibliotheca scriptorum Graecorum et Romanorum Teubneriana）, Stuttgart und Leipzig, 1899-1929）に基づいており、爾後の研究を踏まえたものである。底本以外の校訂に従った場合は註で明記する。

二、作品の冒頭の「構成」は、底本を参考に訳者が作成したものである。また各章に付した題目も訳者による。ゴシック体の漢数字は、伝統的に踏襲されている節番号を表わす。引用が長文にわたる場合は、引用原典テクストにおける巻、章、節などを［　］で内に記して表わす。写本上の原文欠落、校訂者による削除、挿入などについては、必要に応じて註記する。

三、ギリシア語をカタカナで表記するにあたっては、

（1）ϕ, θ, χ と π, τ, κ を区別しない。

（2）母音の長短については、固有名詞のみ原則として音引きを省く（例、プラトン）。ただし慣例に従って、普通名詞でも音引きしていないものもある（例、アゴラ）。また地名の表記についても慣例に従った場合がある（例、ローマ）。

四、『　』は著作名を表わす。著者名を冠していない著作名はロンギノスあるいはディオニュシオスの著作名である。訳文中の「　」は引用、成語、術語、強調など、読みやすさを考慮して訳者が適宜補ったものである。また（　）は底本の丸括弧およびダッシュ、あるいはもとのギリシア語のカタカナ表記および同一の言葉の言い換えなどを示す。訳文中のダッシュは訳者が適宜付したものであり、［　］は、意味を取りやすくするための訳者の補足であることを示す。いずれも訳者の判断で、読みやすさを考慮した。

五、段落分けは原則的には底本に従っているが、何節にもわたる場合には、他の校訂本や翻訳書を参考にして区分けした場合もある。

六、本書には、ギリシア語原語の引用を欠かせない箇所が相当数ある。そのような箇所については、記述内容の理解に最小限必要なギリシア語引用をもって類似例を代表するものとする。

七、各著作の「註」や「解説」で近現代の著作を参照する際には、著者名と当該頁数を示し（同一著者による複数著作を区別する場合には、著者名に出版年を添えた）、巻末の文献表で書誌を示した。文献表に記載しない著作については、当該箇所に書誌および頁数を添えて明記した。

八、ロンギノス、ディオニュシオスそれぞれについての事項索引、引用文献一覧および主要訳語表を巻末に付す。固有名詞索引および補註については、ロンギノス、ディオニュシオス共通とする。

九、ディオニュシオスの作品については戸高、木曽の担当の別を、目次に明記した。

目次

ロンギノス

崇高について

戸高和弘　訳

『崇高について』の構成

序　論

著作の目的について（第一章）

自然と技術（第二章）

予備的考察

崇高を目ざす者が陥りやすい欠陥（第三―六章）

真の崇高がもつ特徴（第七章）

崇高の五つの源泉（第八章）――思考の壮大さ

強烈で霊感に満たされた激情

文彩の形成

高貴な言葉づかい

厳かで気高い配語法

思考の壮大さと激情
導入部分──偉大な精神と崇高（第九章一─四）
崇高と偉大さの失敗例と成功例（第九章五─一〇）
『イリアス』と『オデュッセイア』との比較（第九章一一─一五）
素材の選択と凝集（第十章）
拡大法（第十一章─第十二章二）
デモステネスとプラトンとの比較・キケロへの言及（第十二章二─第十三章一）
先人の模倣・先人との競い合い（第十三章二─第十四章）
視覚イメージ（第十五章）

文　彩
誓いの文彩（第十六章）
文彩の使用に伴う危険性とその対処法（第十七章）
修辞疑問（第十八章）
連辞省略（第十九章）
文彩の結合（第二十章）
連辞多用（第二十一章）
転置法（第二十二章）
屈折反復──多種列挙・変化・漸層法──と複数化（第二十三章）

第一章　序論㈠——著作の目的について

一　カイキリオス[1]が崇高[2]について著わした小論は、親愛なるポストゥミオス・テレンティアノス[3]よ、ご存じのようにともに検討したわれわれには、全体の主題に比べて貧弱で、肝心の点にはまったく触れておらず、著者がとりわけ目ざさねばならない有益さもあまり読者に提供していないと思われました。あらゆる技法書には二つのことが求められています。一方でまず主題となっているものが何かを提示すること、他方で順序では二番目ながら重要さではよりまさること、つまりわれわれが主題となっているものをどのようにして、またどんな方法で獲得できるのかを提示することです。しかしカイキリオスは、崇高さがどのようなものであるのかを、まるでわれわれが知らないかのように無数の例を挙げて示そうとしながら、その一方で、どんなやり方でわれわれが自分の本性[4]を一定の偉大さ[5]へまで向上させることができるかについては、どうしてなのか分かりませんが、不必要なことだとして手をつけていないのです。二　しかしおそらくは、この人物を手落ちのために非難するよりも、創意と努力それ自体を称賛するほうがふさわしいでしょう。

さて、あなたのために崇高について、私も何か覚え書きをぜひとも作るようにと勧めてくださるのですから、では、私たちが実社会の人たちにとって何か役に立つことを考察したと思ってよいのかどうか、検討することにしましょう。友よ、あなたの方は本性に従いしかるべく、一つ一つの点について最も真実にかなうことを、私とともに判定してください。というのも、われわれが神々に似ているのはどんな所なのかを明らかにした人が、それは「善行、そして真実」(6)と言ったのは、まさにそのとおりなのですから。

三　また、親愛なる人よ、教養を積んだあなたへ向けて書くのですから、以下の点について長々と前置き

---

(1) 前一世紀に活躍した、シケリアのカレアクテ出身の弁論家・歴史家。ディオニュシオスの友人であり（『ポンペイオス・ゲミノスへの書簡』第三章二一）、ユダヤ人の解放奴隷であったと言われている。ロンギノスの言及する崇高についての著作を含め、作品は断片しか現存しない（補註D参照）。

(2) ὕψος の訳。この語は本来「高さ」を意味するにすぎないが、前一世紀に「平明体」「中間体」と並ぶ「崇高体＝荘重体」として、三文体の一つとして使われるようになった（三文体については補註A参照）。現在確認できる最も古い典拠は、ディオニュシオスである。彼は「混合体」とも呼ばれる「中間体」が最も優れた文体であり（『デモステネス論』第十五章七）、これを完成させたのがデモステネスだと述べている（同書第十六章一、第三十三章三）。これに対して、ロンギノスは「崇高」を文体の一つではなく、言葉がもつ、あるいはもつべき絶対的な属性としてとらえている。

(3) いかなる人物であるのか不明。ロンギノスのパトロンのような立場にあったとも考えられるが、この書から分かるのは、学識のあるローマの若者であったということだけである。

(4) φύσις の訳。この語には「自然」「本性」「才能（素質）」などの意味が含まれる。以下文脈に応じて訳し分ける。

(5) μέγεθος の訳。ロンギノスは以下「崇高」を論じるにあたって、さまざまな語を使って言い換えているが、「偉大さ」が最も頻繁に使われている。その他「極致」「卓越」「超絶するもの」「驚嘆すべきもの」などが第一章で用いられている。

(6) ピュタゴラスの言葉とされているが（アイリアノス『ギリシア奇談集』第十二巻五九）、その他の人物に帰される場合もある。

することからも解放されているでしょう。つまり、崇高とは言葉[1]のある種の極致にして卓越なのであり、詩人や散文作家[2]のうち最も偉大な人々は、ほかならぬこの点において第一位の座を占め、自らの名声に永遠性を賦与しました。四　すなわち超絶するものは、聴衆[3]を説得ではなく忘我自失の境地へと駆り立てます。またいかなる場合であろうと、驚嘆すべきものは驚愕させることで、もっともらしいものや優美さを目ざすものを常に圧倒します。もっともらしいものは多くの場合われわれの自由になりますが、これらのものは抵抗不可能な支配力と強制力をふるって、すべての聴衆の上に君臨しているのです。さらに発想における熟練と論題の配置や配列とが[4]、一つ二つではなく言葉の織りなす全体からかろうじて明らかになるのをわれわれは知っていますが、崇高は時宜を得て持ちだされると、雷電のようにすべてのものを粉砕し[5]、一瞬にして弁論家の全能力を見せつけます。思うにこれらのことやこれに類したことは、好ましきテレンティアノスよ、あなた自身も経験から示すことができるでしょう。

第二章　序論(二)——自然と技術[6]

一　さてわれわれが最初に問題とすべきは、崇高や深遠[7]の何らかの技術があるのかどうかということです。なぜなら、こうしたものを技術的な教則の中に押し込める者はまったく誤っている、と考える人たちがいるからです。すなわち、偉大な才能は生まれもつのであって教えられてから生じるのではない、また偉大な才能へと至る唯一の技術は生まれつくことだ、と言うのです。彼らの考えでは、自然の所産が技法書のせいでやつれはててしまい、より劣った、あらゆる点で無惨なものとなるのです。二　しかし私としては、次のことを検討する人がいれば、そうではないと判明するだろうと信じています。自然は激し高ぶったものにおいては概して野放図になりますが、かといって、何かでたらめでまったく系統的方法を欠いたものとしていつもあるわけではありません。また自然それ自体は(8)万物の生成における第一の原型的要素ですが、分量と個々の場合の時宜、さらに最も堅実な修練と用法を十分に提供して(9)貢献するのは系統的方法です。また知識なし

(1) *λόγος* の訳であるが、この語は言葉によって生みだされる作品すべても意味し、また、「詩（韻文）」に対しては「散文」を、「歴史」に対しては「弁論」を意味する。以下文脈に応じて訳し分けるが、言葉によって生みだされる作品全般の場合には「文芸」と訳す。ただし「文芸」といっても芸術としての文学作品ではなく、また、ロンギノスが問題にしているのは、いわゆる「作品」全体ではなく、特定の部分の言葉づかいに限られる。

(2) 韻文で制作するのが「詩人」であるのに対して、散文で作品を制作すればすべて散文作家であるが、具体的には、物語作家（小説家）、歴史家、弁論家、哲学者などのことである。

(3) ロンギノスは「聴衆」という言葉を使うが、「読者」も含まれる。ただし古代においては、音読が普通で黙読は一般的ではなく、文芸は耳で聞くものだと考えられていた。

(4) 古代の弁論術は、「発想」「配列」「措辞」「記憶」「口演」の五部門に分かれていた（補註B参照）。ロンギノスもこの五部門を意識していたと思われるが、目的が崇高な言葉を作りだすことにあるため、「記憶」「口演」は考慮されていない。第八章一を参照。

(5) この比喩はペリクレスの弁論について用いられたものである。アリストパネス『アカルナイの人々』五三〇―五三一、キケロ『弁論家』二九を参照。

(6) 自然（才能）か技術かという問題はさまざまな人物が取りあげている。イソクラテス『ソフィストたちを駁す』一七、ホラティウス『詩論』四〇八―四一一を参照。

(7) *βάθους* の訳。Fyfe / Russell は *πάθους*「激情」と読んでいる。

(8) *αὐτή* を訳す。写本では *αὔτη*「それ［自然］は」。

(9) *πορίσαι* の訳。写本は *παρορίσαι*「定義して」。

に、支えも底荷もなく自らを頼りにして[1]、ただ勢いや無知な大胆さに身を委ねるなら、偉大なものの方がいっそう危険なのです。というのも、偉大なものには鞭と同じようにしばしば手綱が必要ですから[2]。三　すなわち、デモステネスが人生全般について明らかにしたとおり[3]、よいことの中でも最大のものは幸運ですが、二番目にしてそれに劣らないのは思慮深さであって、これが備わっていないかぎりは、もう一方の幸運も必ず台無しになります。以上を文芸にもあてはめて言うとすれば、自然が幸運の位置を占め、技術は思慮深さの位置を占めるでしょう。しかし最も重要なのは、文芸において自然［才能］だけに基づいているものもあるという、まさにそのこと自体を、ほかならぬ技術によって学びとらねばならないということです。先に言ったように、学習意欲にあふれる者を批判する人がこれらのことを自らよく考えるならば、もはや目下の課題の考察を余分で役に立たないと見なすことはない[4]、と私には思われます。……

［テクスト脱落[5]］

第三章　崇高を目ざす者が陥りやすい欠陥（一）――肥大・稚拙さ・時宜を得ない空疎な激情

一　……炉の炎が大きくなりすぎないようにしておけ。
もしも炉の守り人が一人でいるのを目にしたならば、
逆巻く風の奔流を一筋なかに差し入れて、
屋根を燃え上がらせ灰にしてやろう。

だが今はまだ高貴なしらべを吹き鳴らしてはいない[6]。

これらのもの、「逆巻く風」や「天に向かって嘔吐する」やボレアス［北風の神］を笛吹きにしていること、その他後に続くものは、悲劇にふさわしくなく、悲劇もどきです。というのも、言葉づかいは混濁し、イメージ[7]は恐ろしいというよりむしろ支離滅裂で、それぞれを日の光のもとでよく見るならば、恐ろしいものから軽蔑すべきものへと徐々に落ちこんでゆくからです。本性上重厚なもので大言壮語を許容する悲劇においても、それでも調子外れの肥大は容認できないのですから、まして現実に即している文芸には調和しない

（1）プラトンが用いている比喩である（『テアイテトス』一四四A—B）。

（2）イソクラテスが（キケロ『ブルトゥス』二〇四）、またプラトンが（ディオゲネス・ラエルティオス『ギリシア哲学者列伝』第四巻六）、またアリストテレスが（同書第五巻三九）この言葉を語ったと言われている。

（3）デモステネス第二十三弁論『アリストクラテス弾劾』一一三。

（4）底本に従い *ἡγήσαιτο* を訳す。Lebègue と Schönberger は *νομίσαιτο* と読んでいるが、意味に違いはない。

（5）ここで写本が二頁、約一〇〇行程度脱落している。第二章で「自然［才能］」の危険性と「技術」の必要性を論じた後、第三章では、「技術」によって真の崇高を見きわめるため、「陥りやすい欠陥」について論じている。「陥りやすい欠陥」はデメトリオスも述べ（『文体論』一一四）、ホラティウスは『詩論』を「詩人が犯しやすい過ち」から論じ始めており、当時の弁論術教育において必須のカリキュラムだったのかもしれない。

（6）アイスキュロス『オレイテュイア』断片二八一（Radt）。語り手はボレアスである。なお、以下で言及される「天に向かって嘔吐する」は、脱落した部分にあったと思われる。

（7）*φαντασία* の訳。*φαντασία* については第十五章を参照。

ように思います。二　この点で「ペルシア人のゼウス、クセルクセス」「生きた墓、ハゲタカ[1]」と書いたレオンティノイのゴルギアスのものは笑われたのであり、カリステネス[2]の崇高ではなく浮ついたいくつかのものも、クレイタルコス[3]のものはさらにいっそう、笑われたのです。というのも、この人物［クレイタルコス］は見かけ倒しで、ソポクレスが言うところの

小さな笛で、口当てなしに[4]

吹きまくるのですから。さらに加えて、アンピクラテス、ヘゲシアス、マトリスのものも同様です[5]。すなわち自分たちは霊感[6]に満たされたと思っているのでしょうが、多くの場合、神懸かっているのではなく道化ているのです。

三　一般的に、肥大は防ぐのがとりわけ困難なことに属しているようです[7]。というのも、偉大さを目ざす誰もが本性的に、弱々しいとかひからびているという非難を避けようとして、どうしたわけかこの肥大へと陥るからです。彼らは「偉大なことでしくじっても、高潔な過ちだ[8]」と信じているのです。四　しかし身体であれ言葉であれ、空っぽで内実を伴わない大きさは不健全であって、おそらくわれわれを反対のものへと至らせます。すなわち人々が言うように、水腫よりも渇いたものはないのです[9]。

ところで、肥大するものは崇高なものを超えようとしますが、稚拙さは偉大さとまさに対極にあります。というのも、稚拙さはまったくもって貧弱で浅はかな、実に低劣な欠陥だからです。それでは稚拙さとはいったい何なのでしょうか。いや、凝りすぎるために白々しさに終わってしまう衒学的思考であることは明

らかではないでしょうか。非凡さと技巧そしてとくに心地よさを追い求める人々がこの種類の欠陥でつまずくのであり、派手好みと虚栄心という暗礁に乗り上げるのです。五　これと隣り合わせなのが、激情的なも

(1)ゴルギアス「断片」五a（D-K)。

(2)アリストテレスの甥で歴史家。アレクサンドロスの東方遠征に随行した。キケロが彼の修辞的な文体を批判している（『弁論家について』第二巻五八）。

(3)プトレマイオス二世の統治下（前二八五―二四六年）の歴史家。アレクサンドロス史家の一人。クレイタルコス（クリタルコス）については、デメトリオス『文体論』三〇四、キケロ『ブルトゥス』四二、クインティリアヌス『弁論家の教育』第十巻第一章七四を参照。

(4)ソポクレス「断片」七六八（Radt)。キケロ『アッティクス宛書簡』第二巻一六-二。「口当て」とは音を調節するために口に当てた皮製の道具である。

(5)三人ともヘレニズム時代の著作家。紀元前後一世紀に、ヘレニズム期を飛び越して古典期の著作家を模範とする一種の古典主義が成立すると、ヘレニズム期の著作家はもっぱら批判の対象とされることとなった。とくにヘゲシアスはたびたび批判されている（キケロ『弁論家』二二六、ディオニュシオス『文章構成法』第四章一一、第十八章一二二)。彼の文章はいわゆる「アジア主義」だと見なされていた。「アジア主義」については解説四三六頁以下を参照。

(6)古代ギリシアでは、詩人は神（とりわけムーサ）から霊感を受けて詩を作ると考えられていた。もっともヘレニズム期以後、神への呼びかけは形式的なものとなり、詩人自身の能力が強調されるようになった。第十三章二を参照。

(7)いろいろな人物が同様のことを語っている。伝キケロ『ヘレンニウスへの弁論術』第四巻第十章一五、キケロ『ブルトゥス』二〇二、クインティリアヌス『弁論家の教育』第十巻第二章一六、小プリニウス『書簡集』第九巻二六-五。

(8)同じ趣旨のことはオウィディウス（『変身物語』第二巻三二八）やプルタルコス（『クラッスス伝』二六）が語っている。

(9)ストバイオスによればディオゲネスの言葉（『詞華集』第三巻一〇-四五＝三-四一九（Hense)）だが、ホラティウスも同様のことを語っている（『カルミナ』第二巻二-一三―一六)。

のの中にある第三の種類の欠陥で、テオドロス(1)がパレンテュルソス(2)と呼んだものです。これは激情(3)が必要ないところでの時宜を得ない空疎な激情、あるいは節度が必要なところでの節度のない激情です。すなわちしばしば人々は、酩酊したかのように、論題とは何の関係もない、独りよがりで、もったいぶった激情へと迷い込みます。そのため、忘我自失していない人にとって忘我自失している人がそうであるように、何も感じていない聴衆にとって彼らが見苦しく思われるのは当然なのです。しかしながら激情に関することについては、私たちには別の場所が用意されています。(4)

第四章　崇高を目ざす者が陥りやすい欠陥（二）——白々しさ(5)

一　われわれが述べたもう一つの欠陥、つまり白々しさにあふれているのがティマイオス(6)です。この人物は他の点では有能で、言葉の偉大さに関して不足しないときもあり、博識で創意に富んでいます。しかしながら、他人の誤りにはことのほか手厳しいのに自分の誤りには無自覚で、奇抜な思考を常に働かせようと欲するあまり、しばしば幼稚きわまりないものに陥っています。(7)二　この人物についてはカイキリオスがすでに数多く取りあげているので、一つ二つだけ例を挙げましょう。アレクサンドロス大王を称賛して、「イソクラテスがペルシア人との戦争を促す祭典演説を書くのに要した年数よりも、少ない年数でアレクサンドロスは全アジアを手に入れた」と彼は述べています。(8)このマケドニア人［＝アレクサンドロス］をソフィスト(9)と比較するとは何とも驚くべきことです。すなわちティマイオスよ、(10)それならばスパルタ人が武勇の点でイソ

(1) ガダラ出身の弁論術教師。紀元前後一世紀にかけて弁論術には、アポロドロス派とテオドロス派という二つの学派が存在した（ストラボン『地誌』第十三巻第四章三、クインティリアヌス『弁論家の教育』第二巻第十一章二）。アポロドロスが弁論術の規則に厳格であったのに対して、テオドロスは規則の遵守よりも感情に訴えることを強調したようである。ロンギノスはテオドロス派だったとも考えられる。
Schönberger, pp. 139-140 参照。

(2) *παρένθυρσος*. 直訳すれば「バッコスの熱狂もどき」。酒神バッコス（＝ディオニュソス）の祭儀において、信徒たちは狂乱状態に陥った。詩人は神から霊感を受けて詩作することから、詩人は熱狂（狂気）に捉えられているとも見なされ、そうした熱狂の中で詩作することが真の詩人の証拠であると考えられた。ロンギノス自身「バッコスの熱狂」について言及するが（第十六章四、第三十二章七）、ここでは偽物の熱狂が批判されている。

(3) *πάθος* の訳。この語は人が「被ること」すべてを意味する。「激情」「感情」「情動」などと訳し分けるが、激情やさまざまな感情を引きおこす「出来事」や「事件」を意味する場合もある。

(4) 現存のテクストにはこれに相当する箇所はなく、脱落した写本にあったのか、あるいは失われた別の著作を指すのかもしれない。

(5) *ψυχρός* の訳。直訳すれば「冷たさ」「寒さ」であるが、すでにアリストパネスが作品の批評にこの語を用いている（『テスモポリア祭を祝う女たち』八四八）。

(6) シケリアの歴史家。ポリュビオスは彼の歴史記述が不正確だと批判している（『歴史』第十二巻二三-一）。

(7) ティマイオス「証言」二三（*FGrHist*）。

(8) ティマイオス「断片」一三九（*FGrHist*）。イソクラテスは『民族祭典演説』を書くのに一〇年を要したと伝えられている（ディオニュシオス『文章構成法』第二十五章三二、クインティリアヌス『弁論家の教育』第十巻第四章四、プルタルコス『アテナイ人が名声を得るのに戦争に拠ったか知恵に拠ったか』三五〇D—E）。

(9) *σοφιστής* の訳。Russell によれば、ロンギノスはこの語をもっぱら軽蔑的な意味で使っている。

(10) ロンギノスはここで「人称の変換」を用いている。第二十七章を参照。

クラテスにはるかに劣っていたことは明らかだ。なぜなら、スパルタ人がメッセネを手に入れるのに三〇年かかったのに対して、[1]イソクラテスはたった一〇年で祭典演説を書きあげたのだから。三　また、シケリアで捕虜になったアテナイ人について、ティマイオスはどんな風に言い表わしているでしょうか。「ヘルメスを冒瀆しその像を切断した者たちは、それゆえに罰を受けたが、とりわけて、不法を働かれた神とは父方を通しての子孫にあたる、ヘルモンの息子ヘルモクラテスという一人の人物の手によってであった[2]」というものです。したがって好ましきテレンティアヌスよ、ティマイオスが僭主ディオニュシオスについてどうして次のように書いていないのか不思議です。「ディオニュシオスがゼウスとヘラクレスに不敬であったがゆえに、それゆえにディオンとヘラクレイデスはディオニュシオスから僭主の地位を奪い取った[3]」。

四　とはいえ、あの英雄たち、つまりクセノポンやプラトンまでもが、ソクラテスの学校の出身でありながら、それにもかかわらずときにそうした軽薄なものに我を忘れているのであれば、どうしてティマイオスについて語る必要があるでしょうか。一方［クセノポン］は『ラケダイモン人の国制』において、次のように書いています。「彼ら［スパルタの若者］の声は石像の声よりも聞こえにくく、その視線は銅像の視線よりも捕らえがたく、彼らは眼（ὀφθαλμός）の中の少女（παρθένος）よりさえも恥じらうように思われるだろう[4]」。われわれの眼の中の瞳（κόρη）を恥じらう少女と言うのは、クセノポンではなくアンピクラテスにふさわしかったでしょう。眼の中以上に人の厚顔無恥が露わになる所はないと言われているのに[5]、誰も彼もの瞳が恥じいっていると信じるとは、いったいどうなっているのでしょうか。不敵な男のことを「犬の目をした酔っぱらいめ」とホメロスは言っています[6]。五　もちろんティマイオスは、まるで隠された宝[7]をつかんだかのように、この白々しさをクセノポンに独り占めさせませんでした。他者に嫁いだ従姉妹を、ベールを取る儀式の最中に奪い去ったアガトクレスについて[8]、ティマイオスはまさに次のように言っています。「眼の中に娼

(1) スパルタがメッセネを征服するのに二〇年かかったとも言われているが（テュルタイオス「断片」五（Gerber）＝四（Diehl））、三〇という数字が誤りなのか、あるいは何か別の典拠があったのかもしれない。

(2) ティマイオス「断片」一〇二a（*FGrHist*）。プルタルコス『ニキアス伝』一を参照。シケリア遠征の直前、ヘルメス像が破壊されるという事件があった。

(3) ゼウスはディオス等の格変化をするため、ディオンと語呂合わせをすることができる。

(4) クセノポン『ラケダイモン人の国制』第三章五。ギリシア語の *κόρη* には「少女」と「瞳」という二つの意味があるため「眼の中の少女」と言ったのである。現存のクセノポンのテクストでは「部屋（*θάλαμος*）の中の少女」となっているが、ストバイオスのテクストはここと同じである（『詞華集』第四巻二一-二三＝四-一四五（Hense））。

(5) 擬アリストテレス『人相学』八〇七bを参照。また、サッポー「断片」一三七（L-P）、アリストパネス『蜂』四四七、エウリピデス『ヘカベ』九七〇—九七二も類似した考えを述べている。

(6) ここはテクストが乱れており、Fyfe / Russell のテクストを訳す。底本は多くの言葉を補っており「まさにアキレウスもアガメムノンの眼の中の不敵さを罵倒して、『犬の目をした酔っぱらいめ』と言っています」という訳になる。ホメロス『イリアス』第一歌二二五。

(7) Rhys Roberts, Schönberger, Smith に従い、*φώριος*（*φώριον*）を「隠された宝」と訳す。Lebègue, Fyfe / Russell, Russell は「盗品」と訳している。

(8) アガトクレスはシラクサの支配者であるが、この話はここ以外には伝えられていない。結婚式の後三日目に花嫁が初めてベールを取って現われる儀式が行なわれていた。

婦ではなく少女をもっている誰に、こんなことができただろうか[1]」。

六　他の点では神のようなプラトンはどうでしょうか。[2]彼は書版のことを述べようとして「彼らは糸杉の記録を書き込んで神域の中へと納めるべきである」と言っています。さらにまた、「メギロスよ、城壁に関して私はスパルタに賛成し、城壁を大地に横たえ眠らせて立ち上がらせないままにしておくだろう[3]」。七ヘロドトスのもの、美しい女性を「眼の毒[4]」と言っているものもあまり違いません。とはいえ彼の場合、これを語るのが外国人でありしかも酩酊しているのですから、多少は大目に見ましょう。しかしたとえこうした人物たちからであろうと、浅はかさゆえに永遠に見苦しいと思われるのはよくありません。

第五章　欠陥の原因について

しかしながら、このような品のないものはすべて、ただ一つの原因、思考の新奇さを追い求めること――今の人々がとりわけ熱狂していることです――から、言葉の中に植えつけられます。というのも、優れたものがわれわれに生じてくるのとまさに同じ所から、およそ欠陥もまた生じがちだからです。それゆえ、表現の美と崇高、加えて心地よさは著作の成功に貢献するのですから、[5]まさにその同じものが、うまくゆく場合と同様にその反対の場合にも、発端であり根本でもあるのです。おそらく、変化も誇張も複数化もこうしたものでしょう。これらがもっているように思われる危険性については、後に提示することにしましょう。[6]したがって今なすべきことは、崇高なものと混じり合った欠陥をどのような方法で免れることができるのか問題とし、その方法を提案することです。

第六章　欠陥を避ける方法——真の崇高についての正確な知識と判断力

親しき人よ、まず第一に真の崇高についての純正な知識と判断力を何ほどか手に入れることができるとすれば、それがその方法です。とはいえこれを獲得するのは容易なことではありません。というのも、言葉の判定は多くの経験からの最終的な成果だからです。とは言うものの、教則本的に言うなら、大体のところ以

(1) Russell に従い *κατὰ τὸ* を訳す。写本は *καὶ τὸ* であり、「ティマイオスは、アガトクレスについて『他者に嫁いだ従姉妹を、ベールを取る儀式の最中に奪い去った。眼の中に娼婦ではなく少女をもっている誰に、こんなことができただろうか』と言っています」という訳になる。ティマイオス「断片」一二二（*FGrHist*）。

(2) Fyfe / Russell と Schönberger のテクスト *τί δὲ ὁ τἆλλα θεῖος Πλάτων;* を訳す。底本および Rhys Roberts と Lebègue は *τί δέ; ὁ τἆλλα θεῖος Πλάτων* …… と読んでおり「ではどうでしょう。他の点では神のようなプラトンは……」という訳になる。

(3) プラトン『法律』第五巻七四一C、および第六巻七七八D。青銅と鉄（武器）および人こそが城壁であるとの考えから、盛期スパルタでは城壁は造られなかった。

(4) ヘロドトス『歴史』第五巻一八。

(5) *ἐπεὶ φορὸν* を訳す。写本は *ἐπίφορον* で「表現の美と崇高、加えて心地よさは著作の成功に有利である一方で」という訳になる。

(6)「誇張（*ὑπερβολή*）」は第三十八章で、「複数化（*πληθυντικός*）」は第二十三章二—四で論じられているが、「変化（*μεταβολή*）」は第二十三章一で言及されているだけである。

下のようにすればおそらく言葉の判定力を手にすることが可能でしょう。

第七章　真の崇高がもつ特徴

一　親愛なる人よ、私たちは次のことを知らねばなりません。普段の生活においても、何であれそれを軽蔑することが偉大だとされるようなものは偉大ではなく、たとえば、富、名誉、評判、僭主の地位、その他外面の派手やかさを多くもっているものは、少なくとも思慮ある人には傑出したよいものとは思われず、それを見下すこと自体が卓絶してよいことです[1]——ともかく人は、こうしたものをもっている人たちよりも、もつことができるのに魂の偉大さゆえにこれを軽視する人たちに驚嘆します——。同じようにして、詩や散文において高みにあるものも、でたらめに積み上げられたものが数多くつけ加わっている、見せかけだけの偉大さではないのか、また露わにすると単に空っぽだと分かる、驚嘆するよりも見下す方が高潔であるようなものではないのか、検討しなければなりません。二　というのも、何らかの自然本性に従い、われわれの魂は真の崇高によって高揚するのであり[2]、何か誇らしい高ぶり[3]を感じて、耳にしたものをまるで自分が生みだしたかのように、喜びと自負に満たされるのですから[4]。

三　したがって、思慮があり文芸に精通した人に何度も聞かれながら、魂を助けて偉大な精神へと向かわせず、語られていること以上に深く考えさせるものを心に残しもせず、慎重に検討すれば[5]凋落へと転じて行くようなものは、聞いている間だけ持ちこたえても、もはや真の崇高ではありえません。すなわち、何度も深く考えさせ、抵抗することは難しい、というより不可能で、その記憶は強固で消し去りがたい、こうしたものが本当に偉大なのです。四　一般的に言うなら、あらゆる時代のあらゆる人を喜ばせるものを、十全にして真の崇高だと見なしてください。すなわち、職業、生活、趣味、年齢、言語の異なる人たち誰もが同時に同じものについて何か同一の考えをもつ場合には、ばらばらの声からなる言わば判定とその一致が、驚嘆されるもののために強固で異論の余地のない証明をしているのです。

第八章　崇高の五つの源泉

一　さて、崇高な表現を最も実り豊かに生みだす源泉(6)のようなものが五つある、と言ってよいのかもしれ

---

(1) Fyfe / Russell は *οὐκ* に代えて *οὐδ'* と読み、「たとえば、富、名誉、評判、権力、その他外面の派手やかさを多くもっているものがそうです。また少なくとも思慮ある人には、それを見下すこと自体が並はずれてよいことであるようなものは、傑出したよいものとは思われないのです」と訳している。

(2) ロンギノスにとって、崇高による魂の高揚は自然本性に適うことであり、著作全体を通してこの点が前提とされている。

(3) *ἀνάστημα* の訳。Fyfe / Russell は *παράστημα* と読んでいるが、訳は同じである。

(4) クインティリアヌスも同様のことを述べている（『弁論家の教育』第八巻第二章二一）。

(5) 底本に従い *ἂν αὐτὸ* を訳す。Rhys Roberts, Lebègue, Schönberger は *ἂν εὖ τὸ* と読んでいるが意味に違いはない。

(6)「源泉（*πηγή*）」はプラトンがよく用いる比喩である（『ティマイオス』八五B、『ピレボス』六二D、『法律』第七巻八〇八D、第十巻八九一C）。

ません。この五種類のものには、話す能力——これなしには何一つありえません——が言わば共通の土台として前提とされています。第一にして最も強力なのは、思考の壮大さを獲得することで、クセノポンについての本[1]の中でも規定したとおりです。二番目は強烈で霊感に満たされた激情です。ところで、これら二つが大抵の場合生まれつき備わって崇高を構成するのに対して、以下に残るものになると技術を要します[2]。一定のやり方で文彩を形成すること（これには大体のところ二つあり、一つは思考の文彩、もう一つは語法の文彩です[3]）。続いて、高貴な言葉づかい（ここでも語句の選択と、比喩的で技巧的な語法とに分かれます[4]）。五番目の偉大さの原因は、それ以前のものをすべて包括する、厳かで気高い配語法です[5]。

さてそれでは、これら五種類のもの一つ一つに含まれるものを検討することにしましょう。ただし、その前にこれだけは言っておきます。カイキリオスはこの五部門のうちのいくつか、たとえば明らかに激情も見のがしています。二　しかしこの二つ、崇高と激情的なものを何か一つのものとして、いつでも双方ともにありともに生じると彼が考えたのであれば、まったく誤っています。というのも、哀れみ、悲しみ、恐れのような崇高とは相容れないありきたりな激情も[6]、逆に激情なしの多くの崇高も見いだされるからです。［後者の］例として、他にも無数にある中、詩人［ホメロス］によるアロエウスの息子たちについての大胆無比なものがそうです。

彼らはオッサ山をオリュンポス山の上に、さらにオッサ山の上に
木の葉揺れるペリオン山をのせようとしていた、天上へと登れるようにと。

さらに偉大なものがこれらに続きます。

(1) 失われた作品のことだと思われる。

(2) 技術によるとされる三つは、テオプラストスが「措辞［語法］の重々しさ、厳粛さ、非凡さを産む要因」として挙げるものに一致している。ディオニュシオス『イソクラテス論』第三章一を参照。

(3)「文彩（σχῆμα）」は第十六章から第二十九章で取り扱われる。「思考の文彩」と「語法の文彩」という二分法は、クインティリアヌスも採用しているが（『弁論家の教育』第九巻第一章一七）、両者を厳密に分けることはできない（同章一五―一六）。ロンギノスもこの二分法について他に何も述べていないが、「誓いの文彩」（第十六章）や「修辞疑問」（第十八章）は「思考の文彩」に、「連辞省略」（第十九章）や「頭語反復」（第二十章）は「語法の文彩」に分けることができる。

(4)「言葉づかい（φράσις）」は第三十章から第三十八章、第四十三章で取り扱われる。「比喩表現＝転義法（τρόπος）」は「文彩」と同一視されることが多いが、ロンギノスは「比喩的な語法（λέξις）」と呼び、「言葉づかい」に含めている。第十六章参照。

(5)「配語法（σύνθεσις）」は第三十九章から第四十二章で取り扱われる。なお、σύνθεσις（ラテン語の compositio）は通常「構成」と訳され、ロンギノスも「言葉のある種の構成」（第三十九章一）と述べている。この「構成」は事実上「語順」と「配列」のことであり、もっぱらハーモニーやリズムといった言葉の音楽的側面に関わる。誤解を避けるため「配語法」と訳す。なお、ディオニュシオスの『文章構成法』もこの意味での「構成」を論じている。

(6) 言語表現と激情（感情）とを一致させることについては、アリストテレス（『弁論術』第三巻第七章一四〇八a一六―二〇）やホラティウス（『詩論』九五―九八）が述べている。他方で、アリストテレスは「哀れみ」と「恐れ」を「悲劇に固有の快」と呼んでいるが（『詩学』一四五三a一一）、ロンギノスに従えば悲劇は崇高ではないことになる。しかし、ロンギノスはソポクレス『オイディプス王』を高く評価しており（第三十三章五）、悲劇が崇高でないと考えていたとは思われず、「哀れみ」や「恐れ」とは別に悲劇を評価していたのだろう。

そして彼らはすぐにも成し遂げていただろう。(1)

三　さらに加えて弁論家においても、賛辞弁論や式典向きの演示弁論(2)は必ず重厚さと崇高さを含んでいますが、ほとんどの場合、激情は欠いています。そのため、激しやすい弁論家は賛辞弁論に最も不向きであり、あるいは逆に、称賛弁論［＝賛辞弁論］が得意な弁論家は激することが最も少ないのです。四　他方でまたカイキリオスが、激情に駆られることがときに崇高に貢献するとは決して考えず、それゆえ言及に値しないと見なしたのであれば、まったく誤解しています。というのも私は自信をもって断言できるからです。つまり、しかるべき場合の真正の激情ほど表現を偉大にするものはなく、まるで何かの狂気と息吹によって霊感に満たされたかのように息を吹きかけ、言わば神気で言葉を満たすのです。

第九章　偉大な精神と崇高

一　とは言うものの、第一のもの、つまり偉大な才能は他にまさって最大の部分を占めているのですから、ここにおいても、たとえそれが獲得されるというよりむしろ天賦のものであろうと、それでもなお、できるかぎり魂を偉大さへと高め、まるで高貴な高ぶりを常に懐胎しているかのようにしなければなりません。二「どのようにして」とあなたは言うでしょう。私はある別の所で次のようなことを書きました。「崇高は偉大な精神のこだまである」。それゆえ、たとえ声に出されなくても、ただ考えそれ自体が、まさに偉大な精神性によって驚嘆されることがあるのです。たとえば、「死霊召還《ネキュイア》」の場面におけるアイアスの沈黙(3)はどんな言葉よりも崇高です。

三　したがって、まず第一に崇高がどこから生まれるのかについて前置きすることがぜひとも必要です。つまり真の弁論家は卑しく低劣な心をもってはなりません。というのも、全生涯にわたって些末で奴隷にふさわしいことを考え、行なう者には、何か驚嘆すべきもの、永遠の価値をもつものを生みだすことはできないからです。当然のことながら、考えに重みのある人ならばその言葉は偉大です。四　こうしたわけで、超絶するものはとりわけ気概あふれる人のものとなるのです。すなわちパルメニオンが「私であれば満足して

(1) ホメロス『オデュッセイア』第十一歌三一五―三一七。オトスとエピアルテスという巨人の兄弟が、神々に戦いを挑むため、山の上に山を重ねて天上へ登る道を築こうとしている場面である。引用最後の一文には「もし青年の域に達していたなら」という条件がついており、実際はゼウスによって討ち取られた。

(2) 「演示弁論」は法廷弁論と審議弁論（＝議会弁論）と並び弁論の三部門を構成するもので、大勢の人々が集まる公の行事に際して行なわれた。補註A参照。

(3) ホメロス『オデュッセイア』第十一歌五六三。アイアスは、アキレウスの死後その武具がオデュッセウスに与えられたことに怒り錯乱して自死したが、冥府を訪れたオデュッセウスの語りかけに対して「ひと言も答えず、他の亡者たちの後を追って、暗黒の世界へ帰って行った」（五六三―五六四、松平千秋訳）。

いたでしょう」と言ったのに対して、彼［アレクサンドロス］は[1]……

［テクスト脱落[2]］

……地上から天空までの距離[3]。これはエリス［争いの女神］というよりも、むしろホメロスの尺度だということができるでしょう。五　これとは似ても似つかないのがアクリュス［靄[4]］に関するヘシオドスのものです――『ヘラクレスの楯』もヘシオドスのものだとすればですが――。

その鼻孔から鼻水が流れでていた[5]。

というのも、姿を恐ろしいものではなく汚らしいものにしているのですから。他方でホメロスは、神々に関することにどうやって偉大さをまとわせるでしょうか。

物見台に座した男が、ぶどう酒色の海を見やって
両目ではるかかなたまで眺めたかぎりの、
それほどの道のりを神々の馬は高くいななき飛び越える[6]。

彼は馬の跳躍を宇宙規模の距離で測っています。したがって、あまりに広大であることから、「神々の馬が続けて二度跳躍すれば、もはや宇宙の中に占める場所は見いだせないだろう」と口ばしる人がいるとしても当然ではないでしょうか。六　「神々の戦い」のイメージも超絶しています。

大いなる天空もオリュンポス山も鳴り響いた。
死者たちの王アイドネウス［＝ハデス］は地下にあって恐ろしくなり、

恐怖のあまり玉座から跳び上がり大きな叫び声をあげた。
大地を震わすポセイドンがこの後地面を引き裂いてしまい、神々さえ忌み嫌う、
見るもおぞましくカビ臭い［死者たちの］館が不死なる神々にも
死すべき人間どもにも露わになるのではないかと恐れたからだ。(7)

大地が底から引き裂かれ、タルタロス［奈落］そのものが剝き出しになり、宇宙全体がひっくり返り分裂するなか、天上も冥界も、死すべきものも不死なるものも、すべてが同時にそのときの戦いをともに戦い、ともに危険をおかしているさまが、友よ、目に浮かぶでしょう。七　しかし、これらは恐るべきものでありな

（1）ペルシア王ダレイオス三世が、エウプラテス（ユーフラテス）川以西の領土と娘を与えるという条件で和平を求めたさいに、武将のパルメニオンが「私がアレクサンドロスであれば受けいれるでしょう」と言ったのに対して、アレクサンドロスは「私がパルメニオンならそうするだろう」と答えた（プルタルコス『アレクサンドロス伝』二九を参照）。テクストに脱落があるが、同様の言葉が続いていたものと思われる。
（2）写本六頁、約四〇〇行が脱落。
（3）ホメロス『イリアス』第四歌四四二―三が引用されたものと思われる。
（4）[L-S-] によれば、「悲しみ」が人格化されたもの。
（5）『ヘラクレスの楯』二六七。現在この作品はヘシオドスの真作とは見なされていない。
（6）ホメロス『イリアス』第五歌七七〇―七七二。
（7）ホメロス『イリアス』第二十一歌三八八と第二十歌六一―六五が入り交じっている。

がらも、寓意として受け取らないかぎりは、まったくもって不敬神で適切さを保っていません(1)。というのも、神々の負傷、内輪もめ、復讐、涙、監禁、種々入り混じった激情を語り伝えるホメロスは、『イリアス』の中の人間をできるかぎり神にする一方で、神々を人間にしているように私には思われるからです。しかし、私たちが不運にあるとき、死は禍からの避難所(2)としてあるのですが、ホメロスは神々の本性だけでなく、不幸も永遠にしてしまいました(3)。

八　「神々の戦い」についてのものよりもずっと優れているのは、神々に関することを真実あるがままに、けがれなく偉大で純粋無雑なものとして現わしているところです。たとえばポセイドンについてのものがそうです(この箇所は、私たち以前に多くの人たちによって十分に論じられています(4))。

高い山々も森も山頂も、トロイアの町もアカイア勢の船も揺れた、
ポセイドンが進むにつれて、その不死なる足の下に。
ポセイドンが「馬車に乗り込み」波の上を駆ると、
海の獣たちは至る所の隠れ家から現われ、
その下におどり上がる、主《あるじ》を見誤ることはない。
海は喜び波を分けて道を開き、馬たちは飛んでいった(5)。

九　この点ではユダヤ人の立法家も同様で、並みの人物ではありません。なぜなら、神の力を適確に把握して明らかにしたからです。彼は『立法』の冒頭早々に書き記しています。「神は言った」。何と言ったのでしょう。「『光あれ』、すると光があった。『大地あれ』、すると大地があった(6)」。

一〇　友よ、ホメロスが英雄の偉大さにいつもどのように取り組んでいたのかを学ぶために、私がこの詩人からもう一つ人間に関することを例に挙げたとしても、くどいとは思われないでしょう。霧と手に負えない闇とが突然、戦闘中のギリシア勢を覆ってしまいます。すると途方にくれたアイアスが言うのです。

(1) クセノパネス（『断片』一一（D-K））やプラトン（『国家』第二巻三七七E）が、同じ理由でホメロスを批判している。これに対して、レギオンのテアゲネス（前六―五世紀）がホメロスの詩句を「寓意（ἀλληγορία）」によって弁護したと伝えられているが（『断片』A二（D-K））、ヘラクレイトス（後一―二世紀）がこの箇所とほぼ同じことを述べている（『ホメロスの寓意』一）。彼によれば、寓意とは「何か他のことを語りつつ、その話していることとは別のことを表わそうとする転化法」（五、内田次信訳）と定義される。たとえば「神々の戦い」については、アテナがアレスに勝利するのは「思慮」が「無分別」に勝利することを意味する（同書五四）。伝プルタルコス『ホメロスについてII』（一〇二）にも同趣旨のことが語られている。

(2) 悲劇作者不詳「断片」三六九（Nauck^2）、エピクテトス『語録』第四巻第十章二七、伝プルタルコス『アポロニオスへの慰めの手紙』一〇、セネカ『アガメムノン』五九〇―五九二などにある言葉。

(3) Grube と Russell は「神々の本性よりも、むしろ不幸を永遠にしてしまいました」と訳している。

(4) たとえば、本章六で引用されたホメロス『イリアス』第二十一歌三三八について、デメトリオス（『文体論』八三）、小プリニウス『書簡集』（第九巻二六-六）、ピロストラトス『英雄論』（第二十五章九）などが論じている。

(5) ホメロス『イリアス』第十三歌一八、第二十歌六〇、第十三歌一九、二七―二九が入り交じっている。

(6) 旧約聖書『創世記』冒頭からの厳密でない引用。後代の書き込みではないかとも言われるが、ユダヤ人であったとも言われるカイキリオスが典拠の可能性もある。Russell; Rhys Roberts, pp. 231-237 参照。

父なるゼウスよ、どうかアカイア勢［＝ギリシア勢］の息子たちを
靄の下から救ってくれ、晴れた空にして、目が見えるようにしてくれ。
光の中なら殺してくれても結構だ。[1]

これは正真正銘のアイアスの激情です。すなわち、彼は生きることを祈願しているのではなく（そのような願いは、英雄にしては卑しいものとなっていたでしょう）、何もできない暗闇では、いかなる高貴なものにも勇気を向けることができないため、そのために戦いでの無為にいらだち、一刻も早く光をと願っているのです。どうあっても、たとえゼウスが彼に立ちはだかろうとも、武徳に見合った死装束を見つけようというのです。

『イリアス』と『オデュッセイア』との比較

一一　しかも実際ホメロスは、ここで追い風を送って闘いを鼓吹し、彼自身がほかならず次のような状態なのです。

荒れ狂う彼［ヘクトル］は、槍を振るうアレス［軍神］か、あるいは
破滅をもたらす火が山間の深い森の茂る中で荒れ狂うときのようであり、
口のまわりに泡をとばしている。[2]

ところが『オデュッセイア』全体を通してホメロスは（多くの理由からさらにこのことも考察せねばならないのです）、偉大な本性が衰えると、すぐに話し好きが老年の特徴になるということを示しています。一二

すなわち、他の多くのことからも彼がこの主題を［『イリアス』の］後で制作したことは明らかですが、まさにイリオン［＝トロイア］での残りの出来事を挿話として[3]『オデュッセイア』の中に組み入れていることからも、また何よりも、ずいぶん前から知っていたかのように[4]、英雄たちにここで悲嘆と哀れみを付け足していることから明らかです。実際『オデュッセイア』は、『イリアス』のエピローグにほかならないのです[5]。

そこにはアレスの化身アイアスが、そこにはアキレウスが、
そこには知略神に比肩するパトロクロスが眠っている。
そこには私の愛しい息子が[6]。

一三　また同じ原因からだと思いますが、『イリアス』を書いたときにホメロスは気力の絶頂にあって、作品全体が行動にあふれ躍動しているのに対して、『オデュッセイア』の方は叙述にあふれており、これこそ

（1）ホメロス『イリアス』第十七歌六四五―六四七。
（2）ホメロス『イリアス』第十五歌六〇五―六〇七。
（3）底本に従い *τοῦ Τρωικοῦ πολέμου*「トロイア戦争の」を削除する。
（4）*προεγνωσμένοις* を訳す。写本は *προεγνωσμένους* であり、「ずいぶん前から考えていたかのように」となり「英雄たち」ではなく「悲嘆と憐憫」とを修飾する。
（5）ルキアノス『本当の話』の中で、『オデュッセイア』の方が先だという当時の一般的見解を、ホメロス自身が否定しており（第二巻二〇）、伝ヘロドトス『ホメロス伝』（二六）の中でもそう見なされている。これに対して、『ホメロスとヘシオドスの歌競べ』（二七五―二七六（Certamen））では『イリアス』の方が先だとされている。現在ではこちらが有力な説である。
（6）ホメロス『オデュッセイア』第三歌一〇九―一一一。ネストルがテレマコスに語っている。

老年の特徴なのです。それゆえ『オデュッセイア』におけるホメロスは、強烈さは無いもののなお偉大である、沈みゆく太陽になぞらえることができるでしょう。すなわちここでのホメロスは、イリオン［＝トロイア］についてのあの偉大な詩［＝『イリアス』］に匹敵する緊張も、平板にならずまた決して低調にならない崇高も、もはや保持しておらず、滞りなく次々に激情[1]をあふれさせることも、機転が利き社会の機微に通じていることも[2]、迫真のイメージを充溢させることも、もはやありません。それどころかオケアノス［大洋］がそれ自身のうちへと後退し自らの領域内で静まっているかのように[3]、この後明らかになるのは偉大さの退潮と、物語めいた信じられないことの中での放浪[4]です。一四　そうは言うものの、私は『オデュッセイア』の中の嵐やキュクロプスについてのもの[5]、その他いくつかのものを忘れてしまったわけではなく、私は老年について述べてはいても、それでもなおホメロスの老年なのです。しかしながらこれらすべてのいずれにおいても、物語的なものが現実的なものを圧倒しています。

先に言ったように、私がこのことへと横道に逸れたのは、偉大な才能も盛期を過ぎると、ときには容易に無駄話へと転じてしまうことを示すためです。たとえば、革袋についてのこと、キルケの宮殿で豚に変えられ飼われていた者たち——ゾイロスは泣く子豚たちと呼びました[6]——、鳩によって雛のように養われるゼウス、難破して一〇日間食料がなかったこと、求婚者殺害についてのありそうにもないこと、などがそうです[7]。これこそまさに、ゼウスの夢[8]と言うより他はないでしょう。一五　また『オデュッセイア』に関してつけ加えて語ったのには、もう一つの理由があります。つまり、偉大な散文作家や詩人において、激情が盛期を過ぎるとどのように性格描写へと弛緩するのかを、あなたに知ってもらうためです。すなわち、ホメロスがオデュッセウスの家族について、日常生活を性格豊かに描いているのがおそらくそうであって、言わばこれは性格を描く一種の喜劇なのです。[9]

（1）*πάθος* の訳だが、「出来事」ないし「事件」と訳すこともできる。

（2）Russell によれば、この箇所でロンギノスは「市民弁論（*πολιτικοὶ λόγοι*）」の教師の観点からホメロスを評価している。市民弁論については解説四四〇頁参照。

（3）*ἡμερουμένου* を訳す。写本は *ἐρημουμένου*「見捨てられている」。*ἠπειρουμένου*「干上がっている」という読みもある。

（4）『オデュッセイア』はオデュッセウスの「放浪」の物語と言うことができるが、それにかけて「放浪」と言ったのかもしれない。

（5）「嵐」はホメロス『オデュッセイア』第五歌二九一以下、「キュクロプス」は第九歌一〇五以下。

（6）ゾイロス「断片」三（*FGrHist*）。

（7）「革袋」はホメロス『オデュッセイア』第十歌一九―二〇（風神アイオロスが風を封じ込めた革袋）、「キルケ……」は第十歌二三七―四三、「鳩によって……」は第十二歌六二―六四、「難破して……」は第十二歌四四七、「求婚者殺害……」は第二十二歌。ゾイロスは前四世紀のキュニコス派の哲学者で、ホメロスを厳しく批判し「ホメロスを鞭打つ男」という異名で呼ばれた。

（8）Russell によれば、ホメロスが詩人たちのゼウスに喩えられることから（クインティリアヌス『弁論家の教育』第十巻第一章四六）、「ゼウスの夢」とはホラティウス『詩論』（三五九）の「優れたホメロスが居眠りする」と同様、眠りながら書いた部分だということになる。

（9）アリストテレスは『イリアス』を「激情（苦難）（*πάθος*）」と、『オデュッセイア』を「性格描写（*ἦθος*）」と結びつけ（『詩学』一四五九b一三―一五）、『オデュッセイア』の構成は喜劇にふさわしいと述べている（一四五三a三一―三六）。

第十章　素材の選択と凝集

一　さてそれでは、言葉を崇高にすることができるものが何か他にもあるのかどうか、検討することにしましょう。まずは、自然本性上あらゆる事物は、素材に特有の部分部分を構成要素とするのですから、含まれる部分の中から最も肝心なものを常に選びだし、それらを相互に組み合わせてちょうど一つの身体のようにすることができるなら、必然的にわれわれに崇高をもたらすでしょう。すなわち、ある者は論点の選択によって、またある者は選んだものの密集によって、聴衆を引きつけるのです。たとえばサッポーは、恋の狂気に伴う情態を、それに付随するものと現実そのものの中からそのつど取りだします。彼女はどこに長所を発揮しているのでしょうか。きわ立ち並はずれたものを、あざやかに選びだし相互に結びつけているところです。

二　私にはあの男《ひと》が神にも等しいように思われる。
貴女《あなた》の向かいに座り、貴女が甘く語り愛らしく笑う声を
すぐ近くで聞いているのだから。その声こそは、
私の胸の内、まさしく心臓を高鳴らせた。
なにしろわずかに貴女を見るたびに、
もはや私は何も話せない。
舌がすっかり麻痺してしまった。

たちまちかすかな炎が肌の下を駆け巡った。
目には何も見えず、ぶんぶんと耳鳴りがする。
汗が流れ落ち、全身が震えにとらえられ、
私は草よりも青ざめている。
自分でもほとんど死んでいるように思われる。
でも、すべてに耐えなければならない。なぜなら……[1]

三　あなたは驚嘆しないでしょうか。いっせいに魂と身体が、聴覚と舌が、視覚と顔色が、すべてがまるで他人のものとなって失われたかのように、彼女は追い求めています。また彼女は矛盾するがままに、冷えると同時に熱くなり、狂うと同時に正気であり[2]、そのため彼女には、何か一つの激情ではなく、激情が集結して現われています。すべてこのような激情は恋する者に生じますが、先に言ったように、きわ立ったものをとらえ一つに総合したことで、［サッポーの］卓越性が達成されたのです。思うに、詩人［ホメロス］は嵐の場面でもこのやり方に従って、付帯するものの中から最も苛酷なものを取りだしているのです。

(1) サッポー「断片」三一 (L-P)。Fyfe / Russell のテクストを訳す。「祝婚歌」とも愛する少女への恋ごころを歌ったものとも解される。沓掛良彦『サッフォー ―― 詩と生涯』(平凡社、一九八八) 一二六―一二九頁を参照。

(2) Fyfe / Russell に従い、「彼女は恐怖にとらわれている、あるいはほとんど死んでいます」の部分は削除する。

四　一方で、確かに『アリマスペイア』(1)の作者は、以下のものが恐ろしいと思っています。

これもまた、われわれにとって心底大きな驚きである。
あの者たちは大地から離れ、大洋の水の上に住んでいる。
気の毒な人々だ、苦労の多い生活を送っているのだから。
目は星々から、心は海から離せない。
思うに、内臓を激しく突き上げられては、
自分の手を高く掲げて、繰り返し神々に祈っているのだ。

語られていることが恐怖というよりもむしろ上品であることはまったく明らかです。五　これに対してホメロスはどうでしょうか。数多くある中から、ともかく一つ挙げてみましょう。

彼［ヘクトル］は中へ襲いかかった。それはまるで雲の下
風に養われた激しい波が、脚速き船の中へ襲いかかるときのよう。
船全体が泡に覆われ、恐ろしい一陣の風が帆に吼えかかり、
船乗りたちの心は恐怖に震える。
かろうじて死の縁《ふち》から逃れているからだ。(2)

六　アラトスもこれと同じことを言い換えようと試みました。

薄い板一枚がハデス［冥府］を遠ざけている。(3)

しかしながら、アラトスはこれを恐ろしいものではなく、小さくて優雅なものにしました。さらにまた「板

一枚がハデスを遠ざけている」と言うことで、彼は危険を限定してしまいました。確かに板は危険を防いでくれます。(4) これに対して、詩人［ホメロス］は恐ろしいものを一回きりで限定したりせず、いつまでも、ほとんど波が来るたびごとに何度も死にそうになる者たちを描きだしています。加えてホメロスは、単独の前置詞どうしを不自然にもくっつけ無理やり一つにし(5)、生起した激情に合うように用語をねじ曲げるのであり、他方この用語の接合によって激情をきわ立つように造型しており、語法に危険という特徴を刻印したも同然です。「死の縁《ふち》から逃れている」がそうです。

七　アルキロコスも難破船に関して同様であり(6)、報告においてデモステネスもそうです。「夕方のことであった(7)」と彼は語っています。彼らは、特性に応じて卓越したものを洗練させ組み合わせたのであって、何一つ見かけ倒しなものも、あるいは品のないものも、あるいはもったいぶったものも間に割りこませなかっ

（1）プロコンネソスのアリステアス作と言われている叙事詩（アリマスポイ物語）。アリマスポイは、ギリシアのはるか北方に住むとされている伝説上の一つ目の部族。ヘロドトス『歴史』第四巻一三、二七を参照。以下の引用は、「断片」一（Kinkel）＝七（Bolton）＝一一（Bernabé）。

（2）ホメロス『イリアス』第十五歌六二四―六二八。

（3）アラトス『星辰譜』二九九。

（4）この一文は後代の書き込みの可能性もある。

（5）「死の縁《ふち》から（ὑπὲκ θανάτοιο）逃れている」の ὑπέκ は ὑπό「～の下」と ἐκ「～から」という二つの前置詞を合成したもの。なお底本に従い ὑπὲκ θανάτοιο を削除して訳す。

（6）アルキロコス「断片」一〇五―一〇六（West）。

（7）デモステネス第十八弁論『冠について』一六九。この引用の後、「エラテイアが占領された」と報告がなされ「町中大混乱に陥った」（木曽明子訳）様子が描写される。

た、と言ってよいでしょう。というのもこれらのものは、壁が相互にぴったりと支えて築かれた偉大なものの中に、まるで割れ目や裂け目を入れるかのように、全体を破壊してしまうからです。

第十一章　拡大法

一　上で述べたのと同類の長所は、拡大法[1]とも呼ばれています。事柄や争点が区切りごとに始まりと休止を繰り返す間に、偉大なものが次から次へと持ちこまれ、強調するために連続して導入される場合がそうです。二　しかし、これが決まり文句の使用[2]によって、また誇張技法[3]によって、事柄あるいは議論の増強によって、また行為や激情の積み重ねによって（拡大法の種類は無数にあります）生じようとも、それでもなお弁論家は、これらのうちの何一つ、崇高なしにはそれ自体として完全なものにはなりえない、ということを知らなければなりません。哀れみであるとか、あるいは見くびる場合はもちろん別ですが、その他のものの拡大法から崇高さを取り去るときは、言わば身体から魂を取り除くことになるでしょう。すなわち、崇高によって補強されないかぎりは、それらの活力はすぐさま減退し無になるのです。三　しかしながら今指摘していることは、つい先ほど述べたこと——きわ立った論点の画定と一つにまとめることでした——とどこが違うのでしょうか。また全体として崇高は拡大法とどの点で異なるのでしょうか。明晰さを眼目として、簡潔に定義しなければなりません。

第十二章　拡大法の定義／デモステネスとプラトンとの比較・キケロへの言及

一　ところで、私としては技法書の作者たちの定義には満足できません。拡大法とは主題となっているものに偉大さを付与する言語表現である、と彼らは言っています。(4) 確かにこれは、崇高にも激情にも比喩表現にも共通する定義となりえます。これらは何らかの偉大さを言葉にまとわせるからです。しかし私には、崇高が気高さの中にあるのに対して、拡大法は量の多さの中にもある点で、両者は互いに異なるように思われます。したがって、前者がしばしば単一の思考の中にもあるのに対して、後者はどうあっても量や何らかの

(1) αὔξησις（ラテン語 amplificatio）の訳。「拡大法（拡充）」についてはクインティリアヌスが、「物事の名前そのもの」のうちにある場合に加えて、四つの主要な技法に分類している。「増大（incrementum）」「比較（comparatio）」「推論（ratiocinatio）」「累積（congeries）」（『弁論家の教育』第八巻第四章）。

(2) 伝キケロ『ヘレンニウスへの弁論術』第二巻第三十章四七を参照。

(3) δείνωσις の訳。クインティリアヌスは「そもそも存在しない感情を作りだしたり、感情を実際より大きくしたりする」もので「不当なことや苛酷なことや憎しみを買うことの力を強める」と説明している（『弁論家の教育』第六巻第二章二四）。なお、本篇第三十八章で「言葉づかい」に含まれる「誇張（ὑπερβολή）」が論じられるが、「誇張技法」は「言葉づかい」ではなく「事柄」や「争点」に関わる。

(4) たとえば、アリストテレスは次のように述べている。「増大誇張の方法［＝拡大法］は演説的［＝演示的］弁論にもっとも適したものである。なぜなら、その弁論が取りあげている行為は、衆目が事実として認めているものであって、あとは、それに重要性と美しさをまとわせる仕事が残っているだけであるから」（『弁論術』第一巻第九章一三六八a二四―二九、戸塚七郎訳）。

過剰さとともにあります。二　また概括して言えば、拡大法とは論題に含まれるすべての部分と話題を結集するもので、論じられていることを入念に強化します。この点で拡大法は立証とは区別されます。つまり、立証が追求されていることを証明する……

［テクスト脱落］(1)

［プラトンは］まるで一種の大海のようにこの上なく豊富に、偉大さを四方八方へと押し広げて注ぎこんでいます。(2)三　それゆえ、思うに当然ながら、(3)弁論家［デモステネス］の方がより激情的であるだけに大いに灼熱して怒りの炎をもっており、これに対してプラトンは重厚さと堂々たる威厳のうちに落ちついており、冷たくはないにしても、デモステネスのように激烈ではありません。四　親愛なるテレンティアノスよ（ギリシア人(4)としてのわれわれにも何か意見をもつことが許されているものとして言うのですが）、キケロが偉大なものにおいてデモステネスと異なるのも、まさにこの点にほかならないのです。すなわち、デモステネスが大抵は切り立った崇高のうちにあるのに対して、キケロは豊かな流れ(5)のうちにあり、またわれわれの同胞［デモステネス］が、強制的に、のみならず速く、強く、すさまじく、個々のものを言わば焼きはらうと同時に粉砕することから、一種の雷電ないし稲妻になぞらえられる(6)のに対して、思うにキケロは一種の燃え広がる火災のように至る所を焼きつくし押しよせます。彼の中にある炎は、大きくいつまでも燃え続け、時に応じてあちこちへと飛散しながら、周期的に勢いを取りもどすのです。五　この点はあなた方［ローマ人］の方がもっとよく判断できるのでしょうが、デモステネスの崇高と並はずれたものにとっての好機が誇張技法や強烈な感情に、また聴衆すべてを驚愕させねばならない場合にあるのに対して、［キケロの］豊かな流れに

とっては聴衆に言葉の洪水を浴びせねばならない場合です。すなわちこの場合に適合するのは、決まり文句の使用、大半の結語、脱線であり、またあらゆる描写的で演示的な分野、歴史や自然哲学[7]、その他少なからぬ分野です。

第十三章　先人の模倣

一　しかしながらプラトンが（話を戻します）何かこのような豊かな流れによって音もなく流れていながら[8]、それでもなお偉大さをまとわせていること、その概略[9]は『国家』を呼んだことのあるあなたがご存じのとお

（1）ここで写本が二頁、約一〇〇行が脱落している。プラトンとデモステネスの比較に話題が移っている。なお、文体の比較は当時の弁論術教育でよく行なわれていたようである。クインティリアヌス『弁論家の教育』第十巻第一章九三、九八、一〇一、一〇五を参照。

（2）テクスト不明のため、大意を取って訳している。

（3）「当然ながら」は κατὰ λόγον の訳。「文体に関して」と訳すこともできる。Havell, Rhys Roberts, Fyfe / Russell 参照。

（4）人種や民族ではなく、ギリシア語を公の場で使用する人という意味である。

（5）χύσις（ラテン語 flumen）の訳。この語は文体の比喩としてよく用いられた。キケロ『弁論家について』第二巻六二、『ブルトゥス』三二五を参照。

（6）第一章四、およびキケロ『弁論家』二三四を参照。

（7）「歴史」と訳した ἱστορία はいわゆる歴史に限定されず、地誌、神話なども含む。「自然哲学」と訳した φυσιολογία も自然科学的な著作をすべて含む。

（8）プラトンの「音もなく流れる香油の流れ」（『テアイテトス』一四四B、田中美知太郎訳）を受けた表現である。

（9）τύπος の訳。「やり方」と訳すこともできる。

りです。彼は言っています。「したがって思慮や徳に縁がなく、宴会やそれに類するものに常になじんでいる者たちは、どうやら下へと運ばれて一生そのあたりをさまよい続けるようだ。彼らは真実へと上方にまなざしを向けることは決してなく、そこへと運び上げられたこともなく、確実で純粋な快楽を味わったこともない。家畜たちがするように、いつも下へとまなざしを向けては、地面へ、食卓へと身をかがめ、餌をあさっては満腹して交尾する。そしてこれらを少しでも多く取ろうと、鉄の角や蹄で蹴り合い突き合いをして、満たされることのない欲望のために互いに殺し合うのだ」(1)。

二　またこの人物〔プラトン〕は、われわれが十分に注意を払うつもりならば、これまで述べてきたものに加えて、ある別の道が崇高なものへと通じていることをわれわれに示しています。その道とはどのようなもので、また何なのでしょうか。それは昔の偉大な散文作家や詩人たちを模倣(2)し、彼らと競い合うこと(3)です。そこで親愛なる人よ、この目標をしっかりとつかむようにしましょう。というのも、多くの人々は他者からの息吹によって神懸かりとなるからであり、そのやり方は、「ピュティアの巫女が三脚の鼎に近づくと、(人々の言うところでは)そこには大地の裂け目があって、神聖な蒸気を吐き出しており、即座に彼女は神霊の力を懐胎し、神の息吹に従ってたちどころに神託を告げる」と語られているのと同じです(4)。これと同様に、まるで聖なる噴出口からのように古《いにしえ》の人々の偉大な才能から流出するものが、彼らと競い合う者の魂の中へと入りこむので、あまりひらめきにとんでいない者でも、それから息吹を受けると他者の偉大さをともにして霊感に満たされるのです。三　ヘロドトスだけが最もホメロス的だったのでしょうか(5)。それ以前にステシコロスもアルキロコスもそうだったのであり(6)、これらすべての人々の中でもとりわけプラトンがそうでした[7]。彼はあのホメロスの源流から数えきれないほどの支流を自分の中へ引きこんだのです。そしてもし、アンモニオスのような人たち[8]が種類ごとに選びだし記録していたのでなかったなら、おそらくわれわれが実

(1)プラトン『国家』第九巻五八六A。忠実な引用ではない。

(2)「模倣（μίμησις）」は現実の事物の模倣（プラトン『国家』第十巻五九七E—五九八B）ではなく、偉大な先人の文章を模倣し、その偉大さを受け継ぐことである。弁論術教育において「模倣（imitatio）」が使われた最古の典拠は伝キケロ『ヘレンニウスへの弁論術』（第一巻第二章三）であり、ディオニュシオスは『模倣論』という論攷を著わした（断片と要約のみ現存）。

(3)ディオニュシオスは「模倣」と「競い合うこと（羨望（ζήλωσις））」とを区別しているが（『模倣論』「断片」二）、両者は区別されない場合もある。

(4)ピュティアの巫女はデルポイのアポロン神殿に仕え、アポロンの神託を告げていた。本文中にある「神聖な蒸気」についてさまざまな証言があるが、地質学的な証拠は見つかっていない。擬アリストテレス『宇宙について』三九五b二八—九、ストラボン『地誌』第九巻第三章五を参照。

(5)ディオニュシオスは、ヘロドトスが「ホメロスを見倣って著作を多彩なものにしようとした」（『ポンペイオス・ゲミノスへの書簡』第三章一一）と述べている。

(6)ディオン・クリュソストモス第五十五弁論『ホメロスとソクラテスについて』六を参照。

(7)ホメロスのプラトンへの影響についてはさまざまな証言がある。ヘラクレイトス『ホメロスの寓意』一八、クインティリアヌス『弁論家の教育』第十巻第一章八一。ディオニュシオスは、プラトンがホメロスに嫉妬していたと述べている（『ポンペイオス・ゲミノスへの書簡』第一章一三）。

(8)アンモニオスはアレクサンドリアの文献学者で、ホメロスがプラトンに与えた影響についての著作を著わした（現存せず）。

証せねばならなかったでしょう。四　このこと［＝模倣と競い合うこと］は剽窃[1]ではなく、彫刻あるいは［他の］制作物による優れた性格の再現に似ています[2]。またプラトンが、まさに全精力を傾けてホメロスに対抗し第一位の座を目ざしたのでなければ、哲学の教説においてあれほどの高みに達することも、詩的な題材や言葉づかいにたびたび踏みこむこともなかったように私には思われます。彼はすでに名を成した人への若き挑戦者であって、おそらくは勝利に執着しすぎており、まるで槍をもち挑みかかるようですが、しかしその奮闘は無駄ではなかったのです。というのもヘシオドスによれば「これは死すべき人間にとってよい争い[3]」だからです。またこの名声のための闘いとその栄冠は本当にすばらしく、何にもまして勝利するに値するのであり、ここでは先人に敗れることさえ名誉なことなのです。

第十四章　先人との競い合い

一　そこでわれわれも、何か崇高な表現や偉大な精神を必要とするもので苦心するときには、この同じことを、仮にホメロスならどう言っただろうか、またプラトン、あるいはデモステネス、あるいは歴史においてトゥキュディデスはどうやって崇高にしただろうかと思いめぐらせばよいのです。すなわち、競い合うことであの偉大な人物たちがわれわれのもとへと現われ、言わば燦然と輝き、どういうわけか魂を思い浮かべた規範にまで運び上げるでしょう。二　なおいっそうよいのは、私によって語られるこのことを、ホメロスあるいはデモステネスが居合わせたならどう聞いただろうか、あるいはこれに対してどう感じただろうか、ということまで心の中でさらに思い描く場合です。すなわち、自分の言葉の裁判官と観衆とをこのように仮定し、あれほどの英雄たちを判定者と証人として、自分の書いたものが審査されると想像するの[4]は、本当に大いなる試練なのです。三 また私がこれらのことを書くと、私の後のすべての時代はどう読むのだろうかとつけ加えるならば、さらにもっと鼓舞してくれるのではないでしょうか。しかしある人が、自分の生涯と時代の後にまで残るものを口にするのではないかという、まさにこの点を恐れるのであれば、その人の魂が身ごもったものも不完全で目の見えないまま、言わば早産するのが必然であり、死後の名声にみあうほどの生を全うすることは決してないのです。

---

(1) ポルピュリオスによれば、カイキリオスには剽窃（*κλοπή*）についての著作があったらしく（エウセビオス『福音の備え』第十巻第三章一二）、ロンギノスはこの著作を意識していたのかもしれない。

(2) Fyfe / Russell に従い、*ἦ* を訳す。写本は *ἤ* で「優れた性格［人物］、あるいは彫刻、あるいは制作物を模範とするのに似ています」という訳になる。

(3) ヘシオドス『仕事と日』二四。

(4) *πεπλάσθαι* を訳す。Rhys Roberts と Fyfe / Russell は *πεπαῖχθαι* と読んでいるが、意味するところは同じである。

第十五章　視覚イメージ

一　若者よ、以上に加えて視覚イメージ[1]もまた、重厚さと偉大な表現と緊迫感を最もよく提供してくれます。少なくとも私たちはこう言うのですが、ある人たちはこの視覚イメージのことを心像形成だと言っています[2]。というのも通常は、どのようにしてであれ心に浮かび言葉を生みだす想念は、すべて「視覚イメージ」と呼ばれているからです。しかしすでにこの語は、語っていることを霊感や激情によって見ているように思う、またそれを聴衆の眼前にほうふつとさせる、そうした場合に主として使われています。二　また弁論術の視覚イメージと詩人たちの視覚イメージとでは、求めるものが異なることはあなたもご存じでしょう。詩における視覚イメージの目的が驚愕させることであるのに対して、弁論においては生き生きと描写することだからです。とはいえ、両者ともに激情的なものや心ゆさぶるものを追い求めています。

　お母さん、お願いですから血まみれで蛇の姿の娘たちを
　私にけしかけないでください。
　ほらあの娘たちが、あの娘たちが私のそばへと襲いかかってくる[3]。

また、

　ああ、殺される。どこへ逃げたらよいのか[4]。

この中で詩人［エウリピデス］自身がエリニュス［復讐の女神］たちを見たのです。そして詩人は、そのイメー

ジしたものをほとんど強制的に観客にも眺めさせたのです。三　したがってエウリピデスは、狂気と恋というあの二つの激情を悲劇の題材とすることに最も熱心であり、またおそらくは他のどんなものよりこれらにおいて最も成果をあげています。とは言うものの、彼はその他の視覚イメージにもあえて挑戦しています。確かに彼は偉大な才能の人ではまったくありませんが、にもかかわらず多くの場合自分自身の本性を無理やり悲劇に相応させ(5)、偉大なものに際しては、そのつど詩人はまるで

　尾によって脇腹や臀部を両側から鞭打って
　自分自身を戦闘へと奮い立たせる(6)

---

(1) φαντασία の訳。字義どおりであれば「表象」であるが、以下に説明されるように、ロンギノスは特殊な意味で用いているため「視覚イメージ」ないし「イメージ」と訳す。

(2) ἡμεῖς と δ' を補って訳す。写本のままであれば「少なくとも、ある人たちはこの意味で視覚イメージのことを心像形成だと言っています」となる。Rhys Roberts 参照。

(3) エウリピデス『オレステス』二五五―二五七。父の仇として母クリュタイムネストラを殺したオレステスは、母が復讐の女神をけしかけていると幻視している。

(4) エウリピデス『タウリケのイピゲネイア』二九一。これもオレステスのせりふである。

(5) 古代において悲劇の特徴は、悲しみや受難ではなく壮麗さや誇大さだと見なされていた。その意味で「悲劇に相応させ」るのである。

(6) ホメロス『イリアス』第二十歌一七〇―一七一。傷ついたライオンの描写である。

かのようです。[1]　四　たとえばヘリオスはパエトンに手綱を渡しながら、

「だがリビュアの空へと入りこむように馬車を駆ってはならない。
あそこの空には湿り気がなく、お前の馬車を
墜落させるだろう」

と言い、さらに続けています。

「進路をプレイアデス〔昴〕の七星へ向けて進むのだ」。
これだけのことを聞いて子供〔パエトン〕は手綱を握りしめました。
そして翼もつ馬の脇腹に鞭をあて進ませると、
馬たちは空高く、雲の谷間へと飛びました。
すると父親〔ヘリオス〕がその後からシリウス〔天狼星〕の背に乗って疾駆し、
子供に指図しました。「そちらへ駆れ、
こちらへ馬車を向けよ、こちらへだ[2]」。

書き手の魂もともに馬車に乗り、馬とともに危険をおかしながらともに翼をつけている、とあなたは言うのではないでしょうか。というのも、魂があの天体の運行に遅れずについていったのでなければ、このようなことは決してイメージできなかったでしょうから。彼の〔描く〕カサンドラについても同様のものがあります。

おお、馬を愛するトロイア人たちよ[3]

五　その一方で、アイスキュロスは最も英雄的な視覚イメージに立ち向かっており、たとえば彼の『テーバイへ向かう七人の将軍』がそうです――

七人の男たち（彼は言っています）、勇猛果敢な将軍たちが、
黒皮縁の楯の中に牡牛を斬り殺して血を注ぎ、
牡牛の血に手をつけながら
アレス［軍神］、エニュオ［軍女神］、そして血を好むポボス［恐怖の神］に対して
誓いを立てた。(4)

彼らは「哀れみを寄せ付けず」自分自身の死をともに誓っています――。しかしながらときにアイスキュロ

(1) 以上のエウリピデス評価は、おおむね古代における一般的なものである。アリストテレス『詩学』一四五三a二三―三〇、ディオニュシオス『模倣論』「要約」第二章一一―一三、クインティリアヌス『弁論家の教育』第十巻第一章六八を参照。

(2) エウリピデス『パエトン』断片七七九（Nauck^2）。ヘリオス（太陽神）の息子パエトンが太陽を運ぶ馬車に乗りこむ場面を使者が報告している。パエトンは馬車を御すことができず、地上を燃えあがらせたため、ゼウスの雷に打たれ死んだ。

(3) エウリピデス『アレクサンドロス』断片九三五（Nauck^2）。「トロイの木馬」をイメージさせるというのだろうが、古代の読者は、後に続く言葉を想起したのかもしれない。

(4) アイスキュロス『テーバイへ向かう七人の将軍』四二―四六。なお、以下の「哀れみを寄せ付けず」も同書五一を念頭において書かれたものであり、「嘆きの声を発することなく」と訳すべきところであるが、本書では第八章二との関連からこのように訳す。

スは、荒けずりで、言わばごわごわした、不快な想念を持ちこむのですが、それにもかかわらずエウリピデスは、名誉欲からその危険にまで自らをさらしているのです。六　アイスキュロスにおいて、ディオニュソスの出現したリュクルゴスの王宮は、信じがたいことに神に取りつかれるのですが――

　　館に神が乗りうつり、屋根が乱舞する[1]

――エウリピデスはこれと同じことを異なるやり方で、心地よく表現しています。

　　山全体がともに乱舞した[2]。

七　またソポクレスも、死を前にしたオイディプスが、神からのある前兆のさなか自らを埋葬するという、きわ立ったイメージを作りだしたのであり[3]、アキレウスがギリシア勢の船出に際して墓の上、出航しようとする者たちの前に姿を現わすのもそうです[4]。もっとも、後者の光景をシモニデス以上に生き生きと心に描きだした人を私は知りません[5]。しかしすべての例を挙げることは不可能です。

八　とは言うものの、先に言ったように[6]、詩人の場合には物語的な誇張表現がまさり、至る所で信じられるものを越えているのですが、それに対して弁論術の視覚イメージでは、現実的で事実に即したものが最も優れています。そして弁論の形づくるものが詩的で、物語めいており、あらゆる点で度を越してありえないものであるとき[7]、その逸脱は、すさまじくて異様なのです。たとえば、今やわれわれの時代のすさまじい弁論家たちも――ああ、神よ――、悲劇詩人たち同様に、エリニュス［復讐の女神］たちを見ているのであり、この高貴な人たちには、次のことも理解できません。つまり、

放してください。あなたも私に取りついたエリニュスの一人であり、
　タルタロス［地獄］へ投げ入れようと、私の腰をつかんでいる。(8)

と語るオレステスは、狂っているからこれらをイメージしているのです。

九　それでは弁論術の視覚イメージは、どんな効果をもつのでしょうか。おそらくは弁論に、躍動させ感情をかき立てるものを多種多様に持ちこむことでしょうが、しかし現実に即した推論に組みこまれると、聴衆を説得するだけでなく、意のままにできます。デモステネスは言っています。「さらにまた、もし誰かがまさに今裁判所の前で叫び声を聞き、次に誰かが監獄の門が破られて囚人たちが逃げたと言うならば、老人

（1）アイスキュロス『エドノイ』断片五八（Radt）。この作品は四部作『リュクルゲイア』の中の一作。エドノイ人の王リュクルゴスは、ディオニュソス（バッコス）の祭儀を拒否したため神の怒りを買い、気を狂わされた。

（2）エウリピデス『バッカイ』七二六。前註と同じ主題の作品であり、テーバイ王ペンテウスは母アガウエと姉妹たちに八つ裂きにされてしまう。なお、Russell によれば、アイスキュロスの「乱舞する（*βακχεύει*）」に対して、エウリピデスは「［バッコスの信徒たちと］ともに乱舞した（*συνεβάκχευε*）」と、*σύν*「ともに」を加えたため恐ろしいというよりも心地よくなっている。

（3）ソポクレス『コロノスのオイディプス』一五八六—一六六六。

（4）ソポクレス『ポリュクセナ』断片五二三（Radt）。

（5）シモニデス「断片」二〇九（Bergk^4）＝五二（Page）＝五五七（*Greek Lyric* III, LCL）。

（6）本章二。

（7）*προεκπίπτον* と読み、*τὸ* を削除して訳す。写本は *προσεκπίπτον* で、「あらゆるありえないものへと陥っているとき」という訳になる。

（8）エウリピデス『オレステス』二六四—二六五。

であれ若者であれ、力のかぎり助けようとしない、それほど無関心な者はいないだろう。そしてまた、もし誰かが出てきて、囚人たちを逃がしたのはこの男だと言うならば、その男は弁明する間もなく即刻殺されるだろう」[1]。一〇　神かけてヒュペレイデス[2]もまた同様で、［アテナイ］敗北の後に奴隷を解放する法案を提出したために告発されて、「この法案を起草したのは弁論家ではなく、カイロネイアの戦いだ」と言いました。すなわち、弁論家［ヒュペレイデス］は現実に即して推論すると同時に、イメージを作りだしたのであり、その結果として着想によって、説得することの限界さえも乗り越えたのです。一一　こうしたものすべてにおいては、何らかの自然本性によって、われわれは常により優勢なものに耳を傾けます。それゆえ、われわれは論証的なものから視覚イメージによる驚愕すべきものへと注意をそらされてしまい、そのため現実に即したものは輝きに取り囲まれて隠れてしまうのです。そしてわれわれにこのことが起こるのは、まったく正当なのです。というのも、二つのものが一まとめにされると、より優勢なものが常に自らの中に、もう一方のものの力を吸収してしまうからです。

一二　思考に関する崇高なもの、すなわち偉大な精神、あるいは模倣[3]、あるいは視覚イメージによって作りだされる崇高なものについては、以上で十分でしょう。

第十六章　文彩――誓いの文彩

一　ここでもちろん、文彩[4]についての話題が続くことになります。というのも、先に言ったように[5]、しかるべきやり方で整えるならば、これもまた偉大さに欠くことのできない部分となるでしょうから。とは言うものの、さし当たってすべてを詳細に扱うことは大変な、というよりもむしろ果てしない仕事なので、偉大な表現を産みだすものだけをいくつか、目下の課題を確認するために、それでは論じてみましょう。

二　デモステネスが自らの政治活動のための論証を持ちだしています。論証の自然本性にかなった用法は、どのようなものだったのでしょうか。「ギリシア人の自由のための闘いを引き受けた人たちよ、諸君は誤っていなかった。諸君は祖国にその実例を持っている。すなわち、マラトンにいた人たちも、サラミスにいた人たちも、プラタイアにいた人たちも誤ってはいなかったのだ(6)」。ところが、まるで突如神に霊感を吹きこ

(1) デモステネス第二十四弁論『ティモクラテス弾劾』二〇八。
(2) ヒュペレイデスは前四世紀の弁論家。前三三八年、カイロネイアでアテナイがピリッポス率いるマケドニアに敗北したさいに、問題の法案を提出した。以下の引用は「断片」二八（Kenyon）。ルティリウス・ルプス『言葉の文彩』第一章一九、擬プルタルコス『十大弁論家列伝』八四九Aを参照。
(3) ἢ を補って訳す。Schönberger は補わず「思考に関する崇高なもの、そして偉大な精神の模倣あるいは想像力によって創りだされるもの」と訳している（Lebègue は ἢ διὰ を補っているが、同じ訳になる）。解説四一三頁註（1）を参照。
(4)「文彩」は「比喩表現＝転義法（τρόπος）」と同一視されることが多いが、ロンギノスは「比喩表現」を「言葉づかい（φράσις）」に含めている（第八章一）。ロンギノスにとって、「文彩」は語句の普通でない配置や思考の普通でない表現を、「比喩表現」は語の自然な使用法や本来の意味からの逸脱を意味する。Russell 参照。
(5) 第八章一。
(6) デモステネス第十八弁論『冠について』二〇八。

まれ、言わばアポロンが乗り移ったかのように[1]、ギリシアの精鋭たちにかけて誓いを表明しました。「マラトンで最前線の危険に立った人たちにかけて、諸君が誤っていたことなどありえないのだ」。このとき明らかにデモステネスは、一つの誓いの文彩——ここではアポストロペー[2]と呼んでおきます——によって祖先を神格化し、そのように〔＝勇ましく〕死んでいった者たちには神々同様に誓いを立てなければならないと思わせたのであり、その一方で裁判官たちに、かの地で最前線の危険に立った人たちの精神を吹きこんで、論証の性質を傑出した崇高と激情へ、奇抜で超絶した誓いのもつ信頼性へと変えてしまいました。また同時に、彼が聴衆の心に言葉を一種の治療薬と解毒剤として流しこんだのは明らかであり、そのため賛辞によって聴衆の心が軽くなり、マラトンやサラミスでの勝利に劣らず、ピリッポスとの戦いに誇りを感じるようになったのです。以上すべてにおいてデモステネスは、文彩表現によって聴衆の心を奪い去ったのです。三　とはいえ、誓い〔の文彩〕の起源はエウポリス[3]に見いだされると言われています。

　マラトンでの私の戦いにかけて、
　彼らのうちの唯一人も、私の心を苦しませて無事にはすまないだろう。

しかし、どのようにしてであれ誰かが誓うということが偉大なのではなく、どこで、どのようにして、どのような状況で、何のために誓うかで偉大となるのです。ところがエウポリスにおいては、誓い以外には何もなく、またそれが向けられているのは、いまだ幸運のもとにあり慰めを必要としないアテナイ人です。しかも詩人〔エウポリス〕は、あの人たちを不死にして誓いながら、彼らの武徳に払われるべき尊敬の念を聴衆のうちに生じさせるのではなく、最前線の危険に立った人たちから、無生物、つまり戦争へと迷走してしまいました。それに対してデモステネスにおいては、誓いは、アテナイ人がもはやカイロネイア［の戦い］を非運だと思わないように、敗者［アテナイ人］に向けて工夫されています。先ほど言ったように、この同じもの［＝誓いの文彩］が、誤っていなかったことの論証であると同時に、実例、立証、賛辞、激励でもあるのです。[4] 四　また弁論家［デモステネス］は、「君は自分の政策による敗北について語りながら、それでいて勝利にかけて誓っている」と反撃されかねなかったため、そのために続いては語句を見きわめて無難に用いており、バッコスの熱狂の中にあっても素面《しらふ》でいなければならないことを教えてくれます。彼は言っています。「マラトンで最前線の危険に立った人たち、またサラミスで、アルテミシオンで海戦に臨んだ人たち、プラタイアで戦列に並んだ人たち」。決して「勝利した人たち」とは言わず、決着に関わる語を終始隠し通したのは、まさにその決着が幸運なもので、カイロネイアで起こったことの正反対であったからなのです。したがってまた彼は、聴衆に先んじてすぐさま付言しています。彼は言っています。「国家はこれらすべて

（1）アポロンは予言の神であり、デルポイでピュティアの巫女たちに神託を授けると考えられていた。四三頁註（4）を参照。

（2）*ἀποστροφή.* 通常は「頓呼法」と訳され、裁判官以外の人物に語りかけることを意味するが（クインティリアヌス『弁論家の教育』第九巻第二章三八）、ロンギノスは独自の意味で用いている。

（3）アリストパネス、クラティノスと並ぶ、古喜劇三大詩人の一人。以下の引用は、『デーモイ』断片一〇六（Kassel-Austin）。ミルティアデスのせりふである。

（4）底本に従い *ὅρκων*「誓い」を削除する。

の人たちを国葬にしたのだ、アイスキネスよ、成功した人たちだけではない[1]」[2]。

第十七章　文彩の使用に伴う危険性とその対処法

一　親愛なる人よ、この話題に関して私が考察したことの一つに触れずにおくのは好ましくないでしょうから、ごく簡潔に言っておきましょう。つまり、文彩は何らかの自然本性よって崇高の同盟者であるとともに、逆にその見返りとして崇高によって驚くほど助けられています。どのような場合に、どのようにしてなのかをお話ししましょう。文彩によって目をくらませることは特段に疑念を引きおこし、計略、陰謀、詐術の疑いを招きます。弁論が、権威をもった判定者へと向けられる場合がそうで、とりわけ僭主、王、指導者、最高の位にあるすべての人たち[3]へと向けられているときがそうです。すなわち、熟達した弁論家のちょっとした文彩によって、思慮のない子供のようにあしらわれると、すぐさまいらだち、その詐術を自分への軽蔑だと考えて、ときにはまったく獣のようになり、また、たとえ腹立ちを抑えたとしても、どうあっても弁論による説得を受けいれない精神状態にあるのです。したがって文彩は、それ自体が文彩であると気づかれないとき、そのときこそ最も優れているように思われます[4]。二　それゆえ崇高と激情は、文彩使用に伴う疑いを防いでくれる、一種の驚くべき援軍となります。目をくらませることの技術は、美と偉大さの輝きに取り囲まれると、どういうわけかその後は見えなくなり、あらゆる疑惑を免れるのです。先に述べた「マラトンにいた人たちにかけて」が十分な証拠となります。ここで弁論家［デモステネス］はいったいどうやって文彩を隠したのでしょうか。光そのものによってであることは明らかです。薄暗い灯火が、太陽の光にまわりを囲まれると姿を消すのとほとんど同じように、偉大さがまわり全体から包みこんで、弁論術のまやかしを目につかなくしています。三　また絵画について起こることも、おそらくこれと似たようなことです[5]。すなわち、彩色された光と影は同一平面に並んで置かれても、それにもかかわらず光の方が先に目に入り、飛びだして見えるだけでなくずっとより近くにあるように見えます。弁論に関してもそのとおりで、激情と崇高なものは、何か自然本性上の類縁性と輝きとによって、われわれの心のよりいっそう近くにあり[6]、常に文彩よりも先に現われ、文彩の技術を陰に隠し、言わば覆いの下にひそませるのです。

（1）前四世紀の弁論家で、デモステネスの論敵。デモステネス第十八弁論『冠について』は、クテシポンがデモステネスの功績に黄金の冠で報いるよう提案したのに対して、アイスキネスが違法だと告発したことから、そのクテシポンを弁護するためになされた弁論である。

（2）デモステネス第十八弁論『冠について』二〇八。

（3）*πάντας τοὺς* を補って訳す。写本のままであれば「独裁者、王、最高位にある指導者」となる。

（4）文彩だけでなく弁論の技術は何であれ、それと気づかれてはならないというのが弁論術の基本原理の一つである。第二十二章一を参照。

（5）シモニデスは「絵画は黙する詩、詩はもの言う絵画」と言ったと伝えられているが（プルタルコス『アテナイ人が名声を得るのに戦争に拠ったか知恵に拠ったか』三四六F）、詩や文芸を論じるのに絵画は頻繁に例として用いられた。「詩は絵のようである（ut pictura poesis）」というホラティウスの言葉は、とくに有名である（『詩論』三六一）。

（6）崇高や激情は自然本性上われわれの近くにある。二一頁註（2）を参照。

第十八章　修辞疑問[1]

一　ではあのこと、疑問や問いかけについて何を言うべきでしょうか。デモステネスはまさにこれらの文彩の特質によって、語られていることをよりいっそう活力ある印象的なものにしようと、全力を傾けているのではないでしょうか。「それとも諸君は ── 私に言ってくれ ── あたりを歩き回って『何か変わったことがあるか』と互いに尋ね合いたいのか。マケドニアの一人の男がギリシアを戦争で屈伏させるという、このこと以上に変わったことが何かありえるだろうか。『ピリッポスは死んだのか』『いや、神かけてそうではないが、病んでいる』。諸君にとってそれにどんな違いがあるのか。というのもあの男に何かあったとしても、すぐに諸君はもう一人のピリッポスを作りあげるだろう[2]」。さらにまた言っています。「マケドニアへ船を出そうではないか。『いったいどこへ船を着けるつもりだ』と尋ねる人があった。戦争そのものがピリッポスの側の弱い所を見つけてくれるだろう[3]」。単に事柄が語られただけでは、あらゆる点で見劣りしていたでしょう。しかしここでは、疑問と応答が神懸かっていて素早いことが、また、まるで他人に対してのように自分自身に対して反論することが、語られていることを文彩表現によっていっそう崇高にするだけでなく、いっそう説得力のあるものにしています。二　というのも、激情的なものがいっそう効果的なのは、語り手自身の作為がなく状況がそれを生みだしたように思われるときであり、自分自身への問いかけと応答は、激情にふさわしい状況を模倣しているからです。すなわち、他者から問いかけられた人は、気がはやり言われてことに対してその場で懸命に、また誠実そのものに反論します。それとほとんど同じやり方をする疑問と応答の文彩は、熟慮された一つ一つのことが、現場でせき立てられて語られていると思われるように聴衆を誘導するもので、まさに欺いているのです。それゆえさらに（これはヘロドトスの最も崇高なものの一つだと信じられています）、もしこのように……

［テクスト脱落(4)］

第十九章　連辞省略(5)

一　……語られていることが結びつかずに飛びだし、言わばあふれだしており、ほとんど語り手自身をも

---

(1) 修辞疑問については、デメトリオス『文体論』二七九、クインティリアヌス『弁論家の教育』第九巻第二章六―一〇を参照。なお、本章の最初の二文は修辞疑問である。

(2) デモステネス第四弁論『ピリッポス弾劾、第一演説』一〇、四四。忠実な引用ではない。

(3) デモステネス第四弁論『ピリッポス弾劾、第一演説』四四。忠実な引用ではない。

(4) ここで写本が二頁、約一〇〇行程度脱落している。ヘロドトス『歴史』第七巻二一-一が例とされていたのかもしれない。Russell 参照。

(5)「連辞（接続語）省略（ἀσύνδετον）」については、アリストテレス『弁論術』第三巻第十二章一四一三b一九―二一、デメトリオス『文体論』一九四、伝キケロ『ヘレンニウスへの弁論術』第四巻第三十章四一、クインティリアヌス『弁論家の教育』第九巻第三章五〇を参照。

追い越しています。クセノポンは言っています。「彼らは楯を連ねて押し進み、戦い、殺し、殺された」[1]。二エウリュロコスのものもそうです。

あなたが命じたとおり、令名高いオデュッセウスよ、森を抜けて私たちは行きました。
山間の開けた所に、見事な造りの美しい屋敷を私たちは見ました[2]。

すなわち、互いに区切られているのですが、にもかかわらずせきたてられるために、つかえると同時にあせっている、緊迫した様子を伝えています。詩人〔ホメロス〕はこうしたことを連辞省略によって達成したのです。

第二十章　文彩の結合

一　また、いくつかの文彩を一箇所に集めることも、二つないし三つが言わば一団となり、相互に混じり合って力強さ、説得、美に寄与するとき、いつもきわ立って効果があります。たとえば『メイディアス弾劾』において、連辞省略が反復[3]ならびに生き生きとした描写[4]と結合しています。「すなわち、暴行を加える者はいろいろなことを——その中には被害者が他人に伝えることができないことがある——、身振りによって視線によって声によってするだろう」[5]。二　そしてデモステネスは、弁論が同じことをめぐって停滞しないように（静止の内には平穏がありますが、激情は魂の運動であり動揺ですから無秩序の内にあります）、すぐさま別の連辞省略と頭語反復へと跳び移りました。「身振りによって視線によって声によってするだろう、侮辱しようと［暴行］するとき、敵意をもってするとき、拳骨によってするとき、顔面に[6]するときがそうだ[7]」。これらによって弁論家［デモステネス］は、暴行を加える者とまさしく同じことを行なっています。動きをたたみかけることで、裁判官の心に打撃を加えているのです。三　そしてさらにここで、突風のように別の攻撃を加えます。彼は言っています。「拳骨によってするとき、顔面にするときがそうだ。踏みつけにされることに慣れていない人たちを、これらが駆り立て、これらが逆上させるのだ。これらを伝えようとしても、その恐ろしさを感じさせることは誰にもできないだろう[8]」。したがってデモステネスは、変化を連続させることで頭語反復と連辞省略の本性を一貫して保っているのです。そのため彼においては、秩序は秩

---

(1) クセノポン『ギリシア史』第四巻第三章一九＝『アゲシラオス』第二章一二。

(2) ホメロス『オデュッセイア』第十歌二五一―二五二。オデュッセウスの部下エウリュロコスが、キルケの館について報告している。

(3) *ἀναφορά* の訳。ロンギノスは「頭語反復（*ἐπαναφορά*）」と区別せずに用いている。

(4) *διάπτωσις* の訳。カイキリオスはこれを「思考の文彩」に加えていた。ティベリオス『文彩について』三-七九-四四(Spengel)。

(5) デモステネス第二十一弁論『メイディアス弾劾』七二。デモステネスのテクストとは若干異同がある。

(6) *ἐπὶ κόρρης* の訳。写本は *ὡς δούλον*「奴隷に対してのように」。

(7)「とき」と訳した *ὅταν* が連辞省略で繰り返され、頭語反復となっている。

(8)「これらが」と訳した *ταῦτα* が頭語反復となっている。

序立っておらず、逆に無秩序はある種の秩序を含んでいます。(1)

第二十一章　連辞多用

一　さてそれでは、もしよければイソクラテス門下がやっているように、接続語(2)をつけ加えてみてください。「さらにまた、このことも見のがしてはならない。つまり暴行を加える者はいろいろなことを、まず第一に身振りによって、次に視線によって、次に今度は声そのものによってするだろう」(3)。なおも同じように続けて書き換えてみれば分かるでしょう。接続語によって滑らかなものへと平板化してしまうと、激情のもつ切迫感と荒々しさはとげのないものになってしまい、すぐさま消えてしまうのです。二　というのも、誰かが走者の身体を結びつけるなら、その人たちから勢いが奪われてしまうのとちょうど同じように、激情もまた接続語やその他の付加されるものによってつかえてしまい、いらだつからです(4)。すなわち激情は、走り回る自由を失い、またある種の装置(5)から放たれたかのように突進することもなくなるのです。

第二十二章　転置法

一　転置法(6)もまた同じ種類(7)に入れるべきです。これは語法ないし思考の順序が自然な並び方から外れたものであり、言わば躍動する激情の最も真なる特性なのです。すなわち、本当に怒っている人、あるいは恐れている人、あるいはいらだっている人、あるいは嫉妬ないし何か別のもの（激情は数多く、無数にあるため、どれだけあるのか誰にも言うことができません）によってそのつど取り乱している人は、あることを持ちだしておきながら、しばしば途中で不可解な挿入をして別のことへと跳びつき、そのあとでまたはじめのことへと舞い戻るのであり、まるで方向の一定しない風にあおられるように、始終緊迫してこちらへあちらへと急転回し、語法、思考、自然な並びの順序を無数に異なるやり方で変えてしまいます。このようにして最高

(1) デモステネスの文章は、通常の文章の秩序からは逸脱しているが、独自の秩序をもっているということである。類似した言葉は、プルタルコス『食卓歓談集』第八巻第九章二（七三一C）、ホラティウス『書簡詩』第一巻一二-一九、オウィディウス『変身物語』第一巻四三三、ルカヌス『内乱』第一巻九八、マニリウス『天文誌』第一巻一四二などにある。

(2) σύνδεσμον の訳。いわゆる接続詞だけでなく、小辞も含む。

(3) 連辞多用については、デメトリオス『文体論』一九四、一九六、プルタルコス『プラトン哲学に関する諸問題』一〇一〇E—一〇一一Cを参照。連辞多用は必ずしも非難ばかりされているわけではない。

(4)「激情」が擬人化されている。

(5) 投石機などが考えられる。

(6) ὑπερβατόν（ラテン語 transgressio）の訳。「転置法」については、伝キケロ『ヘレンニウスへの弁論術』第四巻第三十二章四四、クインティリアヌス『弁論家の教育』第八巻第六章六二—六四。なお、クインティリアヌスは「転置法」を「比喩表現」に含めているが、カイキリオスは「文彩」に含めていた（『弁論家の教育』第九巻第三章九一）。

(7)「偉大な表現を実現する」文彩のことである。第十六章一を参照。

の散文作家たちにおいては、転置法を使うことで模倣が自然の所産へと近づくのです。[1] というのも、技術は自然のように見えるとき完全なのであり、それに対して自然の方は気づかれないように技術を含んでいるとき成果をあげるのですから。[2]

ヘロドトスにおいて、ポカイアのディオニュシオスが語るのがまさにそうです。「というのも、今やわれわれの運命は剃刀の刃の上にあるのだ。イオニア人諸君、自由人であるか奴隷となるか、それも逃亡奴隷となるか。そこでもし今、諸君が艱苦に耐える志をもつならば、さしあたっては苦しくとも、諸君は敵を打ち負かすことができるだろう」[3]。二　これが自然な順序ならば次のようになっていたでしょう。「イオニア人諸君、今や諸君は苦しみに耐えるべき時なのだ。というのも、諸君の運命は剃刀の刃の上にあるからだ」。しかしヘロドトスはまず「イオニア人諸君」を転置しました。すなわち、突発した脅威のために先行して聴衆に呼びかけることなどとてもできないかのように、ただちに恐ろしいことから話し始めたのです。次に彼は思考の順序を逆転させました。すなわち、イオニア人自身が苦労しなければならないと言う前に（これが勧告されていることです）、「われわれの運命は剃刀の刃の上にある」と言って、なぜ苦労しなければならないのか理由を先に示したのです。その結果、熟慮してではなく必要に迫られて語っていると思われたのです。

三　さらにこれ以上なのがトゥキュディデスで、本性上まぎれもなく一つになっていて分割できないものでも、それにもかかわらず転置によってこの上なくあざやかに分離します。[4] デモステネスは彼ほど強引ではありませんが、すべての人の中でこの種類［＝転置法］に最も徹底しており、転置することで、大いに緊迫感を生み、さらに神かけて現場でとっさに語っていると見せかけ、それのみか長い転置がもつ危険の中へ聴衆をともに引きずりこみます。四　というのもしばしば彼は、述べようとしている意味を宙づりにし、その間にどういうわけか奇妙で不自然な順序で次から次へといろいろなものを途中に、またどこかよそから持ちこんでは、文章が完全に壊れてしまう恐れへと聴衆を投げこみ、緊迫のあまり聴衆が語り手と危険をともにするよう強制するからです。その後不意に、長い間《ま》を置きようやくのことで時宜を得て、ずっと求められていたもの［＝結論］を追加し、まさに転置に伴う危うさと不確実さによって、それだけいっそう驚愕させるのです。しかし実例は数多くあるので省略することにしましょう。

(4) ディオニュシオス『トゥキュディデス論』第五十二章四を参照。

(1) ここでの「模倣」は、自然界の事物を模倣するという意味である。四三頁註（2）を参照。ホラティウスも偉大な先人の作品を模倣するという意味と（『詩論』一一八）、現実の対象を再現・描写するという意味の両方で imitator（模倣者）を用いている（同書三一七）。

(2) これは弁論術の基本原理の一つである。アリストテレス『弁論術』第三巻第二章一四〇四b一八―二一、ディオニュシオス『リュシアス論』第八章五―六を参照。

(3) ヘロドトス『歴史』第六巻一一。

第二十三章　屈折反復――多種列挙・変化・漸層法――と複数化

一　さらに加えて、多種列挙、変化、漸層法などの、いわゆる屈折反復も、[1]ご存じのとおり、実に緊迫感を高め、文飾とあらゆる崇高や激情と共働します。ではどうでしょう。格、時制、人称、数、性などの変更は、いったいどのようにして表現を多彩にし、活気づけるのでしょうか。二　私が言っているのは、数に関して形の上では単数ながら、よく考えてみると機能においては複数と分かるものだけが表現を飾る、ということではありません――以下のように言う場合です。

　　……たちまち無数の人々が、
　　浜辺の至る所に立って「マグロだ」と叫んだ。[2]

――そうではなくて、ときに複数化はより偉大だという印象を与え、数の多さそれ自体によって感銘させる、そのことがいっそう注目に値するということです。三　ソポクレスにおけるオイディプスについてのものがそうです。

　　……おお結婚よ、結婚、
　　お前たちは私たちを生み、生んでおきながらふたたび同じ種を放ち、
　　父たち、兄弟たち、子供たちを、血縁の血を
　　花嫁たち、妻たち、母たちを、人間たちに起こるかぎりで
　　最も忌まわしい所業を世に出したのだ。[3]

すなわち、これらすべては一つの名前オイディプス、他方でイオカステのことなのですが、それにもかかわらず、数を積み上げて複数にすると、不幸もまた複数になったのです。次のものも多数化されています。

　ヘクトルたちとサルペドンたちが進み出た。(4)

別の所でも例に挙げた、(5)アテナイ人に関するプラトンのものも同様です。四「というのもペロプスたちも、カドモスたちも、アイギュプトスたちとダナオスたちも、その他多くの元は外国人であった人たちも、われわれとともに暮らしておらず、外国人の血が混じらないギリシア人だけでわれわれは暮らしており」とその

---

(1)「屈折反復（*πολύπτωτον*）」とは、同じ語をさまざまに変化（屈折）させて反復させるものである（クインティリアヌス『弁論家の教育』第九巻第三章三六―三七）。しかし、前記されている三つが常に「屈折反復」となるわけではない。「多種列挙（*ἀθροισμός* = *συναθροισμός*）」は「多数の事柄の累積」と呼ばれている（同書第八巻第四章二七）。「変化（*μεταβολή*）」には「変奏」ないし「類義累積」という訳語もある。なお、これを*μεταβολή*と呼んだのはカイキリオスだと言われている（同書第九巻第三章三八）。「漸層法」と訳した*κλῖμαξ*（ラテン語 gradatio）は「梯子」の意味で、「追加」の文彩に含まれるが、「すでに言われたことを繰り返し、別のことに移行する前に、前のことに留まる」ものである（同巻五五）。「漸層法」についてはデメトリオス『文体論』二七〇、伝キケロ『ヘレンニウスへの弁論術』第四巻第二十五章三四も参照。なお、以上の訳語については『レトリック事典』（大修館書店、二〇〇六年）を参照した。

(2) 出典不詳。マグロの大群を見て人々が叫んでいる場面のようだが、「マグロだ（*θύννον*）」と単数形が使われている。

(3) ソポクレス『オイディプス王』一四〇三―一四〇八。

(4) 悲劇作者不詳「断片」二八九（Nauck^{2}）。

(5) デモステネスとプラトンを比較した第十二章二の脱落部分にあったとも考えられるが、別の著作を指すのかもしれない。

後に続く部分です[1]。すなわち、このように名前を寄せ集めて集団にすると、自然に事柄がいっそう物々しく聞こえるのです。しかしながら、主題となっているものが拡大、あるいは量の多さ、あるいは誇張、あるいは激情、これらの何か一つあるいはそれ以上を必要とする場合以外には、これ〔＝複数化〕を用いるべきではありません。なぜなら至る所に鈴をつけるの[2]は、あまりにもソフィスト的だからです。

第二十四章　単数化

一　それだけでなく、反対に複数から単数へ圧縮したものも、ときにはこの上なく崇高に見えます。「その後ペロポネソス全域が分裂した[3]」とデモステネスは言っています。「また実際、プリュニコスが『ミレトスの陥落』という劇を上演すると、劇場が涙に沈んだ」のであって、「観客たちが涙に沈んだ」ではありません[4]。ばらばらのものから一つのものへ数を凝縮することは、より一体化している印象を与えます。

二　しかし両者において文が飾られる原因は同じだと思います。すなわち、語が単数のときにそれを多数にすることは、予想外だという感情をかき立て、複数のときに多数のものを響きのよい単数のものへ凝集することは、事柄を逆に変形させるために意外なのです。

第二十五章　過去の出来事に用いる現在時制

さらにまた、過去に起こったことを起こりつつある現在のこととして導入するとき、その言葉はもはや叙述ではなく、躍動する出来事となるでしょう。クセノポンは言っています。「[敵兵の]一人が倒れてキュロスの馬の下になり、踏まれながら剣で馬の腹を突き刺す。馬は棒立ちになり、キュロスを振り落とす。キュロスは落ちる」[5]。最も多くこれを使うのがトゥキュディデスです[6]。

第二十六章　人称の変換㈠——仮想二人称

一　人称の変換も同じように躍動的で、しばしば聴衆に危険の真っただ中に巻きこまれているように思わせます。

(1) プラトン『メネクセノス』二四五D。
(2) Russell によれば、軍馬につけた鈴に由来する言い回し。
(3) デモステネス第十八弁論『冠について』一八。
(4) 底本に従い *ἔπεσε τὸ θέατρον", ἀντὶ τοῦ* を補って訳す。Rhys Roberts と Fyfe / Russell に従えば「また実際、プリュニコスが『ミレトスの陥落』という劇を上演すると、劇場が涙に沈んだ」という訳になる。ヘロドトス『歴史』第六巻二一。
(5) クセノポン『キュロスの教育』第七巻第一章三七。最後の「キュロスは落ちる」はクセノポンのテクストにはない。
(6) たとえば『歴史』第一巻一三六を参照。

［両軍互いに］倦むことも疲れも知らず刃を交える、
とあなたは言うかもしれない。それほど勇み立ち戦っていた(1)。
アラトスもそうです。
あなたはかの月に海の波をかぶることのないように(2)。
二　ヘロドトスも同じようなことをしています。「あなたはエレパンティネ市より上へ船で進み、その後坦々とした平野に着くだろう。この地域を通過すると、別の船に乗り換え二日船で進み、その後メロエという名前の大きな市にあなたは到着するだろう(3)」。友よ、どのようにしてヘロドトスがあなたの心を捉え、耳で聞くことを目に見せながらその土地を案内しているか、目にしているでしょうか。人物へのこのような直接の語りかけはすべて、聴衆を事が起こっている場に立たせるのです。三　またあなたが、すべての人にではなく一人にだけ話しているかのようにするとき――
テュデウスの子［ディオメデス］がどちらの側と共にあるのか、あなたは分からないかもしれない(4)。

――自分への呼びかけに鋭敏となるため、その人の感情をいっそうかき立てると同時に、注意深くし、緊迫感で満たすことになるでしょう。

第二十七章　人称の変換㈡——間接話法から直接話法へ

一　のみならずまた、人物について叙述している作家が、突如中断してその人物本人に換わる場合もあります。このような種類［の文彩］は、一種の激情の発露なのです。

ヘクトルはトロイア勢に、急ぎ船に向かうよう、
血まみれの武具は捨ておくよう、大声で叫び命令した。
「船から離れてあらぬ方にいる者が私の眼に留まったならば、
その場でその者の死を私が念じるだろう」(5)。

ここで詩人［ホメロス］は、叙述することがふさわしいので自らに割り当てていながら、突如何の前触れもなく、怒れる指揮官に苛烈な脅迫の言葉を授けています。というのも、「ヘクトルはこれこれと言った」と挿入していたならば、白々しくなっていたでしょうから。しかしここでは、語り方の転換が語り手の転換を突然追い越しているのです。二　したがってまた、状況がさし迫って著者に逡巡している暇がなく、すぐさ

（1）ホメロス『イリアス』第十五歌六九七—六九八。
（2）アラトス『星辰譜』二八七。「あなた」は一般的な人を表わし、「かの月」とは真冬のことである。
（3）ヘロドトス『歴史』第二巻二九。ロンギノスはかなり省略して引用しており、また原文のイオニア方言をアッティカ方言に直している。
（4）ホメロス『イリアス』第五歌八五。
（5）ホメロス『イリアス』第十五歌三四六—三四九。

まある人物から別の人物へと転換しなければならないときに、この文彩がさらに役に立ちます。[1] ヘカタイオスの場合がまさにそうです。「ケユクスはこれらのことを危惧し、ヘラクレスの子孫たち[2]に出て行くようただちに命令した。『なぜなら私にはお前たちを助けることはできないからだ。よって、お前たち自身が破滅しないように、また私を傷つけないように、どこかよその土地へ行ってくれ』[3]」。三　もとよりデモステネスは、『アリストゲイトン弾劾』においてある別のやり方[4]で、人称転換を激情に駆られての急転回だと思わせました。彼は言っています。「そして諸君の内の誰もが、嫌悪すべき恥知らずなその男の横暴なふるまいに、憤りも怒りも感じないままでいるのだろうか。その男は、ああ、すべての人間の中で最も穢れた者よ、お前の発言の自由を制限しているのは門でも扉でもない。こんなものは誰かが少し開けることができるだろう[5]」。デモステネスは意味を完結させないまますぐに［人称を］転換し、一つの文句を腹立ちのあまり二人の人物に分割したと言ってよいでしょう。「その男は、ああ最も穢れた者よ」。その後アリストゲイトンへと弁論を向け直し[6]、［裁判官たちを］放置しているように思われるのですが、それにもかかわらず激情によって［弁論を］よりいっそう激烈にしているのです。四　ペネロペも同じことをしています。

使者の方、高貴な求婚者の方々はいったい何の用事で
そなたを寄こしたのです。神のようなオデュッセウスの女中たちに
仕事を止めて自分たちの食事を用意するよう言うためですか。
あの者たちが求婚することなく、いつかまた大勢集まることもなく、
今ここで開く宴会が最後でこれきりとなればよいのに。

彼らは、ああ、足繁く集まってくる人たちよ、あなた方は……食料の貯えを散々に食い荒らしている。あなた方は幼かった頃、父親から以前のことを何も聞いていないのですね。オデュッセウスがどのような人であったのかを。(7)

第二十八章　迂言法

一　もちろん迂言法(8)が崇高を形成することを、誰も疑わないだろうと思います。というのも、音楽においていわゆる伴奏によって主旋律がいっそう心地よくなるように、そのように迂言法は、しばしば標準語法と

(1) *πρόσχρησις* を訳す。写本は *πρόχρησις*「好んで使われる」。
(2) Russell は「ヘラクレスの（*Ἡρακλεῖδαι*）」が後代の書き込みだとして削除を指示している。
(3) ヘカタイオス「断片」三〇（*FGrHist*）。
(4) これが通常の意味の「頓呼法」である。五五頁註（2）を参照。
(5) デモステネス第二十五弁論『アリストゲイトン弾劾、第一演説』二七―二八。この弁論は偽作とも言われているが、ロンギノスは疑っていないようである。
(6) 底本に従い、*τὸν* を *λόγον* の前に移す。写本のままであれば、「アリストゲイトンへの弁論を脇に逸らし、放置しているように思われるのですが、それにもかかわらず激情によって、いっそう激烈に［弁論を］彼へと向けているのです」となる。Rhys Roberts 参照。
(7) ホメロス『オデュッセイア』第四歌六八一―六八九。「聡明なテレマコスの財産たるべき」の部分が省略されている。「あの者たち」から「あなた方」に転換している。
(8) クインティリアヌスは「迂言法」を「比喩表現」に含めているが（『弁論家の教育』第八巻第六章五九）、カイキリオスは「文彩」に含めていた（同書第九巻第三章九八）。

共鳴してとても美しく響き合うからです。何ら大仰で悪趣味なものをもたず、心地よく混ざり合っている場合にとりわけそうです。[1] 二　プラトンも葬送演説の冒頭で、このことを十分に証明しています。「行為［＝葬儀］においては、この人々は彼ら自身にふさわしい敬意をわれわれから払われた。彼らはその敬意をわがものとして、公式には国家の、私的には身内の見送りを受け、運命によって定められた旅路へと進み行く」[2]。ここでプラトンは死を「運命によって定められた旅路」、葬送儀礼を受けたことを祖国による一種の公的な「見送り」と言っています。彼がこれらによって思考を重厚にしたのは、はたしてどうでもよい程度でしょうか。むしろ簡素な語法を用いながら、迂言法による一種のハーモニーのような快い音調で包みこんで、それを音楽的にしたのではないでしょうか。三　クセノポンもそうです。「お前たちは、苦労を心地よく生きることへの案内者と見なしている。また、あらゆるものの中で最も立派な、最も戦争に適した宝物を心に蓄えている。というのも、お前たちは他の何よりも称賛されることを喜ぶからだ」[3]。進んで苦労するのではなく「苦労を心地よく生きることへの案内者とする」と言い、またその他のことも同じように拡張して、ある偉大な想念を称賛につけ加えています。四　ヘロドトスのあの真似できないものもそうです。「神殿を荒らしたスキュタイ人たちには女神が『女病』に罹らせた」[4]。

第二十九章　迂言法の危険性――プラトンの場合

一　しかしながら、一定の節度をもって用いなければ、迂言法は他のものよりもいっそう危険を孕むものです。というのも、すぐに間のびしてしまい、空疎な言辞で重苦しいと感じられるからです。それゆえプラトンも（いつもはあざやかに文彩を使いますが、時宜を得ていないものも若干あります）、『法律』において「金の富も銀の富も、国家の中に座を占めて住むことを許さない(5)」と言って、嘲笑されました。もしプラトンが家畜の所有を禁止するなら、間違いなく羊の富と牛の富と言っただろう、と言うのです。

二　ところで、親愛なるテレンティアノスよ、崇高のための文彩使用に関して、横道に逸れてこれだけのことを探究すれば、もう充分でしょう。すなわち、これらすべてが言葉［文芸］をいっそう激情的で心ゆさぶるものにします。性格描写が心地よさと協同するのと同じだけ、激情は崇高と協同するのです(6)。

第三十章　言葉づかい――語句の選択

一　さて、言葉における思考と言葉づかいとは、大抵の場合、相互に絡み合っているのですから、さあ、

(1)「大仰で悪趣味ではなく、心地よく混ざり合っているものをもっている場合」と訳すこともできる。Russell 参照。

(2) プラトン『メネクセノス』二三六D。以下「他方で言葉［＝追悼演説］においては……」と続く。

(3) クセノポン『キュロスの教育』第一巻第五章一二。

(4) ヘロドトス『歴史』第一巻一〇五-四。「女病（θήλεια νοῦσος）」については、性病、男色、陰萎などさまざまな解釈がある。松平千秋訳、当該箇所の訳註を参照。

(5) プラトン『法律』第七巻八〇一B。

(6)「激情」と「性格描写」の関係については、第九章一五を参照。

言葉づかいに関する部分でまだ何か残っていないか[1]、さらに加えて見てみることにしましょう。ところで、品格のある荘重な語句の選択が驚くほど効果的で聴衆を魅了することを、また、これがすべての弁論家と散文作家にとって最優先される務めであることを、すでに知っている人に対して詳しく論じるのは、まさに余分なことなのかもしれません。偉大さと同時に美、古色蒼然たる趣[2]、重々しさ、力強さ、権威、さらにまたある種の光沢が、まるで最も美しい彫刻においてのように言葉において花開くことを、それ自体で準備するのが語句の選択であり、言わば声をもつ一種の生命を事物に吹きこみます。というのも美しい語句は本当に、知性に固有の光だからです[3]。二 しかしながら、語句の重厚さはどこにでも必要なわけではありません。些末な事柄に偉大でいかめしい語句をまとわせるのは、誰かが大きな悲劇用の仮面を幼い子供にかぶせるのとちょうど同じように見えるでしょうから[4]。とはいえ、詩と歴史においては……

［テクスト脱落[5]］

第三十一章　日常表現の使用

一 ……最も滋味あふれ[6]、また実り豊かです。アナクレオンのものもそうです[7]。「もはやトラキアの若駒のことは気にならない[8]」。この点で、あのテオポンポスの称賛に値するものも、少なくとも私には、対応関係によってこの上なく表現力豊かなように思われます——まさにこれを、どうしたわけかカイキリオスは非難しているのですが——。テオポンポスは言っています。「ピリッポスは見事に物を腹に納めた[9]」。つまりこのように日常表現は、ときに文飾よりもはるかに明快なのです。というのも、日常表現は普段の生活に基づくため、即座に了解されるのであり、すでに慣れ親しんでいるものはいっそう説得力があるのです。したがって、醜く汚れたものを貪欲さゆえにがまん強く嬉々として耐える人に、「物を腹に納める」が使われると、この上なく生き生きとしています。二　ヘロドトスのものもこの種のものです。彼は言っています。「クレオメネスは発狂し、短剣で自分の肉を切り刻み、ついには自分の全身をみじん切りにして最期をとげ

（1）奇妙な表現であるが、「言葉づかい（*φράσις*）」と「文彩」との境界は曖昧であり、「言葉づかい」と見なされることもあるもの——たとえば「転置法」「迂言法」——がすでに論じられたことを暗示しているのかもしれない。Russell 参照。

（2）*εὐπίνεια* の訳。この語は *πίνος*「緑青」に由来する。ディオニュシオス『デモステネス論』第五章三＝『ポンペイオス・ゲミノスへの書簡』第二章一を参照。

（3）カッシウス・ロンギヌスも類似した言葉を語っている（『弁論術』断片四八－一七四―一七七（Patillon））。なお。「美しい語句」については、デメトリオス『文体論』一七三―一七五を参照。

（4）同様の表現は、クインティリアヌス『弁論家の教育』第六巻第一章三六、ルキアノス『歴史をいかに書くべきか』二三にもある。

（5）ここで写本が四頁、約二〇〇行脱落。詩と歴史における言葉づかいと、弁論における言葉づかいとの相違を論じていたものと想定される。ディオニュシオス『トゥキュディデス論』第五十一章四、クインティリアヌス『弁論家の教育』第十巻第一章三一を参照。

（6）写本のとおり *θρεπτικώτατον* を訳す。

（7）Rhys Roberts, Fyfe / Russell その他の校訂者に従う。底本に従えば「アナクレオンのものは、もはやそうではありません」となる。

（8）アナクレオン「断片」九六（Bergk）。Campbell は底本に従っており、「トラキアの若駒のことを気にかける」という「断片」になる（eleg. 5, *Greek Lyric* II, LCL, p. 148）。いずれにせよ、少女を「若駒」に喩えている。

（9）テオポンポス「断片」二六二（*FGrHist*）。

た」、また「ピュテスは全身細切れにされるまで、船の上で戦っていた[1]」。すなわち、これらは卑俗さのすぐ近くをかすめながら、表現力豊かであるため卑俗ではないのです。

第三十二章　比喩の使い方

一　さて、比喩の数[2]についてカイキリオスは、同じ箇所に用いるのは二つ、多くて三つと規則を定める人たちに賛成しているように思われます。むろんこうしたことについても、デモステネスが基準です。比喩を使う好機は、激情が奔流のように押しよせてきて、大量の比喩を不可欠なものとしてともに運んでくる場合です。二　彼は言っています。「［この者たちは］けがらわしいおべっか使いで、各々が自分の祖国を切断し、以前にはピリッポスに、今はアレクサンドロスに乾杯の杯で自由をくれてやり、腹と最も恥ずべき部分で幸福を測り、自由であって決して専制君主をもたないという、以前はギリシア人にとって善の基準であり尺度であったものをひっくり返してしまった[3]」。ここでは、裏切り者に対する弁論家［デモステネス］の腹立ちが、比喩表現[4]の多さを見えなくしています。

三　したがって、アリストテレスとテオプラストスが、以下のように言えば大胆な比喩を和らげると言っているのも、同じ趣旨です[5]。「まるで」「言わば」「このように言ってもよければ」「さらに思い切って語っても許されるなら」。彼らが言うには、控えめにすることが大胆さを緩和するからです。四　私としてはこれらのことも受けいれますが、しかしながら、先に文彩についても言ったように[6]、時宜を得た強烈な激情と真正の崇高が、比喩の多さと大胆さに固有の解毒剤だと主張します。なぜなら、これらは怒濤の勢いで他のすべてのものを引きさらい押し流すという本性を、またそれ以上に、どうあっても危うさを必要としてしまうという本性をもっており、聴衆は語り手とともに熱狂に満たされ、［比喩の］数の吟味に費やす暇を与えられないからです。

五　それだけでなく、決まり文句の使用や描写においては、次から次へと連続する比喩表現ほど生彩を放つものは他に一つとしてありません。これのおかげで、人間の身体の解剖がクセノポンにおいて壮大に、(7)プラトンにおいてはなおそれ以上で神わざのように、描写されています。(8)プラトンは頭を身体のアクロポリス［城砦］、頸は頭と胸を中間で隔てるための地峡と言い、そして脊椎がちょうど回転支軸のように下に固定さ

（1）ヘロドトス『歴史』第六巻七五、第七巻一八一。ピュテス（ピュテアス）については第八巻九二でも言及されている。

（2）底本に従い *καὶ* を削除して訳す。Lebègue は *καὶ* の後に *συνεχείας* ないし *ἐπαλληλίας* といった語を想定できるとして、「比喩の数と累積（l'accumulation）」と訳している。

（3）デモステネス第十八弁論『冠について』二九六。

（4）ロンギノスは「比喩（*μεταφορά*）」と「比喩表現（*τροπικαί / τρόποι*）」とを区別していない。

（5）アリストテレス「断片」一三一（Rose）、テオプラストス「断片」六九〇。アリストテレス『弁論術』第三巻第七章一四〇八b二—四、キケロ『弁論家について』第三巻一六五、クインティリアヌス『弁論家の教育』第八巻第三章三七を参照。

（6）第十七章一。

（7）クセノポン『ソクラテス言行録（ソクラテスの思い出）』第一巻第四章五を参照。

（8）以下五節の終わりまで、ロンギノスはプラトン『ティマイオス』六五C—八五Eから、自由に語句を選択し、自由に並べ直している。

れており、快楽は人間にとって悪への餌、舌は味の試験器官だと言っています。心臓は血管の結節であって、激しくめぐっている血液の源泉をなし、衛兵詰所に配置されています。彼は〔体内を〕走り回っている管を小路と呼びます。彼は言っています。「恐ろしいことを予期したり、怒りが目覚めたりするさいに起こる心臓の動悸に対しては、これが熱をもっているので、〔神々は〕救護策を講じて、肺という種類のものを植えつけた。これは柔らかくて血の気がなく、内部が多孔質の一種の緩衝器であり、そのため怒りが心臓の中で沸騰するとき、動悸が弾《はず》まないものに向かい、害のないものになる」。また彼は、欲望の住み処を女部屋、怒りの住み処を男部屋と呼んでいます。のみならず、脾臓は体内の布巾であり、それゆえ除去された汚れで一杯になると、大きく膿んで腫れ上がります。「その後神々は、これらすべてを肉の中に埋めこみ、外部のものからの掩護物、言わばフェルト製品として肉をまわりに置いた」と彼は言っています。また血は肉の「飼料」とも言いました。「神々は栄養分のために、まるで庭に水路を切り開くように身体を灌漑し、その結果、身体に細い導管がとおり、言わば涸れることのない流れから、血管の流れが通じる」と彼は言っています。そして最期の時が来ると、神々はまるで船の艫綱を解くように魂を解放し、魂は自由になる、と言っています。六　こうしたものやこれに類したものが無数に連続しています。しかし、比喩表現が自然本性的に偉大であること、また比喩が崇高を形成するものであること、また激情的な箇所や描写的な箇所ではこれらが最大限に好まれることについては、これまで明らかにしたことで十分です(1)。

七　しかしながら、言語表現における他のすべての美点と同様に、比喩表現の使用も常に節度のなさへと進むことは、私が言うまでもなく、すでに明らかです。というのも、この点でプラトンも人々から最もひどく嘲笑されているのですから。(2) しばしば彼は、まるで言語表現へのバッコスの熱狂にでも取りつかれたかのように、生硬で粗雑な比喩と寓意的な大言壮語にふけっています。彼は言っています。「というのも、国家が混酒器と同じやり方で混合されていなければならないということには、容易に気づかないからだ。混酒器の中に酒を注ぎこむと狂ったように沸き立つが、もう一方の素面《しらふ》の神によって懲らしめられると、きれいに混ざり合い、おいしくほどよい飲み物が出来あがるのだ」(3)。すなわち、水を素面の神、混ぜることを懲らしめると言うのは、ある種の詩人、決して素面ではない詩人のすることだ、と人々は言っています。

八　しかしながらカイキリオスも、リュシアスについての著作の中でこのような欠点を攻撃しながら、あらゆる点でリュシアスがプラトンよりも優れていると大胆不敵にも明言しましたが、(4) 二つの混乱した感情(5)に支配されてのことです。というのも、彼は自分自身以上にリュシアスを愛していますが、にもかかわらずリュシアスを愛するよりもいっそうプラトンを(6)憎んでいるからです。ただ単に彼は勝利への執着にとらわれ

(1) Rhys Roberts, Fyfe / Russell その他の校訂者に従い、ἀπόχρη δὲ τὰ δεδηλωμένα を訳す。
(2) ロンギノス自身も第四章四や第二十九章一でプラトンを批判しているが、古代におけるプラトン批判については、ディオニュシオス『デモステネス論』第五章四以下、ヘラクレイトス『ホメロスの寓意』四および七六以下、アテナイオス『食卓の賢人たち』第十一巻五〇五Bを参照。
(3) プラトン『法律』第六巻七七三C。
(4) カイキリオス「断片」一五〇（Ofenloch）。
(5)「混乱した」は ἀκρίτος の訳。「妄信的」と訳すこともできる。Rhys Roberts 参照。
(6) 底本に従い τῷ παντί「あらゆる点で」を削除する。

ていたのであり、またその前提も彼が思っているほど同意されてはいません。すなわち彼は、プラトンが至る所で誤りを犯しているのに対して、弁論家［リュシアス］は誤りを犯さず純正[1]である、と述べています。しかし事実は決してそうではない、断じてそうではないのです。

第三十三章　偉大さと誤りのない凡庸さとの比較[2]

一　それではまず、本当に純正で欠点のない作家というものを取りあげてみましょう。まさにこの点について、一般的に次のような問いを立てるべきではないでしょうか。詩や散文において、いくつかの点で誤りを犯している偉大さと、成功においてほどほどだがまったくそつがなくて過ちのないものと、いったいどちらが優れているのか。さらにまた文芸において、より多くの長所とより大きな長所と、神かけていったいどちらが正当に第一位の座につくのか。もとよりこれらは崇高の研究にうってつけの考察対象であり、ぜひとも判断する必要があります。

二　さて私は、ひときわ偉大な本性が少しも純正でないことを知っています。というのも、すべてにおいて正確なものは卑小さという危険を招くのであり、その一方で偉大なものにおいては、極度の富と同様、何か無視されるものも必要だからです。卑しく平凡な本性が、決して危険をおかさず頂点を目ざさないため、概して言えば、誤りがなく無難なままであるのに対して、偉大なものが偉大であることそれ自体のためにつまずきやすいということは、ひょっとしたら必然でさえあるのかもしれません。三　それだけでなく、以下の第二点も私はよく知っています。人間のなすことはすべて、常により悪いものの方がいっそう気づかれるのであって、誤りの記憶が消しがたく残るのに対して、美点の記憶はすぐに消え去るのです。四　私自身もホメロスや他の最も偉大な作者たちの誤りの例を少なからず挙げてきたのであり、(3) それらの失敗には大いに不満です。しかしながら、私はそれらを意図的な誤りというよりは、むしろ偉大な才能による、ほとんど意識もせずにたまたまうっかりと引きおこされた、不注意による見落としと呼んでいます。したがって私は、より大きな長所はたとえすべてにおいて同じ水準を保っていないとしても、他の何のためでもなく、偉大な精神それ自体のために、なお常に第一位の票を得るべきだと思います。確かに詩人アポロニオスは『アルゴナウティカ』の中で失敗しておらず、(4) またテオクリトスは、若干の異質なもの(5)を除いた牧歌において最も成果をあげています。それでもあなたは、アポロニオスよりもむしろホメロスになりたいのではないでしょう

(1) καθαρός の訳。ディオニュシオスは純正なギリシア語（アッティカ方言）にこの言葉を用いている（『リュシアス論』第二章）。

(2) 小プリニウス（『書簡集』第九巻二六）も同様の考察を行なっている。

(3) 第九章七でホメロスが批判されており、第三章の失われた箇所にもホメロス批判があったのかもしれないが、他の著作を指しているのかもしれない。Russell 参照。

(4) クインティリアヌス『弁論家の教育』第十巻第一章五四を参照。なお、アポロニオスは以下に言及されるテオクリトス、エラトステネスとともにヘレニズム時代の作家であり、この時代の作家に対するロンギノスの評価については、一三頁註（5）を参照。

(5) テオクリトス『牧歌』の中には、いわゆる「牧歌」ではない作品——たとえば第十六歌と第十七歌は王への頌歌である——が含まれており、それらの作品を指すものと思われる。

か。五　ではどうでしょう。『エリゴネ』[1]（すべてにわたった非の打ち所のない小さな詩です）におけるエラトステネスは[2]、数多くのものをとめどなく並べたてる、また規則によって扱いにくいあの神的な息吹を発露させるアルキロコスよりも、はたして偉大な詩人なのでしょうか。ではどうでしょう。抒情詩においては、ピンダロスよりもバッキュリデスに、悲劇においては何とソポクレスよりもキオスのイオンに[3]、あなたはなりたいでしょうか。一方は過ちがなくまったく優雅に美しく描いていますが、他方でピンダロスやソポクレスは、ときに勢いこんですべてを燃えあがらせるかのようですが、しばしば不可解にも火が消えてしまい、この上なく悲惨なことになります。もちろん見識のある人で、イオンのすべての[4]作品を一まとめにして、『オイディプス』という悲劇一作と同等だとする人はいないでしょう[5]。

第三十四章　デモステネスとヒュペレイデス

一　また、成功を偉大さによって[6]ではなく数によって判定するのであれば、その場合ヒュペレイデスも全体としてデモステネスよりまさっているのかもしれません[7]。というのも、ヒュペレイデスはデモステネスよりも表現が多彩であり、長所もより多くもっているからです。彼は五種競技[8]の選手のようにすべてにおいて僅差の二位であって、そのためどの競技であれ一位を占める他の競技者には後れを取りますが、アマチュアの中では第一位の座を占めています。二　ともかくヒュペレイデスは、配語法だけを例外にして、デモステネスのすべての成功を模倣し、リュシアスの長所と優美さを十二分に取りいれました。すなわち彼は、必要なさいには平明に語り、デモステネスのようにすべてをずっと同じ調子では語りません。また彼は、好ましさとともに飾らない心地よさをもつ性格描写(9)に優れています。また彼には、言葉に表わせないほどの諧謔、社会の機微にこの上なく通じた風刺、生まれのよさ、皮肉を操る技量、趣味がよく教養あふれる、あのアッ

(1)イカリオスの娘エリゴネについては、ヒュギヌス『神話集』一三〇を参照。エラトステネスのエレゲイアは「断片」(*Collectanea Alexandrina*, ed. Powell, p. 64 ff.)が現存している。

(2)エラトステネスは天文学者として有名であるが、アレクサンドリアの図書館長も務め、さまざまな分野で活躍した。ただし、彼はどの分野でも第二位であり、「五種競技の選手」と呼ばれた(『スーダ辞典』エラトステネス)。第三十四章一を参照。

(3)前五世紀の散文作家、悲劇詩人。悲劇は断片が現存している(『群小詩人断片』一九(Snell-Kannicht))。

(4)底本に従い *ἄπαντ᾽* を補って訳す。

(5)底本に従い訳すが、「いやむしろ思慮ある人で、イオンのすべての作品を一まとめにして、『オイディプス』という悲劇一作と同等だとする人はいないのではないでしょうか」(Rhys Roberts)、「実際はむしろ、思慮ある人で、イオンのすべての作品を一まとめにして、『オイディプス』という悲劇一作と同等だとする人はいないでしょう」(Fyfe / Russell)と読むこともできる。

(6)Fyfe / Russell, Lebègue, Schönberger に従い、*τῷ μεγέθει* を訳す。底本は写本のまま、*τῷ ἀληθεῖ*「真実によって」と読んでいる。

(7)ヒュペレイデスの評価については、キケロ『弁論家』一一〇、ディオニュシオス『模倣論』「要約」第五章六、クインティリアヌス『弁論家の教育』第十巻第一章七七を参照。

(8)古代においては、走り幅跳び、競争、円盤投げ、槍投げ、レスリングで行なわれていた。なお、前註(2)を参照。

(9)底本に従い *ἡδὺ,* を削除して訳す。削除しないのであれば「好ましい甘さと、飾らない心地よさをもつ性格描写」という訳になる。

ティカ風の機知で装われた的確な洒落、(1) 巧みなあざけり、(2) 数多くの喜劇的要素、絶妙のユーモアをもった辛辣さ、以上すべてにおける言い表わせない魅力(3)があります。また彼は、哀れみを感じさせる才能にこの上なく恵まれており、さらにきわ立って柔軟に、滔々と神話を物語り、軽やかに話を展開させます。(4) たとえばレトに関するもの(5)は最も詩的に、葬送演説(6)は他の誰にも劣らないほど演示的に扱っています。三　これに対してデモステネスは、性格描写が不十分で、流暢でなく、軽やかでも演示的でもなく、今しがた羅列したものすべてに大抵の場合与っていません。実際、彼がおかしみや諧謔を余儀なくされるときには、笑わせるのではなくて笑われてしまうのであり、優美さに近づこうとする場合にはかえって遠ざかってしまいます。もしもプリュネ(7)やアテノゲネス(8)についてちょっとした弁論を書こうと試みていたならば、ヒュペレイデスをいっそう引き立てていたことでしょう。四　しかしながら、ヒュペレイデスの美点はたとえどれほど多くあるにしても、なお偉大ではなく「素面《しらふ》の人の心には響かないもの(9)」で、聴衆を平静のままにしておきます（ヒュペレイデスを読んで恐ろしいと感じる人はいません）。これに対してデモステネスは、「話を引き継ぐ(10)」と、最も偉大な才能の極致となった長所、すなわち、崇高な表現がもつ緊張、生気ある激情、過剰さ、機転、有効な場合(11)の速さ、誰も近づけない恐ろしさと迫力、以上のものを――私は主張します――一種の神からの贈り物(12)として（人間のものとするのは許されません）まとめて自らの中へと吸収し、その結果として自分がもつ美点によってすべての人に勝利を、彼がもたないものの埋め合わせともなる勝利を収め、(13) まるで雷のように轟きわたり、その輝きによってあらゆる時代の弁論家の影を薄くするのです。次々と連続する彼の激情に正面から向き合うよりは、むしろ人は落雷に対して目を見開くことができるでしょう。

第三十五章　プラトンとリュシアスの比較／偉大なものを愛する人間の本性について

一　しかしながら、先に言ったように[14]、プラトン［とリュシアス］に関してはさらに別の相違点もあります。

（1）*ἅλας* を訳す。写本は *ἀλλ᾽* で「あのアッティカ風でありながら、的確な洒落」となる。

（2）Rhys Roberts と Fyfe / Russell に従い訳す。底本は *ἔχων* を補っており、「巧みで、喜劇的要素を数多くもち、絶妙のユーモアとともに辛辣さも持った嘲笑」という訳になる。

（3）「言わば真似できない魅力」と訳すこともできる。

（4）底本に従い *ἔτι* を削除し、*κεχυμένος* ではなく *κεχυμένως* を訳す。写本のままであれば「さらに滔々と神話を物語るのであり、また軽やかに、さらにきわ立って柔軟に話を展開させます」という訳になる。

（5）失われた弁論『デリアコス』（断片六七—七五（Kenyon））。前三四三頃の弁論で、デロス島（レトがアポロンとアルテミスを産んだ）の聖域に関するアテナイの権利を主張したもの。

（6）ヒュペレイデス第六弁論『葬送演説』は、前三二二年、ラミア戦争での死者に対する弁論。

（7）ヘタイラー（高級娼婦）のプリュネを弁護した弁論（「断片」一七一—一八〇（Kenyon））。アテナイオス『食卓の賢人たち』第十三巻五九〇Eを参照。

（8）ヒュペレイデス第三弁論『アテノゲネス弾劾』は、奴隷売買の契約についての弁論。

（9）出典不詳。

（10）ホメロス『オデュッセイア』第八歌五〇〇。

（11）*κύριον* を訳す。Fyfe / Russell は *καίριον*「時宜を得た」と読んでいる。

（12）底本に従い *τινα* を訳す。写本は *δεινά* であり「神からの畏怖すべき贈り物」となる。

（13）「彼がもたないものに関してまでも、すべての人に勝利を収め」と訳すこともできる。Rhys Roberts 参照。

（14）第三十二章八。

すなわち、リュシアスは長所の大きさにおいてだけでなく、長所の数においてもプラトンに大きく劣り、にもかかわらず、長所において劣る以上に誤りにおいていっそう数が多いのです。

二　それではあの神にも等しい人たちは、著作のこの上ない偉大さを熱望しながら万事に正確さをなおざりにして、いったい何を思っていたのでしょうか。[1] 他の何よりも次のことです。つまり、自然はわれわれ人間を、卑しくなく低劣でもない動物だと判定したのであって、[2] まるで何か巨大な祭典へと導くかのように、この世界へ全宇宙の中へと導きいれ、自然界の競技[3]における一種の見物人、また何よりも名誉を愛する競技者となるよう、ただちにわれわれの魂に、ありとあらゆる偉大なもの、われわれよりもいっそう神的なものへの抑えがたい愛を植えつけた、ということです。三　したがって、人間の観照と思惟を振り向けるのに[4]宇宙全体でも十分ではなく、人間の創意はしばしば人間を取り囲んでいるものの限界を超えてしまいます。そしてもし人が、この世界をぐるりと見渡し、非凡なものと偉大なものと美しいものとがすべてにおいてどれほど優位にあるかを見てとるならば、われわれが何のために生まれてきたのかすぐに分かるでしょう。四　そういうわけでわれわれは、何らかの自然本性に導かれ、たとえ澄みきって有用であろうと、神かけて小さな流れには驚嘆しないのであり、ナイル川やドナウ川に、あるいはライン川に、さらにいっそうオケアノス［大洋］に驚嘆するのです。[5] また、われわれのともす小さな火が灯火を明るく保つからといって、われわれは天上の火［＝天体］――しばしば曇らされますが――以上に驚愕することはなく、またエトナ山の火口――その噴火は地の底から岩をまた丘全体を噴き上げ、ときにはあの大地から生まれた、自ら動く火の川[6]をあふれさせますが――以上に驚嘆に値するとは見なしません。五　しかしこうしたことすべてについては、次のように言ってよいでしょう。つまり、必要なあるいはまた不可欠なものは簡単に人の手に入りますが、それにもかかわらず、思いもよらないものが常に驚嘆されるのです。

(1)以下でロンギノスは、崇高と偉大さを愛することは人間の自然本性だと説明するが、古代哲学のさまざまな影響を読み取ることができる。Russell に従い、四点に分けて主な典拠を示す。①「人間の高貴さ」、プラトン『ティマイオス』九〇A、キケロ『神々の本性について』第二巻一四〇。②「人間は自然界の競技の見物人」、同書同巻三八および一四〇、エピクテトス『語録』第一巻第六章一九。③「人間精神は宇宙の限界をも超える」、擬アリストテレス『宇宙について』三九一a八—一六、ルクレティウス『事物の本性について』第一歌七二、セネカ『閑暇について』第五章六。④「人間は何のために生まれてきたのか」、エピクテトス『語録』第一巻第六章二五および第二巻第四章一九、マルクス・アウレリウス『自省録』第八巻五二。

(2) *ἔκρινε* を訳す。*ἔκτισε*「生みだした」という読みもある。

(3)「祭典の競技」と訳すこともできる。また *ἄθλων αὐτῆς* ではなく *ὅλων αὐτῆς*「自然界の万物」という読みもある。Rhys Roberts と Lebègue 参照。

(4)底本に従い *τῇ θεωρίας καὶ διανοίας τῆς ἀνθρωπίνης ἐπιβολῇ* を訳す。写本は *τῇ θεωρίᾳ καὶ διανοίᾳ τῆς ἀνθρωπίνης ἐπιβολῆς*「人間の振り向ける観照と思惟にとって」と読んでいる。

(5)カリマコスは「海のように歌う詩人を愛す」という言葉に反論して、「アッシリアの河の流れは大きい(*μέγας*)が、水とともに大量の泥と多くのごみを運んでいる。しかし女祭司たちは、どこから取ってきた水でもデメテルに注ぐわけでなく、神聖な泉から湧き上がる、純粋で汚れのない一滴、それも選りすぐりの精華を注ぐ」と歌っている(『アポロン讃歌』一〇五—一一二)。ロンギノスはこれを意識していたように思われる。

(6)底本に従い *αὐτομάτου* を訳す。写本は *αὐτοῦ μόνου* であり「火そのものだけからなる川」という訳になる。

第三十六章　崇高と偉大さの神的な性質について

一　そこで、偉大さが効用や有益さと決して無関係ではない[1]、言葉における偉大な才能については、ここから次のように結論すべきです。つまり、これほどの人々は、誤りを犯さないことからほど遠いのですが、にもかかわらず、すべての死すべき人間を超えています[2]。そして他のものがその持ち主を人間だと証明するのに対して、崇高は神の偉大な精神の近くにまでその持ち主を押し上げます。また失敗しないものがけなされないのに対して、偉大なものはまさに驚嘆されるのです。二　以上に加えて、次のことはもはや言うまでもありません。つまり、しばしばあの人物たち一人ひとりが、ただ一度崇高に成功することですべての過失を償うのであり、最も重要なことには、もし誰かがホメロスの、デモステネスの、プラトンの、他の最も偉大な人たちのすべての難点を選びだし一箇所に集めるならば、あの英雄たちが至る所で成功しているものの、最小部分、いやむしろ極微細部分だということが分かるでしょう。それゆえ、嫉妬心のあまり錯乱していると宣告されることのありえない、あらゆる時代を経たこの世界［の判断］が[3]、あの人たちに勝利の栄冠をささげ贈り、今日までそれが奪い去られることのないように保ち、どうやら

水流れ、大いなる樹の生い茂るかぎり[4]

それを見守るのです。三　もちろん、欠陥のあるコロッソス［巨像］[5]はポリュクレイトスの『ドリュポロス［槍もち］[6]』に劣ると書いた人に対しては、多くのことに加えて次のように言えるでしょう。技術においては

最も正確なものが驚嘆され、自然の所産においては偉大さが驚嘆されるのであって、人間が言葉をもつのは自然本性による。[7] また彫刻においては人間に似ているものが追い求められるのに対して、先に言ったように、言葉［文芸］においては人間的なものを超えるものが追い求められる。四　しかしながら（この助言は私たちの覚え書きの最初の部分へと戻ります）[8]、概して言えば、過ちのない成功は技術に属し、その一方で、むらがあるにしても最高位にあるものは偉大な才能に属しているのですから、どんな場合にも技術が自然［才能］に援助を提供するのがふさわしいのです。というのも、両者が結びつくことで、おそらくは完全なものとなるでしょうから。

提起された考察対象に関して、これだけのことを判断する必要がありました。しかし、各人が心地よいと

(1) 前章での自然現象と対比している。

(2) παντός を訳す。写本は πάντες で「彼らすべてが死すべきものを超えています」となる。

(3) 同時代の人々は嫉妬心のせいで判断を曇らせるということである。ホラティウス『書簡詩』第二巻一-八八―八九を参照。

(4) プラトン『パイドロス』二六四Dに引用されている、ミダス王の碑文の一部。『ギリシア詞華集』第七巻一五三。

(5) 地震で損なわれた、ロドス島のコロッソスを指すとも考えられるが、特定の像ではないのかもしれない。ストラボンは、コロッソスにおいては全体としての効果が重要であり、細部の正確さは重要でないと述べている（『地誌』第一巻第一章二三）。

(6) ポリュクレイトスの作品で、均整のとれた模範的な影像と見なされていた（大プリニウス『博物誌』第三十四巻一九-五五）。

(7) つまり、自然本性に基づく言葉（文芸）においては、正確さよりも偉大さのほうが重要だということである。

(8) 第二章。

思うものを楽しめばよいのでしょう。

第三十七章　喩えと直喩

さて比喩に近いのは（話を戻さねばなりません）[1]、喩えと直喩であり、次の点が異なるだけです……

［テクスト脱落[2]］

第三十八章　誇張

一　……次のようなものも笑うべきです[3]。「諸君が脳みそを踵の中に踏みつけながらもっているのでなければ[4]」。したがって、個々の場合にどこまでを限界とするのか知る必要があります。というのも、ときに大きく度を越してしまうと誇張[5]が台無しになるのであり、こうしたものは過度に引き延ばされて緩んでしまい、ときには逆転して正反対のものにさえなるからです。二　実際イソクラテスは、すべてのことを拡大して語りたいという名誉欲によって、どうしたわけか児戯に堕しています。すなわち彼の『民族祭典演説』の主題は、アテナイ人の国家がギリシア人に対する善行の点でスパルタ人の国家を凌駕していることですが、彼は冒頭早々に次のように記しています。「次に、言葉は偉大なものを卑小にし、些細なことを重大に装うことも、また古《いにしえ》のことを新しく語り、最近の出来事について古めかしく述べることもできる、それほどの力をもっている」[6]。ある人が言っています。「ではイソクラテス、君はそうやってスパルタ人とアテナイ人についても取り換えようとしているんだね」。すなわち、言葉を賛美するのは、自分の言うことが信用できないと指摘する前口上を聴衆に披露したようなものです。三　したがって、文彩についても先に言ったように[7]、おそらく最も優れた誇張とは、誇張であることそれ自体を気づかれない誇張です。そしてこうしたことが起こるのは、感情の高まりとともに誇張が何らかの重大な危機に際して発せられる場合です。シケリアで破滅した人々に関してトゥキュディデスは、まさにこれを行なっています。彼は言っています。「また、シュラク

---

(1)第三十二章八からは一種の脱線で、話題は「言葉づかい」に戻るということ。

(2)ここでテクストが二頁、約一〇〇行脱落。おそらく、「比喩(*μεταφορά*)」(厳密には隠喩)と「直喩(*εἰκών*)」の違いについて、「アキレウスについて『獅子のごとく突き進んだ』というなら直喩であるが、『獅子が突き進んだ』と言えば比喩なのである」(アリストテレス『弁論術』第三巻第四章一四〇六b二一―二二、戸塚七郎訳)に類したことが語られていたと予想される。Russell 参照。なお、クインティリアヌスも同様のことを述べている(『弁論家の教育』第八巻第六章八―九)。

(3)Fyfe / Russell に従い *καταγέλαστοι* を訳す。

(4)デモステネス第七弁論『ハロンネソスについて』四五。なお、デモステネスのテクストでは、「諸君が脳みそをこめかみの中にもっており、踵の中に踏みつけながらもっているのでなければ」となっている。

(5)「誇張(*ὑπερβολή*)」は、アリストテレス『弁論術』第三巻第十一章一四一三a二一―b二、伝キケロ『ヘレンニウスへの弁論術』第四巻第三十三章四四、キケロ『トピカ』一〇-四五、クインティリアヌス『弁論家の教育』第八巻第六章八―九などで取り扱われている。

(6)イソクラテス『民族祭典演説』八。類似した内容は、ゴルギアス『ヘレネ頌』断片一一-八以下(D-K)、プラトン『パイドロス』二六七A―Bでも語られている。

(7)第十七章一。

サイ軍は水辺まで降りてきて、主に川の中にいたアテナイ兵の殺戮を始めた。すると水はたちまち汚れた。それでもなおアテナイ兵は血の混じったその水を泥といっしょに飲み続け、多くの者が奪い合いまでした」[1]。飲んでいるのが血と泥であるにもかかわらずなお奪い合いになるのを、感情の突出と危機とが信じられるものにしているのです。

四　また、テルモピュライで戦った人々に関するヘロドトスのものも同様です。彼は言っています。「［ギリシア軍は］この地において、まだ短剣を残した者は短剣によって、［他の者は］素手によっても、歯によっても防衛に努めたが、ペルシア軍は彼らに矢の雨を降らせ埋葬した」[2]。ここで、武装した者と「歯によって戦う」とはどういうことなのか、また「矢によって埋葬される」とはどのようなことなのか、とあなたは言うでしょう。しかしそれにもかかわらず[3]、これは説得力を持っているのです。というのも、誇張のために事柄が取りあげられているのではなく、誇張が事柄から順当に生みだされたように思われるからです。五　すなわち、何度でも言いますが[4]、あらゆる表現上の大胆さを緩和する一種の万能薬は、忘我自失させるほどの行為や激情です。それゆえまた、喜劇的なものも、たとえ信じられないものに陥ったとしても、おかしみによってもっともらしいのです。

彼はスパルタ人の手紙よりも短い［小さい］土地を農地としてもっていた[5]。

というのも、笑いもまた、心地よさに含まれる感情［激情］ですから[6]。六　また、誇張がより大きなものへと同様、より小さなものへもなされるのは、強調することが両者に共通しているからです。あざけりもある意味で貧弱さの拡大なのです。

第三十九章　配語法――ハーモニーとリズムの効果について

一　貴き人［＝テレンティアノス］よ、崇高に貢献すると最初に定めたもの(7)のうち、五番目の部門がわれわ

---

(1)トゥキュディデス『歴史』第七巻八四。

(2)ヘロドトス『歴史』第七巻二二五。底本に従い βάλλοντες「矢の雨を降らせる」を補う。

(3)ὅμως を訳す。写本は ὁμοίως「同じように」。

(4)第十七章二、第三十二章四を参照。

(5)喜劇作者不詳「断片」四一七―四一九（Kock）。底本に従い Λακωνικῆς「スパルタ人の」を補う。スパルタ人の寡黙さはギリシア人の間で有名であった。ストラボン『地誌』第一巻第二十四章三〇を参照。

(6)アリストテレスも「笑い（γέλως）」を「心地よさ（ἡδονή）」に含めている（『弁論術』第一巻第十一章一三七一b三六―一三七二a二）。弁論術では、「笑い」は「激情（感情）」の一つとして考察される（キケロ『弁論家について』第二巻二三六、クインティリアヌス『弁論家の教育』第六巻第三章）。また、喜劇における「誇張」については、デメトリオス『文体論』一二六および一六一を参照。

(7)第八章。

れに残されており、それは言葉のある種の構成［＝配語法］でした。[1] これについては二巻の著作[2]の中で、私に考察できたかぎりのことを十分に示していますから、どうしても必要なことだけを目下の主題のためにつけ加えておきます。つまり、ハーモニー[3]は説得と心地よさをもたらす、人間にとって自然本性的な道具[4]であるだけでなく、偉大な表現と激情をもたらす、一種の驚くべき道具でもあります。二 すなわち笛は、聴衆にある種の激情を吹きこんで、まるで正気を失い狂乱に満たされたかのようにし、また一種のリズミカルな歩調を送りこみ、リズムに合わせてその歩調で歩むよう、「たとえ音楽に縁のない者であろうと[5]」、聴衆をしらべに同調するよう強制します。神かけて竪琴の音色は、それだけでは何も意味しないにもかかわらず、響きの変化や相互の融合[6]と和音の混合とによって、ご承知のとおり、しばしば驚くべき魔法をかけるのです。[7] 三（とはいえ、これらは説得の影像にして偽りの模像であり、先に言ったような[8]、人間本性の正統な活動ではありません）。したがって配語法とは、人間に生まれつき備わり耳だけでなく魂にまで届く、言葉の一種のハーモニーであって、以下のように考えるべきではないでしょうか。つまり、配語法はさまざまな種類の語句、思考、事柄、美、快い音調――すべてわれわれの中で育つ生来のものです――を生気づけるのであり、同時にまた、自らの音色の混合と多様化によって、語り手に生じた激情をそばにいる人の心の中へ導き入れて聞き手にそれを常に共有させ、また、文を積み重ねることによって、偉大さを作りあげます。まさにこうしたことによって配語法は、魔術をかけると同時に、自身の中に含まれるすべてとわれわれを助けて重厚さと厳かさと崇高へとそのつど向かわせるのであり、[9] われわれの心を全面的に支配するのです。ところで、このように同意されていることを問題にするのはまともではないにしても（経験が十分に証明しているのですから)、四　ともかくデモステネスが法令に適用した思考は崇高に思われ、実に驚嘆すべきものです。「この法令はこのとき国家を覆っていた危険を、まるで雲のように（ὥσπερ νέφος）かき消したのだ」(10)。しかしここでは、思惟それ自体に劣らずハーモニーが効果を上げています。すなわち、全体がダクテュロス(11)のリズムで

---

(1) 底本に従い訳すが、写本は *ἡ διὰ τῶν λόγων αὕτη ποιὰ σύνθεσις* である。Rhys Roberts, Lebègue, Schönberger は *ἡ διὰ τῶν λόγων αὐτὴ ποιὰ σύνθεσις*「言葉のまさにある種の構成」、Fyfe は *ἡ δὴ τῶν λόγων αὐτῶν ποιὰ σύνθεσις*「言葉そのもののある種の構成」と読んでいる。なお、「配語法」については、二三頁註（5）を参照。

(2) いかなる著作か不明。ディオニュシオスには『文章構成法』という著作があるが、一巻の著作である。

(3) *ἁρμονία* の訳。この語は、文芸においては「言葉の調和した構成」を意味するが、ロンギノスは音楽的な意味合いを常に含ませている。「配語法」と音楽との関係については、クインティリアヌスも述べている（『弁論家の教育』第九巻第四章九―一〇）。

(4) *ὄργανον* の訳。「楽器」と訳すこともできる。

(5) エウリピデス『ステネボイア』断片六六三（Nauck²）。

(6) *κράσει* の訳。写本は *κρούσει*「振動（響き合い?）」。Rhys Roberts 参照。

(7)「笛（*αὐλός*）」や「竪琴（*κιθάρα*）」などの音楽が感情に及ぼす効果については、プラトン『国家』第三巻三九八C―三九九E、アリストテレス『政治学』第八巻第五章一三三九a一一以下、ディオン・クリュソストモス第三十二弁論『アレクサンドリアの人々へ』五七―五九を参照。

(8) 本章一。

(9) Russell の解釈に従う。「われわれを助けて、重厚さと厳かさと崇高と、自身の中に含まれるすべてへとそのつど向かわせるのであり」と訳すこともできる。

(10) デモステネス第十八弁論『冠について』一八八。

(11) 長短短のリズム。ホメロスに始まる叙事詩、とりわけ英雄叙事詩はこの詩脚で構成されていた。ただし、出だし *τοῦτο τὸ* は長短短になっているものの、デモステネス文章の全体がこの詩脚になっているわけではない。ロンギノスはあまり厳密に詩脚を考えていなかったようである。

語られており、このリズムは最も高潔で、偉大さを形成するものです。それゆえ、われわれが知っている中で最も美しい韻律、英雄詩脚を構成するのもダクテュロスです。[1] いずれにせよ、[2] この語句「まるで雲のように」をもとある場所から好きなように移動させてみてください。「この法令は、まるで雲のように、このとき国家を覆っていた危険をかき消したのだ」。あるいは、ぜひとも一音節だけを切り離してみてください。「雲のように（ὡς νέφος）かき消した」。そうすれば、ハーモニーが崇高とどれほど響き合っているかが分かるでしょう。すなわち、もとの「まるで雲のように」は、出だしが四拍に相当する長いリズムとなっています。[3] しかし、一音節を取り除いて「雲のように」とすると、切りつめられてただちに偉大さが損なわれます。逆に引きのばして、「まるで雲であるかのように（ὡσπερεὶ νέφος）かき消した」とするなら、意味は同じであっても、もはや与える印象は同じではありません。なぜなら、切り立った崇高が最後の音節の長さとともに、[4] 解体され緩んでしまうからです。

第四十章　総合文／民衆語の使用

一　さて、語られたものをとりわけ偉大にするものは、身体における全身の組み合わせによく似ています。身体の一部は他から切り取られると、それ自体では何の価値ももちませんが、すべてが相互に結びつくと完全な有機体を実現します。それと同じように、偉大なものがばらばらにまき散らされると、それ自身とともに崇高までもあちらこちらへと散乱させますが、共同して一体となり、さらにハーモニーの絆によって結び合わされると、まさしく円環をなして[5]響くようになります。そして、大体のところ総合文[6]において、偉大さは多数のものの寄与によるのです。

二　それだけでなく、われわれは以下のことも十分に明らかにしています。[7] 才能において崇高ではなく、おそらくは偉大でさえない多くの散文作家や詩人たちは、大抵がありふれていて民衆的な、非凡さとは無縁の語句を用いていながら、適正に[8]それらを組み合わせ調和させただけで、重厚にして異彩を放ち、ありきたりだとは思われなくなったのであり、[9] 他にも多くいる中で、ピリストス[10]が、

---

(1) アリストテレス『弁論術』第三巻第八章一四〇八b三二、『詩学』一四五九b三二、ディオニュシオス『文章構成法』第十七章一一を参照。

(2) *τό τε* を省き *ἐπείτοιγε* から訳す。*τό τε* の後に「最後の語句がとくによくできている」といった趣旨の字句が脱落していると思われる。

(3) *ὥσπερ νέφος* の最初 *ὥσπερ* は長長になっており、長音節は二拍に当たるので四拍となる。

(4)「最後の音節を長くすることによって」と訳すこともできる。

(5) 次に述べられる「総合文」の円環を意味している。

(6) *περίοδος* の訳。「完全文」「掉尾文」という訳もある。補註I参照。

(7) 第三十九章一で言及されている「二巻の著作」の中だと思われる。

(8) Fyfe / Russell に従い、*δεόντως* を訳す。写本は *δ' ὅμως*「しかしそれにもかかわらず」。

(9) ディオニュシオス『文章構成法』第三章九以下に、同様のことが語られている。

(10) 前四—三世紀シュラクサイ出身の歴史家で（*FGrHist*）、トゥキュディデスを模倣したと言われている（キケロ『弟クイントゥス宛書簡集』第二巻一一-四）。ディオニュシオス『ポンペイオス・ゲミノスへの書簡』第五章、『模倣論』「要約」第三章六—八を参照。

若干のものでアリストパネスが、きわめて多くのものでエウリピデス[1]がその例です。三　子供を殺してしまった後になって、ヘラクレスは言っています。

　俺は不幸であふれている、もはや何も積みこむ余地はない。[2]

語られていることは非常に民衆的ですが、文脈に合致することで崇高となったのです。あなたがこれを違ったやり方で組み立てるならば、エウリピデスが詩人であるのは意味内容よりも、むしろ配語法によってであることが分かるでしょう。四　また牡牛に引きずられるディルケについて［次のように語られています］。

……………［牡牛は］ところかまわず
歩き回ると（πέριξ ἑλίξας）……何もかも[3]一まとめに捕らえ
女、岩、樫（πέτρον δρῦν）を絶えず向きを変えながら引きずりまわした。[4]

着想も秀逸ですが、いっそう強力になっているのは、ハーモニーをせきたてず、またローラーのように転がすのでもなく、語と語が支えあいながら、安定した偉大さをもつように、それぞれの間をゆったりと開けているからです。[5]

第四十一章　崇高を弱めるリズム

一　しかし、柔弱で落ちつきがない言葉のリズム、たとえばピュリキオスやトロカイオスやディコレイオスほど、崇高さを弱めるものはなく[6]、これらは完全に踊りのリズムに陥っています。[7] というのも、あまりにリズミカルなものはすべて、単調に反復されて何の感情も喚起せず、すぐさま、わざとらしく軽薄に思われてくるからです。[8] 二　さらにまた、こうしたことの中で最悪なのは、ちょうど歌が聴衆の注意を「歌われている」事柄から逸らして否応なく歌それ自体へと向けてしまうように、あまりにリズミカルに語られたものが、言葉のもつ情動ではなく、リズムのもつ情動を聴衆に与えてしまうことです。その結果として、聴衆は定められたリズムの終止を予想して、語り手に合わせて足で拍子を取り、踊りにおいてあるように、先にリ

（1）第十五章三を参照。なおこれらの作家の例は、第三十一章一で言及された二巻の書物の中で扱われていたのかもしれない。

（2）エウリピデス『ヘラクレス』一二四五。

（3）Fyfe / Russell に従い、*πάνθ'* を補って訳す。

（4）エウリピデス『アンティオペ』断片二二一（Nauck²）。ディルケはアンティオペを牡牛に縛りつけ引きずりまわそうとしたが、アンティオペの双子の息子アンピオンとゼトスによって、逆に自分が縛りつけられ殺された。

（5）Russell によれば、*περὶξ ἐλίξας* と *πέτρον δρῦν* の二重子音 *ξ* や子音の連続 *δρ* が発音するさいに間を開けさせるのである。ディオニュシオス『文章構成法』第二十章一三—二二を参照。

（6）ピュリキオスは短短、トロカイオスは長短ないし短短短、ディコレイオスは長短長短という詩脚。弁論が音楽的になりすぎることへの批判については、大セネカ『勧告弁論集』第二章一〇、『論判弁論集』第二巻第一章二六、セネカ『書簡集』一一四-一五—一六、タキトゥス『弁論家についての対話』二六、クインティリアヌス『弁論家の教育』第十一巻第三章五七、小プリニウス『書簡集』第二巻一四-一二以下を参照。

（7）アリストテレスはトロカイオスと踊りの結びつきについて述べている（『詩学』一四四九a二一—二三、一四五九b三七—一四六〇a一）。

（8）*καὶ* を省いて訳す。写本のままであれば、「すぐに、わざとらしくて安っぽい、単調に反復され何の感情も喚起しないように思われてくるからです」となる。

ズムの終止を踏んでしまうときがあるのです。[1]

三　同様に、過度に密集したもの、小さな断片や短音節に切りつめられ、まるで木釘によって不均等に、でこぼこしたまま繋ぎ合わされたようなものも、偉大ではありません。

第四十二章　簡潔さ

のみならずまた、過度に切りつめられた言葉づかいも崇高を減少させます。というのも、過度に短く圧縮されると、偉大さを傷つけるからです。しかし今この点は、適正に[2]縮められたものではなく、純然として小さく、細分化されたものに限ると考えてください。すなわち、切りつめると意味が損なわれるのに対して、簡潔さは的を射るのです。[3]その逆が長くのびたものであることは明らかです。時宜を得ず長さに訴えるものは生気がありません。[4]

第四十三章　語句の卑小さ

一　また、語句の卑小さも偉大さを甚だしくけがします。[5]たとえば、ヘロドトスにおける嵐［の記述］は、着想においては神わざのように述べられていますが、題材とは神かけてつり合わないものがいくつか含まれています。おそらくはこれがそうです。「海は煮えたち（ζεσάσης）[6]」。「煮えたち」が響きの悪さのせいで大いに崇高をはぎ取っているからです。他方で彼は、「風がぐったりした」、また、難破船のまわりに投げだされた者を「不愉快な結末」が待っていた、(7) とも言っています。すなわち、「ぐったりする」は威厳がなく日常的であり、(8)「不愉快な」はこれほどの災厄には似つかわしくないのです。

二　同様に、テオポンポスもペルシア人のエジプト侵攻を超絶したやり方で形容しながら、いくつかの語句によって、全体をぶち壊してしまいました。「というのも、アジアのどの国が、あるいはどの民族が王に

---

(1) デメトリオス『文体論』一五を参照。

(2) 底本に従い *οὐ* を省き *δεόντως* を訳す。写本のままであれば「適正ではなく」となる。

(3) *ἐπ' εὐθύ* を訳す。Lebègue は *ἐπευθύνει* と読んでいるが、意味に違いはない。「簡潔さ (*συντομία*)」については、デメトリオス『文体論』一〇三および一三七を参照。「切りつめ (*συγκοπή*)」と「簡潔さ」を区別した例は他に見あたらないが、ディオニュシオスは「明晰さと簡潔さ (*βραχύτης*) の二つを結びつけ適度に整えるのは本来困難なこと」だと述べている (『リュシアス論』第四章四)。

(4) 最後の二文はどこで切るかを含めさまざまな読みがある。「逆に長くのびたもの [冗長なもの] は生気がないことは明らかです。というのも時宜を得ず長さに訴えるものがそうだからです」(Rhys Roberts)。「その逆が長くのびたものであることは明らかです。時宜を得ない長さによって緩んでしまったものは生気がありません」(Fyfe / Russell)。

(5) 本章の内容は第三十一章と関連しており、本来「言葉づかい」に含まれるべきかもしれない。Russell 参照。クインティリアヌスも語句を適切に選択することについて述べているが (『弁論家の教育』第十巻第一章九)、ディオニュシオスは語そのものの選択よりも語順調整 (＝ハーモニー) (*ἁρμονία*) を重視している (『文章構成法』第十二章一〇—一一)。

(6) ヘロドトス『歴史』第七巻一八八。

(7)「風がぐったりした」はヘロドトス『歴史』第七巻一九一、「不愉快な結末」は第八巻一三。

(8) 底本に従い *καὶ ἰδιωτικόν* を訳す。Fyfe / Russell, Lebègue, Schönberger は *ἰδιωτικὸν ὄν*「日常的であって [威厳がなく]」と読んでいる (Rhys Roberts は *ὄν* を補わないが同じ訳である)。

使節を送っていなかったのか。大地から生まれた、あるいは技術によって完成した、美しいもの、あるいは価値あるものの中で、王への贈り物として、何が運ばれてこなかったのか。高価な布団と外套（紫のもの、刺繡いりのもの、白いもの）が数多く、必需品すべての備わった黄金の天幕が数多く、多くの儀礼服と高価な寝椅子が数多くあったのではないか。さらにまた、金細工と銀細工の食器が、そして酒杯と混酒器があった――あるものには宝石がちりばめられ、他のものには精密で高価な装飾がほどこされているのが見えただろう――。これらに加えて、数えきれないほど多くの武具が、ギリシア人のものも、外国人のものもあった。また、桁外れの数の駄獣と、切りさばくために太らされた犠牲獣と、何メディムノス[1]ものスパイスと、パピルス[2]やその他の必需品が入った数多くの雑嚢と袋と壺[3]とがあった。また、あまりに大量であるため、遠くから近づいてくる人は、丘と尾根を前にしていると思うほどの、それほどのあらゆる種類の犠牲獣の塩漬け肉があった[4]」。三　彼は崇高なものからありきたりなものへと転回しているのであり、むしろ拡大させなければならないのです。ところが、装備全体の驚嘆すべき報告に、雑嚢とスパイスと袋を混ぜこんだために、何か食堂のようなイメージを作りだしています。すなわち、もし誰かが、あのこれ見よがしな装飾品[5]のただ中、黄金製で宝石をちりばめられた混酒器や銀の食器や純金の天幕や酒杯の間に、雑嚢と袋をもってきて真ん中に置いたとすれば、その結果は見るにたえないものになっていたでしょう。それとちょうど同じように、このような語句は、時宜を得ず割りこませると、表現をけがすのであり、言わば汚点となるのです。四　しかし、彼が連なる丘と言っているものもかい摘まんで述べることができたのであり、その他の装備についてもまた、そのように変えて[6]言うことができたのです。「ラクダと、食卓の贅沢や享楽に役立つあらゆるものを運ぶ多くの駄獣」。あるいは、「山積みになったあらゆる種類の大量の穀物と、料理や快適さに大切なもの」と呼ぶことも、あるいはどうあってもしっかりと[7]それを記したいのなら、「給仕係と料理人が知るかぎりの美味なもの」と言うこともできたのです。五　というのも、崇高なものにおいては、何かどうしてもやむをえない事情によって余儀なくされないかぎりは、粗野で侮られるものに落ちこんではならないのであって、字句を事柄に見合ったものにして、人間の創造者である自然を模倣するのが当然だからです。つまり自然は、われわれの中にある口に出せない部分も全身の排泄器官も、眼前には置かずにできるだけ隠し、クセノポンによれば、これらの管を極力遠くに逸らし、全体としての姿の美を決してけがさないようにしたのです[8]。

六　ところで、卑小にするものをわざわざ種類ごとに数え上げるまでもないでしょう。というのも、言葉

---

(1) 穀量の単位で、約五二リットル。

(2) *βιβλίον* の訳。*βολβός*「タマネギ」という読みもある。

(3) *χύτραι* の訳。写本は *χάρται*「[パピルスの]巻物」。

(4) テオポンポス「断片」二六三a（*FGrHist*）。アテナイオスも一部を引用しているが若干字句が異なる（『食卓の賢人たち』第二巻六七F）。アルタクセルクセス三世によるエジプト遠征を記述したものである（ディオドロス『世界史』第十六巻四四以下を参照）。

(5) *προκοσμημάτων* を訳す。底本は *προσκοσμημάτων* となっているが、誤植と思われる。

(6) *ἀλλάξας* を訳す。Rhys Roberts と Schönberger は *ἁμάξας*「荷車」と読み、「そのように言うことができたのです。『荷車とラクダと……』」と訳している。

(7) *αὐτάρκη* を訳す。Fyfe / Russell は *ῥητῶς*「はっきりとした言葉で」と読んでいるが、*ἀκριβῶς*「正確に」という読みも提示している。

(8) クセノポン『ソクラテス言行録』第一巻第四章六。なお、キケロ『神々の本性について』第二巻一四〇—一四一、『義務について』第一巻一二六—一二七を参照。

を高潔にまた崇高にするすべてのものは、すでに例を挙げたのであり、その反対のものが大抵は言葉を卑しく、また見苦しくすることは明らかですから。

第四十四章　雄弁衰退論[1]

一　しかしながら、あのことが残されており、親愛なるテレンティアノスよ、あなたの学習意欲のために、さらに加えて明らかにすることを私はためらったりはしないでしょう。[2] まさにそれは、ある一人の哲学者[3]がつい最近、次のように言いながら私に[4]問いかけたことです。「もちろん他の多くの人もそうだろうが、私は驚いている。われわれの時代に、きわ立って弁が立ち社会の機微に通じた才能、鋭く器用で、とりわけ言葉の心地よさにあふれた才能は生まれるが、わずかな例外を除いて、崇高きわまりない、ひときわ偉大な才能はもはや生まれないのは、いったいどうしてなのだ。文芸における一種の世界的な不毛が、それほどにこの世界を覆っている。二　あるいは――彼は言いました――あの言い古されていることを、つまり、民主主義[5]は偉大な人々のよき養育者であり、言葉に関して畏怖される人々はほとんどがこれとともにのみ盛期を迎え、これとともに滅んでゆくと、はたして信じるべきなのか。というのも、自由こそが偉大な精神をもつ人々の心を養い、希望で満たし、また同時に互いへの競争心と第一位の座への名誉欲を呼び覚ます[6]ことができる、と言われているからだ。[7] 三　のみならずまた、弁論家の知的な優秀さは、この政治体制［民主主義］において手に入る報賞のために、絶えず鍛えられ研ぎすまされて、言わば磨きあげられるのであり、当然のこととして、国家とともに自由の光輝を放つ。しかし今——彼は言いました——、どうやらわれわれは、子供のころに正しい隷従[8]を学び、まだ心の柔らかい頃から隷従の習慣と慣習という産着にくるまれてきた[9]も同然で、最も美しくまた最も実り豊かな言葉の泉——自由のことだと彼は言いました——に口をつけたことがないよ

(1) 雄弁ないし弁論の衰退はタキトゥスが『弁論家の対話』で主題として取りあげているが、後一世紀にさまざまな著作家が取りあげた話題である。本篇『崇高について』の成立が後一世紀と見なされる主要な根拠の一つが、この「雄弁衰退論」である。大セネカ『論判弁論集』序-七—一〇、小プリニウス『書簡集』第九巻二六を参照。

(2) Fyfe / Russell に従い、*καὶ* を補い、*ἐπιπροσθῆναι* ではなく *ἐπιπροσθεῖναι* と訳す。補わなければ、「親愛なるテレンティアノスよ（あなたの学習意欲のためにさらに加えることをためらったりはしないでしょう）、あのことを明らかにすることが残されています」という訳になる。

(3) 具体的に誰を指すのか不明。以下の発言とアレクサンドリアのフィロン『自由論』六二—七四、『酩酊について』一九八との類似は、ロンギノスとフィロンの関係を示すのかもしれないが、あるいは何か共通の典拠があったのかもしれない。Rhys Roberts 参照。

(4) *ἐμέ* を補って訳す。

(5) 厳密にはローマの共和政が念頭にあるのかもしれない。

(6) Fyfe / Russell に従い *διεγείρειν* を訳す。写本は *διελθεῖν*「押し広げる」。

(7) Fyfe / Russell, Lebègue, Schönberger に従い、写本の *φησίν* ではなく *φασίν* を訳す（Rhys Roberts は *φησίν* と読んでいるが、訳に違いはない）。

(8)「正しい隷従」の意味は、「隷従の正しいやり方」とも「隷従することが正しい」とも解することができる。

(9) ヘラクレイトス『ホメロスの寓意』一に同様の表現が見られる。

うだ。したがってわれわれは、偉大な才能をもったおべっか使いにほかならないことになる」[1]。四　彼の主張するところでは、他の技能は奴隷でさえもつことがあるのに対して、奴隷が決して弁論家とならないのはそのせいです。「なぜなら、常に打たれることに慣れていて、自由に話すことができず、言わば監獄にとらわれていることがただちにおもてに現われるから」というわけです。五　ホメロスによれば、「なぜなら、奴隷の身となれば、徳の半分が取りあげられるから」[2]となります。「したがって私の聞いたことが信じるに足るとすれば――彼［哲学者］は続けます――、侏儒と呼ばれるピュグマイオイ人が中で育てられる檻は、閉じこめられた者の成長を妨げるだけでなく、身体を縛る枷によって虚弱にするのだ[3]が、ちょうどそれと同じようにすべての隷従は、たとえそれがどれほど正しくあったとしても、魂の檻にして公共の牢獄だと人は見なすことになるだろう」。

六　これに対して私の方は答えて言いました。「優れた方よ、折々の現状を非難するのはたやすく、また人間に特徴的なことです。しかし考えてみてください。おそらくは、世界の平和[4]が偉大な本性を荒廃させているのではなく、むしろわれわれの欲望を占有する果てしないこの戦争こそが、神かけてこれに加え、現代の生活を占拠し徹底的に疲弊させるこの激情こそがはるかにそうなのです。すなわち、すでにわれわれすべてが罹っている飽くことなき金銭愛そして享楽愛は、奴隷にする、いやむしろある人に言わせれば、人生という船を乗組員ともども沈没させるのです[5]。金銭愛は卑小にする病気、享楽愛は最も低劣な病気です[6]。七　実際、私の考慮するところでは、際限のない富を尊重しながら、もっと直截に言えば、神と崇めながら、富に付き物の悪徳がわれわれの魂の中へ入りこむのを許さずにすませる方法は、見つけることができないのです。というのも、節度がなく規律もない富には、奢侈が寄りそいながら——人々が言うには——足並みをそろえて付き従うのであり、富が国家や家の門を開けるや否や奢侈は入りこみ、(7)ともに住みついてしまうからです。そして、われわれの生活の中に時を過ごすようになると、賢者たちによれば、これらは巣を作って(8)すぐに子作りに取りかかり、彼ら自身の庶出ではないまさに正統な子供たち、貪欲と慢心と贅沢を産みおとします。もし人がこれら富の後継ぎたちまで成人するのを許容するなら、すぐに仮借なき独裁者、傲慢と無法

(1) 以上の主張は、前五世紀シケリアにおいて僭主が打倒されて民主政が樹立されたさいに、個人の財産をめぐり法廷での弁論が活発に行なわれるようになった、という弁論術の起源の説明を踏まえている（キケロ『ブルトゥス』四六を参照）。タキトゥスも「雄弁の衰退」を社会的・政治的原因から説明している（『弁論家の対話』第三十六—四十一章）。

(2) ホメロス『オデュッセイア』第十七歌三二二—三二三。

(3) Rhys Roberts と Fyfe / Russell に従い、*συναραιοί* を訳す（写本は *συνάροι*）。ピュグマイオイ人は、ホメロス『イリアス』第三歌六、ヘロドトス『歴史』第三巻三七、アリストテレス『動物誌』五九七a六などで言及されているが、以上の話の典拠は不明。

(4) アウグストゥス以後のローマの平和を意味するものと思われ、「平和」とは事実上、元首政（帝政）の言い換えと考えることもできる。Havell 参照。以下で「この戦争」と言われるのはこれに対応させたもので、金銭や享楽をめぐるわれわれ自身の争いのことだろう。マルクス・アウレリウス『自省録』第十巻九を参照。

(5) Russell は論点が少し違うとしながら、フィロン『酩酊について』二二への参照を指示している。

(6) 底本は *ὂν* を補っているが、意味に違いはない。Fyfe / Russell は *γάρ* を補い、「というのも、金銭愛は卑小にする病気、享楽愛は最も低劣な病気ですから」と訳している。なお、本節にはプラトン『法律』第八巻八三一B—八三二Dの影響が認められる。

(7) Rhys Roberts と Fyfe / Russell に従い、*εὐθὺς* を訳す（写本は *εἰς ἄς*）。

(8) プラトン『国家』第九巻五七三Eを参照。

と無恥を魂に産みつけます。八　まさしくこうなることは避けられないのであって、人々はもはやまなざしを上に向けることも、死後の名声[1]に何ら思いをいたすこともありません。しかし、人々が自らの死すべき部分[2]を崇拝して、不死なる部分を成長させるのをおろそかにするとき、一連の悪徳に囲まれて徐々に生活の荒廃が完成して行くのであり、また魂の偉大さは衰え、没落して、羨望の的ではなくなるのです[3]。

九　すなわち、判定に関して賄賂をもらっている者は、正義と公正さについての自由で公平な判定者にはなりえないのですが（買収された者は必然的に、自分の側が公正で正義、相手の側が不正で悪だと考えます[4]）、今やわれわれ一人一人の生活全体を指揮監督しているのは賄賂であり、他人の死を付けねらい遺産に計略をめぐらせることです。われわれ一人一人が、何としてでも儲けようと魂を売りわたし金銭愛の奴隷[5]となっています。それでもなおわれわれは、生活が伝染病によってこれほど荒廃する中にあって、偉大なもの、あるいは永遠に残るものについての、自由で買収されない判定者が残されており、利を得たいという欲望によって腐敗していないと考えるのでしょうか[6]。一〇　いやそれどころか、まさに今のわれわれのような状態にある者にとっては、おそらく自由であるよりも支配される方がよいのです[7]。それというのも、全体として解き放たれた貪欲は、まるで牢から放たれたかのように[8]、隣人へと向かい、世界に悪徳の洪水を溢れさせることになりかねないのですから[9]。一一　全体として――私は言いました――今も生まれている才能を浪費しているのは怠惰であって[10]、少数の人を除いて、私たちすべてがその怠惰の中で生活しています。われわれが苦労し、あるいは取り組むことがあるにしても、称賛と心地よさのためでしかなく、競い合うに値し名誉に値する有益さのためでは決してないのです」。

一二　「最善なのは、これらのことをあるがままにしておいて」[11]、次へと進むことです。次とは激情であり、これについては以前にそれ独自の覚え書きを書くことを引き受けました。これは、私が先に述べたように[12]、

(1) *ὑστεροφημίας* を訳す。写本は *ἕτερα φήμης* で、「名声にさらに思いをいたすこともなく」という訳になる。Rhys Roberts 参照。この箇所は、ロンギノス自身も引用している（第十三章一）プラトン『国家』第九巻五八六Aを思い起こさせる。

(2) 写本にはこの後 *καπανητα* とあるが、底本では削除が指示されている。Fyfe / Russell は *καὶ ἀνόητα* と読んでおり、「死すべきで、愚かな部分」という訳になる。

(3) きわめてプラトン的な主張である。プラトン『パイドン』八一B—八四Bを参照。

(4) 底本に従い、*τὰ δ᾽ ἀλλότρια ἄδικα καὶ κακά*「相手の側が不正で悪だ」を補う。

(5) テクストに脱落があり、底本に従い *φιλοχρηματίας* を訳す。

(6) 「自由で買収されていない裁判官が残されていると考えるのでしょうか。われわれが利を得たいという欲望によって堕落していないと考えるのでしょうか」と訳すこともできる。Russell, Fyfe / Russell 参照。

(7) タキトゥスも同様のことを述べている（『弁論家の対話』第四十一章四—五）。

(8) フィロン『自由論』一八を参照。

(9) *ἐπικλύσειαν* を訳す。写本は *ἐπικαύσειαν* であり、「世界を悪徳の炎で焼きつくす」という訳になる。

(10) *δάπανον* を訳す。写本は *δαπανῶν* であり、「今も生まれている才能を浪費するものの一つが怠惰であって」という訳になる。Rhys Roberts 参照。なお、大セネカ『論判弁論集』序-八、タキトゥス『弁論家の対話』第二十八章二を参照。

(11) エウリピデス『エレクトラ』三七九。

(12) *ὅ* を削除し、写本の最後に *εἴρηται, κρατίστην* を補って訳す（第八章五を参照）。Fyfe / Russell は *ὅ* の代わりに *ἅτε* と読み、「というのも、思うに、これは文芸全般、とりわけ崇高そのものの一部を占めており」と訳している。Rhys Roberts と Lebègue は *δοκεῖ* を補っており「私の考えでは……崇高そのものの一部を占めており」という訳になる。この後写本が脱落しているが、さほど大きな脱落ではないと思われる。Russell 参照。

文芸全般、とりわけ崇高そのもののきわめて重要な部分を占めており……

ディオニュシオス

修辞学論集

木曽明子
戸高和弘
訳

模倣論

木曽明子訳

『模倣論』の構成

断　片

第　一　巻

〔著者自身による第一巻概観〕『ポンペイオス・ゲミノスへの書簡』第三章一
断片一　シュリアノスによる　ヘルモゲネス著『スタシス論』註釈
断片二　シュリアノスによる　ヘルモゲネス著『文体論』註釈
断片三　シュリアノスによる　ヘルモゲネス著『文体論』註釈

第　二　巻

〔著者自身による第二巻概観〕『ポンペイオス・ゲミノスへの書簡』第三章一
断片四　シュリアノスによる　ヘルモゲネス著『文体論』註釈
断片五　シュリアノスによる　ヘルモゲネス著『文体論』註釈
断片六　シュリアノスによる　ヘルモゲネス著『文体論』註釈
断片七　シュリアノスによる　ヘルモゲネス著『文体論』註釈
断片八　『ポンペイオス・ゲミノスへの書簡』第三章二―第六章一一

第三巻

［著者自身による第三巻概観］　『ポンペイオス・ゲミノスへの書簡』第三章一

書名未詳

断片九　ドクソパトロス弁論術序論『ギリシア修辞家集成』（ヴァルツ編）

要約版　写本P（Parisinus gr. 1741）

第一章　模倣の要諦は古人の作品に親しむこと

第二章　叙事詩、抒情詩、悲劇、喜劇

第三章　歴史

第四章　哲学

第五章　弁論

断片

第一巻

この書物の第一巻は、模倣に関する研究そのものを内容としています。

『ポンペイオス・ゲミノスへの書簡』第三章一

断片一

市民の弁論においては、あらゆる技と学問におけると同様、以下の三つが最高度によい状態(1)をもたらします。優れた資質、精確周到な学習、そしてたゆまぬ練習です。かのパイアニアの人(2)をあのような人にした、まさにそれです。

神のごときプラトンに倣って古人ディオニュシオスも『模倣論』第一巻でこう言っている。［以下本断片引用］とすると真実と正義の理解と、加えて美の知識と技は、耳を聾さんばかりの饒舌で仲間の群れを悩ませたかの有名なソフィストのような、おしゃべりばかりに気を取られている男[3]の身にどうして備わりうるものか？

シュリアノス『ヘルモゲネス註釈』（『スタシス論』）四-九（Rabe）

断片二

模倣とは、理論的観照によって手本とそっくりなものを作ろうとする活動です。……

（1）「よい状態」の原語 ἕξις は、プラトンでは、ある人の「持ち前」が最高度の状態で備わっている様子を指して使われた（『クラテュロス』四一五D、『テアイテトス』一五三Bなど参照）。人の「常態的能力」「身構え」「技能」という訳でも説明される。クインティリアヌスはこれをギリシア語原語のまま文中に使って、ラテン語 firma facilitas を当てて説明している（『弁論家の教育』第十巻第一章一参照）。アリストテレスの同趣旨の言葉が伝えられている。「教育には三つのもの、素質（φύσις）と学習（μάθησις）と練習（ἄσκησις）とが必要であると［アリストテレスが］語っていた」（ディオゲネス・ラエルティオス『ギリシア哲学者列伝』第五巻一八参照）。

（2）「かのパイアニアの人」とは古代ギリシア弁論の第一人者とされるデモステネスのこと。所属区がパイアニア区であった。

（3）「かの有名なソフィスト」はディオニュシオスが「卑しい」「無神経」とこきおろしたヘゲシアス（『文章構成法』第四章一一、第十八章二一参照）を指すと推測されている。しかし前五世紀末シケリアからアテナイに来て、弁論旋風を巻き起こしたゴルギアスの文体を、ディオニュシオスは「俗悪で大げさ」（『リュシアス論』第三章四）と酷評しており、ゴルギアスを指すとも考えられている。

羨望とは、美しいと思えるものへの賛嘆へと駆り立てられる心のはたらきです。(1)

ディオニュシオスは『模倣論』第一巻で、模倣をこう定義している。〔以下本断片前半引用〕後世の者らの言うところによれば、それは手本との見事な類似性を獲得して持つ言述あるいは行為である。〔以下本断片後半引用〕

シュリアノス『ヘルモゲネス註釈』(『文体論』)三–一六(Rabe)

断片三

〔文学の〕才能の最も重要な部分は天与の資質のうちに宿っており、そうあってほしいと望むような状態でそれを身に備えることは、われわれにはできません。それに対して〔文学〕志望は、われわれが望むままに持つことのできないものではありません。

さらにディオニュシオスも『模倣論』第一巻終わりあたりで文学への志向と才能について詳細に論じてこう言った。〔以下本断片引用〕そして入門書作者〔ヘルモゲネス〕もかの書を入念に読んで、資質をわれわれの力の及ばぬものと呼んだようである。

シュリアノス『ヘルモゲネス註釈』(『文体論』)五–一五(Rabe)

第二巻

第二巻は詩人、哲学者、歴史家、そして弁論家のうちで、どの人物を模倣すべきかについての研究を内容としています。

『ポンペイオス・ゲミノスへの書簡』第三章一

断片四

彼［ゴルギアス］は詩のような、ディテュランボス風[2]の言葉づかいを市民弁論に持ちこんだ最初の人でした。

　ハリカルナッソスのディオニュシオスに従って、弁論家ゴルギアスの表現のような、比喩的で暗喩に富む、ディテュランボス風な言葉づかいの文章を「詩のような」と呼ぶ方がいい。ディオニュシオスは『模倣論』第二巻でこう言っている。［以下本断片引用］つまりリズム感があって階調なだらかで、総合文としても文節としても綿密に構成された作文でありながら、ディテュランボスや詩の文章構成とは少しも競合しない文章構成を「詩のような」と言っているのである。イソクラテス[3]の文体がその例である。

（1）ディオニュシオスはここで模倣（μίμησις）と羨望あるいは競争心（ζήλωσις）を対比的に、また相互補完的に扱っている。ロンギノス『崇高について』第十三章二もプラトンの教えとして偉大な先人に対して「模倣し、競い合うこと（μίμησίς τε καὶ ζήλωσις）」を挙げている。

（2）「詩のような」のギリシア語原語 ποιητικός は「わざとらしい」とも訳出できる語であり、ディオニュシオスは時に応じて使い分けている。ディテュランボスは舞を伴う合唱抒情詩歌。ここでは「詩のよう」ではあるが、大仰誇大に響く作風を指している。ゴルギアス（前四八三―三七六年頃）の文飾の多い技巧に富んだ美文は一世を風靡し、初期アッティカ弁論に大きな影響を及ぼしたが、後世には評価が下がり、無教養な人々以外相手にされない、とアリストテレスにも酷評された（『弁論術』第三巻第一章一四〇四a二六参照）。

（3）弁論家イソクラテスの文章は「詩」ではない、「詩のような」文章と言うべきだ、の意。詩のように耳に響く弁論については『文章構成法』第二十五章二―三および一〇、『デモステネス論』第五十章六―七参照。イソクラテス（前四三六―三三八年）については本叢書『修辞学論集』所収の『イソクラテス論』参照。

シュリアノス『ヘルモゲネス註釈』（『文体論』）一〇-九（Rabe）

断片五

ゴルギアスは、弁論家を市井の人と同列に並べてはならないと考えて、市民弁論に詩のような表現を取り入れました。リュシアス[1]はその反対のことをしました。市井の人を説得するには、普通の平明な言葉づかいがいちばんいいと考えて、誰にでも分かる、使い込まれた言葉づかいを追求したのです。リュシアスが比喩的で、暗喩に富んだ言い回しを使っているのを見つけるのは困難でしょう。しかし彼はごく普通の言葉を使い、詩的な装いにはいささかも手を染めずにいながら、論題を厳粛、非凡かつ壮大に見せています。

さらに『模倣論』で彼［ディオニュシオス］はこう言っている。［以下本断片引用］

シュリアノス『ヘルモゲネス註釈』（『文体論』）一一-一九（Rabe）

断片六

彼［リュシアス］の文体は、わざとらしくなくて技巧を用いていないもののように見えるし、文芸研究家の多くにさえ、手をかけておらず技巧的でなく、なにか自然にたまたま書かれたという印象を与えます。ところがその文体はこの上なく技巧を凝らしたものなのです。彼のわざとらしくない見かけは、じつはわざとであり、のびやかな感じは、じつは引き締まったものであり、恐ろしく［技巧が］尽くされているとは見えぬということ自体に、恐るべき技巧が潜んでいるのです。

さらに彼〔ディオニュシオス〕は同じ巻で手をかけていないように見えることを「詩的でない」と呼んでいる。でも彼はこのことを明らかにしたかったのであれば、「詩のようでない」と言うより「手をかけていない」と言う方がはるかによかったのである。なぜならリュシアスについて続けてこうも言っているからである。〔以下本断片引用〕

シュリアノス『ヘルモゲネス註釈』(『文体論』)一一・四 (Rabe)

断片七

わざとらしくない〔彼の〕文体は、じつはわざとであり、のびやかな感じは、じつは引き締まっているのです。そして恐ろしく技巧が尽くされているとは見えぬということが、恐るべき技巧なのです。

至る所でリュシアスは、ディオニュシオスも言っているように、事実そうでありながら、そうは見えない卓絶した技巧を使っている。ディオニュシオスは彼〔リュシアス〕について『模倣論』において、力を込めてこのように明言している。〔以下本断片引用〕

シュリアノス『ヘルモゲネス註釈』(『文体論』)八七・一六 (Rabe)

断片八

彼らについても述べねばならないのであれば、ヘロドトスとトゥキュディデスについては、私の意見は以

(1) 弁論家リュシアスについては本叢書『修辞学論集』所収の『リュシアス論』参照。

下のようなものです。

……中略［『ポンペイオス・ゲミノスへの書簡』第三章二―第六章一一］……

以上取りあげてきた歴史家たちは、市民弁論を身につけようとする者にとって、どんな種類［の弁論］にも有益な模範の宝庫を十分に提供してくれるでしょう。(1)

第二巻において、ヘロドトス、トゥキュディデス、クセノポン、ピリストスそしてテオポンポス（彼らこそ模倣するのに最もふさわしいと私が判断した人物たちです）について私は次のように書いています。［以下本断片を『ポンペイオス・ゲミノスへの書簡』第三章二―第六章一一に引用］

第三巻

第三巻――まだ完成していませんが――はどうやって模倣すべきかについての研究を内容としています。(2)

『ポンペイオス・ゲミノスへの書簡』第三章一

書名未詳(3)

断片九

レートリケー［レトリック］とは、見事に語るという目的のもとに、市民的論題(4)において説得的言葉を語る技術力のことである。

　のちにアウグストゥス帝の時代に、われらの技の偉大な指導者かつよき父、生まれはハリカルナッソスなるディオニュシオスが、秀抜かつ的確な表現でレトリックをこう定義した。［以下本断片引用］

ドクソパトロス弁論術序論（Walz VI p. 17. 9）

（1）ディオニュシオスは後年の文芸書簡『ポンペイオス・ゲミノスへの書簡』第三章二―第六章一一において、自著『模倣論』第二巻の記述の一部を転記している。本書では三三三―三四八頁がそれである。研究史においては、第二巻断片の一つに数えられている。

（2）「未完」と言っている第三巻が完成したか否かは不明である。

（3）作品名が挙げられていない本断片は、ローマ、ビザンティン時代を通じて多数残っていたヘルモゲネスの註釈を、ドクソパトロス（十一世紀？）が集めて写本に残したものの一部である。*Rhetores Graeci* VI に収録され、Usener / Radermacher は『模倣論』の断片としているが、Aujac は採録していない。「見事に語る」を到達点に掲げていることは、レトリックが実用から表現に移行したローマ帝政初期のしるしと言える。

（4）「市民的論題（*πολιτικὸν πρᾶγμα*）」は、「政治的論題」より広い意味で、市民として行なう弁論の論題の意。

要約版

第一章　模倣の要諦は古人の作品に親しむこと（1）

一　古人の作品を読まねばならないということ。それによって主題の材料だけでなく、表現の独自性に対する羨望がわれわれに恵まれる（2）ためである。二　というのは読み手の魂は絶え間なく［作品を］注意深く見ることによって、その文体との同質性を［自分に］引き寄せるからである、ちょうど農夫の妻の身に起こったあることを、物語が語っているように。すなわち容姿の醜い農夫が、自分に似た子らが生まれるのではないかという恐れを抱いていたとのことである。まさにその恐怖が、見目麗しい子をもうける技術を彼に教えた。そこで彼は容姿端麗な人物を象った塑像を作って、常にそれらを見る習慣を妻につけさせた。そしてこののちに妻と共寝をして、首尾よく人物像の美しさ［を持つ子］を手に入れたのである。（3）三　このように文章の同質性も模倣によって生みだされる、古代作家一人一人の最良と思われるものに競争心を抱き、あたかも多くの流れを一つの川に合流させるかのように、それを魂の中に注ぎ込むならば。

四　この話を事実によって立証しようと思う。すなわち、画家ゼウクシス(4)はクロトン人(5)の間で評判が高かった。ゼウクシスがヘレネ(6)の裸像を描こうとしたとき、彼らはクロトンの娘たちを裸で見るようにと彼のもとに送ってきた。全員が美しかったわけではないが、彼女たちがみなが醜いということはありそうもなかったからである。娘たち一人一人の描写に値する点が一つの人体画像に集められて、多くの部分の統合から一つの完璧な姿を技術が合成したのである(7)。

---

(1) 各章見出しは訳者作成。

(2) 「恵まれる」のギリシア語 χορηγεῖν（能動形）は、第五章五、六においても受動形で使われているが、ディオニュシオスの修辞学書中には見当たらない語である。原義は祭典の競演種目である悲劇やディテュランボス合唱歌の上演に必要な費用・付帯業務を無償で賄う世話人（コレーゴス）を務める、の意。転じて、ただで提供する、の意。

(3) 彫像に恋した女が像に似た子を生んだ、というエンペドクレスに帰される「断片」A八一（D-K）が伝えられるが、ディオニュシオスの情報源は定かでない。

(4) ゼウクシスは小アジアのヘラクレイア出身。ペロポネソス戦争（前四三一―四〇四年）前後に活躍した有名な画家。

(5) クロトンはイタリア半島南端のギリシア植民市。前七〇〇年頃アカイア人が建設し、のちに繁栄した。

(6) ヘレネは古代ギリシア第一の美女。

(7) ゼウクシスの話はキケロ『発想論』第二巻一、大プリニウス『博物誌』第三十五巻三六-六四でも（別伝の混入を伴うが）語られている。前三四〇年頃生まれのサモス島のドゥリス作『画家列伝』『彫刻家列伝』（散逸）に発すると推測されている。ゼウクシスのこのヘレネ画像はクロトンのユノ（ヘラ）神殿を飾ったと言われる。ディオニュシオスは『デイナルコス論』第七章五で、模倣の自然な方法として、長い時間諸種の作品に親しむことを掲げているが、ゼウクシスの話が複数の女性を長時間見ることを要点としているのと同主旨である。クインティリアヌス『弁論家の教育』第十巻第二章二三―二六参照。

五　したがって君も、劇作品制作におけるように、美しい人々[1]を探し求め、その人たちの魂のよりよいものを花の蜜のように摘み取り、豊かな教養の持ちだし分を加え合わせて、時とともに色褪せる絵姿ではなく、技術による永遠の美を作りあげなければならない。

……［テクスト脱落］……模倣箇所が聴き手にとって明瞭明晰な抜粋と分かるように[2]。

第二章　叙事詩、抒情詩、悲劇、喜劇

一　ではホメロス[3]の詩については、作品のある一部分だけではなく、全体を手本にし、かつそこにある数々の性格［の描写］と感情と壮大さ、それに布置配列の手法と他のあらゆる美点を真似ようと努めなさい、ただしそれらを、君ならではの本物の模倣になるように変えてしまわなければならない。他の作家たちについても、他の人たちより優れた美点を模倣することが必須である。

二　たとえばヘシオドス[4]は、心地よさと語彙の滑らかさ、旋律性のある文章構成を心掛けた。

三　それに対してアンティマコス[5]は緊張感みなぎる、戦闘的な荒々しさ、慣れ親しんだものからの隔絶を目ざした。

四　パニュアシス[6]は両者の美質を身につけて、題材の扱いと彼独自の布置配列によってそれらを凌駕した。

五　ピンダロス[7]もまた語彙と思想ゆえに、羨望に値する。そして荘重さと緊張感と卓抜な調整と表現力、心地よさを伴う鋭さ、密度の高さと厳粛さ、格言風辞句と生き生きとした描写、豊富な文彩と性格造型、拡

(1) Usener / Radermacher の *παλαιῶν* を採らない。

(2) 副文 *ἵνα* 以下から脱落箇所の意を推測して、模倣箇所に典拠の影がほの見えるのは、目利きの読み手（聴き手）の愉しみでもある、との解がある。

(3) ホメロスは前七五〇年頃。『イリアス』『オデュッセイア』の作者。ギリシア最古最大の叙事詩人。

(4) ヘシオドスはおよそ前八世紀末。作品に『神統記』『仕事と日』ほか。ディオニュシオスのヘシオドスに対する同様の賛辞は、『文章構成法』第二十三章四および九、『デモステネス論』第四十章一にも見られる。クインティリアヌスはヘシオドスの単語と構文の滑らかさを褒め、中庸の文体の代表的叙事詩人として挙げている（『弁論家の教育』第十巻第一章五二参照）。

(5) コロポンのアンティマコスは前四四四年頃生まれ。叙事詩『テーバイ物語』の作者として、またホメロスの詩の註釈者として有名。ディオニュシオスはアンティマコスを、自然哲学者エンペドクレスとともに、峻厳な語順調整の代表的叙事詩人として挙げている（『文章構成法』第二十二章七参照）。クインティリアヌスはアンティマコスの力強さと気品を褒めている（『弁論家の教育』第十巻第一章五三）。

(6) ヘロドトスの叔父パニュアシスは一四歌からなる『ヘラクレス物語』の作者。パニュアシスについてクインティリアヌスは、題目の選定においてヘシオドスにまさり、その構成においてアンティマコスにまさると言う（『弁論家の教育』第十巻第一章五四参照）。クインティリアヌスは、アレクサンドリア学派が、同時代人であるという理由で選定詩人に含めなかった三人の叙事詩人ロドスのアポロニオス、ソロイのアラトス、『牧歌』の作者テオクリトスをも論じている（同書第十巻第一章五四―五五）。

(7) ディオニュシオスは言葉の配列を三種類（峻厳な語順調整、優雅な語順調整、融合した語順調整）に分け、ピンダロス（前五一八頃―四三八年頃）を、峻厳な語順調整の代表的合唱抒情詩人として挙げている（『文章構成法』第二十二章七以下および『デモステネス論』第三十九章七参照）。クインティリアヌスは『弁論家の教育』第十巻第一章六一において、ピンダロスにきわめて高い位置づけを与えている。

大法と誇張技法、[1] だがとりわけ節度と敬虔と荘重さへの性向ゆえに［真似るべきである］。

六　シモニデスについては、[2] 用語選択と構文の緻密さを熟視しなさい。これらに加えてピンダロスをすら凌いでいる点、すなわち仰々しくはないが哀切を極めて歌われる嘆き［を注意深く観察しなさい］。

七　ステシコロスも、[3] 上に述べた［二人の］詩人たちがそれぞれ高得点を得た領域で成功しているばかりか、彼らに不足がある点でもまさっているではないか。つまり主題に沿った出来事の荘重さという意味であり、それらをもって彼は登場人物たちの品性と威厳を守った。

八　アルカイオスについては、[4] 気品、簡潔さにあわせて激しさを伴った心地よさ、そしてさらに方言によって多少曇らされていないかぎりの豊富な文彩表現と明晰さを注視しなさい。そして何よりも彼の政治的題材への気構えを。確かに大抵の場合、韻律を取り去れば市民弁論が姿を現わすだろう。

九　悲劇詩人に移ろう。[5] 詩人全員を読むのが適切でないからではなく、今は全員について記すべき時ではないからである。選びだした詩人だけで十分である。

一〇　さて最初の悲劇詩人アイスキュロスは[6] 崇高であり荘重さを備え、性格描写と感情の適切さを弁え、比喩的語法と標準的語法を駆使した装いに抜きん出て、しばしば独自の語や事件を作る職人や詩人に自らなって、新たな劇中人物を登場させるという点でも、エウリピデスやソポクレスに比べてより多彩である。

（1）「拡大法（αὔξησις）」は、強く印象づけるために語や語句を重ねるなど一般にものごとを拡大して叙す表現法。「誇張技法（δείνωσις）」は、事実から起こる感情より大きい感情を聴き手に喚起するために、誇張した言い方で叙述を強化するこ

と。補註M参照。

(2)ディオニュシオスは『文章構成法』第二十三章九でシモニデス(前五五六頃―四六八年頃)を、優雅な語順調整の代表的合唱抒情詩人として挙げ、その詩の一部を引用している(同書第二十六章一四―一五)。その引用は、現代にまでに伝えられた貴重な伝承文献の一つとなった。シモニデスについてクインティリアヌスは『弁論家の教育』第十巻第一章六四で、表現の独自性と快適さを褒めている。

(3)ディオニュシオスは『文章構成法』第二十四章五でステシコロス(前六三二頃―五五六年頃)を、峻厳な文体と優雅な文体の融合された中庸の語順調整の合唱抒情詩人として挙げている。ステシコロスは叙事詩の環などで伝えられた古い伝説を題材に、合唱抒情詩を制作した。ステシコロスについてクインティリアヌスは『弁論家の教育』第十巻第一章六二で、勇壮な戦闘や輝かしい英雄たちを歌ったと評価している。

(4)ディオニュシオスは『文章構成法』第二十四章五において、峻厳な文体と優雅な文体の融合された中庸の語順調整の詩人として、サッポー(前六三〇頃―六世紀中頃)とともにアルカイオス(前七世紀後半―六世紀中頃)を挙げている。クインティリアヌスは抒情詩人として伝統的に数えられる九人という数字を挙げながら、ディオニュシオスと同じ四人(ピンダロス、ステシコロス、アルカイオス、シモニデス)のみを順序を替えて論じている(残り五人は、アルクマン、サッポー、イビュコス、アナクレオン、バッキュリデス)(『弁論家の教育』第十巻第一章六一―六三参照)。補註Hおよび解説四五六頁参照。

(5)クインティリアヌスは抒情詩人を論じた後悲劇詩人に移る前に、喜劇詩人アリストパネス(前四四五頃―三八〇年頃)、エウポリス(前四一五年頃歿)、クラティノス(前四二〇年頃歿)の名を挙げて、自由闊達ながら優雅な語法のアッティカ風文体が弁論練習に好適と言っている(『弁論家の教育』第十巻第一章六五―六六参照)。

(6)アイスキュロス(前五二五/二四―四五六年)は『文章構成法』第二十二章七および『デモステネス論』第三十九章七で、悲劇詩人中で峻厳な語順調整の代表者として挙げられている。クインティリアヌスは、崇高で重々しいが、ときに欠点になるほどもったいぶっていると評している(『弁論家の教育』第十巻第一章六六参照)。

一一　ソポクレス(1)は登場人物の威厳を守りつつ、性格と感情の描写において優れていた。

一二　しかしエウリピデス(2)は真実をそっくりそのまま、そして現実の生活に密着して書くことを選んだ。そのため礼節と慎み深さはしばしば彼のもとを去り、登場人物たちの凛々しさと気品を備えた性格と感情という点では、ソポクレスのようには成功しなかった。何か厳粛さを欠いた女々しい卑俗なものについては、彼の筆は精緻を極めているのがはっきり見て取れる。

一三　またソポクレスは凝りすぎたところがなくて、必要不可欠な言葉にとどまっているのに対して、エウリピデスには弁論術入門書の教条風のものが多量にある。そして一方［エウリピデス］は詩的な語彙を使ってはいるが、壮大さを求めるあまり空しい大言壮語に陥っていることが多く、言わばまったくの通俗的な凡庸さ堕しているのに対し、他方［ソポクレス］は崇高とはいえず淡々としているわけでもないが、両方を調和した中間の措辞を使いこなしている。

一四　喜劇詩人に関しては、(3)措辞の長所すべてを模倣すべきである。というのは彼らは語彙において純正、明晰、簡潔、荘重、雄弁で、性格をよく表わしているからである。メナンドロスについては題材もよく観察すべきである。

第三章　歴史

一　歴史家のうちではヘロドトス(4)が題材の種類に関して、扱い方が［トゥキュディデス］より優れている。

(1)対比的に論じられる二大悲劇詩人については、明らかにソポクレス(前四九六/九五—四〇六年)に軍配が挙げられる。イソクラテスをその道徳的視点ゆえに高く評価し、倫理性を重んじたディオニュシオスの初期の文芸観が色濃く表われているといえよう(Kennedy, 1994, p. 162 参照)。なお文体についてディオニュシオスは『文章構成法』第二十四章五において、ソポクレスを峻厳と優雅の融合された語順調整の、エウリピデスを優雅な語順調整の(同書第二十三章九)代表者とし、文芸としての悲劇を論じているのに対し、クインティリアヌスはもっぱら弁論練習生に対する有用性の視点からエウリピデスの長所を論じている(『弁論家の教育』第十巻第一章六七—六八参照)。

(2)エウリピデス(前四八五/八四頃—四〇六年)については、現実生活に近い感覚が強調され、卑俗、慎みを欠く等の語が使われているが、クインティリアヌスによれば、法廷弁論に役立つ点では問題なくソポクレスにまさっている。

(3)喜劇詩人についての記述は好意的ながら短く、メナンドロス(前三四二/四一—二九三/九二年)について題材文体とも褒めるにとどまっているが、クインティリアヌスは、エウリピデスを模倣した、という言葉から始めて、多弁にメナンドロスを論じて称賛を惜しまない(『弁論家の教育』第十巻第一章六九—七二参照)。

(4)ヘロドトスは前四八五頃—一四三〇年以降。『ポンペイオス・ゲミノスへの書簡』を見ると、ディオニュシオスは第三章二から一五までを費やして題材の選択、題材の範囲、主要な事件の選定、叙述の統一性、および歴史家の倫理観、と詳細に論じている。トゥキュディデスの題材の扱いを歴史に不適切な題材と切って捨てているのは、後世に悪評を残した『トゥキュディデス論』と同じ主旨であるが、アウグストゥス時代のローマの空気を反映していると言えよう。要約版作者は題材に関しては短く、ヘロドトスがまさっているとだけ言っている。歴史家に記述を移したクインティリアヌスはヘロドトスとトゥキュディデスを抜きん出た二大歴史家としながらも、なおテオポンポス、ピリストス、エポロス、クレイタルコス、ティマゲネスの名を挙げた後、クセノポンは哲学者の項にも入ると断っている(『弁論家の教育』第十巻第一章七三—七五参照)。

文体に関しては、トゥキュディデス[1]がときにまさり、ときにその反対になる。だが両者互角のときもある。語彙の正確さについては、それぞれが選んだ方言に固有の長所を守っている。[2]明晰さについては疑いなくヘロドトスに軍配が上がる。

二　簡潔さはトゥキュディデスの方に、生き生きとした描写はいずれにもある。しかし性格描写ではヘロドトスの方が、心を揺り動かす感情ではトゥキュディデスの方がまさる。また気品と荘重さでは二人は互いに優劣なく、それぞれがこの美点およびその類いの美点で優れている。

三　力感と力強さと緊張感と凝った言い回しと多様文彩では、トゥキュディデスの方がより高い名声を得ている。[3]心地よさと説得力、優雅さと自然な趣では、ヘロドトスの方がはるかに優れているのが感じられる。それとともに題材と人物造型の適切さを守るという点でもヘロドトスはまさっている。

四　彼らの後に盛年期を迎えたピリストスとクセノポン[4]のうち、クセノポンは題材と文体両面の美点においてヘロドトスと競おうとした。そして題材の処理では、論題、布置配列、性格描写の点でヘロドトスに引けをとらず、文体ではあるいは同等、あるいは及ばずであった。

五　つまり彼は語彙を選んで純正、明晰で生き生きとした筆づかいで記述し、構文は心地よく優雅で、かの人［ヘロドトス］を凌いでさえいた。けれども崇高、荘重、そして全般的に歴史記述の様式という点で彼は成功しなかった。人物に適合した描写を目ざしていないことがよくある。市井の男や異国の者にときどき哲学的な発言をさせたり、軍功を語るよりは会話にふさわしい言葉づかいをするのがそれである。[5]

六　ピリストス[6]はトゥキュディデスを模倣した、ただし［彼の描く］性格は別である。彼［トゥキュディデス］には自由な志操の高さが認められるのに対して、この者［ピリストス］に見いだせるのは独裁者に対するへつらいと野望への隷従である。ピリストスは負けじと張り合って、まず主題を未完のまま残すということ

(1) トゥキュディデスは前四六〇頃―四〇〇年頃。ディオニュシオスはトゥキュディデスを盲目的に崇める愛好家に対して、『トゥキュディデス論』を書いて文芸批評家としての態度を明確にしたが、クインティリアヌスは『弁論家の教育』第十巻第一章七三においてトゥキュディデスに濃密、簡潔、切迫感、力強さ、激情といった評言を用いている。

(2) 要約者は両歴史家が「語彙の正確さ (*ἀκρίβεια*)」については、いずれもその方言に固有の長所を守っていると短く言っているが、『ポンペイオス・ゲミノスへの書簡』第三章一六でディオニュシオスは、アッティカ方言で書いたトゥキュディデス、イオニア方言で書いたヘロドトス両者ともに純正なギリシア語語彙を用い、ギリシア語の語法に忠実であり「両者ともにこの点で完璧 (*ἀκριβοῦσιν*)」と詳説している。

(3) 『ポンペイオス・ゲミノスへの書簡』に自分の記述を再録したディオニュシオス（第三章一九）よりも、要約者は名詞形容詞を多く使い、ディオニュシオスの現存作品中にはない「多様文彩 (*πολυσχημάτιστον*)」という合成名詞や古典期には用例のない動詞 *παρευδοκιμεῖν*（より高い名声を得る）を使っている。要約者がディオニュシオスの他の箇所での評言（第五章四）を編集援用した可能性、また欄外の書き込みを採用した可能性などが指摘されている。

(4) クセノポン（前四三〇頃―三五五年以降）は、『ソクラテス言行録』『キュロスの教育』『政府の財源』など歴史以外の著作も多い。

(5) クセノポンが「人物の適切な特徴をうまくとらえていない」（『ポンペイオス・ゲミノスへの書簡』第四章四参照）というディオニュシオスの評に、要約者は具体的な事例までを加えている。Usener / Radermacher (p. 242) は『ポンペイオス・ゲミノスへの書簡』のこの箇所にテクスト脱落を想定する。三四三頁註（4）参照。

(6) ピリストス（前四三二頃―三五六年。シュラクサイ出身で政治家として活躍。海軍大将を務めるが悲運に遭う）についてクインティリアヌスは言う（『弁論家の教育』第十巻第一章七四参照）、ピリストスはトゥキュディデスを模倣して及ばずであったが、明晰度は多少まさらぬことはない、と。

をトゥキュディデスと同じ仕方でやった。それどころかトゥキュディデスの布置配列の無秩序を真似し、記述を混乱させて論題をついて行きにくいものにした。

七　しかし措辞については、トゥキュディデスの稀語やむやみと手の込んだ言い方とは競わず、引きしまって密度高く、緊張感みなぎる論争向きの筆致については、細心にこれを象った。けれども、表現の美しさ、厳粛さ、そして豊富な議論、それに重厚さ、感情、また豊富な文彩についてはさほどではなかった。

八　ピリストスは場面や海戦、陸上の対戦ないし都市の創立の語りにおいてはまったくつまらないし凡庸である。その叙述は事件の大きさに釣り合っていない。とはいえ表現には知性が認められる。現実の論戦にはトゥキュディデスよりも役立つのである。

九　キオスの人テオポンポス(1)は第一に、このような歴史題目を選んだという点で羨望に値する。次に布置配列ゆえにである(彼の著作はなんといっても読みやすく分かりやすい)。さらに事件の多彩さのゆえでもある。そればかりか個々の事件に関する率直な発言、それに出来事や人の話の口に出しては言われない原因を決して隠そうとしないことも、彼を模倣に値する歴史家にしており、また言葉や行為の意図を過たず見抜いていることも、その理由に数えられる。一〇　彼の文体はイソクラテスのそれに近い。ただしとげとげしさと緊張感は別である。その他の点では文体は［イソクラテスに］似ている。というのは［文章は］日常的で明晰であるとともに、荘重で厳粛で絢爛としてもいて、構文は心地よさを帯びているからである。一一　しかし母音連続を避けようとしすぎていること、入念すぎる総合文、そして似たりよったりの文彩を使っている点はお粗末である。一二　そして脱線文の挿入で、題目の均斉が損なわれている。というのも白々しくてタイミングを誤った脱線の記述がいくつかあり、たとえばマケドニアのシレノスの話や、海で三段櫂船相手に戦った大蛇の話がそれである。

第四章　哲学

〈一　哲学者ではピュタゴラス派[2]の人々を、その性格と教養の厳粛さゆえに読むべきである。そのうえ彼らの教え方のゆえでもある。荘重で詩的な言葉づかいで、調和のとれた語法で、明晰さをいささかも損なっていないからである。〉

(1) テオポンポスの生年は前三七八年頃。マケドニア王ピリッポス二世の伝記、トゥキュディデスの後を受けて前四一一年から始まる『ギリシア史』が有名。いずれも断片のみ現存。ディオニュシオスはテオポンポスを高く評価し、多くを語っている（『ポンペイオス・ゲミノスへの書簡』第六章一―一一参照）。クインティリアヌスはテオポンポスが歴史家に転じる前に弁論家であったことから、弁論風の文体であることを特記している（『弁論家の教育』第十巻第一章七四参照）。

(2) 要約者は歴史家の次に哲学者に移りピュタゴラス（前五三〇年頃）の名を挙げているが、ディオニュシオスの現存の修辞学書中にピュタゴラスの名はない。クインティリアヌスは歴史家の次に弁論家をはさんで哲学者に移るが（『弁論家の教育』第十巻第一章八一参照）、ピュタゴラスへの言及はない。底本は写本書き込みの可能性があるとしている。要約者が新ピュタゴラス派に属す人物であるためか、と見る研究者がいる。

二　哲学者のうちとくに模倣すべきはクセノポン(1)とプラトン(2)であり、その性格描写と心地よさと荘重さゆえである。

三　模倣する手本としてこれにアリストテレス(3)も加えるべきである。達意の文で明晰、そして心地よさと博識ゆえである。これが何よりもこの人から学び取るべきものである。彼の弟子たち(4)を読むことでも競い合おうではないか、真剣に挑むべくいささかも劣らぬ人たちであるのだから。

四　さて読むべき他の文人たちについてわれわれは主要なところを示したのであるから、あとは弁論家各人から学び取るべきものを語ることが残っている。だがこれこそがわれわれの必須不可欠の作業である。

第五章　弁論

一　リュシアス(5)の弁論は、役に立ちかつ必要不可欠［な語法］であるという点では申し分なく、無味乾燥なところは微塵もなく、語り口がきわめて淡々として平明である。洗練されて真実味があり、アッティカ風に瀟洒である。常には拡大法を使わず、優雅さゆえにこのうえなく心地よく、気づかれないように目的を果たしている。読んでいるかぎりでは難しいとは思われないが、競おうとすると難しいのである。リュシアスは語り［陳述］にとくに巧みである。平明な表現で、出来事が明晰かつ精妙に描出されている。

二　イソクラテス(6)の弁論は、洗練されていながら厳粛さを湛え、法廷よりは大集会に向いている。生き生きとした筆致の文飾が見られ、実効性と実用性を超えた絢爛たる響きがある。叙述を総合文でくるみ、淡々とした口調で厳粛さを全体的には抑えながらも、淡々とした調子を厳粛さにまで引き上げているので、論争向きではない。そして何よりも競おうとすべきは、彼の用語選択とその継続性、それに全体的な演示弁論的特徴である。

三　リュクルゴス(7)の弁論は常に拡大志向で崇高感があり厳粛、徹頭徹尾告発調であり誠実で率直である。

(1) 歴史家として論じられたクセノポンが哲学者にも数えられているが、クインティリアヌスも同様の扱いをしている（『弁論家の教育』第十巻第一章七五および八二参照）。

(2) プラトンは前四二七―三四七年。クインティリアヌスは『弁論家の教育』第十巻第一章八一―八四を哲学者の記述に当て、ホメロスにも劣らぬとプラトンを絶賛した後、アリストテレス、テオプラストス、ストア派哲学者に言及している。

(3) アリストテレスは前三八四―三二二年。

(4) アリストテレスの弟子たちとは、テオプラストス以下ペリパトス（逍遙）派の哲学者たち。

(5) リュシアスは前四五九頃―三八〇年以後。本叢書『修辞学論集』所収の『リュシアス論』参照。クインティリアヌスは『弁論家の教育』で歴史家を論じた後、『模倣論』第二巻の要約者とは異なる順序で弁論家の記述に進んだ（第十巻第一章七六―八〇）。まずデモステネス、アイスキネス、ヒュペレイデスと若い世代の三弁論家を取りあげた後、より旧世代に属すリュシアス、イソクラテスを取りあげ、さらにアッティカ弁論最後の人としてパレロンのデメトリオスの名を挙げて弁論家の項を締めくくっている。

(6) イソクラテスは前四三六―三三八年。本叢書『修辞学論集』所収の『イソクラテス論』参照。

(7) ディオニュシオスはリュクルゴス（前三九〇頃―三二五年）について、『アンマイオスへの第一書簡』第二章三でペリパトス派の同時代の弁論家として名を挙げるのみである。他の弁論家にない「誇張技法」ゆえに挙げられているという見解がある。

だが都会的センスに欠け心地よくもないが、無駄がない。何よりも競おうとすべきは彼の誇張技法(1)である。

四　デモステネス(2)の弁論は緊張感みなぎる語り方で、性格描写はよく調和がとれており、用語選択において装飾性が見られ、有益性を基準にした配置の構文を用い、威厳と優雅さを兼ね備え、そうしたことが一貫していてむらがない。これらゆえに裁判員たちはすっかり取り込まれてしまう。

五　アイスキネス(3)の弁論はデモステネスのそれより緊張度は少ないが、用語選択は絢爛たるものがあると同時に巧妙である。そして決して技巧派ではなく生来ののびやかさに恵まれている。大層生き生きとしていながら重厚で、拡大法にも巧みであれば辛辣にもなれて、さっと読んだ人には心地よく感じられるが、注意深く読む人には激しさが感じられる。

六　ヒュペレイデス(4)は的を外さないが、めったに拡大法に走らない。そして表現の整え方ではリュシアスを凌ぎ、発想の巧みさにかけては余人の追随を許さない。さらに常に審判を受ける事柄に密着し、事案の必要不可欠なところをしっかり押さえて離さない。豊かな知性に恵まれ、優雅さに溢れている。単純に見えるが、手ごわい技巧と決して無縁ではない。ヒュペレイデスの最も競うべき点は、精妙かつ均斉のとれた語り[陳述]であり、さらに事件の核心に踏み込む導入的部分である。

七　以上、弁論家についても、私はその特徴を挙げ、一人一人からどの長所を学びとれば、読む者の役に立てられるかを提示した。

私が上述のすべての人について諸種の文体を詳説したのは、注意深い読み方とはどんなものかを示すためであり、それによって古代の作家各人が達成したものを手にしようとする者が、古代の作家を通り一遍に読むのではなく、また知らぬ間に糧になるのを待つのでもなく、しっかり知性の導くところに従うように、とりわけすべての作家から得たもので文章を飾ろうとする人たちはそう心がけるようにとの意図からである。そのもの本来の性質で［人を］楽しませるものも、技術によって一つの言述のかたちに融け合わされるなら、表現は融合によってより優れたものになるのである。

（1）「誇張技法」は、聴き手に単に事実を伝えるだけでなく、それに伴う感情をも喚起奔騰させて説得効果を高めること、つまりドラマティックな仕立てを意味する。補註M参照。クインティリアヌスは『弁論家の教育』第六巻第二章二四で、この語をギリシア語のまま用いて、「不当なことや苛酷なことや憎しみを買うことの力を強める」言い方と説明し、デモステネスの特質に数えている。リュクルゴスについては、クインティリアヌスは同第十巻第一章七七で、名のみを挙げている。

（2）デモステネスは前三八四—三二二年。本叢書『修辞学論集』所収の『デモステネス論』参照。

（3）アイスキネス（前三九〇頃—三一四年頃）とヒュペレイデスについてディオニュシオスは『古代弁論家』において、若い世代の古代弁論家として、『デモステネス論』に続いてそれぞれ独立に扱う予定であったらしいが（『古代弁論家——序』第四章五および『イサイオス論』第二十章七参照）、いずれも陽の目を見なかったようである。アイスキネスについては現存作品（修辞学書）中で何度か言及している。アイスキネスについてクインティリアヌスは、贅肉は多いのに筋肉が少ない、と言っている（『弁論家の教育』第十巻第一章七七参照）。

（4）ヒュペレイデスは前三八九／八八—三二二年。ヒュペレイデスについてクインティリアヌスは、魅力的で鋭いが、ありふれた訴訟向きだと言っている（『弁論家の教育』第十巻第一章七七参照）。

トゥキュディデス論

木曽明子訳

『トゥキュディデス論』の構成

序言　トゥキュディデスの長所・短所いずれをも客観的に論じ、模倣志願者に有用な一篇を提供するつもりであること

　普通人でも傑作を鑑賞・評価する資格があるということ（第一―四章）

本論序　トゥキュディデスの先行歴史家概観（第五章）

本論　トゥキュディデスの歴史観・修辞理論に基づく分析（第六―四十八章）

　題材（第六―二十章）

　　主題選定（第六―八章）

　　布置配列（第九―二十章）

　　　区分（第九章）

　　　配置（第十―十二章）

　　　展開（第十三―二十章）

　措辞（第二十一―二十四章）

　　措辞・用語選択と文構成（第二十二章）

　　先行歴史家の措辞（第二十三章）

第一章　トゥキュディデスについて再説する理由

一　コイントス・アイリオス・トゥベロン君[1]、先に世に問うた『模倣論[2]』において、私は、自分が最も優れた詩人および散文家と認める人々を通観し、各人が題材と措辞でどのような美点を示しているか、またその構想が題目全体を細部まで見通していないためか[3]、あるいは文才がむらなく発揮されなかったためか、いずれにせよ失敗の憂き目を見たために、どこで自分自身の水準からひどく落ちてしまったか、そうしたことを簡略に示しました。二　優れた著述や弁論を志す人々が彼らの特性を片っ端から真似るのではなく、美点は取りいれ、失敗には警戒の目を向けることによって、個々の練習でこれらの作家たちが完璧な良い手本になるようにと願ったからでした。三　歴史家たちを取りあげて、トゥキュディデスについても私の考えを明らかにしましたが、簡潔に要点だけを述べたのは、この歴史家を軽視したり、私が怠惰であったからでもなければ、議論の裏づけになりうるものに事欠いたからでもなく、他の文章家を取りあげたときと同様、適度を越えぬ論評を目ざしたからでした。論述をできるだけ嵩ばらないようにまとめようとすると、各々の文章家について綿密詳細に論ずることはできませんでした。四　しかし貴君がトゥキュディデスについて論ずべきすべてを尽くした書を別途に書くよう求めたので、私は執筆中だったデモステネス論(4)を先に延ばして、貴君の要請どおりにすることを約束しました。その約束を果たしたのがこれです。

第二章　狂信的トゥキュディデス崇拝者の謬を糺す

一　さてこの論題を詳細に扱うつもりなので、私自身とこの種の著述についてまず手短かに言っておきたいと思います。でもそれは神かけて貴君や貴君に似た人々、すなわち常に最善の判断を下し、真実を何よりも重んじる人たちのためではなく、古人に負けじと張り合ってか、あるいは同時代人を軽蔑してか、あるいはいずれも人間の本性であるこの両方の感情のゆえにか、とにかく他人のあらさがしが大好きな連中のため

(1) ギリシア語形で呼び掛けられているが、ローマ人（クイントゥス・アエリウス・トゥベロ）。歴史家・法学者。キケロ『国家について』の登場人物の一人。その歴史書はリウィウス（『ローマ建国以来の歴史』第四巻第二十三章一）の資料となった。前一一年にコンスルを務めた同名の息子との混同がしばしば見られる。キケロ『弁論家について』第二巻三四一参照。

(2) 『模倣論』は初期の著作とされ、模倣の本質、模倣の手本となる作家たち、模倣の技術を説く三巻から成っていた。ディオニュシオス自身が『ポンペイオス・ゲミノスへの書簡』第三章の終わりまでの紙幅を費やして、『模倣論』第二巻の歴史家に関する自分の記述を書き写している。

(3) 底本の採る写本の読み ὀρθῶς については Rhys Roberts, 1900, pp. 454-455 参照。

(4) 現存する『デモステネス論』を指すか否か、懐疑的な見解がある（Bonner, p. 35 参照）。

に言っておきたいのです。二　というのもこの書を読む人の中には、不世出の歴史家トゥキュディデスがときに論題の選択を誤り、表現力の低下に陥っているなどと、私が身の程知らずに言っていると非難する者がいるのではないかと危惧するからです。それゆえ私はこんなふうにも考えました。すなわちトゥキュディデスの著作中の何かをあることないことあげつらおうとするなら、私は抜け駆けでひとり常識破りのことをやってのける男と思われるだろう、と。というのも久しく万人に受けいれられてきた万古不易の定見に逆らうばかりか、トゥキュディデスを歴史書の模範、市民弁論における雄弁の基準と見なす哲学や弁論の大御所たちが、自ら明かしている証言に不信を突きつけることになるからです。しかし彼らの信条は決して強固なものではなく……[1]。三　とにかくこうした芝居がかりで俗受けのする非難攻撃を振り払いたいとは思うものの、私自身については以下のことを言うだけで十分としましょう。私は今日にいたるまで生涯このように意地っ張りで喧嘩っ早い、相手かまわず噛みつきたがる性癖には陥るまいと自戒してきたし、誰かを告発する文書を書いたこともないので、（不当な蹂躙者に対して市民の哲学を擁護して書いた一文[2]を除きます）、今あらためてこの歴史記述の泰斗を相手に、自由人らしからず私自身にもそぐわない悪意を見せるつもりはないと言っておきましょう。この種の文書について言うべきことはまだたくさんありますが、わずかにとどめておきましょう。私が真実と自分自身にふさわしい議論をしたかどうかは、貴君や他の文芸愛好家[3]がそれぞれ判断してくださるでしょう。

第三章　長短両面の評価が真実に到達する

一　この論攷で私の意図するところは、トゥキュディデスの構想や表現力に総攻撃をかけることでもなければ、欠点を拾い集めることでも貶めることでもなく、またほかに、秀逸な箇所や長所を少しも評価せずにおいて、効果の点で今一つという記述に難癖をつけるというような、何かそんな類いのことでもありません。そうではなくて他の作家との共通点相違点を洩れなく調べて、彼の作品を分析評価しようというものです。二　この作業においては、長所だけでなく、それと隣り合わせの短所をも述べることを避けられませんでした。いかに万能具足であれ、人間の本性は言動いずれにおいても完全無欠ではありえず、的を射当てる回数がいちばん多く、外すのがいちばん少ない人が最も優れた人なのです。どうか読者諸氏は以下に述べることをこの見方に照らし合わせて、私の執筆意図を告発するのではなく、トゥキュディデス独自の文体の所産を公正に査定していただきたいのです。三　こういう課題に手をつけたのは私が最初ではありません。果たし

（1）テクスト脱落との Rabe 校訂を採る。他の箇所からの竄入も考えられる。

（2）散逸。エピクロスの教説を奉じたピロデモス相手の論難とも言われる（エピクロスに対するディオニュシオスの敵意については、ディオゲネス・ラエルティオス『ギリシア哲学者列伝』第十巻四参照。快楽主義を唱えたエピクロスの教義は、弁論の目的を市民の徳性の涵養に置くディオニュシオスとは相容れなかった）。

（3）この時代、教養あるローマ人とギリシア人の間で文芸について意見交換などが盛んであったことについては Rhys Roberts, 1900, pp. 439-442; Goold, pp. 168-192 参照。

状ではなく真実探求の書を書いた人は、古今の別を問わず多数いて、事例を挙げれば枚挙に暇がないでしょうが、二人すなわちアリストテレス[1]とプラトン[2]だけを挙げるにとどめておきましょう。アリストテレスは師プラトンの言説、すなわちイデア論や善について、そして国家論などすべてをそのまま受けいれているわけではありません。そしてそのプラトンも、パルメニデス[3]、プロタゴラス[4]、ゼノン[5]など自然哲学者たちの少なからぬ誤りを示そうとしています。だからといって、このためにプラトンを批判する者はいません。真実を知ることこそ哲学者の探求の目標であり、真実によって人生の目的も明らかになるとは、誰しも考えるところだからです。とすれば定説への挑戦者が先人の言すべてに承服しないとしても、その意図ゆえに誰も文句を言わないのに、文体の独自性を明らかにしようとする者が、先行の批評家たちの認めるすべての長所、しかし実際はありもしない長所を認めようとしないからといって、いったい文句をつけられるでしょうか？

第四章　作品鑑賞の出発点は「言葉にならない感覚」

一　なお一つ説明すべきことが私には残っています。それは俗衆好みの悪意に満ちた誹謗中傷についてであり、無効であることがたやすく論駁できる類いのものです。つまりわれわれが才能においてトゥキュディデスや他の作家に及ばないとしても、彼らを鑑賞する資格まで失いはしないということです。二　アペレス[6]やゼウクシス[7]、プロトゲネス[8]や他の高名な画家たちの技量を、彼らと同じ卓越性を持たない人々が判定することはいっこうに差し支えないし、ペイディアス[9]やポリュクレイトス[10]、ミュロン[11]の作品を同等の技量を持ち

(1)アリストテレスは前三八四―三二二年。プラトンの学園アカデメイアに学び、後に学園リュケイオンを開設した。
(2)プラトンは前四二七―三四七年。ソクラテスの弟子。
(3)パルメニデスは前五世紀前半に活躍した哲学者。エレア派の祖。
(4)プロタゴラスは前四九〇―四二〇年。古典期の最も著名なソフィスト。アテナイの指導的政治家ペリクレスとも親交があった。「人間は万物の尺度」の箴言で知られる。
(5)ゼノンは前五世紀の哲学者。同郷パルメニデスの友人で弟子。アキレウスと亀など四つのパラドクスで知られる。
(6)アペレス以下は絵画、立像彫刻、浮き彫りの名手の名。文学と諸種の美術、さらに建築や音楽との比較は、アウグストゥス治世下の流行であった(ストラボン『地誌』第一巻第一章二三参照)。アペレスは前四世紀。古代で最高の画家という評価を得ていた。宮廷画家としてアレクサンドロス大王の肖像を描いた。
(7)ゼウクシスは前五世紀後半に活躍。プラトン『プロタゴラス』に、アテナイへ到着したばかりの少壮画家として登場する(三一八B)。パラシオスと並んでギリシア絵画史の第二期を代表する画家。女性像に秀で、また光と影の処理に巧みで、描いた葡萄に鳥が欺かれたという逸話の持ち主。プラトン『ゴルギアス』四五三C、大プリニウス『博物誌』第三十五巻三六―六四、キケロ『発想論』第二巻第一章参照。
(8)プロトゲネスは前四世紀末。アペレスの好敵手。絵画理論書も著わした。
(9)ペイディアスはアテナイのパルテノン神殿の彫刻やアクロポリスに聳えたアテナ像、オリュンピアのゼウス像などで知られる前五世紀最高の彫刻家。
(10)ポリュクレイトスは前四六〇―四一〇年に活躍。「槍持ちの少年」(ローマ時代の模刻現存)ほか、神、英雄、運動選手の青銅像で名高い。制作の原理について著作を残したと伝えられる(大プリニウス『博物誌』第三十四巻一九―五三参照)。
(11)ミュロンは前四七〇―四四〇年に活躍した。ボイオティアのエレウテライ出身。アルカイック時代直後の最高の青銅塑像家。「円盤を投げる人」ほか神、英雄、動物、運動選手などの緊迫した瞬間を造形した立像で名高い。

あわせない工匠が判定できないわけではないのです。三　言葉にならない感覚[1]や情念によって受け止められる多くの作品について、素人が専門家に劣らぬ批評家であり、あらゆる技術がこうした感受性を判定基準に、そしてそうした感受性から始まっているということは、言うまでもないでしょう。前置きはこれで十分としましょう。これらについてつい贅言を費やしてしまわないように。

第五章　トゥキュディデスの先行歴史家たち

一　トゥキュディデスについて書き始めるにあたって、彼の先人と彼と同時代に最盛期にあった他の歴史家たちについて一言言っておきましょう。それによって先人を凌駕したトゥキュディデスの構想、および彼の表現力が明らかになるでしょう。二　ペロポネソス戦争[2]以前に多数の古代の歴史家が多くの地にいました。すなわちサモス島のエウゲオン[3]、プロコネソス島のデイオコス、パロス島のエウデモス、ピュゲレのデモクレス、ミレトスのヘカタイオス、アルゴスのアクシラオス、ランプサコスのカロン、カルケドンのメレサゴラスです。ペロポネソス戦争より少し前からトゥキュディデスの年代まで生きた歴史家は、レスボス島のヘラニコス、シゲイオンのダマステス、キオス島のクセノメデス、リュディアのクサントスその他多数です。三　彼らは類似の方針で論題を選択し、表現力では大同小異でした。ある者はギリシアの、またある者は異民族の歴史を記録しましたが、史料を一つにまとめずに、各種族や国ごとに分けて、別々に発表したのです。それらは種族や国ごとに各地方に記録保存されている伝承を、聖俗を問わず、あるがままに書き加えも削りもせずに万人に知らしめるという、同じ一つの目的を持っていました。これらの記録には、古くから信じられてきた作り話や、現代人には馬鹿々々しいと思われるような芝居がかった有為転変の物語も含まれていました。四　同じ方言体[4]を選んだ人たちは、大体同じ語法、つまり分かりやすい、普通の、純正簡潔なもので、内容によく馴染んで、ひねくりまわした跡のいささかもない文章法でした。それでいて彼らの作品には、濃淡の差はあれ、ある輝きと優美さがちりばめられており、それゆえにこそ彼らの作品は生き残っているのです。五　しかしながらペルシア戦争[5]のわずか前に生まれ、ペロポネソス戦争期まで生きたハリカルナッソス出身のヘロドトスは、題材の構想を拡げ、いっそう輝かしいものにしました。単一の戦争や一種族の歴史を

(1)「言葉にならない感覚」、文体批評の重要な契機として、ディオニュシオスは『リュシアス論』第十一章ほかでしばしばこれに言及している。キケロはこれを tacitus sensus というラテン語句で論じている（『弁論家について』第三巻一九五参照）。

(2) ペロポネソス戦争は前四三一—四〇四年、アテナイ－スパルタ間で戦われ、全ギリシア世界を二分した戦争。

(3) エウゲオン以下の歴史家たちについては、名前や地方名の伝承に異同がある。史料も間接的で乏しいが、ミレトスのヘカタイオス（前五五〇頃—四七八年頃）はヘロドトスの資料になった。アルゴスのアクシラオスについては、パピュロス断片の発見がある。ランプサコスのカロンはヘロドトスの同時代人であり、ペルシア戦争について書いた。ヘラニコスは一五五頁註（3）および一六五頁註（1）参照。リュディアのクサントスは、出身地の伝承神話を歴史記述に含めて、東方的雰囲気を漂わせたことなどが知られる。

(4) 第二十三章からイオニア方言を指すことが判明する。

(5) クセルクセスのギリシア遠征（前四八〇—四七九年）を指す。ヘロドトスの生年は、ゲリウス『アッティカの夜』第十五巻二三およびアポロドロス『ギリシア神話』の記述から通常前四八四年頃とされる。

記録しようというのではなく、ヨーロッパとアジアで起こった多数のさまざまな出来事を、一つの総合的な作品にまとめたのです（彼はリュディア王朝[1]から始めてペルシア戦争まで下って叙述し、この二二〇年間[2]にギリシア人と異民族に起こった重要な事件のすべてを一つの著作に含めました）。さらに彼は、先行の歴史家たちに忘れられた美点を措辞に加えました。

第六章　トゥキュディデス『歴史』の題材選択の独創性

一　彼らの後に生まれたトゥキュディデスは、ヘラニコス[3]とその追随者がしたように一地方に記述を限ることをせず、またヘロドトスに倣って、あらゆる地方でギリシア人や異民族が起こした事件を一つにまとめることもしませんでした。前者は安直で凡庸な、読者にさして裨益しないもの、二　後者は人知をもって緻密詳細に全貌をとらえるには大きすぎる方法として斥け、採らなかったのです。そこで彼はアテナイ人とペロポネソス人が互いに戦った戦争だけを取りあげ、これを記録することに集中しました。三　彼は心身ともに壮健で、戦争終結を見届けるまで生きながらえ、行きあたりばったりの伝聞に拠るのではなく、現場に居合わせたことについては自らの体験に基づいて、追放によってその機会を奪われた事柄については、最良の情報提供者から聞き出して、諸事件を書きつづったのです。四　ですから何よりも彼はまず次の点で先輩歴史家に一線を画しました。すなわち彼が扱った内容は、完全に単一の限定された主題ではなく、また多数の無関係な細目に分けられたものでもありませんでした。五　第二には、物語の類いのものをつけ加えて、その記述で一般大衆を誑かし魔法にかけたりはしなかったという点があります。例外なくこれを行なった先輩諸家とは、トゥキュディデスは袂を分かったわけです。彼らは森や渓谷で地面から湧き出てくるラミアの女怪[4]や、タルタロス[5]から出てきて海を泳ぎ、水陸に両棲し人間と交わる半人半魚のナイアデス[6]、人間と神との共寝から生まれた半神たちのこと、そしてほかにも現代のわれわれには信じがたい、あまりに荒唐無稽に見える話を物語ったのでした。

(1) リュディア王朝は前七〇〇—五五〇年。リュディアは、最後の王クロイソスが、ペルシア王キュロスに征服されて属州となった。
(2) 「二四〇年間」と読める写本を支持する論者がいるが、『ポンペイオス・ゲミノスへの書簡』第三章一四にもある「二二〇年」が一般に受けいれられている。
(3) ヘラニコスは前五世紀の歴史作家。本篇第九章およびゲリウス『アッティカの夜』第十五巻二三でヘロドトスの同時代人とされているが、『ポンペイオス・ゲミノスへの書簡』第三章では、ヘロドトスの先行史家に数えられている。神話系図年代記等（散逸）のほか『アッティカ史』を書き、トゥキュディデス『歴史』で言及されている。
(4) ラミアの女怪は子供を取って食うと言われる化け物。
(5) タルタロスは生成の始原の二神、地と天の息子の名であると同時に、冥界のいちばん深い底の名称でもあった。神々にそむいた大罪人が落される所。
(6) ナイアデスは河または泉のニンフたち（単数はナイアス）。

第七章　トゥキュディデス『歴史』の執筆意図

一　こうしたことを私が言う気になったのは、彼らを批判したいからではなく、むしろ種族と地域の歴史を書く者が、物語風の作り話を取り入れたとしても、その心情を十分汲みとれるからです。二　というのはいかなる人間社会においても、地域ごとに共通の、また国ごとに固有の記憶すなわち上に述べた類いの父祖伝来の言い伝えが守られており、これを受け継いだ子孫たちは、さらにのちの世代にそれを伝えようとして、書いて発表しようという者に、古来の伝承のままに記録するよう期待したからです。ですから彼らは、地域的記録に物語風の挿話を織り混ぜて彩りをつけねばならなかったのです。三　しかしトゥキュディデスは、自分自身が関わったことというただ一つの論題を選びました。彼にとっては、陳述に芝居がかった魔法を混ぜ合わせたり、先行の諸書では普通であった、読者を誑かすようなものを書くことは意にそぐわなかったのです。彼の目的は読者に裨益することであり、そのことを彼自身『歴史』の序文で以下引用のように述べて明らかにしています。「[第一巻二二-四](1) 私の叙述に物語風の要素がないために、聴き手は面白味がないと思うであろう。しかし過去に起こり、また人間性が変わらぬかぎり未来にも起こりうる、このような、あるいは類似の出来事を明確に見きわめたいと人が願うとき、この書が有用と認められるならば、それで十分であろう。[この書は] その場かぎりに読み聞かせて称賛を得るためではなく、永遠の財産となるべく書かれたものである」。

第八章　何よりも真実を重んじたトゥキュディデス

一　歴史が真実の巫女であることをわれわれは願うものですが、トゥキュディデスが何よりも真実を重視したということは、おそらく哲学者弁論家たちが例外なく、あるいは少なくともその大多数が証するところでありましょう。彼は正当性を欠くいかなることも出来事に書き加えもまた削りもせず、自分勝手な語法も使わず、あらゆる嫉視とおもねりを排する方針を申し分なく潔癖に貫きましたが、とりわけ偉人を評価するさいにそうだったのです。二　たとえば第一巻においてテミストクレスに触れて、[2] 彼に備わるかぎりの徳を筆を惜しまず列記し、第二巻でペリクレスの政治的業績に言及して、[3] 彼の盛名にふさわしい賛辞を述べました。そして将軍デモステネス、ニケラトスの子ニキアス、クレイニアスの子アルキビアデス、[4] および他の将

(1) 以下トゥキュディデスからの引用テクストは冒頭に『歴史』の巻章節番号を記す。本篇のディオニュシオスの引用テクストとトゥキュディデスの伝承テクストとの間に異同がある場合があるが、基本的にはディオニュシオスの引用テクストに従う。序文のこの有名な一文は『文章構成法』第二十二章三四にも引用されている。「称賛を得る」は、作品朗読の競技会などで優勝する、の意。ルキアノス『歴史はいかに書くべきか』四二で明快に読解されている。

(2) 『歴史』第一巻一三八-一―六。テミストクレスはペルシア遠征軍との海戦にギリシアが歴史的勝利を得たときの指揮官。

(3) 『歴史』第二巻六五-一。ペリクレスはアテナイ最盛期の指導的政治家。

(4) 将軍デモステネスについては『歴史』第四巻、第七巻ほか、ニキアスについては第七巻八六、アルキビアデスについては第六巻一五。三人とも前四一五年シケリアに遠征して惨敗したときのアテナイ軍将軍。

軍や弁論家について述べねばならないときには、それぞれに適切な事柄をすべて明らかにしました。三　彼の『歴史』を読了した人には、私が例を挙げる必要はないでしょう。これらが題材においてこの歴史家が成功した点、秀逸かつ模倣に値する点であると言えましょう。［何よりも重要なことは、故意に虚偽を述べたり良心を汚すようなことをしていないことです。[1]］

第九章　題材の扱いにおける欠陥――夏と冬の区分は混乱を生む

一　彼が作品の出来に不備を残し批判を招いてもいる点は、題材を扱うさいのより技術的側面についてであり、哲学的論題であれ、弁論術的論題であれ、あらゆる種類の著作において求められる、いわゆる布置配列であります。布置配列とは、区分とか、配置とか、それに展開とかのことです。[2]二　まず区分から始めましょう。最初に言っておかなければならないことは、あるいは地域ごとに、あるいは時代ごとに、ついて行きやすいように記述を分割した先行歴史家たちの、どちらの区分法をもトゥキュディデスは採らなかったということです。三　つまり彼はヘロドトスやヘラニコスや他の先行歴史家の幾人かがしたように、出来事が起こった場所に従って陳述を分割することをせず、地域史家がしたように王位ないしは神官職の継承によって、[3]またはオリュンピアス紀周期[4]あるいは一年交代の公職者たちの任官によるという具合に、時間に従って記述を分割することもしませんでした。四　新しい前人未踏の道を行くことを欲して、彼は『歴史』を夏と冬の季節によって分割したのです。ところがこのことから彼の予測とうらはらな結果が生じました。

というのは季節による時の区分は、より分かりやすくならずに、かえってよりついて行きにくくなったからです。五　多くの場所で同時に起こった多くの事柄を細切れにした陳述では、かの「はるかより輝く、濁りなき光[5]」をとらえられないことに彼がどうして気づかなかったのか、まことに不思議です。それは実際に起こったことそのものから明らかなのですが。六　事実、第三巻で（この例だけを言えば十分としましょう）、ミュティレネの事件から記述を始めて[6]、全部を陳述し終わる前にラケダイモン人の行動に彼は移っており[7]、これを完結せぬままプラタイアの包囲の記述に入っています[8]。次にこれも未完のまま彼はミュティレネの攻

（1）註釈からのテクストへの竄入と考えられる。底本は削除記号をつけている。

（2）布置配列の意の *οἰκονομία* は、アリストテレス（『弁論術』第三巻第十三章一四一四a三〇）では *τάξις* と同義、ロンギノス（第一章四）およびクインティリアヌス（『弁論家の教育』第三巻第三章九）も布置配列の意で使っている。区分（*διαίρεσις*）、配置（*τάξις*）、展開（*ἐξεργασία*）という分け方は先例のないものであり、ディオニュシオス独自のものと考えられる。

（3）アッティカ通史の作家ピロコロス（前三世紀前半）がその例。

（4）オリュンピアス紀周期は、前七七六年のオリンピック運動競技会を第一回として、四年ごとに開催される競技会を基準にした年代の名称。タウロメニオンのティマイオスをもってこの年代法使用の嚆矢とし、「第一〇九オリュンピアス紀の第一年目」（＝前三四四／四三年）というふうに表わした。

（5）本篇第三十章四にも語順を替えて使われているが、未詳の抒情詩人の詩句か？　あるいはピンダロス『ピュティア讃歌』第三歌七五の変形か？　「光（*φάος*）」はラテン語の lux 同様文章の「明晰さ」を表わすのに使われる。

（6）『歴史』第三巻二―一四。

（7）『歴史』第三巻一五以降。

（8）『歴史』第三巻二〇以降。

防戦に触れます[1]。次にそこからケルキュラの争乱に陳述を移して、一方がラケダイモン人を、他方がアテナイ人を、それぞれ味方につけて闘った内訌の様子を述べます[2]。だがこれも半分でやめて、アテナイ人の最初のシケリア遠征についてわずかに言及します[3]。七　次にペロポネソスに対するアテナイ軍の海上襲撃とドリス人のもとへのラケダイモン軍の進軍を述べ始めて[4]、レウカスにおける将軍デモステネスの行動とアイトリア人に対する戦闘に語り進みます[5]。そこからナウパクトスに移ります[6]。しかし本土における戦闘を語り終わらないままにこれを打ち棄ててふたたびシケリアに触れ[7]、その後デロス島を清め[8]、アンプラキア人によって仕掛けられたアンピロキアのアルゴスに対する戦闘でもって終わっています[9]。八　これ以上言う必要があるでしょうか？　第三巻全体がこのように切り刻まれて、叙述の連続性が失われています。われわれ読者は当然のことながら右往左往して、描写されていることになかなかついて行けないでしょう。事柄がばらばらにされたために頭が混乱し、中途半端に聞いたことの記憶をすぐには、また正確には、呼び戻せないからです。九　歴史書は切れ目なく続いて、［読者の］気を散らさないように叙述されねばならないものです。とりわけ多数の、呑みこみにくい事柄について書かれたものはそうです。一〇　トゥキュディデスの基準が正しくなく、歴史に適合しないことは明らかです。彼以後の歴史家のうち誰一人として、夏と冬で区分して歴史を書いた者はおらず[10]、いずれも踏みならされた、明晰さに通ずる道を行ったからです。

第十章　不適切な配置——冒頭の戦争原因の記述順序の誤り

一　彼の配置についても批判する人たちがいます。『歴史』はしかるべき始まり方をしておらず、終わり方も適切ではないというのです。それ以前に何もありえないような時点から始めて、それ以後もはや何も必要はないと思われる時点で終わることが、優れた布置配列の極意であるのに、そのどちらにもトゥキュディデスは十分注意していないと彼らは言います。二　そしてこのように告発されるきっかけを史家自身が提供しています。すなわちペロポネソス戦争が時間の長さとおびただしい惨害が生じたことで未曾有の大戦に

(1)『歴史』第三巻二五―五〇。
(2) ディオニュシオスは五一および五二―六八（プラタイアの結末）への言及なしで、ケルキュラ内訌（『歴史』第三巻六九―八五）を記している。
(3)『歴史』第三巻八六―八八。
(4)『歴史』第三巻八九―九三。
(5)『歴史』第三巻九四―九九。
(6)『歴史』第三巻一〇〇―一〇二。
(7)『歴史』第三巻一〇三。
(8)『歴史』第三巻一〇四。
(9)『歴史』第三巻一〇五―一一四。καταλήγει は Usher に従う。
(10) クセノポンは『ギリシア史』でこの方法を採用したが、のちに棄てている。トゥキュディデスの夏冬区分に追随した *Hellenika Oxyrhychia*（Oxy. Pap. No. 1611, 58-83）はディオニュシオスには知られていなかったという推測がある。*Oxyrhynchus Commentary on Thucydides*（Oxy. Pap. 6（1908 n. 853））として知られる Grenfell and Hunt 校訂の断片の逸名筆者は、トゥキュディデスの執筆時期には、アルコーンによる年代区分はまだ一般的でなかった、とディオニュシオスの夏冬区分批判等に対して異論を唱えている。

なったと最初に言って、[1] 彼は序文の終わりで戦争が始まった原因をまず述べようとします。[2] 三 二つの原因、すなわちアテナイの国力の増大という、公には言われないが事実である原因と、ケルキュラ援助のためのアテナイによる対コリントス出兵という、事実ではなく、ラケダイモン人の言いふらした原因とを挙げながら、彼は自分も真実と信ずる方の原因から陳述を始めずに、もう一方の原因から、次のように書きつつ、始めています。「[第一巻二三-四―二四-二] さてアテナイ人とペロポネソス人は、エウボイア陥落の後両者間に成立した三十年休戦条約を破棄して、ここに戦端を開いた。私はまずこの条約の破棄の原因と見解の相違を記した。なぜこれほどの動乱がギリシア人の間に生じたのかを、後日誰かが[3]詮索する必要のないようにとの意図からである。私の考えでは、最も事実性の高い、しかし最も緘黙して語られない理由は、アテナイが強大になりラケダイモン人を危惧せしめた結果、避けがたく戦争に突入したということである。だが一般に喧伝されている原因は次のようなものである。エピダムノスは、イオニア湾内に船が入るとき、右手に見えるポリスである。その隣接地に住むのはタウランティオイなる異民族、すなわちイリュリアの一種族である」。

四 この後トゥキュディデスはエピダムノスに、ケルキュラに、そしてポテイダイアに関わる事件、ペロポネソス人のスパルタへの結集、およびそこで行なわれたアテナイ糾弾演説を記述します。彼はこれらに二〇〇〇行ほども費やし、それからようやくもう一方の、真実でもあり自分でもそうと信じる原因を、次のような言葉から書き記します。「[第一巻八八-一―八九-二] ラケダイモン人は衆議一決、休戦条約は破られたものと見なし、対アテナイ開戦に踏み切った。それは盟友諸国の説得に従ったというよりは、むしろギリシアの大部分がすでにアテナイの支配下にあるという事態を眼前にして、アテナイがいっそう強大になるのではないかと恐れたためであった。アテナイは以下のごとき方法で、着々と力を蓄えていたのである」。これに続けて彼は、ペルシア戦争からペロポネソス戦争までの間にアテナイが果たした事柄のあらましを駆け足で、五〇〇行足らずで記述します。五　そしてこれらのことはケルキュラ事件よりも先であり、戦争の発端は後者［ケルキュラ事件］よりも前者［アテナイの国力増大］であったことを述べて、ふたたび以下引用のとおりに書いています。「［第一巻一一八-一―二］この後幾年をも経ず、前述のケルキュラとポテイダイアの事件ならびにこの戦争の口実にされた事件が起こった。これらギリシア人が同胞諸国間および異民族に対して取った行動はすべて、クセルクセスの撤退と［ペロポネソス］戦争勃発との間の五〇年間に起こったのであるが、その期間にアテナイは［他国への］支配権をいよいよ固め、国内的には著しい軍事力の伸長を見たのであるが、ラケダイモン人は気づいていながら、ときおり散発的に動く以外はこれを阻止しようとせず、大抵は静観していた。それ以前にも、出動を余儀なくされないかぎり、すぐには腰をあげないのが彼らの慣いであったが、このときは内乱のために手がまわらなかったためでもある。だがアテナイの勢力が明らかに強大となり、ラケダイモン人の盟友諸国をも脅かすようになると、ようやくもはや看過しがたしとして、全身全霊をあげて事に向かうべきであり、ここに戦端を切って落として、アテナイの力をできれば一掃すべきだと考えたので

（1）『歴史』第一巻一-二および第一巻二一-二。

（2）『歴史』第一巻二三-四―六。

（3）本篇第二十章でこの文節がふたたび引用されるときは、「誰かが（τινας）」は単数（τινα）。トゥキュディデスの写本は単数。

ある」。

第十一章　戦争原因は時間と真実性の順序で記述すべきである

一　しかしトゥキュディデスは戦争の原因を探求し始めるとき、まず自分も真実だと思うものを挙げるべきでした。なぜなら先に起こった事柄が後に起こった事柄を後ろに従え、真実が虚偽よりも先に言われるのが自然の要請であり、この布置配列を採ったならば、陳述の出だしははるかに力強いものになったでしょう。二　彼について弁護しようという人でも、そうした出来事はどうでもいい瑣事にすぎず、先行の史家によって言い古された周知の事柄なのだから、それを最初に持ってくる必要はない、とは言えないでしょう。三というのもトゥキュディデス自身が、古人に見落とされたからこそこの論点が探求に値すると考えて、以下のように書いているからです。「［第一巻九七-二］以上のように書いて私は本旨を逸脱したが、その理由を言えば、この時期のことが私以前の史家にことごとく閑却されていたからである。彼らが取りあげたのはペルシア戦争以前のギリシアのこと、ないしはペルシア戦争そのものであった。その時期［ペルシア戦争とペロポネソス戦争の間］の事柄は『アッティカ史』においてヘラニコス(1)が扱ったにとどまる。しかしながらその記述はわずかなもので、しかも年代的に不正確であった。しかるに上の逸脱は、アテナイの同盟国支配権成立の経緯を説明するものでもある」。

第十二章　『歴史』はしかるべき終わり方をしていない

一　とすればトゥキュディデスによる陳述が、最良の方法で布置配列されていないことの証拠は、これで十分でしょう。つまり自然に適った始まり方をしていないのです。二　さらにこれに加えて彼の『歴史』は、しかるべき章をもって終わってもいません。というのは戦争が二七年間続き、その間戦争終結に至るまでずっと彼は生きたにもかかわらず、第八巻をキュノスセマの海戦(2)までの記述にして、二十二年目まで行ったところで『歴史』を終えているのです。しかも彼は序文でこの戦争の間に起こったことすべてを記録すると予告し、三　第五巻であらためて戦争勃発のときからその終結までの時間を概算しています。すなわち「〔第五巻二六-三―六〕神託に信を置いた人々にとっては、まさにこのことだけが間違いなく成就したのである。すなわち戦争は九の三倍の年数の間続くという噂が、戦争勃発時から終結時に至るまで、しきりに取り沙汰されていたのを私は憶えている。私はその全期間をつぶさに体験した。判断力も備わった年齢にあって、何とか正確な情報を得ようと心がけていた。そしてアンピポリスへの将軍職を務めた後、はしなくも二〇年間祖国から追放される身となったのであったが、私は両陣営の事態の推移に自ら立ち会い、〔アテナイ側に劣らず〕ペロポネソス側についても、事柄によっては亡命者の身分ゆえにかえって冷静に観察することができたのである。そこで十年戦争後の衝突と休戦条約の破棄およびそれに続いた戦争の経緯について、私は叙述を

(1) ヘラニコスの最初の著作発表年代は前四四〇年頃か。

(2) 前四一一年アテナイはキュノスセマの海戦で勝利した。

進めよう」。

第十三章　論題ごとに繁簡よろしきを得た記述が必要である

一　さて各章の展開についても、トゥキュディデスは細心緻密とは言えません。それは、よりわずかで済む事柄に必要以上に言葉を費やすためであれ、あるいはより入念な展開を要する事柄をいい加減に駆け足で済ませているためであれ、多くの実例によって裏付けられることですが、私は若干を挙げるだけにしておきましょう。二　第二巻の終わりあたりで(1)トゥキュディデスはアテナイ・ペロポネソス両軍の最初の二度の海戦について書き始めていますが、そのときペロポネソス側の四七隻に対しアテナイ側はわずか二〇隻の軍船で……［テクスト脱落］……彼らが対戦した異民族船の数ははるかに多く、それらをあるいは撃破し、あるいは乗組員もろとも拿捕したのでしたが、後者の数だけでも、ギリシア人が海戦に投じた軍船数を上回るものでした。トゥキュディデスによる記述をここに引きましょう。「［第一巻一〇〇・一］この後アテナイ人およびその同盟諸国は、パンピュリアを流れるエウリュメドンの川のほとりでペルシア人に対し、陸海両軍で戦闘を開始した。その日のうちにアテナイ人は、いずれの戦いにおいても勝利を収めた。指揮官はミルティアデスの子キモンであった。アテナイ側はポイニキアの三段櫂船二〇〇隻をことごとく捕獲撃沈したのである」。三　陸上戦についての彼の記述も同様で、必要以上に引き延ばされるか、あるいは過度に圧縮されています。ピュロスに関するアテナイ人の作戦と、ラケダイモン人を押し込めたうえで完全包囲したスパクテリアと呼ばれる島での戦闘についても彼は第四巻で陳述を始めますが、脱線してこの戦闘中に起こった他の事件に陳述を移し、かと思うとまた続いて起こる事柄の説明に戻り、戦闘中に両側でなされたこと一部始終を事細かに力強く詳述し、優に三〇〇行以上をこの戦闘に費やしています。ですが死者の数も降伏した者の数も多くはなかったのです。四　事実彼はこの戦闘全体をまとめてこう書いています。「[第四巻三八-五] 島内での戦死者および生きて捕虜となった者の数は以下のとおりである。上陸した重装兵は四二〇人を数えたが、このうち生きて護送された者は二九二人、他は戦死した。これら生存者のうち一二〇人(2)はスパルタ兵であったが、アテナイ人の戦死者は多くはなかった」。

第十四章　精粗繁簡を弁えぬ記述例

一　将軍ニキアスの指揮下、六〇隻の船と二〇〇〇人(3)のアテナイ人重装兵がペロポネソスに航行し(4)、ラケダイモン人を要塞に閉じ込め、キュテラ島とテュレアに入植していたアイギナ人を包囲し、さらにペロポネソスの各地を攻略し、そこから多数の捕虜を得てアテナイに帰港したときのことを記述して、トゥキュディ

(1)『歴史』第二巻八三。
(2) ディオニュシオスには、トゥキュディデスの写本にある「約(περί)[一二〇人]」(Oxy. Pap. 16 によって確証されている) はない。
(3) ディオニュシオス写本A、Tは二〇〇〇人。
(4)『歴史』第四巻五三—五七。

デスはキュテラにおける事態について、以下のように駆け足で述べます。「[第四巻五四-二] 戦闘が始まった当初、キュテラ人はしばらく持ちこたえていたが、やがて踵を返して市街地の山手の方に逃げ込み、その後ニキアスとその同僚指揮官に対して講和を乞い、助命を条件にアテナイ人に身柄を委ねた」。二 またテュレアにおけるアイギナ人の捕獲については、こうです。「[第四巻五七-三] このときアテナイ人は着岸するやただちに全軍あげてなだれこみ、テュレアを占拠した。市街を焼き払い、人家財物を一物残さず略奪し、白兵戦による殺戮を免れたアイギナ人をことごとくアテナイに連行した」。三 また開戦後両国とも甚だしい惨禍に見舞われ、そのために両国とも平和を渇望希求したのでしたが、前者すなわちアテナイが国土を寸断され、疫病ゆえに人口の激減を見たため、もはや他のいかなる方途も断念してスパルタに講和要請の使節を送ったときのことについて、トゥキュディデスは使節の名も挙げず、かの地でなされた彼らの演説もそのときの反論者の名も記していません。その反論にラケダイモン人たちは全面的に得心して、和睦拒絶を決議したのでした。ですがトゥキュディデスは、ごくおざなりなやり方でいい加減に、あたかも取るに足らない無意味な事柄に触れるかのように、こう言います。「[第二巻五九-一—二] ペロポネソス軍による第二回目の侵入の後、国土がふたたび寸断され、疫病と戦乱の重圧がのしかかるに至って、彼らはそれまでの意見を変えた。そして戦争するよう自分たちを言いくるめて惨禍を招いたとのかどで、ペリクレスを糾弾した。ラケダイモン人と和を結ぼうという気運が高まり、事実彼らは使節さえ送ったが、何の成果も得られなかった」。四 だのに後の使節つまりラケダイモン人がピュロスで捕虜になった兵三〇〇人の返還を求めてアテナイに使節を送ったときのことについて、トゥキュディデスはそのときのラケダイモン人の演説も記し、なぜ和睦

がならなかったのかの原因も述べています。(1)

第十五章　同前

一　したがってもしアテナイ人の使節について、出来事の主要項目が列記されれば十分で、彼らが行なった演説や勧告を記す必要はまったくない、なぜならラケダイモン人は説得されず和睦受諾に至らなかったのだから、というのであれば、このアテナイへのスパルタ使節団について、いったいなぜトゥキュディデスは同じ方針を守らなかったのでしょうか？　というのは彼らも和平交渉を果たせずに立ち去ったのですから。ですがもし後者を事細かに述べる必要があったのなら、なぜ前者をいい加減に放置したのでしょうか？　というのもいずれの場合も内容をなす議論を発想し言葉に綴る力に、決して彼は不足していませんでした。二　しかしもし何かの理由でどちらか一方の使節の記述を展開させなければならなかったとしても、なぜスパルタ使節をアテナイの使節よりも優先し、時間的に後の使節を先の使節より、他国のものを自国のものより、より軽微な惨事のさいの使節をより深刻な惨事のさいの使節より優先したのか、私には理解できません。

(1) ディオニュシオスは、海戦におけるアテナイ勝利の結果スパクテリア島内配置のラケダイモン（＝スパルタ）兵が孤立した時点での使節派遣（『歴史』第四巻一七―二〇＝ラケダイモン使節の演説全文）と、後の兵三〇〇人返還要求時（第四巻四一）の使節派遣とを混同している。

三　諸ポリスの占領、壊滅、そして住民の奴隷化やその他この類いの惨害をどうしても記述しなければならないとき、トゥキュディデスはそれらの受難をときに非常に生々しく、恐ろしく、また憐憫を禁じえないものとして描いており、どんな歴史家にも詩人にも彼を凌ぐ余地を与えないときがあります。ところがそれらを取るに足らない些細なものとして描いているために、読者に惨事の感覚を少しも与えないこともまたあります。四　プラタイア(1)、それにミュティレネ(2)やメロス(3)についての彼の記述が前者であって、人々の悲惨が最高の筆力を持って展開されている文章を、ここに引用する必要はありません。けれども彼が駆け足で短く触れるだけで、受難を瑣末事にしてしまっている箇所が『歴史』にはいくつもありますので、それを私は引用しましょう。「[第五巻三二-一] 同じこの頃アテナイ人はスキオネを包囲のすえ降参させ、成人男子全員を殺戮し、婦女子を奴隷化し、土地の所有権をプラタイア人に与えた」。「[第一巻一一四-三] そしてアテナイ人はふたたびエウボイアに上陸し、ペリクレスの指揮下全土を征服した。そして島内の他の地域は条約を結んで組み従えたが、ヘスティアイアのみは住民を追い出して自分たちの所有地にした(4)」。「[第二巻二七-一] 同じ頃アテナイ人は、戦争勃発の少なからぬ責任は彼らにあるとして、アイギナ人男子を婦女子もろともアイギナから追放した。ペロポネソスに近いアイギナ島には、自国の入植者を送りこんで領有する方がより安全だと思われたからである(5)」。

第十六章　演説と対話に見られる記述の不均衡

一　［トゥキュディデスの］『歴史』全体をつうじて、このような箇所はほかにも多数見いだされるでしょう。すなわち展開力の頂点に達していかなる付加もいかなる削除も受け付けないような箇所があるかと思うと、また同時にいい加減に駆け足で片づけられ、あの稀有の才能[6]の片鱗すら見られない箇所がありますが、それらはとくに民会演説や対話、そして他の演説中に認められます。二　どうやらこれらの箇所にこだわってい

（1）『歴史』第三巻五二―六八。いわゆるプラタイア・エピソード。ディオニュシオスはプラタイア人のラケダイモン人に対する演説中の一文を、『文章構成法』第七章四においても「実に魅力的に書かれ、しかも激情みなぎる」と称賛し、語順を替えるとその効果が失われることを書き替えによって例示している。

（2）『歴史』第三巻三七―五〇。いわゆるミュティレネ事件。

（3）『歴史』第五巻八四―一一六。いわゆるメロス島虐殺事件。ここでは「最高の筆力をもって人々の悲惨が展開された」一例に数えられているが、本篇第三十七―四十一章では、アテナイの将軍にふさわしい発言ではない、取るに足らないポリス（メロス）の人間が口にする言葉ではない、と酷評される。ディオニュシオスのこの評言の真意については解説四八六頁参照。

（4）いわゆるエウボイア事件。

（5）いわゆるアイギナ島事件。ディオニュシオスのテクストは、トゥキュディデスの *θέρει* を落とし、子供と妻たちの順序を入れ替え、ペロポネソスを単数でなく複数属格にしている。

（6）「稀有の才能」の原語は *δεινότης*. 意味は (1) 雄弁さ、(2) 激情、激しさの二通りがある。Rhys Roberts, 1901, pp. 187-188 は、oratorical power, intensity, mastery, impressiveness, nervous force, skill, resourcefulness の英訳を当てている。形容詞 *δεινός* は「恐ろしい」「ものすごい」など、程度の激しさを表わすとされる。

るうちに、彼は『歴史』を未完のままに残してしまったようです。というのも彼と同時代に壮年を迎え、トゥキュディデスの書き残した事柄をまとめたクラティッポスが、[1] 自分の記述の中で、それら［の演説］は語りを進めるのに邪魔になるばかりか聴衆［読者］を苛立たせると言っているのです。三　このことに気づいたトゥキュディデスは、『歴史』の終わりの方では弁論を入れなかったとクラティッポスは言っています。討論や民会演説を契機として実際に起こったことは、イオニアでも多数あり、アテナイでも多かったのではありますが。四　第一巻と第八巻を比較対照すれば、両者が同じ構想に拠っておらず、同じ筆力を示してもいないことが分かるでしょう。第一巻はわずかで些細な出来事を含んでいますが、演説が多く、第八巻は多数の重大な出来事を述べていますが、民会演説は少ないのです。[2]

第十七章　「ミュティレネ事件」の演説の扱い

一　私はかねがねこう考えていました。演説の中でさえトゥキュディデスは同じ論題について同じ機会に、記述不要なものを入れるかと思えば、記述必要なものを省くという弊に陥ってしまっていると。二　たとえば第三巻におけるミュティレネ市についての記述がそれです。[3] 市の攻略後、そこから将軍パケスの送った捕虜が到着した後、アテナイでは二度民会が開かれましたが、一回目の民会で行なわれた民衆指導者たちの演説を、トゥキュディデスは不要として記しませんでした。その民会で捕虜と他のミュティレネ人成年男子を一人残らず殺戮し、婦女子を奴隷化することが投票決議されたのでした。ところが同じ民衆指導者たちが演説した二回目の民会で、多数の市民の心を後悔の念がとらえたのでしたが、同じ論題について述べられているにもかかわらず、これら［二つ］の演説を必要と見なしてトゥキュディデスは書きとめたのです。(4)

(1) クラティッポスがトゥキュディデスの同時代人であるか、後代の歴史作家であるかについては議論がある。「残したもの（*παραλειφθέντα*）」は、トゥキュディデスが書かなかった事件とも、後世に残した著作物とも解せる。前者を採れば *συναγαγών* は歴史家としてトゥキュディデスが書かなかったことを書き綴った、の意に、後者を採ればトゥキュディデスが書き残したものを編集した、の意に解せる。プルタルコス（「アテナイ人が名声を得るのに戦争に拠ったか知恵に拠ったか」三四五D）はクラティッポスが扱ったとして前四一一―三九〇年間の主要事件を列挙している。本訳者はクラティッポスを歴史家と見なす研究者に与する。（Gomme, 1954, pp. 53-55; Schmid, W., "Herausgabe des Thukydideischen Geschichtswerkes", *Philologus* 49, 1890, pp. 17-25 参照）

(2) 戦争開始までにその得失について盛んに議論が交わされたとすれば、いきおい第一巻で演説の数は多くなる、第八巻で少ないのは『歴史』自体が未完に終わったためである、トゥキュディデスは技法を再考した、等種々の見解がある。

(3)『歴史』第三巻三六。

(4)『歴史』第三巻三六―四九。ミュティレネ懲罰を民会議決した後、ふたたび同じ議題で民会が開かれ、第一の演説者クレオンは成人男子全員死刑を、第二の演説者ディオドトスは宥免を主張した。

第十八章　ペリクレスの追悼演説の扱い

一　では彼が第二巻で全文を記したかの有名な追悼演説は(1)、いったい何ゆえにほかでなくこの箇所にあるのでしょうか？　というのももし多くの勇敢なアテナイ市民を戦死させた途方もない国難の中で、彼らのために恒例の追悼演説がなされるべきであったとするなら、そしてまたアテナイの名声と国力を高からしめた大勝利のさいに追悼演説をもって死者を顕彰すべきであったとするなら、どこであれこれ以外の巻において記された方が適切であったでしょう。二　というのはこの最初のペロポネソス人による侵攻で戦死したアテナイ市民はきわめて少数であったうえに、何ら目覚ましい手柄を立てていないのです。そのことはトゥキュディデス自身が以下に書いています。彼はまずペリクレスについて述べて、「[第二巻二二-一]彼は市街地を警備態勢に置き、できるだけ平静を保たせた。しかし警備の騎兵を常時幾人か送り出して、敵陣から侵入した騎馬先遣隊が、市街地に近接した田畑に狼藉をはたらくことのないように巡視に当たらせた」。さらに「[第二巻二二-二]プリュギア地区で、テッサリアの援兵とともにアテナイの騎馬兵一個分隊が、ボイオティアの騎馬兵相手に」ちょっとした小競り合いを演じたことを記して、「アテナイ・テッサリア勢は最初決して劣勢ではなかったのだが、ボイオティアの重装歩兵団が加勢に駆けつけるに及んで、彼らは敗走を余儀なくされ、アテナイ・テッサリア側に少数の死者を出した。しかし彼らは停戦を乞うまでもなく、その日のうちに遺骸を収容した。翌日ペロポネソス側は、戦勝記念碑を建てた」と書いています。三　けれども第四巻で、デモステネス麾下ピュロスでラケダイモン人を敵に陸海両戦に臨み、いずれにも勝利を得て、祖国を無量の誇りでいっぱいにしたあの兵士たちの方が、彼らよりはるかに数も多く、(2)優れた武人でもありました。四　ではいったい何のためにこの歴史家は、国家に名声も力ももたらさなかったこれら少数の騎兵たちのために国葬墓地を空け、最も有名な民衆指導者ペリクレスにあのような荘厳な悲劇的辞句を朗誦させたのでしょうか。アテナイに戦争を仕掛けた者〔ラケダイモン人〕をして一敗地にまみれさせた、かの多数のより勇敢なアテナイ兵の方が、この栄誉を得るべくよりふさわしいのに、なぜ彼らのために追悼演説を書かなかったのでしょうか？　五　多数の死者を出した陸海の他の戦闘はすべて不問に付すとしましょう。この死者たちの方が、一〇人か一五人の騎兵というアッティカの巡察隊よりも、賛美の哀悼によって飾られるべくはるかにふさわしいはずですが。シケリアでニキアスやデモステネスとともに海戦陸戦を闘い抜き、死んでいったアテナイおよび同盟国の兵士たち、そして最後にあの悲惨な退却を強いられ、通例の葬礼さえ受けなかった四万をくだらぬ兵士たち、この兵士たちの方が追悼演説の慟哭と栄誉を受けるべく、どれだけふさわしかったでしょうか？　六　だのにトゥキュディデスは彼らをこうまで無視して、国家が公式の服喪を命じ、国外での戦死者に対する通例の供犠を執り行ない、当代きっての優秀な弁論家に彼らのための追悼演説を命

(1)『歴史』第二巻三五―四六。戦歿兵士追悼演説の形式を借りて、アテナイ民主政の理想を謳った政治家ペリクレスの名演説として有名。

(2)『歴史』第四巻九―一三。第四巻二六―四〇。トゥキュディデスは「アテナイ軍の戦死者は多くはなかった。接近戦ではなかったからである」と記している。以下第十八章で挙げられる死者数などの数字のトゥキュディデスとの齟齬が指摘されている。

じたということさえ述べていません。七　なにしろアテナイ人が一五人の騎兵に国葬を執り行ないながら、シケリアで死んだ者――兵籍名簿からの徴兵のうちでも死者は五〇〇〇人以上だったのですが――にはいかなる栄誉も与えないということはありそうもないからです。とすると史家は、(私の思うところを述べるならば)ペリクレスの人柄を存分に活かしたいと思って、葬礼演説を彼によって語られたものとして書いたのでしょう。なにしろペリクレスは戦争勃発後二年目に死んで、その後の国家的悲運のときにはいなかったのですから。そしてこのように些細で大事とするに足らない事柄に、その事柄の価値以上の称賛を割り当てたのでしょう。(1)

第十九章　序の「歴史(＝考古学)」は不要

一　さらに以下のことを考えれば、この史家の展開の不備がなおさらよく分かるでしょう。すなわち彼は多数の重要な事柄を放置しておきながら、ただこの戦争以前のギリシア人の事跡がいずれも瑣事にすぎず、この戦争と比較される値打もないということを示したいばかりに、『歴史』の序の部分を延々五〇〇行にも引き延ばしたのです。(2)　二　というのも多くの事柄から明らかなように、事実はこうではなかったし、表現技術上の要請がこのような拡大法(3)を命じているわけでもないのです(というのも何かが瑣末なものと比べて重大だからといって、それゆえ重大だとは言えず、重大なものを凌ぐときに初めて物事は重大であるわけですから)、また序は、提示題目［提示部分］の論証をこうまで展開させることによって、それ自体でもう一つの

「歴史」[4]になってしまっています。三　しかし弁論術技法書の作者たちの教えは、取りかかるべき議論の主要項目を先取りして序で示すことによって、これを議論の内容見本にせよということです。[5]確かにトゥキュディデスは序も終わりとなるところで、これから陳述に入ろうとしてそうしていますが、[6]その行数は五〇行にも足りません。ですからあのようにギリシアの偉大さを失墜させる長広舌を揮う必要はまったくなかったのです。いわく、トロイア戦争時代にはまだ全ギリシアは一つの名では呼ばれていなかった。[7]いわく、食糧に困窮した者たちが、船で互いに海を往来し始め、防壁のない都市や村落に分かれて住んでいる人々を襲って略奪し、ほとんどそれによって生計を立てていた。[8]四　なぜアテナイ人が後頭部[9]に髻を結っていただの、

（1）この箇所のディオニュシオスの評については、解説四八〇頁および四八一頁註（3）参照。

（2）ディオニュシオスは『歴史』第一巻二三までを序論、実際の『歴史』が第一巻二四から始まるテクストを持っていたとする見解がある。ディオニュシオスが次節で「歴史」と呼ぶ序の部分すなわち『歴史』第一巻一―二三は、ヘロドトスの序に相当するひとまとまりと見なされることがある。

（3）弁論術では、拡大法は証明部分か、場合によっては結論部分で使われる。トゥキュディデスが拡大法を序論で使っていることを、ディオニュシオスは弁論術の規則に合わないとして批判している。

（4）現代では「考古学」と通称されている。

（5）アリストテレス『弁論術』第三巻第十四章一四一五a一六参照。

（6）『歴史』第一巻二三。

（7）『歴史』第一巻三。

（8）『歴史』第一巻五-一。

（9）『歴史』第一巻六-五。κρωβύλος を「顱頂［頭のてっぺん］」と解する（L-S-J）のは誤りで、後頭部か項であるという、壺絵を根拠にした主張（Gomme, 1945, p. 102 参照）が一般に受けいれられている。

髪に金の蟬飾りをつけていただのと、昔の彼らの贅沢な暮らしについて述べる必要があるでしょうか？　またラケダイモン人が「［第一巻六-五］裸身で体操をし、公衆の面前で裸になって、そのさいたっぷりと油を摺りこむことをした最初の人々である」。などと言う必要があるでしょうか？　そして最初にサモス人のために三段櫂船を四隻作ってやったコリントス人の造船家アメイノクレス(1)のことだの、レネイア島を占領してデロス島のアポロンに奉納したサモス島の僭主ポリュクラテス(2)のことだの、マッサリアに植民都市を開いたポカイア人(3)が海戦でカルケドン人を破ったことだの、その他これに類したあれこれを、陳述に入る前にここで述べるのは、はたして時機に適っていると言えるでしょうか？

第二十章　序言の展開を修正する

そこでもし私が思うところを述べても神にも人にも許されるのであれば、序はその中間をすべて取り去り、その終結部を提示部分に繫いで以下のように整えれば、最高の出来になるでしょう。「［第一巻一-一］アテナイ人トゥキュディデスはペロポネソス人とアテナイ人が互いに戦った戦争の経緯を記録した。戦争の勃発とともにただちに筆を取り、それが史上特筆すべき未曾有の大戦になるべきことを予測したのである。その根拠は、両陣営とも戦備万端を整えて満を持し、残余のギリシア世界もあるものは時を移さず、あるものは狐疑逡巡しつつ、いずれかの側に参加していくのを見たからである。［第一巻一-二］事実この騒乱は、ギリシア人と一部の異民族諸国、そして言うならば人間の住む世界の大半をその渦中に陥れる、空前の大戦となったのである。何となればこれ以前のさらに過去に遡る諸事件は、時間の隔たりのゆえに検証不可能であり、できるだけ古くまで調査した結果信憑性を認めうる証拠によるかぎり、戦闘という点でもその他の点でも、それらはさほど規模の大きいものではなかったと筆者は考えたのである。(4)〔第一巻二一‐一〕詩人たちが潤色誇張して歌っていることも、伝承作家たち(5)が真実に沿うよりも俗耳に入りやすいことを狙った作文も信を置くには足らず、考証不可能であり、多くは時代を経るうちに信じがたい物語と化している。しかしながら私は最も明らかな証拠に基づいて、過去の事跡を十分に明らかにしたと信ずるものである。〔第一巻二一‐二〕畢竟人間は戦乱の渦中にある間はその戦争を最大のものと思い続け、それが終わるや古《いにしえ》の戦いを賛嘆するのが常であるが、事実そのものに基づいて考察する者には、この戦争が史上かつてない大乱であったことが明らかになるであろう。〔第一巻二二‐一〕次に各人が行なった演説を記憶して正確に記すことは、戦争前であると戦争中であるとを問わず、また直接自分で聞いたものであれ、さまざまな方面の情報提供者から得たもので

(1)『歴史』第一巻一三‐二。
(2)『歴史』第一巻一三‐六。
(3)『歴史』第一巻一三‐六。
(4) ここまでが『歴史』第一巻一‐一―二で、ここで二一に接続するが、底本校訂者はディオニュシオスの恣意的な語法を指摘している。以下本篇第二十章の終わりまでが『歴史』第一巻二一（三行目）―二三‐五。一五七頁註（1）で断ったように、トゥキュディデスのテクストとの異同は原則的に註記しない。
(5)「伝承作家たち」の原語 λογογράφος は神々、英雄の物語や系譜、都市建設にまつわる伝承などを書き伝えたヘカタイオスやヘロドトスを指すと思われる。詩人に対し散文家の意もある。

あれ、困難を極める仕事であり、私としては、各演説者がその時々の問題についてかく語ってしかるべきと思われた言葉を、実際に言われた言葉の全般的主旨に可能なかぎり近づけて綴った。［第一巻二二-二］一方戦争中に起こった事件については、偶然に入手した資料に拠ることも、おのれ一個の憶測に拠ることもせず、自ら目撃し、他からも聴取したことを、個々の事柄ごとに及ぶかぎりの正確さを期して検分した上で書くことを旨とした。［第一巻二二-三］その作業は多大な困難を伴った。なんとなれば目撃者たちは同一の事件について同一のことを語らずに、それぞれが敵味方一方の心情を汲みかつ記憶に従うからである。［第一巻二二-四］私の叙述に物語風の要素がないために、聴き手は面白味がないと思うであろう。しかし過去に起こり、また人間性が変わらぬかぎり未来にも起こりうる、このような、あるいは類似の出来事を明確に見きわめたいと人が願うとき、この書が有用と認められるならば、それで十分であろう。［この書は］その場かぎりに読み聞かせて称賛を得るためではなく、永遠の財産となるべく書かれたものである。

［第一巻二三-一］さて過去の事跡の中で最大のものは、ペルシア戦争である。しかるにこれすら二度の海戦と二度の陸戦で決着を見たのである。それに対し今次大戦の時間は長大な期間に及び、ギリシア世界を襲った惨害は、同じ年月内にほかに起こったためしもないほどのものであった。［第一巻二三-二］すなわち、かくも多数のポリスが異民族ないし交戦相手の攻略を受け、国土を荒廃させられたことは絶えてなく、占領されて新しい居住者に取って代わられたポリスすらある。また戦乱ゆえであれ、内訌ゆえであれ、かくも頻々と追放および流血沙汰を見たためしはない。［第一巻二三-三］従前に風説のみで実証の機会の乏しかった事柄も、もはや信じがたいことではなくなった。地震については地上広範な地域にわたって、しかも激甚なものが起

こり、日蝕も古来よりの記録を上回って頻繁に起こり、大規模な旱魃とその結果としての飢饉に襲われた地方もある。だが空前の被害を与え、人口の多くを失わしめたものは、疫病であった。これらことごとくが、この戦争とともに攻め寄せたのである。〔第一巻二三-四〕さてアテナイ人とペロポネソス人は、エウボイア陥落の後両者間に成立した三十年休戦条約を破棄して、ここに戦端を開いた。〔第一巻二三-五〕私はまずこの条約破棄の原因と見解の相違を記した。なぜこれほどの動乱がギリシア人を襲ったのかを、後日誰かが詮索する必要のないようにとの意図からである」。

第二十一章　措辞

一　そうです、この歴史家の題材について言えば、その失敗例と成功例は以上のとおりです[1]。

二　ではこんどは彼の特徴が最もよく表われている措辞〔文体〕について述べましょう。ですがまずこの論題について、措辞なるものがどのような部分に分けられ、どのような特性を含むものであるかを述べる必要があるでしょう。次にトゥキュディデスが先行の歴史家からどのような状態で措辞を受け継いだか、そしてどの部分を余人に先駆けて改革したか、それが改良であったか改悪であったかを、包み隠さず述べねばなりますまい。

(1) 第二十章までがトゥキュディデスの題材について、以下第二十一―四十九章までが措辞についての論述。

第二十二章　措辞論の概要

一　さて措辞なるものは、まず二つの要素に分けられます。[1] すなわち一つは題材〔内容〕を明らかにするための用語選択であり、もう一つは、これら長短の語句による文章構成でありますが、これらのそれぞれがまた分けられて、用語すなわち基本要素〔名詞、動詞、接続詞などの品詞〕の選択が標準的表現と比喩的表現に分かれ、二　文章構成が句、文節、総合文[2]に分かれます。そしてこの両方にいわゆる文彩形式があり（すなわち単一の、分割されない単語の文彩形式と、それらの組み合わさった文彩形式です）、また〔文章の〕特性と呼ばれるものには、すべての文章に必要不可欠であるものと、付加的であって前者の裏付けがあるときにだけ効力を持つものがあります。[3] 以上のことは多くの先人たちによって言われています。三　したがってこれらについて今私は言う必要はないし、これらの特性それぞれの根拠である多数の理論や教条を述べる必要もありません。こうしたこともすでに詳細に扱われたのでした。[4]

第二十三章　先行歴史家の措辞

一　トゥキュディデス以前の歴史家がみな、これらのうちのどれを活用し、どれをわずかしか用いなかったかを、約束どおり私は最初に遡って[5]概略で述べましょう。こうすることによってトゥキュディデス独特の文体をより正確に知ることになるでしょう。二　非常に古くて名前だけしか知られない歴史家がどのような措辞を使ったか、淡々として気取りがなく、凝ったところが少しもなくて、必要不可欠なものだけを持つ措辞であったか、それとも絢爛として威風堂々かつ飾り立てた、付加的文飾を加えられた措辞であったのか、私には想像がつきません。三　というのも彼ら大多数の著者の作品は今日まで伝わっていないし、伝わったものも、彼らの真作とは必ずしも万人に信じられていないからです。つまりミレトスのカドモス[6]やプロコネ

(1) 措辞論は(1)用語選択と(2)文章構成から成る、と予告して(第二十二章)、トゥキュディデス以前の史家の言葉づかいを簡略に述べ(第二十三章)、第二十四章でトゥキュディデスの措辞を論評し、以下第二十五―四十九章で実例による実証を行なう。ディオニュシオスが拠る修辞理論体系については、補註G参照。

(2) アリストテレス『弁論術』第三巻第九章一四〇九a三五によれば、総合文とは、それ自体の中に始まりと終わりを持ち、しかも容易に全体を見渡せる長さを持つ文のことである。

(3) 「すべての文章に必要不可欠であるもの」をディオニュシオスは『ポンペイオス・ゲミノスへの書簡』で「これなしには文章に関する他の特性が無意味になってしまう特性」と最重視して(第三章一六―一七(テクスト脱落を含む))、純正(＝ギリシア語の語法に忠実な語り方)、明晰、簡潔(適切が加えられることがある)を挙げている。『リュシアス論』第十三章二をも参照。文章の「特性」については補註J参照。

(4) 「すでに詳細に扱われたのでした」は、ディオニュシオス以前に、の意。キケロ『弁論術の分析』第九章三一、『ブルトゥス』二六一、『弁論家について』第三巻一九九―二〇一参照。

(5) 本篇第二十一章二を指すか？　第五章を指すという解もあるが、いずれにおいても「約束」はしていない。

(6) ミレトスのカドモスはペレキュデスやヘカタイオスとともに最初期の散文作家としてストラボン『地誌』第一巻第二章六に名を挙げられている。ミレトス、イオニアの歴史を書いたか？

ソスのアリステアス[1]や同類の史家たちの書がそれです。四　そしてペロポネソス戦争以前に生まれ、トゥキュディデスの時代まで生きた歴史家たちはみな、当時最もよく使われたイオニア方言を選んだ者も、これとやや異なる古アッティカ方言を選んだ者も、大体同じ志向を持っていました。五　というのは前述のように[2]、彼らはみなどちらかというと比喩的措辞よりは標準的措辞を心がけたのです、もっとも前者を言わば薬味として足すことはありましたが。彼らはみな同じように平明簡素で無造作な言葉の配列を用い、言葉と思想に文彩形式をまとわせるときも、使い込まれた、普通の、一般に馴染みの深い言葉づかいから決して逸れませんでした。六　ですからどの人の措辞もみな必要不可欠な特性を持ってはいますが（というのは十分純正で明晰で簡潔であり、それぞれがその方言独自の性質を保持していましたから）、弁論家の才能を何よりも歴然とさせる付帯的特性[3]すなわち崇高、秀麗、厳粛、荘重といったものは、そのすべてを備えてはおらず、またそれぞれの完成の域にも達しておらず、数量的にもわずかしかありませんでした。それに緊張感も、重厚さも心を掻き立てる情念も、力感みなぎる、戦闘的気魄もありません。これらによっていわゆる稀有の雄弁が生まれるのですが、ただヘロドトスだけは例外です。七　彼は用語選択、言葉の配列、文彩形式の多彩さにおいて群を抜き、説得力と優美さと無類の心地よさによって散文表現を最上質の詩に等しくしました。八　ただ彼は文章の最も重要で輝かしい特質を何一つ欠いてはいませんでしたが、実戦用の弁論だけは例外で、生来その才を持たなかったのか、あるいはよく考えて歴史記述にはそぐわないものと見なして意図的に避けたのか、いずれかです。というのは彼は民会演説も法廷弁論もさほど使わず、彼の本領は情念を揺るがす、激越な調子で事件を語るといった類いの筆力ではないからです。

第二十四章[4]　トゥキュディデスの措辞の特徴

一　その人物［ヘロドトス］や先に言及した他の人物の後に続いたのがトゥキュディデスです。彼は先輩たち一人一人が持っていた長所を理解したうえで、ある独自の、先人に見過ごされていた文体を、初めて歴史書に導入しようと努力しました。用語選択に関していえば、同時代の人々にとって普通の慣れ親しんだものではなく、比喩的で、珍しく、古めかしくて耳慣れない言葉づかいをトゥキュディデスは選びました。二

（1）プロコネソスのアリステアス（アリスタイオス）は、ヘロドトス『歴史』第四巻一三、ストラボン『地誌』第一巻第二章一〇に名を挙げられている。『アリマスペア』（アリマスポイ物語）なる叙事詩の作者とされる。

（2）第五章四参照。

（3）弁論家の才能を何よりも歴然とさせるものは付帯的特性であるという考えはクインティリアヌス『弁論家の教育』第八巻第三章一にも見られる。厳密多様な語形変化を特徴とするギリシア語・ラテン語においては、明晰さは比較的容易に達成できるため、表現の個性を担うのは、付帯的特性であると見る研究者の言がある（Rhys Roberts, 1910, p. 27 参照）。

（4）本章で列挙される語法、構文への批判には「その例証が挙げられていない」、とアンマイオスが不備を示唆してきた。それに応えて書かれたのが『アンマイオスへの第二書簡』である。ディオニュシオスの時代になおギリシア語文法は未完成であった（補註K参照）ことから、トゥキュディデスがどのような文筆環境で著作をしたかが推し量られよう。単語の意味を示す辞書類はなかったと言われる。文章構成に関しては、トゥキュディデスは「古風」ではなく、むしろ時代に先駆けた新しさを見せていたとする見解がある（Webster, T. B. L., "A Study of Greek Sentence Construction", *American Journal of Philology* 62, 1941, pp. 385-415 参照）。

長短の語句による語順調整については、堂々としていかめしく、雄渾でどっしりとした、険しい音の字母があるために耳にごつごつ当たる配語法を選んだのであり、流麗で繊細で切れ目のない、険しさのない構成ではなかったのです。また文彩表現に関していえば、これこそトゥキュディデスが先輩たちを追い越そうととくに望んでいた点であり、最大限の熱意を傾けています。三　そして戦争の二七年間最初から最後まで、彼は後世に残した唯一の書である八巻の書に倦まず推敲に推敲を重ね、品詞一つ一つに、やすりをかけ鑿で穿つように彫琢の手を入れました。彼は、名詞一語で文章を作ったり、文章を名詞一語に圧縮したりします[1]。四　彼は動詞的なものを名詞形で表現し[2]、次には名詞を動詞に変えます。さらに彼は言葉自体の通常の使用法を逆転させるので、普通名詞が固有名詞となり、固有名詞が普通名詞として用いられ[3]、五　［動詞の］受動形が能動形となり、能動形が受動形となるのです[4]。彼は複数形と単数形の自然な使い方を変えて、両者をそれぞれ逆に使うばかりか、女性形を男性形に、男性形を女性形に、あるいは中性形を両者に結びつけるので、［文法的性の］自然な一致は壊れています。六　彼は名詞や分詞の格を表示形式から意味内容へ、意味内容から表示形式へと転換しています[5]。また接続詞や前置詞に関して、そして言葉の意味を明確にする分節語[6]に関してはさらにいっそう、彼は詩人のような使い方をして独自性を発揮します。七　トゥキュディデスにきわめて多く見いだされる文彩に、人称の変換、時制の転換、比喩表現の転用[7]による型破りなもので、語法違反ではないかという印象を与えるものがあります。事物が人間の代わりをし、人間が事物の代わりをするたびにそうであり、八　また説得推論においても、途中のおびただしい挿入のせいで、文がだらだらと続くことがあります。また曲がりくねって入り組んだ、解りにくい文彩、その他同類の文彩がほかにも見いだされる

でしょう。九　またトゥキュディデスには、芝居がかった文彩も少なからず見いだされます。[8] すなわち並置、

(1)「文章」と訳出したλόγοςは、意味を持つ語の集合を指す語であり、「語句（phrase）」とも訳出できる。アリストテレス『命題論（解釈について）』第四章参照。

(2)『アンマイオスへの第二書簡』第五章一では「勧告する（παραινεῖν）」と「要求する（ἀξιοῦν）」の代わりに使われた「勧告（παραίνεσις）」と「要求（ἀξίωσις）」（『歴史』第一巻四一-一）ほかを具体例として挙げている。

(3)ディオニュシオスは具体例を挙げていない。この命名はストア派のものとされる（ディオゲネス・ラエルティオス『ギリシア哲学者列伝』第七巻五七―五八参照。）「普通名詞」と「固有名詞」の解を逆にして、ὀνοματικόνを固有名詞、προσηγορικόνを普通名詞とする解がある。

(4)『アンマイオスへの第二書簡』第七章一では『歴史』第一巻一四四のκωλύεται（受動）の代わりのκωλύει（能動）ほかが挙げられている。単数形‐複数形、男性形‐女性形の入れ替わりについては『アンマイオスへの第二書簡』第九、十章参照。

(5)『アンマイオスへの第二書簡』第十三章一および二において、表示形式として単数形の民衆（δῆμος）を主語に置きながら、それを受ける動詞は、民衆の意味内容であるシュラクサイ人（Συρακόσιοι）に合わせて複数形となっている例が挙げられている。

(6)「分節語」については補註K参照。

(7)（τοπικῶν）を写本の記載と採るAujacを斥け、Kruegerの読み（τροπικῶν）に従う。『アンマイオスへの第二書簡』第二章七ではτροπικῶν. 文意に大差はないが、『アンマイオスへの第二書簡』第二章七、八のテクストとの数語の違いが、本篇第二十四章七、八にかけて認められる。

(8)ここで言われる「芝居がかった」文彩を、ディオニュシオスは『アンマイオスへの第二書簡』の最終章（十七）で「幼稚な」文彩と言って、トゥキュディデス『歴史』から三箇所を引用しているが、それらはまとめてゴルギアス風文彩と呼ばれた。なお補註N参照。

押韻、類音、対置であり、これらはレオンティノイのゴルギアス[1]やポロス[2]やリキュムニオス[3]の追随者たち、その他トゥキュディデスの同時代人の多くが濫用していたものです。一〇　しかしなかでもきわ立ってトゥキュディデスに特徴的な試みは、最小限の言葉で最大限のことを表現し、多くの考えを一つにまとめ、聞く人にもっと聞けるだろうと期待させたままにしておくことです。そのせいで［文の］短さは不明瞭を生んでいます。一一　要約して言うなら、トゥキュディデスの言葉づかいには四つの道具とでもいうべきものがあります。詩的な語彙、多様な文彩、ごつごつした語順調整、敏速な叙述［意味内容の伝達］[4]です。また彼の言葉づかいの色合いは堅固、凝縮、辛辣、厳格、重厚、恐ろしいまでの激しさ[5]などですが、これらすべてを超えているのが、心を揺り動かす力です。一二　ともかく以上がトゥキュディデスの言葉づかいの特徴であり、この点で彼は他の人々とは異なっています。そこで彼の企図と筆勢がひたと寄り添って進むとき、彼は完璧にして超人的な見事さを見せます。しかし彼の筆力が十分発揮されず、緊張が最後まで持続されないとき、叙述の速さのために言葉づかいが不明瞭になり、別の見苦しい欠点も出てきます。一三　つまり耳慣れない、人工的な言い方はどんなふうになされるべきか、またどの程度でやめなければならないかは、［種類を問わず］あらゆる制作の要諦なのですが、トゥキュディデスは『歴史』全体を通じてこれに配慮してはいないのです。

第二十五章　陳述における成功例と失敗例

一　では以上概略で前置きしたので、これらの実証例に向かうべきときでしょう。ですが文例を挙げてトゥキュディデスの文体の諸項目一つ一つについて別々に論じることをやめて、〔叙述の〕まとまりと論題に従って陳述と演説の箇所を取りあげ、それらにおける題材と措辞の成功と失敗の拠ってきたる原因を挙げて

(1) ゴルギアス（前四八七―三七六年）はソフィストの第一世代に属し、生地シケリアのレオンティノイからアテナイに来て華麗な弁論を披露し、弁論熱を巻き起こしたことで知られる。

(2) ポロスはシケリア島のアクラガス出身。プラトン『ゴルギアス』の登場人物として、師ゴルギアスを弁護してソクラテスと論戦している。ゴルギアス流の美文を得意とした。『リュシアス論』第三章四においても、リキュムニオスとともにゴルギアスの追随者とされている。

(3) リキュムニオスはキオス島出身のディテュランボス作家、弁論家。プラトン『パイドロス』二六七Cで美文を書くための語彙集を弟子のポロスに贈ったと言われている。弁論形式に関する彼のあまりに細かい区別や術語を、アリストテレス（『弁論術』第三巻第十二章一四一三b一四、第十三章一四一四b一七）は無用のこととしている。

(4) ディオニュシオスはここでは「文の運びの速さ、敏速（τάχος）」を、文意を不明瞭にしかねない要素としているが、第四十八章では美点に数え、第五十三章では、デモステネスがトゥキュディデスから「スピード感」という美点を模倣したと言っている。

(5) 「恐ろしいまでの激しさ」のギリシア語は *τὸ δεινὸν καὶ τὸ φοβερόν*. 形容詞 *δεινός* は「恐ろしい」「激しい」「手ごわい」「猛烈な」など多様な意味において程度の高さを表わす。

行こうと思います。(1) 二　ここで貴君とこの書を読む機会を持つ文芸愛好家に、あらためてお願いしておきましょう。(2) それは私がこの論題に取りかかった意図を知ってもらうことです。つまり、言及すべき彼の特徴をすべて拾って、彼の文体の特質を明らかにすることであり、彼の模倣志願者の役に立つことを目ざしているということです。

三　さて彼は序論のはじめで、ペロポネソス戦争がそれまでの戦争のうち最大のものであったという主張を述べて、以下の引用のとおり記しています。「[第一巻一-二―二-二] なんとなればこれ以前の、またさらに過去に遡る諸事件は、時間の隔たりのゆえに検証不可能であり、できるだけ古くまで私が調査した結果信憑性を認めた証拠によるかぎり、戦闘という点でもその他の点でも、それらはさほど規模の大きいものではなかったと筆者は考えたのである。というのも今日ヘラス [ギリシア] と呼ばれている土地が、むかしから一貫して居住されているのでないことは明らかである。先に移住してきた者も、後から来て常により多数を数える移住者に圧迫されると、簡単にその土地を捨てて立ち去ったようである。交易が行なわれず、陸上であれ海上であれ住民どうしが互いに交えるのも安全ではなく、各々の住民は日々生活ができるだけの土地しか所有していなかった。余分な財産をもたず、土地に果樹を栽培することもなかった」。(3)……[テクスト脱落]……(4)(5)

「[第四巻三四-一] もはやラケダイモン軍は襲撃されても鋭く反撃に出られなくなったので、軽装歩兵らは敵の防戦力がすでに鈍っているのを知り、さらに味方の兵力が明らかに敵の何倍もあることをその目で見て勇気が湧き、慣れもあって彼らを脅威とは感じなくなった。最初上陸したときには相手はラケダイモン人だという怯えに取り憑かれていたが、危惧されたほどの惨事にすぐには遭遇しなかったということもある。そこで敵勢何するものぞと雄叫びをあげつつ、一丸となって敵陣めがけて総攻撃をかけた」(6)。四　この段落は史家によるこのかたちではなく、もっと普通の［模倣に］役立つかたちに構成されるべきだったのです。つまり最後の部分を最初の部分に繋ぎ、中間部をその後に置けばよかったのです。トゥキュディデスの言い方

(1) 第二十五―三十三章では『歴史』中の陳述（語り）を、第三十四―四十八章では演説と対話を検討し、それぞれの成功例・失敗例を挙げるという計画が予告されている。

(2) 第二―四章で述べられた本篇執筆の意図、すなわち市民弁論の訓練生にとってトゥキュディデスは手本となりうるか否か、どの点で手本になりうるか、どの点を用心すべきかを明らかにするということが、ふたたび述べられる。

(3) 第二十章での引用を繰り返しているが、テクストの異同がある。

第二十章では「さらに（ἔτι）」、第二十五章では「またさらに（τὰ ἔτι）」

第二十章では「調査した結果（σκοποῦντι）」、第二十五章では「私が調査した結果（σκοποῦντί μοι）」

第二十章では「信憑性を認めうる（πιστεύειν συμβαίνει）」、第二十五章では「信憑性を認めた（συνέβη πιστεῦσαι）」

(4)『アンマイオスへの第二書簡』第七章二において「交わる」であるべきところ文法違反を犯していると指摘されている。

(5) 脱落テクストが九葉に及ぶ写本（AおよびI）があり、続く『歴史』第四巻三四-一からの不完全な引用との間にディオニュシオスの評言があったと推測されている。第十一―十二章で布置配列を、第十九―二十章で展開を論じて序言の欠陥を批判したディオニュシオスは、ここで序言の措辞を批評したと思われる。

(6) ディオニュシオスによる引用では καταφρονήσαντες の後にトゥキュディデス原文にはない οὖν αὐτῶν がある。

は凝縮された苛烈な表現ですが、以下のように構成されたならば、もっと明晰で心地よいものに整えられたでしょう。すなわち「もはやラケダイモン軍は襲撃されても反撃に出られなくなったので、軽装歩兵らは敵の勢いがすでに鈍っているのを知り、雄叫びをあげつつ、一丸となって敵陣めがけて総攻撃をかけた。味方の兵力が敵の何倍もあることをその目で見て勇気が湧き、もはや彼らを以前ほど脅威とは感じず、敵勢何するものぞと思ったのである。相手はラケダイモン人だという怯えに取り憑かれながらもやむなく上陸したのであったが、危惧されたほどの惨事にすぐには遭遇しなかったからである」。

第二十六章　アテナイ－シュラクサイ海戦の見事な陳述

一　このもって回った構成をすべて取り除くと、残りはすべてぴたりと当てはまる語で綴られ、この上なく適切なかたちで表現されており、措辞についても題材についても、文章の質にいうならば何の不足もありません。それらを私がまた数え挙げる必要はないでしょう。

二　さて第七巻でアテナイ人とシュラクサイ人との最後の海戦を詳しく記して、トゥキュディデスは出来事に以下のような語彙を使い、以下のようなかたちに整えました。「[第七巻六九－四—七一－一]デモステネスとメナンドロスとエウテュデモスは（彼らが将軍としてアテナイの船艦に搭乗していたのである）、味方の軍陣から発進するや、ただちに湾口を塞いでいる戦列に向かって突進し、まだ封鎖されないままの出口めがけて船を進めた。強行突破して外海に出ようとしたのである。だがシュラクサイ人とその同盟軍は、すでに以前とほぼ同数の軍船を出動させて、全方位からいっせいにアテナイ人を襲撃せんものと、一部は出口のあたりを、他は港をぐるりと取り囲んで待ちかまえていた。そして陸上隊も船隊が優勢になったところで、援護攻撃できる態勢についた。シュラクサイの船隊を率いるのはシカノスとアガタルコス、この両名が全軍の左右両翼を指揮し、ピュテン以下コリントス人が中央部を受け持っていた。やがて出口に残りのアテナイ人(4)もなだれこむと、彼らは緒戦の勢いに乗って迫り、出口付近のシュラクサイ船団を制圧して封鎖線を破ろう

(1) ギリシア語 *ἀγκύλος* は「彎曲した」が原義で、文章については「凝縮された」「きびきびした」と、「(無理に)圧縮された」とほとんど反対の意味になりうる。ヘシュキオスによる *ἀγκύλως* の語義は *ἀποτόμως*(簡潔に)。ディオニュシオスは明晰さを害う場合と保持する場合の両方に、この語を使っている。ここでは「もっと明晰な」文に書き替えているのであるから、「凝縮された」は必ずしも褒め言葉とは受け取れない。

(2) 書き替えギリシア語文は結果的に迫力に欠ける。この種の書き替えは『トゥキュディデス論』『アンマイオスへの第二書簡』を通じて約一八箇所ある。いずれもディオニュシオスはより名文にして見せようというのではなく、弁論実習生が沿うべき教条に則った場合の例を示しているのであり、この箇所では構造の明瞭さを狙うならこうなる、という例文を提供している(Grube, 1950, p. 106 参照)。文構造の異なる日本語で、トゥキュディデスの原文と書き替え文との違いを出すことは不可能である。

(3) トゥキュディデスのテクストとの異同は若干のものを除いていちいち註記しないが、トゥキュディデスの写本に疑義があり、研究者がディオニュシオスの読みを採用する箇所は少なくない。一方で『アンマイオスへの第二書簡』第二―六章におけるトゥキュディデスからの引用との不一致は、ディオニュシオスの過誤、誤った記憶からの引用に帰されうるとされる場合がある。

(4)「残りのアテナイ人も(*καὶ οἱ ἄλλοι*)」、トゥキュディデスでは *ἄλλοι* は疑われている。

とした。しかしその後シュラクサイ人とその同盟軍が八方から彼らに襲いかかってきたため、海戦は出口のあたりだけでなく、港全体を覆って古今未曾有の激戦となった。敵味方いずれの側も漕ぎ手たちは、号令一下力のかぎりに漕ぎ募り、操舵手たちも負けるものかと互いに懸命に技を競い合い、戦闘員らは甲板上の働きが他に遅れをとってはならじと舷々相摩す船上を捨て身で立ちまわり、誰もが与えられた部署でみな、われこそは第一の勇者たらんとはやり立ったのである。しかし狭い地点におびただしい船が殺到したため（これほどの船がこれほど狭い場所で海戦をした例はかつてなかった。両方で二〇〇になんなんとする数であった）逆櫓で後進する戦法も船列突破も不可能であったので、衝角による体当たり攻撃はわずかしか行なわれず、それよりも遁走や他方向への敵船攻撃に焦る船と船とが触れあって起こる衝突の方が多発した。敵船が迫って来る間、甲板上の者たちは槍や矢や石を雨霰とその船めがけて浴びせたが、船体が接し合うと、戦闘員たちは手と手の渡り合う白兵戦を演じながら、相手の船に乗り移ろうと先を争った。そして場所が狭いために至る所で相手を攻撃するかと思えば自分が攻撃され、一隻を取り囲んで二隻、ときにはそれ以上が避けようもなく縺れ合った。そして操舵手たちはあるいは防御に、あるいは攻撃に、それも一度に一つといわず、前後左右同時に対処する暇もなく、ぶつかりあう多数の船の轟音に慌てふためき、水夫長たちの発する声も聞きとれなかった。敵味方両側の水夫長が絶えず発する操船上の号令と、海戦の功名を煽る掛け声とが入り乱れていたのである。アテナイ人を励ます声は、強行突破を果たして、まっしぐらに祖国の安寧を今こそ勝ち取れと、シュラクサイ人とその同盟軍を叱咤する声は、敵の脱出を断固阻止し、全員が勝利を得てそれぞれの祖国を大ならしめることこそが誉れ、と叫ぶのであった。さらにいずれの側の指揮官たちも、余儀ない状況もなしに後方に向けて漕いでいる船を見つけると、その三段櫂船長を名指しで呼んで、それがアテナイ人であればこう問うた。海はアテナイ人が営々辛苦の末[1]獲得した領土であるのに、憎き仇敵の土地をそれよりもわが故郷と懐かしんで退却するのかと、それがシュラクサイ人であれば、アテナイ人がやみくもに逃げようとはやっているのはよく分かっているのに、逃げるアテナイ人から逃げようというのか、と。さて地上の両陸軍は、海戦が互角であるのを見て、恐ろしい苦痛と感情の闘ぎ合いに襲われた。当地の者はこれまで以上の勲を手にしようと功名心に燃え、侵入者は現在よりなお戦況が不利になるのではないかと恐れたのである。畢竟アテナイ人の命運は海軍一つにかかっていたので、成り行きを憂えてかつてない不安にとらわれ、海戦の状況が勝敗一定しないものであるため、地上からこれを見る者たちもまた勝敗一定しない情景を目にせざるをえなかった。戦闘場面はつい目と鼻の先にあり、しかもみながみな同時に同じところを見ているわけではないので、味方が優勢なのを見ては、そのたびに勇気を取り戻して、わが軍を見棄て給うなと神々に祈る者もあれば、退却を目にして大声で泣き喚き、戦闘を見ているだけで実戦中の者以上に意気阻喪する者もいた。また競り合いの決着がつかず彼我力の伯仲する海戦場面に目を釘付けにされた者は、意識にも劣らぬ激しい苦痛に身を捩じらせ、耐えがたい苦しみを体験したのである。逃げおおせるか破滅するかは、常に紙一重の差であった。アテナイ陸軍の陣中では、海戦の行方が定まらぬ間悲嘆と歓声、勝ってる、負けてる

（1）「営々辛苦の末（*οὐ δι' ὀλίγου πόνου*）」、トゥキュディデスでは *οὐ δι' ὀλίγου* であるが、ディオニュシオスの読みが採用される場合が多い。

という声が同時に聞かれ、危機に陥った大軍がやむなく発するありとあらゆる声が飛び交ったのである。

船上にいた者たちも彼らとほぼ同じ目に遭っていたが、海戦が長引いた後、ついにシュラクサイ人とその同盟軍はアテナイ人を敗走に転じさせ、明らかな攻勢に立つと、勝鬨をあげて、激励を交わしながら沿岸まで追い上げた。［アテナイの］船隊は、海上で捕獲を免れたものがみな、てんでんばらばらに陸に追い詰められ、味方の陣になだれこんだ。すると陸上部隊は、もはや悲喜こもごもどころか、いっせいに悲嘆と呻きの声を挙げつつも事の次第に耐えられず、援護のため船に駆け寄る者もいれば、城壁の残存部分を守ろうとする者もいたが、大半はもはやわが身をどうすれば救えるかをひたすら考えたのである。実際このときほどの周章狼狽は前代未聞であった。彼らはピュロスで自分たちがしたことと、ほぼ同じ目に遭ったのである。すなわちラケダイモン人たちは、軍船を失ったうえに島に渡った自国の兵士まで殺害されたのであったが、今アテナイ人は奇跡でも起こらぬかぎり、陸上で救われる見込みは皆無であった。海戦は熾烈を極め、両側ともおびただしい船と兵士を失ったが、勝利を得たシュラクサイ人とその同盟軍は、船の残骸と遺体を収容し、市街地に戻って勝利碑を建てた(1)」。

第二十七章　言葉にならない感覚と理知的判断力

一　私には以上の文や同種のものは、羨望と模倣に値すると思われました。そしてトゥキュディデスの重々しさ、表現の美しさ、雄弁(2)、その他の美質はこうした箇所において完璧であると確信させられました。

それは万人がこの類いの措辞に魅せられ、快不快を識別する能力としてわれわれに備わっている、言葉にならない直覚力も、各種の技術の卓越性(3)を見分ける理知的判断力も、これに違和感を持たないことを認めたからです。二　市民の弁論にまったく無経験な者さえ、どれ一つ不満を感じる語や文彩を指摘することはできますまいし、無知な大衆など相手にしない優れた目利きも、この措辞の技巧に文句を言うことはできますまい。一般大衆も少数エリートも同じ判定を下すでしょう。三　素人大衆は措辞を俗悪で曲がりくねって話について行きにくいと言って不満に思うことはないでしょう。きちんとした訓練を受けて専門家になった少数の人たちも、卑俗で低級で雑だと言って文句を言ったりはしないでしょう。そうではなくて、理知的判断力も言葉にならない感覚も、一致した審判を下すでしょう。その両方によってわれわれは技術に関するすべて

(1) ローマの歴史家サルスティウス（前一世紀）の著作には、このアテナイ-シュラクサイ海戦の描写（第七巻七一-三―四）を真似たと思われる文節（『ユグルタ戦記』六〇-四）をはじめ、トゥキュディデスからの模倣が多数認められる。

(2)「雄弁な」と訳出した δεινός は修辞学関連では主として (1) 激情、恐ろしいほどに感情の迸る、(2) 恐るべき修辞技巧を示す、雄弁な、の意で使われ、どちらが意味されているかが判定しがたい場合が少なくない。デモステネスはしばしば δεινότης（手ごわい弁舌の達人、の意）と呼ばれた（『デモステネス論』第十章四など）。

(3)「各種の技術」とは、絵、彫刻、建築、詩、散文など各種の芸術のこと。

のことを判定するのです[1]……［テクスト脱落］……一方をなおざりにすれば、他方の美も完璧性も実現できないのです。

第二十八章　ケルキュラ内乱の陳述の成功

一　少なくとも私は、ある種の人々に偉大で驚嘆すべきものと思われているかの文章を褒める気になりません。私に言わせれば、それらは基本的でごく当たり前の文章力すら備えておらず、むやみと手の込んだ懲りすぎの語法によって駄文にされてしまったために、心地よくもなければ有用でもないのです。少しばかりですがその実例を、そしてなぜ長所とはまるで逆の欠点になってしまったかの、それぞれの原因をも一緒に挙げましょう。二　第三巻でトゥキュディデスは、ケルキュラで内乱のために民衆が最有力者[2]に対して行なった残忍で不敬な行為を詳述していますが、普通で馴染み深い言葉づかいで出来事を描写しているかぎりは、明晰で簡潔かつ効果的な叙述をしています。ところが全ギリシア人共通の悲惨事を悲劇もどきに描き、語の意味を通常のそれから変えようとし始めると、彼は自分の水準からひどく落ちてしまいます。ただ出だしの部分を失敗と咎める人は誰もいないでしょうが、以下がその引用です。「［第三巻八一-二―八二-一］ケルキュラ人はアッティカの船が近づき、敵船が遠ざかるのに気づくと、城壁外にいたメッセニア人を市中に移動させ、要員搭乗の完了していた船にヒュライコス湾への回航を命じ、彼らが航路の途上にいる間に、手当たり次第に［市内で］敵対者を捕まえ、片端から殺害した。また言いくるめて乗船させてあった者たちも、無理やり船から降ろして処刑した(3)。さらに彼らはヘラの神域に入ると、嘆願者として中にいた者のうち約五〇人を裁判を受けさせる約束で神域から起たせたうえで、全員に死刑を宣告した。説得に従わなかった嘆願者の多くは、事の成り行きを見るや聖域内で互いに刺し違えて最期を遂げ、また木から首を吊って自害し、それぞれができる仕方で己の命を断ったのである。エウリュメドンが六〇隻の船を率いて到着し停泊していた七日の間に、ケルキュラ人は敵対者と見た同胞をことごとく殺した。民主政の破壊者という罪名を着せられる者もいれば、私怨ゆえに殺された者、また貸した金の借り手の手にかけられた者もいた。ありとあらゆるかたちの殺戮が行なわれ、このような状況下にありがちな事態で起こらぬことはなく、なお想像を絶するような出来事さえ起こったのである。父に殺される子もいれば、神殿から引きずり出される者、そのきわで殺される者すらいた。さらにはディオニュソスの神殿に壁づめにされて殺害された者らもいた。かくも残忍に内乱は進行した。そしてこれが最初に起こったものであっただけになおいっそう、その印象が強かった。この後言わば全ギリシアが戦乱の巷と化し、民主派指導者はアテナイ人を、少数派はラケダイモン人を引き入れようとする抗争が至る所で繰りひろげられたからである」。

(1)「技術に関するすべて」は、ディオニュシオスがしばしば引き合いに出す絵画彫刻など諸種の芸術を指す。ディオニュシオスは「言葉にならない感覚」と「理知的判断力」を作品鑑賞および評価に不可欠なはたらきと繰り返し述べているが、テクストの脱落部分はこれを詳説した重要箇所であった可能性が高い。

(2)「最有力者」は富裕者、上層市民、貴族の意で多用される。

(3)「処刑した(ἀνεχρῶντο)」、トゥキュディデスでは ἀπεχώρησαν であるが、難語とされる。

第二十九章　ケルキュラ内乱の陳述の失敗

一　これに続くところは曲がりくねっていて話について行きにくく、語法違反にすら見えかねない文彩表現の縺れが見られて、彼の同時代人にも市民弁論の力が絶頂に達した[1]後代の人々にも使われなかった類いのものです。その言葉をここに引用しましょう。[2]「[第三巻八二-三] こうして諸国の状況は内乱の巷と化した。なぜか落伍した面々は、先に起こった出来事を伝え聞くと、攻撃の巧妙さと復讐の異常性を発揮して、過激なまでに考え方を刷新した」。二　この文章で最初の文節「こうして諸国の状況は内乱の巷と化した」は、一片の必然性もない迂言法（ペリプラシス）[3]になっています。「諸国は内乱の巷と化した」と言う方がまともでしょう。三　これに続く「なぜか落伍した面々」は理解困難です。次のように言えば、もっとはっきりするでしょう、「遅れを取った国々は」。これに続けて彼は言います、「先に起こった出来事を伝え聞くと、……過激なまでに考え方を刷新した」。彼の言いたいことはこうです、「遅れを取った人々は、ほかで起こった事を聞き知ると、何かもっと新奇なやり方を、と過激な考えに走った」。それに言葉の縺れを別にしても、この単語の整え方は耳に心地よいとも言えません。四　これらに続いてさらに、詩、いやむしろディテュランボス[4]でもひねくり回すのに頃合いの結尾が来ます。すなわち「[第三巻八二-三—四]……攻撃の巧妙さと復讐の異常性を発揮して……そして言葉の通常の語義を行為に合うように独善的に変えた」。このように解きほぐしにくい縺れで彼が示したいものはこうです。「計略の実行に狡知をはたらかせ、過激な復讐を果たすために、何かもっと新奇なやり方を考え出そうと懸命になった。これらの事柄に通常使われる語を置き換えて、違う言葉でそれらを言い表わすべきだと考えた」。「巧妙さ」と「復讐の異常性」と「言葉の通常の語義」と「行為に合うように変えられた独善」は、詩的迂言法により適しています。五　これに続いてトゥキュディデスは以下のような芝居がかった文彩形式を使います。「［第三巻八二－四］思慮を欠く無謀さは仲間のための勇敢さと、先を見越してためらうことは臆病をとりつくろうことと見なされたのである」。これは

（1）散文の発達が頂点に達した、とする解もある。*πολιτική δύναμις* は政治の力とも解せる。ディオニュシオスが「最良の文体を人力の及ぶかぎり完成に近づけた」（『デモステネス論』第十四章一）と賛嘆してやまないデモステネスは、その弁論の力で国運を左右した（前四世紀後半）。

（2）以下第三十三章まで語法に関する評言。『歴史』第三巻八二－一から二を経ずに三に飛んでいる。ディオニュシオスの手元にあるテクストには、トゥキュディデス原文の八二－二がなかったという推測と、書写生の写し損ないという推測とがある。書き替え練習部分はとくに、翻訳では再現しがたい。

（3）迂言法（ペリプラシス）は、一語ないしそれに近い少数語で言えるものを、他の語で遠回しに言う語法。「牛乳」を「養いの泉」（『デモステネス論』第二十八章七）という類。補註M参照。

（4）ディテュランボスは、本来はアウロス笛の伴奏に合わせて歌い踊る合唱抒情詩形式のディオニュソス神讃歌。神話英雄伝説を題材として悲劇の母胎となったとも言われ、古典期には大ディオニュシア祭の奉納競演の演目にもなったが、のちにアテナイでは大げさな語法の代名詞として使われた（アリストテレス『弁論術』第三巻第三章一四〇六b三で「ディテュランボス詩人は賑々しい音が好き（*ψοφώδεις*）」と。ディオニュシオスは著作中で常に揶揄的調子でこの語を使う。

両方ともパロモイオーシス［押韻］とパリソーシス［並置］を含んでおり[1]、もっぱら化粧するために形容辞が加えられています[2]。というのは芝居もどきでもなく、手のかけすぎでもない[3]、必要不可欠なかたちに言い方を整えれば、こうなったでしょう。「彼らは無謀さを勇敢さと、ためらうことを臆病と呼んだ」。六　この続きもこれに似た言い方です。「［第三巻八二-四］そして分別を持つことは女々しさを覆い隠すこと、何でも知っていることは何の役にも立たないこと」以下のように言えば、もっと標準的になったでしょう、「分別ある人は女々しい人と、万事を知る人は、万事に役立たずな人［と言われた］」。

第三十章　陳述における失敗（内乱の一般的考察）

一　措辞に化粧をほどこすかと思えば、硬直させてしまってもいるものを、せめてこのあたりで止めていたなら、彼はこうも読者を苛立たせはしなかったでしょう。ですが実際はこう続けるのです。「［第三巻八二-四―五］陰謀は保身の謂い、逃避の巧みな遁辞とされた。そして逆上する人間は常に信頼され、彼に反論する者は疑われた」。二　というのはこの文でも、逆上する人間とはどんな人を指し、何についてなのかがはっきりしないし、彼に反論する者というのもどんな人で、何ゆえになのかが分かりません。彼は言います「［第三巻八二-五］陰謀をめぐらして、当たれば賢明、そして感づけばさらに有能と言われた。他方自分に無用になるように先手を打てば、味方の団結の破壊者、敵への怯えに憑かれた人と言われた」。三「当たれば」では言いたいことが明確にならないし、「当たれば」が上首尾に事を果たして目的を遂げた人のことであり、

「感づけば」が未遂の、まさに起ころうとする悪事を事前に察知した人を意味するならば、同一人物が「当た」ると同時に「感づ」くと考えられることはありえません。四　以下のように書けば、意味は「濁りなく、はるかより輝く(4)」ものになったでしょう。「他人に対して陰謀を企んで上首尾に果たせば、彼らは有能なのであり、また事前に陰謀に感づいて警戒すれば、なおいっそう有能なのであった。陰謀も警戒も自分にはその必要がなくなるように先手を打てば、味方の団結を壊し敵に怯える者と見なされたのである」。

---

(1)「思慮を欠く（ἀλόγιστος）」は「仲間のための（φιλέταιρος）」と、「先を見越して（προμηθής）」とは「とりつくろう（εὐπρεπής）」と、それぞれ音節数が等しく、語尾の音が一致する押韻（パロモイオーシス）。またこれら二語ずつのまとまりは、並置（パリソーシス）と見なせる。補註N参照。

(2) ディオニュシオスが「芝居がかった」「化粧」をほどこした表現として批判の槍玉に挙げる文節を称揚する評者もいる。たとえば修辞家ヘルモゲネスは動詞を使った表現より名詞による表現の方が威厳（σεμνή）があると述べて（『文体論』A第六章二四九R）、トゥキュディデス『歴史』第三巻八二-四の τόλμα μὲν γὰρ ἀλόγιστος（本篇第二十九章五—六）を例に挙げている。

(3) テクストに疑義があり、οὔτε περίεργον（Aujac）ないしは οὔτε κόμψον（Reiske）が提案されており、訳出には前者を採った。

(4)「濁りなく、はるかより輝く」は一五九頁註（5）参照。文意が「明晰になったでしょう」の意。

第三十一章　同前

一　さらに「［第三巻八二・五―六］要するに人を出し抜いて何か悪事をなした者、その気もなかった人を教唆した者は称賛されたのである」と明断さに加えてきびきびと力強く語られた総合文一つをこれに続けておいて、ふたたび彼は詩のような言い換えに移っています。「そしてまた、委細かまわず躊躇なく断行することがまかり通ったために、親族的なものは党派的なものにくらべるとよそよそしく感じられるようになった」。すなわち「親族的なもの」と「党派的なもの」は、身内の絆と党派の結束を言い換えたものです。[1]「委細かまわず躊躇なく断行する」は党友にかかる辞句なのか、身内にかかる辞句なのか不明です。二　というのはなぜ党友にくらべて身内をよそよそしいと見なしたかの理由として、彼らが委細かまわず断行したから、と言葉を足しています。彼の意味するところに合わせて整えるなら、以下のように言えば論旨は明確になったでしょう。「実際委細かまわず躊躇なく断行することがまかり通ったために、党派的なものの方が親族的なものよりも親身に感じられるようになったのである」。三　この続きも迂言法的な言い方で、力強さも明断さもない叙述です。「現行の法律を利用して利益を得るのではなく、既存の法に反して、権益目的でこれらの結社は［作られたのであった］」。この意味はこうです、「法の遵守による利益に基づくのではなく、法を無視して何とか権益増大を図ろうという狙いから、これら党友たちの結社は出来あがったのである」。四　こうも言います「［第三巻八二・七］また和解の誓約がたとえ何とか立てられても、ほかからの勢力がないという状況で、当面窮状打開のために相互に交わされた間だけ効力を保った」。この言い方には転置語法[2]と迂言法[3]があります。「和解の誓約」とは「友情を誓って誓約がたとえ何とか立てられたとしても」の意味です。「効力を保った」は転置語法で置かれていますが、じつは「当面」に続いているのです。つまりトゥキュディデスは「その間だけ効力を保った」ことを示したいのです。五「ほかからの勢力がないという状況で、窮状打開のために相互に交わされた」は、次のように言えばもっとはっきりしたでしょう。「窮状にありながらほかからの勢力が何もないために、相互に［誓約が］交わされた」。考えの筋道はこう進んだはずです、「友情を誓って誓約がたとえ何とか立てられても、それは他に頼れる勢力がないため仕方なく相互に交わされたものであったので、当座だけ効力を保った」。

（1）「親族的なもの（*συγγενές*）」と「党派的なもの（*ἑταιρικόν*）」は、それぞれ「身内の絆（*συγγένεια*）」と「党派の結束（*ἑταιρία*）」の語の一部を部分的に置き換えた（*-νές* を *-νεια* に、*-ικόν* を *-ία* に）言い方。修辞学上の分類メタポラー（隠喩）の一種であるメタレイプシス（言い換え）とする見解がある。補註M参照。

（2）転置語法（ヒュペルバトン）…文節の最初に転置されている当面（*ἐν τῷ αὐτίκα*）は、意味上付くべき「効力を保った（*ἴσχυον*）」に隣接せず、離れて置かれている（＝転置）ため、聴衆の判断を宙ぶらりんにさせたまま緊張を強いる、したがって意味の明確さが損なわれるとディオニュシオスは言いたいようである。しかしロンギノスは、トゥキュディデスにおける転置語法を褒めている（『崇高について』第二十二章参照）。補註M参照。

（3）迂言法（ペリプラシス）…「和解の誓約（*ὅρκοι τῆς συναλλαγῆς*）」は、じつは窮余の「盟友関係についての誓約（*οἱ δὲ περὶ τῆς φιλίας ὅρκοι*）」の美辞であるため迂言法である。補註M参照。

第三十二章　同前

一　この次に書いていることは、これよりもっと曲がりくねっています。「〔第三巻八二-七〕巡り合わせによって相手が保塁を巡らさないでいるのを見つけて先制攻撃を果たした者は、公然の戦いよりは信頼によったがために、より深い快感を味わいながら復讐を遂げた。そして安全を計算に入れるとともに、欺瞞をもって立ちまさったというので、知恵くらべの賞品まで手に入れたのである」。「運よく」の代わりに「巡り合わせによって」と書かれ、「油断している」の代わりに「保塁を巡らさないでいる」と書かれており、「公然の戦いよりは信頼によったがために、より深い快感を味わいながら復讐を遂げた」は晦渋な迂言法であり、意味を完全に尽くすためには少々言い足さねばなりません。トゥキュディデスはこう言いたいのだと察せられます。「誰であれ好機に恵まれ敵が油断しているのを察知すると、その人は警戒怠りない相手よりも信頼し切っている相手を攻撃したからというので、より深い快感を味わいながら復讐を遂げた。そのうえなお、身の安全を計り欺瞞によって敵に立ちまさったというので、知者の評判まで手に入れたのである」。二　彼はこう言います「〔第三巻八二-七〕多くの人は、無知でありながら善人と呼ばれるよりもむしろ、悪人でありながら利口と呼ばれる方を好む風潮に染まった。そして前者の名を恥じ、後者の名を自慢した(1)」。これはきびきびと短く言われていますが、意味が不明瞭です。なにしろ無知で善人である人とはどういう人のことなのかが分かりにくいし、彼らが悪人に対置されているとしても、悪人でない者が無知とはならないでしょう。そして無思慮で無分別な者を指して無知と言っているのであれば、いったい何ゆえに彼はこの人たちを善人と呼ぶのでしょうか？　三　そして「前者の名を恥じ」るのは誰なのでしょう？　両者ともになのか、無知な者だけなのかはっきりしません。「後者の名を自慢した」これも誰なのかはっきりしません。というのは両方を指しているのなら、そんな馬鹿げたことはありませんから。とにかく善人が悪者であることを自慢したり、悪者が無知であることを恥じることはありえないからです。

第三十三章　同前

一　魅力を感じさせるよりはむしろ韜晦して苛立たせるような、不明瞭で込み入った措辞のこの特徴は、一〇〇行(2)にまで及んでいます。ではその続きを、私の文章はこれ以上つけ加えずに引用しましょう。「[第三巻八二-八—八三-四] これらすべての原因は、物欲と名誉欲とに駆られた権勢欲であり、党派抗争に身を投じた者たちの熱狂も、これらの欲望に起因していた。というのもどのポリスの指導者たちも、いずれの側であれ名目だけは体裁よく、市民大衆の平等や良識ある穏健貴族政を掲げて、国家のために一身を擲つと称しながらこれを競争の賞品とし、あらゆる方法で争いに勝って相手方に立ちまさろうと極端な残虐行為にさえ走

(1) *οἱ πολλοί* の後に *ἤ* を挿入する校訂がある（Gomme）。それに従えば「多くの人は、悪人であればむしろ利口と呼ばれ、善人であればむしろ無知と呼ばれたがる風潮に染まった。そして一方の名を恥じ、他方の名を自慢した。」

(2)「一〇〇行」とは第三巻八二から八三にかけてディオニュシオスが批判する文章を指す。

り、その反撃の報復はいっそう残虐の度を増し、それも正義や国益を顧慮する範囲でやり返しを重ねるのではなく、とにかく自派の者たちに快感を味わわせることをもってその基準としたのである。そして不正な投票による断罪であれ実力行使による支配権の掌握であれ、その場かぎりの勝利欲を満足させさえするなら、彼らはいささかの躊躇も見せなかった。その結果どちらの側にとっても良心の呵責は問題にすらならず、聞こえのいい文句さえあれば、何か陰険な悪事をやってのけた者でさえ、それで評判を高めるという有様であった。そして中庸を行く市民たちは、ともに闘わなかったためか、生き延びるのを妬まれてか、両側から攻撃されて破滅させられた。こうしてこの内乱ゆえに、あらゆる種類の悪がギリシア中にはびこった。そして人格高潔であればこそ豊かに備わる素直さも、嘲笑され消えて行った。そして相互不信による思想的対立がいっそう拡がった。なぜなら抗争を解消させる強力な議論も畏敬さるべき誓いも存在しなかったからである。誰もかれもが権力を握っている間は、その安泰は期しがたいとの理を悟って、被害を未然に防ぐ用心に明け暮れて、他を信頼する余裕を失ったからである。また知力の劣る者の方が、一般的には生き残った。それというのも自分の知恵不足にひきくらべ、相手はいかにも怜悧であることを恐れて、議論で負かされたうえに相手の縦横な機略で陰謀の先を越されてはたまらないと、蛮勇をもって実力行使に出たからである。それに対して他方は、事前に見破れるからと歯牙にもかけず、理知で適うことを行動に移す必要はないと多寡をくくったために、かえって無防備でいて破滅させられたのである」。二 トゥキュディデスは陳述において馴染み深い普通の文体にとどまっているかぎりは優れていますが、馴染み深い言葉づかいから逸れて、聞きなれない語や無理な文彩を使い、語法違反にさえ見えかねない言い方に走るときは拙劣になります。私はなお多くの実例でもってこのことを明らかにできますが、必要以上に私の論文が長くなることがないように、このあたりでよしとしましょう(1)。

第三十四章　演説における題材

一　トゥキュディデスの筆力の絶頂を示すという評価もある彼の民会演説文(2)についても私の見解を明かすと約束したのですから、この考察も二つに分けて、題材と措辞とを別々にそれぞれについて論じようと思いますが、まず題材から始めましょう。二　題材の第一の部分を占めるのは、どのような説得推論や考えを発想するかであり、第二の部分を占めるのは、発想されたものをどう実行するか(3)です。前者はどちらかというと生まれながらの才能に、後者は技術によって成り立ちます。この二つのうちの、技術よりは天稟により、

---

(1)『歴史』第三巻八四にはディオニュシオスが批判の対象にしそうな箇所が八二、八三より多いが言及はない。八四は古来伝承に疑問が呈されてきており、ディオニュシオスのテクストに含まれていなかったという推測がある。

(2)本篇では、「民会演説（δημηγορία）」は演説一般を指す場合が多い。マルケリノス『トゥキュディデス伝』三八は、演説がトゥキュディデスの筆力の絶頂を示すという評価を伝えているが、ディオニュシオスはそうは考えていない（第五十五章参照）。

(3)本篇第九章で発想、選択された題材の布置配列（οἰκονομία）を、区分、配置、展開という独自の分け方によって論述したディオニュシオスは、ここでは布置配列を実行（χρῆσις）という言葉に置き換えて、措辞と関連させつつ個別の文節について論評する。

教練の必要の少ない発想の方は、この歴史家にあっては驚くべきものです。というのはこんこんと湧き出る泉の水さながらに、それは非凡で斬新な、意表をつく考えや説得推論をまるで無尽蔵に生みだすからです。三　ですがどちらかというと技術に基づき、もう一方をいやましに輝かせるはずの実行の方は、必要水準を満たしていないことがままあります。ですからトゥキュディデスをまさに入神のわざとばかりに褒めそやす人たちは、彼の説得推論の豊富さゆえにそんなふうに感激したというところでしょう。四　そういう人たちに向かって誰かが個々の題材に演説をつき合わせて、これこれの場合にしかじかの人物を設定しこんな具合に言わせるのは適切ではないとか、こうしたことについてこんな風に、しかもここまで言わせるのは適切ではないなどと論そうものなら、彼らは憤懣やるかたなく、誰かの容貌に気も狂わんばかりに魅せられた人と同じ状態に陥るのです。五　というのはそういう人たちは、自分を虜にした容貌には、美貌に備わるかぎりのありとあらゆる魅力があると思い込んでいて、もし何か難があればそれを責めようとする人を、中傷者だ誹謗者だと言って糾弾するのです。六　そういう人たちは、この一つの長所で催眠術にかけられて、すべてが、そしてありもしないものがこの歴史家のうちにあると証言します。人は誰でも自分が愛《め》で称えるものについて、こうあらまほしいと望む、その姿であると考えるものです。七　ですが天与の判断力に恵まれたからであれ、修練によって鑑識眼を磨いたためであれ、偏見にとらわれず正しい基準に従って文章批評を行なう人々は、無差別にすべてを褒めたりすべてに不満を持ったりせず、完璧な出来映えにはそれにふさわしい評価を明言し、そこに何かひどい欠点があれば、称賛を差し控えます。

第三十五章　演説における措辞

一　さて自分の考察のすべてにおいてこうした基準を設けてきた私は、従来も自分の所見を躊躇なく発表してきましたし、今も後込《しりご》みしないでしょう。二　ですから最初に言ったとおりに、[1]まずこの歴史家の発想の的確さを認め、たとえ誰かが、敵愾心からかあるいは鈍感なためか、欠陥があると言っていても、それは間違いだと私は考えます。しかし他の点、すなわち布置配列についての彼の技巧という点では、ごく少数の民会演説を除いて、私はこれを認めるわけにはいきません。三　すでに触れた措辞の不備が、この種の文章に最も多く、まためだって起こっているのを目にするからです。すなわち珍しくて耳慣れない、人工的な措辞がこれらにおびただしくあり、入り組んで縮こまった[2]無理な文彩表現がこれらにいちばん多いのです。四　私の考えが妥当か否か、貴君もそして彼の作品を検分しようという人は誰でも判定してくだされればよろしい。[3]それらの比較対照は、これまでと同じ方法で行なわれるでしょう。すなわち私が最上と見なす文章と、布置配列が行き届かず表現も批判の余地なしとは言えない文章とを対照させようというのです。

（1）第三十四章二を指す。
（2）ギリシア語 ἀγκύλα は「彎曲した」が原義で、文章については「凝縮された」「きびきびした」と、「(無理に) 圧縮された」とほとんど反対の意味になりうる。ここでは「入り組んだ」「無理な」とともに使われているので「縮こまった」と訳す。一九三頁註（1）参照。
（3）献呈相手のトゥベロだけでなく、より広い専門的読者層を想定していることの表われと言える。

第三十六章　演説（対話）成功例（アルキダモス対プラタイア人）

一[1]　さて第二巻でトゥキュディデスは、ラケダイモン人とその同盟者によるプラタイア攻撃を論題に記述し始めますが、ラケダイモン人の王アルキダモスが耕地の破壊に取りかかろうとするところにプラタイアの使節団が到着したと想定し、両側によって述べられたとおぼしき言葉を記しています。それらは発言者にふさわしく状況にも合致しており、不足もなければ過剰なところもなく、純正で明晰、かつ簡潔でまた他の美点をも備えた措辞で仕上げられています。語順調整［音調］も笛の音さながらに心地よく耳に響いて鳴りやまず、最高に心地よい文章と並べても遜色ありません。すなわち「［第二巻七一―一―四］次の夏、ペロポネソス人とその同盟軍は、アッティカ侵入を取りやめてプラタイアに兵を進めた。総指揮者はラケダイモン王、ゼウクシダモスの子アルキダモスであった。彼は軍陣を敷き終わるや否や、耕地の破壊に取りかかろうとした。プラタイア人はただちに使節団を送って次のように言った。『アルキダモス王およびラケダイモン人諸君、諸君はプラタイア人の領土に攻撃の兵を進めたが、この行為は正義にもとるのみか、諸君ら自身ならびに諸君の父たちの名を辱めるものである。その理由はこうである。ラケダイモン人にしてクレオンブロトスの子なるパウサニアスは、プラタイアでの決戦に生死をともにせんものと馳せ参じたギリシア勢を率いて、ペルシア人の手からギリシアを解放した。その折プラタイア人のアゴラ［広場］で救い主ゼウスへの供犠を済ませた後、彼は全同盟諸国の兵を呼び集め、プラタイア人にその領土と国家の主権の回復を認め、その独立を保つべきこと、何人もここに不法に兵を進め、また隷従のくびきにつかしめてはならないこと、これに違反する者があれば、列席の同盟国諸兵は力の及ぶかぎり［プラタイアを］防衛すべきことを宣したのであった。これらがかの危難においてわれらが示した勇気と熱誠に対して、諸君の父たちが報いてくれたものであった。しかるに諸君は彼らとはまるで逆の行動をとっているではないか。すなわちわれらの不倶戴天の敵テーバイ人と手を携えて、われらを奴隷化せんものと来寇している。そのときの誓いを証する神々ならびに諸君の父祖代々の神々そしてわがふるさとの神々を証人として、われらは諸君にこう申し述べる。プラタイアの地に対する不正ならびに誓約違反を棄て、パウサニアスの正義の判定に従ってわれらの国家の主権を尊重せよと』」。二　プラタイア人がこのように言うと、アルキダモスは次のように答えます。「［第二巻七一－一一七五－一］『プラタイア人よ、諸君の言うことは正義である、ただし諸君の行動が言葉に沿うものであるならばだ。パウサニアスが諸君に認めたとおりに、諸君自らは独立を守るがよい。そして諸君とともにかつて危険を分かち合い、ともに誓いに加わりながら、今アテナイの支配下にある者の解放に手を貸すがよい。この戦備も戦争もことごとく彼らの解放のために、そして他の者にも自由を与えるために行なわれている。それゆえにこそ諸君もこれに加わり、誓いを守るがよい。さもなければ先にわれわれが提案したとおり、諸君たち自身の田畑を守って満足し、どちらの側にも与せず、両方を味方として受けいれ、いずれとも矛を交え

（1）第三十六－四十一章で『歴史』中の対話演説を、第四十二－四十九章で民会（集会）演説を批評。陳述を評した方法と同様、まず推奨すべき文例、次に批判すべき文例を扱う。

ぬがよい。そうすればわれわれに異存はなかろう』。アルキダモスはこのように言った。これを聞いて、プラタイア人使節団は、国に帰って行った。そして民衆にこれらの言葉を伝えた後、アルキダモスにはこう答えた。『自分たちとしてはアテナイ人に無断でアルキダモスの提案に従うわけにはいかない。妻子をアテナイ人のもとに置いているからである。また国全体の存立についても、ラケダイモン人が撤退すればアテナイ人が来寇してわれらの独立を阻止するのではないか、あるいはテーバイ人が両側を受けいれるという誓いにかこつけて、われらの国家を奪おうとするのではないかと危惧する』と。これらの点について彼らを励ましてアルキダモスは言った。『では諸君は国土と家屋をわれらラケダイモン人に委ね、国境と諸君の樹木と数量化されうる他のすべてのものを提示するがよい。そして諸君ら自身は戦闘期間中望みの地へ移動するがよい。戦闘終結時にわれわれは諸君から預ったものすべてを返還するであろう。そのときまではわれわれが諸君の土地を預って耕作し、諸君の必要を満たせる賃貸料を運ぶであろう(1)』。これを聞いて彼らはふたたび国へ戻り、民衆と相談した後、［アルキダモスに向かって］この提案をまずアテナイ人に伝え、彼らを承服させえたあかつきには、そのとおりにするつもりであると言った。しかしそのときまでは休戦条約を結び、耕地に破壊行為を加えぬようにと強く言った。そこでアルキダモスは使節らの往復にかかるであろう日数を計ってその間休戦条約を守り、敵地攻略を差し控えた。プラタイア人使節団はアテナイ人のもとに赴き、協議を終えて帰国し、市民に次のように伝えた。『プラタイア人諸君、アテナイ人の言葉はこうであった。われわれが同盟を結んでよりこの方、彼らはいついかなるときも不正を加えられるわれらを見棄てたことはなく、今回も断じて傍観するつもりはない、否、全力を挙げて加勢するということである。そして父祖の誓約を遵守し、同盟の約定を改変せぬよう諸君に要請している』。使節団がこう伝えると、プラタイア人はアテナイ人との同盟に背かないこと、万やむを得ぬ場合は国土の蹂躙をも耐え忍び、いかなる悲運にも目をそむけずこれに甘んじる、もはや城壁外へは人を出さず、城壁内からラケダイモン人の先の提案は受諾不可能である旨を答えるということ、以上を協議によって決定した。彼らはこのように答えた。すると王アルキダモスは、まず神々とこの地の英雄たちに証人となるよう呼び掛けて言った。『プラタイアの地をしろしめすすべての神々と英雄たちよ、照覧あれ、われらが正義に背いて、先にこの地に進軍したのではなく、共に立てた誓いをこの者たちが先に破棄したのであった。この土地において、わが父祖たちはあなた方に祈りを捧げてペルシア人を下し、あなた方はこの地を、戦うギリシア人の幸運の土地として嘉《よみ》されたのであった。また今も何をなそうとも非はわれらの側にはないことを照覧あれ。何となればわれわれが情理を極めて言葉を尽くしたにかかわらず、それらは受けいれられなかったからである。願わくは、先に侵した者に不正の制裁を受けさせ、法の裁きによって報復を遂げんとする者を許したまえ』。このように神々の名にかけて祈念し、彼は軍勢に戦闘を開始させたのである」。

(1)「賃貸料を(ἀποφοράν)」。収穫物のことを賃貸料と言った。トゥキュディデスでは φοράν.

第三十七章　演説（対話）失敗例（メロス対話）

一　ではこの見事で非凡な対話と、彼の文体の賛美者が褒めちぎる別の対話とを比較してみましょう。二　アテナイ人がラケダイモン人の入植地であるメロス島の住民に対して遠征軍を差し向けたとき、戦闘を始める前にアテナイの将軍(1)とメロス人の指導者が戦争回避の交渉に臨んだ、とトゥキュディデスは想定しています。トゥキュディデスは最初は［叙述者としての］自分の立場で両者の発言内容を記していますが、この形式すなわち陳述の形式を一回の応酬だけにとどめて、その後の対話には登場人物を当てて、劇形式をとっています。三　すなわちアテナイ人は以下のように言って始めるのです。「［第五巻八五―八六］『われわれの魅力的で論駁の余地のない演説を、中断なしに一度だけ聞かされただけで、民衆が欺かれないようにとの狙いから、交渉はわれわれが一般市民に語りかける機会を与えられぬままに行なわれるのであるから（つまりわれわれが少数者のところに連れて来られたのはそういう意図からであることを、われわれはよく承知している）、代表者たる諸君は、より安全に事を運ぶことになるであろう。そうなのだ、諸君の方も(2)一続きの演説によらず、不適切と見なす言辞にはただちにこれを遮って理非を質すがよい。そこでまず、われわれのこの申し出を良しとするか否かを答えられたい』。メロス人の代表委員たちはこう答えた。『冷静にそれぞれの立場を説明することの妥当性は、非難されてはいない。しかしすでに戦争として進行中であり、未来のものではない状況を、諸君は明らかにそれとは異なるものにしているではないか』」。

四　この最後の部分を文彩表現の一つに数えようという人がいるならば、以後その人は数と格のあらゆる語法違反を文彩表現と呼ばねばならないのではないでしょうか？　五　というのはトゥキュディデスは、「冷静に説明することの妥当性は、非難されてはいない」をまず置いて、次に単数主格で言われたものに「すでに戦争として進行中であり、未来のものではない状況」を繋いで、これに名称は指示分節語であれ代名詞であれ(3)「それ（αὐτοῦ）」という単数属格形の語を結びつけています。でもこの「それ」は女性単数主格形にも中性複数対格形にも合わないのですから、(4)一貫性［文法的整合性］を欠いています。六　この文は次のように書いたならば、筋の通ったものになったでしょう。「冷静にそれぞれの立場を説明することの妥当性が、非難されているのではない。しかしすでに戦争として進行中であり、未来のものではない状況は、明らかにそれ（αὐτῆς）とは異なるものである(5)」。七　この後に彼は思想が場違いというわけではないけれども、

（1）厳密には将軍ではなく、将軍が送った使節。
（2）「諸君の方も一続きの演説によらず」、トゥキュディデスではこの前に「個々の点ごとに（καθ' ἕκαστον γάρ）」という句がある。Usener の校訂は「一続きの演説によらず（ἑνὶ λόγῳ）」を採らず、「わずかな言葉で（ἐν ὀλίγῳ）」であるが、訳出には Budé, Loeb 版を採る。
（3）指示分節語の原語は *ἄρθρα δεικτικά* であり、邦訳語は便宜的なものである。補註K参照。
（4）「それ（αὐτοῦ）」は中性単数属格なので、女性単数の名詞「妥当性（ἐπιείκεια）」と合っていない。また中性複数対格で言われた「すでに戦争として進行中であり、未来のものとはいえない状況（τὰ τοῦ πολέμου παρόντα ἤδη καὶ οὐ μέλλοντα）」にも合っていない。
（5）ディオニュシオスは女性単数名詞 *ἐπιείκεια* を受ける語は、中性単数（αὐτοῦ）ではなく女性単数（αὐτῆς）に、中性複数名詞 *τὰ τοῦ πολέμου* を受ける語は、中性複数（αὐτά）にすべきであると言っている。和訳すればいずれも「それ」となる。

表現の上で容易についてはいきにくい説得推論を示しています。すなわち「［第五巻八七］諸君が来た目的が未来の出来事を想定して議論するためか、あるいはそれ以外の何かであって、諸君の目に映る国家の現状に鑑みて、その安全について協議するためでないのならば、われわれはもはや［発言を］やめよう。だが後者のためであるなら話をしよう」。

第三十八章　同前

一　そしてこの後彼は叙述を対話形式から劇形式に変えて、以下のようにアテナイ人に返事をさせます。「［第五巻八八］このような状況に置かれた者たちが多くを弁じ、さまざまな方途を探ろうとするのは当然であり、また許されることである(1)」。二　続いて「［第五巻八八］しかしながらこの会談は安全についてであるのだから、異存がなければ諸君の提示する方法で議論を進めよう」と寛大な提案を出しておいてから、彼はまずアテナイの国家にもふさわしくなく、このような事態にもそぐわぬ説得推論を考え出して言わせます。「［第五巻八九］それゆえわれわれの方は美辞麗句を並べ、ペルシア人を打ち破ったわれわれの制海権は正義であるとか、出兵は不正を加えられたからであるとか言って、説得力に欠ける長広舌を揮おうとは思わない」。これはさしずめ無辜の民に対する出兵を是認するということではありませんか、このどちらについても説明したくないというのですから。三　そして彼は続けます。「［第五巻八九］ラケダイモン人の植民であるのだから出兵に加わらなかったとか、われわれに対して何も不正を行なわなかったとか申し立てて、そのようにわれわれを言いくるめられると諸君が考えているとは、われわれは思わない。むしろわれわれ双方が現実的に考えるところに基づいて、可能な事柄を諸君が実行するだろうと判断している」。これはつまり、こういう意味です。「諸君が不正を受けたと考えるのは正しいが、諸君はそれに耐え、それに屈するべきなのだ。われわれは、われわれが諸君に不正を行なっていることを知らないわけではないが、諸君が弱体であればこそ、力で立ちまさろうとしているのだ、これが双方に可能なことなのだから」。四　そうしてこのことの理由を示そうとして彼は続けます。「［第五巻八九］人間の論理において、正義不正義は双方が絶対不可避の事態を等しくするときに決定されるものであって、優越者は可能な力を行使し、弱者は屈するものである」。

第三十九章　同前

一　これらの言葉は異民族［ペルシア］の王がギリシア人に向かって言う方がよりふさわしいものでした。正義は対等の者が相互に行使するものであるが、力は強者が弱者に対して行使するものだとは、かつて同胞をペルシア人から解放したアテナイ人がギリシア人に向かって言うべき言葉ではなかったのです。二　これに対してメロス人は、アテナイ人もまたいつの日か倒されて他者の意のままにされ、強者から同じ憂き目に

（1）トゥキュディデスではメロス島代表の発言。書写生の間違いであろうと推測される。Pritchett, p. 124 参照。

遭わされないように、あらかじめ正義とは何かを考えておく方がよい、と言葉少なに答えますが、そのときトゥキュディデスはアテナイ人に以下のように答えさせます、「[第五巻九一-一]われらの支配がよし終わることがあろうとも、われわれはその終焉を悲観してはいない」。こう言わせてその理由を、たとえラケダイモン人がアテナイ人の支配を崩壊させても、彼ら自身しばしばこのようにふるまっているのだから、手心を加えるだろう、と言わせるのです。三 トゥキュディデス自身の言葉を引きましょう。「[第五巻九一-一]ラケダイモン人もそうであるように、他国を支配する者が、敗者にとって恐れるべき相手であることはない」。これは要するに、僭主は僭主の間では憎まれない、と言うのと同じことです。四 この後でトゥキュディデスはこう書きます。「[第五巻九一-二]しかしこういう危険はわれわれに委せておけばよい」。これは、「目の前の欲望を満足させれば、その後にどんな報復が来ようが構わない」ということですが、海賊や強盗でもそうは言わないでしょう。五 そしてさらに応酬が若干あり、メロス人がこう言って穏当な路線に歩み寄ろうとしたときに、すなわち「[第五巻九四]ではわれわれが友好的でいて、敵に回らず、それでいていずれの側の同盟者にもならないで中立を保つことを、諒とはしないのか?」と。六 トゥキュディデスはアテナイ人に以下のように答えさせています、「[第五巻九五]否だ、なぜならわれらの属国の目には、諸君の友好的態度はわれわれの弱体の証しとして、諸君の憎悪はわれわれの力の証しとして映るのだが、諸君の敵意は、その友好的態度ほどにもわれわれの痛手にはならないからだ」。陋劣な説得推論であり、曲がりくねった言い方です。その真意を人が探ろうとするならば、こういうことです。すなわち「諸君がわれわれに友好的態度を示せば、それは他国人の目にわれわれを弱体に映らせるであろうし、憎悪を示せば、われわれを強大に見せるであろう。つまりわれわれは属国を温情によってではなく、恐怖によって支配したいと望んでいるのである」。

第四十章　同前

一　さらにこれに加えて手の込んだとげとげしい応酬で、トゥキュディデスはメロス人に言わせています。すなわち戦闘中は敵味方[1]公平に偶然に左右されるが、「［第五巻一〇二］ただちに降伏するのは絶望することにほかならないのに対し、行動に出ている間はなお昂然と立つ望みがある」と。二　これに対して［トゥキュディデスは］、逆境にあるとき人間が抱く希望について、アテナイ人に迷路よりも曲がりくねった返答をさせます。以下引用「［第五巻一〇三‐一—二］希望とは危難にあるときの慰めであり[2]、持てる手段が豊富であれば、それにすがる者をたとえ傷つけても滅ぼし去ることはない。だが手持ちのものすべてを賭けてみようという者にとっては、（なにしろ希望は本来浪費好きなので）倒れるときになって初めてその本性が知られるものであり、それと知って警戒しても、もはや［希望から身を守る］余力は残されていない。諸君は弱体であり運

（1）トゥキュディデスの πολέμιων をディオニュシオスは「敵味方（πολεμίων）」と読んだと推測できる。

（2）「あえて危険に挑む勇気」（プラトン『エウテュデモス』二七二B参照）の解もある。

命の秤(1)が傾けばたちまち転変を見るのであるから、そのような目に遭いたいと思わぬがよい。また窮して明確な希望を失っても、人間としての努力を尽くせばなお助かるのに、目に見えないものに頼ろうとする世の多くの者の轍を踏まぬがよい。すなわち予言や神託やそういった類いの、望みを持たせて人間を害なうものに頼ろうとする輩だ」。三　以上のようなことがアテナイの将軍の口から出るべき言葉としてふさわしいとどうして言えるのか、私には分かりません。すなわち神々の賜う希望が人間を害い、予言も神託も敬虔公正な生活を選んだ者に役立たないというのです。何を措いてもポリス・アテナイをまず褒めるべき点は、あらゆる事柄に関しあらゆる危機に際し、神に従い予言や神託を仰がずには事をなさなかったということではありませんか？　四　メロス人が、天佑にも恵まれたが自分たちがラケダイモン人を信用したのは、少なくとも廉恥心を知って自分たちに加勢し、同胞の死を拱手傍観しなかったからであると言うと、なおいっそう横柄傲慢にこう答えるアテナイの将軍をトゥキュディデスは描いています。「［第五巻一〇五-一―二］神の恩寵という点では、われわれは諸君にひけを取らないと思う。というのはわれわれは人間の分を超えたことも、神の怒りを招くことも、また人間どうしの要求に外れたことも、どれ一つとして求めてもおらず、行ないもしないであろうから。というのも神についてはわれわれは憶測によるほかはないのに対し、人間についてはは明確に知ったうえでこう考えるのだが、神も人も本性上必然的に征服者が被征服者を支配するものである」。この言葉の意味は、この歴史家に親炙しているつもりの者にさえ理解困難ですが、大体以下のような結論に落ち着きます。すなわち人はみな神意を知るというものの、それは憶測によっているのに対し、人間相互間の正義となると、これを人間共通の掟によって判断する、そしてその掟とは、征服できる相手を支配するということである。これは最初の議論[2]と一致しており、アテナイ人にも他のギリシア人にもふさわしい発言ではありません。

第四十一章　同前

一　賢《さか》しいとはいえ陋劣な考えをなお多数挙げられますが、この著述が長すぎるものにならないように、会談を打ち切るときのアテナイ人の言葉を最後に挙げておきましょう。「［第五巻一一一-二］諸君が頼みとする力は、希望的観測であって未来のことにすぎないのに対し、立ちはだかる現実を凌ぐには、現在の手段は不足している。少なくともわれわれを退席させ、今より多少とも賢明な結論に至ろうとするのでなければ、諸君の理屈はあまりに愚かというものだ」。二　続けて彼は言います。「［第五巻一一一-三］というのは確かに諸君は、屈辱的状況に至ることを予見しながら、その瀬戸際に立たされたとき、人間をしばしば破滅させる体面などというものに、まさか諸君はとらわれたりはするまい。というのも辿りつく結果を予測している者にも、名誉と呼ばれるものはその名前の持つ蠱惑の力をしばしば及ぼし、その言葉の虜にされた人間を、それと知りつつ癒しがたい惨禍に陥らせるものであるから」。三　史家がそのときの会談に居合わせてこれらの応酬に加わっていたのでもなく、アテナイ人あるいはメロス人の報告者の話を聞いたのでもないことは、

（1）複数のトゥキュディデス写本の ῥοπῆς を採る。

（2）「最初の議論」とは第三十八章を指す。

彼がこの前の巻で自分自身について自ら書いているところからも容易に知られます。すなわち彼はアンピポリスで指揮を執った後、(1)国を追われ、戦争の残りの期間をトラキアで過ごしたのでした。四　ですから史家が自ら『歴史』の序言中で言ったように、対話を「実際に言われた言葉の全般的主旨に可能なかぎり近づけた」(2)、出来事に合致した、会談出席者にふさわしいものに作りあげたか否かをなお検討してみなければなりません。五　けれども自由について論じ、アテナイ人に対して何も間違いを犯していないギリシアのポリスを奴隷化しないようにと懇願する言葉が、いかにもメロス人らしくまた適切であったとすれば、正義について討論することも口にすることさえも許さず、暴力と野望の掟を持ちだして、強者にとって良しとされるものこれすなわち弱者にとっての正義なりと言い放つさまは、同様にアテナイの将軍たちにふさわしいものであったでしょうか？　六　私としては、世に冠絶する法治国家から他のポリスに差し向けられた将軍たちの言葉として、これがふさわしいとは思いませんし、メロスのように小さく何ら目覚ましい功績のないポリスの市民が、安寧よりも高潔を重んじ、不面目な行ないを強いられないようにいかなる試練にも耐える覚悟である、と言うとも思いませんし、ペルシア戦争のときに卑劣な命令に屈するよりは国土とポリスを手放すことを選んだアテナイ人が、同じ選択をする者を愚かだと非難するとも思いません。おそらくアテナイ人のいるところでもし誰か他の者がこのようなことを言おうとしたら、全人類の生活を文明化した彼らは激怒するでしょう。七　以上の理由で、この対話をもう一方の対話にくらべて優れているとは、私は考えません。あちらの対話ではラケダイモン人アルキダモスがプラタイア人に正しいことを要求しており、措辞はといえば、純正で分かりやすく、強引な表現形式も「文法的」不整合もありません。しかしこちらの対話では、ギリシア人中最高の英明の民が、およそ破廉恥な説得推論をし、およそ不快な措辞でそれを包んでいます。八 きっとこれは史家が自分に下された判決ゆえにポリスに恨みを抱き、万人がこの国を憎むようにこうした悪口を吐き散らしたのでしょう。なぜなら国家指導者がこのような権能を委ねられて、他国民に対して祖国を代表して言うであろう意見は、彼らを派遣した国家全体のものであると誰しも受け取るからです。対話については以上で十分でしょう(3)。

第四十二章　模倣すべき演説例

一　民会演説のうち私が称賛してやまないのは、第一巻所収のものです。ラケダイモン人に屈するなという、ペリクレスがアテナイで行なった演説です。それは以下のように始まっています。「[第一巻一四〇-一] アテナイ人諸君、私はいついかなるときも変わることなく堅持している、ペロポネソス人に屈するまいとい

(1) アンピポリスで指揮を執ったことは、『歴史』第四巻一〇四―一〇八および第五巻二六-五参照。トゥキュディデスのトラキアとの繋がりについては、マルケリノス『トゥキュディデス伝』(四五、五五)の記述が広く受けいれられている。終焉の地がトラキアであったことも記されている。

(2)「可能なかぎり近づけた(ἔγγιστα)」。第二十章の同じ引用では ἐγγύτατα.

(3) 対話の批評に続いて第四十二―四十九章は民会演説の批評。模倣すべき演説六つを挙げ、悪しき演説二つを批判する。ディオニュシオスはふさわしさ(τὸ πρέπον)と文体を基準に批評している。

うこの信念を」。何と見事な言葉でこの説得推論は言い表わされているでしょうか、配語法だけでなく、不整合で無理な文彩形式のために生じる風変わりな響きで耳を苛立たせる表現は一つとしてなく、民会演説にあるかぎりの美点をことごとく備えた言い方ではありませんか。二　また将軍ニキアスがシケリア遠征についてアテナイで述べた演説[1]、そして病に憔悴した身で援軍と交代者を要請してアテナイ人へ送った手紙[2]、また最後の海戦の前に彼が兵士たちを鼓舞激励して行なった演説[3]、三　軍船すべてを失って軍勢を陸路撤退させようとしたときの慰めの演説[4]そしてこの類いの他の純正で明晰で現実の戦い[5]に役立つ演説［を私は称賛してやみません］。

四　でも七つの巻にある演説のすべてにも増して私が称賛するのは、プラタイア人の弁明演説[6]ですが、それは何よりも［言葉を］無理やり傷めつけた跡もなく手をかけすぎてもいず、何か本物らしい自然な色合いで飾られているからです。説得推論は情動みなぎり、措辞は聞く者の注意を逸らしません。言葉の配列は口調よく、文彩表現は内容に合致しています。五　これこそトゥキュディデスの羨望すべき所産であり、私は歴史記述者たちがこれらの中から手本を選ぶよう勧めるものです。

第四十三章　模倣すべきでない演説例

一　だが第二巻において、自分たちを言いくるめて戦争に駆り立てたと騒ぐアテナイ人に対してペリクレスが行なった自己弁護[7]を私は全文褒めるわけにはいきません。また第三巻のクレオンとディオドトスが行なったミュティレネ人のポリスについての民会演説[8]もいただけないし、シュラクサイ人ヘルモクラテスがカマリナ人に対して行なった演説[9]も、それに対するアテナイの使節エウペモスの返答[10]も、これらと同種のものも、私は採りません。同じ型の文体で書かれた演説すべてを数え上げる必要はないでしょう。二　けれども私が証明できないことを言っていると思われないように、提供可能な多数の証拠の中から、二つの民会演説を挙げることで満足しましょう、あまりに論述が長くならないように。すなわちペリクレスの自己弁護演説とヘルモクラテスがカマリナ人に対して行なったアテナイを告発する演説です。

---

(1)ニキアスによるシケリア遠征についての演説は『歴史』第六巻九―一四、二〇―二三。
(2)ニキアスの書簡は『歴史』第七巻一一―一五。
(3)最後の海戦前のニキアスによる演説は『歴史』第七巻六一―六四。
(4)退却前のニキアスによる激励演説は『歴史』第七巻七七。
(5)「現実の戦い」は民会演説であれ、法廷弁論であれ、実際に勝敗を賭けて行なう演説、の意。本篇第五十三章二、『ポンペイオス・ゲミノスへの書簡』第五章六、『リュシアス論』第六章一等を参照。
(6)プラタイア人による弁明演説は『歴史』第三巻五三―五九。
(7)ペリクレスによる最終演説は『歴史』第二巻六〇―六四。
(8)ミュティレネ人のポリスについての民会演説二つは『歴史』第三巻三七―四〇、四一―四八。
(9)ヘルモクラテスの演説は『歴史』第六巻七六―八〇。
(10)エウペモスの返答は『歴史』第六巻八二―八七。

第四十四章　模倣すべきでない演説例——ペリクレスの弁明演説

一　さてペリクレスはこのように言います。「[第二巻六〇-一] 諸君の怒りが私に向けられたのは、まさに私が予期していたことであるが（というのも私にはその理由が分かっている）、諸君に次のことを思い起こさせて抗議せんがために、私は集会を召集した。すなわち諸君が私を咎めるのは、あるいは不運に屈するのは、正しくないことではないか」。トゥキュディデスが彼について歴史記述形式(1)の中で書くのなら、こうした言葉は適切であったでしょうが、興奮した群衆に向かってペリクレスが自己弁護して言うにはふさわしくなかったのです。しかも最上の土地をラケダイモン人に寸断され、民衆の大半を疫病で失い、これらの惨禍の原因が彼の説得に乗って始めた戦争にあるというとき、惨害ゆえに当然激昂している民衆の怒りを宥めるような何か他の言葉を言う前に、弁明演説の冒頭でこのように言うのはふさわしくなかったのです。二　この類いの形式すなわち批判がましい形式はここでの意図にはまったく不適切で、怒りを逸らすようなものがいいのです。なぜなら民会演説者は民衆の怒りを宥めこそすれ煽ってはならないからです。

三　これに続けて彼は偽らざる思いを、しかも見事な表現で述べていますが、それとても目下の危機には合いません。すなわち「[第二巻六〇-二—三] 私の思うところでは、個々の市民は健在でも国家が崩壊しているという状態より、国が全体として栄えている方が各個人に裨益するのである。なぜなら私人として結構な暮らしをしていても、祖国が滅びればともに破滅に陥るのに対して、自分は不運でも国家が栄えていればはるかに救いに与れるからである」。なるほど市民の誰かが個人として害を受けたが国家は安泰というのなら、ペリクレスはこう言ってもよかったでしょう。ですが［当時］市民が一人残らず悲惨の極みにあったのですから、これではいけません。それにこれらの惨禍が将来国家の福に転じるという確とした予測もつかなかったのです。なぜなら人間にとって一寸先は闇であり、運命は未来についての予測を現状に従わせるものだからです。

第四十五章　同前

一　これに続けて彼はなおいっそう俗悪な、当時の危機的状況にまったくそぐわない考えを述べます「［第二巻六〇-五］しかしながら諸君はこの私に怒りを向けている。すなわち必要な判断を下し、それを説明する能力において人後に落ちず、愛国者にして金銭に清廉潔白と自認するこの私にである」。二　世間並みの分別を持つ者が知らぬはずのないことを、当代切っての弁論家ペリクレスはいったい知らなかったのでしょうか？　すなわち一般に自分の美点を手放しで褒める人は、聞く者に憎々しく映るということであり、とりわけ名声よりも懲罰を受ける危険性の高い裁判や民会で勝負しようという人はそうだということです。三　そのような場合には相手側を怒らせるだけでなく、多くの人の嫉みを買って自ら不幸を招くからです。そして

（1）歴史記述形式すなわち「語り」形式のこと。『文章構成法』第十九章一二でヘロドトスを代表者として挙げ、「対話形式」「法廷弁論形式」と対照させて論じている。

裁定者と告発者が同一人である場合は、何よりもまず好意的に聴いてもらうために、滂沱の涙と哀哭とを必要とします。四　ですがかの民衆指導者はこれで満足せずに、上の言葉をさらに展開させて先の発言を言い換えます。「[第二巻六〇-六]　知りながらそれを明確に説明しえなかった者は、考えなかったに等しく、その両方の能力を持ちながら国家に対する忠誠心を欠く者は、適切に発言できないに等しい。だが忠誠心をも持っていても金銭に負けるのであれば、彼のすべての美質はただこの一事［金］だけのために売られてしまうであろう」。五　これらの言葉の真実性には異論のないところでしょうが、これらが興奮したアテナイ人の中に立ち、その面前でペリクレスによって言われる言葉としてふさわしいとは誰も言いますまい。いや確かに卓抜な説得推論や考えの発想も、状況と人物設定、タイミングほかすべてに適っていないかぎり、それ自体を真面目に扱うには及びません。六　けれども私が最初に言ったように、[1]ペリクレスの才能に対する自分の評価を披歴しつつも、史家はどうやら場違いにこれらのことを言ったようです。確かに彼はペリクレスについて望むように描写すべきではあったのですが、危険をおかしているこの男には、へりくだった、怒りを鎮めるような言葉を言わせるべきだったのです。事実を再現することを[2]目ざした史家にとってこれこそふさわしいことでした。

第四十六章　同前

一　例の化粧を施した幼稚な措辞と、入り組んだ説得推論の形式にも苛立たされます。「[第二巻六二-三—

五］敵に向かって行き、意気（プロネーマティ）のみならず覇気（カタプロネーマティ）をもって復讐せねばならない。[3] 意気（プロネーマ）は幸運な無知からも、[4] また臆病者にも生ずるものであるのにひきかえ、覇気（カタプロネーシス）は思慮において敵にまさると確信している者に生ずるものであり、われわれはその後者だからである。同等の運命にあれば、豪気に基づく知性は、大胆さをいっそう強固なものにする。その知性は困難において力となる希望を恃むよりは、事実に基づく判断を頼りにするのであり、その判断以上に先見は、より頼り甲斐があるものである」。二 「意気（プロネーマ）」「覇気（カタプロネーマ）」云々は白々しさを免れず、ゴルギアス流に近く、用語の講釈はソフィスト流[5]でもあり悪趣味でもあります。「同等の運命にあれば

（1）本篇第十八章七を参照。

（2）文字どおりではないが、『歴史』第一巻一二二-一を踏まえている。

（3）「復讐する（*καὶ ἀμύνεσθαι*）」はトゥキュディデスにはない。

（4）「意気は幸運な無知からも（*φρόνημα μὲν γὰρ καὶ ὑπὸ*）」。トゥキュディデスでは *αὔχημα μὲν γὰρ καὶ ἀπό*. トゥキュディデス古註者は *αὔχημα* は *φρόνημα* に等しいと記しているが、誤りとする研究者が多い。「意気（*φρόνησις*）」と「覇気（*καταφρόνησις*）」は類音（パロノマシアー）にも押韻（パロモイオーシス）になっており、第二文の小辞 *μὲν* と *δὲ* による対置構造（アンティセシス）とともに、まとめてゴルギアス風文彩と呼ばれる表現法である。

（5）ソフィストは、前五世紀中葉のアテナイを中心に青年に学問（とくに弁論術）を授けた職業的教師を指すが、ディオニュシオスでは衒学的、詭弁的の意の蔑称。

豪気に基づく知性が、いっそう強固なものにする」という「大胆さ」なるものは、ヘラクレイトス(1)の韜晦的な言辞よりいっそう意味不明瞭で、「困難において力となる」という希望と「事実に基づく、より頼り甲斐のある、先見」とは詩のような迂言法です。彼の言わんとするところは、未来にならないと効き目を表わさない希望よりも、現在の事実に基づく判断に頼るべきだということなのですから。

第四十七章　ペリクレスの弁明演説中の模倣すべき文

一　さて私は以下のことにも気づきましたが、それはつまり、多くが思いがけず身に降りかかり、予測不可能だった現在の惨禍ゆえに彼らをとらえた怒りを払い、祖国の名声を汚さずに不幸に毅然と耐え、私事を顧みず国家の安寧を優先すべきであると励ましておいて、その後で彼はこういう説明、すなわち海上覇権を掌握しているかぎりアテナイ市民はペルシア王によってもラケダイモン人その他のどの種族によっても破滅させられることはないであろう――その証拠は現在ではなく未来に属しており、先見ではなく希望に基づいているのですが――という説明をしておきながら、そこで彼はこれらの言葉を忘れて、「困難において力となる」希望を恃むのはよろしくないと言うのです。(2)これはまさに自家撞着です。とりわけ彼らが現に苦難のさなかにあると感じながら、助けの来る兆しが見られなかったとするならば。

二　しかし以上の文章を題材の点でも措辞の点でも私は認めないのに対し、以下の文は厳密に考え抜かれ、表現は非凡で、作文は心地よいものとして賛嘆を禁じえません。「[第二巻六一-一―二] 他の点で万事順調で、選択の余地を残されている者たちが戦争を選ぶのは、短慮も甚だしい。だが膝を屈してただちに隣人に隷従するか、さもなくば危険をおかしても生き抜くかのどちらかを選ばねばならないのであれば、危険に耐えようとする者より、逃れようとする者の方にこそ非難は向けられるべきである。それに私は同じ態度を貫き、決して退いてはいないのにひきかえ、諸君は豹変したではないか、無事安泰である間は説得を受けいれておきながら、いったん風向きが悪くなれば意を翻すのであるから」。また次の文章もそうです。「［第二巻六一‐三―四］突然の、また予想外の、そしておよそ考えも及ばぬ出来事は、精神を奴隷化するものである。これが他の惨害に加えて、ほかならぬ疫病のさいに諸君が経験したことである。[3] だが偉大な国家の成員としてその国家を辱めぬ気質に育った者は、喜んで惨禍に耐え、祖国の令名を貶めてはならない。けだし不遜ゆえに実力以上の名を求める者を憎むことと同様、怯懦ゆえにその名に実の伴わない者を非難するのは理の当然だからである」。三　そしてさらにアテナイ人の魂を愛国心へと鼓舞するこのような言葉「［第二巻六三‐一―二］諸君が何人も及ばぬ誇りを抱く祖国が、覇権ゆえに受ける尊敬に対し、諸君はその持てる力をもって貢献し、

（1）ヘラクレイトスは、前六世紀のエペソスの哲学者。警句・箴言風の断片が多く伝えられたが、曖昧な言辞で知られ、アリストテレス（『弁論術』第三巻第五章一四〇七b六）、キケロ（『善と悪の究極について』第二巻五‐一五）の言及のほか、ストラボン（『地誌』第十四巻第一章二五）にも「暗闇の（σκοτεινός）」とあだ名された。

（2）四七節はじめからトゥキュディデスの原文（『歴史』第二巻六二―六五）を随意に取りだし、繋ぎ合せて長い一文に繋いだ一種のパロディ文になっている

（3）「これがほかならぬ……」の一文の脱落をトゥキュディデスの原文から補ったUsherに従う。

苦難を忌避せぬよう努めるべきである。さもなければ尊敬を受けようと求めてはならない。またこの戦いは、自由か隷従かという、ただこの一事だけのためではないのであって、覇権を失うのみか他を支配して受けた憎しみゆえにわが身に危険が及びかねないと危惧すればこそ戦うのである。そして誰かが現状を恐れて無為にとどまりつつたとえ廉潔の士を演じても、諸君はもはや覇権を投げだすことも許されないのである。なぜなら諸君の覇権は、今や手に入れるのは不正とされるが、手放すのは危険と見なされる独裁権にほかならないからである」。この類いの文章、すなわち語彙と文彩表現が風変わりであるものの程よく使われ、むやみと手が込んでいるということもなく、話について行きにくいところもない文章に私は称賛を惜しみません。

第四十八章　ヘルモクラテスの演説の長短

一　さてヘルモクラテスの民会演説からの以下の文は、史家の成功例として推奨できるものです。「[第六巻七七‐一―二] だがアテナイなる国が犯したかぎりの悪行を告発することはいとたやすく、またそれを知悉している人々に明らかにするために今われわれはここに来たわけではない。否むしろわれわれ自身を糾弾するためである。かの地の同胞ギリシア人が、自衛のための結束を怠ったがために隷従の憂き目を見たその実例を眼前に見ながら、しかも今『同族』レオンティノイ人の復帰と『同盟市』アイゲステ [エゲスタ] の救援という口実のもとに、まったく同一の奸計がわれわれに向けられているにもかかわらず、われわれは一致団結し、もっとすすんで彼らに教えてやろうとしないからだ。すなわちここに集うたわれらは、ペルシア王であれ誰であれ、主人を次々と取り替えながら奴隷の暮らしに安住するイオニア人でもなければ、ヘレスポントス人でも島嶼住民でもなく、われらこそは自由独立の地ペロポネソスから移住してきて、シケリアに国を築いた自由の民ドリス人であるということを。それとも彼らがわれらの国全土を奪える手段はただこれのみと見抜いていながら、シケリア諸邦が一国また一国となしくずしに奪われてしまうまで、われらは手を拱いて待つというのか」。言葉づかいの分かりやすさと純正な語法に加えて、これらの語法はスピード感と美しさ、[1] 緊張感と荘重さ、そして雄弁さを備え、闘魂みなぎる情熱にあふれています。つまり法廷や民会、そして友人と対話するときにも必要なものです。二　さらにこれに加えて以下の言葉です。「〔第六巻七八―二〕そして人がわれわれへの嫉妬か恐怖にとりつかれ（強者はこのいずれの感情にも晒されるものである）、それゆえわれらシュラクサイ人の驕りを戒めようと、わが国運の殺がれることを望みつつも、自国の安寧のためにわがシュラクサイが勝ち残ることを願うとすれば、それは人為の及ばぬことを望んでいることになる。というのは同じ人間が同時に願望と運命の両方の差配人になることは不可能だからである」。そして演説の最後の部分です。「〔第六巻八〇―三―四〕よってわれわれは諸君に懇願し、それが容れられなければ、こう述べて証言しよう。すなわち宿敵イオニア人の謀略に晒されているわれわれドリス人が、ドリス人なる諸君によって敵に売り渡されようとしていると。そしてもしアテナイ人がわれわれを征服することになれば、彼ら

（1）語の「美しさ（κάλλος）」について、ディオニュシオスは『文章構成法』第十六章六で語の音節と字母の美しさが語の美しさすなわち魅力を生むと言っている。

は諸君の決断のおかげで勝利を手にするのであるのに、覇者の名はアテナイ人の頭上にのみ輝き、ほかならぬ勝利の栄冠を差し出した者を、勝利の獲物として彼らはとらえるであろう」。以上や同種の文こそ、私は美しく模倣に値するものと考えます。三　ですが以下の文はどう見ても認めるわけにはいきません。「［第六巻七六‐二］今や彼らはシケリアへ［やってきたが］[1]、諸君も聞き及んでいる名目を掲げてはいるものの、その本心はわれわれ皆に疑念を抱かしめるものである。どうやら彼らはレオンティノイ人を転入［カトイキサイ］させたいのではなくて、むしろわれわれを転出［エクソイキサイ］させたいのだと私には思われてならない」。類音は白々しくて[2]情熱を感じさせず、工夫の跡が見え透いています。四　それになお以下のような込み入った縺れの多い文彩表現もあります。「［第六巻七六‐四］してみるとペルシア王に抵抗したのは、彼ら［アテナイ人］にとって同胞ギリシア人の自由のためではなく、またギリシア人にとっても自分たちの自由のためでもなく、前者の場合はペルシアではなく［ギリシアを］自分［アテナイ人］の奴隷とするために、後者の場合は、知恵において遅れをとらず、悪知恵において先を行く主人への乗り換えのためだったのである」[3]。五　またやたらとある複数から単数への移行[4]、他の人物についての話から話者本人への移行も同様です。「［第六巻七八‐一］ではもしも、アテナイの人にとって（Ἀθηναίῳ）敵はシュラクサ（イ）の人（Συρακόσιον）であり、自分ではないと考える者がいて、私の祖国のために危険をおかすなどひどすぎるというのであれば、その人はむしろ私の祖国のために戦うのではなく、私の国で自分の祖国のために戦うのと同じだと考えるがよい。つまり私が先に倒れなければ、その人は私という同盟者を持ち、決して一人で戦うのではないのだから、その分だけ安全なのだ。そしてアテナイ人はシュラクサイ人の敵意に懲罰を加えようとしているのではなくて、私を口実にして彼の奴隷化をいっそう確実にしようとしているのだ」(5)。これでは幼稚で手が込みすぎており、謎と呼ばれるものよりも意味不明瞭です(6)。上のものに加えて以下の文もそうです。六「[第六巻七八-三]もし彼が判断を誤るならば、彼自身の不運を嘆いた後、おそらく私の幸運を今も羨んでいる状況にあればと願うだろう。だが[わが国を]見棄て、しかも名前の上では異なるが、現実には同じものである危険を引き受けようとしなかったのであるから、[それは]不可能である」。これに続けて彼は幼稚とさえ言うも愚かな締

(1)「やって来たが」、ディオニュシオスでは ἥκουσι の代わりに νῦν と書かれており、主動詞が落ちている。

(2)このような類音（パロノマシアー）を評する「ψυχρός[白々しい、冷ややかで感動を呼び起こさない、無味乾燥な]」は、文体批評で古くから用いられた評言で、アリストパネス『テスモポリア祭を祝う女たち』八四八、アリストテレス『弁論術』第三巻第三章一四〇五b三五、ロンギノス（第四章一）、デメトリオス『文体論』第一章一一四―一二七などで使われている（ラテン語では frigidus）。

(3)「知恵において遅れをとらず（ἀξυνετωτέρου）」「悪知恵において先を行く（κακοξυνετωτέρου）」。類音を含むが、「込み入った縺れの多い文彩表現」であり、圧縮しすぎて意味の取りにくい表現である。訳文は敷衍してある。

(4)『アンマイオスへの第二書簡』第九章一に、同じ文を引用して単数形・複数形の混用を批判している。

(5)トゥキュディデス・テクストには、シュラクサイ以外の国との結びつき（φιλίαν）をいっそう強固にする、の意の異読があるが、トゥキュディデスから「彼の奴隷化をいっそう確実にしようとしているのだ」を補った Usher に従う。

(6)この演説の聴衆であるカマリナ人は、シュラクサイ人と同じくシケリアに入植建国したドリス系ギリシア人であり、シュラクサイ人との確執は前六世紀以来続いてきた。叙述の不明瞭さは、記述者の責任であるよりも、事態のこの複雑さに起因するとも言える。

めくくりの附言を付け足します[1]。「［第六巻七八－三］というのは名目上はわれわれの軍勢を守ることになろうが、事実上は彼自身を守ることになるであろうから」。

第四十九章　演説の措辞の総評

一　この民会演説には他にも文句をつけるべき点がありますが、それについてこれ以上言う必要はありません。これで私の当面の課題を明らかにしたと思うからです。すなわちトゥキュディデスの措辞は、慣れ親しんだ言い方からさほど外れずに、第一義的で必要不可欠な特性を保っているかぎりは最高の名文となりますが、普通の語彙や文彩表現から大幅に逸れて、耳慣れない無理で不整合なものに傾いてしまっているときは、そのために他の美点も本来の効果を発揮できなくなって文体の質を落としてしまうということです。二　この種の表現は、平和と戦争、法の導入、国制の秩序その他公共の重大事を話し合うために市民が集まる民会でも、また法廷でも役立ちません、法廷では死刑や追放、市民権剝奪、禁固刑、財産没収などが、それらの執行権を持った人たちの前で話し合われるのです（このような演説法はこうした言葉を聞くのに慣れていない一般市民を苦しめるからです）。三　また私的な付き合いでも役立ちません。つまり市民どうしとか、友人や親戚縁者と自分の身に起こったことを語り合ったり、切羽詰まって何かを相談したり、助言したり励ましたり、慶事ならば喜びをともにし、弔事ならば苦しみを分かち合って、生活万般について話し合うときです。言うまでもないことですが、このような話し方をする者には父母さえ不快を感じて我慢できず、まるで外国語を聞いているように通訳を必要とするでしょう。四　以上が史家について私の確信するところであり、できるかぎり率直に述べました。

第五十章　諸家のトゥキュディデス評

一　疎漏の誹りを免れるために、史家についての他の人々の見解をも手短かに検討しておかねばなりますまい。すなわち彼の文体が政治的論争にも私的会話にも向いていないということは、判断力を損なわれず、自然な感性を持ちあわせている人なら誰しも同意するところでしょう。二　けれども若干の高名な批評家でこういう議論をする者がいます。すなわち彼の文体は、大衆相手の演説をしようという人や法廷弁論者には向いていないが、他方、荘重厳粛で人を驚かせる表現を必要とする歴史的著作の書き手は、何よりもこの珍しくて古めかしい比喩的言い回し、慣用的な語法を変えた、耳慣れないけれども非凡な表現を学ぶべきであ

（1）締めくくりの附言（ἐπιφώνημα）は、ヘルモゲネス『発想論』D第九章一九六―一九九R、デメトリオス『文体論』第一章一〇六、一〇九、クインティリアヌス『弁論家の教育』第八巻第五章一一でも論じられている修辞学の概念。主要な考えを述べ終わった後に、一見余分な、しかし気の利いた語句をつけ加えた部分を指す。しかしここでは、「名目上……事実上」、というトゥキュディデスに頻出する語法と、「守る……守る」、の同語反復を「幼稚とさえ言うも愚か」と批判している。

る、と。三　つまりこれらの書の対象は、広場の民衆でも車夫でも手職人でもその他自由人の教育にあずからなかった人々ではなく、弁論と哲学のための普通教育課程を修めた人、すなわちこれらのどれ一つにも耳慣れぬ響きを感じないような人々を対象としているからである、と。四　ある論者によればトゥキュディデスは後世の者ではなく同時代人のためにこの『歴史』を書いたのであり、このような言葉づかいは彼らすべてに馴染みの、よく知られたものであったということです。……〔テクスト脱落〕……この文体は議会演説にも法廷演説にも役立ちません。民会や法廷に集まる人々は、トゥキュディデスが想定していたような者ではないからです。

第五十一章　歴史記述の範となるトゥキュディデス

一　さてトゥキュディデスの言葉づかいは教育のある人々だけが読んで理解できると考える人たちに対しては、私はこう反論できます。すなわち彼らはこの万人に必須かつ有意義な論題（これに増して必要不可欠かつ有益なものはないでしょう）を、一般人の生活から奪い取っています。それはまるで寡頭政治か僭主政治の行なわれているポリスにおけるように、トゥキュディデスを一握りの人々の占有物にするからです。つまりトゥキュディデスを完全に理解できる者は数えるほどしかいなくて、その人たちでさえ文法的註釈なしには理解できない箇所がいくつかあるというわけです。二　一方、トゥキュディデスの言葉づかいを過去の時代のせいにし、それは当時の人々に馴染みのものだったと言う人々に対しては、手短かに自明の答えをすれば事足りるでしょう。すなわちペロポネソス戦争期のアテナイには多数の弁論家哲学者がいましたが、そのうち誰一人このような言葉づかいをしてはいません。アンドキデス(5)やアンティポン(6)やリュシアス(7)や彼らの

(1) 原義は坐り仕事をする人・坐業従事者、通行用ラバ車の御者など。

(2) 当時の普通教育課程 *ἐγκύκλιος παιδεία, ἐγκύκλια μαθήματα* とは、弁論と哲学（弁論術と弁証術）を修める高等教育の準備過程として、一四歳からの三年間を当てたものを指すと思われる。教科目は、一説には天文幾何音楽算数弁証術弁論術文法というが、一定しない。ギリシアの教育理念を受け継いだローマは、*ἐγκύκλιος παιδεία* を liberales artes の名で呼び、それが自由七学科として中世・近代に受け継がれ、今日の大学教育における liberal arts（人文学）となった。

(3) Sylburg に始まり、Usher に支持される補いに従う。

(4) トゥキュディデス『歴史』に対する文法的註釈書がアレクサンドリア図書館で（アリスタルコスによって）編まれ、オクシュリュンコス・パピュロス断片（*Oxyrhynchus Papyri* 6 (London, 1908) No. 853）も註釈書の存在を証していると考えられている。解説四八三頁註（3）参照）、ディオニュシオスはそれを指しているという解釈がある（Luschnat, O., *Thukydides: der Historiker*, Stuttgart, 1971, pp. 1312-1313 参照）。

(5) アンドキデスは前四四〇頃―三九〇年頃。政治家を輩出した名門の一族の出であったが、前四一五年のヘルメス像毀損事件の容疑者とされるなど、多難な生涯を送った。『秘儀について』以下四篇の弁論が現存しており、陳述に見られる天与の表現力などで十大アテナイ弁論家の一人に数えられる。

(6) アンティポンは前四八〇―四一一年頃。ディオニュシオスは荘厳体の使い手の一人に数えている。十大アテナイ弁論家の一人に数えられる。

(7) リュシアスは前四五九／九八頃―三八〇年頃。ディオニュシオスは『リュシアス論』において、平明体の代表者として詳しく論じている。十大アテナイ弁論家の一人に数えられる。

流派の人たち、クリティアス[1]やアンティステネス[2]やクセノポン[3]などソクラテスの弟子たちもそうです。
三　これらの人々の中から最初に、トゥキュディデスが他の歴史家と一線を画すために、このような表現をもって独自の境地を切り拓いたことは明らかです。そしてこの表現を控えめに節度をもって使うとき、彼は驚くべき文才を発揮して余人の追随を許しません。ところが度を越して悪趣味に、時宜を弁えず量も見きわめずに使うとき、彼は批正されねばなりません。四　私に言わせれば、歴史書はそっけない、無造作な、平凡な文体で書かれていてはならず、何がしか詩的な趣を持っていなければなりません。とはいえまったく詩的なのではなく、慣用的な表現をわずかに脱したものでなければなりません。すべてこれ心地よしというものでさえ、飽き飽きするほどあっては嫌悪を引きおこすのに対し、節度はあらゆる場合に役立つからです。

第五十二章　トゥキュディデスの模倣者？

一　なおもう一つトゥキュディデスを模倣した弁論家や歴史作家について論述することを私はやり残しています。この論題を完成するために他に劣らず必要不可欠であるとはいえ、私を躊躇《ためら》わせ警戒させる論題でもあります。もとより公正を旨として私は［作家の］文章をも人柄をも論じて来たのですが、片っ端から人をあげつらうことを慣いとする連中に、そのような公正さとは無縁の中傷の機会を与えはしないかと恐れるからです。二　もし私がトゥキュディデスを模して及ばずというべき作家の名を挙げ、彼らの自慢の種であり、巨富獲得と赫々たる名声の源泉となったその著作を数え上げるなら、おそらく私は陰険悪辣なことをしているとと彼らには見えるでしょう。三　このような嫌疑が私にかけられるのも不本意ですので、誰かを批判しその欠陥に言及することはやめておきましょう。ただこの上に模倣の成功例を若干挙げて、［トゥキュディデス］論をそこで終わりましょう。四　私の知るかぎり古代の歴史作家の中でトゥキュディデスが諸家と歴然と異なる点を模倣した人はいませんでした。すなわち珍しくて古めかしい、詩のようで耳慣れない言葉づかいと、転置されたり入り組んでいて、省略しながら多くのことを意味しようとして、結論に至るまでが長々と続く考えであり、なおその上に愚かしい、自然な結合から逸れた、いかなる詩とも呼べない構文形式です。(4) これらゆえに、あの不明瞭という、美質をことごとく損ない美点を晦ませてしまう闇が彼の文章に入りこんだのですが。

(1) クリティアスは前四〇四年の対スパルタ降伏直後に傀儡政権として寡頭政を敷いたアテナイ三十人政権の頭目。優れた弁論家として有名。ソクラテス告発、処刑の因を作ったと言われる。

(2) アンティステネスは前四世紀にかけてソクラテス一派に属してソフィスト活動をした。

(3) クセノポンはソクラテスの弟子。ペルシア王子の傭兵として従軍した後の敵地からの撤退を記した『アナバシス』で知られる。ディオニュシオスは『模倣論』および『ポンペイオス・ゲミノスへの書簡』において、クセノポンについて論じている。

(4)「珍しくて古めかしい、詩のようで耳慣れない言葉づかい」は『アンマイオスへの第二書簡』第二章二以下参照。

第五十三章　トゥキュディデスを模倣した弁論家デモステネス

一[1]　弁論家のうちでただ一人デモステネスだけが、トゥキュディデスを多くの点で模倣しました。他の著名な弁論の大家とされた人々をも真似ましたが、当時の第一級の弁論家であるアンティポンもリュシアスもイソクラテスも持ちあわせなかった美質を、トゥキュディデスから模倣して市民弁論[2]に取り入れたのです。すなわち敏速［な叙述］、凝縮、緊張感、辛辣、堅固[3]および感情を奔しらせる雄弁です。二　しかしこじつけの耳慣れない詩のような措辞を彼は実戦弁論にはそぐわないと考えて斥け、自然な整合から逸れた、語法違反とも見えかねない文彩を好まず、あくまで慣用にとどまりながらも変化と彩りをつけ、どのような考えも文彩を欠いたままで単純に口にすることはないようにして、表現を飾りました。三　しかしデモステネスは入り組んだ考えと多くの事柄をわずかな語で表わし、文が長く続きながら首尾一貫していて意表を衝く説得推論を表わす表現をトゥキュディデスから模倣し、民会演説や法廷演説に用いましたが、私訴にはさほど使わず、公訴でより頻繁に使いました。

第五十四章　トゥキュディデスを模倣したデモステネスの成功例

一　さて両種類[4]の弁論は多数ありますが、彼の読者ならばこれで十分だというわずかな例を挙げましょう。彼の民会演説中にペルシア王に対する戦争を論題に取りあげながら、早計に戦争を始めるべきではないとアテナイ人を諌めるものがあります。それはアテナイの戦力の現状が王のそれに太刀打ちできるものではなく、また同盟諸国が信頼を裏切らずに確実に危険に立ち向かってはくれないからだというのです。二　彼はさらに自分たちの兵力を応戦可能な状態にしておいてから、もし攻撃を受ければ全ギリシアの自由のために危難に耐えて見せると、他のギリシア人に知らしめるよう勧めます。でも戦備を整える前に参戦要請の使節をギリシア諸国に派遣することは、彼らがそれに従うまいという理由で反対します。三　こうした考えを彼は以下のように綴り、かたちを整えました。「[5]そのときになって今のわれわれの計画を諸君が行動に移すと仮定しよう。そうすれば千騎の騎兵隊、望みうるだけの数の重装歩兵、そして三〇〇艘の船を目の当たりにして、これほどの装備があるからには身の安全は保障されたと考えて、嘆願に赴いて来ないほどに思いあがったギリシア人は一人も見当たらないであろう。したがって今要請すれば、それはとりもなおさずわれわれの方が

(1) 以下結尾の三章で、デモステネスのトゥキュディデスからの模倣が実証されるが、『デモステネス論』第十章とほぼ等しい。リュシアスの人柄の滲み出た流麗さ、イソクラテスの整った諧調と巧みな題材処理、トゥキュディデスの激情を吸収して見事に融合させ、デモステネスは最高度の完成を達成した、と言う。

(2) デモステネスへのトゥキュディデスの影響については、マルケリノスの名のもとに伝えられた『トゥキュディデス伝』五六にも記されており、その記事はカイキリオスに遡るという説がある。

(3) 「堅固（στριφνόν）」ではなく、「いかつい（στρυφνόν）」（『文章構成法』第二十二章三五参照）を採る校訂者は少なくない。

(4) 民会演説と法廷演説を指す。

(5) デモステネス第十四弁論『シュンモリアーについて』一三。以下の引用には、デモステネスのテクストとの異同がいくつかある。

嘆願者の立場に立つことになり、嘆願が功を奏さなければ、諸君は失敗したことにもなる。だがここで今しばらく時を稼ぎ、その間に戦備を完了することは、彼らが嘆願者としてきたときに救い主となることにほかならず、それはすなわち彼ら全員が駆けつけると確信できるということである」。

これらは市民の弁論と一般の慣用からは隔たっていて、並みの弁論家の及ばぬものです。しかしながら決して韜晦されておらず、解説の要るほど不明瞭でもありません。四　そして戦争準備について論じ始めた彼は、このように続けます。「［戦争］準備の最初にして最大の課題は、アテナイ人諸君、諸君が各自いかなる義務であれ、自らすすんで欣然としてそれを行なう覚悟があるということである。ご承知のとおり、アテナイ人諸君、諸君がこれまで協議決定し、後でその実行を各々が自己の本分と心得た事業で、これまで失敗に終わったものはかつてなかった。だが諸君がこれまで計画しながら、のちに自分は何もせずに、隣人がしかるべくやってくれるのをひたすら頼みにしていたようなときには、事が成ったためしはなかったのである」。[1]

ここでは思考は複雑に編まれて入り組んでおり、ごく普通のものとは言えない馴染みの薄い表現に逸れていますが、明晰さによって凝りすぎを免れています。五　またピリッポス弾劾の民会演説の最高傑作というべきものでは、デモステネスは出だしをいきなり次のように綴りました。「アテナイ人諸君、大体のところ毎回の民会で、ピリッポスが平和条約の締結以来、ひとり諸君にとどまらず、残余のギリシア人に対しても不正をはたらいているという問題について、さかんな議論がなされており、また行動に移しこそせね、誰もがこう言うとおぼしきを私はよく承知している。すなわちどうすれば彼の暴慢が挫かれ報復が果たされるかを、提言し実行に移すべきだと。ところがその事柄が、いつの間にかすべてこの始末で放置されているのを[2]

西洋古典叢書

月報 131

2017＊第5回配本

タソス

【市域の東端のこの辺りに古代の軍港があった】

目次

2018年1月
京都大学学術出版会

あるシシリー島の老女のこと

田中博明

五〇年ほど前のことである。第二回世界考古学学会というのが東京イタリア文化会館であった。「学会」とはいえ、日本観光ツアーである。ヨーロッパでは、よくある形式とのことだそうだ。五つ発表があった。

標題のひとつに「トゥキュディデスとシケリアの敷石《しきいし》」というものがあった。研究発表は主として、アッシリア・エジプトにかかわるものであった。これらには質疑が三、四ほどあった。七〇くらいの、貴族系らしい白髪の老人と、白皙《はくせき》の背の高い仕立てのよい服装の紳士と、連れ合いのご婦人たちばかりである。「白髪」が発表のすべてに口火を切っていた。組織者だったのかも知れない。トゥキュディデス（以下ツキジデスと表記）には質疑がなかった。なぜだろう？　同行者なのに。

世話役の館員が、ふつうの日本のひとが考古学の先生の他にいないと会館使用を許可したきまりに反するという、「トスカーナのぶどう酒とマルサラが懇親会ではふんだんに出ますよ」。みごとなイタリア語だった。笑いが起こった。白いパンタロンがかつかつと靴を鳴らして近づいた。質疑のなかった小柄の発表者のもとに連れて行かれた。知らない分野のことだから何もいうまいと決めていたけれど、腹をくくった。「あなたのご発表はブラーヴァであり stimulating and provacative であると思った」と私はいった。老女は「グラーツィエ」とくり返した。Professoressa かときいたら、「ノー」といい、パレルモの博物館にいる、来年やめるので京都・奈良のツアーに同行した、一度日本に来てみたかったので参加したまで、とのことだった。北イタリアと南との階層的偏見・地位は複雑らしい。シニョーレ、あなたは何者かと問われた。ジョルナリスタと名乗った。「映画ラショーモンをみたか」という。「その撮影者と仕事したことがありますよ」。話がはじけた。

話しているうちに、アメリカ映画の『誰がために鐘は鳴る』のジプシーの女ゲリラ役は縁者だといった。「パクシノウ？ ピラール役。『若者のすべて（ロッコとその兄弟）』にも出ていた。まずしい家族の母親役、very good でしたよね。長男と三男は本土ミラノに同化してしまい親身になってくれない。やむを得ず難民収容施設に入る。しかし、次男は殺人犯となり、ボクシング嫌いの三男のロッコ（アラン・ドロン）がプロのボクサーとなり、そのポスターを末っ子のチーノがなぞってゆく。素晴らしいシャシン（映画）でしたよ。Simpatico」と私。老女は涙ぐんでいた。

以上も以下もメモ書きの交流である。小説の話もした。ヴェルガの『カヴァレリーア・ルスティカーナ』。この本い、ひとつで二十世紀文学を代表したと評された（E・M・フォースター『老年について』）、ランペドゥーサの『山猫（Il Gattopardo）』。とくに『山猫』には思い入れが深いようだった。シチリアもクレタも植民地であり、じっと耐えることだけを課せられた人々の島である。むずかしいことは何もいえない。でもシチリアとクレタをはずしては、ギリシア史学は、いく分本質から逸れるのではなかろうか。「残存の碑文解読だけが『学』ではあるまい」。これは村川堅太郎氏が酒が入ると必ずいったことばである。

老女との話題は、ツキジデスの第七巻の文体の流麗さと、ハリカルナッソスのディオニュシオスの後世における影響・位置とに移った。いや、ひとつ書かなくともよいかも知れないことがある。黒一色の身なりに朱のベルトの老女の首飾りをほめたことだ。「ホルモス」「ストレプタ」と私はくり返した。老女はさらりと「プラトンの『ポリテイア』」とシチリア訛《なま》りで返した。発表に関心を持った異国人がひとりはいたとのことで、うれしそうだった。ツキジデスのテキストを手さげからとり出し、書き込みの頁を示した。とくに、ヘルモクラテスの演説、内乱、ディオドトスの弁論についての分析などは忘れがたい。

『山猫』のサリーナ公爵が本土の国会議員になって欲しいとの使者の申し出を断わるところの対話など、忘れられない。説得と雄弁とは、いのちをかけた気合と掛け合いではなかろうか。いわゆる広い意味のレトリックの入る余地はないと私は思う。

　ふと心を過《よ》ぎったのは、「文章のリズムの問題とアクセントおよび抑揚と音の調子の高低を、まず学びなさい。探求《ヒストリア》とは受容と伝承ですよ、後世への中継《なかつ》ぎですよ」といった、パスカル研究者、前田陽一氏のことである。

　その四〇年後、シチリアのマッシモ劇場の引越し公演「カヴァレリア」を聴いた。名も忘れた老女を思いだした。ぐっとくるものがあった。美しい町というイスラムの語源に由来するというパレルモにはとうとう行けなかった。

　バルトロメー・デ・ラス・カサスの『インディアス史』序言を筆写する。ここからが書きよごしたかったところである。

> 　歴史家たる者は学識広く、精神的にすぐれ、畏れ慎しみ、良心にきびしく、何か個人的な目的とか願望とかを遂げようとすることを厳にいましめるごとき人物でなければならぬのであって、これはきわめて当然の道理である。すなわち、歴史家はその同時代に発生した出来事を叙述する際には、われわれが一部歴史家たちの執筆態度に見るように、邪悪で嫌悪すべき事件の当事者のいずれか一方を、その責任者として決定的に断罪し、もしくは反対に免罪することに慎重であらねばならない。〔中略〕昔の歴史家の或る者たちは、執拗なほどの研究と長い長い年月を執筆の準備に当てたらしく、自己の著作の中に記録しようとする事柄について、例えば〔シケリアの〕ディオドーロ〔＝ディオドロス〕は三〇年間を、そしてディオニーシオ〔＝ディオニュシオス〕は二二年間を、あらかじめその調査研究にあてたといわれる。（『インディアス史』第一巻、岩波文庫、二五頁。〔 〕は田中）

　写し取っていて、何がしかの感慨を禁じ得ない。すぐれた歴史家によって叙述された序ないし跋は、なんと深く、きびしいものであろうか。

　ラス・カサスについて残りの字数をついやしたい。よってキケロとかクインティリアヌスなど、課されたらしい「雄弁術」と「修辞学」については、云々しない。訓練も素養もない私にはできない。プラトンの『パイドロス』『ゴルギアス』、アリストテレスの『弁論術』『詩学』についても力に余る。「弁論術（レートリケー）を、たんにいわゆる雄弁の術とか、あるいはまた修辞の術として考えるだけでよいのであろうか。いな、彼〔ゴルギアス〕が誇りにしていた弁論術には、何かそれ以上のものがあったのではないか。しかしそれは何であったのか」（『プラトン著作集　ゴルギアス』岩波書店、一九六〇年、七―八頁。強調と［　］は田中）との若き日の加来彰俊氏の提言は、深い。

ラス・カサス（一四八四―一五六六年）、スペインの聖職者。アメリカ発見のコロンブスと同時代の伝道者にして、死者の島「エスパニョーラ」の虐殺の告発者。膨大な「報告書」はいわゆる法廷弁論の極北であろう。ドミニコ派。アリストテレスの流れを汲む者（師資）のせいだろう。論証に少しの妥協もない。岩波文庫に『インディアスの破壊についての簡潔な報告』という簡潔でない題の小冊があるけれど、在野の研究者の手になる版をおすすめしたい。入魂の註解があるからである（石原保徳訳『インディアス破壊を弾劾する簡略なる陳述』現代企画室、一九八七年）。註解は一七〇項にわたる。解説「インディアスの「再発見」にむけて――大航海時代の群像」と「年譜」が付されている。残念なのは『インディアス史』が「抄」であり、石原氏がシチリアの歴史家たちの存在の意義を知ることなく、世を去ったことだ。ちょうどツキジデスを知らなかったマキァヴェリのように（私は、マキァヴェリはツキジデスを読んでいないという立場を取る。また、第八巻を立てる必要も、それほどないと思う。現在の国際政治を考えると、『歴史』『戦史』もごめんこうむる。『ペロポネソス戦争についての叙述』でいいのではないか）。

運命の女神はイケズ（méchante）である。ケルキュラの内乱とミュティレネ事件のディオドトスとラス・カサスの手になるインディアス消滅の経過報告書とをならべて冗語をつらねたかったのであるけれど、どうも私は「力不足」であったようである。光芒一閃。For Whom the Bell Tolls（誰がために鐘は鳴る）としかいえない。

美術品のような首飾りをまさぐりながら、老女はつぶやいた。「ツキジデスは、きちんと叙述したのですよ。人間がプレオネクシアー（他人より多くを取る）という自然の本性的欲望をすてないかぎり内乱と戦争は続くことを。だから、『アテナイの滅亡』は繰り返されることでしょう。ひとつの例を示したのですね。プラタナスの樹の下で。きっと」と。忘れられない老女である。

付　ディオニュシオス他『修辞学論集』、クインティリアヌス『弁論家の教育』を通読するきっかけを課してくださった大阪大学派の諸兄姉と編集ご担当の和田利博氏に感謝し、敬意を表する。

（文芸評論家）

連載

西洋古典雑録集 (5)

林檎の誓い

哲学の堅い話が続いたので、今回は文学の恋愛譚をご紹介する。惚れ薬というのがあって、昔は井守の黒焼きを粉末にして、相手に飲ませるとよいなどと言われたが、今ではそんな迷信を知っている人も少なかろう。ペロポンネソス戦争が始まる少し前に著作したクセノメデスという歴史家がいる。出身はエーゲ海のキュクラデス諸島北西に位置するケオス島であるが、クセノメデスは同島に伝わる昔話をいろいろ書き残したらしい。こうした作品はたいてい今日には伝存しないものであるが、ヘレニズム時代の学匠詩人で博学で知られたカリマコス（前四世紀末―三世紀半ば）が著した『縁起物語（アイティアア）』に採録されているために今日に知られている。カリマコスという人物については沓掛良彦『ギリシアの抒情詩人たち』（京都大学学術出版会）に詳しいので、そちらを参照していただくとして、『縁起物語』について簡単に説明をしておくと、同書はその名が示すようにギリシア各地の縁起譚をエレゲイアの詩形で歌った四巻の作品である。実はこの作品も正確には現存しているとは言いがたく、エジプトの古代都市オクシュリンコスから出土したパピルスによってその断片がいくつか残っているにすぎない。ここでご紹介するのは「アコンティオスとキュディッペ」（断片六七―七五（Pfeiffer））の物語であるが、幸いにして中務哲郎訳『ギリシア恋愛小曲集』（岩波文庫）に収録されているので、その全文を流麗な日本語で読むことができる。ここでは散文的な説明でいささか恐縮であるが、話の概要をまとめてみよう。

アコンティオスはケオス島でよく知られた美青年であったが、ある時ナクソス島からやって来たキュディッペという娘に一目惚れする。青年はなんとか彼女を自分のものにしようと一計を案ずる。林檎の実の表面に文字を書き込むと、キュディッペの侍女のほうへ転がした。侍女はその真っ赤な実に文字が記されていることに気づくのだが、生憎字が読めない。それで主人である娘に木の実を差し出すと、何て書いてあるのか読んでくださいなと頼み込む。すると、キュディッペはこれを手にとって、読み上げたのは「アルテミス女神にかけて、わたくしはアコンティオスに嫁ぎます（ma tēn Artemin Akontiō gamoumai）」という言葉であった。読んだ場所がアルテミスの社の前であったから、女神もこれを聞き届けることになった。その後、キュディッペは別の男に嫁そうとするが、そのたびに病を得て、死に瀕するまでになった。不審に思った彼女の父がデルポイの神に伺いをたててみた。デルポイの神はアポロンであり、アルテミスとは双生の姉弟の関係にある。神託によってキュディッペの愛の誓いが明らかとなり、アコンティオスはその策略によってキュディッペとめでたく結ばれる。

カリマコスがケオス島に伝わるこの物語を『縁起物語』に採録したのは、クセノメデスの頃にまだ生存していたアコンティオスの子孫であるアコンティアダイの縁起譚を書き残すことが目的であったことが分かっているが、実のところ右の愛の誓いの言葉は残存断片に含まれているわけではない。われわれがこれについて知ることができるのは、カリマコスの作品などを材料に書簡風に仕立てたアリスタイネトス（五―六世紀）の『恋愛書簡集』のおかげであり、十番目の書簡にこの話が登場する。ところでアコンティオスが愛の誓いを書き込んだ林檎は、アリスタイネトスの原文では「キュドニアの林檎（Kudōnion mēlon）」になっている。林檎と訳したギリシア語のメーロンは今日の林檎よりも広い品種を含んでおり、クレタ島の北西にあったキュドニア産の林檎は今日のマルメロ（西洋花梨）のことだと考えられる。この林檎についてはアテナイオス『食卓の賢人たち』（第三巻八一C）に詳しい説明がある。

ローマ帝政期の作家アントニヌス・リベラリス（後二世紀後半）の『変身物語（*Metamorphōseōn Sunagōgē*）』も、ニカンドロスの著作（『転身譜（*Heteroioumena*）』第三巻）からの再録であるが、同様の話を伝えている。もっとも登場するのは、男性がアテナイのヘルモカレスで女性の方はケオスのクテシュラと名前が違っている。林檎の実に書くところは同じで、書かれた文字も「アルテミス女神にかけて、わたくしはアテナイのヘルモカレスに嫁ぎます」となっている。さらにこちらの話では、それだけでは足りないと思ったのか、彼女の父親のところまで押しかけて、月桂樹の枝を片手にアポロンの神に結婚の誓約を立てさせている。しかし、父親はその後この誓約をすっかり忘れてしまい、別の男と婚儀を執りおこなおうとする。これに怒ったヘルモカレスは二人でアテナイへ出奔し、そこでめでたく添い遂げるわけだが、クテシュラのほうは父親が神の前で誓った約束を反故にしたことが災いして、産褥で命を落とすことになる。さらに、神々はこれを哀れと思ったのか、葬儀の際に彼女をハトに転身させ天に昇らせるという尾ひれまでついている。

（文／國方栄二）

西洋古典叢書

［2017］全７冊

★印既刊　☆印次回配本

●ギリシア古典篇

アイリアノス　動物奇譚集　1★　中務哲郎 訳

アイリアノス　動物奇譚集　2★　中務哲郎 訳

デモステネス　弁論集　5　杉山晃太郎・木曽明子・葛西康徳・北野雅弘 訳

プラトン　エウテュプロン／ソクラテスの弁明／クリトン★　朴　一功・西尾浩二 訳

プルタルコス　モラリア　12☆　三浦　要・中村　健・和田利博 訳

ロンギノス／ディオニュシオス　古代文芸論集★　戸高和弘・木曽明子 訳

●ラテン古典篇

アンミアヌス・マルケリヌス　ローマ帝政の歴史　1★　山沢孝至 訳

●月報表紙写真――タソスはエーゲ海の最北の島で、対岸のトラキア沿岸からはわずか一〇キロメートルほどのところに位置する。その中心都市タソスは、島の北側、本土に向かい合って緩やかに湾屈した海岸沿いにあり、背後はほぼ島全体にわたる山地に囲まれた要害の地を占めている。古くはフェニキア人が定住したと言われるが、前八世紀末にパロス島民が進出し、その一人に詩人のアルキロコスがいた。ペルシア戦争後にはアテナイの支配下に入り、ペロポネソス戦争中の前四二四年、スパルタがアンピポリスを攻略すると、歴史家のトゥキュディデスはこの地に停泊していた艦隊を率いてアテナイ軍の支援に向かったが機を逸し、その責を問われて長く追放された。

（一九七八年八月撮影　内山勝利氏提供）

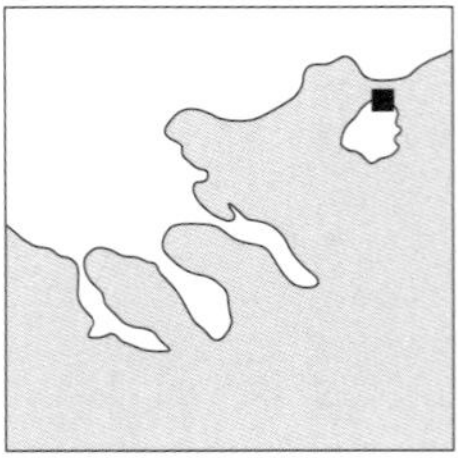

目にして、私は言うも憚られるこのことが、事実なのではないかと恐れるのである。すなわち仮にすべての登壇者が、事態が最悪になる方法を提案し、諸君がこれを挙手により採択したとしても、現下の状況に劣る事態は起こりえないと私は思うのである」。以下の文もこれと同種のものです。[3]「そして彼［ピリッポス］を痛めつける力は到底なく、ただ自分たちがそういう目に遭わぬようにと警戒するのが精一杯という人々をさえ、予告をしておいて圧伏するよりはむしろ騙し討ちにするような彼［ピリッポス］が、諸君には前もって知らせておいて戦争を仕掛けてくると、いったいそんなふうに諸君は考えるのか。しかも諸君が喜んで騙し打ちにされようという間に」。

六　諸ポリスを戦略で出し抜いたピリッポスの辣腕ぶりに言及した『冠について』という法廷弁論の最高傑作がありますが、その中でデモステネスは自分の考えを次のような文彩[4]で表わしました[5]「つけ加えて言う

（1）デモステネス第十四弁論『シュンモリアーについて』一四。ディオニュシオスは『アンマイオスへの第一書簡』第四章三で、この作品をデモステネスが自ら弁じた最初の民会演説と言っている。

（2）デモステネス第九弁論『ピリッポス弾劾、第三演説』一。いわゆるピロクラテスの講和（前三四六年）の破棄直前に行なわれた演説（前三四一年）。

（3）デモステネス第九弁論『ピリッポス弾劾、第三演説』一三。この引用箇所はデモステネスの文体分析に多用されたもので、修辞学徒はみな暗唱していたと言われ、ディオニュシオスは『イサイオス論』第十三章二、『デモステネス論』第九章八にも挙げているが、語順などデモステネス原文との異同がある。

（4）文彩はこの場合「暗示的看過法（*παράλειψις*）」を指す。言うつもりはないと看過するかにみせて、かえって注目させる表現法。

（5）デモステネス第十八弁論『冠について』二三一。

つもりはないが、ピリッポスがひとたび征服者となるや被征服者に見せるあの残忍さを、他の者は身をもって味わされたのであった。しかるに寛大さという仮面のもとにピリッポスは、残りの標的すべてを手中にしながら巧みに諸君の目を欺いた、その寛大さの果実を諸君は安閑として享受したのである」。

七　またギリシア人を見舞った惨害のすべては、祖国をピリッポスに売り渡した者たちがその元凶であると言明するとき、彼は文字どおりに引用すれば以下のように書きます。「しかしながらヘラクレスとよろずの神々にかけて、万人が妥当かつ正当に指弾できる、事件の本当の責任者が誰であったかを、中傷と憎悪の言を排して事実にそって調べるべきであるとするならば、どのポリスにも見つかる彼と同類の輩でこそあれ、私のような人間ではないことが分かるであろう。彼らは、ピリッポスの王権がまったく弱体弱小であった頃、われわれがしばしば予告し、最善の策を勧告提言していたのを後目《しりめ》に、私利私欲のために公益を斥け、それぞれの同胞市民を欺き堕落させて、ついには奴隷化してしまった手合いである」[1]。

第五十五章　トゥキュディデスの長所を模倣し、短所を斥けよ

一　私はデモステネスの法廷演説と民会演説から、文例を無数に挙げることができましょう。つまり普通の馴染み深い言葉づかいでありながら、風変わりなところのあるトゥキュディデスの文体に倣ったものです。

二　ですが私の論文がいたずらに長くならないように、以上をもって私の論題の立証のためには十分としましょう。そして今なお偏見なき批判力を失うまいとする市民弁論の学徒には、最も優れた弁論家だと私が信

じて疑わないデモステネスを助言者とし、彼［トゥキュディデス］の修辞を模倣せよと躊躇なくすすめたいのです。その修辞には簡明さ、雄弁さ、力強さ、緊張感、そして荘重さやその類いの長所が誰の目にも明らかなのです。ですが謎のようで呑み込みにくい、字句の解説を要する、傷めつけられた、語法違反とも見えかねない文彩形式は、賛嘆するに及ばず、模倣もするな、と言いたいのです。

三　要するに歴史家トゥキュディデスの明晰さを欠く言葉と、数多の美点に合わせて明晰さを備えた言葉とが、両方とも等しく羨望に値するという道理があるはずはなく、完全が不完全に勝り、明瞭が不明瞭にまさるのは万人の認めるところでしょう。四　とするとどうしてわれわれは歴史家の言葉づかいをくまなく知りつくしながら、それを例外なく褒めてこう言い張るのでしょうか、トゥキュディデスは同時代人のために誰もが慣れ親しんだ、よく分かる文を書いたのであり、後世のわれわれのためではなかったと。ところがまたわれわれのうちにはトゥキュディデスの措辞をすべて無価値だと言って、法廷演説からも民会演説からも追放する者がいますが、むしろ彼の陳述の部分は、きわめてわずかなものを除けば驚くべきもので、あらゆる用途にぴったりだということ、そして民会演説はすべてが模倣に適しているとは言えないものの、誰にでも容易に分かる部分は模倣すべきであるということ（とはいえ誰もがそのように作文できるわけではないのですが）、どうしてこれを認めないのでしょうか？

五　トゥキュディデスについて、親愛なるコイントス・アイリオス・トゥベロン君、これよりももっと心

（1）デモステネス第十八弁論『冠について』二九四。「事件の本当の責任者」として原告アイスキネスを指し、非難している。

地よい一文を貴君に捧げることもできたでしょうが、[1] それはしかし本稿によりまさる真実を宿してはいなかったでしょう。

(1) ニキアスのアテナイ人への手紙の結尾（トゥキュディデス『歴史』第七巻一四-四）をなぞった結びか？　底本に従い少辞 ἄν を読む。

デイナルコス論

木曽明子訳

『デイナルコス論』の構成

デイナルコス作品の真偽論が必須であるということ（第一章）
デイナルコスの生涯（第二―三章）
真偽論の手がかりとなる年齢（第四章）
真偽論の手がかりとなる文体（第五章）
デイナルコスの文体模倣（第六―八章）
真偽論の基礎となる年代・アルコーン暦（第九章）
公訴弁論・真作（第十章）
公訴弁論・偽作（第十一章）
私訴弁論・真作（第十二章）
私訴弁論・偽作（第十三章）

第一章　デイナルコスを論じる必要について

一　古代弁論家について書いた中で[1]私は弁論家デイナルコスに一言も触れませんでしたが、それは彼がリュシアスやイソクラテスやイサイオスのように彼独自の文体を生みだしたわけでもなく、人が創り出した文体を完成に導いた――デモステネスやアイスキネスやヒュペレイデスはそれをしたと私は見るのですが――わけでもないからでした。とはいうものの、優れた弁論で世評高く、数も少なくなく質的にも悪くない民会演説や私訴演説を残しているのを目にして、彼を取りあげずに済ませてはならず、彼の生涯と文体を詳細に語らなければならないと考えるに至りました。そして単にお飾りのためではなく弁論の訓練に励む人々[2]のために、真正な作品と偽作とを全作品あるいはできるだけ多数の作品について区別することが必須で

(1) 現存作品『古代弁論家』を指していると思われる。ここで挙げている六人の弁論家を個別に論じるという計画の書であったが、散逸したのか、途中で予定が変更されたのか、最後の二人に関する論攷は現存しない。

(2) この時期デークラーマーティオー（補註L参照）を見事に演じることが、弁論訓練生のみならず上流市民の間でもてはやされる風潮があったため、そうした表面的成功のみを求めず、練習に励む生徒のために、の意。

あると考えました。二　同時に分かったことは、彼について書いたカリマコスもペルガモンの学者たちも正確な記述をしておらず[1]、彼に関する調べを怠ったために詳細な事実を把握できなくて、結果として多数の虚偽を生み、いささかも彼にそぐわない弁論をデイナルコスのものとして彼に帰したり、彼の弁論を他人の作品と言ったりしたということです。博識で知られるマグネシアのデメトリオスすら[2]、その著作『同名人録』でデイナルコスに触れ、デイナルコスについて何か正確なことを言っているつもりで、その意図を裏切るようなことを仕出かしています。三　デメトリオスの記述を引用することに何ら妨げはありますまい。デメトリオスの記述は以下のとおりです[3]。

「デイナルコスなる人物は四人いる。第一はアッティカの弁論家の一人、第二はクレタ島の伝説を収集した人物、そしてこの二人より年長でデロス島生まれの叙事詩人であり歴史家であった人、それに四人目がホメロス論の筆者である。各々について順番に記述しようと思うが、最初は弁論家を取りあげよう。少なくとも私の見るかぎり彼はヒュペレイデスの優雅さに劣らず、『追い越すこともできた』[4]と言える。なぜなら彼の説得推論は人を得心させ、文彩形式は多彩を極め、実に説得力に富むので、聞き手はまさに彼が言うとおりに事は運んだと確信するからである。そしてかのデモステネス告発の弁論をデイナルコスに帰す者は愚かとも思われよう[5]。文体が［デイナルコスのものと］似ても似つかぬものだからである。それだのに［デイナルコスが］闇に覆われているため、全部でほぼ一六〇以上[6]もある彼の残りの弁論作品は知られず、彼の作でないこの弁論だけが彼の作と考えられているのである。デイナルコスの措辞はなんといっても性格描写に長け、情動を揺り動かし、ただ辛辣さと緊張感においてのみデモステネスの文体に遅れを取るが、説得性と自然な趣では何ら不足はない」。

第二章　ディナルコスの生涯とその時代

一　これでは詳細は何も分からず、事実もつかめません。ディナルコスの出自も生きた時代も活動した場

(1) 詩人として作品も伝わるカリマコスらが、前三世紀アレクサンドリア図書館で作成した図書館蔵書目録（ピナケス *πίνακες*）は、のちのギリシア文学伝承・研究の礎となった。ペルガモン図書館の学者たちが扱った弁論文献は、すでにアテナイでペリパトス学派などによって分類、番号づけされたものであったと推測されている（Gernet, 1954, p. 12 参照）が、系統的網羅的な研究は、アレクサンドリア・ペルガモン学派が最初とされる。

(2) マグネシアのデメトリオスは前一世紀前半に活躍した、博識で知られる修辞学者。キケロの親友アッティクスの友人。『同名人録』のほかに同名の都市についても同趣向の著書がある。ディオゲネス・ラエルティオス『ギリシア哲学者列伝』の史料の一つとなった。

(3) アテナイオス、プルタルコスなど『同名人録』に言及する古代作家は多い。*FHG* IV. 382, 391 参照。

(4) ホメロス『イリアス』第二十三歌三八二。

(5)『デモステネス告発』は現在ディナルコスの真作として伝承されている三篇の一。三篇ともハルパロス事件を扱っている。

(6) ディナルコスの弁論作品数について、ディオニュシオスはここでマグネシアのデメトリオスの挙げる「一六〇以上」を引いているが、スーダ辞典は一六〇か六〇か判然としない。擬プルタルコス『十大弁論家列伝』は六四。本篇ではディナルコスの真作として五九篇を挙げている（ただし研究者間で数え方の異同がある）。

所も明らかにしてはおらず、ただありきたりのお決まりの語をせっせと使って、(1)多言を費やしながら、万人の認めるところと合わないことを言っています。この逆をすべきだったのです。

二　そこで私が独自に集めた情報をお目にかけましょう。

弁論家デイナルコスはソストラトスの息子であり、生まれはコリントスでした。哲学や弁論活動の全盛時代にアテナイに来て、(2)テオプラストスやパレロンのデメトリオスと交わりました。(3)三　市民弁論で天賦の才を示し、デモステネスとその一派がなお勢力を誇っていた時期に弁論の制作を始め、徐々に世評を得ました。四　最盛期はアレクサンドロスの死後で、(4)デモステネスや他の弁論家が永久追放や死刑判決の悲運に遭い、その人たちの後に注目に値する人物が誰も残らなかった時です。(5)そして顧客のために弁論の代作をしながら、カッサンドロスがアテナイを制していた間の一五年を過ごしました。(6)五　ですがアナクシクラテスがアルコーンの年、(7)すなわちカッサンドロスがムニュキアに駐屯させた守備隊がアンティゴノス王やデメトリオス王(8)とその側近たちによって廃止された年に、デイナルコス自身は外国人であったにもかかわらず、(9)アテナイの最上流の人たちとともに民主政転覆のかどで告発されました。アテナイ人の怒りが激しく、とりわけ彼が金持ちになっていくのに疑惑の目が注がれるのを見て取り、そのために何かひどい罰を被ることを避けて、法廷の裁きを受けるのを待たずにアテナイを脱出してエウボイアのカルキス(10)に行き、アナクシクラテスのア

(1) 作家批評の決まり文句の意。一般に古代社会においては、伝統的な型に沿って書くことが求められ、作家批評においても自分の考えをそのまま表現に移すのではなく、定式化された定着した文句が使われることが多かった。しかし常套的な

批評文句は、自らの感性と知性による精確な論評を心懸けたディオニュシオスにとって受けいれがたかった。
(2)デイナルコスがアテナイに来た年については擬プルタルコス『十大弁論家列伝』が「アレクサンドロスがアジアに出かけたとき」つまりほぼ前三三四年と言っているが、本篇第四章四の前三三六／三五年に弁論代作の仕事を始めたという記述と合わない。
(3)テオプラストス(前三七一頃―二八七年頃)はアリストテレスの学園リュケイオンの二代目学頭。ペリパトス学派(逍遙派)の祖とされる。文体論の著作があるが、散逸した。パレロンのデメトリオス(前三五〇頃―二八〇年頃)は歴史、政治、哲学の著作があり弁論家としても秀でた。親マケドニア派であり、前三一七年アテナイの知事(王)に任命された。その後デメトリオス・ポリオルケテス(攻城者のデメトリオス)に追放されてテーバイに逃れ、前二九七年アレクサンドリア図書館の司書となったが、プトレマイオス二世の不興を買ってその地で歿した。
(4)アレクサンドロス大王の死は前三二三年。
(5)アイスキネスは前三三〇年いわゆる冠裁判に敗れてアテナイを去り、リュクルゴスは前三二四年に、デモステネスとヒュペレイデスは前三二二年に死に追いやられ、マケドニアとの講和のために働いたデマデスは前三一九年マケドニア王カッサンドロスの命令により死刑、ポキオンは前三一八年アテナイ民会により死刑に処された。
(6)やや不正確。アレクサンドロスの死後アテナイはアンティパトロスの歿年前三一九年までその制圧下にあり、アンティパトロスの子カッサンドロスが続く三年間の摂政ポリュペルコンとの争いを経て、前三一七年に指導権を握り、同年にパレロンのデメトリオスにアテナイの統治権を与えた。
(7)前三〇七／〇六年。
(8)アンティゴノスは、アレクサンドロス大王の死後マケドニア王国の支配権を争った、いわゆる「後継者たち(ディアドコイ)」のうち一時最有力者であった。王を名乗り息子デメトリオス・ポリオルケテスを共同統治者とし、アテナイを制圧して、カッサンドロスの支配から解放(一時的民主政復活)したのは前三〇七年。
(9)デイナルコスの身分は政治に関われない居留外国人(メトイコス)であったが、有力市民との付き合いが深かった。
(10)前三三三年にアリストテレスも赴いたカルキスには、コリントスとアンブラキアを押さえたピリッポス二世が、ケロネソスを制圧した後にマケドニア駐屯隊を置いていた(前三四二年)。

ルコーンの年からピリッポス［のアルコーンの年］までの一五年を過ごし、その間テオプラストス(1)や他の友人の斡旋でアテナイに戻れないかと待ち続けていました。

第三章　デイナルコスの生涯とその時代を証する資料

一　王(2)が他の亡命者とともにデイナルコスに帰る許可を与えたのでアテナイに戻り、友人の一人プロクセノスのもとに寄寓し、すでに老いて視力も弱った身で金銭を失いました。プロクセノスが調べを怠ったので、デイナルコスはこれまで一度も法廷に立ったことがなかったけれども、裁判を起こして、金銭のことを訴因にプロクセノスを訴えました(3)。

二　これがデイナルコスの生涯です。これらの細目はピロコロス(4)の歴史書およびプロクセノス告発の演説に彼自身書きこんだ事柄から明らかにされています。その演説は亡命の後に弁じられたものであり、このように書かれた一節があります。

「ソストラトスの子コリントス人なるデイナルコスは、寄寓先であるプロクセノスを二タラントンの損害ゆえに［告発する］。

プロクセノスが私にこの損害を与えたのは、アテナイからの亡命後カルキスから戻った私を、彼が田舎にある自分の家に迎え入れたときである。［損害額は］私がカルキスから携帯して来た二八五スタテールの金貨と……それをプロクセノスは知っており、私はそれを所持して彼の家に入ったのだが……、そして二〇ムナ近くに相当する銀の皿、プロクセノスは奸計によってこれらを横領した」。

三　こうなのですが、演説そのものでは冒頭ただちに訴訟の経験がこれまでないことを明らかにし、その後序言部でまずプロクセノスゆえに自分に生じた損害を示し、次いで亡命やその他の事すべてを語るので、それによって上に言われた事柄が明らかになるのです。さらにそれらに加えて、告訴の最後で言っていることから、演説時に外国人身分ですでに老年にあったことが示されています。

四　以上が、ディナルコス自らが自分について語ったことです。他方ピロコロスは『アッティカ史』の中で、民主政転覆者の追放と帰還についてこのように言っています。

「アナクシクラテスのアルコーンの年のはじめ、メガラ人の国が占領された。デメトリオスはメガラから

(1) アナクシクラテスからピリッポスのアルコーンの年の一五年間は前三〇七／〇六―二九二／九一年。居留外国人であったテオプラストスは、政務審議会の認可なしに哲学を教える学校の運営者すべてに退去を命じた政令により、前三〇七年にアテナイを去ることを余儀なくされた。政令は翌年に廃止され、テオプラストスはアテナイに戻った。パレロンのデメトリオスは贅沢な暮らしぶりもあってアテナイ市民に嫌われ、のちにプトレマイオス王家の招聘に応じてエジプトに渡った。

(2) マケドニア王デメトリオス・ポリオルケテスのこと。

(3) 擬プルタルコス『十大弁論家列伝』八五〇Eは老年のディナルコスが自ら法廷に立って弁じたことを記し、その弁論は現存すると言っているが、現在は一個の断片しか残っていない。

(4) 著名なアッティカ史作家の一人ピロコロスの生年は前三四〇年より前。彼の『アッティカ史』一七巻は前二六一／六〇年までを記述している。おそらくエジプト王プトレマイオス二世ピラデルポス寄りの姿勢ゆえに、マケドニア王アンティゴノス・ゴナタスによって死刑に処されたと考えられている。

帰還するとムニュキア勢攻撃の用意をし、城壁を破壊して民主派に返還した。しかし大勢の市民がのちに弾劾された。パレロンのデメトリオスはその一人であった。弾劾された者のうち審理を待たなかった者たちは、政令によって死刑に処され、これに従った者たちは解放された」(1)。

五　以上は第八巻からの一節です。第九巻ではこう言っています。

「この年が終わり、次年度が始まろうとしていたとき、アクロポリスにこういう前兆が現われた。アテナ・ポリアスの神殿に雌犬が入って来て、パンドロセイオンに忍びこみ、オリーブ樹の下のヘルケイオス・ゼウスの祭壇に登って寝そべった。雌犬はアクロポリスに登ってはならないというのがアテナイ人の父祖伝来の掟であった。同じ頃神域で、日中太陽が出て空が澄み渡っているときに、星がしばしの間まばゆく輝いた。この前兆と現象の意味を尋ねられて、われわれはこう答えた、両方とも亡命者の帰還を意味しているが、それは政権交代後ではなく、現行の体制の中で起こるだろう、と。そしてこの解釈が現実のものとなった次第である」(2)。

第四章　デイナルコス作品の真偽確定の基準となる年齢

一　この前置きの後、デイナルコスの真正の作品とそうでない作品について何か明確なことを言えるためには、なおもう一つ必要不可欠な事項が残っています。二　われわれは彼が七〇歳で亡命から帰還したと想定しています、彼が自分を老人と呼んで、そう言っているからです。その年齢から人をそう呼ぶのが世間の慣いだからです。この前提に立つと、概算で（正確な情報はありませんから）ニコペモスがアルコーンの年に生まれたことになるでしょう。[3] 三 このあたりの年より前に、あるいは後にデイナルコスが生まれたと言う人があれば、その人は有効な議論ができないばかりか、多数の作品を、否、五、六篇を除いて全作品を彼から奪うことにもなるでしょう、これを書くには年を取りすぎた時点に、あれを書くには若すぎる時点に、彼［の生存期間］を設定するわけですから。

四 そしてまた彼が二五歳あるいは二六歳から弁論制作を始めたと言っても、間違いではないでしょう、何といってもデモステネス一派の絶頂期だったのですから。[4] ピュトデモスはニコペモスの後二十六人目のアルコーンです。[5] ですからこのアルコーン年より前のもので彼に帰せられる弁論を真正と考える人には、われわれは当然のことながら信を置かないでしょう。さらにアナクシクラテスからピリッポス［のアルコーン年］

（1）ピロコロス「断片」六六（*FGrHist*）。父アンティゴノス一世がすでに発していたギリシア諸都市の解放令を、息子のデメトリオス・ポリオルケテスが実現させたときのことを語っている。プルタルコス『デメトリオス伝』一〇-一参照。
（2）ピロコロス「断片」六七（*FGrHist*）。前二九二年デメトリオス・ポリオルケテスは亡命者のアテナイ帰還を許す王令を実施した。
（3）前三六一／六〇年。
（4）「デモステネス一派の絶頂期」は、城壁修復への拠金と国家への寄与を理由に、デモステネス授冠提案が行なわれた前三三六年頃を指すと考えられる。
（5）ピュトデモスのアルコーン年は前三三六／三五年。この年、デイナルコスは二五歳と推定される。

までの間に仕上げられた弁論は、偽作群に入れるべきでしょう。私訴弁論であれ公訴弁論であれ、弁論のために[1]カルキスまで船で行く人はいないでしょうから。彼ら［アテナイ人］はそんなにも弁論［の書き手］に不足してはいませんでした。

第五章　作品の真偽確定の鍵となる文体

一　さて作品の真正性と非真正性判定の基準となるデイナルコスの生存期間が可能なかぎり正確になったわけですから、彼の文体について言うべき時が到来しました。とはいえ区別をつけるのは容易ではありません。二　なにぶん彼は、私訴であれ公訴であれ、彼の全作品に共通に見られる特質、あるいは彼独自の特質を持たず、リュシアスの弁論に似ているときもあれば、ヒュペレイデスの、そしてデモステネスの弁論に似ているときもあるからです。その実例は枚挙に暇がないでしょう。三　リュシアス流の文体は、ムネシクレスについて書いた弁論や、リュシクラテスに抗弁するニコマコスのために書いた弁論その他多数に認められます。[2]四　他方ヒュペレイデスは［リュシアスに比べて］より正確な布置配列とどこか凛々しさを感じさせる技巧の持ち主ですが、[3]そのヒュペレイデス流の実例がデイナルコスの三〇以上の作品に認められ、中でもアガトンのための異義申し立てがその例です。[4]それに何と言ってもデモステネス流の文体です。デイナルコスはこれをいちばん真似たので、はるかに多く実例を挙げることができるでしょうが、『ポリュエウクトス告発』において明瞭です。[5]すなわちデモステネスに似た序言を書き、相似た筆致で全篇を通しました。

第六章　ディナルコスの模倣

一　ではどうすれば彼の真正作品を見分けることができるでしょうか？　第一には、他の書き手の文体を知悉していればであり、第二にリュシアスのものに似た弁論をディナルコスに帰し、ヒュペレイデスのものと人に思われている弁論を、書巻に書かれている題名を見ずにディナルコスのものだと言い、デモステネスの文体にできるだけ近づいた弁論をディナルコスのものと断言して迷わなければです。

二　というのもディナルコスが模倣している弁論家に関して最も有効な識別方法は、弁論作品の同質性で

(1) 前三〇七年（五四歳カルキスへ亡命）―二九一年（七〇歳アテナイ帰還）。

(2)『ムネシクレスの相続財産について』は第十二章一五で、『リュシクラテスへの抗弁』は第十二章四で真正作品リストに入れられている。

(3) 批評家たちのヒュペレイデスに対する評価は高く、以下に称賛の言葉が見られる。ロンギノス『崇高について』第三十四章、キケロ『弁論家について』第三巻二八、『弁論家』一一〇、クインティリアヌス『弁論家の教育』第十巻第一章七七、ディオン・クリュソストモス第十八弁論第十一章。ヘルモゲネス『文体論』B第十一章三九六―三九七Rはやや厳しい。

(4)『アガトンのための弁護人演説』第十二章二七で真正作品リストに入れられている。

(5) ポリュエウクトスを相手取ったディナルコスの弁論は四篇が挙げられている（第十章一―四参照）。

す。手っ取り早く言えばリュシアスは、[1] 私訴弁論においても公訴弁論においても、措辞については語彙の明晰さ、自然で滑らかな感じで、いかなる言葉でも言い表わせない心地よさを感じさせる構文において終始一貫して均一です。三　ヒュペレイデスは用語選択ではリュシアスに一歩を譲りますが、主題の扱いではまさっています。彼はあるときは事件の自然の順序に従って、あるときは終わりから始まりへ戻るという、多様な語り方をします。彼は説得推論だけではなく弁証術的推論[2]へも議論を拡げて証明を行ないます。四　この人たちそして他の弁論家全部を凌ぐデモステネス[3]は、あらゆる作家を模倣し、その人たちの最上のものを選んだので、音声でそれと分かるだけでなく、一つ一つの弁論に見られる適切さ、それに構文と文彩の凝縮度と布置配列、激情そして何よりも恐ろしいまでの迫力[4]によって明らかに分かります。

五　しかしデイナルコスは全作品を通じて同質ではなく、それによって正確に彼を見分けられるような、ある独自のものを創り出したわけでもありません。ただこの方法なら見分けることは可能でしょう。すなわち彼は模倣の事例を多数明らかにしていますし、そうした弁論作品の原型との違いを示しています。それはちょうどイソクラテスの弟子たちと師イソクラテスとの場合に見られることです。

第七章　模範作品と模倣作品の見分け方

一　さてリュシアスの弁論との同質性を多分に帯びた弁論が、デイナルコスの名を冠されていると仮定しましょう。両者のものを見分けたいと思う人は、まずかの人［リュシアス］の独自性をじっくり観察すべきです。そうして文章の美質と優美さがそれらの弁論中にちりばめられており、選び抜かれた語彙と生気に欠けるところのない叙述をそこに認めるならば、自信を持ってそれらをリュシアスの弁論と言えばいいのです。

二　でも同質性を保った優美さも説得力も正確無比な語彙も真実味の片鱗も見いだせないならば、デイナルコスの弁論中にそれらを残しておいていいでしょう。

三　ヒュペレイデスとの比較でも同様です。力強い措辞、簡明な構文、論題の扱いがピタリと決まっていること、悲劇もどきや大仰さとは無縁の技巧（これこそがかの弁論家〔ヒュペレイデス〕の最大の特徴ですから）が認められるならば、ヒュペレイデスの作と言っていいでしょう。でもこれらの特質に欠けているのであれば、他のすべての点で悪くない出来であっても、やはりデイナルコスのものとすべきでしょう。

（1）本叢書『修辞学論集』所収『リュシアス論』第四章一―二および第十一章五―八参照。

（2）説得推論（エンテューメーマ）と弁証術的推論（エピケイレーマ）をディオニュシオスは対語的に使っているが、エピケイレーマについてはアリストテレスが『トピカ』第八巻第十一章一六二a一六においてこれを「弁証術的推論」と定義したのち、テオプラストスにこの語を題名に持つ著書が帰されているほか、用法の推移を辿れる用例が残っていない。しかしディオニュシオスは『イサイオス論』第十六章三において「厳密な推論」の意でこの語を使っており、エンテューメーマが蓋然性による推論であることに対比される。ラテン文献ではクインティリアヌスが初めて、しかし「ラテン語にはない語」と断って、エンテューメーマとエピケイレーマを論じた（『弁論家の教育』第五巻第十章一以下参照）。

（3）本叢書『修辞学論集』所収『デモステネス論』第八章二―三および第三十三章三参照。

（4）「恐ろしいまでの迫力」と訳出した δεινότης の意味については一七一頁註（6）および一八九頁註（5）、一九七頁註（2）参照。

四　同じことを、デモステネスについてもわれわれは考えます。荘重な措辞、風変わりな構文、滾るばかりの情念とどの単語にも行きわたった辛辣さと怜悧さ、それに精気と恐ろしいまでの迫力(1)が常にみなぎっていれば、それらをデモステネスの作と言うことに何の妨げもなしとしましょう。ですがこれらの特質それぞれの極致が見当たらないか、文体の同質性が認められないのであれば、デイナルコスの作品群中にとどめておくべきです。

五　一般的に言えば、古代の作品群の模倣には、二種の異なった方法があるでしょう。一つは自然な方法で、学習にいそしみ、明け暮れともに居て学び取ることです。もう一つはこれに連携していますが、技法の教えによる方法です。六　第一のものについては、［さらに］言うべきことはないでしょう。第二のものについては、こう言う以外言うべきことはありません、すなわち原型からはすべておのずからなる優美さと輝きが振りまかれるが(2)、これらを模倣して作られたものには、たとえ模倣の極致が究められていたとしても、やはり工夫の跡が感じられて自然さが欠けています。

七　そしてこうした教えによって弁論家が弁論家を見分けるだけでなく、画家がアペレスの作品とその模造品を、塑像作家がポリュクレイトスの作品とその模像を、彫刻家がペイディアスの作品とその模像を見分けるのです(3)。

第八章　力不足の模倣者たち――田舎のデモステネスと呼ばれたデイナルコス

一　またプラトンの模倣者と称するものの、その蒼古として気高く魅力に溢れた美しさを自家薬籠中のものにすることはできず、ディテュランボスもどきの俗悪な語群を取りこんでいる人たちは、そのために容易に正体を知られてしまいます。[4]　二　トゥキュディデスにせめて並べるならと意気込んで、みなぎる緊張感、堅固さ、激しさ、そしてその類いのものを摂取しあぐねて、語法違反の構文や不明瞭に走る人たちは、この教えによってごくたやすく捕まってしまうでしょう。[5]

三　弁論家についても同じで、ヒュペレイデスを模倣しながらあの優美さなどの筆力を真似しそこなって、そっけなくしてしまうのは、ちょうどロドス島の弁論家たちアルタメネス、アリストクレス、ピラグリオス、

(1)「恐ろしいまでの迫力」前註参照。

(2) F写本に拠る Usener / Radermacher の *ἐπιπρέπει* の読みを排し、ディオニュシオスにおける「優美さと輝き（*χάρις καὶ ὥρα*）」に、しばしばつく動詞 *ἐπιτρέχει* を採る Aujac に従う。

(3)『トゥキュディデス論』第四章二および一五一頁註（6）（9）（10）ならびに本叢書『修辞学論集』所収『デモステネス論』第五十章四参照。

(4) プラトンの「ディテュランボスもどき」については、本叢書『修辞学論集』所収『デモステネス論』第五―七章参照。本書所収の『ポンペイオス・ゲミノスへの書簡』第一―二章でも再説されている。プラトンの誤れる模倣者については『トゥキュディデス論』第二十三章をも参照。

(5) トゥキュディデスの模倣者については、キケロ『弁論家』三〇および三二参照。ディオニュシオス自身のトゥキュディデスの模倣についての見解は『トゥキュディデス論』第五十五章参照。

モロンら諸派(1)がその例です。四　イソクラテスとイソクラテス流をそっくり真似たがる人たちは、平坦で白々しい、しまりなく真実味に乏しい文体になります。ティマイオスやプサオンやソシゲネスら諸派がそれです。(2)

五　デモステネスを選んでその長所を追求した人たちは、その選択ゆえに褒められたものの、もちろんかの弁論家の作品の最上のものを取り込むには力及びませんでした。こうした人々のうちでいちばんましな者がデイナルコスであったと言えるでしょう。六　彼は用語選択でデモステネスのずば抜けた雄弁に及びませんし、文構成では文彩表現の多彩さと風変わりな趣で遅れを取ります。弁証術的推論については新奇で不合理なものではなく、自明で誰にでも使えるものを見つけ出すことにかけてはかないませんし、布置配列では、弁証術的推論の配置と展開、予備的部分や導入的部分(3)やこの種の技法の他の教条で差をつけられています。しかしながら最も劣る点は均斉美の感覚とここぞという勘所の押さえ方、それに適切さです。

七　私はデイナルコスがこれらのどれ一つとして果たせなかったと全面的否定をしているのではなくて、ごく大まかに言えば大体こうだと言っているのです。それが田舎のデモステネスとデイナルコスが呼ばれた所以です。(4)布置配列の不足のゆえに、彼がこんなふうに受け取られたためです。というのも田舎の人が街の人と違うのは、容姿ではなくて装いと立ち居ふるまいがどこか違うからです。

郵便はがき

料金受取人払郵便

左京局
承認

3060

（差出有効期限
平成３１年
６月30日まで）

6 0 6-8 7 9 0

（受取人）

京都市左京区吉田近衛町69
京都大学吉田南構内

京都大学学術出版会
読者カード係 行

▶ご購入申込書

書　　名	定　価	冊　数
		冊
		冊

1．下記書店での受け取りを希望する。

都道　　市区　店
府県　　町　　名

2．直接裏面住所へ届けて下さい。

お支払い方法：郵便振替／代引　　公費書類（　　）通　宛名：

送料　ご注文 本体価格合計額　1万円未満：350円／1万円以上：無料
代引の場合は金額にかかわらず一律230円

京都大学学術出版会
TEL 075-761-6182　学内内線2589 / FAX 075-761-6190
URL http://www.kyoto-up.or.jp/　E-MAIL sales@kyoto-up.or.

お手数ですがお買い上げいただいた本のタイトルをお書き下さい。

（書名）

■本書についてのご感想・ご質問、その他ご意見など、ご自由にお書き下さい。

■お名前

（　　歳）

ご住所

〒

TEL

ご職業

■ご勤務先・学校名

所属学会・研究団体

E-MAIL

ご購入の動機

A.店頭で現物をみて　B.新聞・雑誌広告（雑誌名　　　　　　　　　）
C.メルマガ・ML（　　　　　　　　　　　　　　）
D.小会図書目録　E.小会からの新刊案内（DM）
F.書評（　　　　　　　　　　　　　　　）
G.人にすすめられた　H.テキスト　I.その他

常的に参考にされている専門書（含 欧文書）の情報媒体は何ですか。

購入書店名

都道　市区　店
府県　町　名

購読ありがとうございます。このカードは小会の図書およびブックフェア等催事ご案内のお届けのほか、
告・編集上の資料とさせていただきます。お手数ですがご記入の上、切手を貼らずにご投函下さい。
ご案内の受け取りを希望されない方は右に○印をおつけ下さい。　案内不要

第九章　デイナルコス作品の真偽決定の基礎となる年代

一　ということで、デイナルコスの文体について見つけ出して書き記すことができたのは以上のとおりですので、彼の弁論作品の判別に進みましょう。真正の作品には題名だけを記し、偽作には調査の結果と各作品の真正性否認の理由を詳細に記しましょう。二　そのためには年代の判定が不可欠ですから、まずデイナルコス誕生年とわれわれが推定した年から、亡命からの帰還がかなった年までの七〇年間の〔筆頭〕アル

(1)「ロドス島の弁論家たち」とは、ディオニュシオスが排斥したいわゆるアジア主義の弁論家。四人のうちモロンはキケロが影響を受けたことで知られる。キケロはロドス島弁論家に多かった誇大、感情過剰な表現をモロンによって抑制的、主知志向の弁論に矯正されたことに言及している（キケロ『ブルトゥス』三〇七、三一六参照。アルタメネス（前二世紀末─前一世紀初）はディオニュシオスによるもの以外に言及はない。アリストクレスはストラボン『地誌』第十四巻第二章一三に言及、ピラグリオスはおそらく前二世紀末─前一世紀初の人。

(2)歴史家ティマイオスはおそらく前三五〇─二六〇年が生存年で『シケリア史』三八巻があり、ピュロスの死の前二七二年までを記述している。歴史家プサオンは前二九七─二二〇年を『歴史』に描いた。ソシゲネスは他に言及がない。

(3)予備的部分（προκατασκευή）、導入的部分（ἔφοδος）は弁論の構成部分。『リュシアス論』第十五章五および『イサイオス論』第三章六参照。

(4)「田舎のデモステネス（ἄγροικος Δημοσθένης）」。ヘルモゲネス『文体論』B第十一章三九九Rも「κρίθινος Δημοσθένης〔オオムギのパンのデモステネス〕」（デモステネスのまがいもの、の意）という綽名を記している。

コーン名を列挙しましょう。以下がそれです(1)。ニコペモス、カリメデス、エウカリストトス、ケピソドトス(2)、アガトクレス、エルピネス、カリストラトス、ディオティモス、トゥデモス(3)、アリストデモス、テエロス(4)、アポロドロス、カリマコス、テオピロス、テミストクレス、アルキアス、エウブロス(5)、リュキスコス、ピュトドトス、ソシゲネス、ニコマコス、テオプラストス、リュシマキデス、カイロンダス(6)、プリュニコス、ピュトデモス。このピュトデモスのアルコーン年に彼が最初の法廷弁論を書いたと、われわれは推定しました(7)。その次がエウアイネトス、クテシクレス、ニコクラテス、ニケテス、アリストパネス、アリストポン、ケピソポン、エウテュクリトス、ヘゲモン、クレメス、アンティクレス、ヘゲシアス(8)、ケピソドロス、ピロクレス。このピロクレスのアルコーン年に(9)、アテナイ人は［マケドニアの］駐屯隊を受けいれ、民主政は解体しました。アルキッポス、ネアイクモス、アポロドロス、アルキッポス、デモゲネス、デモクレイデス、プラクシブロス、ニコドロス、テオプラストス、ポレモン、シモニデス、ヒエロムネモン、デメトリオス、カイリモス(10)、アナクシクラテス(11)。このアナクシクラテスのアルコーン年にカッサンドロスによって樹てられた寡頭政治が倒され、弾劾された人たちが亡命し、その中にデイナルコスもいたのです。コロイボス、エウクセニッポス、ペレクレス、レオストラトス、ニコクレス、クレアルコス(12)、ヘゲマコス(13)、エウクテモン、ムネシデモス、アンティパテス、ニキアス、ニコストラトス、オリュンピオドロス(14)、ピリッポス……［テクスト脱落］……このアルコーン年に王デメトリオスによってデイナルコスを含む亡命者たちに帰還が許されました。

（1）以下のリストは前三六一―二九一年の筆頭アルコーン名を正確に伝える唯一の記録として古典文献学一般に大きく貢献した。

アテナイのアルコーンは年ごとに九名選ばれたが、そのうちの筆頭アルコーンの名を冠して歴年の呼称とした（ギリシア原語は「［その年に］名を冠するアルコーン（*ἐπώνυμος ἄρχων*）」であるが、日本語訳として定着している「筆頭アルコーン」を用いる）。ディオニュシオスはこのリストを、ピロコロスの歴史書に拠ったとされる。ディオニュシオスが予告する全七〇名のうち一名が欠けているが、補充については後註（14）参照。シケリアのディオドロス『世界史』第二十巻は前三〇二年までしか伝えず、ポリュビオス『歴史』第四巻一は前二二〇／一九年から始めている。

（2）前三五八／五七年。『イサイオス論』第五章二参照。

（3）シケリアのディオドロス『世界史』第十六巻三二によればエウデモス。

（4）シケリアのディオドロス『世界史』第十六巻四〇によればテッサロス。

（5）エウブロスは前四世紀の代表的政治家の一人。デモステネスらの反マケドニア政策に対し、アイスキネスらとともに平和路線を実践した。

（6）F写本ではカイロニダス。デモステネス第十八弁論『冠について』五四、アイスキネス第三弁論『クテシポン弾劾』二七およびプルタルコス『デモステネス伝』二四ではカイロンダス。

（7）前三三六／三五年（ディナルコス二五歳）。

（8）アリアノス『アレクサンドロス東征記』第七巻二八は前三二四／二三年のアルコーンをヘゲシアスと記しているが、シケリアのディオドロス『世界史』第十七巻一一三によればアゲシアス。

（9）前三二二／二一年。

（10）シケリアのディオドロス『世界史』第二十巻三七およびセネカ『書簡』一八-九によればカリノス。

（11）前三〇七／〇六年。

（12）F写本のカリアルコスよりも諸家に支持されている。

（13）これ以後のアルコーン名を伝える文献はディオニュシオスのみ。

（14）碑文の欠損修復に基づいて、オリュンピオドロスが前二九四／九三年と前二九三／九二年と二年連続で筆頭アルコーンを務めたという推測（Dinsmoor, W. B., *The Athenian Archon List in the Light of Recent Discoveries*, Columbia Univ. Press, 1939, 1974[2]）を採れば、ピリッポスが前二九二／九一年のアルコーンとなり、ディオニュシオスの予告どおり七〇名のリストとなる。前二九五年に国制改革があり、筆頭アルコーンの再選挙があったという見解がある（Roussel, P., *Alexandre et l'hellénisation du monde antique*, Paris, 1939, p. 351 参照。訳者未見）。

第十章　公訴弁論　真作[1]

一　『ポリュエウクトス告発、籤による祭事執政官（バシレウス）職への選出のさいの資格審査』「多くの良き事が生じますように……[2]」。
二　『ポリュエウクトス告発、政務審議会により議員職解任票決を受けたさいの訴状提出訴訟（エンデイクシス）』「久しく諸君に賛嘆の念を禁じえないのだが……」。
三　『ポリュエウクトス告発、鉱石採取場について[3]』「密告そのものについて……」。
四　『鉱石採取場について』（補助弁論）「諸君、手短かに言えば……[4]」。
五　『ピュテアス告発、市民権詐称について』「理由の陳述はそれで十分だが……[5]」。
六　『ピュテアス告発、交易業務について』「弁論家のある者たちの言うことには……」。
七　『ティモクラテス告発』「それが正しいことであるのと同様に……」。
八　『リュクルゴス告発、執務審査』「私には分かっていることだが、たとえ君としては何ら……[6]」。
九　『アイスキネスのためのデイニアス告発の弁護人演説』「諸君、私の願うところは……」。
一〇　『ポルミシオス告発、瀆神罪を事由に』「確かに誰かが……[7]」。
一一　『カライスクロス告発、名誉について』「たびたびのことだが、アテナイ人諸君……」。
一二　『テュレニア演説』「すべてがなおこうした結果を来たすと……」。

一三　『財政官ディオニュシオス告発』「おそらくアテナイ人諸君……」。
一四　『ヒメライオス告発の弾劾演説』「思うに、まさか誰一人、アテナイ人諸君……」[8]。
一五　『ピスティアス弾劾』「ちょうど諸君一人一人が……」[9]。

---

(1) 第十章で、ディオニュシオスが真正と認めたデイナルコスの公訴弁論の題名、冒頭文句が列挙される。以下第十一、十二、十三章でそれぞれ公訴弁論偽作、私訴弁論真作、私訴弁論偽作が列挙される。

(2) 被告ポリュエウクトスは前三三〇—三二四年に起こったと推測されるエウクセニッポス裁判においてヒュペレイデスに敵対した。

(3) 政務審議会におけるオリーブの葉を使った同僚議員解任投票についてはアイスキネス第一弁論『ティマルコス弾劾』一一一—一一二参照。エンデイクシスは、被害者が現行犯を役人の手を経ずに逮捕できる「略式逮捕（アパゴーゲー）」と似ているが、書面による告発を必要とする手続きとも解されている。告発者が「略式逮捕」の前提として選ぶこともできる、などの異論もある。

(4) 補助弁論（ἐπίλογος）は、被告あるいは原告を支持する家族、友人、知己などが、法廷の承認を経て依頼者の持ち時間内で行なったと考えられる。証人と異なって偽証の罪に問われる危険がなかった。

(5) ピュテアスは親マケドニア派のアイスキネスに与して、反マケドニアの旗手デモステネスに敵対した。

(6) リュクルゴスは前四世紀後半を代表する政治家の一人。後世いわゆる「カノン」すなわち十大弁論家の一人に数えられた。弁論作品、第一弁論『レオクラテス弾劾』は現存。

(7) ポルミシオスはアリストテレス『アテナイ人の国制』第三十八章四において、三十人寡頭政権に与しなかった人物として挙げられており、デイナルコスは第一弁論『デモステネス告発』三八においてその精神に敬意を表している。

(8) ヒメライオスはパレロンのデメトリオスの兄弟。

(9) ピスティアスはアレイオス・パゴス審議会議員の一人。『ピスティアス弾劾』の原告は、デイナルコス第一弁論『デモステネス告発』の代作依頼人。同弁論五三以下で言及している。

一六　『アガシクレス弾劾、市民権詐称を事由に』「思うにこれまで何人といえども……[1]」。
一七　『テオクリネス告発、訴状提出訴訟（エンディクシス）』「父親については、諸君……」カリマコスはこの弁論をデモステネスの作品集に入れています[2]。
一八　『ステパノス告発、違法提案を訴因に』「法が許しているのであるからありうることなのだが、諸君、……[3]」。
一九　『カリステネス弾劾』「諸君、私は知らないわけではない……」。
二〇　『パレロン区民とポイニキア人との適任者選定訴訟、ポセイドン神の司祭職について』「私は祈ります、どうかアテナ女神にかけて、何といってもふさわしいのは……」。
二一　『ケピソポンの公収目録作成（アポグラペー）[4]に対する抗弁』「まずは諸君、私からお願いしたい……」。
二二　『第二演説』「購入に関する事柄……」。
二三　『書記ペイディアスに対するカレスによる弾劾に抗して、異議申し立ての擁護演説』「いかなる敵意からも……[5]」。
二四　『ピロクレス告発、ハルパロス事件ゆえに』「それらについて何を言うべきか……[6]」。
二五　『ハグノニデス告発、ハルパロス事件について』「明らかなことだが……[7]」。
二六　『アリストニコス告発、ハルパロス事件について』「幸運だったのは、諸君……」。
二七　『デモステネス告発、ハルパロス事件について』「君たちの民衆指導者は……[8]」。

二八　『アリストゲイトン告発、ハルパロス事件について』「すべては、諸君、こう見えるのだが……(9)」。

(1)ペイライエウス区に住む居留外国人アガシクレスが、「ハリムス区民として登記される」よう贈賄したといわれる事件については、ヒュペレイデス『エウクセニッポス擁護』三参照。

(2)『テオクリネスに対する訴状提出訴訟（エンデイクシス）』は、現在「デモステネス弁論集」に第五十八弁論として収録されている。それが誤りであることは一般に認められているが、作品の口演は前三三六年以前と推定されており、デイナルコスの代作開始時期を前三三六年（二五歳）とするディオニュシオスの所論に整合しない。

(3)ステパノスなる人物に対しては、偽証ゆえの告発が「デモステネス弁論集」に第四十五、四十六弁論として収録されている。

(4)「書かれた目録」を意味するアポグラペーは、国庫債務者のリストないし名が記入される手続きとそれに関する訴訟を指した。

(5)擁護弁論と弾劾弁論の二弁論が挙げられていると見る研究者（Radermacher ほか）はテクスト欠落を想定するが、一弁論の題名と見る研究者（Sylburg ほか）はF写本の *εισαγγελία* を *εισαγγελίαν* と対格に読む。訳者は後者に従う。

(6)『ピロクレス告発、ハルパロス事件ゆえに』は、デイナルコス作品集の第三弁論として現存しているが、終結部が失われている。ピロクレスは、ハルパロスがアレクサンドロス大王のもとから逃亡してアテナイに来たときの将軍。民会の受けいれ拒否の決議にピロクレスは最初は従ったが、ハルパロスが二度目に嘆願者として来たとき、これを受けいれたため、収賄で告発された。デモステネス『第三書簡』三一によると、ピロクレスは有罪判決を受けた。

(7)ハグノニデスはハルパロス事件で告発された者の一人。

(8)現存するデイナルコスの最も長い弁論。

(9)前半部が現存するこの作品は、ハルパロスから二〇ムナを受け取った収賄のかどでアレイオス・パゴス審議会によって糾弾されたアリストゲイトンを告発するものである。裁判の結果アリストゲイトンは無罪放免されたことが、デモステネス『第三書簡』三七―三八および四二から判明する。

第十一章　公訴弁論　偽作

一　『テオドロス告発、執務審査の演説』「まさか、諸君、……」。［この作品は］デイナルコスの［活動］年齢以前のものです。なぜかといえばテエロスがアルコーンを務めた後三年目のテオピロス[1]がアルコーンの年に口演されており、それは演説そのものから明らかになりますが、すでにわれわれが計算したように、デイナルコスは一五歳にもなっていなかったのですから。

二　『ケリュケス家告発』「もし父親が、諸君……」。この裁判はエウブロスかエウブロスの後任リュキスコス[2]がアルコーンだった年に行なわれて、デイナルコスは二〇歳になっていませんでした。この演説はテミストクレス[3]の後任アルキアスの［アルコーン］年[4]に、市民資格否認票決を受けたある人物について行なわれました。以上述べたことのどちらも、演説そのものからはっきりします。

三　『モスキオン告発、ニコディコスの息子として市民登録されたモスキオン［の資格］否決にあたって』「諸君、このモスキオン［の市民資格］を否決した人たちから推測して言うと……」。この演説もその前の演説と同じ時期に行なわれました。演説の冒頭とそれに続く言葉から明らかです。

四　『メネクレス告発、略式逮捕を訴因に』「裁判員諸君、拠るべき法律すら……」。この演説もデイナルコスがまだ未成年のときに行なわれました。というのは女神官ニノスを有罪判決に追い込んだメネクレスが被告で、告発者はニノスの息子だからです。この事件はデイナルコスが盛年期を迎える前のものです。なぜならデモステネスの弁論『名前について[5]』がその中でこの事件に言及していますが、その弁論がテエロスかアポロドロスのアルコーン年に完成されたことは、われわれがデモステネスに関する議論の中で明らかにしたとおりです。[6] もしデモステネスがその弁論中でこのように言って、物故者としてメネクレスに触れているのであれば、すなわち「というのも彼がまだ生存中のメネクレスと親しくしていたのを、みなさん全員が目にしておられたのですから……」[7]、この弁論は古いものです。そしてこれがかのメネクレスであることを、告発者が演説中で明らかにしています。

(1) テオピロスは前三四八／四七年のアルコーン。写本に乱れがあり、「あるいはテミストクレス」とあるのを欄外の註記の竄入とみて削除する案が一般に受けいれられている。
(2) 前三四五／四四年あるいは前三四四／四三年のこと。リュキスコスはエウモルピダイ家と並んで、世襲でエレウシスの秘儀の神官を務めたケリュケス家の人。「ケリュケス」を普通名詞と解して、『伝令使団告発』とすることも可能である。
(3) 前三四七／四六年。
(4) 前三四六／四五年。
(5)『名前について』はデモステネス第三十九弁論『ボイオトスへの抗弁、第一演説』の別名である。テエロスは前三五一／五〇年、アポロドロスはその次の年のアルコーンであった。後者の方が可能性が高いのは、弁論中（一六節）にエウボイア出兵とタミュナイでの勝利（前三四九年）が言及されているため。
(6) 現存の『デモステネス論』は写本冒頭部分が散逸している。散逸部分でディオニュシオスがこの作品の帰属・真偽問題に触れていたとすれば、デモステネス第三十九弁論『ボイオトスへの抗弁、第一演説』一六で言及されるタミュナイの戦闘を、一つの手掛かりにしたと推測される。ディオニュシオスは『デモステネス論』の末尾でデモステネスに関してさらに論攷を執筆することを予告しているが、実現したかは不明であり、「われわれがデモステネスに関する議論の中で明らかにした」のが示唆されている論攷においてである可能性は低い。
(7) デモステネス第三十九弁論『ボイオトスへの抗弁、第一演説』一三よりの引用。

五　『適任者選定、ギンバイカとアスパラガスをめぐってアトモネイス家のために』「女神デメテルとコレに祈り奉る……」。この演説はデイナルコスの盛年期以前のものです。口演されたのは演説自体から明らかなように、ニコマコスのアルコーン年で(1)、デイナルコスは二一歳でした。

とするとこれらが彼の盛年期以前の、偽って彼に帰された演説です。以下のものは、彼がアテナイからカルキスに避難した後の作品群です。

六　『適任者選定、女神デメテルの女司祭のために、神官職者への抗弁』「裁判員諸君、多数の予期せぬことが……」。この演説はその中身からはっきりするように、デイナルコスがすでに亡命した後に口演されています。というのはそこで演説者は権力を保持していた寡頭政治に触れているからです(2)。

七　『ティモクラテス弾劾、民主政転覆を訴因に』「君は実行犯だ……」この演説は偽作であることが題名自体からも明らかです(3)。

八　『スプディアス告発』「民会でも私は告発しようと約束したが……」。この演説も寡頭政治の崩壊後の、デイナルコスの亡命中に口演されています。それは演説そのものからこの上なく明瞭です。

九　『適任者選定』、聖籠を巡る、ヘウダネモイ一族によるケリュケス家への抗弁「こうしたことは未だ……」。この演説も同じ時期に口演されています。すでに弁論家デイナルコスは亡命中です、やはり演説そのものの中で明らかになるように(4)。

一〇　『アッティカ演説』「どれもみな同じであった……」。この演説もやはり演説そのものの中で明らかになるように、かの時期に口演されています。

二一　『アイトリア演説』「アイトリア人諸君、われわれ使節団は……」。この演説は寡頭政の樹立後、アイトリア人に援助を求めるアテナイ人亡命者たちによって口演されています。アンティゴノスもまた彼らを自由の身に解放しようとしていたからです。演説そのものの中でそのことが明らかになります。寡頭政樹立者の味方であったデイナルコスが、その転覆を試みていた人たちとともに戦うということはありそうもなく、

(1) ニコマコスのアルコーン年は前三四一／四〇年。
(2) ハルポクラティオンは『アッティカ十大弁論家語彙集』でこの弁論に言及し、偽作の可能性を示唆している。語りの中で「寡頭政」からの「民主政」復活が過去を表わすアオリスト時制によって触れられているために、ディオニュシオスは年代的に偽作としている。マケドニア王カッサンドロスによる寡頭政導入がデメトリオス・ポリオルケテスによって「民主政」に戻された前三〇七年は、デイナルコスの一五年に及ぶ亡命生活の始まりの年であった。
(3) 題名から寡頭政下の弁論ではないことが判明するが、マケドニア武将アンティパトロスが寡頭政を敷いた前三二二年以前にティモクラテスが被告になった可能性はまったくない。デモステネス第二十四弁論『ティモクラテス弾劾』(前三五三／五二年)の被告の同名の孫と推定されるティモクラテスの生年は、前三三〇年以前とは考えられないからである。
(4) エレウシスの秘儀の行進か犠牲式で使われた聖籠を巡る訴訟と推測されている。ヘウダネモイ一族はエレウシスで崇められる、風を鎮める半神ヘウダネモスの後裔。ケリュケス家については、二七七頁註(2)参照。
「適任者選定(ディアディカシアー)」は、相続、債務返済、後見人指名、公共奉仕免除など、権利義務に関わる一つの対象事項に複数の権利主張者がある事案の解決を探る手続き。

その人たちがアテナイから演説文を入手することも不可能でした[1]。

一二　『報奨を請求するディピロスのための民会演説』「容易なことではないので……」。この演説はデモステネスの作であると私は確信しています。なぜならデイナルコスが『デモステネス告発』で明かしているように、デモステネスは彼［ディピロス］のために、報奨授与の提案をしたからです[2]。そして演説の最後でディピロスはデモステネスを弁護人として呼び出しているからです。デモステネスがディピロスへの好意からこんな栄誉を提案しながら、デイナルコスからディピロスが演説草稿を受け取るのを黙って見ているなどとは到底信じられません。

一三　『交易所監督官ヘルミアスのための擁護演説、告発された事項について』「諸君、私がお願いするのは……」。文体そのものからこの演説がデイナルコスのものではなく（水っぽく弱々しく白々しいので）、むしろデモクレイデスかメネサイクモスかその類いの弁論家の誰かのものとされるでしょう[3]。

一四　メネサイクモスのための[4]［二つの］演説も、私は両方ともデイナルコスのものとは認めません。その一つは『デロス島の犠牲式について』で「諸君に嘆願したい……」から始まり、一五　もう一つは『ペリクレスとデモクラテスへの抗弁』で、「われわれの考えは、諸君……」で始まりますが、その文体（水っぽく冗漫で白々しい）が［認めない］理由です。また演説者は無名の人ではなく、リュクルゴスの後に国家財政を引き継いだが、複数の演説中で全部を明かしているとおり、幾度も審査にかけられた人物です。だから私訴でも公訴でも、デイナルコスに代作を依頼するほど無能ではなかったわけです。

一六　『アレクサンドロスへのハルパロス引き渡し拒否について』「確かに驚くにはあたらないが……」。この演説もデイナルコスの文体ではありません。ほかに何もないとしても、馬鹿馬鹿しくこざかしい言い回しがこの弁論には多量に認められましょう。それはデイナルコスの文体からはほど遠いものです。

一七　『デロス島演説』「アポロン神とスタピュロスの娘ロイオ……」。この演説は弁論家デイナルコスのものではなく、誰か別の作者のものです。明らかに手法と文体が古風ですし、デロスとレロスの地方史を概観しています[5]。

一八　『デモステネス告発、違法提案を訴因に』「諸君、諸君の慣いは……」。この演説はペルガモン図書館

(1) デイナルコスは寡頭政樹立者の味方であり、前三一七年にアテナイの知事（王）に任命されたパレロンのデメトリオスの友人であり、マケドニアの王カッサンドロス（在位［王位主張］前三〇五—二九七年）と親しかった。F写本は「カッサンドロスもまた彼らを解放しようとしていた……」と読めるが、カッサンドロスは寡頭政主義者であるので、Aujac の修正「アンティゴノスもまた……」を訳者は採る。アンティゴノスはすでに前三一五年からギリシア諸都市解放令を出そうとしていた。

(2)『デモステネス告発』四三によると、デモステネスは将軍ディオペイテスの息子ディピロスのために、プリュタネイオン（公会堂）で公費による正餐を供され、加えてアゴラに等身大の青銅像を建立されるという特権が与えられるよう提案した。

(3) これ以後ディオニュシオスは文体で判断している。デモクレイデスはデモステネスの甥デモカレスの政敵であった。メネサイクモスはリュクルゴスの政敵であったが、リュクルゴスの後任として財政を担当し、ヒュペレイデスとともに愛国的急進主義を代表した。

(4) F写本 *περί* から *ὑπέρ*（のための）への修正（Radermacher）を採る。

(5) ディオニュシオスはデロスあるいはレロスの出身者を作者として想定している。

目録では、カリクラテスの作とされています。私としてはカリクラテスの作かどうか分かりませんし（というのもカリクラテスの作を読んだことがないからです）、安っぽく空疎で素人のたわごとと言ってもいいので、デイナルコスの演説とはまったく異質のものと確信します。

第十二章　私訴弁論　真作

一『プロクセノス告発、損害を訴因に』この演説はデイナルコスが自分のために自ら口演しました。「みなさん、もし神々のどなたかが……」[1]。

二『ケピソクレスおよびその一族告発、損害を訴因に』「私の訴えは、みなさん……」。

三『パノクレスへの抗弁、損害についての擁護演説』「みなさん、私が考えたかぎりでは……」。

四『リュシクラテスへの抗弁、損害についてニコマコスのために』「裁判員のみなさん、ごく普通の市民が……」[2]。

五『パルメノンのための弁護人演説、奴隷に関する損害ゆえに』「裁判員のみなさん、後で到着した私はパルメノンが不正な仕打ちを受けたことを知りました……」[3]。

六『ポセイディッポス告発、窃盗を訴因に』「不正な仕打ちを受けて、裁判員のみなさん……」。

七『ヘデュレ告発、保証人放棄[4]を訴因に』「私の父が去って……」。

八『アルケストラトスへの抗弁、保証人放棄を事由に』「たくさんの良きことが生じますように……」。

九　『ヘゲロコスのための弁護人演説、家付き娘(5)のために』「ちょうどわれわれも各々が……」。

一〇　『家付き娘に関する演説、イオポンの娘のために』「裁判員のみなさん、貧乏なわけではなく……」。

一一　『第二演説』「みなさん、抵抗しがたいことでしたので……」。

一二　『異議申し立て、アリストポンの娘たちは裁判を受けることさえできないのだから』「みなさん、法の許すところは……」。

一三　『ペディエウス告発、孤児虐待を訴因に』「みなさん、どなたも驚かれないように……」。

一四　『異議申し立て、エウイッポスの相続財産について、カレスに抗して』「しばしば耳にしたことですが……」。

---

(1) ディオニュシオスはデイナルコスの生涯を記述するに当たって、この弁論を基礎的な資料としている。

(2) 第五章三においてリュシアスの文体に似ている例として挙げられた。

(3) この弁論の書き出しは他の弁論のものより長い。したがって ὕστερον を「後で到着した……」でなく、補助弁論を指す語と見る解釈がある。

(4) 解放された奴隷は以前の主人を保証人に立て、一定の期間その保証人に奉仕することが定められていた。その保証人のもとから逃げ出した場合、あるいは別人を保証人に選んだ場合に保証人放棄罪が適用された。

(5) 男子市民が跡継ぎ息子なしに死んだときに、娘は相続人にはなれず、その遺産付きで他の男子市民と結婚し、夫となった男子にその財産管理権は移った。ἐπίκληρος エピクレーロスの訳語として「家付き娘」「代理相続人」などが使われている。

一五　『ムネシクレスの相続財産について』「みなさん、正当な要求を……[1]」。
一六　『プロクセノス告発、侮辱罪を訴因に』「みなさん、彼は傲慢な男です……」。
一七　『殴打についての擁護演説（ですが題名は『侮辱罪についての擁護演説』とすべきでした）、エピカレスのためのピロタデスへの抗弁』「みなさん、驚くべき男を……」。
一八　『クレオメドン告発、暴行罪を事由に』「みなさん、彼の父テオドロスさえ……」。
一九　『ディオスクリデスへの抗弁、船について』「みなさん、私の考えは正しいでしょうが……」。
二〇　『無利子貸与について、パトロクレスの子供たちへの抗弁』「受けた不正については、みなさん……」。
二一　『アメイノクラテスへの抗弁、耕地の収穫物に関する適任者選定』「こうした状況では、みなさん、避けがたいことは……」。
二二　『アンティパネスへの抗弁、馬について』「みなさん、訴訟の……[2]」。
二三　『第二演説』「私の望むところは……」。
二四　『ダオス告発、奴隷ゆえに』「受けた不正については、みなさん……[3]」。
二五　『ビオテスに対する独立抗弁』「みなさん、自分でも無経験な……[4]」。
二六　『テオドロス告発、偽証罪を事由に』「みなさん、私たちの考えは……」。
二七　『アガトンのための弁護人演説』「アガトン自身が言ったように……[5]」。
二八　『クセノポンへの抗弁、保証人放棄罪に関するアイスキュロスのための擁護演説』「みなさん、扱ったこと……[6]」。

二九　『カリッポス告発、鉱山に関する訴え』「みなさん、カリッポスが……」。

三〇　『養子縁組について』ですが、題名は『アルケポンが養子にした息子テオドロスのために』とすべきでした、「みなさん、公正で正義に適うこととして私の望むところは……」。

三一　『アルケポンの相続財産について』「正当なことと思うのですが……」。

(1)第五章三にて言及。「相続財産（κλῆρος）」は、所有地、籤の意味もある。

(2)題名の前半、アンティパネスへの抗弁、は、ハルポクラティオン『アッティカ十大弁論家語彙集』の ὀχεῖον（動物の雄の意）の項からBlassが補充したもの。『アンティパネスへの抗弁』なる作品は二篇あったらしい。

(3)この作品は後二世紀の医学者ガレノスの『ヒッポクラテス作「予後について」への註釈』第一章三で触れられているという。Blassは題名の直前の語をこの作品の題名の一部と考えて『リュシクレイデスを擁護するダオス告発、奴隷ゆえに』を題名と見た。

以上私訴弁論については、損害に関する弁論五篇、窃盗一篇、保証人放棄に関する二篇、家付き娘に関する四篇、孤児虐待に関する一篇、相続財産に関する二篇、侮辱暴力に関する三篇、財産に関する五篇、および残りの七篇をディオニュシオスは真正と認める。最後の七篇については、種目別分類による作品紹介の方法は守られていない。時間的に後から得た情報をそのまま追加したか？（「先を急ぐ」と言うのはディオニュシオスの口癖）。

(4)独立抗弁（パラグラペー）は、原告の告訴が法的に無効であると被告が申し立てて、逆に被告が原告を告発する弁論、およびその手続きを指す。

(5)第五章三にて言及。

(6)この作品はディオゲネス・ラエルティオス『ギリシア哲学者列伝』中のクセノポン伝（第二巻五二）で触れられているが、題名中のクセノポンは、『ギリシア史』の著者として有名なクセノポン（前四三〇頃—三五五年以降）の孫を指すとされる。

第十三章　私訴弁論　偽作

一　『ペディエウスに対する独立抗弁』「この法律によれば……」。この演説は演説そのものから明らかなようにアリストデモスのアルコーン年[1]に口演されました。「サモス島に植民（クレールーコイ）として送られた人たちは、この人がアルコーンの年に送られた」とピロコロスが歴史の著書で言っています[2]。この年デイナルコスはまだ一〇歳にもなっていませんでした。

二　『メレサンドロスへの抗弁、三段櫂船奉仕ゆえに』「法律が命じているように……」。この演説の作者が誰であるかを私は確定的には言えませんが、話者はモロンのアルコーン年に起こったこととして、その不正を事由に演説を作成しています。そしてその翌年ニコペモスのアルコーン年[3]に訴訟に持ちこまれたと言っていますが、その年にデイナルコスが生まれたことが判明しています。

三　『ボイオトスへの抗弁、名前について』「決して裁判好きなるがゆえに……」。この演説をデモステネスから外してデイナルコスに帰そうという人が、たとえほかの資料のために反論されなかったとしても、帰属を誤っていることは時間的に示されるでしょう。演説者は最近に起こったこととしてタミュナイへの進軍に触れていますが、アテナイ軍の進軍はテエロスのアルコーン年のことですから、デイナルコスは一一歳でした[4]。

四　『マンティテオスへの抗弁、持参金について』「あらゆることのうちで最も不愉快なのは……」。この演説はこの前の演説の続きで、デイナルコスの年齢を別にしても同じ弁論家の作を思わせる表現が多く見られます。告発者は何年も後に裁判で争った［のではなく］、二、三年後なのです。そのことをわれわれはデモステネスに関する論攷中でより詳細に示しました(5)。

五　『アミュンティコスへの抗弁、筏についてアテナデスのための弁護人演説』「親しい友人であり……」。『第二演説』「みなさん、私の思うところでは、みなさんは……」。アテナイ軍の将軍ディオペイテスがま

(1) アリストデモスのアルコーン年は前三五二／五一年。ディナルコスはディオニュシオスの言う前三六一／六〇年生まれだとすると、まだ九あるいは一〇歳である。

(2)『アッティカ史』を指す。ピロコロス「断片」一五四（*FGrHist*）。

(3) 第九章二のアルコーン名リストをディオニュシオスは前三六一年のニコペモスから始めたが、前三六二／六一年のアルコーンはモロンであった。

(4)『ボイオトスへの抗弁、名前について』は「デモステネス弁論集」に第三十九弁論として収録されており、ディオニュシオスは本篇第十一章四においてテエロスのアルコーン年（前三五一／五〇年）あるいはアポロドロスのアルコーン年（前三五〇／四九年）の弁論と記したが、弁論中にエウボイア出兵とタミュナイでの勝利（前三四九年）が言及されているため、歴史の事実に基づき、研究者によって前三四九年とされた。F写本ではタミュナイではなくテルモピュライ（であれば前三五二年＝トゥデモスのアルコーン年）と記載されており、タミュナイは Marenghi の修正である。

(5)『マンティテオスへの抗弁、持参金について』別名『ボイオトスへの抗弁、第二演説』は「デモステネス弁論集」に第四十弁論として収録されている。その三七節で僭主カンミュスの名が出されていることから、ミュティレネで民主政が復活した前三四六年より前の前三四七年あるいは前三四八年の作品と見なされるが、デモステネス作者説を否定する研究者は多い。ディオニュシオスが「われわれはデモステネスに関する論攷中でより詳細に示しました」と言うとき、現存の『デモステネス論』の散逸した部分を指す可能性が考えられる。デモステネス作品の真偽論を扱った独立の一書があったとする見解もある（Bonner, p. 35 参照）。

だへレスポントス海域にいた時期に、この演説は口演されました。演説の内容からそれは明らかです。年代はピュトドトスのアルコーン年[1]であることを、ピロコロスや他のアッティカ史作者が明らかにしていますが、そのアルコーン年にデイナルコスは二〇歳になっていなかったことが分かっています。

六『メキュトスへの抗弁、鉱山管理権に関して』「みなさん、鉱山管理権を買い取って……」。この演説はニコマコスのアルコーン年に口演されました。[2]なぜなら演説者はエウブロスのアルコーン年に鉱山管理権を買い入れ、三年間稼働させたが、近接地の鉱山管理権所有者に追い出されたので、ニコマコスのアルコーン年にその男相手に訴訟を起こしたと言っていますが、そのときデイナルコスは二一歳でした。

七『カリデモスへの抗弁、後見を事由にサテュロスのための擁護演説』「大きな危険に見舞われたのでなければ……」。この演説もニコマコスのアルコーン年に口演されました。[3]

八『メガクレイデスへの抗弁、財産交換ゆえに』「みなさん、必要なのが三ないし四……」。この話者はアパレウスです。演説はデイナルコスのものではありません。なぜなら将軍ティモテオスが生きていて、メネステウスとともに将軍職を務めていたときのもので、その職務の執務審査を受けたメネステウスが有罪になったときのことだからです。ティモテオスはカリストラトスの後任のディオティモスがアルコーンだった年[4]に執務審査を受けて、そのときやはり……［テクスト散逸］……。

(1) 将軍ディオペイテスがケロネソス半島への植民団を護送したのは、おそらく前三四三年。ピロコロスの記事は「断片」一五八（*FGrHist*）。

(2) ニコマコスのアルコーン年は前三四一／四〇年。

(3) 後九世紀の文献学者ポティオスは、読破した前五世紀から後九世紀までの書物の批評二七九篇をまとめた『ビブリオテーケー』の中で、信頼できる学者で本弁論をデモステネスに帰す人は多いが、信頼できないカリマコス（アレクサンドリア図書館）は、デイナルコスに帰している、リュシアスに帰すのも間違いである、という主旨の記述をしている。

(4) 前三五四／五三年。アパレウスはこの財産交換訴訟を起こされた弁論家イソクラテスの養子であり、病臥中の義父の代理として弁じた。のちにイソクラテスは八二歳で架空の訴訟に基づく第十五弁論『財産交換について』を書き、実体験の弁明を行なった。散逸部分でイソクラテスへの言及があったのではないかと推測されている。

アンマイオスへの第一書簡

戸高和弘 訳

『アンマイオスへの第一書簡』の構成

書簡の目的——デモステネスがアリストテレスの教えに従って弁論を作成したという説への反論（第一章）
考察の方針——アリストテレス『弁論術』以前にデモステネスは最も有名な演説を行なっていたと証明する（第二章）
デモステネスとアリストテレス『弁論術』の関係（第三章）
デモステネスの伝記（第四章）
アリストテレスの伝記（第五章）
アリストテレス『弁論術』の成立年代（一）（第六章）
デモステネスの弁論はアリストテレス『弁論術』に先行する（第七章）
アリストテレス『弁論術』の成立年代（二）（第八章）
ピロコロス『アッティカ史』の証言（第九章）
デモステネスの最も有名な弁論も『弁論術』以前に発表されていた（第十——十一章）
論証の確認（第十二章）

ディオニュシオスより親しきアンマイオスへ、ご清栄のこと何よりと存じます。

第一章　書簡の目的――デモステネスがアリストテレスの教えに従って弁論を作成したという説への反論

一　私たちの時代は奇妙で不合理な風説を数多く生みだしてきましたが、これもまたその一つではないのか、あなたから最初にお聞きしたとき私にはそう思われました。あるペリパトス派の哲学者[1]がありとあらゆることを学派の創設者アリストテレスの功績にしようと望み、次のことを証明できると明言したということでした。デモステネスは、アリストテレスから弁論の技術を学んで自分の弁論に応用したのであり、その教えを身につけたからこそすべての弁論家の中で最も優れた者になったのだ。二　初めのうちは、こうしたことをあえて言おうとするのは取るに足らない人物だと考え、この種の不合理なことにはいっさい耳を貸さな

(1) 具体的にいかなる人物を示しているのか不明である。ただし、デモステネスがアリストテレスから弁論術を学んだとする考えは、前二世紀のペリパトス派の学頭であるクリトラオスに始まるようである。Kennedy, 1972, p. 345 参照。

いようあなたに助言しました。ところがその人物の名前を聞いたところ、人柄と著作とにおいて私の尊敬する人物であることが分かり、驚いてしまいました。そこで私はじっくりと考えた末に、この問題はもっと入念な考察が必要であると思うようになりました。ひょっとすると真実は彼の言うとおりなのを私が知らず、彼はいい加減なことを言っているのではないのかもしれないのです。もしアリストテレスの『弁論術』がデモステネスの弁論に先立つことが確認されるならば、私は自分の以前からの意見を引っ込めるでしょう。あるいはもしそうでなければ、こうしたことを考え書物に著わそうと準備している人を説得して、その書物が世に出る前に意見を変えさせるでしょう。

第二章　考察の方針――アリストテレス『弁論術』以前にデモステネスは最も有名な演説を行なっていたと証明する

一　しかしながら真実を徹底的に究明しようと私が決意したのは、ほかならぬあなたのせいなのです。アリストテレスの『弁論術』が書かれたころには、デモステネスはすでに盛年期を迎え最も有名な演説を行なっていたということを、書物を公表し納得のゆくまで論じるように促したのはあなたでした。二　さらにまたあなたが次のように忠告してくれたことも正当であったように思われます。事柄を立証するにあたって、状況証拠、ありそうなこと、無関係な証拠を用いてはならない。なぜならこの種の立証は、必然的前提から帰結するわけではないのだから。むしろアリストテレス自身の著作をよりどころにして、真実が私の言うとおりであると証言するのは、アリストテレス本人でなければならない。三　親しきアンマイオスよ、これを私はやり遂げたのです。そのさい心がけたのは真実であり——思うにいかなる事柄に関しても真実は究明されねばなりません——、市民弁論[1]に真摯に取り組む人たちを満足させることでした。というのもそうした人たちには、次のように考えてほしくないからです。「弁論の規則はすべてペリパトス派の哲学のうちに含まれており、テオドロス、トラシュマコス、アンティポンといった人々は、真剣に取り扱うに値するものをなんら見いださなかったのだ。イソクラテス、アナクシメネス、アルキダマスもそうであり、また弁論術の規則を書き表わし、弁論の技を競いあった彼らの同時代人たち、テオデクテス、ピリスコス、イサイオス、ケピソドロス、ヒュペレイデス、リュクルゴス、アイスキネスといった人々もそうである。[2]デモステネスは先人、同時代人の誰よりも優れ、後代の人に凌駕する余地を残さなかったが、[3]イソクラテスやイサイオスの教えを身につけてもアリストテレスの弁論術を習得しなかったならば、彼自身それほどの弁論家となることはできなかっただろう」。

（1）「市民弁論（πολιτικοὶ λόγοι）」とは、「政治的弁論」よりも広い意味内容をもち、市民たちが公にする言論全般を含んでいる。

（2）テオドロスはビュザンティオンの弁論家であり、テオデクテス以下の七人はイソクラテスの弟子だと言われている。『イサイオス論』第十九章四を参照。また、テオドロスとトラシュマコスについてはプラトン『パイドロス』二六六Cを、ケピソドロスについては『イソクラテス論』第十八章四を参照。

（3）『リュシアス論』第一章五を参照。

第三章　デモステネスとアリストテレス『弁論術』の関係

一　親しきアンマイオスよ、「この話は真ならず」[1]。デモステネスの弁論が、より後に公刊されたアリストテレスの『弁論術』を拠り所として作成されたはずはなく、他の人々の手ほどきを受けたのです[2]。しかしこの点については、別の書物で自分の考えを明らかにするつもりです[3]。というのもこれを論じていると話が長くなりますし、また関係のない書物の中で片手間に論じるのは好ましくないでしょう。二　当面は、以下のことを証明するように努めましょう。哲学者［アリストテレス］が『弁論術』を書いた頃には、デモステネスはすでに政治家としての経歴の絶頂期にあり、法廷においても、民会においても最も有名な演説を行ない、ギリシア中がその弁論のすばらしさに感嘆していた。三　おそらくはまず第一に、二人の伝記を作成した人たちが書き残してくれた一般的な資料の中から、私が集めたことをすべて明らかにすべきでしょう。ではデモステネスの方から始めましょう。

第四章　デモステネスの伝記

一　デモステネスは第百オリュンピアス紀の前の年［前三八一／八〇年］に生まれました[4]。ティモクラテスがアルコーンの地位にあるとき［前三六四／六三年］彼は一七歳となり……[5]。彼が公的な弁論を書き始めたのは、カリストラトスがアルコーンのときで、二五歳[6]のときでした［前三五五／五四年］。

二　彼が法廷用に制作した最初の弁論は、『アンドロティオン弾劾』であり、これはアンドロティオンの法案が違法だと告発するディオドロスのために書かれたものです。同時期(7)に書かれたもう一つの弁論は、『課税免除について』(8)であり、彼自ら演説を行なった、すべての弁論の中でも最も優美で、躍動感にあふれたものです。

三　カリストラトスの次にディオティモスがアルコーンのとき〔前三五四／五三年〕、デモステネスは初めてアテナイ人の前で民会演説を行ないました。弁論目録の作者たち(9)は、これに『シュンモリアーについて』という題をつけています。この演説の中で、彼はアテナイ人に次のように勧めています――アテナイにとっ

(1) ステシコロス「断片」二六（Bergk）＝プラトン『パイドロス』二四三A。

(2) ディオニュシオスによれば、デモステネスはイサイオスの弟子である。『イサイオス論』第一章一を参照。

(3) こうした書物は現存しない。

(4) デモステネスは前三八四年に生まれたとされており、ディオニュシオスが誤ったものと思われる。『デモステネス伝』一二―一から、プルタルコスもデモステネスの生年を前三八四年だと考えていた可能性がある（Aujac, p. 155 参照）。もしそうであれば、古代においてはこの生年が一般的だったのかもしれない。なお、〔前三八一／八〇年〕とは前三八一年七月から三八〇年六月を意味している。

(5) この箇所は写本のまま訳すが、脱落があると思われる。なお Aujac は「ティモクラテスがアルコーンの地位にあるとき彼は一七歳となり」の部分に削除を指示している。

(6) 底本によれば「一七歳」。

(7) 底本に従い、「カリストラトスがアルコーンのとき」を削除する。

(8) デモステネス第二十弁論『レプティネスへの抗弁』。

(9) アレクサンドリアの文献学者たち（とくにカリマコスの『図書目録（πίνακες）』は著名）、およびペルガモンの文法学者たちが念頭にあると思われる。

ての最大の戦力である海軍力を整備しないかぎりは、ペルシア王との平和条約を破ることも戦争を仕掛けることもしてはならない――。そして彼自ら整備のやり方を提案しています。

四　ディオティモスの次にトゥデモスがアルコーンのとき〔前三五三／五二年〕、デモステネスは、ティモクラテスが違法な提案をしたと告発するディオドロスのために『ティモクラテス弾劾』を書き、また、『メガロポリス人の救援について』という民会演説を自ら行ないました。

トゥデモスの次にアリストデモスがアルコーンのとき、彼はピリッポスを弾劾する民会演説を開始し、外国人傭兵部隊と快足の三段櫂船一〇隻とをマケドニアに派遣することについて、人々の前で語っています(1)。五　また同じ年に、法案が違法だと告発するエウテュクレスのために『アリストクラテス弾劾』を書きました。

アリストデモスの次にテエロスがアルコーンのとき〔前三五一／五〇年〕、彼は『ロドス人について』という民会演説を行ないました。その中で彼は、アテナイ人にロドスの寡頭制を打倒し民衆を開放するよう説得を試みています。

六　カリマコスがテエロスの後二人目のアルコーンのとき〔前三四九／四八年〕、ピリッポスに攻撃されているオリュントス人を救援するようにアテナイ人を促すため、デモステネスは三つの民会演説を行ないました。第一演説(2)は、「アテナイの諸君、数多くの機会に見て取られるように思うが……」で始まり、第二演説(3)は、「アテナイの諸君、私が思いついたのはまったく別の考えなのだ……」で始まり、第三演説(4)は、「アテナイの諸君、多額の代価を払ってでも……」で始まります。七　同じアルコーンのときに『メイディアス弾劾』も書かれましたが、これは民衆がメイディアスの有罪を決議した後に作成されました。

これまでに十二の公的弁論――そのうちの七つは民会弁論であり、五つは法廷弁論です――について言及しましたが、そのすべてがアリストテレスの『弁論術』よりも以前のものなのです。このことは、その人について伝えられていることからも証明できますし、本人が書いたものからも証明できます。まず前者から始めましょう。

第五章　アリストテレスの伝記

一　アリストテレスはニコマコスの息子であり、その家系と家業とにおいてアスクレピオスの息子マカオンにまで遡ることができます。母パイスティスは、カルキスからスタゲイラへの植民を指導した人々の子孫です。アリストテレスが生まれたのは第九十九オリュンピアス紀、ディオトゥレポスがアテナイのアルコーンのとき［前三八四／八三年］であり、デモステネスよりも三歳年長ということになります。(5)

(1) デモステネス第四弁論『ピリッポス弾劾、第一演説』一。

(2) デモステネス第二弁論『オリュントス情勢、第二演説』一。ディオニュシオスが引用している演説の順番は、現在考えられているものと異なっている。

(3) デモステネス第三弁論『オリュントス情勢、第三演説』一。

(4) デモステネス第一弁論『オリュントス情勢、第一演説』一。

(5) 実際には、アリストテレスとデモステネスはともに前三八四年に生まれている。二九七頁註（4）を参照。ちなみに、両者の歿年もともに前三二二年である。

二　父の死後、ポリュゼロスがアルコーンのとき〔前三六七／六六年〕、彼は一八歳にしてアテナイへとやってきました。そしてプラトンを紹介されて、彼のもとで二〇年過ごしました。プラトンの死後、テオピロスがアルコーンのとき〔前三四八／四七年〕、アテナイを去りアタルネウスの僭主ヘルミアスのもとへ赴きました。そこで三年過ごした後、エウブロスがアルコーンのとき〔前三四五／四四年〕、ミュティレネに向かいました。

三　次いでピュトドトスがアルコーンのとき〔前三四三／四二年〕、彼は〔マケドニア王〕ピリッポスのもとへ赴いて、〔王子〕アレクサンドロスの家庭教師として八年間そこで過ごしました。ピリッポスの死後エウアイネトスがアルコーンのとき〔前三三五／五四年〕、アテナイに行きリュケイオンで十二年間講義を行ないました。十三年目にアレクサンドロスが亡くなった後ケピソドロスがアルコーンのとき〔前三二三／二二年〕、〔アテナイを去り〕カルキスに行き、そこで病にかかり六三年の生涯を閉じました〔前三二二年〕。

第六章　アリストテレス『弁論術』の成立年代㈠

一　さて以上が、アリストテレスの伝記作者たちがわれわれに伝えていることです。次に哲学者本人が自らについて書いたものでは――無関係なことまで彼の功績にしようと望む人々のあらゆる試みを無にしているのですが――、今のところ取りあげる必要のない数多くの証拠に加えて、『弁論術』第一巻で述べられていることが、以下のことの最も確かな証拠となります。『弁論術』が書かれたのは青年期ではなく、むしろ最も円熟した時期であり、すでに『トピカ』『分析論』『方法論』[1]を公表した後である。アリストテレスは次のとおり述べています。

二　というのも、最初に弁論の理論がもつ効用を示そうとして、アリストテレスは次のとおり述べています。

「しかし弁論術は有益である。なぜなら、本来真実と正義とはその反対のものに勝っており、したがって〔真実と正義とに反する〕不当な判決が下されたとすれば、敗訴の責任は必然的に弁論を行なった本人にあるからである。こうした敗訴は非難されるべきである。さらにまた、たとえわれわれが最も正確な知識をもっていたとしても、その知識をもとに語ったのでは容易に説得できない人々がいるのである。すなわち、知識に基づく弁論は教示するのであるが、〔この種の人々には〕教えることは不可能であり、むしろ一般的な話題を用いて立証と弁論とを行なわねばならない。このことは、『トピカ』の中で[2]大衆との話し合いに関して述べたとおりである[3]」。

(1)『方法論（Μεθοδικά）』は現存していない。

(2) アリストテレス『トピカ』第一巻第二章一〇一a三〇—三四を参照。

(3) アリストテレス『弁論術』第一巻第一章一三五五a二一—二九。

第七章　デモステネスの弁論はアリストテレス『弁論術』に先行する

一　また、例証と説得推論[1]とのもつ機能はそれぞれ帰納と推論とに等しいことを述べようとして、アリストテレスは『分析論』と『トピカ』とを次のように参照しています。

「証明あるいは見せかけの証明を用いる説得方法として、『分析論』においては帰納、推論、見せかけの推論があるが、弁論術においても同様である。すなわち、例証が帰納にあたり、説得推論が推論にあたり、見せかけの説得推論が見せかけの推論にあたる。というのも、私が説得推論と呼ぶのは弁論術的推論のことであり、例証と呼ぶのは弁論術的帰納のことだからである。弁論家はみな、証明を用いて説得するさいに例証か説得推論かを使うのであり、それ以外にはありえない。したがって、一般に何を証明するにしても推論するか帰納するかしなければならないのだとすれば（この点は『分析論』から明らかである[2]）、必然的に例証と説得推論とはそれぞれ帰納と推論とに等しいことになる。

また例証と説得推論との違いが何であるかは、『トピカ』から明らかである[3]。なぜならそこで、推論と帰納とについてすでに語られているからである。すなわち多くの似かよった事例に基づいてある事実を証明することが、そこ〔『トピカ』〕では帰納であり、ここ〔『弁論術』〕では例証である。他方いくつかの命題があり、普遍的にあるいは一般的に真であるとき、それらの命題からの帰結としてなにか別の命題が導き出されるならば、そこでは推論と呼ばれ、ここでは説得推論と呼ばれるのである。

しかしまた、例証による弁論と説得推論による弁論との二種類がそれぞれの長所をもっていることも明らかである。というのも『方法論』において述べられていることが、ここにもそのまま当てはまるからである[4]。

二　さてアリストテレスが自らについて書いているのは以上のとおりであり、すでに年配であり最も重要な著作を発表した後になって『弁論術』を著わした、とはっきりと証言しているのです。私が明らかにしようとしたこと、すなわち弁論家〔デモステネス〕の演説の方が哲学者〔アリストテレス〕の弁論術に先行するということは、この証言から十分に証明されたように思います。三　デモステネスが政治的な活動を始め、民会で演説を行なったり、法廷での弁論を書いたりし始めたのがたとえ二五歳[5]のときであったとしても、その同じ時期にアリストテレスはいまだプラトンのもとにあったのであり、学園の長となることも自らの学派を形成することもないまま、三七歳まで過ごしたのです。

（1）「説得推論（ἐνθύμημα）」については補註E参照。
（2）アリストテレス『分析論前書』第二巻第二十三章、『分析論後書』第一巻第一章を参照。
（3）アリストテレス『トピカ』第一巻第十二章を参照。
（4）アリストテレス『弁論術』第一巻第二章一三五六a三五—b二一。
（5）底本によれば「二七歳」。

第八章　アリストテレス『弁論術』の成立年代㈡

しかしながら論争好きな人がいて、なおもこれに異議を唱えるかもしれません。『弁論術』の方が『分析論』『方法論』『トピカ』よりも後に書かれたという点に関してはそのとおりであると同意しながらも、プラトンのもとで学んでいたときすでにアリストテレスはこれらの著作をすべて著わしていたことを妨げるものではない、というわけです。こうした推論は空虚で説得力もなく、また「ありそうにないことでさえときとして起こる可能性がある」という最も有害な推論を強引にもっともらしくするものです。これに反論することもできるのですが、それはやめにして『弁論術』第三巻における哲学者自身の証言へと向かうことにしましょう。アリストテレスは比喩について以下のとおり述べています。

「比喩には四種類あるが、最も人気があるのは比例関係による比喩である。たとえばペリクレスは、青年が戦争で死んで国から消え去っていくのは、ちょうど一年から春が奪い取られるようなものであると語った[1]。またカレスがオリュントスの戦いでの自らの行動について審査会を開くよう執拗に求めたとき、ケピソドトスは腹を立て、カレスは民衆の喉を締め付けて審査会を開かせようとしていると言った[2]」。

第九章　ピロコロス『アッティカ史』の証言

一　このように哲学者本人が、オリュントスの戦いの後に『弁論術』を書いたことをはっきりと示しているのです。カリマコスがアルコーンのとき〔前三四九／四八年〕にこの戦争が起こったことは、ピロコロスが『アッティカ史』第八巻で明らかにしています。そこでは以下のとおり書かれています。(3)

「ペルガセ区出身のカリマコス。彼がアルコーンのとき、ピリッポスによって攻撃されたオリュントス人がアテナイに使節を送ってきたのに応じて、アテナイ人は彼らと同盟を結び(4)……援軍として、軽装兵二〇〇〇、カレスの指揮する三段櫂船三〇隻、およびそのさい配備された三段櫂船八隻を派遣した」。

二　そしてピロコロスは、その間に起こった若干の出来事を記述した後、次のように続けています。

「同じ頃、戦争で苦境に陥ったトラキアのカルキス人がアテナイに使節を送ってきたのに応じて、アテナイ人はヘレスポントスにいた将軍カリデモスを派遣した。カリデモスは三段櫂船一八隻、軽装兵四〇〇〇、騎兵一五〇を率い、オリュントス人とともにパレネ、ボッティアイアに侵攻し、その地を掠奪した(5)」。

三　その後ピロコロスは三度目の援軍(6)について次のように述べています。

「オリュントス人はふたたび使節を送ってきて、彼らの敗北を傍観せず現存兵力に加え傭兵ではなくアテ

---

(1) アリストテレス『弁論術』では、ここに「またレプティネスはスパルタ人について、ギリシアが片眼になるのを見過ごすことは許されない〔と語った〕」という一文があり、底本では補っている。アテナイとスパルタをギリシアの両眼にたとえ、スパルタが滅びることはギリシアが片眼になることに等しいとする、比例関係の比喩である。

(2) アリストテレス『弁論術』第三巻第十章一四一一a一―九。

(3) ピロコロス「断片」四九（*FGrHist*）。

(4) この箇所は写本に脱落があると思われる。

(5) ピロコロス「断片」五〇（*FGrHist*）。

(6) 底本に従い *βοηθείας* を訳す。写本は *συμμαχίας*「同盟」。

ナイ人からなる援軍を送るように求めた。アテナイ民衆は彼らのために三段櫂船を新たに一七隻派遣するとともに、アテナイ市民からなる重装歩兵二〇〇〇、騎兵三〇〇を騎馬輸送船に乗せて派遣した。全軍を指揮したのはカレスであった(1)」。

第十章　デモステネスの最も有名な弁論も『弁論術』以前に発表されていた(一)

一　さてこれまで述べてきたことからでも、デモステネスがアリストテレスの『弁論術』を熱心に見倣ったと主張する人たちの空しい虚栄心を明らかにするには十分です。というのも、デモステネスはすでにピリッポスを弾劾するために四度、ギリシアの事件について三度民会演説を行なっており、さらに法廷での公的な弁論を五つ書いていたのですが、アリストテレスの『弁論術』以前に作成されたからといって、これらを無価値で卑俗、技法上の洗練が見られないなどと批判することのできる人はいないでしょうから。

二　しかしここまできたからといって、私としてはとどまるつもりはなく、デモステネスの他の最も有名な弁論も、民会弁論であれ、法廷弁論であれ、『弁論術』の公刊より以前に発表されていたことを明らかにするつもりです。ふたたびアリストテレス本人に証人となってもらいましょう。

三　カリマコスがアルコーンのとき〔前三四九／四八年〕、デモステネスに説得されたアテナイ人はオリュントスに援軍を派遣したのですが、その次にテオピロスがアルコーンのとき、ピリッポスはオリュントス市を制圧しました。

次にテミストクレスがアルコーンのとき、デモステネスは島々とヘレスポントスの国々の防衛に関して、ピリッポスを弾劾する五度目の民会演説を行ないました。その冒頭は以下のとおりです。「アテナイの諸君、われわれに考えだすことのできたのはこれらのことなのだ……」[2]。

四　テミストクレスの次にアルキアスがアルコーンのとき〔前三四六／四五年〕、デモステネスは、ピリッポスがアンピクテュオン同盟に参加するのを妨げないように、また最近ピリッポスと和平を結んだばかりなので、彼に戦争の口実を与えないようにアテナイ人に勧告しています。以下がその民会演説の冒頭です。「アテナイの諸君、私の見るところ現在の状況は……」[3]。

アルキアスの次にエウブロスがアルコーンとなり、次にリュキスコスがアルコーンのとき、デモステネスはピリッポスを弾劾する七度目の民会演説を行ないました。この演説はペロポネソスからの使節に答えたものであり、その冒頭は以下のものです。「アテナイの諸君、議論されるたびに……」[4]。

五　リュキスコスの次にピュトドトスがアルコーンのとき〔前三四三／四二年〕、デモステネスは、ピリッポスの使節に答えて、ピリッポスを弾劾する八度目の民会演説を行ないました。その冒頭は以下のとおりで

---

(1) ピロコロス「断片」五一 (*FGrHist*)。

(2) デモステネス第四弁論『ピリッポス弾劾、第一演説』三〇。この部分は冒頭ではなく、ディオニュシオスが誤ったものと思われる。

(3) デモステネス第五弁論『講和について』一。

(4) デモステネス第六弁論『ピリッポス弾劾、第二演説』一。

す。「アテナイの諸君、ありえないことながら、非難は……」[1]。また〔同じ年に〕、デモステネスはアイスキネスを弾劾する弁論を作成しました。そのときアイスキネスは、ピリッポスと誓約を結ぶために派遣された二度目の使節における自らの行動について、審査を受けていたのです。

ピュトドトスの次にソシゲネスがアルコーンのとき、デモステネスは、ケルソネソスの軍勢についてピリッポスを弾劾する九度目の民会演説を行ないました。これはディオペイテスの指揮する傭兵部隊が解散するのを阻止するためのもので、その冒頭は次のとおりです。「アテナイの諸君、すべての発言者が為すべきであったのだが……」[2]。

また同じアルコーンのとき、デモステネは十度目の演説を行ない、ピリッポスが和平を破り先に戦争を開始したのだということを示そうとしています。その冒頭は以下のとおりです。「アテナイの諸君、何度も議論されてきたように……」[3]。

六　ソシゲネスの次にニコマコスがアルコーンのとき〔前三四一／四〇年〕、デモステネスは十一度目の民会演説を行ない、ピリッポスが和平を破ったと語り、ビュザンティオン人のために援軍を派遣するようにアテナイ人を説得しています。その冒頭は以下のとおりです。「アテナイの諸君、重大なことに思われるのだが……」[4]。

ニコマコスの後を受けたテオプラストスがアルコーンのとき、デモステネスは、ピリッポスがすでに宣戦を布告している以上は正々堂々と戦争に立ち向かうよう、アテナイ人を説得しています。これこそがピリッポスを弾劾する最後の民会演説なのであり、その冒頭は次のとおりです。「アテナイの諸君、ピリッポスが諸君と和平を結ぶことなく、戦争を長引かせているということは……」[5]。

第十一章　デモステネスの最も有名な弁論も『弁論術』以前に発表されていた(二)

一　さて、私が列挙したこれらすべての弁論を、アリストテレスの『弁論術』公刊以前にデモステネスが発表していたことについて、アリストテレス本人に証人となってもらいましょう。

二　すなわち『弁論術』第二巻において、説得推論が導きだされる論点を定義し始めたアリストテレスは、時間に関する論点も取りあげ、その実例を挙げています。哲学者の言葉をそのまま引用しましょう。

「さらに時間に注目する論点もある。たとえば、ハルモディオスに対するイピクラテスの場合がそうである。彼は次のように述べている。『もし彼が[6]ことを為す前に、実行した暁には彫像を作ってくれと要求したのなら、諸君は認めてくれただろう。それなのに実行してしまったら、認めないのか。ともかく、期待するときには約束するが、受けてしまうと反故にするのはやめてくれ』。さらに、ピリッポスがテーバイ領内を

(1)デモステネス第七弁論『ハロンネソスについて』一。
(2)デモステネス第八弁論『ケロネソス情勢について』一。
(3)デモステネス第九弁論『ピリッポス弾劾、第三演説』一。
(4)デモステネス第十弁論『ピリッポス弾劾、第四演説』一。
(5)デモステネス第十一弁論『ピリッポス書簡への返答』一。
(6)底本に従い *ἠξίου* を訳す。Usher は *ἠξίουν*「私が……要求した」と読んでいる。

通過してアッティカへ侵入するのを認めさせるための、次の〔使節の〕言葉もそうである。『もしピリッポスがポキス人へ援軍を送る前に、このことを要求したのならば、テーバイ人は約束してくれただろう。ピリッポスが言質を取らずにテーバイ人を信頼していたという理由で通過が認められないのならば、実におかしなことである(1)』」。

三　ピリッポスがテーバイ人に、ポキス人との戦争での援軍を思い起こし、アッティカへの通過を認めるべきだと要求した年代は、一般的な歴史資料から明らかです。事情はこうなのです。オリュントス陥落の後テミストクレスがアルコーンのとき〔前三四七／四六年〕、ピリッポスとアテナイとの間で、友好と同盟の協定が結ばれたのです。この協定は七年間、ニコマコスがアルコーンのとき〔前三四一／四〇年〕まで続きました。そしてニコマコスの次にテオプラストスがアルコーンのとき、この協定は破棄されました。アテナイ人は開戦の原因をピリッポスに押しつけていますが、ピリッポスの方もアテナイ人を非難しています。

四　両者ともに被害者だと主張しながら戦争になった、その原因と和平が破れた年代とを、ピロコロスは『アッティカ史』第六巻において詳細に説明しています。その中でとくに必要な部分を引用しましょう。

「ハライ区のテオプラストス。彼がアルコーンのとき、ピリッポスはまず最初にペリントスを海から船で攻撃したが、そこで失敗すると今度はビュザンティオンを包囲し、攻城兵器を投入した(2)」。

五　続いてピロコロスは、ピリッポスが手紙の中でアテナイ人をどれほど非難しているかを詳しく述べ、さらに以下のとおり言葉を加えています。

「手紙の内容を聞いた民衆は、デモステネスが開戦を促し法案を提出したのに応じて、ピリッポスとの和平と同盟のために建てられた石碑の破壊、軍船の配備、その他の戦争手段の遂行を票決した」[3]。

六　ピロコロスは、テオプラストスがアルコーンのときにこうしたことが起こったと記した後、次の年和平が破れた後リュシマキデスがアルコーンであったときに起こった出来事を詳しく述べています。なかでもとくに必要な部分を引用しましょう。

「アカルナイ区のリュシマキデス。彼がアルコーンのとき、ピリッポスとの戦争のせいで造船所と兵器庫の建設が延期された。デモステネスが法案を提出したのに応じて、その資金はすべて軍備に充てることが票決された。一方、ピリッポスはエラテイアとキュンティオンを占領すると、テッサリア人、アイニア人、アイトリア人、ドロペス人、プティア人からなる使節をテーバイに派遣した。同時にアテナイ人もデモステネスを団長とする使節を派遣したところ、テーバイ人はアテナイ人と同盟を結ぶことを票決した」[4]。

七　さて、デモステネスを団長とするアテナイの使節とピリッポスの使節とがいつテーバイに入ったのか、その年代は明らかです。つまりそれは、リュシマキデスがアルコーンのときにあたり、両者が戦争準備を完了したときなのです。デモステネス本人が『冠について』という弁論の中で、使節双方の主張がどのようなものであったのかを明らかにしてくれます。デモステネスの言葉そのものから関連する部分を引用しま

(1) アリストテレス『弁論術』第二巻第二十三章一三九七b二七—九八a三。
(2) ピロコロス「断片」五四 (*FGrHist*)。
(3) ピロコロス「断片」五五 (*FGrHist*)。
(4) ピロコロス「断片」五六 (*FGrHist*)。

しょう。

「ピリッポスは、こうした人々を使って〔アテナイとテーバイ〕両国をそのような〔敵対〕関係におくと、以上の決議と返事とに有頂天になり、軍勢を率いやってくるとエラテイアを占領した。もはや何が起ころうと、われわれアテナイ人とテーバイ人とが連合することはないだろうと考えたのである(1)」。

八　さらに、そのときに起こったこと、自らが民会で語った弁論、自分がアテナイの使節としてテーバイに派遣されることになった経緯などについて詳しく述べた後、デモステネスは以下のとおり付け加えています。

「われわれはテーバイに到着すると、すでにそこにはピリッポス、テッサリア人、その他の同盟国からの使節がいることを見いだした。われわれの仲間は恐怖にかられ、ピリッポスの仲間は自信満々であった(2)」。

九　続いて一通の書簡を朗読するように要請した後、次のように付け加えています。

「そしてテーバイ人は民会を開くと、同盟者の立場にあったのでピリッポスの使節を先に招き入れた。彼らは前へ進みでると、一方でピリッポスを褒め称え長々と、他方で諸君〔アテナイ人〕のこれまでのテーバイ人に対するあらゆる敵対行為を思い起こさせながら、諸君を非難して長々と演説を行なった。要するに、ピリッポスにテーバイの通過を許し諸君を攻撃させるか、あるいはともにアッティカに侵攻するか、どちらでもテーバイ人の望むやり方で、ピリッポスから受けた恩義に感謝し、諸君から受けた不正に報復するようテーバイ人に要求したのである(3)」。

一〇　さて、テオプラストスのあとをついだリュシマキデスがアルコーンのとき、すでに和平が破れた後にピリッポスの使節がテーバイに派遣され、ポキス戦争でのピリッポスの恩義を思い起こし、ぜひともアッティカにともに侵攻するか、さもなければピリッポスにテーバイ領内の通行を認めるようにとテーバイ人を促したのであり、またつい先ほど当人の言葉を引用して明らかにしたように、アリストテレスの言及しているのがこの使節であるのならば、おそらくわれわれは疑う余地のない証拠によって以下のことを証明したのです。リュシマキデスがアルコーンとなる前に民会や法廷で行なわれたデモステネスのすべての演説は、アリストテレスの『弁論術』より以前のものである。

第十二章　論証の確認

一　哲学者から手に入れたもう一つの証拠を付け加えることにしましょう。それによって、アテナイ人とピリッポスとの間に起こった戦争の後に哲学者が『弁論術』を著わしたことが、さらにいっそう明らかとなるでしょう。そのときすでにデモステネスは、政治家としての経歴の絶頂期を迎えており、つい先ほど言及した民会演説と法廷演説のすべてを行なっていたのです。

二　説得推論の論点を検討していきながら、哲学者は原因からの論点を取りあげています。彼の言葉を引

(1) デモステネス第十八弁論『冠について』一六八。
(2) デモステネス第十八弁論『冠について』二一一。
(3) デモステネス第十八弁論『冠について』二一三。

用しましょう。

「原因でないものを原因と見なす論点、たとえば、何かと同時に、あるいはその後に起こったことを原因と見なす場合もある。すなわちその後に起こったことは、そのせいで起こったことと見なされるのであり、これは政治の世界にとりわけ見いだされる。たとえばデマデスは、デモステネスの政策をすべての災いの原因と見なした。なぜならその後に戦争が起こったからである[1]」。

三　もし、デモステネスに称賛と感嘆とをもたらしたすべての公的弁論が、先に明らかにしたとおり、戦争の前になされていたのであれば、アリストテレスの『弁論術』を手引きとしてデモステネスが行なった演説というのは、いったい全体何のことなのでしょう。唯一の例外は『冠について』です。これのみが戦争後、アリストポンがアルコーンのとき〔前三三〇／二九年〕に法廷で語られたもので、それはまた、カイロネイアの戦いの八年後、ピリッポスの死後六年目であり、アレクサンドロスがアルベラの戦いに勝利したときでもあります[2]。

四　何事に関しても論争を好む人の中に、この弁論、すべての中でも最も優れた弁論〔『冠について』〕は、アリストテレスの『弁論術』を読んだ後に書かれたはずだと言う人があるならば、私には多くの反論が可能です。しかし話が必要以上に長くならないように、この演説もアリストテレスの『弁論術』以前に完成していたことを、哲学者自身を証人として証明してみましょう。

五　説得推論の論点を取りあげながら、アリストテレスは相関関係に基づく論点について以下のとおり述べています。

「相関関係に基づく論点もある。すなわち、一方の側に立派にまたは正当に行なったことが属するならば、他方の側には立派にまたは正しく行なわれた〔＝被った〕ことが属しており、またこれらが命令したことに属するならば、遂行したことにも属している。たとえば徴税請負人ディオメドンが税金について述べているのがそうである。『なぜなら、徴税の権利を売ることが君たちにとって恥ずべきことでないのならば、それを買うこともわれわれにとって恥ずべきことでないからだ』。また、行為を受ける者に『立派に』と『正当に』とが属するならば、行なわれた行為にも、行為を行なったないし行ないつつある者にもこれらが属している。しかしこれは誤った推論の可能性がある。なぜなら、行為を受けたことが正当であったとしても、そこからただちに、その人物から行為を受けたことが正当だということにはならないからである。それゆえ、行為を受ける者が行為を受けるにふさわしいのかと、行為する者が行為するにふさわしいのかとを別々に考察し、その上でどちらであれ適当な方法でこの論点を用いるべきである。というのも、ときとしてこうしたことは一致しないからである。ちょうどテオデクテスの『アルクマイオン』の場合がそうである……[3]。またた

(1) アリストテレス『弁論術』第二巻第二十四章八（一四〇一b二九―三四）。
(2) アルベラの戦いが行なわれたのは前三三一年十月である。シケリアのディオドロスはアルベラの戦いがアリストパネスがアルコーンのとき〔前三三一／三〇年〕に起こったとしているが、その知らせがギリシアにまで広まったのはアリストポンがアルコーンのときだとしている（『世界史』第十七巻第六十二章一）。
(3) ディオニュシオスはアリストテレスによる『アルクマイオン』からの例証を省略している。

とえば、デモステネスとニカノル殺害者たちとに対する裁判の場合がそうである」[1]。

六　さて、哲学者が記述している、論争の眼目が相互関係に基づく論点からなるデモステネスの裁判というのは、いったい何なのでしょう。それは、クテシポンを弁護するためにデモステネスがアイスキネスを弾劾した裁判です[2]。クテシポンはデモステネスに名誉の冠を授ける法案を提出し、違法な提案をしたと告発されたのです。というのもこの裁判で争われたのは、防壁の建設に私費を投じたデモステネスが栄誉と冠とに値するのかどうかという一般的な事柄ではなく、役人として報告義務のあった時点でどうだったのかということだからです――法律は報告義務のある役人に冠を授けることを禁じています――。これこそ相互関係に基づく論点です。つまりここで問題なのは、冠を与えることが民衆に許されたのと同じように、それを受けることが報告義務のある役人に許されたのか、ということなのです。

七　したがってアリストテレスの言及しているのは、この裁判だと私は思います。もっとも、アンティクレスがアルコーンのとき〔前三二五／二四年〕、アレクサンドロスが死んだ頃にデモステネスが自分自身を弁護した汚職についての裁判[3]がそれだと主張する人がいるならば、アリストテレスの『弁論術』はデモステネスの演説よりもさらにずっと後のものということになるでしょう。

八　しかしながら、弁論家〔デモステネス〕が哲学者〔アリストテレス〕から弁論術を学び取り、それを使ってあの驚嘆すべき数々の弁論を作りだしたのではなく、むしろその反対に、アリストテレスはデモステネスをはじめとする他の弁論家たちの作品を資料として用いて『弁論術』を書いたのだということは、もう十分に証明されたように私には思われます。

（1）アリストテレス『弁論術』第二巻第二十三章三（一三九七a二三―b八）。

（2）ディオニュシオスはデモステネス第十八弁論『冠について』を示唆しているが、この弁論においてニカノルという人物も殺人事件も登場していない。そもそもアリストテレスが言及するのは弁論家のデモステネスとは別人とも考えられ、そうであればディオニュシオスの論証自体が成立しない。Cope, E. M., *The "Rhetoric" of Aristotle*, vol. II, 1877, p. 244 参照。

（3）前三二四年の「ハルパロス事件」に関係する裁判だと思われるが、ディオニュシオスはこの事件についての弁論は偽作であり、デモステネス自身が作成したものではないと主張している。『デモステネス論』第五十七章三を参照。なお「ハルパロス事件」とは、アレクサンドロス大王の側近ハルパロスが大王東征中の公金濫用に対する処罰を恐れて、多額の金銭をもってアテナイに亡命した事件である。

ポンペイオス・ゲミノスへの書簡

戸高和弘 訳

『ポンペイオス・ゲミノスへの書簡』の構成

書簡の目的㈠——プラトンを批判したことへの弁明（第一章）
『デモステネス論』からの引用と弁明の確認（第二章）
書簡の目的㈡——歴史家についての批評（第三章）
ヘロドトス（第三章）
トゥキュディデス（第三章）
クセノポン（第四章）
ピリストス（第五章）
テオポンポス（第六章）

ディオニュシオスよりグナイオス・ポンペイオスへ[1]、御清栄のこと何よりと存じます。

第一章　書簡の目的㈠――プラトンを批判したことへの弁明

一　あなたが寄こしてくれた手紙を受け取りました。教養あふれるお手紙で、感謝の念にたえません。それによれば、われわれの共通の友人であるゼノン[2]から私の著作を渡されたあなたは、それを通読し十分に理解したうえで、著作の他の点には感嘆したが、そこに記された中の一部分、すなわちプラトンへの非難[3]には不満があるということです。さて、あなたがその人物［プラトン］に尊敬の念をいだいているのはまったく正当なことですが、私についてそのように[4]あなたが考えたのは正当ではありません。二　というのも、プラ

（1）以下に名が挙がっているゼノンを介した間接的な知人であったようであるが、どのような人物か不明である。いずれにせよディオニュシオスがわざわざ返事を書いて弁明しているからには、何らかの影響力をもった人物であったと思われる。

（2）この人物についても、ディオニュシオスの友人であるという以外は不明である。

（3）次章で『デモステネス論』の第五章から第七章が引用されるが、同書第二三章から二九章でもプラトンは批判されている。

（4）*ταῦτα* を訳す。Usher は *τἀναντία*「その反対を」と読んでいる。

トンの文体に驚嘆している人は他にもいるのでしょうが——よく覚えておいてください——、私もその一人だからです[1]。また、自らの見識を公共の利益のために役立て、われわれの生活と言葉とを改善しようとしているすべての人物に関して、私がどう思っているのかこれからあなたにお話しし[2]、神かけて、あなたに分かっていただくつもりです。私は何か新奇なことや意外なこと、また一般的見解に反することを見つけたわけではないと信じています[3]。

三　さて、何であれ業績や人物を称賛しようとするさいには、その長所を持ちださねばならないのであり、たとえその業績や人物に何か短所があるとしても、それを持ちだしてはならないと私は思っています。他方で、ありとあらゆる活動において何が最も重要なのか、また同じ分野に属する功績のうちで何が最も優れているのかを決定したいと思うさいには、最も厳密な調査を持ちださねばならないのであり、よいものであろうと悪いものであろうと、どんな性質も見のがしてはならないのです。というのも、こうしてこそ真実が最も確実に見いだされるのであり、真実よりも尊重されるべきものは何もないのですから[4]。

四　以上を前提として私が言いたいのは以下のことです。もし私に、プラトンに対しての著作があり、しかも弁論家ゾイロス[5]の場合のようにその人物への攻撃を含んでいるのならば、私は自らが不遜であることに同意します。また、もし私がプラトンへの賛辞を意図しながら、称賛の中に非難を交えているのならば、私が間違っているのであり、称賛に関してわれわれが立てた原則に反していることを認めます。というのも称賛の中では、批判だけでなく、弁護さえも述べてはならないと私は思っているのですから。五　他方で、文章のさまざまな特徴を吟味し、文章における第一人者である哲学者と弁論家を考察しようとして、まずあらゆる人の中で最も光り輝いていると思われる三人、イソクラテス、プラトン、デモステネスを選抜し、さらにその三人の中からデモステネスを選びだしたのであれば、プラトンもイソクラテスも中傷したことにはならないと私は思ったのです。

六　「神かけてそのとおりだ。だが、デモステネスを称賛するためであったとしても、君はプラトンの欠点をあからさまにすべきではなかった」とあなたはおっしゃいます。では、イソクラテスとプラトンの最も優れた文章をデモステネスの最高の文章と比較し[6]、いかなる点で両者の文章がデモステネスの文章に劣っているのかをできるだけ公正に示す以外に、私の主張を可能なかぎり厳密に吟味するどんな方法があったのでしょう。私は、両者には欠点しかないと言っているのではなく（こんなことを言うのは正気の沙汰ではあり

（1）『文章構成法』第十八章九から一四でプラトンは称えられ、同書第二十五章三二から三三でも文章への推敲を怠らなかった点が好意的に言及されている。

（2）この点に関わると思われる記述は本書簡に見いだされないが、プラトンが「われわれの生活と言葉とを改善しようと自らの見識を公共の利益に役立てる」人物だと見なされていることは確かだろう。

（3）底本に従って訳す。Usher のテクスト *πιστεύων* ..... *ἐρεῖν* に従えば、「言ってはいないと信じているのですから」という訳になる。

（4）ソポクレス『アンティゴネ』七〇二を思い起こさせる言葉であり、『トゥキュディデス論』第二章一にも似た言葉が見いだされる。

（5）プラトンのみならず、ホメロスやイソクラテスを攻撃したことで有名なゾイロスについては、以下の一六節を始め、『イサイオス論』第二十章二―三、『デモステネス論』第八章一でも言及されている。

（6）『デモステネス論』第二十四章から第三十章にかけてプラトン『メネクセノス』が取りあげられ、第三十一章から第三十二章でデモステネス『クテシポン弁護』と比較されている。

ません）、両者はあらゆる点で等しく成功しているわけではないと言っているのですから。

七　こうした方法を取らなくても、すべての長所を数え上げてデモステネスを称賛すれば、読者は彼が優れた弁論家であることを十分に納得したでしょう。しかし、彼と最も優れた人々とを比較することなしには、文章に関する第一人者たちすべての中で彼が最高だということを読者は納得しなかったでしょう。というのも、それ自体として立派ですばらしく見えるものの多くは、他のもっと優れているものと対比されると、それほどでもないと判明するからです(1)。それゆえ、黄金も他の黄金と比較されてより優れているのかより劣っているのかが分かるのであり、さらに他のすべての製作品も現実的な効果(2)を目ざすあらゆるものもそうなのです。八　にもかかわらず、市民弁論において比較による検討は好ましくないと考え、一つ一つ個別に考察すべきであると主張する人がいるとするならば、同じことを他の場合に当てはめてもよいのでしょう。詩を他の詩と比較対照してはならず、歴史書を他の歴史書と、国制を他の国制と、法律を他の法律と、将軍を他の将軍と、王を他の王と、生活を他の生活と、意見を他の意見と比較検討してはならないということになります。しかし、分別のある人でこれに同意する人はいないでしょう。

九　もしもあなたが、証言に基づく立証、最善の吟味方法は比較による方法であることをなおいっそう明らかにする立証も必要だというのでしたら、他の人は放っておいて、プラトン本人に証人となってもらいましょう。一〇　すなわち、市民弁論における自分の能力を示したいと思ったその人物［プラトン］は、他の自らの著作には満足できず、当時最高の弁論家リュシアスが愛についての弁論を発表していたため(3)、自らも『パイドロス』において主題を同じにした別の弁論を書いたのです(4)。プラトンはここまでで止まり、どちらの弁論の方が優れているかを読者の判定に委ねたりはしません。それどころか、文体上の長所を認めながら題材の方を攻撃することで、リュシアスの欠点を非難しています。(5) 一一　プラトンは、弁論の能力に関して自らを称賛するというきわめて俗っぽく、嫌味な行為を企てていますが、当時の最も優れた弁論家と自分の弁論を比較検討して、リュシアスの失敗した点と自分の成功した点を明らかにしようとすることは、何ら非難に値しないと考えています。そうであるなら、私がプラトンの弁論をデモステネスの弁論と比較し、その中に何かよくないと思うものがあれば考察したからといって、何の不思議があるのでしょうか。一二　プラトンの他の著作、パルメニデス、ヒッピアス、プロタゴラス、プロディコス、ゴルギアス、ポロス、テオドロス、トラシュマコス、(6) その他多くの先人たちを嘲笑している著作には触れずにおきましょう。プラトンは

---

(1) ヘロドトス『歴史』第七巻一〇（α）を参照。

(2) *ἐνέργεια* を訳す。Rhys Roberts と Usher は *ἐνάργεια*「目に見える効果」と読んでいる。

(3) Usener に従い、*Λυσίου λόγον ἐρωτικὸν ἐκδεδωκότος, τοῦ* を補って訳す。

(4) リュシアスの弁論はプラトン『パイドロス』二三〇E—二三四Cで紹介され（リュシアスの真作かどうかは議論されている）、ソクラテスの弁論は同書二三七A—二四一Dと二四四A—二五七Bで語られている。

(5)「文体上の長所」についてはプラトン『パイドロス』二三四Eを、「欠点」については同書二三五A、二六二E—二六四Eを参照。

(6) このうちパルメニデス、ヒッピアス、プロタゴラス、ゴルギアスについては同名の対話篇が書かれているが、ディオニュシオスがとくに念頭においているのは、パルメニデスについて『ソピステス』二四二C以下、ヒッピアスとプロディコスについて『プロタゴラス』三一四C以下、ポロスについて『ゴルギアス』四六一B以下、テオドロスについて『パイドロス』二六六E以下、トラシュマコスについて『国家』第一巻三三六B以下の箇所だと思われる。

これら人物について、必ずしもすべてを公平無私に書いているわけではなく、むしろこういって許されるのならば、嫉妬心から書いているのです。一三　すなわち、数多くの長所をもちながらも彼の気質の中には、間違いなく嫉妬深さがあります。彼のホメロスに対する敵愾心は、このことをとりわけはっきりと示しています。プラトンは自らの構想した理想国から、冠をかぶせ、香油をふりかけたうえでホメロスを追放するのです。[1] このホメロスを通してあらゆる教養、最終的には哲学さえもわれわれの生活の中に入ってくるのであり、[2] まるでホメロスには追放されるにあたっても冠と香油とが不可欠であったかのようです。一四　しかしプラトンはこれらすべてのことを、ほかならぬ真実のために公平無私に語ったのだということにしておきましょう。いずれにせよ、われわれがプラトンのやり方を使い、彼の弁論を後継者たちの弁論と比較しようとしたからといって、何の不都合があるのでしょうか。

一五　さらに、プラトンについてあれこれ言おうとしたのは、私だけでもなければ、私が初めてでもないことは明らかでしょう。また、哲学者の中で最も傑出し、私の十二世代以上先輩にあたる人物［プラトン］を吟味しようと企てたのは、私がそれによって何ほどか名声を手に入れようとしたからだと言って、もっぱらそれを理由として私を非難することのできる人もいないでしょう。一六　というのも、こうしたことを私以前に行なった多くの人々が見いだされるからであり、その中にはプラトンと同時代の人もあれば、ずっと後の時代の人もいます。すなわち、プラトンの考えを批判し、彼の著作を非難した人としては、まず最初に彼の最も正当な弟子のアリストテレス、続いてケピソドロス、テオポンポス、ゾイロス、ヒッポダマス、デメトリオス、[3] その他多くの人物がいます。彼らは悪意や敵意をもってプラトンを嘲笑したのではなく、真実を究明しようとしたのです。

一七　これほど多くのしかもこれほど偉大な人々の先例、さらにはあらゆる人と比べて最も偉大なプラトンの先例に従ったのですから、優れた人物を優れた人物と比較したからといって、何ら哲学的弁論術に反していないと私は思います。[4]

したがってさまざまな文体を比較するさいの意図について、親しきゲミノスよ、まさしくあなたに対して私はもう十分に弁明をやり遂げました。

（1）プラトンのいわゆる「詩人追放論」は『国家』第十巻の前半で述べられているが、ここでは同書第三巻三九八Ａ―Ｂが取りあげられている。

（2）ホメロスをあらゆる教養の源とすることをプラトンは批判しているのであるが（『国家』第十巻五九八Ｄ―Ｅ）、残念ながら古代ギリシア世界においてホメロスの権威が揺らぐことはなかった。ストラボン『地誌』第一巻第一章二、第二章二〇を参照。

（3）ケピソドロスは『イソクラテス論』第十八章四、『イサイオス論』第十九章四、『アンマイオスへの第一書簡』第二章三でも言及されている。テオポンポスについては第六章で考察されるが、プラトンを批判した点についてはアテナイオス『食卓の賢人たち』第十一巻五〇八Ｃを参照。ヒッポダマスについては不詳。パレロンのデメトリオスについては『デモステネス論』第五章六を参照（次章でも引用される）。

（4）ここで「哲学的」というのは学問的・体系的といった程度の意味であり、狭義の哲学に限定されるわけではない。『古代弁論家――序』第一章二を参照。

第二章 『デモステネス論』からの引用と弁明の確認

一 さて私に残されたのは、アッティカの弁論家に関する研究書の中で私がその人物〔プラトン〕について語った言葉そのものについて論じることです。そこに書いた言葉をそのまま引用しましょう(1)。

「〔第五章 二〕プラトンの語り方も、崇高な文体と平明な文体、両者の混合(2)を目ざしていることは先に述べたとおりです。しかしプラトンは、両方の文体に関して等しく素質に恵まれていたわけではありません。〔二〕実際彼が、平明で、飾らない、わざとらしくない表現を使うとき、それは並はずれて心地よく好ましいものです。すなわち、まるでこの上なく透明な流れのように少しのにごりもない透き通った表現であり、同じ語り方をする他の誰の表現と比べても、より正確で精妙な表現です。〔三〕また彼の表現は、日常的な語彙を追求し、明瞭さを入念に整えるのであり、余分な修辞技巧はすべてはねつけています。さらに彼の表現は、気づかれないほどかすかに古色蒼然たる感じを与えながら、同時にまぶしいほどに(3)芽吹いた新緑の盛りとでもいうべき雰囲気を発散しています。まるでこの上なくよい香りのする牧場からのように、彼の表現からは甘く香るそよ風が吹いてくるのです。〔四〕しかも彼の表現の流麗さは饒舌という印象を与えることなく、またその優雅さは大仰なという印象を与えることもないのです。

その一方で、しばしばあることなのですが、プラトンの表現が凝った言い回しや美辞麗句へと度を越して突き進むとき、それは著しく価値を下げてしまいます。というのもそうしたときの表現は、明らかに心地よさもなければ、ギリシア語としてもいびつであり、重苦しいからです。それは明晰さを曇らせほとんど暗闇にしてしまい、わずかな言葉にまとめるべきときにも内容を長々と引きのばします。［五］こうした表現は、語彙の豊富さを(4)ひけらかす趣味の悪い迂言法に陥っており、通常用いる普通の言葉をはねつけて人工的で、耳慣れない、古めかしい言葉を追い求めているのです。比喩的な表現の場合には、とりわけ当惑してしまいます。というのも、付加的文飾にあふれ、換喩としても場違いであり、隠喩としても生硬で類比関係を辿れないからです。［六］また、プラトンの表現は長たらしい寓話をいつもまとっているのですが、これまた節度もなければ適切でもありません。さらに、最も嫌悪感をもよおさせる詩的な文彩、とくにゴルギアス風文彩を用いて悦に入っているさまは、みっともなく幼稚でさえあります。『こうした場合のプラトンは、立派な秘儀解説者である(5)』とは、パレロンのデメトリオスその他多くの人々の言葉です。すなわち、『これは私の言葉ではない(6)』のです。

［第六章一］しかしこう言ったからといって、私がプラトンの用いる飾り立てた風変わりな言葉づかいすべてを非難しているとは考えないでください（私がこれほど偉大な人物に対してそんなことを考えるほど愚

---

(1) 以下『デモステネス論』第五章から第七章一までが引用されるが、本書簡のテクストと若干の違いがあり、重要なものについては註記する。

(2) Rhys Roberts と Usher に従い、*μῖγμα* を訳す。底本は *δεῖγμα*「見本」と読んでいる。

(3)「まぶしいほどに」と訳したのは *ἱλαρόν* であるが、『デモステネス論』では *χλοερόν* である。

(4)『デモステネス論』にある *κενόν*「意味もなく」という語が省かれている。

(5) デメトリオス「断片」一七〇 (Wehrli)。

(6) エウリピデス『賢女メラニッペ』断片四八四 (Nauck)。

かではありませんように）[1]。なぜなら私は、プラトンがそのたぐいまれな才能によって偉大で驚嘆すべき作品を、数多くしかもさまざまな主題に関して産み出したことを知っているからです。〔二〕むしろ私が明らかにしたいのは次のことなのです。プラトンは修辞技巧においてこうした過ちを犯しがちであり、重厚な表現や凝った表現を追い求めるさいのプラトンは、いつもの彼に比べて見劣りがする。それに対して、平明、正確で、わざとらしく思われない言葉、文句のつけようのない、飾らない技巧を凝らした言葉を語るさいのプラトンは、はるかに優れている。というのも、このときのプラトンは、まったく過ちを犯していない、あるいはごくわずか、非難するには当たらない過ちしか犯していないからである。

〔三〕また私が思うに、これほどの偉大な人物はありとあらゆる批判から自分の身を守ってしかるべきです。実際、プラトンの同時代人たち――その名前は言うまでもないでしょう――はみな、私と同じ点[2]を批判しており、プラトン自身も自らを批判しています（何にもましてすばらしいことです）。〔四〕すなわち、彼は自らの悪趣味を自覚し、それをディテュランボスと名付けているのです。実はこんな言葉は使いたくなかったのですが、そのとおりなのです。私の考えによれば、こんなことになったのは、最も平明で、最も正確なソクラテスの対話によって薫陶を受けながらも、プラトンがそこに止まることなく、ゴルギアスやトゥキュディデスの修辞技巧に夢中になったからであるように思われます。〔五〕その結果として、彼らがもつ文体の長所と同時に欠点までもいくらか取り込むことになったのは、少しも意外ではありません。

〔第七章一〕彼の非常に著名な本の一冊から、平明な言葉づかいと崇高な言葉づかいの例を引用することにしましょう。そこでソクラテスは、彼の友人の一人であり、本のタイトルにもなっている人物、すなわちパイドロスと、恋愛について対話しています[3]」。

二　この箇所で私は、主題に関してその人物［プラトン］を非難しているのでは決してなく、言葉づかいの一部に関して比喩的でディテュランボス調の表現に陥っていることを非難しているのです。そうした場合のプラトンは、節度を保っていないからです。また私は、どこにでもいる人物としてプラトンを批判しているのではなく、偉大で不死なる神の本性に近づいた人物[4]として批判しているのです。プラトンはゴルギアスやその仲間と張り合って、詩的修辞技巧による誇大表現を哲学的論議の中に持ちこみ、その結果ディテュランボスもどきを作りだしてしまったのであり、彼自身この過ちを隠すことなく自ら認めているのです[5]。

三　善良なるゲミノスよ、あなた自身もその人物［プラトン］について同じ意見を抱いていることは、まさにあなたからのお手紙によって明らかです。そこであなたは次のとおりお書きになっています。

「他の文彩においては、称賛と非難とが相半ばすることはよくあることだ。しかし修辞技巧においては、不成功はまったくの失敗でしかない。したがってこうした人々を考察するのは、数少ない危ういものからで

（1）『デモステネス論』にある *ἀναίσθητος*「無神経」という言葉が省かれている。

（2）『デモステネス論』にある *ὡς ἁμαρτάνοντι*「彼が過ちを犯しているとして」という言葉が省かれている。

（3）引用が途中で終わっているのは、写本作成段階で脱落したとも、ディオニュシオスの意図とも考えられる。Rhys Roberts, 1901, p. 171; Aujac. p. 163 参照。

（4）クインティリアヌス『弁論家の教育』第十巻第一章八一参照。

（5）プラトン『パイドロス』二三八B―D、および『デモステネス論』第七章五―七を参照。

はなく、数多くある成功したものからにすべきだと私には思われる」。

四　また少し後であなたは次のように付け加えています。

「私はすべて、あるいは少なくとも大部分に関して［プラトンを］弁護することができるが、あえて君に異を唱えるようなことはしない。しかし一つだけ断言しておきたい。失敗を避けて通れないようなことをあえて行ない危険をおかさずして、大いなる成功は決して望めないのだ[1]」。

五　われわれの間に意見の違いなどないのです。というのも、偉大さを追い求める者はときとして失敗することを避けて通れないとあなたはおっしゃっているのですが、私が主張しているのも、プラトンは崇高、壮大で、危険を伴う表現を目ざしており、常に成功しているわけではないが、彼の犯す過ちは成功しているもののごく一部にすぎない、ということなのですから。六　そしてこの一点において、プラトンはデモステネスに劣っていると私は主張しているのです。つまり、プラトンにおいては言葉づかいの崇高さが空疎で不快なものに陥ることがあるのに対して、デモステネスにおいてはこうしたことはまったくあるいはごくまれにしかありません。プラトンに関して私が言いたいのは、このことだけなのです。

第三章　書簡の目的㈡歴史家についての批評㈠──ヘロドトスとトゥキュディデス

一　さて、ヘロドトスとクセノポンに関して私がどのような意見をもっているのか知りたい、また私が彼らについて書くことを望まれているとのことでした。私はすでにデメトリオスに宛てて書いた模倣に関する書物の中で、このことを行なっています。この書物の第一巻は模倣についての研究そのものを、第二巻は詩人、哲学者、歴史家、弁論家のうちでどの人物を模倣すべきかについての研究を、第三巻――まだ完成していませんが――はどうやって模倣すべきかについての研究を含んでいます。その第二巻において、ヘロドトス、トゥキュディデス、クセノポン、ピリストス、テオポンポス(彼らこそ模倣するのに最もふさわしいと私が判断した人物たちです)について、私は次のように書いています。

二　ヘロドトスとトゥキュディデスについても述べねばならないのであれば、私の意見は以下のようなものです。あらゆる歴史家にとっての第一にして、おそらくは最も不可欠な仕事は、立派な主題、しかも聞く者を喜ばせるような主題を選びだすことです。この点で、ヘロドトスの方がトゥキュディデスよりも優れていたように私には思われます。三　すなわちヘロドトスは、ギリシア人と異民族の双方に関わるさまざまな事件を歴史に著わしました。「人間によってなされたことが忘れ去られることのないように、またさまざまな事績が……」[3]とは、まさにヘロドトス自身の言葉です。この前置きこそは、彼の『歴史』の出発点にして目標でもあるのです。四　これに対してトゥキュディデスは、一つの戦争〔ペロポネソス戦争〕を、それも立派でもなくうまくもいかなかった戦争を描いています。この戦争は決して起こってほしくなかった戦争であ

(1)ゲミノスの発言と同趣旨の言葉が、ロンギノス『崇高について』第三十三章や小プリニウス『書簡集』第九巻二六に見いだされる。

(2)『模倣論』のことである。

(3)ヘロドトス『歴史』第一巻序を参照。

り、それは無理だとしても、沈黙と忘却に委ねることで後代の人々に無視された方がよかった戦争なのです。忌まわしい主題を取りあげたことに関しては、トゥキュディデス自身が前置きにおいて明らかにしています。

五　すなわち彼の言葉によれば、この戦争によってギリシアの多くの国々が荒廃してしまったのであり――異民族による場合もあれば、ギリシア人自身による場合もあります――、それ以前に類を見ないほどのおびただしい数の人々が追放され虐殺されたのであり、さらには地震、旱魃、伝染病、その他数多くの災害までふりかかってきたのです[1]。結果として、前置きを読む人たちはこの主題に対して嫌悪感を覚えます。彼らが聞こうとしているのは、ほかならぬギリシアのことなのですから。

六　ギリシア人と異民族の驚嘆すべき事績を明らかにする著作の方が、ギリシア人のいたましく、恐ろしい災難を伝える著作よりも優れているぶんだけ、それだけヘロドトスの方がトゥキュディデスよりも主題の選択に関して賢明です。また、以前のことの方が立派であることを知っていながらも、他の人とは同じことを描きたくなかったため、トゥキュディデスはやむをえずこの著作を書くにいたったと言うこともできません。まったく正反対で、トゥキュディデスは前置きにおいて昔の事績を軽視したうえで、彼の時代に起こった出来事が最も偉大で[2]最も驚嘆すべきだと述べているのです[3]。彼が自発的に主題を選んだことは明らかです。

七　もちろんヘロドトスはそんなことはしませんでした。ヘラニコスとカロン[4]という先輩の歴史家がすでに同じ主題で書物を著わしていたにもかかわらず、ヘロドトスはためらうどころか、もっと優れたものを産み出す自信を持っていました。そして実際、彼はそのとおりのことを成し遂げたのです。

八　歴史研究の第二の仕事は、どこから始めてどこまで進めるべきかを決定することです。この点においてもまた、ヘロドトスの方がトゥキュディデスよりもはるかに賢明であるのは明らかです。ヘロドドスは、異民族が最初にギリシア人へ無法な行ないを開始した原因から始めて、異民族に対する罰と当然の報いとにまで進んだところで終えています(5)。

九　他方トゥキュディデスは、ギリシアの情勢が悪化し始めたところから開始しています。ギリシア人でありアテナイ人であるならば、彼はこんなことをすべきではなかったのです（しかもどうでもよい人物などではなく、将軍職や他の官職にふさわしい第一人者とアテナイ人が認めた人物であるならば）。またトゥキュディデスはとても悪意に満ちており、戦争の明白な原因を自分の祖国に負わせましたが、他の多くのきっかけに原因を負わせることもできたのです。彼はケルキュラでの事件(6)からではなく、ペルシア戦争直後の祖国の最も偉大な事績から叙述を始めることもできたでしょう（この事績については、あとになって不適切な箇所において(7)、おざなりのやり方でしかも場当たり的に言及しています）。そしてこの事績について国を愛する者としての十分な善意をもって詳しく述べた後で、ラケダイモン人が戦争に突き進んでいったのは、

---

(1) トゥキュディデス『歴史』第一巻一‐二―三を参照。

(2) 底本に従い *μέγιστα* を訳す。Rhys Roberts は *μάλιστα*「とりわけ」、Usher は *κάλλιστα*「最も立派で」と読んでいる。

(3) トゥキュディデス『歴史』第一巻一―二二。

(4)『トゥキュディデス論』第五章二でもヘロドトスの先輩として両者の名が挙がっている。

(5) ヘロドトスの描く最後の事件はギリシア軍によるセストスの攻略であり、その地を支配していたペルシア人アルタユクテスの処刑である（『歴史』第九巻一一四―一二一）。

(6) トゥキュディデス『歴史』第一巻二四―五五。

(7) トゥキュディデス『歴史』第一巻八九―一一七。『トゥキュディデス論』第十―十二章を参照。

別の名目を掲げてはいたが、このアテナイの事績への嫉みと恐れとが高じたせいであると付け加えることもできたでしょう。(1) この時点において、ケルキュラでの事件、メガラ人に対する法令、(2) その他同様のことを述べたければ述べればよかったのです。一〇 終わりの部分は、さらに重大な過ちにまみれています。すなわちトゥキュディデスは、戦争全体を目撃したと言い、すべてを示すと約束しながら、戦争の二十二年目に起こったキュノスセマ沖でのアテナイ軍とペロポネソス軍との海戦で終えているのです。(3) しかし彼は、すべてを詳しく述べた後で、最も驚嘆すべきで、とりわけ聴衆を喜ばせる結末、アテナイが自由を回復し始める端緒となったピュレからの亡命者の帰還によって、彼の『歴史』を終えた方がよかったでしょう。(4)

一一 歴史家の第三の仕事は、どの出来事を著作に取り入れ、どの出来事を省くのかを考察することです。この点においてもまた、トゥキュディデスが劣っているように私には思われます。すなわちヘロドトスは、かなりの大きさをもつ叙述はすべて、ある程度の休止があることによって聞き手の心を楽しませるのであり、(5) 同じ出来事が継続するなら、たとえどんなにうまくいったとしても退屈で聞きづらくなるということをよく知っていました。そこで彼は、ホメロスを見倣って著作を多彩なものにしようとしたのです。(6) だからこそ、われわれがヘロドトスの本を手にするならば、最後の一文字まで感嘆して、いつももっと読みたいと思うのです。一二 他方トゥキュディデスは、一つの戦争を引きのばし、戦闘に戦闘を、武具に武具を、言葉に言葉を積み重ねることで、息をつく暇もなく最後にまでいたるのです。その結果、聴衆の頭は疲れ果ててしまいます。『飽きはくるもの、蜜にさえ、楽しい愛の花にさえ』(7) とはピンダロスの言葉です。もっともトゥキュディデスは、私の言ったこと、歴史書において変化は快いものであり多彩さを与えるものだということにすでに気づいていたのであり、二、三の箇所では実行しています。オドリュサイ王国が強大となった原因についての箇所、またシケリアの国々についての箇所がそうです。(8)

一三　歴史家のその次の仕事は、記述される出来事を区分し、それぞれ適切な場所に配置することです。それでは両者は、語られる出来事をどのように区分し、配置しているのでしょうか。トゥキュディデスが年代順に従っているのに対して、ヘロドトスは出来事のまとまりに従っています。そのため、トゥキュディデ

(1)トゥキュディデスによってもこの点は語られているが(『歴史』第一巻二三-六、同巻八八、一一八-二)、ディオニュシオスに言わせれば「不適切な箇所において、おざなりのやり方でしかも場当たり的に」なのかもしれない。

(2)「メガラ人に対する法令」はトゥキュディデスも言及しているが(『歴史』第一巻一三九-一—二、一四〇-三—五)、あまり重視していない。しかし当時のアテナイにおいてこれが開戦の重要な原因だと見なす見解が一般的であった。アリストパネス『アカルナイの人々』五三〇以下、『平和』六〇八以下、アイスキネス第二弁論『使節職務不履行について』一七五を参照。

(3)トゥキュディデス『歴史』第五巻二六-一および五を参照。キュノスセマ沖での海戦は前四一一年のことであり、戦争が終結したのは前四〇四年である。トゥキュディデスが戦争終結までを記述していない理由は不明である。

(4)前四〇三年、三十人政権に追放されていた民主派の人々がトラシュブロスに率いられピュレで蜂起し、アテナイの外港ペイライエウスを占拠した。そのため三十人政権は崩壊し、アテナイに民主政が復活した。ギリシア人とりわけアテナイ人にとって喜ばしい事件で記述を終わらせるべきだというのがディオニュシオスの主張であるが、これは歴史家ではなく弁論家の主張だと見なすべきかもしれない。

(5)キケロ『弁論家について』第二巻三二一—三二二、『ブルトゥス』三二二を参照。

(6)ロンギノスもまた、ヘロドトスがホメロスを見倣ったと述べている(『崇高について』第十三章三)。

(7)ピンダロス『ネメア祝勝歌』第七歌五二。

(8)オドリュサイ王国についてはトゥキュディデス『歴史』第二巻九七を、シケリアの国々については第六巻二—五を参照。

ス［の記述］は不明瞭でついて行きにくいのです。すなわち、ひと夏あるいはひと冬のあいだには当然のことながら多くの事件がいろいろな場所で起こるものですが、トゥキュディデスは最初の事件を中途半端にしたまま、同じ夏あるいは同じ冬に起こった[1]別の事件に移ってしまいます[2]。われわれが途方にくれてしまうのは当然であり、頭が混乱して記述される出来事について行きにくいのです。一四　他方ヘロドトスは、リュディア人の王朝から始めて、クロイソスの王朝まで進むと、ただちにそのクロイソスの支配を打倒したキュロスへと移って行き、次にエジプト、スキュティア、リビュアの話を始めています[3]。そのさい彼は、ある出来事を一連のものとして示し、他の出来事を不可欠なものとして付け加え、さらにまた他の出来事を叙述がよりおもしろくなるように挿入しています。およそ二二〇年にわたり三大陸で繰りひろげられたギリシア人と異民族のさまざまな事件について詳細に語り、クセルクセスの敗走でその歴史を締めくくりながら、ヘロドトスは叙述をばらばらにしてはいないのです。ともかく、一つの主題を取りあげた前者［トゥキュディデス］が一まとまりの全体を多くの部分に分けているのに対して、数多くの一様でない主題を選びだした後者［ヘロドトス］は一まとまりの調和した全体を作りだしているのです。

一五　題材に関するもう一つの特徴、これまで述べてきたどの事柄にも劣らない、われわれがすべての歴史の中に追い求める特徴を述べることにしましょう。この特徴とは、記述される出来事に対する歴史家自身の態度です。ヘロドトスの態度はあらゆる点で適切で[4]、幸福な出来事にはともに喜び、不幸な出来事にはともに悲しみます。他方トゥキュディデスの態度は、あからさまで、手厳しく、そこには自分を追放した祖国［アテナイ］に対する恨みがこもっています。すなわち、失敗はことさら正確に並べ立てながら、期待どおり成功したことについてはまったく述べないか、あるいは仕方なくといった調子で述べているのです。

題材に関するかぎり、以上の理由でトゥキュディデスはヘロドトスよりも劣っています。その一方で文体に関するかぎり、トゥキュディデスはヘロドトスに劣っている場合もあれば、まさっている場合もあり、同等である場合もあります。この点についても私の考えを述べることにしましょう。

一六　第一の特性、これなしには文章に関する他の特性が無意味になってしまう特性は、語彙において純正［なギリシア語］で、ギリシア語の語法に忠実な語り方でしょう。両者ともにこの点では完璧です。すなわちヘロドトスはイオニア方言の最高の模範であり、トゥキュディデスはアッティカ方言の最高の模範です。第二の特性は明晰さです。この点でヘロドトスは疑いの余地なくトゥキュディデスにまさっています(5)。

一七　特性の第三番目に当たるのは、いわゆる簡潔さです。この点では、トゥキュディデスの方がヘロド

(1) 底本に従って *τῶν κατὰ τὸ αὐτὸ θέρος ἢ τὸν αὐτὸν χειμῶνα γενομένων* を訳す。Rhys Roberts と Usher はこの部分に削除を指示している。

(2) 『デモステネス論』第九章を参照。

(3) クロイソスはヘロドトス『歴史』第一巻六—九四、キュロスは同巻九—二一六（＝終章）、エジプトは第二巻全体、スキュティアは第四巻一—二〇章、リビュアは同巻一四五—一九九で取りあげられている。

(4) プルタルコスは『ヘロドトスの悪意について』の中でヘロドトスを批判しているが、その根拠の一つはヘロドトスの「アテナイびいき」にある。ディオニュシオスもまた「アテナイびいき」だと言えるだろう。

(5) ここでテクストが脱落している。底本は『模倣論——要約』（第三章一）を参考にして、*Δεύτερα τῶν ἀρετῶν σαφήνεια. ταύτῃ Ἡρόδοτος Θουκυδίδην ἀναμφισβητήτως ὑποβάλλει* を補っている。

トスを凌いでいるように思われます。とはいっても、簡潔さが心地よく思われるのは明晰さを伴っていると認められる場合だ、と言う人がいるかもしれません。明瞭さに欠けるならば、簡潔さは突っけんどんです。しかし、トゥキュディデスはこの点でヘロドトスに劣っていないということにしておきましょう。

以上に続いて、付帯的な特性の第一として生き生きとした描写が加わります。この点では両者ともに申し分なく成功しています。

一八　この特性に続いて、性格と感情の模倣が加わります。両歴史家はこの特性を分け合っています。つまり、トゥキュディデスは感情を表現するのに優れ、ヘロドトスは性格を描くのに巧みです。

次にくるのが、修辞技巧において重厚さと厳粛さとを示すいくつかの特性です。この点でも両歴史家は互角です。

一九　これに続くのが、力強さ、緊張感、その他同じような効果をもつ表現上の特性です。この点ではトゥキュディデスがヘロドトスよりも勝っています。しかし心地よさ、説得力、魅力、その他同種の特性に関しては、ヘロドトスはトゥキュディデスよりもはるかに優れたものを示しています。表現に関して、ヘロドトスが自然に見えることを追求するのに対して、トゥキュディデスは強く印象づけることを追求しているのです。

二〇　文章に関するすべての特性の中でも、最も重要なのは適切さです。ヘロドトスはトゥキュディデスよりもこの点をよく弁えています。というのも、トゥキュディデス［の文章］は全体に単調だからです――叙述の部分よりも演説の部分においていっそうひどいのですが――。しかしながら、デモステネスがとくに模倣し見倣っているのはトゥキュディデスの説得推論[1]であるというのが、私のみならず親しきカイキリオスの考えでもあります。

二　手短かに言えば、両者の文学作品（文学作品と呼ぶことをためらう必要はないでしょう）はともに美しいのですが、以下の点で両者はまったく違っています。すなわち、ヘロドトスの美しさは人を楽しくさせ、トゥキュディデスの美しさは人を畏怖させるのです。

これら二人の歴史家については、もう十分に語りました。他にも多くのことを語ることができますが、それについては別のふさわしい機会があるでしょう[2]。

第四章　歴史家についての批評（二）——クセノポン

一　彼らの後に盛年期を迎えたのはクセノポンとピリストスですが、両者の天性は等しくはなく、意図も同じではありません。

すなわちクセノポンは、題材と文体という二つの特徴の両方においてヘロドトスを見倣っています。というのもまず第一に、彼が選ぶ歴史の主題は、立派で壮大で哲学者にふさわしいからです。『キュロスの教

(1)「説得推論（ἐνθύμημα）」については補註E参照。
(2) トゥベロからの要請が「ふさわしい機会」となり、『トゥキュディデス論』が書かれたのである。

育』は、優れるとともに天運にも恵まれた王［キュロス］の肖像です。また『アナバシス［小キュロスの遠征］』──クセノポン自身小キュロスとともに遠征に加わっていました──においては、ともに遠征したギリシア人を最大限に称賛しています。さらにまた、三番目の作品『ギリシア史』は、トゥキュディデスが未完成のまま残したものですが、この中で三十人政権が崩壊し、ラケダイモン人の破壊した城壁が再建されています(1)。

二　ヘロドトスを見倣う(2)クセノポンが称賛に値する理由は、主題にのみあるのではなく、布置配列にもあります。というのもクセノポンは、最もふさわしい主題から始めて、個々の著作を最も適切な主題で終わらせるとともに、著作を見事に分割し、配列し、多彩にしているからです。さらにクセノポンの描く性格は、敬虔で、公正で、忍耐強く、慎み深く、要するにありとあらゆる徳を備えています。クセノポンの扱う題材に関しては以上のとおりです。

三　他方クセノポンの文体は、ヘロドトスにひけをとらない場合もあれば、遠く及ばない場合もあります。すなわち、十分に純正な［ギリシア語の］語彙を用い(3)、明晰で、生き生きとしているのは、ヘロドトスと同様です。クセノポンは日常的で、出来事にぴったりと当てはまる語彙を選びだし、それをヘロドトスに優るとも劣らないほど実に心地よく、魅力的に組み合せています。しかしヘロドトスは、崇高さ、美しさ、壮大さ、そして歴史の様式ととくに呼ばれるものも持っています。四　実際クセノポンは、ヘロドトスからこれを学びとることができなかっただけでなく、ときおり表現に生気を吹きこもうとしても、ちょうど陸からのそよ風のようにすぐに吹きやんでしまうのです(4)。多くの場合、クセノポンの文章は必要以上に長く(5)、またへロドトスのように人物の適切な特徴をうまくとらえてはいず、よく見てみれば軽率な場合が多いのです。

第五章　歴史家についての批評㈢——ピリストス

一　これに対してピリストス[6]は、トゥキュディデスに似ており、彼に倣った特徴を備えているように思われます。というのもピリストスは、広く役立つ一般的な主題を取りあげるのではなく、一つの地域的な主題を取りあげているからです。ピリストスは主題を二つの著作に分けており、先の方に『シケリアについて』、後の方に『ディオニュシオスについて』という題を付けています。しかし主題は一つです。このことは『シケリアについて』の結末部分からも分かるでしょう。二　ピリストスは、記述される事柄を最善の配置ではなく、話について行きにくい配置で並べており、トゥキュディデスに劣っています。またピリストスは、

（1）クセノポン『ギリシア史』はトゥキュディデスの記述が終わる前四一一年から前三六二年までを記述している。
（2）底本では「ヘロドトスを見倣う（ζηλωτὴς Ἡροδότου γενόμενος）」の部分に削除が指示されている。
（3）クセノポンの使う語彙が純正なギリシア語であることについては異論もある。Usher, ad. loc. 参照。
（4）本来ここで「適切さ」について述べる言葉があったとも考えられる。Rhys Roberts, 1901, p. 173 参照。
（5）たとえば『ギリシア史』第六巻第四章二—三がそうである。
（6）ピリストスについては、ロンギノス『崇高について』第四十章二、キケロ『弟クイントゥス宛書簡集』第二巻第十一書簡四、『弁論家について』第二巻五七、クインティリアヌス『弁論家の教育』第十巻第一章七四を参照。

トゥキュディデス同様、無関係な出来事を取りあげようとはせず、単調です。また［彼の描く］性格は、こびへつらい、ごますりで、卑しく、しみったれています。三　ピリストスは、トゥキュディデスが用いた特異で手のこんだ言葉づかいを避け、端的で、凝縮した、説得力のある言葉づかいを形づくっています。とはいっても、トゥキュディデスの表現の美しさ、厳粛さ、豊かな説得推論には遠く及びません。四　以上の点のみならず、文彩表現においても同様です。すなわち、トゥキュディデスの表現は文彩に充ちあふれていますが（明白なことなので、これ以上何も語る必要はないように思われます）、ピリストスの表現は全体にひどく単調で、文彩に欠けています。多くの総合文が彼によって次々と同じような調子で彩られているのを見いだすことができますが、たとえば『シケリアについて』第二巻の冒頭がそうです。

五「シュラクサ人はメガラ人とエンナ人とを味方につけ、カマリナ人はシケリア人と、ゲラ人以外の同盟軍とに召集をかけ、ゲラ人はシュラクサ人との戦争を拒否した。そしてシュラクサ人は、カマリナ人がヒュルミノス河を渡ったことを聞いて……」。

この文章がまったく心地よくないことは、明らかなように私には思われます。

六　城攻めを描こうと植民を描こうと、また称賛を並べ立てようと非難を並べ立てようと、何をやらせてもピリストスはつまらないし安っぽいのです。しかも人物の偉大さに見合っただけの弁論を書くことができず、彼の手にかかれば、最も偉大な弁論家でさえもみなが一様に臆病風に吹かれてその能力と目的とを投げ棄てたかのようです。しかしながらピリストスは文体において、ある種の自然な響きのよさと、節度を弁える知性とを示します。彼の方がトゥキュディデスよりも実際の演説に向いています。

第六章　歴史家についての批評㈣——テオポンポス

一　キオスのテオポンポス[1]は、すべてのイソクラテスの弟子たちの中で最も傑出しており、数多くの祭典のための弁論と審議のための弁論、『キオス書簡』という題の書簡集、その他いくつかの注目すべき論攷を著わしています。また彼は、歴史研究者としても称賛に値しますが、二　その理由は、まず歴史の主題であり（すなわち、ペロポネソス戦争の結末を扱ったもの、ピリッポスの生涯を扱ったもの、どちらも立派な主題です[2]）、次に布置配列ですが（すなわち両作品とも、話に容易について行くことができ、明晰なのです）、最大の理由は、記述するさいの配慮と勤勉さです。というのも、たとえ彼自身が何も述べていないにしろ、テオポンポスが歴史記述のために最大限の準備をし、資料の収集にこの上なく努力をしたこと、三　加えて彼が多くの事件の目撃者であり、歴史記述のために当時の第一人者たち、将軍、民衆指導者、哲学者と交渉を持っていたことは明らかですから。すなわち彼は歴史を記録することを、ある人たちのように人生における片手間の仕事と見なすのではなく、何にもまして必要な仕事と見なしていたのです。その著述が多方面に

（1）テオポンポスについては『イサイオス論』第十九章四、ロンギノス『崇高について』第四十三章二—四、クインティリアヌス『弁論家の教育』第十巻第一章七四を参照。

（2）ペロポネソス戦争の結末を扱ったのは『ギリシア史』全一二巻、ピリッポスの生涯を扱ったのは『ピリッポピカ』全五八巻、ともに断片以外現存しない。

わたっていることを考えてみれば、テオポンポスの苦労が分かるでしょう。四　さらにまた、彼は諸部族の植民について語り、都市の建設を描き、王の一生や奇妙な習俗を記述しており、ありとあらゆる陸と海とがもたらす驚嘆すべきこと、思いもよらぬことが、彼の作品の中に含まれているのです。これらが単なる気晴らしにすぎないなどと考える人はいないでしょう。実際気晴らしであるどころか、これらは言わばあらゆる人にとって効用を含んでいるのです[1]。[2]

五　他のすべてのことはさておき、次のことを認めない人はいないでしょう。哲学的弁論術[3]を身につけようとする者にとって、異民族とギリシア人の多くの慣習を学ぶこと、ならびに数多くの法律、国々の政治形態、人々の生活と活動、死と運命とを聞き知ることが不可欠である[4]。六　したがってテオポンポスは、哲学的弁論術を身につけようとするすべての者に豊富な材料を、しかも［歴史記述から］切り離してではなく平行して提供しているのです。

以上のことすべてに関して、歴史家［テオポンポス］は見倣うに値しますが、さらに著作全体でなされている哲学的考察もそうです。彼は、正義、敬虔、その他の徳について、数多くの見事な解説を詳細に加えています。

七　テオポンポスの最後の、そして最も特徴的な功績は、先輩であれ後輩であれ他の歴史家たちの誰も彼ほど完全にまた効果的に成し遂げることができなかったものです。この功績とはいったい何でしょうか。それは、個々の事件において、多くの人に明らかなことを観察し語るだけではなく、事件の隠された原因と実行者の動機、ならびに多くの人にとって知ることは容易ではない、実行者の心の動きを吟味することであり、自明だと思われている徳と気づかれていない悪徳の秘密をすべて明るみに出すことです。

八　物語によれば、黄泉の国においては冥界の裁判官たちが肉体を離れた魂を吟味するそうですが、テオポンポスの著作で行なわれる吟味は、ある意味でそれにも劣らないほど正確であるように私には思われます。その結果テオポンポスは、著名な人物への非難が避けられないときに不必要な事柄まで付け加えた、悪意に満ちた人物と見なされました(3)。彼が行なったのは、体内深くまで焼きごてとメスを持ちこんで患部を切開し焼きながらも、健康で正常な部分には手をつけない医者と同じことなのですが。

さて、以上がテオポンポスの題材に関する特徴です。

九　他方、テオポンポスの文体はイソクラテスの文体にとりわけよく似ています。すなわちテオポンポスの言葉づかいは、純正［なギリシア語］で日常的で明晰であり、崇高で壮大でとても堂々としており、中間的な語順配列で構成されて心地よく穏やかに流れてゆきます。しかし辛辣さと緊張感に関しては、イソクラテスの文体と異なる場合があります。感情を抑えることができない場合であり、とくに国家や将軍を不当な決定と不正な行為で非難する場合です（彼にはよくあります）。一〇　激しさの点でテオポンポスがデモステ

(1) 底本に従い πᾶσιν を訳す。Rhys Roberts と Usher は πᾶσαν と読んでおり、「あらゆる効用」という訳になる。

(2)「気晴らし」と「効用」ないし「娯楽」と「実用性」の対立は古代においてしばしば取りあげられる主題である。ストラボンは「気晴らし」と「教訓」の両方を一致させたとしてホメロスを弁護している（『地誌』第一巻第二章三）。

(3) 第一章一七を参照。

(4) キケロ『弁論家について』第一巻一七―一八を参照。

(5) キケロ『アッティクス宛書簡』第二巻第六章二、ルキアノス『歴史はいかに書くべきか』五九。

ネスに少しも劣っていないことは、他の多くの作品からも分かりますが、とりわけ『キオス書簡』から分かるでしょう。テオポンポスはこの作品を、自然な衝動を抑えることができないままに書いたのです。とくに念入りに仕上げられた箇所において、母音連続、(1)総合文のリズミカルな循環、(2)文彩表現の単調さを気にすぎることとさえなければ、彼の表現はさらにいっそうすばらしいものになっていたでしょう。

一一　また題材に関しても、テオポンポスは過ちを犯す場合があり、とくに挿入に関するものがそうです。(3)というのも彼の挿入には、必然性もなければ適切さもなく、むしろ甚だしい幼稚さを露わにするものがあるからです。その中には、マケドニアに現われたシレノスについてのもの、(4)三段櫂船と海戦した大蛇についてのもの、その他少なからず同様のものがあります。

以上取りあげてきた歴史家たちは、市民弁論を身につけようとする者にとって、どんな種類［の弁論］にも有益な模範の宝庫を十分に提供してくれるでしょう。

(1) テオポンポス（およびイソクラテス）が母音衝突を避けようとしすぎる点については、キケロ『弁論家』一五一、クインティリアヌス『弁論家の教育』第九巻第四章三五を参照。

(2) キケロ『弁論家』二〇七（＝テオポンポス「断片」三七（*FGrHist*））を参照。

(3) テオン『プロギュムナスマタ』二-八〇-二七―八一-一 (Spengel) ＝テオポンポス「証言」三〇（*FGrHist*）、ポティオス『ビブリオテーケー』一七六を参照。

(4) テオンによれば、『ピリッピカ』第八巻で語られていたようである。テオン『プロギュムナスマタ』二-六六-二一―二二 (Spengel) ＝テオポンポス「断片」七四（*FGrHist*）を参照。

アンマイオスへの第二書簡
――トゥキュディデスの文体の特性

戸高和弘訳

#『アンマイオスへの第二書簡――トゥキュディデスの文体の特性』の構成

書簡の目的――トゥキュディデスの文体について例証すること（第一章）
『トゥキュディデス論』から問題箇所の引用（第二章）
文体の例証
珍しく、古めかしい、大抵の人に解らない言葉（第三章）
迂言法（第四章）
動詞の名詞化（第五章）
名詞の動詞化（第六章）
受動形の代わりの能動形（第七章）
能動形の代わりの受動形（第八章）
単数形と複数形との入れ替え（第九章）
男性形と女性形と中性形の入れ替え（第十章）
通常とは異なる格変化（第十一章）
時制の一致を破る（第十二章）
意味されているものと表示形式との転換（第十三章）

事物と人間との入れ替え（第十四章）
おびただしい挿入（第十五章）
曲りくねり、入り組み、解りにくい説得推論（第十六章）
幼稚な文彩（第十七章）

ディオニュシオスより親しきアンマイオスへ、ご清栄のこと、何よりと存じます。

第一章　書簡の目的——トゥキュディデスの文体について例証すること

一　私としましては、トゥキュディデスの文体についてはすでに十分明らかにしたつもりでいました。彼の持つ特性、それ以前の弁論家や歴史家から彼をとくにきわ立たせているように思われた特性のうちで、最大にして最も重要なものについて、私はすでに詳しく論じたからです(1)。以前あなたに捧げた論文『古代弁論家』においてであり(2)、またその少し前にアイリオス・トゥベロンに宛てて書いたトゥキュディデスその人に関する著作(3)においてです。この著作の中で私は、適宜例証しながら必要な論点すべてを、力の及ぶかぎり徹底的に論じています。

二　しかしながら、文体の属性をすべて解説してしまうまでその証拠を挙げていないため、これらの著作では綿密な考察が尽くされていないとあなたは考え、弁論の技法書や入門書の著者がしているように、説明するたびに歴史家［トゥキュディデス］の言葉を添えるならば、文体の特性の記述がもっと綿密になるだろう、と思ったわけです。そこで私は何事もなおざりにすまいと決心し、演説者のやり方ではなく、教師のやり方でこのことを成し遂げました。

第二章　『トゥキュディデス論』から問題箇所の引用

一　あなたが話についてきやすいように、まずはその歴史家について以前私が述べたことをそのまま引用し、それから説明を一つ一つ手短かに取りあげ、あなたがお望みのとおり例証することにしましょう。

二　ヘロドトスについての記述のあとに、これから示そうとしている部分が続きます。(4)［第二十四章一］その人物［ヘロドトス］や先に言及した他の人物のあとに続いたのがトゥキュディデスです。彼は先輩たち一人一人がもっていた長所を理解したうえで、ある独自の種類の文体――完全な散文でもなければ、純然たる韻文でもない、両者が一つに融合したもの(5)――を作りあげ、歴史書に導入しようと努力しました。言葉の選択に関していえばトゥキュディデスは、同時代の人々にとって普通の慣れ親しんだものではなく、比喩的で、珍しく、古めかしくて、耳慣れない言葉づかいをしばしば用いています。

(1) 以下のものに加えて、『文章構成法』第二十二章や『ポンペイオス・ゲミノスへの書簡』第三章などでもトゥキュディデスについて論じられている。
(2) とくに『デモステネス論』第九―十章を参照。
(3)『トゥキュディデス論』のことである。
(4) 以下は『トゥキュディデス論』第二十四章からの引用であるが、本書簡のテクストと若干の違いがあり、重要なものについては註記する。
(5)「完全な散文……融合したもの」の部分は『トゥキュディデス論』では述べられていない。

〔二〕[1]また文彩表現に関していえば、これこそトゥキュディデスが先輩たちを追い越そうととくに望んでいた点であり、最大限苦心しています。〔三〕[2]名詞一語で文章を作ったり、文章を名詞一語に圧縮したりします。〔四〕あるときには動詞形を名詞として使い、次には名詞を動詞に変えます。さらに彼は言葉自体の通常の使用法を逆転させるので、普通名詞が固有名詞となり、固有名詞が普通名詞として用いられ、〔五〕受動形が能動形となり、能動形が受動形となるのです。彼は複数形と単数形の自然な使い方を変えて、両者をそれぞれ逆に使うばかりか、女性形を男性形に、男性形を女性形に、あるいは両者を中性形に結びつけるので、〔文法的性の〕自然な一致は乱れています。〔六〕彼は名詞や分詞の格を、表示形式から意味内容へ、意味内容から表示形式へと転換しています。また接続詞や前置詞に関して、言葉の意味を明確にする冠詞[3]に関してはさらにいっそう、彼は詩人のような使い方をして独自性を発揮しています。

〔七〕トゥキュディデスにきわめて多く見いだされる文彩に、人称の変換、時制の転換、比喩表現[4]の転用による型破りなもので、語法違反ではないかという印象を与えるものがあります。事物が人間の代わりをし、人間が事物の代わりをするたびごとにそうであり、〔八〕また、途中のおびただしい挿入のせいで文がだらだらと続く説得推論や見解表明においてもそうです。以上と同類の曲りくねり、入り組み、解りにくい文彩が他にもあります。

〔九〕トゥキュディデスには、芝居がかった文彩も少なからず見いだされます。すなわち、並置、押韻、類韻、対置であり、これらは、レオンティノイのゴルギアスや、ポロスとリキュムニオスおよび彼らの追随者たち、トゥキュディデスと同時代に活躍したその他多くの人たちが濫用していたものです。〔一〇〕しかし中でもきわ立ってトゥキュディデスに特徴的な試みは、最小限の言葉で最大限のことを表現し、多くの考えを一つにまとめ、聞く人にもっと聞けるだろうと期待させたままにしておくことです。そのせいで短さは〔文を〕不明瞭にしています。

〔一一〕要約して言うなら、トゥキュディデスの言葉づかいには四つの道具とでもいうべきものがあります。詩的な語彙、多様な文彩、ごつごつした語順調整、敏速な叙述です。また彼の言葉づかいの特色は、堅固、辛辣、凝縮、厳格、重厚、恐ろしいまでの激しさなどですが、これらすべてを超えているのが、心を揺り動かす力です。

〔一二〕ともかく以上がトゥキュディデスの言葉づかいの特徴であり、この点で彼は他の人々とは異なっています」。

（1）『トゥキュディデス論』ではこの前に「文章構成」について述べられている。

（2）『トゥキュディデス論』ではこの前に「トゥキュディデスの推敲」について述べられている。

（3）「冠詞」と訳したのは *διαρθροῦντα*. Rhys Roberts と Usher は「小辞（particles）」と訳している。

（4）Usher のテクストに従い、*τροπικῶν* を訳す。底本および Rhys Roberts では *τοπικῶν* であり、「場所を示す表現」という訳になる。

第三章　珍しく、古めかしい、大抵の人に解らない言葉の例

一　さて、珍しく、古めかしい、大抵の人に解らない言葉[1]というのは、無傷の（τὸ ἀκραιφνές）、熟考（ὁ ἐπιλογισμός）、警戒（ἡ περιωπή）、停戦（ἡ ἀνακωχή）[2]、その他これに類似した言葉です。また詩的な言葉というのは、妨害（ἡ κωλύμη）、使節団の派遣（ἡ πρέσβευσις）、抗議の喚声（ἡ καταβοή）、心痛（ἡ ἀχθηδών）、正当化（ἡ δικαίωσις）[3]、その他同様の言葉です。

二　文彩表現における新奇さ、多彩さ、通常の語法の変更は——とりわけこの点でトゥキュディデスは他の人と異なっているとわれわれは考えるのですが——、以下の事例を見れば明らかです[4]。

第四章　迂言法の例

一　さてトゥキュディデスが、一つの名詞あるいは動詞を、同じ意味のまま迂言法を使って複数の名詞あるいは動詞で表わすとき、次のような言葉づかいをします。「事実、テミストクレスは天分の力を最もしっかりと発揮したのであり、この点において彼は他の誰にもましてとりわけ驚嘆に値するのである[5]」。二　さらに「ペリクレスの」戦歿者追悼演説においても、トゥキュディデスは次のように書いています。「また、国家に貢献できる有能な人物が、貧しさのせいで無名の境遇に甘んじ力を振るえなかったことはない[6]」。すなわち、ここで意味されているのは……[7]。トゥキュディデスは、ピュロスの戦いで負傷して船から落ちたとき

のスパルタの［将軍］ブラシダスを描いて、次のような文章を作っています。彼は「ブラシダスが側面に張り出した櫂受け（παρεξειρεσίαν）に転落すると、彼の盾は海に滑り落ちた(8)」と述べています。つまり彼が言い

(1)『トゥキュディデス論』（第二十四章一）の「耳慣れない」が「大抵の人に解らない」に変わっている。

(2)「無傷の」（『歴史』第一巻一九、五二-二）は、悲劇の語彙であり散文での使用はトゥキュディデスに独特である。「警戒」（第四巻八七-一）は、ホメロスでは「見張りをする場所」の意味で使われている。「停戦」（ἀποκωχή が正しい綴りだと思われる）もトゥキュディデスに独特である（第一巻四〇-四、六六-一、第四巻三八-一、一一七-一、第五巻二五-三、二六-三、三二-七、第八巻八七-四）。「熟考」については少なくとも現存のトゥキュディデスのテクストには見いだされない。

(3)「妨害」（『歴史』第一巻九二、第四巻二七-三、六三-一）は κώλυμα のほうが普通の形である。「使節団の派遣」（同巻七三-一）。「抗議の喚声」（同巻七三-一、第八巻八五-二、八七-三）。「心痛」は元来「重荷」を意味するがトゥキュディデスは比喩的に使用している（第二巻三七-二、第四巻四〇-二）。「正当化」（第一巻一四一-一、第三巻八二-四、第四巻八六-六、第五巻一七-二、二六-二、第八巻六六-二）はリュシアスにも用例がある（『兵士擁護』八）。

(4)『トゥキュディデス論』で言及したすべてが例証されているわけではない。

(5)トゥキュディデス『歴史』第一巻一三八-三。「発揮した」と訳した ἦν ..... δηλώσας が、ἐδήλωσεν の言い換えになっている。Rhys Roberts, 1901, p. 178 参照。

(6)トゥキュディデス『歴史』第二巻三七-一。どこが迂言法であるのか不明だが、「無名の境遇に甘んじ」と訳した ἀξιώματος ἀφανείᾳ は、ἀναξίᾳ ないし ἀνωνυμίᾳ という一語で言える内容かもしれない。

(7)ここでテクストが脱落している。一語を複数の語で表わす例についての説明の後、複数の語を一語で表わすことについて述べられていたはずである。

(8)トゥキュディデス『歴史』第四巻一二-一。「側面に張り出した櫂受け」という言葉は παρά「傍ら」、ἐξ「外」、εἰρεσία「櫂」からなっている。

たいのは、「ブラシダスが船の外、櫂の突き出した部分に落ちる」ということです。

第五章　動詞を名詞にしている例

一　トゥキュディデスが文の動詞で言うべき部分を名詞形にするのは、次のような表現です。〔彼の『歴史』〕第一巻において、コリントスの使節はアテナイ人に向かって以下のとおり語っています。「以上のようにわれわれは、諸君に対して正当な申し立てを行なうのであるが、他方われわれは、〔諸君が〕友好の証しを示すよう勧告（*παραίνεσις*）と要求（*ἀξίωσις*）とを行なうのである」[1]。すなわち、「勧告する（*παραίνειν*）」と「要求する（*ἀξιοῦν*）」という動詞が、「勧告」と「要求」という名詞になっているのです。

二　同じ種類のものとして、第七巻の「プレンミュリオンに防壁建設を行なわないこと（*οὐκ ἀποτείχισμος τοῦ Πλημμυρίου*）」[2]があり、また第一巻の民会演説で使われている「悲嘆（*ὀλόφυρσις*）」があります[3]。すなわち、「防壁を建設する（*ἀποτειχίσαι*）」と「悲嘆する（*ὀλοφύρασθαι*）」という動詞が、「防壁建設」と「悲嘆」という名詞形になっています。

第六章　名詞を動詞にしている例

トゥキュディデスがそれぞれの自然な性質を逆転させ、名詞を動詞にするとき、ペロポネソス戦争の原因について述べている第一巻のような言葉づかいをします。「実際、まぎれもない真の原因は語られることはきわめて少ないが、アテナイ人が勢力を増したために戦争すること（πολεμεῖν）が必然になったこと（ἀναγκάσαι）だ、と私は考える」[4]。彼が言いたいのは、「アテナイ人が勢力を増したために戦争（πόλεμος）の必然性（ἀνάγκη）が生じた」ということです。「必然性」と「戦争」という名詞形に代えて、「必然になったこと」と「戦争すること」という動詞形が使われています[5]。

第七章　受動形の代わりに能動形が用いられている例

一　トゥキュディデスが動詞の受動形と能動形とを入れ替える場合には、次のような文章が出来あがります。「前者も後者も休戦条約によって妨げ（κωλύει）ない」[6]。すなわち、「妨げる」という能動形の動詞が、「妨げられる（κωλύεται）」という受動形の動詞の代わりに用いられているのです。この文の意味するところは、

（1）トゥキュディデス『歴史』第一巻四一-一。
（2）この一節は現存の『歴史』の中に見いだされない。「ポテイダイアの防壁建設」（第一巻六五-三）、「レウカスに囲壁建設しないこと」（第三巻九五-二）、「プレンミュリオン」（第七巻二四-二以下）とが結びついた一節になっている。Rhys Roberts, 1901, p. 179 参照。
（3）トゥキュディデス『歴史』第一巻一四三-五。
（4）トゥキュディデス『歴史』第一巻二三-六。
（5）ディオニュシオスは「普通名詞」と「固有名詞」を入れ替える例を挙げていない。『トゥキュディデス論』第二十四章四を参照。
（6）トゥキュディデス『歴史』第一巻一四四-二。

「前者も後者も休戦条約によって妨げられない」ということです。

二　さらに冒頭部分において次のように語られています。「交易が行なわれず、住民どうしが互いに交える（ἐπιμιγνύντες）のも安全ではなかったのであり[1]」。ここでは、能動形の動詞である「交える」が、受動形の動詞である「交わる（ἐπιμιγνύμενοι）」の場所を占めています。

第八章　能動形の代わりに受動形が用いられている例

トゥキュディデスが能動形の代わりに受動形を用いる場合には、次のような表現が出来あがります。「われわれのうちで、すでにアテナイ人と交渉をもたれた（ἐπηλλάγησαν）人々は[2]」。要するに彼が言いたいのは、「われわれのうちで、アテナイ人と交渉をもった（συνήλλαξαν）人々は」ということであり、受動形である「交渉をもたれた」が能動形の「交渉をもった」の代わりに用いられています。そのあとに続く部分も同様です。「もっと内陸部に住まれている（κατῳκημένος）人々に」。すなわち、能動形の動詞「住んでいる（κατῳκηκότας）」の代わりに、受動形の「住まれている」が用いられています[3]。

第九章　単数形と複数形とを入れ替えている例

一　単数形と複数形との違いに関して、トゥキュディデスが両者各々の位置を入れ替えるとき、次のように単数形が複数形の代わりに現われます。「もしも、アテナイの人にとって（Ἀθηναίῳ）敵はシュラクサの人（Συρακόσιον）であり、自分ではないと考える者があるならば」[4]。要するに、彼は「シュラクサの人々（Συρακοσίους）」と「アテナイの人々（Ἀθηναίους）」と言いたいのであり、名詞をそれぞれ単数形に変えているのです。また「今度は退却が容易でないだけに、それだけいっそうわれわれの敵（πολέμιον）は手強くなるだろう」[5]と彼が言う場合は、「敵たち（πολεμίους）」を複数形ではなく単数形にしています。

二　またトゥキュディデスは、単数形の代わりに複数形を用い、以下のようなやり方で通常の表現に変更を加えます。この文は、［ペリクレスの］戦歿者追悼演説の冒頭部分にあるものです。「他人について語られる賛辞は、聞いている（ἤκουσεν）ことなら自分にもやれる、と聴衆の一人一人（ἕκαστος）が思うかぎりでのみ許容されるのである」。つまり、「一人一人」「聞いている」と単数形になっていますが、それに続く部分は複数形で述べられています。「しかし、自分の力が及ばないことになると、もはや彼らは嫉妬し（φθονοῦντες）、信用しないのである（ἀπιστοῦσιν）[6]」。戦歿者追悼演説[7]は個人に向けて語られるよりも、大勢に向けて語られる方が自然です。

（1）トゥキュディデス『歴史』第一巻二-二。
（2）トゥキュディデス『歴史』第一巻一二〇-二。
（3）ディオニュシオスは能動相と受動相としか認めず（ギリシア語には中動相がある）、また非人称的用法も認めておらず、現代の文法とは異なる捉え方をしている。
（4）トゥキュディデス『歴史』第六巻七八-一。『トゥキュディデス論』第四十八章五を参照。
（5）トゥキュディデス『歴史』第四巻一〇-三。
（6）トゥキュディデス『歴史』第二巻三五-二。
（7）底本に従い *οἱ γὰρ ἐπιτάφιοι λόγοι* を補う。

第十章　男性形、女性形、中性形を入れ替えている例

男性形、女性形、中性形を入れ替え、通常の文彩から逸脱しているのは次のような場合です。トゥキュディデスは女性名詞を男性形で表わし ταραχή［混乱］を τάραχος[1]、ὄχλησις［迷惑］を ὄχλος[2] と言い、βούλησις［意図］と δύναμις［可能性］を中性形で τὸ βουλόμενον[3] と τὸ δυνάμενον[4] と言っています。たとえば、シケリアに軍隊を派遣しようとしていたアテナイ人について、彼は次のように書いています。「アテナイ人は準備の煩わしさによって意図（τὸ βουλόμενον）を挫かれなかった[5]」。またテッサリア人についての箇所では、「したがって、もしテッサリア人が、民主政治よりもむしろ閥族政治（δυναστεία）を伝来のものとして（τῷ ἐπιχωρίῳ）採用していなかったならば[6]」と語っています。ここでも、彼は女性形を中性形にしているのです。この文の意味するところは、「したがって、もしテッサリア人が、民主政治よりもむしろ伝来のものである閥族政治（τῇ ἐπιχωρίῳ δυναστείᾳ）を採用していなかったならば」ということです。

第十一章　通常とは異なる格変化をさせている例

一　普通名詞、固有名詞、分詞、それらに付く冠詞などの格変化に、トゥキュディデスが通常とは異なる変化を与える場合には、次のような形が出来あがります。「穏健な政治体制と行動の自由とを獲得した諸国

は（αἱ πόλεις）、アテナイ人によるまやかしの法秩序を無視し（τῆς ἀπὸ τῶν Ἀθηναίων ὑπούλου εὐνομίας οὐ προτιμήσαντες）、端的な自由へと進んでいったのである」[7]。

二　一般的な慣用に従って表現を形づくる人ならば、［主語の］女性名詞に分詞の[8]女性形を結びつけ、また分詞の［目的語の］格を属格ではなく対格にし、以下のように構成していたでしょう。「穏健な政治体制と行動の自由とを獲得した諸国は、アテナイ人によるまやかしの法秩序を無視し（τὴν ἀπὸ τῶν Ἀθηναίων ὑπούλου εὐνομίαν οὐ προτιμήσασαι）、端的な自由へと進んでいったのである」。この人物［トゥキュディデス］がしたように、男性形と女性形を組み合わせ、対格の代わりに属格を使う人がいれば、われわれから語法違反を犯していると言われるでしょう。

三　さらに以下も同様です。「彼らの数に（τῷ πλήθει）こわがることなく[9]」。すなわち、与格ではなく対格で文を形づくる方がふさわしいのです。「彼らの数を（τὸ πλῆθος）こわがることなく」。また実際、「神々の怒り

(1) この語は現存の『歴史』の中に見いだされず、むしろ女性形 ταραχή が使われている（第二巻八四-二など）。
(2) トゥキュディデス『歴史』第一巻七三-二。
(3) トゥキュディデス『歴史』第一巻九〇-二、第七巻四九-一。
(4) この語は現存の『歴史』の中に見いだされない。
(5) トゥキュディデス『歴史』第六巻二四-二。ただし現存のテクストでは τὸ βουλόμενον ではなく τὸ ἐπιθυμοῦν となっている。
(6) トゥキュディデス『歴史』第四巻七八-三。
(7) トゥキュディデス『歴史』第八巻六四-五。
(8) 底本に従い「分詞の（τῆς μετοχῆς）」をこの位置に移して訳す。
(9) トゥキュディデス『歴史』第四巻一〇-二。

に（τῇ παρὰ τῶν θεῶν ὀργῇ）恐れる」と言う人はいないのであって、「神々の怒りを（τὴν παρὰ τῶν θεῶν ὀργὴν）恐れる」と言うでしょう。

第十二章　時制の一致を破っている例

一　動詞の時制の一致を破っている表現に以下のようなものがあります。「とはいえさらにわれわれが、苛酷な訓練ではなく自由な気風によって、また規律よりはむしろ気質に由来する勇敢さをもって、危険に立ち向かうことを選ぶ（ἐθέλομεν）のであれば、われわれ［アテナイ人］の方が［スパルタ人よりも］優っている（περιγίνεται）。われわれは、将来の困難のためにあらかじめ苦労せず、それでいて困難に直面しても、日々辛苦している人たちに劣らず大胆さを示すからである」(1)。つまりここで、「選ぶ」は未来を示す動詞でありながら、「優っている」は現在を示す動詞です。もしトゥキュディデスが「選ぶ」に「優るだろう（περιέσται）」を結びつけていたならば、首尾一貫していたでしょう。

二　さらに以下も同様です(2)。「この土地が上陸困難であることもわれわれに有利だと私は考える。なぜならわれわれがとどまる（μενόντων μὲν ἡμῶν）かぎり、この土地はわれわれの味方となるからである（γίνεται）。しかしわれわれが退く（ὑποχωρήσασι）ならば、たとえ険しい土地であろうと容易に［敵に］乗り越えられるだろう（ἔσται）(3)」。「［味方と］なる」が現在を示しているのに対して、「［乗り越えられる］だろう」は未来を示しています。また、格変化に関する形式も一致していません。というのもトゥキュディデスは、分詞「とどまる」と代名詞「われわれ」を属格で表わしながら、「退く」は与格で表わしているからです。「退く」も同じ格で表わした方が適切だったでしょう。

第十三章　意味されているものと表示形式とが転換されている例

一　トゥキュディデスが意味されているものから表示形式へ、表示形式から意味されているものへと転換を行なうとき、次のように文を形づくります。「シュラクサの民衆は（τῶν δὲ Συρακοσίων ὁ δῆμος）、互いに激しく争うことになった（ἦσαν）」。つまり彼は、単数の名詞「民衆」を［表示形式として］先に置きながら、この名詞から複数形である意味内容「シュラクサ人」へと文章を転換しているのです。(4)

二　さらにまた、「講和後アテナイ人がシケリアから撤退すると、レオンティノイ人（Λεοντῖνοι）は多くの人を新たに市民として登録し、民衆（ὁ δῆμος）は土地を分配し直そうと企てた」(5)。つまりトゥキュディデスは、

(1) トゥキュディデス『歴史』第二巻三九-四。「選ぶ」には希求法が使われ、「可能」を想定する条件文となっている。田中美知太郎・松平千秋『ギリシア語文法』（岩波書店、一九六八年）一八一頁§四三四を参照。
(2) 底本に従い *Καὶ ἔτι τὰ τοιαῦτα* を訳す。
(3) トゥキュディデス『歴史』第四巻一〇-三。
(4) トゥキュディデス『歴史』第六巻三五-一。ディオニュシオスは主語の数と動詞の形が不一致だと主張しているのであるが、主語が「民衆」のような集合名詞の場合に動詞が複数の形になることは珍しくない。Usher, ad. loc.; Aujac, p. 165 参照。
(5) トゥキュディデス『歴史』第五巻四-二。

「レオンティノイ人」という複数の名詞から、「民衆」という単数の名詞へと文章を転換しています。［……］[1]

第十四章　事物と人間が入れ替わる例

一　トゥキュディデスでは、事物が人間となります。たとえば、ラケダイモン人に対するコリントス人の民会演説がそうです。よその国々に対するペロポネソスの名誉を、父祖から受け継いだときのまま守るよう指導者たちに要求して、コリントス人は次のように語っています。「それゆえよく考えて、父祖が諸君に委ねたときに劣らないようにペロポネソスを指導すること（ἐξηγεῖσθαι）に努めてほしい[2]」。ここで彼は、「指導する」を「先導してペロポネソスを外へ押し広める」という意味で使っています。しかしこの言葉は、「ペロポネソスという」土地には当てはまらず、その土地に属する名声と勢力とに当てはまるのであり、トゥキュディデスが言いたいのはこのことです[3]。

二　トゥキュディデスが事物を人間の代わりにするのは次のようなものです。コリントス人の使節が、アテナイ人とラケダイモン人とを比較しながら、ラケダイモン人に向かって語っています。「アテナイ人というのは進取の気性に富み、計画する点において、また決定したことを遂行する点において鋭敏である。他方諸君（ὑμεῖς）が鋭敏なのは、現状を維持してそれ以上何一つ決定しない、また必要なことさえ行動に移さない点においてである[4]」。さてここまでは二種類の人間が問題となっており、言葉の使い方は一貫性を保っています。三　しかし続く後半部分では文章が転換し、ラケダイモン人に関することが人間ではなく事物になっています。次のように語るときです。「さらにまたアテナイ人は、実力以上に大胆にふるまい、むこう見ずな危険をおかし、危機にあっても悲観しない。他方諸君のもの〔=諸君のやり方（τὸ δὲ ὑμέτερον）〕は、行なうのは実力以下のこと、しっかりと判断したことさえ疑う、というものなのだ」[5]。すなわち、「諸君」の代わりに「諸君のもの」が用いられ、事物が人間の代わりをしているのです。

---

(1) ここにテクストの脱落が想定されている。『トゥキュディデス論』第二十四章五―七の記述に対する説明があったとも考えられるが（Rhys Roberts, 1901, ad. loc. 参照）、ディオニュシオスは必ずしも『トゥキュディデス論』での記述を一つ一つ忠実に説明しているわけでもなく、断定的なことは言えない（Aujac, p. 165 参照）。

(2) トゥキュディデス『歴史』第一巻七一-七。「指導する」と訳した *ἐξηγέομαι* は *ἐξ*「外へ」と *ἡγέομαι*「先導する」とからなる。

(3) 名声も勢力も事物である領土ではなく、そこに住む人間に属するのであり、トゥキュディデスはペロポネソスを人間として扱っているというのである。ただしこれはいわゆる「換喩」であってとくに珍しいものではない。換喩については、伝キケロ『ヘレンニウスへの弁論術』第四巻第四十三章、キケロ『弁論家について』第三巻一六七、クインティリアヌス『弁論家の教育』第八巻第六章二三―二八を参照。

(4) トゥキュディデス『歴史』第一巻七〇-二。

(5) トゥキュディデス『歴史』第一巻七〇-三。

第十五章　おびただしい挿入の例

一　トゥキュディデスの説得推論[1]や見解表明においては、途中のおびただしい挿入のせいでなかなか結論に辿りつきません。そのため、彼の表現について行くのは容易ではないのですが、こうした挿入は『歴史』全体の中にきわめてたくさんあります。冒頭部分の二つを取りあげるだけで十分でしょう。最初の挿入は、かつてのギリシアが経済的に貧しかったことを示し、その原因を挙げています。「交易が行なわれず、陸上であれ海上であれ住民どうしが互いに交わるのも安全ではなく、各々の住民は日々生活ができるだけの土地しか所有していなかった。余分な財産をもたず、土地に果樹を栽培することもなかった。防壁もない状態では、いつ外敵が侵入するとともに掠奪するか分からないであろう。また、必要最小限の食料ならどこでも同じように手に入ると考えていたので、彼らはいとも簡単に移住した[2]」。もしもトゥキュディデスが「いとも簡単に移住した」を最初の文に続け、「交易が行なわれず、陸上であれ海上であれ住民どうしが互いに交わるのも安全ではなく、各々の住民は日々生活できるだけの土地しか所有していなかったので、彼らはいとも簡単に移住した」としていたならば、論理がずっと明瞭になっていたでしょう。しかし、途中に多くのことが挿入されているために、論理が不明瞭となり、ついて行くのが困難になっているのです。

二　もう一つの例は、エウリュステウスのアッティカ遠征についてであり、以下のとおりです。「エウリュステウスがアッティカでヘラクレスの子供たちによって殺された。アトレウスはエウリュステウスにとって母方の叔父にあたり、エウリュステウスは遠征に出かけるさい、この親戚関係に従いミュケナイとその王権とをアトレウスに委ねていた——たまたまアトレウスは、兄クリュシッポス殺害の罪で父によって追放されていたのである——。エウリュステウスがもはや帰ってはこないということになると、ヘラクレスの子供たちを恐れるミュケナイ人たちが望んだために、またアトレウスが有力な人物だと思われたのと同時に、彼の方も民衆の歓心を買っていたために、アトレウスはミュケナイ人ならびにエウリュステウスの支配下にあったあらゆる人々の統治権を継承した(3)」。

第十六章　曲りくねり、入り組み、解りにくい説得推論の例

一　説得推論の構成が曲りくねり、入り組み、解りにくくなるのは、トゥキュディデスが次のようなやり方をする場合です。この言葉づかいは［ペリクレスの］戦歿者追悼演説の中にあります。「むしろ彼らは、敵への報復の方が望ましいと考えると同時に、こうした危険をおかすことこそが最高の栄誉だと見なし、まずは敵に報復してからその他のもの［＝富を享受し裕福になること］を追求しようと思ったのであり、成功するか分からないものは希望に託し、眼前に迫るものへの行動においては自分自身を頼みにすべきだと信じていた。彼らは降伏して助かるよりも防戦して苦しむべきだと考えたのであり、不名誉な評判を免れようと任務

(1)「説得推論（ἐνθύμημα）」については補註E参照。
(2) トゥキュディデス『歴史』第一巻二二-一。
(3) トゥキュディデス『歴史』第一巻九-二。なお、これ以後ディオニュシオスは例を挙げるだけで説明を加えていない。

に身体を張って踏みとどまり、運命がもたらした決定的な瞬間に、恐怖ではなく栄光の極みにあってこの世を去ったのだ[1]」。

二　歴史家「トゥキュディデス」が第一巻でテミストクレスについて語っているのも同様です。「事実、テミストクレスは天分の力を最もしっかりと発揮したのであり、この点において彼は他の誰にもましてとりわけ驚嘆に値するのである。すなわち彼は、前もって準備することも後から付け加えることもなく、生来の聡明さによって、目前の事態に対して瞬時の決断で最も優れた見解を示し、将来の事態に対して起こりうるかぎりのことを最も的確に予測した。さらに彼は、自分の手がけるあらゆることを完全に説明することができ、経験したことのないことでさえ十分に判断することができた。良くなるのか悪くなるのかを、未だはっきりしない時点で彼は予想した。要するに、準備期間は短くても天分の能力によって、臨機応変に必要な対応をとる点でこの人物は最も優れていた[2]」。

第十七章　幼稚な文彩の例

一　対置、押韻、並置といった幼稚な文彩——ゴルギアスとその追随者がとりわけ濫用しているものです[3]——が最も適さないのは、厳格な調子をもち優雅さからほど遠い文体です[4]。しかし歴史家「トゥキュディデス」には、次のような例があります。「今日ギリシアと呼ばれている（καλουμένη）土地が、むかしから一定して居住されている（οἰκουμένη）のでないことは明らかである[5]」。さらにまた、「アテナイ人は、実力以上に大胆にふるまい、むこう見ずな危険をおかし、危機にあっても悲観しない。他方諸君のもの〔＝諸君のやり方〕は、行なうのは実力以下のこと、しっかりと判断したことさえ疑い、危機からはどうやっても逃れられないと考える、というものなのだ[6]」。またトゥキュディデスは、内乱がギリシアにもたらした災厄を詳細に描いている箇所で、次のように述べています。「思慮を欠く無謀さが仲間のための勇敢さと見なされ、先を見越してためらうことは臆病をとりつくろうこと、分別を持つことは女々しさを覆い隠すこと、そして何でも知っていることは何の役にも立たないと見なされたのである[7]」。彼の『歴史』全体を通じて、同様の文彩

（1）トゥキュディデス『歴史』第二巻四二-四。この引用に先立って次のように語られている。「戦歿者たちの中には、富をさらに享受することを望んで臆病になった者もいなければ、貧困ゆえの希望――いつの日か貧困を脱し、裕福になれるという希望――のために危機を先のばしにする者もいなかった」。なお、『トゥキュディデス論』第四十六章で同様の例が取りあげられている。

（2）トゥキュディデス『歴史』第一巻一三八-三。なお、この一節の最初の文は本書簡第四章一でも取りあげられている。

（3）『トゥキュディデス論』第二十四章九、『イソクラテス論』第十三章六、『デモステネス論』第四章四、第二十五章四を参照。

（4）『文章構成法』第二十二章三四以下を参照。

（5）トゥキュディデス『歴史』第一巻二一-一。*καλουμένη* と *οἰκουμένη* とが「押韻」となっている。

（6）トゥキュディデス『歴史』第一巻七〇-三（この一節は本書簡第十四章三でも引用されている）。底本に従い「危機にあっても悲観しない」を補う。「対置」の例だと思われる。

（7）トゥキュディデス『歴史』第三巻八二-四。『トゥキュディデス論』第二十四章九を参照。

が数多く語られているのが見いだされるでしょう。しかし例を挙げて語るのは、以上でもう十分でしょう[1]。

二　親しきアンマイオスよ、あなたがお望みのとおり、私の意見は一般的なやり方でその一つ一つが検討されました。

(1)『トゥキュディデス論』第二十四章一〇—一一で語られた特性については触れられていない。

補　　註

A　弁論の三種類について

アリストテレス以来弁論は、裁判のための（δικανικός）弁論、審議のための（συμβουλευτικός）弁論、祭典のための（πανηγυρικός）弁論の三つに大別される。裁判のための弁論は告訴（原告弁論）と弁明（被告弁論）という形をとる。審議のための弁論は、民会（議会）のための（δημηγορικός）弁論と同一視される場合もあるが、文字どおりの意味は勧告、忠告のための弁論である。この弁論は勧奨や制止という形をとる。祭典のための弁論は、演示的（演説的 ἐπιδεικτικός）弁論とも呼ばれ、大勢の人々が集まる公の行事に際して行なわれる弁論を指す。この弁論は称賛や誹毀という形をとる。これら三種の弁論はいずれも聴き手の心を動かすこと（説得）を最終目的とするが、それぞれの直截的な目的は、法廷弁論が正、不正を、審議弁論が利益、不利益を、演示弁論が美、醜（名誉、不名誉）を示すことである（アリストテレス『弁論術』第一巻第三章一三五八b八を参照）。なお、祭典のための弁論すなわち演示弁論が儀式での挨拶などを内容とし、演説者が直接に論戦で雌雄を決するものではないのに対して、前二者は演説者の運命を左右する戦いに等しいものであることから、二つをあわせてディオニュシオスはしばしば「実戦弁論、実際的弁論（ἐναγώνιος, ἀληθινὸς λόγος）」と呼んでいる。他に公訴弁論、私訴弁論、公的演説、葬礼演説などの呼び方で、弁論が行なわれる状況や条件を表わす場合がある。

B　弁論の五部門について

すでにアリストテレスに内包されていた分類として、弁論家のなすべき作業を五部門に分けるものがある。この分類は、キケロの弁論術の中核をなすとともにクインティリアヌスにも受け継がれ、最も一般的なものとなった。以下にギリシア語・ラテン語も併せて列記する。

発想（*εὕρεσις*　inventio）
配列（*τάξις*　dispositio）
措辞（*λέξις*　elocutio）
記憶（*μνήμη*　memoria）
口演（*ὑπόκρισις*　pronuntiatio）

C　「カノン」およびクインティリアヌス『弁論家の教育』第十巻第一章七六以下の解釈について

クインティリアヌスは『弁論家の教育』でアッティカの弁論家を論じて（第十巻第一章七六―八〇）、まずデモステネス、アイスキネス、ヒュペレイデスと若い世代の三弁論家を取りあげた後、より旧世代に属すリュシアス、イソクラテスを取りあげ、さらにアッティカ弁論最後の人としてパレロンのデメトリオスの名を挙げて弁論家の項を締めくくった。ここでクインティリアヌスが使っている「十人」という言葉が、いわゆる「カノン」の十人を指すか否かについて、二通りの解釈が並立している。以下のラテン語原文中の decem を単に「十人」という数と受け取る解釈(A)と「カノンの十人」と受け取る解釈(B)である（以下ラテン語原文と翻訳文）… sequitur oratorum ingens manus,ut cum decem simul Athenis aetas una tulerit.

(A) there now follows a vast host of orators; the large numbers can be illustrated by the fact that in a single generation Athens produced no fewer than ten（Douglas, pp. 34-35）

There follows a vast army of orators, Athens alone having produced ten remarkable orators in the same generation（Butler, *Institutio Oratoria* 4, Loeb Classical Library）

「これに続くのは弁論家の巨大な一団であって、アテナイで一時代に一〇人同時に輩出したときがそうです」（森谷宇一・戸高和弘・伊達立晶・吉田俊一郎訳、クインティリアヌス『弁論家の教育4』西洋古典叢書）

(B) There follows a vast host of orators, since in the time of the age of the orators Athens produced the ten（Worthington, 1994, p. 253）.

Worthington は、かの「カノン」に入れられた十人、の意であると解し、the ten と定冠詞を入れて英訳している。彼は pp. 253-254 で文脈、語法、関連文節等からこの解釈の有効性を説明している。

「カノン」の十人の顔ぶれには実際は時代によって異動があるが、一世紀後半にはアンティポン、アンドキデス、リュシアス、イソクラテス、イサイオス、デモステネス、アイスキネス、リュクルゴス、ヒュペレイデス、デイナルコスであったという説が有力である。

D　カイキリオスについて

スーダ辞典によると、シケリアのカラクテ出身、本名アルカガトス。一説にはもと奴隷、おそらくはユダヤ人と推測されている。カイキリオスはディオニュシオスとともにアジア主義を排斥して、アッティカ主義を唱えた学者として知られる。ディオニュシオスと関心分野を同じくし、互いに深く尊敬しあい、親交があった。ディオニュシオスとともにカイキリオスがアッティカ流の簡素高雅な筆致を体得したキケロをはじめとするローマ知識人、とりわけ正統純潔な古典主義を重んじたアウグストゥス帝の時代精神に敏感でなかったはずはない。すでにラテン文学のギリシアへの影響が推し量られる。まさにこの前一世紀末にキケロとデモステネスの比較という野心的試みが、カイキリオスによって行なわれた（ロンギノス『崇高について』第九章（九）の典拠がカイキリオスであるとすれば、三種の文学の比較をした可能性も考えられる）。これをもってカイキリオスは、ラテン文学をギリシア文学と比較して論じた最初のギリシア人批評家と言える。プルタルコスはこれを「陸に上がったイルカ」「すべてにおいて優れたカイキリオスが、青年の客気に駆られた業」（『デモステネス伝』三）と酷評した。しかし続いてデモステネスとキケロを比較したロンギノスは（『崇高について』第十二章四）、カイキリオスに対する対抗心を隠さず、カイキリオスが書いた『崇高について』をも失敗作と断じて、同じ題名の『崇高について』を著わした。

『模倣論』解説で挙げた『十人の弁論家の文体について（*περὶ τοῦ χαρακτῆρος τῶν ι΄ ῥητόρων*）』のほか著書多数としてスーダ辞典は以下の散逸作品の題名を記している。

『プリュギア人を駁す』二冊。アジア主義批判の書と見られるが、「措辞はすべて優美な言い回しであるべきことの証明である。語彙選択の基礎の書である」という説明文が付されていると思われる。

『デモステネスとキケロの比較』比較文学の最初の試みとされる。

『崇高について』本書所収ロンギノス『崇高について』第一章一参照。

『アッティカ主義信奉者はアジア主義者といかなる点で違うか』

『デモステネスとアイスキネス比較審判』

『デモステネスについて、彼のどの作品が真作か、どの作品が偽作か』アンティポンやリュシアスの作品の真正性についても著述があることが他の文献に記されている（擬プルタルコス『十大弁論家列伝』八三二E参照）。

『弁論家による歴史に関する発言について』

スーダ辞典以外にもこれら以外の彼の作品名が他の文献に散見する。

『弁論術』クインティリアヌス『弁論家の教育』第三巻第一章一六でディオニュシオスと並べて言及されたそれか（Rhys Roberts, 1897, pp. 302-312 参照）。

『文彩について』しばしば他のギリシア人修辞家およびクインティリアヌス『弁論家の教育』第九巻第三章八九ほかによって言及、引用されている。

リュシアスを過度に擁護するあまりプラトンを貶めた（第三十二章八）、などロンギノスは『崇高について』で激しくカイキリオスを論難しているが、是認の言辞も見られる。『崇高について』の当該箇所でロンギノスが指す「リュシアスについての著作」は『十人の弁論家の文体について』とは異なるものであろうと考えられている。

他に歴史、文芸批評の著作題名が他の文献中で言及されている。

E　説得推論（ἐνθύμημα）について

聴き手の説得のために組みたてられる推論形式。必然的な前提から組み立てられる論理的推論（συλλογισμός）とは違い、蓋然性（εἰκότα）と徴証（σημαῖα）から組み立てられる推論。アリストテレス『弁論術』第一巻第一章一三五五a二―一八、第二章一三五六a三四以下、第二巻第二十二章以下を参照。「説得推論（エンテューメーマ）」の対義語として、ディオニュシオスが「弁証術的推論（エピケイレーマ）」という語を使っている箇所（『デイナルコス論』第六章三、『イサイオス論』第十六章三参照）から、エピケイレーマ（ἐπιχείρημα）を「厳密な推論」の意と解することができる。エピケイレーマについては、アリストテレスが『トピカ』第八巻第十一章一六二a一六においてこれを「弁証術的推論」と定義したが、そののち用法の推移を辿れる用例が残っておらず、ディオニュシオスの用法も、厳密にアリストテレスの定義に即しているわけではない。Kennedy, 1994, p. 45; Rhys Roberts, 1901, pp. 190-191 参照。

F　アレクサンドリア図書館とペルガモン図書館について

西洋における最古の学術の殿堂と言われるアレクサンドリア図書館は、前三〇〇年頃世界中からあらゆる分野の文献を収集することを目的に、学問所ムーセイオンとともにプトレマイオス一世によって建てられた。伝承文献の原典校合、作品目録編集などが文学、地理学、数学、天文学、医学等について行なわれた。幾何学のエウクレイデス、数学のアルキメデスなどの研究・学術活動・滞在も伝えられるが、詩人としても有名なカリマコス（前三〇五頃―二四〇年頃。図書目録（ピナケス πίνακες）編纂で有名）や、同じく詩人であり批評活動も行なったロドスのアポロニオス、文学・文献学で著名なビュザンティオンのアリストパネス（前二五八―一八〇年頃）、ホメロスの註釈者アリスタルコス（前二一六―一四四年か）など、アレクサンドリア図書館でギリシア古典文学の伝承の礎を築いた人々の功績は大きい。時期や回数は不明ながら大火に見舞われたことは、公共の知的財産の亡失を象徴する出来事として、なかば伝説的に伝えられている。

前二世紀初めには政情不安のため学者文人たちはアレクサンドリア図書館を去り始めた。

幾人かはペルガモン図書館に移り、アレクサンドリア学派の系統的網羅的な研究を発展させ、ヘレニズム文化のもう一つの中心地となった。前二世紀ローマの支配下に入ってからも存続した。アリスタルコスの弟子で前一四六年頃にペルガモン図書館に移ったアポロドロスは、おそらくはアウグストゥス帝と文芸評論で著名であったカイキリオスの師であった（スエトニウス『ローマ皇帝伝』「アウグストゥス伝」第八十九章、クインティリアヌス『弁論家の教育』第九巻第一章一二参照）。

前四八年にアレクサンドリア図書館は焼け落ちたが、のちにアントニウスが、ペルガモン図書館の蔵書二〇万冊をクレオパトラに贈ったと言い伝えられる。

G　ディオニュシオスの修辞理論体系について

ディオニュシオスの修辞理論体系は以下図示のようにまとめられる。本巻の『トゥキュディデス論』のほか、『文章構成法』第一、三、十八、二十の各章等でほぼこの立場を採った議論が展開される。

題材（*πραγματικὸς τόπος*）

一　題目選定（*ὑπόθεσις*）

発想（*εὕρεσις*）

選択（*κρίσις*）

二　布置配列（実行）（*οἰκονομία, χρῆσις*）

区分（*διαίρεσις*）

配置（*τάξις*）

展開（*ἐξεργασία*）

措辞（*λεκτικὸς τόπος*）

一　用語選択（*ἐκλογὴ τῶν ὀνομάτων*）

1　標準的表現（*κυρία φράσις*）

2　比喩的表現（*τροπικὴ φράσις*）

二　言葉の配列（語順調整）（*σύνθεσις τῶν ὀνομάτων*）

1　句（*κόμμα*）　その文彩形式（*σχῆμα*）

2　文節（*κῶλον*）　その文彩形式（*σχῆμα*）

3　総合文（*περίοδος*）　その文彩形式（*σχῆμα*）

テオプラストスが一　用語選択、二　語順配列、三　文彩と三分割法を立てたことは、ディオニュシオス自身が『イソクラテス論』第三章で言及紹介し、ときにそれに依拠した論述をしている（『デモステネス論』第十八章八など）。句、文節、総合文の三種を立てる説はペリパトス（逍遙）学派のものとされる（アリストテレス『弁論術』第三巻第九章一四〇九a三五―b九参照）。

H　ディオニュシオスの修辞理論における「文体」と「語順調整」について

ディオニュシオスにおいて文体（*λέξις, χαρακτήρ*）とは、用語選択をも含む措辞の様相を意味し、伝統的な文体の三分類、荘重（崇高）体、平明体、中間（混合体）が踏襲されている。これに重ねるかたちでディオニュシオスは語順調整（σύνθεσις ὀνομάτων, ἁρμονία）すなわち語と語の結びつけ方を重視し、峻厳、優雅（華麗）、融合の三種類の語順調整を立てた。本書においては『トゥキュディデス論』（第二十四章一一）『アンマイオスへの第二書簡』（第二章二）中の言及以外は、語順調整は正面から論じられてはいないが、「音楽的諧調」の含意の濃い「語順調整」すなわち言葉の配列は「文体」とともにディオニュシオスの修辞理論における基本的体系をなすものとして、叙述の根底に置かれている。本叢書既刊のディオニュシオス／デメトリオス『修辞学論集』において、ディオニュシオスは「文体」と「語順調整」を詳細に論じている。

I　総合文（*περίοδος*）について

アリストテレス『弁論術』第三巻第九章一四〇九b一三以下によれば、「単純に羅列されただけの文（*λέξις εἰρομένη*）」に対して、総合文とは「全体として完結し、回帰性を持ち（*λέξις κατεστραμμένη*）――意味の上でも完結している文」と定義され、「それ自体のうちに始まりと終わりを持ち、しかも容易に全体を見渡せる長さの文」のことである。ギリシア語原語 *περίοδος* は「迂回路」「回り道」を意味し、あたかも回り道をするかのように複文を含んで終着点に到着し、最後に意味が完結する文が総合文である。総合文の概念は、近現代の校訂本の句読点とは一致しない。たとえばトゥキュディデス『歴史』第一巻一についてディオニュシオスの校訂者（Usener/Radermacher）の認めた最初の句点までを、ディオニュシオスは総合文三個と数えている（『文章構成法』第二十二章三四以下参照）。

J　文章の美質あるいは特性（*ἀρετή*）について

文章の美質あるいは特性はアリストテレス以来弁論術（修辞学）理論の主要題目の一つであった。アリストテレスは「明晰」を唯一の特性としたとする解釈（Stroux, Bonner）、「明晰・装飾性・適切さ」の三つを認めたとする解釈（Solmsen）がある。テオプラストスは散逸した『措辞論』で「純正・明晰・適切さ・装飾性」を数えたと言われる。ストア派の哲学者バビュロニアのディオゲネスが「簡潔」をつけ加えたのを受け、ディオニュシオスはその影響下にあるとの見方が一般的である。

付帯的特性については『ポンペイオス・ゲミノスへの書簡』第三章一七―一九参照。生き生きとした描写、性格と感情の模倣、重厚さ、厳粛さ、力強さ、緊張感、心地よさ、説得力、魅力などが付帯的特性として数えられている。性格と感情の区別については、クインティリアヌス『弁論家の教育』第六巻第二章八—二四、キケロ『弁論家』三七参照。

K ″最古の文法家″ディオニュシオス・トラクス（トラキアのディオニュシオス）および古代の文法について

古代ギリシアの文法研究は、前五世紀のソフィストたちによるギリシア語の分類・分析に始まると言われる。プラトンの『クラテュロス』やアリストテレスの『命題論』などを先駆として、ストア派やアレクサンドリア学派が著わした文法書の要約（ἐπιτομή）を、前一〇〇年頃アリスタルコスの弟子であったディオニュシオス・トラクスが書き残したものが最古の文法書と言われる。

ディオニュシオス・トラクスは分節語（ἄρθρον, ἄρθρα, διάρθρον）なる用語を使っているが、同じ ἄρθρον をアリストテレス『詩学』一四五七a九は「分節語とは意味を持たない音声であり、文の始めまた終わりまたは切れ目を示し、その性質からして文の端または真ん中に置かれる」（ただしテクスト伝承不全で、この箇所を削除する校訂（Reiz, Bywater）はなお否定されていない）と説明しており、ディオニュシオス・トラクスの概念とは異なっている。

ディオニュシオス・トラクス自身による説明に従えば、分節語は前置分節語 ἄρθρον προτακτικόν と後置分節語 ἄρθρον ὑποτακτικόν の二種から成り、それらはそれぞれわれわれの言う冠詞と関係代名詞に当たる。したがって現代語訳では「冠詞」（三五五頁註（3）参照）あるいは「小辞」と訳出されることが多い。本巻の『トゥキュディデス論』第二十四章六で「分節語」、第三十七章では ἄρθρα δεικτικά を「指示分節語」とした訳語は、ディオニュシオス・トラクスを援用したものである。

品詞の数についても、名づけ言葉（ὄνομα）、述べ言葉（ῥῆμα）、接続語（σύνδεσμος）を数えたアリストテレス（前四世紀）の後、ストア派の開祖ゼノン（前三世紀前半）の四品詞説、クリュシッポス（前三世紀後半）の五品詞説を経て、ディオニュシオス・トラクスは師アリスタルコスの考えを受け継いで名詞（ὄνομα）、動詞（ῥῆμα）、分詞（μετοχή）、冠詞（ἄρθρον）、代名詞（ἀντωνυμία）、前置詞（πρόθεσις）、副詞（ἐπίρρημα）、接続詞（σύνδεσμος）の八品詞を数えたといわれる。ギリシア語に特有な小辞（μέν, δέ など）は、アリストテレスでは接続語の一部と考えられているが（『詩学』一四五七a七）、本巻のディオニュシオスはそれを採っている節もある。ディオニュシオスの時代（前一世紀）にはいまだ各文法家の説が併存し、標準的文法体系の確立は未完であった。

L デークラーマーティオーについて

前一世紀のローマにおいて最も効果的に弁論の能力を養う

ことのできる訓練法として、初期にはギリシア語で、やがてラテン語で広く行なわれた弁論の口演。一説には前四世紀末のパレロンのデメトリオスが考案した練習法（メレテー）を淵源とするという。仮想の題目を立てて口演する模擬弁論を意味し、勧奨、説諭などを内容とする模擬議会（勧告）演説（suasoria）と、正義、適性などに関する議論で勝敗を争う模擬法廷演説（controversia）の二種に分けられる。「ギリシア軍総大将アガメムノンは、全軍の出航を阻む嵐を鎮めるため、娘を生贄として神に捧げるべきか」は前者の題目例、「ローマの法律によって城壁に上ることを禁じられている外国人が、来襲した敵を城壁に上って撃退してローマを救ったとすれば、その外国人は有罪か無罪か」は後者の題目例である。しかし論じられる法律問題や政治的課題は二の次で、演説者の美声や表情豊かなジェスチャー、緩急自在な語調などが愛でられる。かつて説得と論争の武器であった弁論は、うっとりさせる美辞麗句、気の利いた寸言警句、凝った文飾などを売り物にする観賞用弁論にとって代わられたのである。

　こうした訓練は弁論学校・教場で教科の中心に置かれただけでなく、その技が社交の場でも披露され競われるようになり、さらに娯楽性の大きいデークラーマーティオーの競演会・興行さえ催されるようになった。

M　文彩表現について

　文彩表現 *σχῆμα, τρόπος* とは、効果的に見せるための言い回し。布の模様（あや）のように文に施された飾りのことである。文彩は位置の文彩、反復の文彩、量の文彩などに分類されるが、その文彩も理論家によってさまざまであるので、ここでは体系的な文彩説明はせずに、本書で言及される文彩形式を中心に、弁論術において重要だと思われるものをまとめて挙げる。

　①生き生きとした描写、鮮明さ（エナルゲイア *ἐνάργεια*）　眼前に彷彿と情景を描きだす描写法。トゥキュディデスはヘロドトスに劣らずこの技法において優れていると言われている。『ポンペイオス・ゲミノスへの書簡』第三章一七、クインティリアヌス『弁論家の教育』第九巻第二章四〇―四四参照。アリストテレス『弁論術』第三巻第十一章一四一一b二五参照。

　②暗喩、隠喩（メタポラー *μεταφορά*）　本来の表現に代えて別の表現を用いる文彩形式。「～のような」を伴う直喩（エイカシアー、エイコーン *εἰκασία, εἰκών*）に対して、「～のような」を用いない表現。「アキレウスは獅子のように躍りかかった」は直喩。アキレウスを指して「獅子が躍りかかった」と言えば暗喩。アリストテレス『弁論術』第三巻第四章一四〇六b二一―二二、および第十一章一四一二b三五参照。

クインティリアヌス『弁論家の教育』第八巻第六章四—一八参照。

③換喩（メトーニュミアー、ヒュパラゲー μετωνυμία, ὑπαλλαγή）あるものをその属性ないしそれと密接な関係にあるもので表わす文彩形式。「穀物」を指すのに穀物の女神の名「ケレス」という類の言い換え。クインティリアヌス『弁論家の教育』第八巻第六章二三参照。

④迂言法（ペリプラシス περίφρασις）直截に事象を述べる代わりに、別の言葉に置き換えて間接的に遠回しに言う文彩形式。「ペルシア」を「東の大国」「口髭」を「鼻の下の叢」という類い。『トゥキュディデス論』第二十九章四および第三十一章四、クインティリアヌス『弁論家の教育』第八巻第六章二九—三〇参照。

⑤拡大法（アウクセーシス αὔξησις）(1)語や語句を次第に力強く印象づけるように重ねる表現（漸層法に類似）。(2)不釣り合いに大きいものに関連づける表現（誇張法に類似）。(3)話題を拡大する話法（現在の危機を話題にして過去の類似例を出すなど）の三種が数えられる。弁論術では、拡大法は証明部分か、場合によっては結論部分で使われる。ロンギノス『崇高について』第十一—十二章、また『トゥキュディデス論』第十九章二のディオニュシオスの評言を参照。またクインティリアヌス『弁論家の教育』第八巻第四章三参照。

⑥誇張法（ヒュペルボレー ὑπερβολή）内容にふさわしい表現を誇張的な表現に置き換える技法。李白の「白髪三千丈、愁いによってかくのごとく長し」はその一例。デメトリオス『文体論』（一二四）は、類似性によるもの、優位性によるもの、不可能性によるものの三種類に分類している。アリストテレス『弁論術』第三巻第十一章一四一三a一八—三五参照。

⑦誇張技法（デイノーシス δείνωσις）『弁論家の教育』第六巻第二章二四において、ラテン語に訳出しがたい語としてギリシア語のまま使って説明するクインティリアヌスによれば、不当なことや苛酷な事や憎しみを買うことの力を強める弁論術（δείνωσις = rebus indignis, asperis, invidiosis addens vim oratio）の技法の一つで、デモステネスの弁論の最も顕著な特質とされる。『模倣論』要約版第二章五および第五章三参照。

⑧転置（ヒュペルバトン ὑπερβατόν）密接に相関連している二つの語（句）が、中断され分離された文彩形式。使い方によって文章の美点にも、欠陥にもなりうる。『崇高について』第二十二章、『トゥキュディデス論』第三十一章四およびクインティリアヌス『弁論家の教育』第八巻第六章六二—六七参照。

⑨漸層法（クリーマクス κλῖμαξ）前辞反復を次々と重ねて、文調を高めて行く文彩形式。「……X／X……Y／Y

……Z」という形になる。「私はそう言っておきながら提議せずには済まさず、提議しておきながら使節を務めずには済まさず、使節を務めておきながらテーバイ人説得を果たさずには済まさなかった」（デモステネス第十八弁論『冠について』一七九）は有名な例。クインティリアヌス『弁論家の教育』第九巻第三章五五参照。

⑩ 諷喩、寓話（アレーゴリアー ἀλληγορία）　原義は、何かを違う言葉で言う、の意。隠喩が単語の言い換えであるのに対して、文章全体さらには一文以上にわたってその言い換えが続くもの。諷喩とは、二つの物語の並行だといえる。『イソップ寓話』がこの一例。ヘラクレイトス『ホメロスの寓意』一―五、『崇高について』第九章七、クインティリアヌス『弁論家の教育』第八巻第六章四四―五八参照。

⑪ 頭語畳用（エパナポラー、アナポラー ἐπαναφορά, ἀναφορά）　文節や句の始めに同じ語を繰り返して強調する文彩形式。『ジュリアス・シーザー』の「なぜ火の雨が降るのか、なぜ亡霊がうろつくのか、なぜ禽獣が異常なふるまいをするのか、なぜ……なぜ……」などシェイクスピアが多用している。『崇高について』第二十章一―三、クインティリアヌス『弁論家の教育』第七巻第四章八参照。

⑫ 頓呼法（アポストロペー ἀποστροφή）＝頓絶法（アポシオーペーシス ἀποσιώπησις）　思考の連続を、突然意図的に中断する文彩形式。襲ってきた感情に耐えないかのように絶句してみせるなど。『崇高について』第十六章二、クインティリアヌス『弁論家の教育』第九巻第二章五四―五五参照。

⑬ 連辞（接続詞）省略（アシュンデトン ἀσύνδετον）　文や文節や句や語を継続させる場合に接続詞（語）を省略し、急ぐ調子、つのる感情、壮大さなどを作りだす文彩形式。『崇高について』第十九―二十五章、クインティリアヌス『弁論家の教育』第九巻第三章五三―五四参照。

⑭ 比較（パラボレー παραβολή）　理論家によって見解が異なるが、一般には例示（パラデイグマ）の対概念として、広く自然、人間生活からとられた類似性に基づく比喩を指す。直喩はその一つ。

⑮ 皮肉（エイローネイアー εἰρωνεία）　物事をそれとは言わないで、反対の表現で述べる文彩形式。烈風で船乗りを苦しめる黒海を、「ひどい扱いをする」海と言う代わりに「よいもてなし」の海の意の「エウクセノス」と呼ぶ類い。クインティリアヌス『弁論家の教育』第九巻第二章四五―五一参照。

⑯ ほのめかし（エンパシス ἔμφασις）　あることを言うのに、直接それとは言わないで別の表現を用いて暗示すること。エンパシスには強調という意味もあるが、ほのめかしが本来の意味である。

⑰暗示的看過法（パラレイプシス παράλειψις）　取りあげた内容や対象について「ここで言うつもりはないが」と断っておいてから言うことによって、逆にそれを強調する文彩形式。『トゥキュディデス論』第五十四章六のデモステネスからの引用文「つけ加えて言うつもりはないが……」（デモステネス第十八弁論『冠について』二三一）がその一例。伝キケロ『ヘレンニウスへの弁論書』第四巻第二十七章三七参照。

⑱言い直し、言い換え（メタレイプシス、メタボレー μετάλειψις, μεταβολή）　一般に言述において「変化は快いものであり、多彩さを与える」（『ポンペイオス・ゲミノスへの書簡』第三章一二）とされるが、とくに一度あることを言って、思い直したかのようにもう一度同じことを違う表現で言う文彩形式。メタポラー（隠喩）の一種とする見解がある。

⑲婉曲語法（エウポーニアー εὐφωνία）　不吉なことや口に出すのが憚られることを、幸先のいいことや別の表現に置き換える文彩形式。「死ぬ」を「永遠の眠りにつく」と言う類い。

⑳活喩（エネルゲイア ἐνέργεια）　無生物を生物にたとえる文彩形式。「海は招く」など。アリストテレス『弁論術』第三巻第十一章二―四（一四一一b三四）参照。

㉑語尾音反復（ホモイオテレウトン ὁμοιοτέλευτον）　類似した音を持つ語や同じ語で各文節を終える文彩形式。伝キケロ『ヘレンニウスへの弁論書』第四巻第二十章二八参照。

㉒濫喩（カタクレーシス κατάχρησις）　もととなる本来の表現を欠くため、最も接近した語を借用して表現すること。たとえば「山の裾」や「机の脚」である。伝キケロ『ヘレンニウスへの弁論書』第四巻第三十三章三五、クインティリアヌス『弁論家の教育』第八巻第二章六および第六章三四―三六参照。

㉓擬人法（プロソーポポイイアー προσωποποιία）　忠告、非難、不満、称賛などの言葉を、それにふさわしい人物の口から語らせる文彩形式。クインティリアヌス『弁論家の教育』第九巻第二章三六参照。

㉔前辞反復（アナディプローシス ἀναδίπλωσις）　文ないし文節の最後にある語を、次の文ないし文節の始めでもう一度繰り返す文彩形式。尻取り文。漸層法と組み合わせる場合が多い。

㉕滞留、反復（エピモネー ἐπιμονή）　同一語句や同一内容を繰り返す文彩形式。

㉖類韻（パロノマシアー παρονομασία）　意味は異なるが、音が似た語を並べること。地口、洒落に相当する。『アンマイオスへの第二書簡』第二章九および伝キケロ『ヘレンニウスへの書』第四巻第二十一―二十二、二十九―三十一章参照。

㉗トリコーロン（τρίκωλον）　類似の字句を三つ並べて、

段階的に調子を高める修辞技法。リンカーンの「民衆の、民衆による、民衆のための政治」は有名な例。

N　ゴルギアス風文彩について

「ゴルギアス風文彩」は、前五世紀のレオンティノイ（シケリア）の弁論家ゴルギアスが、『ヘレネ頌』（断片）で使い、後世模倣された文彩表現（σχῆμα）を指す。

通例以下の①②③が数えられる。ディオニュシオスは、簡潔・明晰・平明を良しとするアッティカ主義を奉じ、ゴルギアス風文彩をいずれも「幼稚」「嫌悪感をもよおさせる」と非難するが、絢爛華美な技巧性を追求したアジア主義弁論では広く行なわれた。

①対置（アンティテシス *ἀντίθεσις*）　内容ないし表現形式の対照的な二語（二句あるいは二文）を対にして並べて、両者が互いに引き立て合う効果を狙った文彩形式。Give every man thy ear, but few thy voice（人の話には耳を傾けよ、だが自分のことはむやみに話すな）はシェイクスピア『ハムレット』第三幕一場の事例。アリストテレス『弁論術』第三巻第九章一四一〇a二〇以下および伝キケロ『ヘレンニウスへの書』第四巻第二十一―二十二、二十九―三十一章を参照

②押韻（パロモイオーシス *παρομοίωσις*）　並列された、長さの等しい一連の（語）句の対応箇所に同じ音の音節が置かれて響きが対応する文彩形式。これが行頭であれば頭韻、行末であれば脚韻となる。並置（パリソーシスあるいはパリソン）の対応度が最も高いもの。

③並置（パリソーシス、パリソン *παρίσωσις, πάρισον*）　等しい構造の（語）句が連ねられて類似の響きを持ち、その長さもほぼ等しい文彩形式。とくに文節（コーロン）単位の対応が目につき、それゆえの文章構造の類似性が類似の響きを生むものを同数節（イソコーロン *ἰσόκωλον*）と、区別して呼ぶ場合もある。征服者カエサルの veni, vidi, vici（来た、見た、勝った）は有名な例。

解説

『文芸論集』について

戸高和弘

本書にはロンギノス『崇高について』、ディオニュシオス『トゥキュディデス論』他が含まれるが、古代の枠組みで言えば、これらは弁論術、すなわちレートリケー（ῥητορική）の書物である。レートリケーの訳語として、弁論術と修辞学とが用いられるが、民会や法廷で弁論家たちが活躍し、レートリケーが政治的な役割を担っている場合（たとえば、民主政のアテナイ、共和政のローマ）には弁論術、もっぱら教育の場で利用される文章術となった場合には修辞学と呼ぶのが適当かもしれない[1]。

以下ではとくにことわらないかぎり弁論術を用いるが、「言葉の技術」であるかぎりで、口頭であれ書記であれ、これは言葉の上達を目ざすものである。そのさい、優れた文章を規範とし、規範のどこが優れているかを解説することが重要になる。弁論術書は、いわゆる弁論家にとどまらず、詩人、歴史家、哲学者などさまざまな著作家を取りあげる。弁論術書は「文芸批評」でもある。ロンギノスの書が青木巌訳で『文学論』となっているのも理由のないことではない。

しかしながら、弁論術書はいわゆる芸術としての文学のみを取りあげるわけではなく、また、言葉の上達という実用的な目的を常に有している。芸術という近代的な枠組みでとらえるのは誤解を招くだろう。[2] その一方で、本書所収の『崇高について』は以下に述べるとおり異色の弁論術書であり、ディオニュシオスの論攷も弁論術（修辞学）を主題とするものばかりではない。誤解を避けるため、本書は『文芸論集』と題することにする。

（1）本叢書『修辞学論集』解説五二〇―五二一頁、および佐々木『美学辞典』一一九頁を参照。

（2）芸術概念の成立に関しては、小田部胤久『芸術の逆説――近代美学の成立』（東京大学出版会、二〇〇一年）「プロローグ　芸術の誕生」を参照。

ロンギノス『崇高について』[1]

戸高和弘

「古代の文学観について、アリストテレスが最後の言葉になるのだろうか。幸いにもわれわれは『ペリ・ヒュプスース（Περὶ ὕψους）』なる書物をもっている。これは『崇高について』という表題で、また著者はロンギノスの名前で通用している。しかし二つとも誤りである。著者をわれわれは知らない。そしてヒュプソス（ὕψος）という語の意味するのは『高さ』であって崇高ではない。高き文学、偉大な詩と散文がその主題である。著者はこれをアリストテレスのように、冷静ではあるがなお不十分な概念使用によるのではなく、感激に満ち明察に富む愛をもって論じている。彼は弁論術（Rhetorik）と文学のきずなを断ち切る[2]」。

「批評史の全体を通じる二つの文学観の流れは、アリストテレス的な美的文学観とロンギノス的な創造的文学観であって、文学を作品としてみるものと、過程としてみるものである。……ロンギノス的な文学観の中心理念は、脱我ないし没入である。それは、読者と詩と、そしてときに、少なくとも理想的には、作者とが一体になる状態である。ここでまず読者を考える理由は、ロンギノスの文学観はまず第一に主題への個人的反応に基づいているからだ。この見方は抒情詩について有効であり、一方アリストテレスの見方は劇について有効である」[3]。

現代においてロンギノス『崇高について』がどのように理解されているかは、上記二つの引用に集約されるだろう。ともに洞察に富む鋭い言葉でこの著作の本質を突いている。しかしながら正確な姿を伝えているとは言いがたい。ロンギノス『崇高について』は古代ギリシア・ローマの弁論術の伝統を受け継ぐ著作であり、また著者の文学観は必ずしも「創造的」ではない。以下では、ロンギノス『崇高について』の時代的背景を確認したうえで、その独自性を考察する。その過程において、この著作がプラトン『国家』第十巻前半で展開される、いわゆる「詩人追放論」への応答となっていることを明らかにする。

一、著者と著作[4]

クルティウスが述べているとおり、『崇高について』の著者は明らかではない。現存する最古の写本である十世紀の写本（Parisinus 2036）には、本のタイトルに *Διονυσίου Λογγίνου* と記されており、そのまま受けとれ

（1）以下の解説は拙稿「ロンギノス『崇高について』――序説」、および「弁論術と美学――ハリカルナッソスのディオニュシオス」を改稿したものである（文献表参照）。

（2）Curtius, E. R., *Europäische Literatur und lateinisches Mittelalter*, pp. 401-402（E・R・クルツィウス『ヨーロッパ文学とラテン中世』（南大路振一・岸本通夫・中村善也訳、みすず書房、一九七一年）五七九頁）。

（3）Frye, N., *Anatomy of Criticism*, Princeton, 1957, pp. 66-67（N・フライ『批評の解剖』（海老根宏・中村健次・出淵宏・山内久明訳、法政大学出版局、一九八〇年）九四―九六頁）。

（4）以下の記述は Rhys Roberts, 1899, Introduction & Appendix; Russell, 1964, Introduction に基づく。

ば、作者はディオニュシオス・ロンギノスとなる。ところがなぜかこの著作は、十九世紀はじめまで、カッシオス・ロンギノスの作品だと見なされていた。後三世紀の弁論家、哲学者であるカッシオス・ロンギノスとは、「生きた図書館にして、歩く博物館」（エウナピオス『哲学者およびソフィスト列伝』第四巻第一章三）と称された人物で、プロティノスが「文芸愛好者であって、哲学者ではない（*φιλόλογος, οὐ φιλόσοφος*）」（ポルピュリオス『プロティノス伝』一四）と呼んだ人物である。彼はアテナイで学びアカデメイアの学頭を務めたが、女王ゼノビアに招かれシリアのパルミュラに赴き女王の助言者となる。その後パルミュラがローマからの独立を目ざして皇帝アウレリアヌスに敗れたさいに、ロンギノスは処刑された。自由のために戦った女王の助言者として処刑された、博覧強記の哲学者という著者像は、十八世紀ヨーロッパにおいて『崇高について』が熱烈に歓迎された原因の一つである。

しかし研究が進むにつれて、カッシオス・ロンギノスを著者とすることに疑問が投げかけられるようになった。『崇高について』は数多くの詩人、弁論家、歴史家を取りあげているが、最も時代が降ると思われるキケロあるいはガダラのテオドロス[1]は前一世紀の人物であり、また後三世紀のカッシオス・ロンギノスが著者であれば取りあげるべき人物——たとえば後二世紀後半の弁論家ヘルモゲネス——は取りあげられていない。さらに冒頭において著者は、カイキリオスという人物を批判しているが、カイキリオスも前一世紀の人だと推定されている。

こうしたなかで注目されたのが写本（Parisinus 2036）の目次である。そこには*Διονυσίου ἢ Λογγίνου*と記されており、著者の名前はディオニュシオスあるいはロンギノスということになる。十八世紀半ばにこの事実は指摘されていたのだが、十九世紀はじめにはこちらのほうが正しい記述だと見なされるようになった。つまり、十世紀に写本を作ったビザンティンの学者は著者を特定できず、紀元前一世紀の弁論術教師ハリカルナッソスのディオニュシオス、あるいはカッシオス・ロンギノスの著作という意味で *Διονυσίου ἢ Λογγίνου* と記したというわけである。ディオニュシオスであれば年代的に整合性はあるが、現存するディオニュシオスの著作と『崇高について』では内容および調子がかなり異なっており、この説は有力ではない。

この著作が書かれた年代に関しては、後一世紀——前半か後半かで意見が分かれているが——ということで現在では研究者の意見は一致しつつある。しかし今なおカッシオス・ロンギノスを著者だと唱える研究者もいれば、[2] ハリカルナッソスのディオニュシオスが著者である可能性が完全になくなったわけでもない。また写本のタイトルにあるとおりディオニュシオス・ロンギノスという無名の人物が著者であった可能性もある。『崇高について』の著者は不明としておく。以下では著者の名をロンギノスと記すが、これは『崇高に

(1) 皇帝ティベリウスは少年時代に彼から教えを受けた（スエトニウス『ローマ皇帝伝』「ティベリウス伝」第五十七章）。ちなみに前一世紀から後一世紀にかけて弁論術には、アポロドロス派とテオドロス派の二つの学派が存在した（クインティリアヌス『弁論家の教育』第二巻第十一章二）。テオドロスがロドス島で活動したのに対して、アポロドロスはペルガモンで活動し皇帝アウグストゥスの教師であった（スエトニウス『ローマ皇帝伝』「アウグストゥス伝」第八十九章）。アポロドロスが弁論術の規則に厳格だったのに対して、テオドロスは規則の遵守よりも感情に訴えることを強調したようである。カイキリオスがアポロドロス派で、『崇高について』の著者ロンギノスはテオドロス派だったともいわれている。Bompaire, pp. 324-325; Schönberger, p. 139 参照。

(2) Grube, 1957a, pp. xvii-xxi 参照。

ついて』の著者というだけの意味にすぎない。

それではこのロンギノスはどのような人物なのだろうか。『崇高について』以外に手がかりがないなかで判断できることは少ないが、次の点は明らかだろう。ロンギノスはクセノポンについての著作（第八章一）と文章の構成（＝配語法）（σύνθεσις）を論じた二巻の著作（第三十九章一）があると述べており[1]、彼は弁論家ないし弁論術教師だったと思われる。先にも述べたように、この著作では詩人、弁論家、歴史家の言葉が区別なく取りあげられているが、これは古代弁論術の特徴である[2]。また、彼はローマの弁論家キケロについて論じているが（第十二章四）、ローマの覇権の下で活動する弁論術教師として、ラテン語にも精通していたのだろう。

さらに、冒頭で言及されるカイキリオスという人物はユダヤ人だと考えられており、旧約聖書『創世記』を思わせる引用もあって（第九章九）、ロンギノスとユダヤ人との関係も指摘されている。とりわけアレクサンドリアのフィロンの著作との類似は『崇高について』の随所に認められる[3]。とはいえロンギノスがユダヤ人であった可能性は高くなく[4]、またたとえそうだとしても、ユダヤ人であることが著作に大きく影響しているとは思われない。当時ローマ帝国の東方——たとえばアレクサンドリア——に住む弁論家、弁論術教師は、民族を超えたいわゆる世界市民（κοσμοπολίτης）と考えるべきであり、ロンギノスもまたそうした世界市民の一人だったのだろう[5]。

『崇高について』は一五五四年にRobortelloによって公刊されて以来、いくつかの公刊本とラテン語やイタリア語への翻訳が公刊されたが、当初あまり注目されなかった。状況を一変させたのが一六七四年に公刊されたボワローの翻訳（Boileau, *Traité du sublime ou du merveilleux dans le discours*）である。崇高について論じる著者自身がきわめて崇高である点、崇高が三文体の一つ「崇高体」ではない点など、この著作について必ず指摘される特徴は、すでにボワローによって述べられている（Preface, pp. 65, 70）[(6)]。さらに一六九四年ボワローは、ペローとの「新旧論争」において古代派擁護のために、『修辞学者ロンギノスの語録に基づく批評的考察』も著わした[(7)]。

詩人の精神を重視し霊感や熱狂を強調するこの著作は、以後一五〇年間にわたって人気を博し、ロマン主義の勃興に大きな役割を果たした。十九世紀に入るとこの著作はあまり注目されなくなるが、その理由としては十八世紀には目新しかったロンギノスの主張が、徐々に陳腐なものとなったことが考えられる。あるいは、ロマン主義の勃興によって古典主義が駆逐されたことも原因の一つかもしれない[(8)]。ロンギノスの主張が

（1）激情（πάθος）についての著作もあったとされているが（第四十四章一二）、写本のこの部分だけ筆跡が異なっており、後代の筆記者が誤って補ったという解釈もある。

（2）Russell, 1964, p. 61 参照。

（3）Russell, 1964, p. xxix 参照。

（4）Russell, 1964, p. xxx 参照。

（5）Rhys Roberts, 1964, p. 37 参照。

（6）ボワローのテクストは、*Bibliothèque classique*（Le Livre de Poche, 1995）を参照した。なお、ロンギノス『崇高論』とボワローとの関係については、森谷「ボワローと古代詩学・修辞学（Ⅱ）」を参照。

（7）ボワロー『詩法』（守屋駿二訳、人文書院、二〇〇六年）一七頁を参照。

（8）Brandt, p. 25 参照。

大きな影響を与えたロマン主義が、古典作家であるロンギノスが顧みられなくなった原因だとすれば、歴史の皮肉である。

一時のブームは去ったものの、現在に至るまで『崇高について』は、なおも熱狂的な支持者をもちながら――冒頭に引用したクルティウスやフライもそうかもしれない――、冷静に読み継がれ着実な研究が重ねられてきた。日本での翻訳としては、一九六一年に青木巌訳ロンギノス『文学論』(上・下)が、一九七〇年に永井康視訳が、一九九九年に小田実訳が刊行されている。

二、ヒュプソス

まずヒュプソス(ὕψος)(崇高)というギリシア語がどのように使われていたのかを検討してみよう。ホメロスにおいてはヒュプソスという名詞は用いられず、ヒュプシ(ὕψι)やヒュプスー(ὑψοῦ)という副詞、ヒュプセーロス(ὑψηλός)という形容詞が用いられているが、空間的に「高い」を意味しているにすぎない。ただし、ヒュプサゴレース(ὑψαγόρης)という合成語がテレマコスに使われている(『オデュッセイア』第一歌三八五、第二歌八五、三〇三、第十七歌四〇六)。いずれも「高言」「大口」といった意味で、非難の言葉であるが、オデュッセウスの息子テレマコスを形容する語は、社会的な地位の高さという点で崇高と無関係ではない。崇高と神々や英雄との結びつきは、崇高の具体例のなかに数多く確認される。

[L-S-J] によれば、ヒュプソスはアイスキュロス『アガメムノン』一三七六で使われるのをはじめに、数多く使われているがその基本的な意味は「高さ」である。ロンギノス以外で唯一言葉と結びつき、sublimity, grandeur という訳語に割りあてられているのは、メトロドロス（前三三一―二七八年頃）の例だけである。エピクロスの友人であり信奉者でもあった人物だが、彼の著作がロンギノスに影響を与えたのかどうか不明である。ただ同じくエピクロス派のピロデモス（前一一〇―四〇／三五年頃）が、帝政初期の弁論術に影響を与えた可能性はあり[1]、メトロドロスも『崇高について』に何らかの影響を与えたのかもしれない。

形容詞のヒュプセーロスも数多く用いられているが、基本的に「高い」という意味である。比喩的に lofty, stately, proud という意味をもつ場合も、言葉との特別の結びつきは前一世紀まで認められない。しかし L-S] は採録していないが、プラトン『エウテュデモス』（二八九E）の用例は興味深い。そこでは弁論作家（λογοποιός）の技術（τέχνη）が「なにか神々しく崇高な（θεσπεσία τις καὶ ὑψηλή）」と形容されている。訴訟当事者に代わって弁論を代作する弁論作家の技術が崇高というのは、『崇高について』の主張に近いように見える。しかしこの形容は明らかにアイロニーであって、むしろ嘲弄の発言である。この発言に続いて、弁論作家の技術は「妖術師の術の一部でそれより少し劣るもの」（二九〇D）とされている。ロンギノスとプラトンの評価は正反対である。両者の関係については後にあらためて論じる。

弁論術ないし文芸批評に関連してヒュプソスやヒュプセーロスを術語として用いた最も古い典拠は、ハリカルナッソスのディオニュシオスだとされている[2]。彼が最初にこれらを術語として使ったのかどうかは分からないが、彼よりも時代が遡ると思われるデメトリオス『文体論』やピロデモスの著作には、こうした用例

（1）Kennedy, 1994, p. 95 参照。

（2）Russell, 1964, p. xxxi 参照。

は確認されない。[1] デメトリオス『文体論』が前一世紀はじめより遡らず、[2] ディオニュシオスの活動が紀元前一世紀末であることから考えれば、前一世紀中頃にヒュプソスとヒュプセーロスは文芸用語として使われるようになったと推測される。

ギリシア語の文献でこれを確認することはできないが、キケロの著作に興味深い点が指摘されている。[3] 前五五年の『弁論家について』には文芸用語として高さを表わす語は、sublimis をはじめとして excelsus, altus, elatus なども使われていないが、前四六年の著作『ブルトゥス』『弁論家』『最も優れた弁論家について』では使われている。[4] こうした変化には、著作の動機が影響している。[5] すなわちキケロは自らの弁論がアッティカ主義者から批判されたのに反論するために、これらの著作を書いたのである。[6]

アッティカ主義とは当初、純粋なギリシア語を用いること意味したが、やがて古典期アッティカ散文の簡素さや技巧のなさを追求する運動を意味するようになった。そのためことさらに華美を好み技巧的な文体を用いる者は、アッティカ主義者から小アジア風の悪しき風潮、つまりはアジア主義として厳しく批判されるようになった。自らの文体が簡素さや技巧のなさとは相容れないことを自覚していたキケロにとって、アッティカ主義は自らの弁論家としての地位を脅かすものだった。

しかしながら、ギリシアの文化、とりわけアテナイのあるアッティカ地方の文化を模範としていた当時のローマにおいて、アッティカ主義そのものを批判することはできなかった。そこでキケロは、アッティカ主義の概念を新たに規定しなおそうとした。すなわち、通例アッティカ主義者が模範としたトゥキュディデス、リュシアス、クセノポンではなく、デモステネスを最高の弁論家としたのである。キケロによれば、デモステネスは簡素で技巧のない文体を用いながらも、時と場合によって華麗で技巧を凝らした文体を用いた。さまざまな文体を使いこなすデモステネスこそ、真の意味での最も優れたアッティカの弁論家なのである（『ブルトゥス』三五、『弁論家』二三、『最も優れた弁論家について』一三）。キケロが自らをデモステネスに重ね合わせていることは言うまでもない。

キケロによれば、デモステネスは弁論の高揚（elatio）と高さ（altitudo）によって、リュシアスの影を薄くした（『ブルトゥス』六六）のだが、、ギリシア最高の弁論家としてのデモステネスの地位が定まるのも前一世紀の中頃である。[7] 高さを意味するヒュプソス（崇高）が文芸用語として用いられるようになったのは、前一世紀の文芸動向を反映していたのである。カイキリオスとディオニュシオスはアッティカ主義者と見なされるが、カイキリオスを批判するロンギノスはアッティカ主義に対して批判的であったとも考えられる。その

（1）Innes, 2002, pp. 275-276 参照。
（2）Innes, 1995, pp. 312-321 参照。
（3）Russell, 1964, p. xxxi 参照。
（4）Russell は以下の四箇所を指摘している。elatione atque altitudine orationis（『ブルトゥス』六六）、excelsior, excelsius（『弁論家』一一九）、elatis incensa verbis（『弁論家』一二四）、elate（『最も優れた弁論家について』一〇）。
（5）Hendrickson, introduction, esp. pp. 2-4 参照。
（6）アッティカ主義とアジア主義については、Hendrickson, ibid. および Kennedy, 1994, pp. 95-96, 162-166 を参照。またディオニュシオス『古代弁論家――序』も参照。
（7）Innes, 2002, pp. 276-277 参照。

ためかどうかは分からないが、ロンギノスのキケロに対する発言は好意的である（第十二章四）[1]。『崇高について』にアッティカ主義批判を読み取ることもできるかもしれない。

ところで、ディオニュシオスはロンギノスに先立ち崇高という語を用いているが、おもに文体の一つとしての崇高体を意味している。崇高体は荘重体（μεγαλοπρεπής）とも言い換えられるが、平明体、中間体と並ぶ文体の一つである[2]。ディオニュシオスによれば、混合体とも呼ばれる中間体が崇高体と平明体との長所を取り入れた最も優れた文体で（『デモステネス論』第十五章七）、この文体を完成させたのがデモステネスである（同書第十六章一、第三十三章三）。ロンギノスは三文体について語らず、崇高は文体を超越する絶対的な価値だとするが、その内容はディオニュシオスの言う崇高体と重なる部分も少なくない。『崇高について』とディオニュシオスの関係は明らかではないが、両者の弁論術が同じ伝統を受け継いでいることは間違いないだろう。

三、『崇高について』と弁論術

著作冒頭でロンギノスは、カイキリオスを名ざし「崇高さがどのようなものであるのか」無数の例を挙げて示そうとしながら、「どのようなやり方で」われわれが自分の「本性（φύσις）」を「偉大さ（μέγεθος）」へ向上させることができるかについては不必要なことだとして手をつけていない、と非難している（第一章一）。『崇高について』はカイキリオスの同名の著作――現存しない――に対抗して、人間本性を「偉大さ」へと向上させる方法を考察するものである。ここで「偉大さ」は崇高と同義であり[3]、ロンギノスにとって崇高とは人間本性の偉大さと切り離すことができない。これは著作全体を通して常に強調される点である。
またこの著作は、本性を向上させる「方法」を目的とするのであり、「実社会の人たちにとって何か役に立つこと」(同章二)を目ざすものである。『崇高について』はアリストテレス『詩学』、ホラティウス『詩論』と並び、古代の文芸批評を代表する書物と見なされるが、文芸のための文芸を論じた著作ではない。『崇高について』は弁論術の技法書である。数多くの詩人が取りあげられるのは、公的な場で語るために詩人の言葉が模範となるからであり、また実社会において詩句の知識が不可欠だったからであって、目的は文芸批評それ自体ではない。

言葉の能力の上達と、社会にとっての有益さとを目ざすのは、弁論術書であるからには当然だが、『崇高について』が異彩を放つのは、言葉の技法と作者の本性とが不即不離の関係におかれている点である。崇高は技法のみのよっては実現されず、作者の精神性を高める必要がある。

それでは崇高とは何か。ロンギノスは次のように説明している(同章三—四)。

(1) 以下、ロンギノスからの引用は章と節の数字だけを記す。なお、古代の著作家からの引用は、原則として Oxford Classical Text を底本とするが、そうでないものについては文献表に記す。

(2) 三文体についてはキケロ『弁論家について』第三巻一七七、一九九、二一二、『弁論家』二〇以下、七五以下、クインティリアヌス『弁論家の教育』第十二巻第十章五八以下、ディオニュシオス『デモステネス論』第一—七章を参照。

(3) ロンギノスは論を展開するにあたって、さまざまな崇高の同意語を用いており、偉大さもその一つである。Grube, 1957b, pp. 355-360 参照。

崇高とは「言葉のある種の極致にして卓越（ἀκρότης καὶ ἐξοχή τις λόγων）」であり、詩人や散文作家のうち最も偉大な人々は、ほかならぬこの点において第一人者の地位につき、自らの名声に永遠性を賦与した。「超絶するもの（ὑπερφυᾶ）」は聴衆を「説得（πειθώ）」ではなく「忘我自失の境地（ἔκστασιν）」へと駆り立てる。「驚嘆すべきもの（θαυμάσιον）」は驚かせることで、説得的なものや優美さを目ざすものを常に圧倒する。発想や配列が言葉の全体から明らかになるのに対して、崇高は「時宜を得て持ちだされると」一瞬にして弁論家の全能力を見せつける。

崇高は「超絶するもの」「驚嘆すべきもの」と言い換えられ、その及ぼす効果について述べられているが、いくつかの点を確認しておく。第一に、崇高は言葉のもつ属性である。ロンギノスが考察しているのは抽象的な崇高さではなく、あくまでも崇高な言葉である。第二に崇高は著作家に永遠の名声をもたらす絶対的な価値である。したがってロンギノスにとって崇高は三文体の一つとして、他の文体と同列に置かれるものではない。第三に、崇高は説得や優美さを超え、発想や配列といった弁論術的な要素から区別される。第二、第三の点を見ると、ロンギノスはいわゆる弁論術とは異なる枠組みに崇高を位置づけようとしたかのようである。

しかしながら、ロンギノスの語る内容は、その言葉とは裏腹に古典期以来の弁論術の伝統を受け継いでいる。まず、言葉の超越的な力については、ゴルギアスが述べている。「言葉は強大なる支配者であり、その姿は微小で目に見えず、神妙のはたらきをする」（『ヘレネ頌』断片一一-八（D-K））、「魂を説得する言葉は、説き伏せた魂を説得して、語られたことには従わせ、なされたことには同意させる」（断片一二）、「言葉のあるものは苦しみを、あるものは喜びを、あるものは恐れをもたらし、あるものは志気を高め、あるものは邪悪な説得によって魂を呪縛し麻痺させる」（断片一四）。ロンギノスの崇高は説得を超えるとされているが、ゴルギアスの説得とは合理的な思考を超えるもので、内実としてはロンギノスの崇高がもつ効果に等しい。

このように聴衆の心を操るというのは弁論家にとって必須の能力である。キケロも次のように述べている。「弁論において、聴衆が弁論家に好意をもつように仕向けること、そして、聴衆の心を動かし、聴衆が理性的な判断や思慮によってではなく、むしろ何かの情緒的な衝動や情動によって支配されるように仕向けることほど重要なものはない」（キケロ『弁論家について』第二巻一七八）。

さらにディオニュシオスも、逆説的ではあるが同様の主張をしている。「リュシアスの言葉づかいは崇高でも荘重でもなく、……人を恐れさせたり驚かせたりはしません。辛辣さ、激しさ、恐怖を示すことはなく、［心を］つかんで離さないとか強烈な緊張感を引きおこすこともなく、激情や衝動に満ちあふれてもいません。真実味のある性格をもちながら、強烈な感情はもたず、また、心地よくし、説得し、魅了することができながら、無理やり強制することはできないのです」（『リュシアス論』第十三章四）。

発言自体に目新しいところはないにもかかわらず、『崇高について』が他の弁論術書と異なる印象を与えるのは、感情を操る弁論家の側ではなく、感情にとらわれる聴衆の側から書かれているように思わせるからである。たとえば、次の一節もそうである。「われわれの魂は真の崇高によって高揚するのであり、何か誇らしい高ぶりを感じて、耳にしたものをまるで自らが生みだしたかのように、喜びと自負に満たされる」

（第七章二）。これもまたクインティリアヌスが、言葉の隠された意味を喜ぶ人たちについて、「彼らはそうした言葉を理解したとき自らの洞察力を喜び、まるで耳にしたのではなく、自ら考え出したかのように楽しむのです」（『弁論家の教育』第八巻第二章二一）と述べているのに符合する。しかしクインティリアヌスが弁論家の立場から語るのに対して、ロンギノスはわれわれの体験として語っている。

ところで、ロンギノスが崇高のもたらす効果を自らの体験として語るとき、あたかも崇高体験それ自体が目的であるかのように思われる。むろんそうではない。先の引用（第七章二）で言えば、重要なのは本物の崇高によって魂が高められる点である。『崇高について』の目的が、われわれの本性を偉大さへと向上させる方法にあることを忘れてはならない。「崇高は偉大な精神のこだま（*μεγαλοφροσύνης ἀπήχημα*）」（第九章二）であり、崇高を体験することはわれわれの本性を高める。

この点に関してプラトン『メネクセノス』の一節は興味深い。戦死者の追悼演説を聴いたソクラテスのアイロニーに満ちた感想である。

「彼らはあらゆるやり方でこの国を、戦争で死んだ人を、われわれに先立つすべての祖先を、そのうえまだ生きているわれわれ自身も称えるものだから、その結果ぼくなどは……彼らに褒められてなんだか自分がすっかり偉くなったような気になって、そしてそのたびごとに、茫然となって聞き惚れ、魅惑され、その場で急にもっと背が高くなり、もっと高貴で美しくなったように思ったのだ」（二三五A―B）。

ロンギノスはプラトンのこの対話篇を二度（第二十三章四、第二十八章二）引用しており、読んでいたにちがいない。しかしロンギノスにアイロニーは感じられず、その主張はクインティリアヌスに近いだろう。

「雄弁の本質は主として心の状態にあります。心は感動し、事物のイメージを思い浮かべ、語られている事柄の性質に何ほどか一致せねばなりません。高貴で気高くなればなるほど、心を動かす楽器とでも言うべきものはいっそう力強くなるのであって、それゆえ心は、称賛することで成長し、熱弁をふるうことで大きくなり、何か偉大なことを喜んでするのです」（『弁論家の教育』第一巻第二章三〇）。ロンギノスの崇高論自体は紀元前後一世紀の弁論術に基づくもので、三文体の一つとしての崇高体、あるいはキケロ、ディオニュシオス、クインティリアヌスの言う「雄弁」と内容上のきわ立った違いは認められない[1]。それにもかかわらず、崇高だけを特別視し、聴衆ないし読者の崇高体験に焦点をあてる点で、『崇高について』は古代の弁論術書のなかで異彩を放っている。

さらに、ヒュプソスという本来物理的な高さを意味する語を使うことで、ロンギノスの崇高論は哲学的な様相を示し、精神の高まりは地上のレベルを超え天上へ、人間のレベルを超え神々へと向かっていく。偉大な著作家たちは「すべての死すべき人間を超えており」、崇高は人々を「神の偉大な精神の近くにまで」高める（第三六章一）。その根拠となるのは自然（φύσις）である。

(1)「雄弁（eloquentia, δεινότης）」については、キケロ『弁論家』一二四―一二五、クインティリアヌス『弁論家の教育』第十二巻第十章五八以下、ディオニュシオス『デモステネス論』第十章四を参照。Walker, p. 118 参照。

四、自然と技術

ロンギノスによれば「自然」は人間を以下のような存在として産みだした（第三十五章二―三）。「自然」は人間を、卑しくなく低劣でもない動物だと判定し、まるで何か巨大な祭典へと導くかのように、この世界と全宇宙の中へと導きいれ、自然界の競技における見物人、また何よりも名誉を愛する競技者となるよう、われわれの魂に「神的なものへの抑えがたい愛」を植えつけた。人間の観照と思惟にとっては宇宙全体でも十分ではなく、人間の創意は人間を取り囲む限界を超えている。もし人が世界を見渡し、非凡なものと偉大なものと美しいものとがすべてにおいてどれほど優位にあるかを見てとるなら、何のためにわれわれが生まれてきたかがすぐに分かる。

ロンギノスの思想にはプラトン、アリストテレス、ストア派、エピクロス派などさまざまな哲学の影響があり、哲学者セネカに近い折衷主義的なストア派といった位置づけがなされている[1]。この箇所にもさまざまな影響が窺えるが[2]、すべてを取りあげることはできず、二つの点を指摘するにとどめたい。

第一点として「自然」に関する考え方にはストア派の影響が強い。キケロはストア派の信奉者バルブスに次のように語らせている。

「それ［＝自然 natura］は、まずはじめに人間が大地から高くまっすぐ起き上がるように促し、顔を上げて天を仰ぎ見ながら、神々の知恵を獲得できるようにした。すなわち、人間は大地から誕生したが、それは単に大地の住人、居住者になるためではなく、言わば天上の事物の目撃者（spectatores）としての役目――他の動物たちは決して関わることがない――を果たすためであった」（『神々の本性について』第二巻一四〇）。

自然は宇宙万有の法則であり、われわれを徳へと導くものだが、同時にわれわれ人間に生まれつき備わる本性でもある（ディオゲネス・ラエルティオス『ギリシア哲学者列伝』第七巻八七―八九）。ロンギノスは人間を産みだした宇宙万有の法則と人間の本性をともに「自然」と呼ぶ[3]。

第二点として、直前で（第三十五章一）プラトンについて語られていることから明らかなように、ロンギノスはプラトンを強く意識している。とくに第三十五章三は、『饗宴』におけるディオティマの次の言葉が下敷きになっている。

「この世のもろもろの美しいものから出発して、かの美のために常に上昇してゆき……最後にまさに美であるところのものそれ自体を認識することになるでしょう。もしどこかにあるとすれば……人生のここにおいてこそ人間にとってその生が生きるに値するものとなるのです。美そのものを眺めているのですから」（二一一C―D）。

この箇所はいわゆる「恋（エロース）の道」の終極の場面だが、ロンギノスも「抑えがたい愛」とやはり ἔρως という語を使っている。

（1）Russell, 1964, pp. xxxviii-ix; Schönberger, p. 143 参照。

（2）Russell, 1964, pp. 164-165 参照。

（3）φύσις にはもう一つの意味がある。それは悲劇（第三章一）、頭語反復と連辞省略（第二十章三）について述べられる場合の「本性」という意味である。森谷宇一「伝ロンギーノス作『崇高について』をめぐる二つの覚書」六〇―六一頁を参照。

しかしプラトンにとって、「美そのもの」つまり美のイデアを観照するのは哲学者だが、ロンギノスの先の一節は「著作のこの上ない偉大さを熱望する」人たちが目にする光景で（第三十五章二）、そこには弁論家も含まれる。プラトンが弁論術を厳しく批判していたことを思い起こすなら[1]、ここでも両者の主張は相容れないように思われる。いずれにせよ、ロンギノスの『崇高論』には古代弁論術に加えて、哲学、とくにプラトン哲学の影響が大きい。

「自然」は宇宙の法則としての自然であり、人間に生まれつき備わる本性であるが、さらに人間が「言葉をもつ者（λογικόν）」であるのは自然による（第三十六章三）。精神を高め崇高な言葉を目ざすのは、人間が自然によって最初からそのように産みだされ、そのような本性をもつからである。しかし生まれつきの本性とは天賦の才であり、教育によって産みだすことはできない。弁論術書としての『崇高について』の意義はどこにあるのか。

こうした疑問はあらかじめ予想されたのだろう、ロンギノスは崇高について論じるのに先行して、第二章で才能（＝自然）と技術の問題を取りあげている。この問題は古くはイソクラテスが論じ（『ソフィストたちを駁す』一七）、ホラティウスも取りあげているが（『詩論』四〇八―四一一）、結論として両方ともに必要だというところに落ち着くのは言うまでもない。ロンギノスの立場も基本的に同じであり、以下のように述べている（第二章二）。

「自然」は多くの場合、激し高ぶると野放図になるが、何かでたらめでまったく「系統的方法を欠いたもの（ἀμέθοδον）」ではない。また自然それ自体は万物の生成における第一の原型的要素だが、分量と個々の場合の時宜、最も堅実な修練と実践を十分に提供して貢献するのは「系統的方法（μέθοδος）」である。また知識なしに、自らを頼りにして、ただ勢いや無知な大胆さに身を委ねるなら、偉大なものの方がいっそう危険である。

結局のところ「どんな場合にも技術が自然［＝才能］に援助を提供するのがふさわしい」のであり、両者の結合が「完全なもの（τέλειον）」となる（第三十六章四）。言葉は自然によって人間にのみ与えられたものだが、その使用においては体系的方法の習得と修練が必要なのである。

テクスト上の問題を孕んでいるが[2]、次の一節も見のがせない。「文芸において自然［＝才能］だけに基づいているものもあるという、まさにそのこと自体を、ほかならぬ技術によって学びとらねばならない」（第二章三）。ここで技術は制作の方法というよりも、判定能力に関わっている。文脈上唐突な感じがするが、崇高体験によって精神を高めることが目的であるからには、崇高かどうかの判定は最重要の前提条件であり、そのためには系統的な方法を習得する必要がある。テクストに欠落があるため[3]論旨がつかみにくくなっているが、続く第三章で取りあげられる、崇高と紛らわしい欠陥を避けることが、真の崇高を判定するための第

（1）藤沢令夫『プラトン「パイドロス」註解』（岩波書店、一九八四年）二六―三七頁を参照。
（2）この一節は写本（Parisinus 2036）に欠落している、いわゆる fragmentum Tollianum の一部である。Russell, 1964, p. 66 参照。
（3）『崇高について』の写本には六箇所の長い欠落があり、全体として約三分の一が欠落していることになる。Russell, 1964, pp. xlix-l 参照。

一歩である。

崇高な言葉を目ざす者が陥りがちな欠陥[1]には次の三つがある。「調子外れの肥大（τὸ παρὰ μέλος οἰδεῖν）」（第三章二）、「稚拙さ（μειρακιῶδες）」（同章四）、「激情を必要としないところでの時宜を得ない空疎な激情（πάθος）」（同章五）。二番目の「稚拙さ」は「凝りすぎるために白々しさに終わってしまう衒学的な思考（σχολαστικὴ νόησις）」と言い換えられているが、カリマコスを代表とするヘレニズム期の学匠詩人たちが念頭にあったものと思われる。第三十五章では明らかにカリマコスへの批判が語られているが（同章四）、第三章で欠陥の例としてあがるのは大半がヘレニズム期の著作家たちである。[2] 前一世紀から後一世紀にかけて、ヘレニズム期を飛び越して古典期の著作家を模範として確立しようとする、一種の古典主義が成立するが、[3] ロンギノスも同じ立場にある。

また、「稚拙さ」の結果である「白々しさ」については、歴史家ティマイオスが、「奇抜な思考」を働かせようとして「幼稚きわまりないものに陥ってしまう」（第四章一）と批判され、さらに言葉における「品のなさ（ἄσεμνα）」の原因は「思考の新奇さを追いもとめること（τὸ περὶ τὰς νοήσεις καινόσπουδον）」（第五章）だとされる。古典期の著作家を模範とするロンギノスにとって、単なる目新しさは崇高とは似て非なる欠陥にすぎない。

「崇高なものと混じり合った欠陥」（第五章）を斥けて真の崇高が実現するには、真の崇高についての「知識（ἐπιστήμη）」と「判断力（ἐπίκρισις）」が必要であって、言葉の「判定（κρίσις）」は多くの経験からの最終結果である（第六章）。知識を授け判断力を養うものこそ技術に基づく修練である。自然（＝才能）だけでは真の崇高は実現できない。

五、崇高の実現

第七章で真の崇高の目安として、「何か誇らしい高ぶりを感じて、耳にしたものをまるで自分が生みだしたかのように、喜びと自負に満たされる」（第七章二）、「何度も深く考えさせ、抵抗することは難しい、というより不可能で、その記憶は強固で消し去りがたい」（同章三）、「あらゆる時代のあらゆる人を喜ばせる」（同章四）などと語られているが、いずれも崇高を体験する側からの基準である。第八章で「崇高な表現（ὑψηγορία）の五つの源泉（πηγαί）」が語られ（同章一）、ようやく崇高を実現する方法へと話が進む。

① 思考の壮大さを獲得すること（τὸ περὶ τὰς νοήσεις ἁδρεπήβολον）
② 強烈で霊感に満たされた激情（τὸ σφοδρὸν καὶ ἐνθουσιαστικὸν πάθος）
③ 一定のやり方で文彩を形成すること（ἥ τε ποιὰ τῶν σχημάτων πλάσις）
④ 高貴な言葉づかい（ἡ γενναία φράσις）

（1）デメトリオス『文体論』一一四を参照。またホラティウスも詩が陥りやすい欠陥から『詩論』を始めている。
（2）Fuhrmann, pp. 199-201 参照。
（3）ディオニュシオス『古代弁論家――序』（第四章五）を参照。Fuhrmann, p. 114; Kennedy, 1994, p. 153（n. 33）参照。

⑤厳かで気高い配語法（ἡ ἐν ἀξιώματι καὶ διάρσει σύνθεσις）

このうち①と②が「生まれつきそなわった（αὐθιγενεῖς）」ものであるのに対して、③④⑤は技術による。一見して明らかなように五つはそれぞれが独立したものではなく、重なり合うものである。作者の精神に関わる①②と言葉の表現に関わる③④⑤は、そもそも同じ資格で並べられるようなものではない。したがってこの五つの源泉は、崇高を構成する要素といったものではなく、むしろ崇高を実現する訓練のプログラムだと考えねばならない[1]。

第一の源泉が最大のものであるが、これは「偉大な才能（τὸ μεγαλοφυές）」と言い換えられるように、「獲得されるというよりむしろ天賦のもの」だが、それでもなお「できるかぎり魂を偉大さへと高め、まるで高貴な高ぶりを常に懐胎」するようにせねばならない（第九章一）。そのためには「真の弁論家は卑しく低劣な心」をもってはならず、「考えに重みのある人」の言葉こそが偉大である（同章三）[2]。

第二の源泉である激情について、ロンギノスはカイキリオスが見過ごしたと非難する（第八章一）。崇高と激情は区別されねばならず、「哀れみ（οἶκτοι）、悲しみ（λῦπαι）、恐れ（φόβοι）のような崇高とは相容れないありきたりな激情も、逆に激情なしの多くの崇高も」見いだされる（同章二）。ここで哀れみと恐れが挙がっているのは興味深い。アリストテレス[3]は哀れみと恐れからの快を「悲劇に固有の快」と見なしているが（『詩学』一四五四b一〇—一四）、ロンギノスは悲劇を「ありきたり」だと考えているわけではない。『崇高について』のなかで三大悲劇詩人は何度も取りあげられ、とくにソポクレス『オイディプス王』は高く評価されている（第二十三章三、第三十三章五）。ロンギノスは『オイディプス王』を哀れみと恐れとは無関係に、崇高な作品と見なしていたのだろう。

ここで挙げられている激情はプラトンが批判している感情でもある。『国家』第十巻の「詩人追放論」においてプラトンは、不幸のうちにあっても感情を高ぶらせないことが望ましいにもかかわらず、理（λόγος）と法（νόμος）に反して「悲しみへと引きずって行くのは、当の激情そのもの」だと述べている（六〇四B）。またプラトンによれば、「哀れみの感情（ἐλεινόν）を他人事に際して育くみ、いったん強力にしたうえは、自分自身の激情にあたってそれを抑えるのは、容易なことではない」（六〇六B）。これに対してロンギノスは「しかるべき場合の真実の激情ほど表現を偉大にするものはない」（第八章四）とし、崇高に寄与する激情は認めている。激情全体が抑制されるべきだとするプラトンとは考え方が異なるが、哀れみや悲しみを崇高とは相容れないとするのは、「詩人追放論」が意識されていたのかもしれない。

ところで第九章四途中でテクストに欠落があり、欠落後のテクストでは崇高な言葉の具体例が吟味され、第十六章からは第三の源泉である文彩の考察が始まる。つまり第二の源泉である激情は、主題として取りあ

（1）ディオニュシオス『文章構成法』第一章五以下を参照。

（2）キケロ『弁論家について』第三巻五五、哲学者セネカ『心の平静について』第十七章一一、クインティリアヌス『弁論家の教育』第一巻序九―一〇を参照。

（3）アリストテレスは οἶκτος ではなく ἔλεος を用いているが、両者は同義であり、アリストテレスも οἶκτος の形容詞形 οἰκτρός を ἔλεος の形容詞形 ἐλεεινός の代わりに用いている（『詩学』一四五三b一四）。

げられていない。この点について研究者のあいだでさまざまな提案がなされている。[1] 崇高の具体例には第一の源泉である壮大な思考と激情とが区別なく取りあげられ、また、第十六章二以降たびたび崇高と激情が並置されており、ロンギノスの激情の扱い方は一貫していない。

テクスト欠落の後、崇高の具体例として、ホメロスの天を駆ける「神々の馬」(第九章五)、「神々の戦い」(同章六)、「アイアスの激情」(同章一〇)、またユダヤ人立法家の「神は言われた。光あれ。すると光があった。大地あれ。すると大地があった」という言葉(同章九)などが挙げられている。このうち「神々の戦い」について「イメージ(φαντάσματα)」と言われているように、最初の二つの例は人間を超える世界を描きだしている点で、作者の壮大な思考の現われであり、またユダヤ人立法家の言葉についても「神の力を的確に捉え表現している」とされ、やはり思考の壮大さにあてはまる。

これに対して「アイアスの激情」はまさに激情に基づく崇高だが、サッポーの「恋の狂気(ταῖς ἐρωτικαῖς μανίαις)に伴う激情」(第十章一)も崇高の例として挙がっている。一方は登場人物の激情で、他方は作者の激情だが、聴衆ないし読者の精神を高めるかぎりでロンギノスは両者の区別をしない。サッポーが卓越するのは、恋する者に生じるさまざまな感情のなかから「きわ立ったものをとらえ一つに総合した」(同章三)からだが、神や英雄だけでなく、恋する女性の狂おしいまでの激情が崇高と呼ばれているのは、ロンギノスの崇高が必ずしも男性的な価値観に制約されていなかったことを示している。

また、ホメロスは「英雄的な偉大さ(τὰ ἡρωϊκὰ μεγέθη)」に常に取り組んでいたとされるが(第九章一〇)、ホメロスが真の激情を表現できたのはアイアスという人物の心に入りこんだからである。「せめて光のなかで殺してくれ」（同章一〇＝『イリアス』第十七歌六四七）という叫びは、作者ホメロスが登場人物アイアスと一体化することで産みだしたのである。作者が登場人物の感情を自ら体験することについては、アリストテレス『詩学』（一四五五a二九—三二）にも見られ、キケロもまた弁論家について同様のことを述べているが（『弁論家について』第二巻一八八—一九七）、同じ文脈で語られるホラティウスの次の一節に注目したい。

「自然はまず最初に、どのような境遇であれ、それに応じて私たちの心のなかを形づくります（format）。私たちを喜ばせ、怒りへと駆り立て、重い苦悶で地面に引き倒し責めさいなみます。その後になって自然は、言葉を解説者として心の動きを外に現わすのです（effert animi motus interprete lingua）」（『詩論』一〇八—一一一）。

心の形すなわち感情が先にあって言葉はそれを解説するのだが、ともに自然の働きである以上、両者の結びつきは恣意的なものではない。作者は感情を体験することでそれにふさわしい言葉を産みだす。ロンギノスもまたこうした考えをもっていたと思われる。そしておそらくは逆の過程も成り立つのだろう。つまり、心の形にふさわしい言葉はそれを聞く者の心の形も同じにする。アイアスの激情は、自ら激情を体験するホ

（1）問題になるのは第十五章の最後に「思考に関する崇高なもの、すなわち偉大な精神、〈あるいは〉模倣、あるいは想像力によって創りだされるものについては、以上で十分でしょう（*Τοσαῦτα περὶ τῶν κατὰ τὰς νοήσεις ὑψηλῶν καὶ ὑπὸ μεγαλοφροσύνης* 〈*ἢ*〉 *μιμήσεως ἢ φαντασίας ἀπογεννωμένων ἀρκέσει*）」（第十五章一二）と語られている点である。これに対して Lackenbacher や Bompaire は *ἢ* を補わず、「思考に関する崇高なもの、そして偉大な精神の模倣あるいは想像力によって創りだされるものについては、以上で十分でしょう」と訳し、「偉大な精神の模倣あるいは想像力によって創りだされるもの」とは激情のことだと解釈している。Lackenbacher, pp. 222-223; Bompaire, pp. 37-39 参照。

メロスによって激情にふさわしい言葉となり、聴衆ないし読者はその激情を体験する。こうした過程は激情だけでなく壮大な思考にもあてはまる。天上や神々の世界を描く言葉は壮大な思考によって産みだされ、壮大な思考から産みだされた言葉によって描かれた天上や神々の世界は、聴衆や読者の思考を壮大にする。

この過程は、ある特定の言葉がそれ自体として激情や壮大なイメージと結びつくことを意味しはしない。「崇高は時宜を得て持ちだされると、……一瞬にして弁論家の全能力を見せつける」（第一章四）といった発言は誤解を与えかねないが、ロンギノスの真意は、発想や配列などの弁論技法が文章全体の中で効果を持つのに対して、崇高はある瞬間、ある字句においてさえ明らかになるということである。特定の言葉が崇高であるのは、その言葉の置かれている状況に依存する。

重要なのは「時宜を得て持ちだされる」という部分であり、また「しかるべき場合の真実の激情ほど表現を偉大にするものはない」（第八章四）の「しかるべき場合」である。ロンギノスは言葉の状況依存的性質を常に意識しており、言葉が単独でもつ意味やイメージではなく、一定の状況において言葉が引きおこす事態とでも言うべきものを問題にしている。格好の例となるのが「アイアスの沈黙」である。

「崇高は偉大な精神のこだま」という一節の説明として、「声に出されなくても、ただ考えそれ自体が、まさに偉大な精神性によって驚嘆され」「死霊召還におけるアイアスの沈黙」は「どんな言葉よりも崇高」（第九章二）だと言われる。アイアスはアキレウスの武具をめぐる争いでオデュッセウスに敗れ、その後狂乱し自死したのだが、冥界を訪れたオデュッセウスの語りかけに対し、アイアスの霊は「一言も答えず、他の亡者たちの後を追って、暗黒の世界へ帰って行った」（ホメロス『オデュッセイア』第十一歌五六三―五六四）。アイアス自身は発言せず、考えを伝えるのは厳密に言えば沈黙という行為――ホメロスの言う「一言も答えず」――であり、このホメロスの語る事態こそが偉大な精神の表われであり、崇高なのである。

言葉を通して壮大な思考や激情が立ちあらわれる事態は、聴衆や読者に崇高を体験させる。偉大な精神をもつ作者は、自然［＝才能］によってこうした事態を産みだすが、言葉が事態を創りだすのなら、崇高は言葉の技術、つまり弁論術によっても創りだせる。

①②の源泉が崇高な事態を創りだす作者の精神のあり方であるのに対し、残り三つの源泉は崇高な事態を形成する言葉のあり方である。言葉の技術である弁論術とは、偉大な精神が自然［＝才能］によって産みだした事態を人工的に産みだす。言い換えれば、偉大な精神によって産みだされたように見える事態を技術によって創りだすのが弁論術である。「技術は自然のように見えるとき完全なのであり、自然のほうは気づかれないように技術を含んでいるとき成果をあげる」（第二十二章一）[1]と語られるのは、このような文脈においてである。

第十六章から第四十三章まで途中脱線しながらも文章表現が主題だが、すべてを取りあげる余裕はなく、とくに重要だと思われる二点だけを指摘しておく。第一点として、技術だけでは崇高に至ることはできない。崇高[2]と激情は「文彩の使用に伴う疑いを防いでくれるもの」（第十七章二）、比喩の多さと大胆さにとっての

（1）アリストテレス『弁論術』第三巻第二章一四〇四b一八―二一、ディオニュシオス『リュシアス論』第八章五―六を参照。

（2）ここでの崇高とは思考の壮大さを意味するのだろう。

「解毒剤」（第三十二章四）なのであって、精神の偉大さはいかなる場合も技術に優先する。先にも述べたように、自然（＝才能）だけの崇高、技術だけの崇高といったものをロンギノスは考えていなかった。

第二点として、崇高は言葉によって実現されるが、言葉のもつリズムなどの音楽的要素だけでは崇高は創りだせない。「笛は聴衆にある種の激情を吹きこんで、まるで正気を失い狂乱に満たされたかのようにする」、また「竪琴の音色は」何も意味しないが「驚くべき魔法をかける」（第三十九章二）。しかしこれらは「説得の影像にして偽りの模像（*εἴδωλα καὶ μιμήματα νόθα ἐστὶ πειθοῦς*）」であって「人間の本性の正統な活動」ではない（第三十九章三）[1]。これに対して「配語法は言葉のハーモニー」だが、「言葉は耳だけでなく魂にまで届く」（同所）。ロンギノスにとっては、意味をもつ言葉の創りだす事態こそが人間の心に崇高を体験させるのである。

六、ロンギノスとプラトン

『崇高について』は古代ギリシア・ローマの弁論術を受けつぎながらも、弁論術の技法や規則よりも言葉による精神の高まりを重視する点が独特である。むろん弁論術が教育を担うかぎり、作者や語り手の精神性は必ず問題となるが、ロンギノスは言葉による崇高な体験が、人間を神の領域に近づけるかのように思わせる。この点では弁論術よりもプラトン哲学の影響が大きい。『崇高について』は弁論術とプラトン哲学との結合から生まれたと言えるかもしれない[2]。

それではロンギノスはプラトンをどのように評価していたのか。「軽薄なもの（*μικροχαρῆ*）に我を忘れている」（第四章四）、「文彩に関して時宜を得ない」（第二十九章一）、「生硬で粗雑な比喩と寓意的な大言壮語にふけっている」（第三十二章七）と批判される場合もあるが、プラトンはホメロス、デモステネス、トゥキュディデスと並んで、崇高を実現するための模範とされている（第十四章一）。

カイキリオスは、いろいろと誤りを犯すプラトンよりも誤りがなく無害なリュシアスを高く評価したが、ロンギノスはこれを批判し（第三十二章八）、詩や散文において「いくつかの点で誤りを犯している偉大さ」と「成功においてほどほどだがまったく無難で誤りのないもの」を比較している（第三十三章一）。もちろん「誤りを犯している偉大さ」のほうが、つまりプラトンのほうがリュシアスよりも優れている。[3]

その他第十三章一、第二十八章二、第三十二章五でもプラトンは高く評価され、[4]『崇高について』という

（1）ロンギノスの考えはクインティリアヌス（『弁論家の教育』第九巻第四章九―一〇）とは対照的であり、プラトン（『法律』六六九C―七〇A）やアリストテレス（『政治学』第八巻第六章一三四一a一七―b一八）に近い。

（2）Russell, 1964, p. xlii 参照。

（3）この判定にもカリマコス批判が含意されているのかもしれない。

（4）Russell をはじめ現在のほとんどのテクストの読み *οὐ γὰρ μεγέθει τῶν ἀρετῶν ἀλλὰ καὶ τῷ πλήθει πολὺ λειπόμενος ὁ Λυσίας ὅμως πλεῖον ἔτι τοῖς ἁμαρτήμασι περιττεύει ἢ ταῖς ἀρεταῖς λείπεται* に従えば、第三十五章一もリュシアスと比較してプラトンを高く評価していることになるが、Grube も指摘するとおり文脈の繋がりが不自然である。この読みは Manutius の校訂本に基づくものであり、写本（Parisinus 2036）によれば、*οὐ γὰρ μεγέθει τῶν ἀρετῶν ἀλλὰ καὶ τῷ πλήθει πολὺ λειπόμενος ἀπουσίας, ὁ μὲν πλεῖον ἔτι τοῖς ἁμαρτήμασι περιττεύει ἢ ταῖς ἀρεταῖς λείπεται* である。意味は「プラトンは長所の大きさではなく、欠点の多さにおいて劣っています。彼は長所において劣っているというよりも、むしろ欠陥において豊かなのです」ということになる。しかし、Russell が言うように *πλήθει ἀπουσίας* は不自然な言葉づかいである。写本に何らかの欠損ないし誤写があるのかもしれない。Grube, 1957b, pp. 371-374; Russell, 1964, p. 165 参照。

著作の目的の一つをプラトンの弁護にあるとする研究者[1]やロンギノスはプラトンを自らのスタイルの模範としているとする研究者[2]もいる。しかしながら、ロンギノスはプラトンを手放しで崇拝しているわけではない。この点に関連して興味深いのは、模倣（μίμησις）を論じた第十三章である。「崇高なものへと通じている道」の一つは「過去の偉大な散文作家や詩人を模倣し、彼らと競い合うこと（ζήλωσις）」だとされた後、以下のように語られている（同章二）。

多くの人は他者の「霊感」によって神憑りとなるが、そのやり方は、「ピュティアの巫女が三脚の鼎に近づくと、そこには大地の裂け目があって、神聖な蒸気を吐き出しており、即座に彼女は神霊の力を懐胎し、神の息吹に従って（κατ' ἐπίπνοιαν）たちどころに神託を告げる」と語られているのと同じである。まるで「聖なる噴出口」からのように古《いにしえ》の人々の偉大な天性から流出するものが、彼らと競い合う者の魂に流れこみ、それによってあまりひらめきに富んでない者でも他者の偉大さを共有する。

この一節はプラトンの対話篇『イオン』（五三三D―五三五A）で展開される「霊感論」に基づくのだろうが、プラトンの言葉はアイロニーに満ちている。ロンギノスは額面どおりに受け取ったのだろうか。そのように考える研究者もいるが[3]、そうは思われない。ロンギノスの一節をよく見れば分かるように、肝心の部分は伝聞の形をとっており、霊感は喩えとして語られているにすぎない。さらに重要なのは、ムーサの名前は語られていない。『イオン』において詩人に霊感を授けるのはムーサだが、『崇高について』においては古《いにしえ》の偉大な作家たちである。実際ロンギノスは、ここに限らずただの一度もムーサについて語ってはいない。ロンギノスはプラトンの霊感論を利用してはいるが、その内容をそのまま受け取ってはいないようである[4]。

話を模倣論に戻せば、プラトンは「ホメロスの源流から数えきれないほどの支流を自分の中へ引きこんだ」（第十三章二―三）とされ、プラトンはホメロスを模倣し霊感を受けたことになっている。さらに以下のように語られている（同章四）。

プラトンが、まさに全精力を傾けてホメロスに対抗し第一人者の座を目ざしたのでなければ、哲学の教説においてあれほどの高みに達することも、詩的な題材や言葉づかいにたびたび踏みこむこともなかった。彼はすでに名を成した人への「若き挑戦者（ἀνταγωνιστὴς νέος）」であって、おそらくは勝利に執着しすぎており、まるで槍をもち挑みかかるようだが、闘いは無駄ではなかった。

プラトンは『国家』第二、三巻でホメロスを批判し、第十巻の「詩人追放論」でもまず名前が挙がっているのはホメロスである（五九五B）。しかしロンギノスによれば、プラトンはホメロスに挑戦する「若き挑戦者」であり、敗れはしたものの、その闘いから多くのものを得たということになる。こうした見方は驚くべきものかもしれないが、古代におけるプラトンの評価は現代と同じではなく、批判も珍しくはない。[5] いずれにせよロンギノスによれば、プラトンがホメロスを模倣したのであり、その立場は「詩人追放論」とは相容

（1）Russell, 1981, p. 74 参照。
（2）Innes, 2002, p. 268 参照。
（3）Brandt, p. 19 参照。
（4）Verdenius も指摘するように、ヘレニズム期以降ムーサへの呼びかけは形式として維持されながらも、詩人たちは自らの能力を強調するようになり、詩人の創造の源は神的な起源よりも天才の問題と見なされるようなった。Verdenius, p. 46参照。
（5）Russell, 1964, p. 116 参照。

れないだろう。

ロンギノスが『国家』を読んでいたことは明らかで、直接に取りあげてはいないものの、崇高論は「詩人追放論」への反論を意図していたのかもしれない。この点に関連して、ホメロスの描く「神々の闘い」は「寓意」として受け取らないかぎりは「不敬神で適切さを保っていない」（第九章七）という発言は注目に値する。プラトンがホメロスを批判する理由の一つは、神々の姿を劣悪に描いていることである（『国家』第二巻三七七Ｅ）。これに対してストア派はゼノン以来ホメロスを弁護したが、[1]そのさいに用いたのが「寓意（ἀλληγορία）」である。ロンギノスがストア派かどうかはともかく、明らかにホメロスを弁護する側にいる。

しかしまた、ロンギノスの崇高論がプラトンに多くを負っていることは疑えず、『崇高について』全体を一貫する道徳的な調子もプラトンに近い。先にも引用した「真の弁論家は卑しく下品な心をもってはならない」（第九章三）といった発言にもそれが窺われるが、最も顕著に表われているのは最終章、第四十四章で展開される「雄弁衰退論」[2]である。両者の関係については、「雄弁衰退論」を検討した後に改めて考察しよう。

七、「雄弁衰退論」とプラトン

ある哲学者[3]によると、今日「きわ立って弁がたち社会の機微に通じた才能、鋭く器用で、とりわけ言葉の心地よさにあふれた才能は生まれるが、わずかな例外を除いて、崇高きわまりない、ひときわ偉大な才能はもはや生まれない」「文芸における一種の世界的な不毛が、この世界を覆っている」（第四十四章一）。彼はこの原因を民主主義（δημοκρατία）が失われたせいだとし、民主主義のもとでの自由（ἐλευθερία）こそが「偉大な精神をもつ心を養い、希望で満たし、また同時に互いへの競争心と第一位の座への名誉欲を呼び覚ます」と言う（同章二）。この哲学者によると、自由は「最も美しく、また最も実り豊かな言葉の泉」である（同章三）。

これに対してロンギノスは以下のように反論する（同章六）。

折々の現状を非難することはやさしく、また人間に特有のことである。しかしながら、偉大な才能を滅ぼしているのは世界の平和(4)ではなく、むしろ、われわれの欲望を占有する果てしない戦争であり、現代の生活を占拠し徹底的に疲弊させる激情である。

ここでいう激情とは「金銭愛」と「享楽愛」で、富への執着はやがて「貪欲と慢心と贅沢」を生み、そのまま成長すると「魂に仮借ない独裁者、傲慢と無法と無恥を魂に生みつける」（同章七）。プラトン『法律』

（1）De Lacy, pp. 259-263; Russell / Konstan, pp. xix-xxi 参照。

（2）「雄弁衰退論」はタキトゥスが『弁論家の対話』で主題として取りあげているが、紀元前後一世紀にかけてさまざまな著作家が取りあげた話題である。Kennedy, 1994, pp. 186-192; Walker, pp. 101-109 参照。

（3）具体的に誰を指すのか不明であるが、本章とアレクサンドリアのフィロン『自由論』（*Quod omnis probus liber*）』六二―七四、『酔い』（*De ebrietate*）』一九八との類似は、ロンギノスとフィロンが共通の典拠を用いたことを示すのかもしれない。Russell, 1964, pp. 186-188; Schönberger, p. 129 参照。とくにフィロンが民主政を最良の統治形態だと考えていたのは興味深い。ケネス・シェンク『アレクサンドリアのフィロン――著作・思想・生涯』（土岐健治・木村和良訳、教文館、二〇〇八年）一二八頁を参照。

（4）いつの時代か特定できないが、アウグストゥスによりローマが事実上の帝政となった後の平和を意味するのだろう。ところで、ここからロンギノスが民主政よりも帝政を支持していたとは言えない。ロンギノスの意図は、民主政だからこそ崇高が実現されたという主張に反論することである。

(第八巻八三一—八三二)との関連も指摘されるが、[1]「快く装われたムーサを受けいれるならば、君の国には、法と、常に最善であると公に認められた道理とに代わって、快楽と苦痛が王として君臨することになる」(『国家』第十巻六〇七A)という「詩人追放論」の一節にも関連するだろう。続けて「人々はもはやまなざしを上に向けることも、死後の名声に思いをいたすこともない」(第四十四章八)と言われるが、これも『国家』第九巻五八六Aを受けたものである。

ロンギノスは「雄弁衰退論」を以下のように締めくくる(第四十四章一〇—一一)。

> こうした現状においては、自由であるよりも支配されるほうがよいのであって、貪欲が解き放たれると、まるで牢から放たれたように、隣人へと向かい、世に悪徳の洪水をあふれさせる。今も生まれている才能を浪費しているのは「怠惰(ῥαθυμία)」であって、少数の人を除いて私たちすべてがその怠惰のなかで暮らしている。私たちが骨を折り企てることがあるにしても、称賛と心地よさのためでしかなく、競い合うに値し名誉に値する「有益さ(ὠφελεία)」のためではない。

第十六章から第四十三章までは文章表現についての章であり、その後の第四十四章に「雄弁衰退論」が来るのは、不自然な印象を与えるかもしれない。第四十四章に相当する部分は本来、第十五章で思考に基づく崇高を論じ終えた後に続くものだと考える研究者もいる。[2] しかし、『崇高について』全体の構成は綿密に計算されており、「雄弁衰退論」は崇高についての考察が終わった後に置かれねばならない。[3] 崇高への希求は自然が人間に与えた本性であり、崇高は時代を越え永遠に受け継がれる。「怠惰」を克服しさえすれば、崇高は獲得できるという確信から、ロンギノスは「雄弁衰退論」を終章に置いたのである。[4]

ロンギノスの主張は、激情と欲望が人々を堕落させるという点でプラトンの考えに近い。激情や欲望に左右されない気高い精神を理想とするプラトンの哲学は、ロンギノスの崇高論と軌を一にする。したがって次のように考えればよいのではないか。ロンギノスはプラトンの哲学に共感していたが、「詩人追放論」は受けいれられなかった。そこでロンギノスは、プラトンの以下の言葉に答えようとした。「われわれは、自ら詩人ではないが詩を愛好している（*φιλοποιηταί*）、詩の保護者たち（*προστάταις*）に対しても、彼らが韻律なしの言葉で詩のために弁じる機会を与えて、詩が単に快いだけでなく、国のあり方と人間の生活のために有益であると論じることを許すだろう」（『国家』第十巻六〇七D）。

『崇高について』はプラトンに答え、詩を含む文芸の有益さを論じた著作である。さらにロンギノスはこの応答によって、プラトンを弁護しようとしたのかもしれない。「詩人追放論」が詩人、とりわけホメロスを崇拝する人たちの反感を招いたことは容易に想像できる。[5]『崇高について』はプラトンの弁明でもある。そのためにまず最初になすべきことは、ホメロスとプラトンを和解させることだった。模倣論において、プラトンを勝利に執着しすぎるあまり敗れ去るホメロスへの若き挑戦者になぞらえたのは、プラトンがホメロ

（1）Russell, 1964, p. 186 参照。
（2）Brandt, pp. 124-126 参照。
（3）Russell, 1981, pp. 83-84; Innes, 2006, pp. 307-310 参照。
（4）Segal, esp. pp. 139-140 参照。
（5）ヘラクレイトス『ホメロスの寓意』四および七六―七九、アテナイオス『食卓の賢人たち』第十一巻五〇五B、ディオニュシオス『ポンペイオス・ゲミノスへの書簡』第一章一三を参照。

スから霊感を受け偉大さを獲得したとすることで、両者の調停をはかったのだろう。プラトンはホメロスの後継者ということになる。

「詩人追放論」に答えるには、激情の扱いも問題となる。ロンギノスは「強烈で霊感に満たされた激情」を崇高の第二の源泉とし、文芸における激情の意義を認めていた。しかしプラトンにとって激情は、魂の理知的部分ではなく欲望的部分を刺激するもので、「ひからびさせなければならない」(『国家』第十巻六〇六A—D)。ロンギノスのとった戦略は激情のなかでも、哀れみ、悲しみ、恐れ、金銭愛、享楽愛といった卑しい感情を否定し、崇高に寄与する激情があることを証明することであった。「アイアスの激情」やサッポーの詩がその証拠である。

さらにロンギノスは「詩人追放論」へ応答するためにプラトンの哲学を用いた。ロンギノスの崇高論は、崇高体験による精神の高まりを核心とするが、これを単なる情動的な高ぶりと区別する根拠は、「神的なものへの抑えがたい愛(エロース)」(第三十五章二)であり、また崇高が時代を越えて永遠に受け継がれる根拠は、先人を模倣することからの「霊感」(第十三章二)である。崇高論はある意味でプラトン的文芸論だと言える。そしてこのプラトン的文芸論は、文芸が人々の欲望や激情を刺激するのではなく、むしろ人々の精神を高めると主張することで、「詩人追放論」に答え、文芸の有益さを証明している。

ロンギノスはさまざまな作家を取りあげるさいに、その作家自身の言葉を使う傾向があり、たとえば、プラトンの文章を「音もなく流れる(ἀψοφητὶ ῥέων)」(第十三章一)と形容しているが、これは「音もなく流れる(ἀψοφητὶ ῥέοντος)オリーブ油の流れ」(『テアイテトス』一四四B)を受けた表現だろう。プラトン自身の哲学によってプラトンに応答するのは、模倣の実践であり、ロンギノスがプラトンと競い合うことで霊感を受けたということになる。そうであれば、プラトンの哲学によって「詩人追放論」に答え文芸の有益さを証明することは、アイロニーではなく、むしろプラトンに対する敬意の表われということになる。プラトンへの傾倒がロンギノスの崇高論をプラトン的な文芸論としたのである。

しかしながら、ロンギノスは真の意味でプラトン哲学によって文芸を弁護したと言えるのだろうか。崇高論が基づいているのは、ムーサなき霊感論、イデアなきエロース論であって、厳密に言えばプラトン哲学に基づいた文芸論とは言えない。当時の弁論術にとってイデアやムーサといった超越的な要素は受けいれられなかったのだろうが[1]、ロンギノスはプラトン哲学を歪曲したという見方もできる。ロンギノスの崇高論はプラトン的ではあっても、プラトン自身の哲学とは相容れないだろう。

また、ロンギノスはイデアやムーサを受けいれず、崇高の根拠を自然に求めているが、崇高の規範は過去の偉大な作家たちであり、規範の選択は伝統に基づくとはいえ人間が行なうものである。ソフィストのプロタゴラスは「人間は万物の尺度である」(「断片」一(D-K))と語ったが、ロンギノスの崇高論は人間原理に基づいている。弁論術を教えギリシア全体に普及させたのはソフィストであり、弁論術とソフィストは不即不離の関係にある[2]。ロンギノスのプラトンへの傾倒にもかかわらず、『崇高について』の根底にあるのは、

(1) Schönberger, p. 138 参照。また、ホラティウス『詩論』四五三—四七六も参照。
(2) 田中美知太郎『ソフィスト』(講談社学術文庫、一九七六年) 一一一—一一五頁を参照。

プラトン的な形而上学というよりも、むしろソフィストの人間原理である。

プロタゴラスの言葉は、個々の人間ではなく、類としての人間を尺度だと言っているのであって、社会全体の共通理解が尺度となることを意味する。[1]弁論家キケロが「共通の感覚（communes sensus）」（『弁論家について』第三巻一九五）を持ちだすのは偶然ではなく、弁論術にとって超越的な存在に頼らない人間原理は不可避の前提である。これに対してプラトンにとっては「神こそが何にもまして万物の尺度である」（『法律』第四巻七一六C）。プラトンの哲学にどれほど共感しようとも、ロンギノスの崇高論が弁論術の枠組みのなかにある以上は、真の意味でプラトンの哲学と調停はできない。

またロンギノスの崇高論は、作品概念の欠如という弁論術に共通する欠陥を免れていない。[2]ロンギノスは言葉の表現と構成について考察しているが、作品全体の構成やテーマを論じてはいない。文学理論として『崇高について』は、作品全体の筋構成を最重視するアリストテレス『詩学』に及ばないという見方もできる。しかし、この著作が弁論術の技法書であるという原点に立ちもどるならば、こうした批判自体が的外れなのだろう。

たとえプラトン哲学に基づく文芸論になっていないとしても、また作品概念が欠如していようと、ロンギノスの崇高論は文芸論として独自の価値をもつ。聴衆ないし読者の心的高揚に積極的意義を認め、文芸が精神を高めると主張する『崇高について』は、近代の美学・芸術学を先取りするものだろう。いずれにせよ、二千年の時を越え読者に崇高を体験させるこの著作そのものが、崇高が永遠不滅であることの証拠である。

ロンギノスは著作の目的を果たしたのである。ポープは次のように歌っている（『批評論』六七五―六八〇）。

大胆なロンギノスよ、九柱のムーサみなが、汝に霊感を与える、
ムーサの批評家たる汝に、詩人の炎を授ける。
自らの確信に熱中する、この燃えるような裁定者は
情熱をもって判定を下し、しかも常に正しい。
彼自らの示す実例が、彼のあらゆる法則を強めている、
彼自身が、彼の描いている偉大なる崇高なのだ。

八、『崇高について』の後代への影響

『崇高について』の後代への影響は、ボワロー以降クルティウス、フライを含み現代に至るまで、文字どおり枚挙に暇がない程である。最後にごく一部だけを取りあげておく。

美学の命名者として名高いバウムガルテンの『美学（*Aesthetica*）』においても、たびたび『崇高について』は言及されている。[3] もっとも美学の目的は、感性的認識の完全性としての「美（pulcritudo）」であり、崇高は

(1) 岩崎允胤『ヘレニズムの思想家』（講談社学術文庫、二〇〇七年）三七頁を参照。
(2) Brandt, p. 22 参照。
(3) バウムガルテン『美学』からの引用にあたっては、松尾訳を参照した。以下、同書からの引用は§だけを記す。

「美的大きさ」の「素材」および「人格」のなかで論じられているだけである。そのさいバウムガルテンは、素材に関わる思惟の種類を「簡素（tenue）」「中間（medium）」「崇高（sublime）」に（§§ 230-281）、人格に関わる思惟者も同様に分類する（§§ 364-422）。崇高は相対的に高く評価されているが、この三分法は古代弁論術の三文体に対応している（§ 230）。バウムガルテンのほうがロンギノスよりも、弁論術の枠組みに忠実である。[1]

ところでバウムガルテンは、「崇高なあり方の思惟が人格的対象、つまり自分の観客として……選択するのは、大衆のうち誰でもよいというわけにはいかない」（§ 289）と述べ、崇高が対象を選ぶ点を指摘している。『崇高について』は、精神を高めることを目ざすあまりに、一般人にとっての実用的な弁論術書とはなっていないのかもしれない。

近代における崇高論は、バーク『崇高と美の観念の起源』に始まると言ってよいだろう。この著作は「崇高（sublime）」と「美（beauty）」とを区別することで、「最初の美的範疇論」となったものである。[2] バーク自身も言っているように、ロンギノスは崇高と美とを厳密に分けているわけではない。[3] またこの著作は、「趣味（taste）」――「想像力の作品ないしは優雅な芸術品によって触発される、あるいはそれらに関する判断を作りあげる、心の能力」と定義される――を体系的に論じたものでもある。[4] バークは、趣味についての「万人に共通で確実な基礎を有する原理」を心理学的・生理学的に探究しており、[5] 古代弁論術の書物である『崇高について』とは著しく性格の異なる著作のように思われる。

その一方でバークは、詩人や弁論家の崇高な章句が読む者の心を常に満たす「あの誇らしさと偉大さ」についてロンギノスを引用し、その原因を「人間の心は常にそれが観想するものに備わっている威厳と重みの一部分を自分にも要求する」ことだとする。[6] また、「心を高めることはわれわれのあらゆる学問の第一の目標でなければならず、このことを多少とも果たすことのできない学問はほとんど無益である」[7] とも述べている。バークの精神はロンギノスにきわめて近い。バークが、想像力と判断力の陶冶によって「国民の趣味の改良と道徳的向上を目ざす筋道を明らかにした」[8] のであれば、著作の目標はロンギノスと同じである。あるいはバークは、ロンギノスの主張を心理学的・生理学的に基礎づけることで、近代に甦らせようとしたのかもしれない。

バークの影響のもと、[9] カントも美と崇高について論じており、カントの美学にはロンギノスの影響が随所にうかがわれる。[10] しかしながら『判断力批判』において、カントはロンギノスにも『崇高について』にも言

(1) バウムガルテン『美学』と弁論術の関係については、本書解説「文芸批評家ディオニュシオス」を参照。
(2) 佐々木『美学辞典』一五八頁を参照。
(3) Burke, p. 1 (鍋島七頁)。
(4) Burke, p. 13 (鍋島二六頁、中野一七頁)。また、佐々木『美学辞典』一五八頁を参照。
(5) 鍋島「訳者のあとがき」二三八頁、中野「訳者解説」二一二頁を参照。
(6) Burke, pp. 46-47 (鍋島七五頁、中野五六—五七頁)。第七章二を参照。
(7) Burke, p. 49 (鍋島七八頁、中野五九頁)。第一章二を参照。
(8) 中野「訳者解説」二一三頁。
(9) カント『判断力批判』一二八—一二九を参照。以下、カント『判断力批判』からの引用は、熊野訳を参照した。なお、同書からの引用は初版の頁数だけを記す。
(10) 例えば、『判断力批判』の「自然は同時にそれが技巧のように見えるときに美しいのであった」(一七九) 以下を『崇高について』第二十二章一と比較せよ。

及していない。最後の論理学講義（一七九六年）に基づくとされる『ウィーンの論理学（*Wiener Logik*）』[1]において、カントはロンギノスの言葉として「それを軽蔑することが崇高（erhaben）であるようなものは崇高ではない。たとえば、富は崇高ではない」を引用している。[2]しかしそれ以外には、ロンギノスについての言及はなく、『判断力批判』（一七九〇年）の崇高論と『崇高について』の直接の関係については不明としておく。

カントはもっぱら自然における崇高を考察し、芸術作品の崇高は自然との一致に限定している。『崇高について』があくまでも弁論術の枠組みの中にあるかぎり、カントの崇高論とは相容れないだろう。[3]しかしまた、「趣味（Geschmack）は倫理的理念が感性的に表わされたものを判定する能力であり、……趣味を確立するための真の予備学とは倫理的理念の展開と道徳的感情の陶冶」（六〇節）だと語るカントも、その精神においてはロンギノスに近いと言えるだろう。

近年の崇高論については、ミシェル・ドゥギー他による論集『崇高とは何か』（梅木達郎訳、法政大学出版、一九九九年）が大きな収穫である。ロンギノスにとどまらずさまざまな観点から崇高が論じられているが、「序言」においてジャン＝リュック・ナンシーは、論集全体に共通する特徴を、「現実存在のすべてを美学化する」のではなく「美学主義に対していささかも譲歩しないという点」だとする。崇高の問題は、「芸術それ自体の中で芸術をはみ出していくなにものか」であり、「世界－内－存在（être au monde）のあり方の問題」である（三頁）。

その主張を全面的に受けいれることができるかどうかはここでは問わない。しかし、「聴衆を忘我自失の境地へと駆り立てる」「優美さを目ざすものを常に圧倒する」「抵抗不可能な支配力と強制によって、すべての聴衆の上に君臨する」（第一章四）、などと語られるロンギノスの崇高が、単なる趣味的な芸術鑑賞とは無縁なものであることは間違いないだろう。

（1）『カント事典』（有福孝岳［他］編、弘文堂、一九七七年）五六三―五六四頁を参照。

（2）*Kant's gesammelte Schriften*, Band XXIV$_2$, Berlin, 1966, p. 903.『崇高について』第七章一を参照。

（3）カント『判断力批判』七六、および森谷「伝ロンギーノス作『崇高について』をめぐる二つの覚書」四〇頁を参照。

文芸批評家ディオニュシオス

戸高和弘

ハリカルナッソスのディオニュシオスについては、すでに『修辞学論集』解説で紹介されているが、あらためて以下の二点だけを確認しておきたい。第一に彼は、前一世紀にローマで活動したギリシア人であった。当時ギリシア語は地中海世界の東半分で使用されていたが、ギリシアは文化先進地域であり、ギリシア語を習得することは実用的意義に加えて、ローマのエリートにとって必須の教養でもあった[1]。ディオニュシオスは実用的な教養として、ローマ人にギリシア語と弁論術を教えていた。

第二に、ディオニュシオスは弁論術教師であり[2]、言葉の能力を高めることを務めにしていた。そのためには規範となる文芸作品を確定し解説する必要がある。弁論術教師にとって、文芸作品について論じることは教育の手段であった。さらに弁論術教師は、文芸作品の文章上の長所と短所を指摘し、どのような点を避け、どのような点を模倣すべきかを示さねばならない。この「模倣（ミーメーシス μίμησις）」こそ、彼の文芸批評を特徴づける最大の要素である。

ディオニュシオスはさまざまな文芸について論じているが、彼の批評の特徴をよく表わすものとして、プラトンに対する批評をまず取りあげよう。

「彼の表現は、気づかれないほどかすかに古色蒼然たる感じを与えながら、同時にまぶしいほどに芽吹いた新緑の盛りとでもいうべき雰囲気を発散しています。まるでこの上なくよい香りのする牧場からのように、彼の表現からは甘く香るそよ風が吹いてくるのです」(『ポンペイオス・ゲミノスへの書簡』第二章一＝『デモステネス論』第五章三)。

彼の批評は、プラトンの文章が古代ギリシア人にどのように感じ取られたのかを伝えてくれる点で不滅の意義をもつ。上記の引用はプラトンの文章の長所を述べたものだが、さらに彼は欠点についても述べている。

「プラトンの表現が凝った言い回しや美辞麗句へと度を越して突き進むとき、それは著しく価値を下げてしまいます……彼が最も嫌悪感をもよおさせる詩的な文彩、とくにゴルギアス風文彩を用いて悦に入っているさまは、みっともなく幼稚でさえあります」(『ポンペイオス・ゲミノスへの書簡』第二章一＝『デモステネス論』第五章四—六)。

プラトンの長所を認めたうえで、その欠点を冷徹に見きわめようとするディオニュシオスの姿勢には——彼の批判がどこまで正鵠を射ているのかは別にして——健全な批判精神が見てとれる。しかし彼は、プラトンを批判したためにポンペイオス・ゲミノスという人物から攻撃されたようであり、自らの立場を次

(1) 本叢書『修辞学論集』解説五二二頁を参照。Clark, p. 146 も参照。

(2) Rhys Roberts, 1901, pp. 1-4; Aujac, Tome I, pp. 9-12 参照。

のように弁護している。

「ありとあらゆる活動において何が最も重要なのか、また同じ分野に属する功績のうちで何が最も優れているのかを決定したいと思うさいには、……よいものであろうと悪いものであろうと、どんな性質も見のがしてはならないのです。というのも、こうしてこそ真実が最も確実に見いだされるのであり、真実よりも尊重されるべきものは何もないのですから」（『ポンペイオス・ゲミノスへの書簡』第一章三）。

ディオニュシオスによれば、過去のあらゆる文体の長所を受け継いだのは弁論家デモステネスであり、その文章はギリシア語散文の頂点であった（『デモステネス論』第八章二）。しかし彼は欠点も見のがさず、デモステネスの弁論がリュシアスほど明快でもなければ簡素でもなく、むしろ手がこんでいて耳障りなものに陥る場合があると指摘する（『リュシアス論』第六章四）。こうした真実を究明しようとする態度は、彼の文芸批評への信頼性を高めている。

ところで、ディオニュシオスはゴルギアス風の詩的な文彩に対して批判的だが、そこにはアリストテレスの影響が窺われる。(1) しかし「哲学的弁論術」（『古代弁論家――序』第一章二）を標榜しながらも、彼の考える哲学とはプラトン・アリストテレス的な形而上学ではなく、イソクラテスの実践的な哲学、つまり弁論術を身につけ社会のなかで有用な人物と見なされることであった。(2) ディオニュシオスにとっては、社会的な実用性が抽象的な思弁よりも尊重された。

模倣論

ディオニュシオスの文芸批評を特徴づける最大の要素は模倣論である。彼は自らの『模倣論』について次のように語っている。

「『模倣論』において私は、自分が最も優れた詩人および散文家と認める人々を通観し、各人が題材と措辞でどのような美点を示しているか……簡略に示しました。優れた著述や弁論を志す人々が彼らの特性を片端から真似るのではなく、美点は取りいれ、失敗には警戒の目を向けることによって、個々の練習でこれらの作家たちが申し分のない良い手本になるようにと願ったからでした」（『トゥキュディデス論』第一章二）。

偉大な先人の模倣を弁論術に関して用いた最も古い例は、現在確認されるかぎりでは作者不詳『ヘレンニウスへの弁論術』である。[3] ヘレニズム期に至り、ギリシア世界においては過去の詩人の研究が盛んとなり、古典期の作品に範を求める一種の「古典主義」が成立していた。[4] このような時代背景のもと、模倣が重視されるようになった。

独創性を絶対的な価値と見なすかぎりでは、模倣論は否定的にしか評価されないだろう。「模倣」ないし「真似」といった言葉自体が拒否反応を引きおこしかねない。しかし古代ギリシアにおいて、独創性は近代

（1）アリストテレス『弁論術』第三巻第一章一四〇四a二四―二九を参照。
（2）Whitmarsh, p. 97 参照。
（3）Fuhrmann, pp. 153-155 参照。
（4）Fuhrmann, pp. 192-193; Kennedy, 1994, p. 153 (n. 33) 参照。

以降ほど評価されてはいなかった。独創性が評価されるようになったのは近代ヨーロッパであり、絶対視せねばならない理由はない[1]。

ディオニュシオスにとって模倣とは、長所と短所を見きわめたうえで長所だけを真似、言語表現を上達させる手段である。プラトンやトゥキュディデスを模倣しようとしながら、かえって欠点ばかりを取り入れてしまう場合もあった（『デイナルコス論』第八章一―二）。また、偉大な作品を模倣しただけですぐさま上達するわけではない。模倣は「自然な方法で、学習にいそしみ明け暮れともに居て学び取る」ことによって獲得されるのであり（同書第七章五）、決して安易な道ではない。

ところで、文芸批評において「模倣」は現実世界を対象とする模倣、つまり現実の再現という意味で了解されている[2]。ディオニュシオスにとって、模倣の対象となるのは過去の作品であり、両者は別物だといってよいが、同じ言葉である以上根本において共通する含意もある。模倣という言葉が使われるかぎりは、そこには模倣される対象（原像＝オリジナル）が存在しなければならない。そしてオリジナルが存在する以上は、模倣作品（模像）はオリジナルとの関係でその価値が判定される。現実の再現においてはオリジナルをどれだけ正確に写しているかが判定されるが、偉大な作品の模倣においては、模範となる作品を基準として評価が下される。作品の客観的な価値評価には規範が不可欠であって、模倣すべき作品を確定するディオニュシオスの模倣論は、作品評価の基準を提供することにもなる。

これに関連して興味深いのは、「アッティカ主義」と「アジア主義」の対立である[3]。アッティカ主義とは、当初純正なギリシア語を用いることを意味していたが、やがて古典期アッティカ散文の簡潔さや技巧のなさを追求する運動を意味するようになった。これに対して、ことさらに華美を好み技巧的な文体を用いることは、アジア風の悪しき風潮、アジア主義として厳しく批判された。アレクサンドロスの東方遠征以後、ギリシア語の現地化が進んだであろうことは想像に難くない。アッティカ主義とは、古典期のギリシア語への復古運動であった。

ディオニュシオスはアッティカ主義を支持しており、彼によれば、ヘレニズム期とはアジア主義が蔓延した弁論衰退の時代にほかならない（『古代弁論家——序』第一章二—七）。彼が目ざしたのは、古典期アッティカの偉大な著作家の文章を取りあげ、その地位を確立することであった（同書第四章二）。しかし現実のギリシア古典期において、アッティカ地方の方言が全ギリシアの標準語であったわけではない。アテナイにおいて偉大な著作家が輩出したことから、後代になってアッティカの言葉が特権的な地位を占め、ギリシア語の代表と見られるようになった。彼はアッティカの方言を純正なギリシア語と見なし、アッティカ方言で書かれた作品を模範としているが（『リュシアス論』第二章一—三）、こうした評価は古典期ではなく、後代に成立したものである。

同じことは弁論家の評価にも当てはまる。先のプラトンに対する批判のなかで、ディオニュシオスはゴルギアス風の詩的な文彩を最大の欠陥と見なしていた。しかしゴルギアスは、アテナイに弁論術の流行を引き

（1）プラトン『法律』第二巻六五六D—六五七B、ロンギノス『崇高について』第五章一を参照。Whitmarsh, p. 45 参照。
（2）プラトン『国家』第十巻五九七A—五九八D、アリストテレス『詩学』第一章を参照。
（3）「アッティカ主義」と「アジア主義」については、Kennedy, 1994, pp. 95-96, 162-166 を参照。

おこした人物であって、古典期のギリシア人が最も評価していた弁論家の一人であった。ゴルギアスの文章に対する彼の批判は、必ずしも古典期の一般的評価ではない。模倣論は過去の偉大な作家の権威を借りつつ、何を模倣すべきかを決定するが、それは過去の評価を無批判に受けいれるのではなく、時代の要請に応じて規範を確定する。この確定作業には、必然的に規範の改定が伴い、その結果として、作品の価値判断も変容をこうむる。新たな美的価値が創出されるのである。

模倣論が美的価値を創出するというと、逆説めいて聞こえるかもしれない。しかし、過去の偉大な作品を規範として伝統が形成され、規範の変容によってその伝統が変容をこうむるのは、歴史上よくあることだろう。模倣だけが美的価値を創り出すわけではないが、弁論術は美的価値の究極の根拠を問うものではない。弁論術にとっては、どのような言葉が美的価値をもち、また美がどのようにして実現するのかが重要なのである。

弁論術と美学

弁論術は、中世を経て近代の美学へと受け継がれた。弁論術と美学と言うと一見すると水と油のような印象を受けるかもしれないが、美学の成立は弁論術ぬきにしては考えられない。美学の命名者として名高いバウムガルテンの『美学（*Aesthetica*）』は、アリストテレス、ホラティウス、キケロ、クインティリアヌスなどからのおびただしい引用からも明らかなように、古代の詩学・弁論術の伝統を受け継ぐものである。バウムガルテンは、美学が弁論術（rhetorica）および詩学（poetica）と同一であるという批判に対して、(a) われわれの学はそれらよりいっそう広い領域にわたる、(b) それらが他の諸技術と共通に、そしてまた互いどうし共通にもっている対象をわれわれの学は包括する、と答えている（§5）[1]。美学とは弁論術と詩学を発展させたものである。

しかしながら、バウムガルテンの功績が「美学の命名者」に限定されているためか[2]、弁論術と美学の結びつきはあまり注目されていないように思われる。あるいは『美学』の内容が実質的に詩学・弁論術だからこそ、その功績が「美学の命名者」に限定されたと考えるべきなのかもしれない。以下ではディオニュシオスの文芸批評を手がかりにして、弁論術と美学の不可分な関係を考察する。

文章美学

ディオニュシオスが文芸において最も重視するのは言葉の配列であり、次の一節には彼の考えが明確に示されている。

「文章の心地よさと説得力および効果は、用語の選択よりは言葉の配列によるところが少なくありません。……言葉の配列は、用語の選択が果たす役割すべてを圧倒するほどの力と効果をもっています」（『文章構成法』第二章六—七）。

（1）バウムガルテン『美学』からの引用にあたっては、松尾訳を参照した。以下『美学』からの引用は§だけを記す。

（2）神林恒道「近世美学の発端——バウムガルテンとヴィンケルマン」（当津武彦編『美の変貌』、世界思想社、一九八八年）一四三頁を参照。

自ら述べているとおり（同書第一章九）、言葉の配列を主題として論じたのは彼が初めてであったのかもしれない。一般に弁論術においては、言葉の選択、修辞技法、弁論構成の区分などが論じられる。彼はさまざまな言葉の配列を比較検討しているが、そのさいの基準は心地よさと美しさである。

「私は二つの事柄、心地よさと美しさが韻文と散文を書こうとする者の目ざすべき最も基本的な事柄であると思います。聴覚がこの両方を求めるからですが、それは視覚とほぼ等しい感じ方をします。視覚は……心地よさと美しさがあるのを見つけると満足を覚え、もはや何も欲しがらないのです」（同書第十章一―二）。

心地よさと美しさは聴覚に結びつけられているが、ここには言葉の響きを原理とする一種の文章美学が読み取れるだろう。言葉の響きといっても、一つ一つの言葉ではなく、言葉の配列が問題であって、文章美学は音楽と結びつくことになる。

「市民弁論の知識もまた一種の音楽術（μουσική）なのです。……市民弁論においても、文章には旋律、リズム、変化、適切さがあり、だからこそ耳は旋律を楽しみ、リズムに引かれ、変化を歓迎し、常に適切さを求めるのです」（同書第十一章一三―一四）。

彼にとって重要なのは、言葉の配列から生みだされる音楽である。ここで、聴覚における心地よさが市民弁論に求められているが、市民弁論とは市民が公に発表する言語表現全般であって、市民生活に重要な役割を果たしていた。(1) 実用的な市民弁論と感性的な快は結びついており、快や美は実用性と矛盾するものではない。美しく語ることは実用的な価値を有する。バウムガルテン『美学』によれば、技術的美学の効用に五つあり、その五番目は、日常生活において他の諸条件が同等ならば、すべてのことをなすさいに優れることである（§3）。美と実用性を両立させる点で、バウムガルテンの美学は古代弁論術の立場を受け継いでいる。

技術には見えない技術

ディオニュシオスの文芸批評と美学の結びつきは、「技術には見えない技術」という考え方にも見てとれる。

「リュシアスの語順調整の特徴は、わざとらしくない、また技巧的でないように見える点にあります。……巧妙に構成されていると気づかれないことそれ自体が巧妙なのです」（『リュシアス論』第八章五—六）。文章構成は技術に属し、偶然や運によって出来あがるものではない。技巧的に見えないことそれ自体が、技術の成果である。この「技術には見えない技術」という考え方は、アリストテレス『弁論術』第三巻第二章（一四〇四b一八—二一）やロンギノス『崇高について』（第二十二章一）にも述べられており、古代弁論術の要諦をなしていた。

また「技術には見えない技術」という考え方は、カント美学においても重要な役割を果たしている。カントによれば、自然は同時にそれが技巧（Kunst）のように見えるときに美しく、技巧は、それが技巧であると私たちが意識していながら、それでも自然のように見えるときにだけ美しい（『判断力批判』一七九）[2]。換言す

（1）Rhys Roberts, 1901, p. 203 参照。

（2）カント『判断力批判』からの引用は、熊野訳を参照した。以下、同書からの引用は初版の頁数だけを記す。

れば、美的芸術はたとえ芸術として意識されていても、なお自然のように見えなければならない。

しかしカントは、芸術としての「雄弁術（Beredsamkeit）」と実用的な技術としての「弁論術（ars oratoria＝Rednerkunst）」とを明確に区別している（同書二一七註）。雄弁術が詩芸術（Dichtkunst）と並び言語芸術をなすのに対して（同書二〇五）、弁論術とは説得の技術として常に欺瞞的な技術であり（同書二一六）、何ら尊敬に値しない（同書二一七註）。芸術に属する雄弁術が純粋に言葉の美を取り扱うのに対して、説得という実用的な目的をもつ弁論術は人を欺くための不純な技術ということになる。

弁論術は常に詭弁や強弁へと陥る危険性を孕んでいる。すでにプラトンもこの点を指摘しているが（『ゴルギアス』四五三A―四五五A）、カントの弁論術批判はこれを受け継ぐものである。その一方で、プラトンが説得を心地よさに結びつけるのに対して（同書四六二C―四六三A）、説得を目ざす弁論術と純粋な言葉の美を目ざす雄弁術とをカントは区別する。しかし、美しい表現は説得力を増すものであり、説得力と美を切り離すことはできない。雄弁術と弁論術との区別は近代における芸術概念の成立を背景としており、ディオニュシオスにとって、言語表現の美と実用性は不即不離の関係にある。

言葉にならない感覚

ディオニュシオスの文芸批評と美学の関係を、さらにはっきりと示しているのが「言葉にならない感覚［アイステーシス］」である。

「リュシアスの弁論の特性は、すべての語にちりばめられている優美さなのです。しかしこの優美さという特性は、筆舌に尽くしがたく、驚嘆するしかないものです。……彼の優美さを知ろうとする人は、長い時間をかけて熱心に修練し、言葉ぬきで感じとることによって、言葉にならない感覚（ἄλογος αἴσθησις）を鍛え上げることです」（『リュシアス論』第十章五―第十一章四）。

言葉では尽くせない感覚を重視するディオニュシオスの立場は、ギリシア語のアイステーシスに由来するAesthetica を学の名称とした美学ときわめて親和的である。しかし言葉にならない感覚は、何か神秘的ないし超越的な能力ではない。それは芸術の鑑賞力という万人に備わる能力に由来する。

「これまでに私は、雑多な人間の混じり合った無教養な大衆で満員の人気劇場においてさえ、美しい旋律や快いリズムを聞き分ける自然の力がわれわれすべてに備わっていることを見届けたと思います。……鑑賞することは自然が万人に与えた感受性（πάθος）だからです」（『文章構成法』第十一章八―九）。

ところで、言葉にならない感覚を重視するのはディオニュシオスだけではない。キケロにとっても、言葉にならない感覚（tacitus sensus）は弁論における成功と失敗を判定する。言葉やリズムや声の調子に関して判断を下す共通の感覚（sensus communis）は、自然の理によって万人に備わっている（『弁論家について』第三巻一九五）。アリストテレスによれば、「感覚することは万人に共通のことであり、したがって容易なことであって、知恵のしるしとはならない」（『形而上学』A巻九八二a一一―一二）。しかし、万人に備わる感覚を重視する点に、実用的な技術としての弁論術の本領がある。また、言葉にならない感覚は「いわく言いがたいもの」という近代的な概念を先取りするものである。

ディオニュシオスの美学

ディオニュシオスの文芸批評は弁論術の伝統を受け継いでおり、言葉にならない感覚の重視もキケロと共通する。しかしながら、キケロとディオニュシオスの目ざすものは同一ではない。キケロによれば、弁論家はありとあらゆる事柄に関して、その事柄の発見者や専門家以上に立派に、修辞を凝らして語る（『弁論家について』第一巻五一）。これに対して、ディオニュシオスが目ざすのはあくまで言語表現の技術である。彼は哲学や一般教養の必要性を認めてはいるが（『古代弁論家――序』第一章三）、キケロほど過大な要求はしていない。

またクインティリアヌスは、弁論家にさまざまな教養を身につけるよう要請しているが、キケロと比較すればその範囲はかなり限定的で、弁論に役立つという限界を超えてはいない。この点では、彼はディオニュシオスの立場に近い。しかし、彼にとって完全な弁論家とはよき人物以外にはありえず、弁論家には言論のきわ立った能力のみならず、あらゆる精神の徳が要求される（『弁論家の教育』第一巻序九）[1]。

ディオニュシオスの著作において、作者の道徳性はあまり強調されない。有名なカンダウレス王の逸話（ヘロドトス『歴史』第一巻八―一二）は「厳粛でもなければ気品高い表現にもそぐわず、浅はかで危うげな、美よりは醜に近い題材」とされながら、その語り口は「まことに熟練の腕前」と称えられている（『文章構成法』第三章一四）。ディオニュシオスは配列を重視し、言葉の音楽的・感性的な要素を尊重していた。言語表現の美は内容の道徳性から自律している。

ディオニュシオスが道徳性を強調しないのは、彼が私的な弁論術教師の立場にあったからかもしれない。自らの雄弁と学識によって共和政ローマを主導したキケロはもちろん、ウェスパシアヌス帝によって初代勅任弁論術教授に任命されたクインティリアヌスとも彼の立場は異なっていた。学術的・倫理的要請と対立はしないにしても、従属はしない自律した文芸批評が可能になったのは、ディオニュシオスがローマにおけるギリシア人として、また私人の立場で教育していたからだろう。

こうした点でもバウムガルテンの立場はディオニュシオスに近い。バウムガルテンによれば、「恵まれた美的主体における美しい教養と賞賛さるべき徳性との道徳的必要性」は明らかだが（『美学』§360）、「われわれの求める雄弁家は哲学なしには完成されない」とするキケロは不当に多くのものを要求しており、「弁論家が道徳においてのみならず、学問と弁論のあらゆる能力とにおいても完全でなければならない」と要求するクインティリアヌスも非難を免れないのである（§361）[2]。

バウムガルテンは、美学の目的を「感性的認識のそれとしての完全性」（§14）と見なし、「知的思考によってしか直感されえないような感性的認識の完全性には、美学者は美学者として関心をもたない」（§15）と語る。『美学』においてディオニュシオスは一度も言及されていないにもかかわらず、バウムガルテンの美学とディオニュシオスの弁論術は、根底において同じ立場に基づいている。

ところで、ディオニュシオスもバウムガルテンも、その考察の対象を詩や弁論などの文芸に限っている。

(1) クインティリアヌスからの引用は、クインティリアヌス『弁論家の教育1』（森谷宇一・戸高和弘・渡辺浩司・伊達立晶訳、京都大学学術出版会、二〇〇五年）を参照した。

(2) キケロの言葉は『弁論家』一一、クインティリアヌスの言葉は『弁論家の教育』第一巻序一八から引用されている。

カントは詩芸術＝文芸を最高の芸術としながらも（『判断力批判』二一五）、絵画や彫刻という造形芸術も音楽も考察の対象とした。いわゆる芸術を対象とするものが近代美学であるなら、それはカントに始まるということになるだろう。

近代以降のディオニュシオス評価

近代以前ディオニュシオスはきわめて高く評価されていたが[1]、近代以降はあまり取りあげられることはないようである。そうしたなか例外的にディオニュシオスを高く評価しているのが、フリードリッヒ・シュレーゲルである。シュレーゲルはディオニュシオスの『イソクラテス論』を自らドイツ語に訳し、その「あとがき」において、ディオニュシオスを「最も洞察力の鋭い古代批評家の一人（einer der scharfsinnigsten alten Kritiker）」とし、「芸術批評家（Kunstrichter）」と呼んでいる[2]。また彼によれば、ディオニュシオスの論攷の特徴を最もよく言い表わす言葉は「芸術判断（Kunsturteil）」であり、ディオニュシオスの価値評価は「芸術法則（künstlerischen Gesetzen）」に従っている[3]。さらに『ギリシア文学研究論』においてシュレーゲルは、ディオニュシオスの精緻な分析を「計り知れないほど貴重（unschäzbar）」だと形容している[4]。

その他、筆者の知るかぎりでは、ニーチェが『デイナルコス論』を引用し[5]、文献学的な観点から参照している。しかしながら、近代以降ディオニュシオスが文芸批評家として取りあげられることはまれだと言わざるをえない。この点は『崇高について』が古代から中世においてはまったく取りあげられずに、十七世紀後半以降に非常に高く評価されるようになったのとは対照的である。

弁論術の衰退と復活

その原因としては何よりもまず、弁論術ないし修辞学というものの学術としての地位の低下が考えられる。この点についてシュレーゲルが興味深い発言をしている。

「歴史（Historie）と弁論術（Rhetorik）は、文学（Poesie）と哲学（Philosophie）の中間ジャンルとして劣勢にある。歴史は認識と真理を目ざすという点で学問（Wissenschaft）に近づき、だが叙述と説話でもあるという点では芸術と結びついている。弁論術に関しても事情は同じである。哲学的理念や原理の教説とその伝達としては、それは学問であり、それらを生活の中へ導き入れ、最高の説得力をもつように比喩によって飾りたてる点では、芸術である」(6)。

歴史が学問であることを現代において疑う人はいないだろう。それに対して、弁論術は学問とも、芸術とも見なされず、その占めるべき場所を失ってしまったのである。

すでにプラトンは、技術（*τέχνη*）である以上は特定の対象をもつはずであって、あらゆる言論に関わると標榜する弁論術とは、技術ではなく経験に基づく「迎合（*κολακεία*）」にすぎないと批判している（『ゴルギア

（1）本叢書『修辞学論集』解説五三四―五三五頁を参照。
（2）*Kritische Friedrich Schlegel-Ausgabe*, p. 190.
（3）*Op. cit.*, p. 191.
（4）*Op. cit.*, p. 351.
（5）ニーチェ「ラエルティオス・ディオゲネスの資料」（泉治典訳『古典ギリシアの精神　ニーチェ全集Ⅰ』所収、ちくま学芸文庫、一九九四年）一八七―一八九頁。
（6）『ヨーロッパ文学の歴史・序論』*Kritische Friedrich Schlegel-Ausgabe*, Elfter Band, p. 10（Fr・シュレーゲル『ロマン派文学論』（山本定祐訳、冨山房、一九七八年）二六七頁）。

ス』四六三B)。これに対してキケロは、特定の対象に縛られない弁論術こそ、あらゆる学術を包含する最高度の学術だと見なした(『弁論家について』第一巻一七―一八、五九―六九)。今両者の立場を検討する余裕はないが、近代以降の学術の分化と専門化のなかで、弁論術がその居場所を無くしたことは確かだろう。

他方で、十八世紀半ばに成立したといわれる「芸術」という枠組みからも弁論術は締め出されてしまった。近代的芸術概念において、芸術の中心的な位置を占めるのは「作者の個性」であり、作品は作者の「個性的精神」を表現するものと見なされるようになった。(1) 古代弁論術においても個々の著作家の「個性」は問題となるが、問われるのは著作家の文体と弁論術の技量であって、著作家の「個性的精神」ではない。さらに芸術作品は、作者という「創造主体」と結びついて「内なる精神世界」を開示するものであり、「固有の世界」を形成する。(2) しかし、弁論術にとって問題なのは作品ではなく言語表現であり、偉大な著作家を模倣して優れた言語表現を実現することである。古代弁論術における文芸は、近代的な意味での芸術作品とは見なされない。

レートリケーの意味内容が、弁論術というよりも修辞学と呼ぶのがふさわしい「作文のための実用的学問」(3) となり、個々の字句の表現技巧、配語法による音楽的要素のほうが重視されるようになると、一種の「文章美学」が成立する。しかし古代弁論術においては、口頭によるにせよ、書記によるにせよ、言語実践が常に前提とされている。「文章美学」は言語表現を判定するさいに重要な役割を果たすが、言語表現それ自体を鑑賞することが目的ではなく、実践に役立てることが目的である。しかし、詩を含む芸術は「鑑賞されるためのもの」(4) であって、そこに実用性は求められない。

学問としての立場を確立できず、にもかかわらず実用性と切り離すことのできない弁論術が、近代においいて「劣勢にある」のは必然なのかもしれない。しかしながら、このことは言葉の技術としての弁論術が消滅したことを意味するわけではない。人間が言葉を使う動物である以上、弁論術そのものが消滅することはないだろう。むしろ弁論術はさまざまな学術の根底に常に存在している。弁論術は拡散してしまい、その姿が見えにくくなったと言うべきなのかもしれない。

実際、「文彩」への関心に基づき、前世紀の三〇年代には弁論術の再評価が始まり、六〇年代には復活をとげたのである。(5) そうしたなか、ロラン・バルトは「作者の死」や「作品からテクストへ」といった論攷において近代の作品概念を批判した。(6) 少なくとも現在の日本においては、弁論術の復活が大きな流れとなっているようにも思われないが、弁論術の重要性についての理解は進んできているようである。西洋の人文学、ひいては西洋文化を研究するにあたって、弁論術に関する理解は不可欠であり、西洋の弁論術が古代ギリシアの弁論術を模範としていることは言うまでもない。先に述べたように、ディオニュシオスの修辞学書は近代以降あまり注目されてこなかったが、今こそ正確な読解と研究が必要とされている。本書の翻訳が、そのための一助となることを訳者として祈念してやまない。

---

(1) 佐々木『美学辞典』三四―三五頁。
(2) 佐々木『美学辞典』一四八頁。
(3) 佐々木『美学辞典』一一九頁。
(4) 佐々木『美学辞典』三四頁。
(5) 佐々木『美学辞典』一一九頁、および同「レトリックの蘇生」(佐々木健一編『創造のレトリック』所収、勁草書房、一九八六年)を参照。
(6) ロラン・バルト『物語の構造分析』(花輪光訳、みすず書房、一九七九年)七九―一〇五頁。

ディオニュシオス『模倣論』

木曽明子

断片・転記・要約版

失われたこの著作は三巻から成っていたが、後五世紀の新プラトン派哲学者シュリアノスが第一巻から引用したわずかな断片、ディオニュシオス自身が『ポンペイオス・ゲミノスへの書簡』中に転記した文章、および第二巻の要約版が、われわれの手許に残されたすべてである。

『模倣論』は一般に作者初期の著作とされているが、(1) 時期をやや特定して、『古代弁論家』の前篇(『リュシアス論』『イソクラテス論』『イサイオス論』)の筆を擱いたディオニュシオスが、後篇の『デモステネス論』に取りかかり、途中まで書きすすめたところで、『模倣論』はなかば出来あがっていたとする見方がある。(2) いずれにせよ三巻にわたる大著であるため、執筆時期も長期にわたり、他の作品と並行的に進められたと想像される。

さて『デモステネス論』(第三十三章まで?)発表後のある時点で、友人ポンペイオス・ゲミノスが抗議の書状を送ってきた。ディオニュシオスがプラトンを低く評価しているのはまことに心外、(3) という主旨であったが、あわせて歴史家へロドトスとクセノポンに対する忌憚のない意見も聞きたい、という注文も付いていた。これに答えたディオニュシオスのゲミノス宛の書簡を見ると、この時点で『模倣論』第二巻は完成していたことが分かる。すでに『模倣論』において歴史家五名について論評したと前置きして、ディオニュシオスは同書簡の終わりまでの紙幅を費やして、歴史家について記した自分の文章を転記している。

さらにこれら断片および転記分のほか、『模倣論』第二巻には後世の人の筆になる要約版が現存する。(4) ディオニュシオスの場合、『文章構成法』の要約版も現存し、その要約者が原書にきわめて忠実であるのに比べれば、『模倣論』第二巻の要約者は単語を修正し、原著にはないと思われる記述、考えを入れるなど、かなり自由に書いていることが分かる。分量に関しては、要約版中の歴史家に関する論評をディオニュシオ

(1) Bonner, p. 38; Grube, 1965, p. 209 参照。

(2) 底本校訂者 Aujac, Tome V, p. 11 は現存の『デモステネス論』には中断があると見て、第三十三章までを便宜的に第一デモステネス論、それ以後を第二デモステネス論とする見解を採り、『模倣論』第一巻および第二巻を第一デモステネス論の後に置く（本叢書『修辞学論集』解説五三三頁参照）。ただし『古代弁論家』に含まれる「デモステネス論」が現存の『デモステネス論』であるかについては、懐疑的な意見がある（Bonner, p. 35 参照）

(3)『ポンペイオス・ゲミノスへの書簡』第一—二章参照。ディオニュシオスはプラトンの文体を論じた『デモステネス論』第五—七章の一部を自ら引用して真意を説明している。『文章構成法』第十八章九—一四、第十九章一二などでは、プラトンを称賛している。

(4) 要約版のテクスト伝承については四七三頁参照。要約版（ἐπιτομή）の伝えられた古典文学作品は少なくなく、中には原著が失われて要約版のみ残っている場合もある。

ス自身が『ポンペイオス・ゲミノスへの書簡』第三章二―第六章一一（本書三三三―三四八頁）に転記した文字数と比べると、要約者は原書第二巻をほぼ五分の一に短縮した計算になる。このことから『模倣論』はディオニュシオスの代表作とされる『文章構成法』を上回る大著として構想され、少なくとも第二巻までは発表されていたと想像される。

ディオニュシオスはまた、『模倣論』第三巻についても『ポンペイオス・ゲミノスへの書簡』中で触れ、この時点で第三巻はまだ完成していなかったことを明かしている（三三三頁参照）。ただその論題だけは固まっていて、理論を扱った第一巻、模倣すべき手本を論じた第二巻に続いて、第三巻では模倣の実践手法を述べ、それをもって『模倣論』を完成する計画であったことが分かる。しかしながら、第三巻が完結にまで至ったか否かは不明である。ディオニュシオスの著作の随所に見られる「先を急がねばならない」「時間に気をつけなければならない……」などの文句に出会うと、彼が常に忽忙の想いに駆られていた様子が窺えるからである。

模倣とは？

そうしたディオニュシオスが初期から一貫して重視した概念が「模倣」である。『古代弁論家』序に続く『リュシアス論』中に「追い求め、模倣するに値する」「憧れ競おうとするに値する」リュシアスの文体、「憧れ競おう〔見習おう〕とするに値する」明晰さ[1]、といった辞句が散見するなど、『模倣論』以外の著作においても、ディオニュシオスの脳裏に常に「模倣」の文字があった様子が窺える。もっとも「模倣」はディオニュシオスの新発見でも専売特許でもない。プラトンの「模倣」攻撃を始め、「模倣」は古来文芸上の重要概念であった。アリストテレスは『詩学』において、悲劇という文芸形式による〝現実（＝人間の行為）の模倣〟を縦横に論じたが、ディオニュシオスの『模倣論』は、〝先人の作品の模倣〟という観点から細心周密な論述を繰りひろげたと推測される。弁論術教師が生徒を指導する方法の第一が、先人の「模倣」だったからである。ハリカルナッソスを出立したディオニュシオスの到着以前のローマにおいて、実践・理論両面にわたって傑出した弁論家であったキケロも、「模倣」すべきギリシア人先達を詳説していた。[2] その流れは修辞学理論を集大成したといわれるクインティリアヌス（後一世紀後半）にも受け継がれている。本書『模倣論』註においてしばしばクインティリアヌスの評言を引き合いに出したのは、古代全般にわたる「模倣」重視の潮流を読者に留意してもらうためである。では「模倣」とは何か？

ディオニュシオスによると「模倣とは、理論的観照によって手本とそっくりなものを作ろうとする活動です」（第一巻断片二）。だが同じく断片二で「羨望とは、美しいと思えるものへの賛嘆へと駆り立てられる心のはたらきです」と言っている。確かに理屈っぽく言えば、「……賛嘆へと駆り立てられる」心があって初めて、その手本を再現しようとする行動が起こされるのであるから、ゼーローシス（羨望 ζήλωσις）はミー

（1）『リュシアス論』第二章三および第四章三参照。

（2）キケロ『弁論家について』第二巻九三—九五参照。キケロ（前一〇六—四三年）に帰せられる『ヘレンニウスへの弁論書』では、(1)弁論の術の研究、(2)模倣、(3)練習、と弁論術上達三箇条の一つに模倣が数えられている。

メーシス（模倣 μίμησις）に先立つものと言えよう。しかしディオニュシオスはこの二語をほとんど同義に使っている場合が多く、ここでは両者が分かちがたく萌す心の動きをあえて分析的に論述したのであろう。

二つの説話——こうした「模倣」なるものを、ディオニュシオスは第二巻で二つの説話によって解き明かす。すなわち美しい人物像を眺める習慣を身につけさせた妻と共寝し、美しい子を儲けた農夫の話と、ヘレネの裸像を描こうとした画家ゼウクシスが、裸身の娘たち一人一人の最も美しい部分を融合して、絶世の美女像を完成したという話である。(1)

第一の説話でわれわれの注意を引くのは、美しい子供の誕生という出来事が、自然の神秘という人知を超えた摂理に帰されず、醜い子を儲けるのではないかという恐怖が農夫に技術（テクネー τέχνη）を教え、農夫が妻に教えた技術（ἐδίδαξε τέχνην）によって見目麗しい子が得られたということである。第二の説話でも、画家ゼウクシスが世界一の美女の像を完成させたのは、彼の技術（τέχνη）によって得られた結果であるという。いずれの場合も、視覚への刺激によって起こされる活動が模倣に至る過程での、技術の重要性が強調されている。見る行為は単に受け身な感性の発動をもって終わらない。美に感応して生じる羨望（ゼーローシス）は、対象への憧憬に導かれて競争心（ゼーローシス）に転化しうる。競争心を掻き立てる情念は模倣（ミーメーシス）という主体的行動を促し、同時に対象のありようを読み取ろうとする理知に助けられて、対象との同質性を自分自身に引き寄せる。獲得された同質性は実体化され、同質性を帯びた産物（美しい子、絶世の美女像）に結実する。この一連の精神のはたらきこそ、技術による新しい創造すなわち「模倣」にほかならない。「見る」ことから生じた「羨望＝競争心」に、「技術」が能動的にはたらき、「模倣」に至る創作の機微を、二つの説話は寓意性豊かに語っている。

ディオニュシオスはさらに、歴史上の人物を劇中の英雄像に写し取る劇詩人の模倣に触れた後、熟読精通してそれとの同質性を自分自身に引き寄せるべき対象として、ホメロス以下古代ギリシア文芸を彩る詩人作家たちを縦横に論じる。「古代作家評定」[2]と呼ばれるこの文人品定めは、複数の手本の美点を学び取れ、という主張に基づくものである。古今の名文を広い範囲にわたって数多く読み、多様な文章の魅力を発見し、その呼吸を、気迫を、豊穣をつかみ取って自分のものにせよ、と説く。要約版の最後では、これらの「古代作家を通り一遍に読むのではなく、また知らぬ間に糧になるのを待つのでもなく、しっかり知性の導くところに従って」文章の練磨に励まなければならないと念を押して言っている。

古代作家評定

詩――まず叙事詩において、ホメロスはそのすべてが、構成も語法の一字一句も、すべてが模倣に値する別格の存在として位置づけられ、続いてヘシオドス、アンティマコス、パニュアシスがそれぞれの美点を取

---

(1) 以下は、要約版の「歴史」部分を除く記述を、ディオニュシオスの叙述と想定して述べるものである（「歴史」部分については、ディオニュシオス自身による転記すなわち『ポンペイオス・ゲミノスへの書簡』第三章二―第六章一一との比較が可能）。

(2) 第二巻要約版は Usener / Radermacher の刊本以降 *τῶν ἀρχαίων κρίσις*, *De Veterum Censura*（古代作家審判、古代作家評定）と呼ばれている。

り込むべき優れた手本として挙げられる。以下ディオニュシオスは抒情詩人、悲劇詩人、喜劇詩人、歴史作家、哲学者、そして最後に弁論家と、古代諸作家のどの美点を模倣すべきかの〝しなさだめ〟を展開するが、そのさい批評に先だって選別という作業があったはずである。もっともすでに評価が定まっていた分野もある。たとえば抒情詩では、「九人」のリストが遠くビュザンティオンのアリストパネス（前三―二世紀）、後継のアリスタルコスによって編まれたことを、クインティリアヌスが伝えており[1]、さらにペルガモン図書館のアポロドロスらを経て、いわゆる「カノン」として定着したことが検証されている[2]。

歴史――歴史の分野では、『模倣論』第二巻の記述すなわち『ポンペイオス・ゲミノスへの書簡』第三章二―第六章一一のディオニュシオス自身による再録（本書三二三―三四八頁）の文言が、上記の要約版の記述とどこまで一致するか、という興味ある問題にわれわれはぶつかる[3]。

歴史家としてトゥキュディデス（前四六〇頃―四〇〇年頃）、ヘロドトス（前四八四頃―四三〇年以後）、クセノポン（前四三〇頃―三五四年以後）に加えて、のちに作品が断片化したピリストス、テオポンポスの五名を選んだ原著者ディオニュシオスは、弁論術教則本の教条に沿って、各作家の扱いを題材と措辞に分けて論じる。そして「立派でもなくうまくもいかなかった戦争」を主題に選んだトゥキュディデスは、「立派な、聞く者を喜ばせるような主題」を選んだヘロドトスに劣ると断を下し、題材の選択に続いて、その範囲、主要な事件の選定、取捨された材料の構成、叙述の統一性、および歴史家としての倫理観と、トゥキュディデスがヘロドトスに劣るとする点を詳細にわたって述べる。このように原著者ディオニュシオスが両史家の題材の扱いの違いに多くの言葉を費やしているのに対し、要約者は題材処理の比較を一行で片づけて、文体については両史家互角としながらも、「ヘロドトスの美しさは人を楽しくさせ、トゥキュディデスの美しさは人を畏怖させる」という原著の趣旨を、おおむね要点で押さえている。(4)

(1) クインティリアヌス『弁論家の教育』第十巻第一章五四参照。

(2) Pfeiffer, p. 207 参照。現在「抒情詩人のカノン」と言えば、最高の抒情詩人幾人かの選定リストとして、権威をもって伝承されてきたものを指すと一般に理解されているが、ギリシア語「カノン」の原義は現行の用法とはやや異なり、「規則」ないし「手本・模範」の意で使われた。(用例…「これらの作家たちが完璧な良い手本（κανών）になるように」(『トゥキュディデス論』第一章二)。David Ruhnken（*Historia critica oratorum Graecorum*, 1768）が最初に現行の意味で使って以来それが流布しているが、あるいはキリスト教の「カノン［正典］」からの転用かとも推測されている。

(3)『ポンペイオス・ゲミノスへの書簡』第三章二以下のディオニュシオス自身による転記分と要約版との違いを解明する手段は、きわめて限定的でしかないことは自明ながら、研究者の努力は続いている。これまでの見解は、両者の記述対象であるテクストが異なる、という見方と、一方のテクストに脱落（lacuna）がある、という見方に二大別されよう。前者はさらに二つに分かれる。(1)『ポンペイオス・ゲミノスへの書簡』第三章二以下は、『模倣論』第二巻手稿からの再録であるが、要約者の手許にはディオニュシオスが若干加筆公刊した書があったと見る Usener, Heath, (2) ディオニュシオスは『ポンペイオス・ゲミノスへの書簡』第三章二以下で大幅に書き直していると見る Sacks. ただし反論はある（Weaire)。Costil（訳者未見）は『ポンペイオス・ゲミノスへの書簡』第三章二以下には相当量のテクスト脱落があると想定するが、Aujac ならびに Battisti（訳者未見）、Weaire は自明の脱落を除いて、ディオニュシオスの言うとおり『ポンペイオス・ゲミノスへの書簡』第三章二以下は、『模倣論』第二巻の歴史家についての記述の転記であると見る。本訳者は基本的に Aujac 説を採るが、主要な違いのみを本解説、解説註、および『模倣論』註において記す。

(4)『模倣論』断片八＝『ポンペイオス・ゲミノスへの書簡』第三章二一参照。トゥキュディデスについて概して辛い点をつけるディオニュシオスに対して、要約者はさほどでもないのは、ネオ・プラトニズムというべき後者の時代精神の反映であると見る研究者がいる（Weaire, p. 354, n. 1 参照)。

両史家の次世代に属すクセノポンとピリストスについて、ディオニュシオスは前者をヘロドトスの、後者をトゥキュディデスの模倣者と見ており、要約者は要領よくその見立てを伝えてはいるが、クセノポンの人物描写には軽率な場合があるという評言で終わっている原著者に対し、その事例まで要約者は挙げている。すなわちクセノポンは市井の男や異国人に哲学者ふうの発言をさせたり、軍功を語るより会話にふさわしい語法を使ったりする、という記述は原著にはない（あるいはディオニュシオス自身再録に当たって省略したか？）。ピリストスがトゥキュディデスを真似ようとして適わなかった点を数え挙げる要約者は、ピリストスが自著を未完に終わらせ、トゥキュディデスの〝重大な過ち〟まで真似た（『模倣論』要約第三章六）と言うが、トゥキュディデス『歴史』が未完であることにディオニュシオスが触れているのは、別の箇所（『ポンペイオス・ゲミノスへの書簡』第三章一〇、第四章一）においてである。他方でピリストスの措辞について、実戦弁論にはトゥキュディデスより役立つ、というディオニュシオスの言葉は、そのまま伝えている。

ディオニュシオスはテオポンポスを高く評価し、精神が高められるような哲学的考察をよくする書き手として多くを語っている。正義、敬虔などの徳を培う模倣すべき手本としてその美点を詳しく論じ、警戒すべき欠点にも筆を伸ばしている。要約者はそれらの美点を簡略に述べるが、イソクラテス流の母音衝突への過度の警戒心、入念すぎる総合文、そして文彩の単調さという文体の瑕疵、さらに信じがたい怪物（マケドニアのシレノス）、三段櫂船相手に戦った大蛇の話を持ちだすテオポンポスの失点をも書き洩らしてはいない。

このように要約者はときに忠実な〝要約〟をしつつ、ときに独自の見解と思われるものをつけ足し、ときに別の箇所の評言を引っ張って来るなど、編集作業というべき手を加えてもいる。「力感と力強さと緊張感と凝った言い回しと多様文彩」など、原著者ディオニュシオス以上の名詞形容詞の羅列によってより冗舌になっている場合もあれば、「多様文彩（*πολυσχημάτιστος*）」「より高い名声を得ている（*παρηυδοκίμησε*）」という（造語？）名詞や動詞など、ディオニュシオスの現存修辞学書中にもない単語・合成語で多くの内容を短くまとめようとする場合もある。

繰り返して言えば、現存の『ポンペイオス・ゲミノスへの書簡』第三章二―第六章一一を『模倣論』第二巻の再録と見なし、要約版の記述と照合することは興味ある問題ではあるものの、限界があることを認めなければなるまい。

哲学――要約版のみ残る哲学者の章では、ピュタゴラスの名が最初に出されるが、ディオニュシオスの原著にあったか否かは疑わしい。ディオニュシオスの現存の修辞学書中、一度も言及がないからである。歴史家の章と同じく、要約者の挿入、あるいは写本欄外の書き込みであった可能性が指摘されている[1]。

さて「技術による永遠の美を作りあげる」ために、模倣すべき詩人、劇詩人、歴史家、哲学者が論じられた後で、最後に取りあげられるのが肝心の弁論である。

弁論――弁論実習生あるいはデークラーマーティオー[2]の訓練生が直接範と仰ぐべき弁論家たちが論じられ

（1）Usener / Radermacher は文法的誤りから、無名氏による欄外の書き込みと推測している。

（2）デークラーマーティオーとは、ある仮想の題目を立てて行なう模擬弁論のこと。補註Lおよび本叢書『修辞学論集』解説五二四頁以下を参照。

る。しかしながら弁論がかつて実際に行なわれた場所すなわち議会や法廷から切り離され、学者たちの机上に移されて研究の対象になるまでの時間は、他のジャンルに比してかなり短かった。したがって、いわば玉石混交のままの作品群がローマに伝わっていたという事実は否めない。ディオニュシオスのローマ到着の一七年前に歿したキケロの時代にも、ディオニュシオスが取りあげた弁論家以外の作品が、まだかなり流通していた形跡が窺えるからである。(1)

ディオニュシオスが『古代弁論家』の標題のもとに、弁論実習生の手本とするべく選んだ弁論家は六人であった。そのうちリュシアス、イソクラテス、デモステネスは、『古代弁論家』序文の予告どおり、それぞれ個別の書で詳細を極めて論じられた。要約者の記述もそれらからかけ離れてはいない。しかし同じく「古代弁論家」の一人として一書が当てられたイサイオスの名は、要約版ではリュクルゴスに取って代わられている。(2) では『模倣論』原著第二巻にイサイオスの名はなく、リュクルゴスの名はあったのか？ さらに疑問を抱かせる一件は、ディオニュシオスが晩年(3)に至って一書を割いて論じたデイナルコスの存在である。デイナルコスは、のちに定着した弁論家の「カノン」の一〇人の一人に数えられている。とするとディオニュシオスの執筆時期に、『古代弁論家』に選ばれた六人以外の名であるデイナルコスに、注意を向けさせる知識層の一般的評価のごときものがあったのか？(4) 抒情詩におけると同じく、弁論の領域でもいわゆる「カノン」がすでに存在していたのか？

弁論の「カノン」はあったのか？

模倣の手本――『模倣論』において弁論術教師ディオニュシオスが力説したことは、模倣の手本が一人だけでは不足だということである。練習生は多数の作家の長所を「自分に引き寄せて」、手本に拮抗しうるものを創り出さねばならない。それゆえディオニュシオスは、自ら選別した古代の作家を、弁論以外のジャンルについても取りあげたのである。ところで要約版を原著の意を汲むものと見るかぎり、ディオニュシオスはいわゆる「カノン」にはさほど縛られていない。叙事詩人の「カノン」に通常数えられる五人(5)からは四名しか挙げていないし、上述の抒情詩人の「カノン」の九人からは四名だけである。そして後世に流通した弁

（1）キケロ『弁論家について』第二巻九三―九五は、「その人のものと認められている著作類が現存している弁論家」としてペリクレス以下、前二世紀のアジア流弁論の第一人者と言われたヒエロクレスまで多数の弁論家の名を挙げている。『ブルトゥス』三二六は、一作品のみが伝えられて他は残存しないデマデスのほかに「大勢」の弁論家が、名は挙げないが、この時代（前四世紀後半）に輩出した、と言っている。

（2）ディオニュシオスは現存の修辞学書中ではリュクルゴスを、『アンマイオスへの第一書簡』第二章三でイサイオスより後に、そしてヒュペレイデスとアイスキネスの間に置いて、名のみ挙げている。リュクルゴスは後世のいわゆる「弁論家のカノン」の一〇人中の一人である。

（3）ディオニュシオスの生年はおよそ前六五―六〇年と推定され、前八年までの生存が確認されているが、以後の生死については不明である。ここでは「晩年」の語を著作活動期の最後年の意で使う。

（4）アウグストゥス帝時代に教養人の間で文芸への関心が大いに高まったことについてはRhys Roberts, 1900, pp. 439-442; Goold, pp. 168-192などを参照。

（5）ホメロス、ヘシオドス、ペイサンドロス、パニュアシス、アンティマコス（Sandys, 1906, p. 131 参照）。

論家の「カノン」が一〇人を選んでいたとすれば、そのうち六人を挙げるにとどまっている。[1]では六人の一人リュクルゴス、そして上述のデイナルコスは、弁論家の「カノン」と何らかの関わりがあるのか？　そもそも弁論の領域でいわゆる「カノン」は、ディオニュシオスの執筆時期に存在していたのか？

後二世紀のプルタルコスのものとされる『十大弁論家列伝』はアッティカ弁論を代表する一〇人を挙げ、[2]その生涯を簡潔に語ったものである。この一〇人を最高の弁論家とする「カノン」が、『十大弁論家列伝』以前にすでにあったという考えは、大方の研究者に支持されている。[3]同じく後二世紀のヘルモゲネス『文体論』、ハルポクラティオン『アッティカ十大弁論家語彙集』、ポリュデウケス『辞林』における言及がその想定を促し、[4]のちのポティオス（後九世紀）『ビブリオテーケー』および『辞典』、十世紀の『スーダ辞典』もこれを裏書きする。[5]さらに十―十五世紀の六写本に見いだされる一〇人各々の作品の残存テクスト量もそれを物語る。では中世、近世近代を通じて西欧高等教育における弁論（修辞）に、絶大な影響力を与えた「カノン」は、いつ、誰によって編まれたのか？

ディオニュシオスより約一〇〇年のちの後一世紀末に、古代弁論術の理論を集大成したと言われるクインティリアヌス（後三五頃―一〇〇年）は、著書『弁論家の教育』において、「模倣」の方法、意義についてディオニュシオスと非常によく似た議論を展開して、第十巻第一章五二―五四で、ディオニュシオス『模倣論』第二巻の要約版が伝える古代作家評定と非常によく似たギリシア作家論評を繰りひろげる。弁論家についてはディオニュシオスと同じく六名を挙げているが、六人目がパレロンのデメトリオスであって、リュクルゴスでないところが違っている。しかしディオニュシオスとクインティリアヌスが共通の先行文献に拠ったと

（1）ディオニュシオスは論述において、先行文献への依存と自分独自の考えの別を明記している（古代文芸批評において重要事態と見なされた剽窃（κλοπή）の容疑を払拭する意図がある、と見る研究者がいる）。『古代弁論家』として各論執筆を予告した六人については「私の考える最も優秀な弁論家」（『古代弁論家――序』第四章五）と自分の選定であることを明記して、記述における先行説への依存の場合は、その旨断っている。

自説…『文章構成法』第四章一九―二一、『リュシアス論』第二十章一、『デイナルコス論』第一―二章など。

依存…『イソクラテス論』第十三章一、『デモステネス論』第五章六、『ポンペイオス・ゲミノスへの書簡』第一章一七、第二章六など。

（2）「十人の弁論家」とはアンティポン、アンドキデス、リュシアス、イソクラテス、イサイオス、アイスキネス、リュクルゴス、デモステネス、ヒュペレイデス、デイナルコス。

（3）Kennedy, 1972, p. 367; Worthington, 1994, p. 244 などを参照。〝十人〟のほかに作品が断片として現存する弁論家は少なくない（パレロンのデメトリオス等々）。しかし欠損がないか、あっても少ない現存弁論作品テクストのほとんどが、これら一〇人のものである。

（4）ヘルモゲネスはマルクス・アウレリウス帝の時代（後一二一―一八〇年）に盛期。『文体論』B第十一章三八〇―四〇三R参照。「最良の政治弁論作家」として擬プルタルコス『十大弁論家列伝』の一〇人に加えてクリティアスの名も挙げるヘルモゲネスは、クリティアスは〝十人〟に入らないと断っている。ハルポクラティオンは後二世紀。カイキリオス（補註D参照）の語彙選択の基礎の書を下敷きにしていると Rhys Roberts, 1897, p. 304 参照。ポリュデウケスは後二世紀。エジプト出身の文法学者、修辞家。語句、語釈の宝典『辞林』一〇巻がある。

（5）ポティオス（後九世紀後半）はコンスタンティノポリス総主教・文献学者。読破した前五世紀から後九世紀までの書物の批評二七九篇を『ビブリオテーケー』としてまとめ、兄（弟）に献じた。書評集の嚆矢とされる。『スーダ辞典』はビザンティン帝国で十世紀末に編纂されたとされ、百科事典と辞典の両面を備えている。ホメロス、ソポクレス、アリストパネスらへの古註の記事や、ハルポクラティオンの語彙集やヘシュキオスの人名事典などをも踏まえており、古代における古典研究の成果を伝える貴重な資料となっている。

いう想定は排除できないであろう。それが「カノン」にほかならないとする研究者はいる。弁論の「カノン」も他のジャンルの「カノン」と同じく、古くアレクサンドリアあるいはペルガモン図書館の学者たちの制定に成るとする見解は、なお否定されていないからである。しかし本訳者としては、以下に述べるように、ディオニュシオス（前一世紀後半）とクインティリアヌス（後一世紀末）との一〇〇年余の間に「カノン」成立の気運が熟し、後二世紀の擬プルタルコス『十大弁論家列伝』は、定着した「カノン」に拠って一〇人の生涯を語っていると見る論者に与したい(1)。

自著『古代弁論家』序文中でディオニュシオスは、六名を取りあげる理由を説明し、六名以外をなぜ外したかをも重点的に述べている。後者は「みんなが知っている弁論家たち」「輝かしく並はずれた名声をもった弁論家たち」ではあるものの、「あえて論じないままにしておく」と選定者としての態度を明確にし、さらに「論じる必要がない」として、ゴルギアス以下数名の弁論家の名を出している(2)。そしてたとえばイソクラテスを、これらの弁論家より優れているからこそ『古代弁論家』として選定に入れ、独立の一書を献じたと附言している(3)。同様にリュシアスを選んだ所以を、選抜外とした五名との比較で明確にしている(4)。最後期の作品とされる『デイナルコス論』においても、選抜の候補となりうる新旧の弁論家群として多数の名を挙げている(5)。ということは、少なくともこれら大勢の弁論家の作品をディオニュシオスは自由に読むことができたし、一般読者層においても、それらの書を読むのに入手の特別な苦労はなかった、したがって前一世紀後半にはまだ相当数の弁論作品が閲読可能な形で残っていた、と結論づけることができる。また十数年余遡ったローマ共和政末期に、キケロがすぐに閲覧できる状態で作品が残る弁論家の名を多数挙げていることから、「カノン」が存在していなかった可能性は高いと考えられる。[6]

しかしキケロ歿後から前一世紀後半にかけて、弁論の「カノン」成立の兆しが現われたのではないかと思わせる節がある。いわゆるアッティカ主義の高まりである。ギリシアがマケドニアに敗れた前四世紀末、民

(1)後二世紀の擬プルタルコス『十大弁論家列伝』が、「カノン」定着を示すという見方については、Douglas, pp. 30-40; Worthington, 1994, p. 244 などを参照。「カノン」編纂者をアレクサンドリア学派、ペルガモン学派、カイキリオスのいずれか、と決めかねる研究者も少なくない（Sandys, 1906, p. 130 参照。しかし Sandys は 1921, p. 287 ではカイキリオスを否定。Kennedy, 1963, p. 125 なども参照）。

(2)『イサイオス論』第十九章二—四参照。『模倣論』断片四の引用者シュリアノスは、出典を『模倣論』第二巻と明記して、要約版には現われないゴルギアスの名を記している。ディオニュシオスは現存の修辞学書中で総じてゴルギアスに批判的（『イサイオス論』第十九章二、『ポンペイオス・ゲミノスへの書簡』第二章二、『アンマイオスへの第二書簡』第二章九参照）ながら、散文に最初に詩的文体を持ちこんだ人物として、歴史的意義を認めていたのかもしれない。

(3)『イサイオス論』第二十章一参照。

(4)『イサイオス論』第二十章二—四参照。外された五人の名のうちアンティポンは、擬プルタルコス『十大弁論家列伝』では筆頭弁論家である。またゾイロスはホメロスやプラトン批判で知られ、クリティアスはキケロによって「著作類が現存している弁論家」に数えられている（『弁論家について』第二巻九三参照）。

(5)『デイナルコス論』第八章三—四参照。

(6)「カノン」が存在していたならば、選ばれた名以外の弁論家の作品は、すでに入手に何らかの困難があったと推測される。キケロが入手可能として名を挙げるデモカレスやクリティアスは、擬プルタルコス『十大弁論家列伝』に含まれない弁論家たちである。キケロ『弁論家について』第二巻九三—九五、『ブルトゥス』三六、本解説四六一頁註（1）参照。

主政アテナイの議会・法廷を賑わした弁論はその担い手たちの退場とともに急速に衰えたが[1]、弁論そのものは消滅せず、ロドス島など小アジアの諸都市に舞台を移して新たな勢いを得た。ローマに移り住んだギリシア人弁論術教師の多くは、そうしたアジア流の弁論を身につけた人たちであった。いきおいアジア流弁論が広がりを見せ、デークラーマーティオーの流行も手伝って、過剰なまでに華麗さを追求する類いの弁論が一世を風靡した。だがキケロはこの弁論術の堕落（アジア趣味）を嘆き、「正統な」ギリシアの古典的弁論（とくにデモステネス）への回帰を唱えた[2]。アジア流弁論を「やたらに飾り立てて」「洗練も優雅も見当たらない」と激しく攻撃して、平明、簡潔にして緻密なアッティカ弁論に戻ろうと提唱したのである[3]。この高名な文人政治家の影響もあってか、アウグストゥス帝統治下[4]、アッティカ弁論の復権運動の機運は着実に高まったと推察される[5]。一般知識人の好尚も端正、典雅なアッティカ流弁論に冷淡ではなかったであろう[6]。ディオニュシオスはこのアッティカ主義運動の木鐸の一人であった。とすれば加速度的に「カノン」の制定は、アッティカ弁論の再評価によって促されたのではないか。しかしながら、ディオニュシオスが自ら「カノン」を編纂したかとなると、その形跡は少なくとも彼の現存作品中には見当たらない。

カイキリオス――ここで浮上する名がディオニュシオスの僚友カイキリオスである。そしてカイキリオスについて記された『スーダ辞典』の記事である。辞典は言う、「カイキリオスは『十人の弁論家の文体について』を著わした」と。むろん数世紀をはるかに隔てた後代の『スーダ辞典』（十世紀）の信憑性にまったく問題がないとは言えまい。しかし今試みにその記述が信頼すべき典拠に基づいていると仮定するならば、カイキリオスの名は決して「カノン」成立の状況と不整合ではないのである。否、高い信憑性を示唆する事実が少なくとも三点ある。第一はカイキリオスもまたアッティカ主義を率先して唱えた、アウグストゥス帝政期有数の修辞学者であり、弁論術教師であったことである。古代におけるカイキリオスの評価はきわめて高く、著作題名あるいは断片化した作品名しか伝わらないことが惜しまれている。(7) 彼がアッティカ弁論の最良の所産を明確なかたちで世に示そうと熱意を傾けた、あるいはそう求められたとしても不思議はない。第二は、擬プルタルコス『十大弁論家列伝』でカイキリオスの名が典拠として六回(8)挙げられていることである。

(1) 前三二二年のラミア戦争における敗北は、ギリシアの自由の終焉を意味した。続くマケドニアによる支配のもと、デモステネスの自決、ヒュペレイデス処刑、前三一八年には武将にして弁論にも優れたポキオンが処刑された。アイスキネスは一〇年余前にアテナイを去っていた。

(2) キケロ『弁論家』二四―二七参照。

(3) キケロ『ブルトゥス』一三―五一、『弁論家』二五―二八参照。なおクインティリアヌス『弁論家の教育』第十二巻第十章一六をも参照。

(4) のちにアウグストゥスの称号を得ることになるオクタウィアヌスは前六三年生まれ、後一四年歿。前二七年から歿年までの在位期間はアウグストゥス時代とも呼ばれ、ラテン文学の「黄金時代」でもあった。

(5) Kennedy, 1972, p. 352 など参照。

(6)『古代弁論家――序』文第三章一に見られるローマ知識人・指導者層への賛辞は、アッティカ弁論の復権運動が歓迎される時代環境がすでにあったことを示している。

(7) Rhys Roberts, 1897, pp. 302-312 など参照。

(8) 擬プルタルコス『十大弁論家列伝』八三二E五、八三三C三、八三三E二、八三六A八、八三八D一一、八四〇B五。カイキリオスの名は、クインティリアヌスにも頻出する。しかしディオニュシオスは、『弁論家の教育』第三巻第一章一六でカイキリオスとともに一回名を挙げられる以外は言及はない。カイキリオスを「カノン」選者に想定する根拠の一つに数えられることがある(Worthington, 1994, pp. 255, 259 参照)。

そのうち二回はディオニュシオスとともに言及されている。[1] 第三は、カイキリオスがディオニュシオスと関心領域を同じくし、熱く議論を交わす友人どうしであったことである。デモステネスがその長所をトゥキュディデスに少なからず負うという持論について、ディオニュシオスはこの僚友「親しきカイキリオス」が自分と同じ意見を開陳したことを歓び、作品中にその旨記している。[2]

また『スーダ辞典』は前掲の記事に続けて、「デモステネスについて、彼のどの作品が真作か、どの作品が偽作か」を論じたと述べているが、カイキリオスのこの関心は、まさにディオニュシオス自身も論題とし、[3] 晩年の作『デイナルコス論』においてなお追究した課題であった。アッティカ弁論の原典浄化の情熱を、カイキリオスとディオニュシオスが共有していたことは疑いない。

ところでディオニュシオスが一書を割いた弁論家デイナルコスは、『古代弁論家』序で取りあげられた六人に入っていないし、『模倣論』においても、要約版に拠るかぎり、名を挙げられていない。そのデイナルコスをディオニュシオスはなぜ晩年になって取りあげたのか？　彼は『デイナルコス論』で前置きしてこう言う、「[デイナルコスが] 巧みな文章表現で世評高く、数も少なくなく質的にも悪くない民会演説や私訴演説を残しているのを目にして、彼を取りあげずに済ませてはならず、彼の生涯と文体を詳細に調べなければならないと考えるに至りました」。『デイナルコス論』は、ディオニュシオスの全作品中ただ一つ名宛人のない書である。[4] つまり誰かの問いかけや慫慂に応えて筆を執ったものではなく、自ら論題を設定し、周到な資料検証を行ない、入念に時間をかけて仕上げた書である。「時間に気をつけなければならない」「もし閑暇に恵まれるなら」[5] と何かに急かれる思いが常に胸を去らないディオニュシオスをして、ここまで執着させたものは何であったか？　すでにあるラテン文学の隆盛に、先駆けるかのように澎湃《ほうはい》として起こったアッティカ弁論復権の気運に手ごたえを感じ、ともに運動の先頭に立って「カノン」編纂の抱負をカイキリオスと分かちあったのではなかったか？　デイナルコスについて、従前の文献学的伝承がきわめて不十分である(6)ことは、ディオニュシオスのかねてからの不満であった。「古代弁論家」の代表六人には及ばぬものの、アッティカ弁論を語る以上無視できないデイナルコスの存在を「カノン」の中にとどめるとすれば、デイナルコスの残存作品の真偽判定という根本問題を経ずには意味をなさず、あわせて文体論にまで及ぶ詳細な研究が必要不可欠である。現存の『デイナルコス論』からは、その要請を完全に果たそうとする気概が読み取れる。そしてカイキリオスが「カノン」選定者である可能性が高いとすれば、親友ディオニュシオスがデイナルコスを候補弁論家として推し、労作『デイナルコス論』をもってその論拠としたという想像も、あながち荒唐無稽

(1) 擬プルタルコス『十大弁論家列伝』八三六A八ではカイキリオスと同じ説を掲げた論者として、八三八D一一では別説の論者として、ディオニュシオスの名が挙げられている。

(2)『ポンペイオス・ゲミノスへの書簡』第三章二〇参照。Rhys Roberts, 1900, pp. 439-442; Grube, 1965, p. 207 参照。

(3)『デモステネス論』第五十七章三の記述から、デモステネス作品の真偽論を扱った一書があった、という推測があるが(Bonner, p. 35 参照) 確証はない。しかし『デイナルコス論』にも類似の言及があり、一書を成さないまでも詳細な論述をしたことは疑えない。

(4) 文芸論を個人に宛てた書簡体で発表することは伝統的な形式であった。

(5)『イソクラテス論』第二十章四、『文章構成法』第一章一〇参照。

(6)『デイナルコス論』第一章二参照。

とはいえないであろう。もしディオニュシオスの『デイナルコス論』が存在しなかったとすれば、擬プルタルコス『十大弁論家列伝』が十人目のアッティカ弁論家にデイナルコスを数える蓋然性は、著しく減少すると言えるからである。前述のとおり、ディオニュシオスに「カノン」制定の形跡は見いだせない。そしてディオニュシオスの緻密な方法論と資料の入念かつ遺漏のない論題処理を見れば、かりに「カノン」を自ら制定していたとすれば、何らかのかたちでそれに触れる言葉あるいは手がかりを残していただろうと考えられる。しかしカイキリオスが僚友ディオニュシオスの熱意をも汲んだうえで、弁論の「カノン」を選定したという『スーダ辞典』の記事に基づく仮説を妨げるものは、少ないように思われる。(1)

ところで前掲の『弁論家の教育』でクインティリアヌスは、古代ギリシア作家の評定において歴史の項目の次に弁論に筆を移し、アッティカ弁論の隆盛にまず言及する。(2) しかしその文中で使う「十人」という語が「カノン」の一〇人を指すか否かははなはだ微妙である。(3) その一方でクインティリアヌスはアッティカ弁論家の代表として、デモステネス、アイスキネス、ヒュペレイデス、リュシアス、イソクラテスのそれぞれについて簡単な評言を並べ、最後にパレロンのデメトリオスの名を挙げて弁論家の項を締めくくっている。(4) クインティリアヌスはこれに先立ち叙事詩の「カノン」について、それが前三世紀のアリストパネスやアリスタルコスによって選定されたとき、選者と同時代人であるという理由で排除されたロドスのアポロニオスなどが加えられるべきであり、「カノン」の門はいまだ閉じられてはいないと言っていた。(5) とするとカイキリオスから約一〇〇年のちに、いまやほぼ定着したと言えそうな弁論の「カノン」を意識しながら、その門もいまだ閉じられていないとクインティリアヌスは主張して、自分が選者なら「アッティカ弁論最後の人」パレロンのデメトリオスを加えただろうと言っているように見受けられる。

さて少々隘路に迷い込んだ感のある「カノン」論議からふたたび『模倣論』第二巻（要約版）の弁論家の章（第五章）に戻れば、名を挙げられているリュシアス、イソクラテス、デモステネスについては、上述のように各人を個別に論じた論攷があり[6]、そこで論じられることと要約者の記述に食い違いはない。アイスキネスについては同様に一篇を献ずると『古代弁論家』序で予告されながら、少なくとも現在論攷は存在しないが、『文章構成法』ほかに散見する賛辞は、要約者の言う「生来ののびやかさ」などの評言と矛盾しない[7]。ヒュペレイデスも『古代弁論家』序で予告されながら独立の論攷で扱われなかった（少なくとも現存作品はな

(1) この仮説については、Shoemaker; Worthington, 1994 に負うところが大きい。

(2) クインティリアヌス『弁論家の教育』第十巻第一章七六参照。

(3) クインティリアヌス『弁論家の教育』第十巻第一章七六、sequitur oratorum ingens manus,ut cum decem simul Athenis aetas una tulerit. 文中の decem の解釈については補註C参照。

(4) クインティリアヌス『弁論家の教育』第十巻第一章八〇参照。ディオニュシオスの弁論書ではパレロンのデメトリオスは、実践的弁論家ではなく、弁論術理論家ないし文芸批評家とされている（『デモステネス論』第五章六および第五十三章四参照）。パレロンのデメトリオスにはキケロも高い評価を与えている（『ブルトゥス』九―三七、『弁論家』九二、『弁論家について』第二巻九五）。

(5) クインティリアヌス『弁論家の教育』第十巻第一章五四―五六参照。

(6)『古代弁論家』の標題のもとに書かれた『リュシアス論』『イソクラテス論』『デモステネス論』は本叢書『修辞学論集』に収録されている。

(7)「弁論に輝かしい天稟を示し、他の弁論家におさおさ劣らず、デモステネスを除けば肩を並べる者はない」と『デモステネス論』第三十五章三で称賛している。

い）が、『デイナルコス論』において、デイナルコスの模倣の対象として幾度も名を出され、その「優雅さ」が強調されている。またディオニュシオスはアッティカ弁論の文体の完成者の栄誉を、デモステネスとアイスキネスとともにヒュペレイデスにも与えている。政治家として辣腕を揮ったリュクルゴスについては、何よりも真似るべきは彼の誇張技法（ディノーシス）であると要約者は特筆している。すなわち事実から起こる感情より大きい感情を聴き手に喚起するために、誇張的な言い方をする技法のことであるが、同じ語根の形容詞「デイノス」を、ディオニュシオスはデモステネスの文体の特質の一つに数えている。のちにクインティリアヌスは、デモステネスが訴訟現場で聴き手（裁判員）の感情を最大限に掻き立てて勝訴を得る力を、ギリシア語「デイノーシス」を使って解説している[1]。

以上ディオニュシオスは、ホメロス以下数多く残る古代作家の作品を選別論評した。『模倣論』第二巻において彼は弁論実習生に模倣すべき手本を示すことを第一義としながら、作品自体の美を解き明かす作業に入っている。もっとも断簡零墨に等しい『模倣論』は、著者自身による再録文や要約版があるとはいえ、読者にその予感を与えるにとどまる。文芸評論という新天地が切り拓かれ、文芸批評家としてのディオニュシオスの最大の武器というべき文学的感性と柔軟な知性が自在に羽ばたくのは、主著『文章構成法』など修辞学書（Scripta Rhetorica）と総称される作品群を待たねばならない。

テクスト伝承について

本書断片一―七は修辞家ヘルモゲネス（後二世紀）の『スタシス［争点］論』および『文体論』に、シュリアノス（後五世紀）がつけた註釈の刊本（*Syriani in Hermogenem Commentaria*, ed. Rabe, H., *Rhetores Graeci* Vol. XVI, I-II）による。写本 Parisinus gr. 1983（十世紀）、Parisinus gr. 2977（十一世紀）のほか、二写本が伝えている。

本書断片八は、前述のとおり、ディオニュシオス自身が後年の文芸書簡『ポンペイオス・ゲミノスへの書簡』の第三章二から第六章一一までを引用したものである。

本書断片九はヘルモゲネスの註釈を集めて写本に残したドクソパトロス（十一世紀？）の記述が、ヴァルツ編『ギリシア修辞家集成』叢書中に採録されたもの（*Rhetores Graeci* VI）による。

要約版（*ἐπιτομή*）は、後三世紀（Weaire, p. 351, n. 1）の人とされる逸名氏の筆になる『模倣論』第二巻の要約であり、ディオニュシオスの代表作『文章構成法』を収録する写本 Parisinus gr. 1741（十あるいは十一世紀）にともに収録され、その後の写本（Estensis gr. 39, Ambrosianus gr. 175 など、いずれも十五世紀）に転写されたと考えられる。

Usener / Radermacher が第一巻に帰した五断片を精査の結果、シュリアノスが明確に第一巻収録と記している三断片のみを、Aujac は第一巻断片として採用している。

（1）クインティリアヌス『弁論家の教育』第六巻第二章二四参照。「ディノス」については一七一頁註（6）、一八九頁註（5）、一九七頁註（2）、二六五頁註（4）を、「ディノーシス」については補註Mを参照。

本書における断片番号とUsener / Radermacher, Aujacにおける断片番号との照合表に各出典を付し、『模倣論』整理番号一覧表として巻末に収録した。

ディオニュシオス『トゥキュディデス論』

木曽明子

弁論術教師ディオニュシオス

ギリシア語弁論術教師ディオニュシオスは、教材に使うアッティカ弁論家から六人を選び、『古代弁論家』の題名のもとに個別に論じるという構想を早くから抱いていたと思われる。すなわち旧世代からのリュシアス、イソクラテス、イサイオス、そして新世代からのデモステネス、ヒュペレイデス、アイスキネスの六人である。旧世代三人については、快調に筆は進んだ。ところが新世代のデモステネスから計画は大いに狂った。友人ポンペイオス・ゲミノスから寄せられた抗議の書状に文芸論のかたちで返書を認めるかたわら(1)、胸中反芻していたデモステネス論について、最初の構想に収まりきらぬ問題点が多々出てきたようである。ふたたび稿を改めてデモステネスについて論述するうち、今度は知友アエリウス・トゥベロが書簡を送って

(1) 抗議の書状は『デモステネス論』(第三十三章まで?)発表後のある時点で届いたという推測が有力である。ディオニュシオスが送った返書が『ポンペイオス・ゲミノスへの書簡』である。『模倣論』解説四五〇―四五一頁参照。

きた。トゥベロは法律の専門家であり、自ら歴史書も書く博学の士である。トゥキュディデスについて忌憚のないところを聞かせてほしい、という要請である。トゥベロはトゥキュディデスに心酔していた。彼のみならず熱烈なトゥキュディデス・ファンが、この時期盛んであった文芸論争に加わって、文芸愛好家・学者のサロンは百家争鳴の様相さえ帯びていた。皇帝アウグストゥスがトゥキュディデス嫌いであったことは、かえって論争の火に油を注いだ。他の弁論術教師たちも、模倣の手本としてトゥキュディデスを全面的に推す者、まったく排斥する者の両派に分かれて激論を交わしていた。極端に走る二派いずれにもディオニュシオスは与しなかったが、トゥキュディデスの美点をではなく、「韜晦して苛立たせるような、不明瞭で込み入った措辞」や「文法的整合性を欠く」語法[1]を真似させることをもって指導と信じて疑わない弁論術教師たちに、ディオニュシオスは苦々しい想いを隠せなかったにちがいない。[2]ディオニュシオスは先に公にした『模倣論』第二巻でトゥキュディデスをヘロドトスや他の歴史家とともに論評していた。しかしトゥベロはなお、「トゥキュディデスについて論ずべきすべてを尽くした書」を要求している。ディオニュシオスは意を決して執筆中のデモステネス論[3]を中断し、一書『トゥキュディデス論』をもってアエリウス・トゥベロに応えた。本文見開き頁の「構成」に示したように、本篇は「題材」「措辞」と、作家評論の論題を洩れなく扱っており、論ずべきすべてを実行したという意味では、弁論指南の貴重な一書というべきであろう。また欠損部分の大きい『デモステネス論』などと異なり[4]、トゥキュディデス『歴史』の原文引用にまつわる過誤を斟酌しても、テクスト保存という点で比較的に瑕瑾少なく伝承された作品である。

さて本篇では、トゥキュディデスが弁論術実習に手本として役立つかという問いに答えるという当面の目標にあわせて、『歴史』を模倣の対象とする歴史作家志望者に、留意点を示すことも同時に意図されている。したがってディオニュシオスが文芸理論・評論の領域に踏み込みつつ垣間見させる抱負も少なからずそこに窺える。アリストテレス以来演示弁論(5)は称賛演説か誹毀演説かのいずれかに定式化されていた。その形式を踏襲した従来の作家批評の型をディオニュシオスは破り、褒め言葉だけを連ねる、あるいは扱《こ》き下ろしに終始するということをやめた。そして対象となる作家の長所・短所を併せて論じ、また他と比較することによって偏りのない客観的評価を目ざすと宣言したのである。一般に古代社会において文章を書く者は、諸種の様式に従い伝統を守って書くことを要求された。自分独自の考えをそのまま文面に移すことは古来の理に逆らうことと見なされた。しかしディオニュシオスにとって、その則を超えても尊ぶべきは真実であった。彼はこうした方向性をすでに他の作品で明確にしてきたが、なお周囲の抵抗は根強く、旧来の形式に固執す

(1)『トゥキュディデス論』第三十三章一、第三十七章五参照。

(2)弁論の模倣の手本としてトゥキュディデスを奉ずる論者にキケロも批判的であり、歴史記述においてのみこの史家を模倣せよ、と主張した(『弁論家』三〇―三二、『ブルトゥス』二八七参照)。

(3)現存の『デモステネス論』(第二)を指すか否か、不明である。

(4)現存の『デモステネス論』――伝承題名を直訳すると『デモステネスの賛嘆すべき措辞の力について』――は冒頭に大きな欠落がある。題材の扱いを論じた部分が失われた可能性が大きい。

(5)アリストテレス以来、三種に分類された弁論形式の一。補註A参照。

る論者たちに対して、あるべき文芸批評の方法と信ずるところを主張し続けねばならなかった[1]。

序論ではまた、作品の長所短所を感じ取る能力は専門家にも素人にも等しく備わるという、他の論攷でも何度か言われる言葉が繰り返されている。優れた文章には万人共通の「言葉にならない感覚」が感応する、という主張である。むろん同時に「理知的判断力」をはたらかさなければ、文章の良し悪しは見分けられない[2]。

『トゥキュディデス論』は史上最悪の著作か？

弁論指南書を標榜する以上、『トゥキュディデス論』の記述形式が、大枠として前一世紀の標準的な弁論術・修辞学理論体系を採るのは当然であった[3]。すなわち論題が題材と措辞に分けられ、さらに題材は主題選定と布置配列の両項目に、さらに主題選定は発想と選択に分けられ、布置配列は、区分と配置と展開の下位三項目に分けられる。では臨機応変に足場を変えながら、おおむねこの枠組みに従ってトゥキュディデス『歴史』を分析したディオニュシオスは、どのようにこれを「模倣」の手本として評価したか？

まず題材について先行歴史家との比較に関連させて、俗話物語類を排除し、ペロポネソス戦争だけを取りあげたトゥキュディデスの「主題選定」あるいは「発想」をディオニュシオスは良しとする（第六―八章）。しかし『模倣論』で示し、後世に悪評高い評言、すなわち「読む人たちが嫌悪感を覚える[4]」主題の選択がされているというかねてからの見解にはここでは触れず、史家による真実の重視とそのための努力を大いに称揚する。だが『模倣論』で主題選択においてトゥキュディデスはヘロドトスに劣るとした判定、なぜならへロドトスが「立派な主題」「聞く者を喜ばせるような主題」を選んだのに対して、トゥキュディデスは「忌まわしい」「忘却に委ねられるべき(5)」戦争を主題にしたから、という判定をなお引っ込めてはいない。第二十五章以下でトゥキュディデスの〝失敗〟を題材・措辞併せて論じ実証するに至って、「沈黙と忘却に委ねることで後代の人々に無視された方がよかった戦争」を主題に選んだトゥキュディデスが、「およそ破廉恥な説得推論」「およそ不快な措辞」を残したと語調鋭く譴責し、それは、「自分に下された判決ゆえにポリスに恨みを抱いた」からだ（第四十一章七―八(6)）と推量する根拠までつけ加えているが、はたして現代の読者は違和感を持たずに読みすすめられるだろうか。

（1）『トゥキュディデス論』第一―三章、および第五十五章五（この結びの文でディオニュシオスは、アテナイ市民に宛てたニキアスの書簡の最後の文をなぞって、何よりも真実を重んじたことを強調している）参照。

（2）第二十七章一―三、『文章構成法』第一章七、第十一章八―九参照。快不快を識別する「言葉にならない感覚」は万人に備わっており、技巧の卓越を見分ける「理知的判断力」も、青年期にはまだ未熟であるとはいえ、やはり万人に分かち持たれる。したがって普通人でも傑作を評価する資格を欠くわけではない。ただし「長い時間をかけ、熱心に修練し」「目を鍛え経験を積まなければ」本物の目利きにはなれないとディオニュシオスは言う（『デモステネス論』第五十章四、『文章構成法』第十二章五―七、『リュシアス論』第十章六―第十一章四参照）。

（3）本篇「構成」を参照。補註Gをも参照。

（4）『模倣論』第二巻断片八＝『ポンペイオス・ゲミノスへの書簡』第三章四―五参照。

（5）『模倣論』第二巻断片八＝「『ポンペイオス・ゲミノスへの書簡』第三章四参照。

（6）『模倣論』第二巻断片八＝『ポンペイオス・ゲミノスへの書簡』第三章一五でも「自分を追放した祖国に対する恨みがこもっている」と述べている。

「布置配列」では、まず夏と冬で「区分」した記述は読者を混乱させる（第九章）という不満には、現代の読者も頷けるところはあるかもしれない。[1] だが配置を論じて『歴史』の始め方と終わり方を批判し、戦争勃発の原因を記述するのに真の原因（アテナイの覇権に対するスパルタの嫉視、第一巻九七）を後に出し、巷間取り沙汰されたコリントス人とケルキュラ人の衝突（エピダムノス紛争、第一巻二四）を先に置いた「配置」は、「自然な順序に従っていない」と批判し、戦争終結まで書く、と言っておきながらキュノスセマの海戦で筆を擱いているのは、しかるべき終わり方をしていないと、これも『模倣論』で述べた文句[2]をまたもや並べるディオニュシオスに、読者は少なからぬ戸惑いを覚えるであろう。論題の進め方すなわち展開について、開戦後まもなく起こった小競り合いの、一〇名か一五名の戦死者のために不釣り合いに盛大な国葬を設定して、ペリクレスにあの有名な追悼演説をさせた「展開」（第十八章）はいかにも不適切とする裁定に、読む者はどこまで共感できるだろうか。題材の扱いへのこうしたディオニュシオスの追及を辿るうち、読者はトゥキュディデス批判者ならずとも、強く反撥せずには済まなくなるのではないか。四万人以上の兵を失ったシケリア遠征という未曾有の悲惨事を「こうまで無視」する一方で、戦争以前の瑣事を述べる序の部分に五〇〇行も費やした不均衡を批正して、「題材」の扱いに落第点をつけるディオニュシオスの審判は（第十八―十九章）、ペリクレス演説によって高らかに謳われるアテナイ民主政の理想の陰に忍びよる疫病の影、[3] 強国アテナイの横柄傲慢（メロス対話）をあぶり出した直後にシケリアの惨禍を配したドラマティックな効果およびその意義を称揚する現代の読者には、笑止とさえ映るのではないか？　導入部の諸事件はいたずらな拡大法だとして、第一章の三から二〇までを削除して「序の中間部をすべて取り去り、終結部分を提示部分に繋ぐなら」

（第二十章一）と、トゥキュディデスの原文に大胆に斧鉞を加えるに至っては、ディオニュシオスは現代の研究者たちから袋だたきに遭っている。

措辞に論題を進めると（第二十二章）、まずは弁論術・修辞学理論における措辞評価の公式を示すが[4]、各項目を縷説するには及ばぬと見たのか、先行史家の措辞を瞥見した後、文法的視点からトゥキュディデスの名詞や動詞の態、数、性、格変化、人称、時制などを検証する（第二十四章）。措辞の根幹にある文法をディオニュシオスがいかに重視していたかは、『文章構成法』の発音、字母から始まる詳細な論述からも窺える。しかしながらディオニュシオスの時代には、標準的文法体系の確立はいまだ見られず[5]、各文法家の説がなお並立していた。前一〇〇年頃最古の文法家と言われるディオニュシオス・トラクスは、当時の標準的文法書の

(1) ディオニュシオスは、有名なミュティレネの攻略以降叙述の中断が相次ぐ例を挙げている。

(2) 本篇第十―十二章参照。『模倣論』については、第二巻断片八＝『ポンペイオス・ゲミノスへの書簡』第三章一〇参照。

(3) アテナイ民主政の理想を謳うべき人物は、ペリクレスを措いてほかにはないことをディオニュシオスは認めて、ペリクレスは開戦二年目で死んだのでその前に演説をさせておかなければならなかった、と演説の置かれた位置を説明している。ディオニュシオスの批判は、「大事とするに足らない事柄に、その価値以上の称賛を割り当てた」（第十八章七）「展開」の不均衡に向けられている。

(4) ディオニュシオスは措辞を弁論術（修辞学）の定式に従って用語選択と語順配列（文構成）に二大別し、それぞれの下位項目と文章の特性にも触れるが、第二十三章以下の記述では定式に従っていない。補註G参照

(5) ギリシア語文法については補註K参照。

『要約』を書いたが、本書のディオニュシオスは、そこに見られる用語とはまったく違うものを使っている。(1)

第二十四章でさらに、文法と無関係ではない「破格な語法」や「通常とは異なる変わった文彩」に言及したディオニュシオスは、トゥキュディデスの文体の四つの道具なるものを挙げ（後述四八四頁参照）、それを使いこなすよりは、逆にそれに使い回されて「曲がりくねって入り組んだ」「解かりにくい」文章に堕す史家の欠点を衝く。先を急いだためか、すぐに「題材と措辞の成功と失敗の拠って来る原因」を挙げよう、と実証（文例分析、第二十五—五十五章）の作業に入っているが、論攷の大半を占め、少なからず挑発的な筆致の見られるこの「実証」部分を読みすすむ読者は、ようやく、有名な〝戦乱がもたらすポリスの退廃〟の語法を晦渋難解と批判し（第三十二章一、『歴史』第三巻八二-七）、他方スパルタに対するプラタイア人の弁明演説（第四十二章四、『歴史』第二巻七一-一—四）を秀逸と賛嘆するディオニュシオスが、市民弁論の手本としてトゥキュディデス『歴史』が、「羨望と模倣に値するか」（第二十七章）、模倣志願者の役に立つか（第二十五、五十章）という教場での視点に絞って論じていることに気づかされる。これも有名な〝メロス島攻略〟について、アテナイの将軍たちの発言を「異民族［ペルシア］の」王がギリシア人に向かって言う方がよりふさわしく」（第三十九章二）、「ギリシア人中最高の英明の民［が口にする］にはおよそ破廉恥な説得推論」（第四十一章七）と糾弾し、相手方の返答を「メロスのように小さく何ら目覚ましい功績のないポリスの市民」が言うはずのない言葉と切って棄てるとき（第四十一章六）、ディオニュシオスが弁論術・修辞学の「理論や教条」（第二十二章）を言わば計器として実習生の眼前に揃え、諸文節をそれで測って見せていることに疑問の余地はなくなる。(2)すなわち「適切さ（τὸ πρέπον）」という文体の「徳（ἀρετή）を」計測のよりどころに、発言者と発言内容が序論、陳述といった弁論展開の定式の箇所において「適切」であるか否かを測って見せるのである。「ふさわしくない」言葉で進行するメロス対話と対照させたプラタイア人の対スパルタ弁明演説は、「発言者にふさわしく状況にも合致しており、不足もなければ過剰なところもない」（第三十六章一）と、弁論実習生にとっては「適切さ」の手本なのである。弁論術の規矩に適っているか、適っていないか、法廷や民会での発言に役立つか、役立たないか（第四十八、四十九章）を尺度に、これを最もよく例示する記述を必要な部分だけ切り取り、前後の文脈は脇に置いて、その目的のために文体が持つべき「徳」を基準に単純に個々の文例を計測するのであるから、なぜそのような場面をトゥキュディデスが設定したのか、それが『歴史』を貫く人間観世界観とどう関わるかなど、文芸作品の魂というべきものは当面度外視される。

結局ディオニュシオスは虚心坦懐な『歴史』の読み手としてではなく、デークラーマーティオー指南者として、また歴史記述者への助言者として、熱狂的に史家を崇める弁論術教師の一群を意識しつつ、ときに過度に定法に固執して論述しており、そのかぎりで『トゥキュディデス論』は、現代の読者にはいかにも受けいれがたい一書となったと言うほかはない[3]。

（1）たとえば本篇第二十四章六および第三十七章五で「分節語」の訳語を用いた ἄρθρον について、アリストテレス『詩学』一四五七a九による説明とは異なる用法がディオニュシオス・トラクスに見られるが、ディオニュシオスはこのいずれとも異なる概念を用いた。補註K参照。

（2）Bonner, p. 41; Pritchett, p. xxvii 参照。

（3）すでに古代において『トゥキュディデス論』への厳しい反論者は現われている。ルキアノス『歴史はいかに書くべきか』三八―四二、後一世紀あるいは二世紀のオクシュリュンコス・パピュロス断片（*Oxyrynchus Papyri* 6 (London, 1908) No. 853）参照。

とはいえ弁論実習を超えて表現そのものについて語るとき、ディオニュシオスの文芸批評家としての眼力が、『トゥキュディデス論』のそこここに光っているのもまた事実である。たとえば上述の四つの道具なる評言などがそれである。詩的な語彙、[1]多様な文彩、ごつごつした語順調整、敏速な叙述をトゥキュディデスの四つの道具と指摘して、さらに凝縮、堅固、とげとげしさあるいは辛辣さ、厳格、重厚、恐ろしいまでの激しさ、心を揺り動かす力をこの史家の特徴と見るディオニュシオスは、これらが史家の企図と一致するとき、トゥキュディデスは完璧にして稀有な成功を見せるが、筆力が十分発揮されず、緊張が最後まで持続されないとき、叙述の速さのために言葉づかいが不明瞭になり、別の見苦しい欠点も出てくると、言う（第二十四章一二）。

措辞は修辞学の規則という測定装置では最も計りがたい対象である。長所が短所と隣り合わせ（第三章二参照）であるのも文体というものの評価を難しくするであろう。だが史家の「耳にごつごつ当たる」語句、「込み入った、縺れの多い」文構成によるひずみを抉り出す一方で、その同じ道具が「スピード感と美しさ、緊張感と荘重さ」を支え、「闘魂みなぎる情熱にあふれた」模倣に値する文になりうる呼吸を見抜くディオニュシオスの目は確かである（第四十八章、『歴史』第六巻七六―八〇の分析など）。「人を愉しませるヘロドトスに対して、人を畏怖させるトゥキュディデス」[2]の文体を、「荘重」にして「雄渾」（第二十四章二、第四十八章二）と道破するディオニュシオスは、その核心を衝いて過たない。

アウグストゥス時代――ローマのギリシア人

上記の代替案（第二十章一）をはじめとするトゥキュディデス原文の書き替え諸例（第二十五章四、第二十九、

三十一、三十二章)は、現代の読者には永遠なる古典に対する赦しがたい冒瀆と映るであろう。しかしディオニュシオスとしては、弁論における〝明晰〟〝リズム〟といった文章の「徳」、デークラーマーティオーの場合は〝状況や聴衆にふさわしい演説〟など、実習の課題ごとに「比較(メタボレー)」という訓練のための正攻法を律義に守っているのである。実習生自身に文章の良し悪しを感じ取らせようと、切り取った文例を「書き替え(メタテシス)」て、原文と「比較」させ、その美的効果を測らせてみるのである。「書き替え」の実習は教場だけでなく、主著『文章構成法』など『トゥキュディデス論』以外でも繰り返し行なわれた[3]。わずかな配語法の変化で、月並みな文章が晴朗の響きを放ち、逆に簡明で自然な語調がけばけばしい、空虚な

(1) ギリシア語 *ποιητικόν* は、「詩的」と同時に「わざとらしい」「人工的」を意味する。ディオニュシオスは歴史には「なにがしかの詩的な趣」(第五十四章四)が求められるとも言い、「詩的(*ποιητικόν*)」という語で詩本来の魅力をも意味しているのであろう。

(2)『模倣論』断片八=『ポンペイオス・ゲミノスへの書簡』第三章二一参照。

(3) 比較の例…『イサイオス論』第八—十一章、ほか。
書き替えの例…『イサイオス論』第七章四、『デモステネス論』第九章四—八、第二十章二、『文章構成法』第四章九—一一、ほか。

「比較」や「書き替え」がときとして読者に不快感を与えるだろうと、ディオニュシオスは断ることを忘れない(『トゥキュディデス論』第二十章一参照)。「比較」「書き替え」の方法的意義については、『ポンペイオス・ゲミノスへの書簡』第一章八参照。「比較」は当時弁論術実習のみならず文芸批評における標準的な方法であった(クインティリアヌス『弁論家の教育』第十巻第一章一〇一、一〇五参照。Greenberg, N. A., "Metathesis as an Instrument in the Criticism of Poetry", *Transactions and Proceedings of the American Philological Association* 89, 1958, pp. 262-270 をも参照)。

誇示に堕する。その違いを「言葉にならない感覚」すなわち万人に備わりながら、不断の練磨を要する能力をもって敏感に感じ取り、美的効果を実感するべく、最良の練習法である。現代の読者がその実践の現場に居合わせたとすれば、「書き替え」という作業を見る目は異なっていたかもしれない。

弁論の目的が説得や論理ではもはやなく、「見事に語る（bene dicere）[1]」ことを至上価値とするディオニュシオスの時代の空気に触れながら、なお現代の読者が総じて『トゥキュディデス論』に違和感を覚えるとすれば、当時の社会風土をも一瞥することで、その距離感はやや縮まるかもしれない。ローマの上流家庭は子息に公共の場で「見事に語る」能力を与えることに熱心であったが、歴史を書くことを望む親は多くはなかった。歴史はせいぜいデークラーマーティオーの仮想題目、あるいは息抜きの挿話であった。また歴史が読み物よりは語り物として発表されるという慣わしも、口演に弁論技術が入り込む要因を孕んでいた。弁論中の情景描写や登場人物間の応酬にすら歴史的虚構が紛れ込むすきまがあったとしても不思議ではない。歴史が歴史自体で尊重されていなかった風潮は否定できない[2]。ローマから中世・近代にわたって西欧高等教育を支配したいわゆる自由七学科[3]に、歴史は含まれていない。歴史が弁論術の扈従にすぎなかった時代は長かったのである。一世紀後半の人とされるアレクサンドリアの修辞家テオンは、歴史書中の人物が語る演説の成否を「その人物およびその時点の状況にふさわしく」語るか否かで判断するべきであると言っている[4]。まさにディオニュシオスがメロス対話を評して、アテナイの将軍たちにふさわしくない言葉、メロスのような小さなポリスの市民が言いそうもない言葉、と断じた判定基準である。ディオニュシオスはまた『模倣論』において、寄り道をして聞き手の心を愉しませるヘロドトスと違って、「戦闘に戦闘を、武具に武具を、言葉に言葉を積み重ねることで、息つく暇も」与えないトゥキュディデスの「欠点」を指摘しているが[5]、演説中に適度に脇道に逸れて聞き手に息抜きの余裕を与えることも、当時の弁論術の教条として重んじられていたことである[6]。

ところで「不適切」の代表例としてディオニュシオスが酷評した上記メロス島虐殺事件の記述を、彼は第

---

(1)『模倣論』断片九および一二五頁註(3)、クインティリアヌス『弁論家の教育』第二巻第十五章三八参照。「書き替え」は「見事に語る」ための技術的訓練であるが、クインティリアヌスが bene dicere の倫理、哲学的、人格的意味合いを重視するのと同様、ディオニュシオスもこれを軽視してはいない。

(2)タキトゥス『対話』三〇は子弟の教育で歴史が軽んじられていると嘆く。

(3)自由七学科とは、奴隷でなく、自由人として生きるために必要な教養(Liberales artes)として教えられた、文法、修辞学、弁証論(論理学)からなる初級の三学科(trivium)と、数学、天文学、幾何学、音楽学の上級四学科(quadrivium)を指す。今日の大学教育における liberal arts の名称のもととなった。

(4)テオン『プロギュムナスマタ』二-一一五(Spengel)。

(5)『模倣論』断片八=『ポンペイオス・ゲミノスへの書簡』第三章一二参照。

(6)クインティリアヌス『弁論家の教育』第二巻第七十七章三一―三一二、キケロ『ブルトゥス』三二二参照。アッティカ弁論研究の大家ブラスがディオニュシオスの『トゥキュディデス論』を是とするのに対し(Blass, 1887², p. 208)、歴史の泰斗ゴム(Gomme, 1945)はディオニュシオスをまったく認めていない。グルーバ(Grube, 1950, p. 106; 1965, pp. 211-212)はディオニュシオスを擁護して、彼は名文にして見せようとして書き替えているのではなく、弁論実習生が沿うべき教条に則った実験例を示しているのだと言う。たとえば『歴史』第四巻三四の場合は、構造の明瞭さを狙うならこうなる(『トゥキュディデス論』第二十五章)、と例文を提供している、と説明する(Bonner, p. 42 をも参照)。

十五章では「どんな歴史家にも詩人にも彼〔トゥキュディデス〕を凌ぐ余地を与えない」「人々の悲惨が最高の筆力をもって展開されている」文章の一つに数えている。また大胆な文節入れ替えを施して大方の顰蹙を買った『歴史』の有名な序文を、他の論攷では配語法すなわち文構成という視点から取りあげて、トゥキュディデスならではの「高貴、峻厳、悠揚迫らぬ」「蒼古とした気品」[1]に満ち満ちていると賛辞を惜しまず、その「ごつごつした」語順調整（音調）を詳細に分析した。こうした発言に接すると、単に弁論術教師としてではなく、作品と正面から向き合い、その文学的感性を存分に発揮して、広大な詞藻の世界に分け入る文芸理論・批評家ディオニュシオスの相貌が見えてくる。彼が『歴史』の真価を見誤ったと決めつけるのはいささか早計かもしれない。

『トゥキュディデス論』の最後に、史家を模倣して成功したとするデモステネスについて特記せずには済まさなかったことも（第五十二―五十五章）、すでに『古代弁論家』の構想に収まりきらなくなったデモステネス論を念頭に、自己の文芸論を縦横に展開させていたディオニュシオスの息づかいが感じられる。[2]

ディオニュシオスは「修辞学書」（本叢書『修辞学論集』に六篇を収録）の名でまとめて呼ばれる大量の現存作品のほかに、『ローマ古代史』二〇巻をも著わした。その序言で歴史家たるものの心得を述べて、一、読者に喜びをもたらし、稗益するところの大きい崇高高貴な題材を選ぶこと、二、その題材にふさわしい書き方をすること、の二つを挙げている。[3] そして自著を「この都に返礼するため」、往昔のローマ人の優れた徳性を称揚する目的で筆を起こした、と執筆の動機を記している。[4] 正統的なギリシアの古典を重んじるローマの指導者たちの好尚が、ディオニュシオスの自信を深め、楽観的世界観へと誘ったとしても不思議はない。[5]

そこに、秩序と平和を謳ったアウグストゥス帝政下、弁論術教師・修辞家として広く尊敬を集めたディオニュシオスの心情が濃厚に露われていることは否定できまい。その一方で著者自身が「わが精神の記念碑」

(1)『デモステネス論』第三十九章八、『文章構成法』第二十二章三五。

(2)ディオニュシオス自身が『トゥキュディデス論』第一章四で「デモステネス論を先に延ばして」と述べている論攷が現存の『デモステネス論』であるのかは定かでなく、別個のものという推測もある(Bonner, p. 35 参照)。現存の『デモステネス論』が『古代弁論家』前篇の『リュシアス論』『イソクラテス論』『イサイオス論』と趣が異なることは否定できない。しかし第二章三でリュシアスについて「これに先立つ著述ですでに述べた」と、また『ポンペイオス・ゲミノスへの書簡』第二章一で「アッティカの弁論家に関する研究書」中の文節として『デモステネス論』第五章一―第七章一を転記していることから、『古代弁論家』の前篇(旧世代)に続く後篇(新世代)最初の論攷として『デモステネス論』に取りかかり、計画を続行していると見る向きもある。

　現存の『デモステネス論』の中断の跡とも見られる箇所が、じつは写本の乱れなのかはいかんとも決しがたいが、『デモステネス論』後半部には、ディオニュシオスの主著『文章構成法』中の文言と重なる記述がある。諸家はこの『文章構成法』前後に、本格的な文芸評論の領域を切り拓いたディオニュシオスの歩みを見ている。

(3)『ローマ古代史』第一巻第一章二参照。

(4)『ローマ古代史』第一巻第六章五参照。同書二〇巻は、第一巻から第九巻までが完全に、第十巻と第十一巻が一部の欠損を除いてほぼ残っている。しかし残りの八巻は散逸し、他の著作中に引用として伝わるだけである。内容は、弁論術規則の見本さながらの演説を登場人物に配すなど、教師臭が露わで、歴史書としての後世の評価は低い。

(5)ディオニュシオスは『古代弁論家――序』第一―三章において、アジア主義に汚染され堕落していた弁論術が、「われわれの時代」に、「教養豊かで判断力に富む」ローマの指導者たちによって、アッティカ主義の「正当な名誉を回復」し、これら「徳において傑出し最善のやり方で国事をとり行なう」人々のもとで、「国家の思慮ある部分がさらにいっそう力を増した」と「今のこの時代」のローマを称えている。Kennedy, 1972, pp. 350, 447 をも参照。

（第一巻一章二）と呼んだこの歴史書に対する後世の評価が、「修辞学書」の諸作品に対するそれよりはるかに低いのは歴史の皮肉であろうが、この書が新生ローマの支配階級に親しく迎えられたディオニュシオスの幸福の所産であったことは間違いない。論攷『トゥキュディデス論』にわれわれ現代人が覚える違和感も、こうした背景に照らし合わせてみると、また違った色合いを帯びるかもしれない。

とまれ、他の作品に見られぬ論争の身構えも露わに（第二章）『トゥキュディデス論』に取りかかったディオニュシオスは、この稀代の歴史家の文章に弁論術教師として大鉈を振った。当時の狂信的なトゥキュディデス信奉者の怒りを恐れることなく、同時に史家の卓越性には賛辞を惜しまず、時代の潮流の中で自ら旗幟鮮明にしたと言えよう。彼はまた、上述のように、弁論・修辞学の標準的教義に則るという名目を掲げながらも、確実に文芸理論・評論の正道を拓く感性を発動させている。本篇は、少なからぬ反響を呼んだと想像される。久しく親交のある知友アンマイオスが、なお具体的な検証の必要を示唆してきた。「弁論の技法書や入門書の著者がしているように、説明するたびに歴史家トゥキュディデスの言葉を添えるならば、文体の特性がもっと綿密に示されるだろう（1）」と言ってきたのである。確かに、措辞についてまず修辞学理論の標準的体系を提示した（第二十二章）ディオニュシオスは、今やトゥキュディデス狂いの輩にとどめを刺すかのように、史家の文法的不整合やあまりに特異な文彩を糾弾する（第二十四章）。しかしその項目ごとに原典の該当箇所を挙げることはせぬまま、重点的に『歴史』中の陳述と演説の文例分析をする作業に入っている（第二十五―五十五章）。〝語法違反〟や〝幼稚な文彩〟〝おびただしい挿入のせいで解かりにくくなっている説得推論〟など、題材、措辞両面からとらえられる史家の特徴に例証を添えれば、手ぐすね引いて反撃の機会を窺っているトゥキュディデス亡者たちを、より簡単に論破できるだろう。ディオニュシオスは早速『アンマイオスへの第二書簡』をもってこの助言に答えた。

テクスト伝承について

『トゥキュディデス論』のテクスト伝承は、主として十五世紀のA写本（Ambrosianus D119）とT写本（Vaticanus Palatinus gr. 58）に拠っている。良好とは言えない書写であったが、Sylburg（1586）, Reiske（1774-77）, Krüger（1823）らの校合、刊本を経て Hermannus Usener, Ludovicus Radermacher が *Dionysii Halicarnasei Opuscula*, Vol. I（1899）に収録した。その後の研究を踏まえて Stephen Usher は *Dionysius of Halicarnassus: Critical Essays*, I（1974）を刊行した。さらに校合、爾後の研究成果を網羅したものが、本訳底本 *Denys d'Halicarnasse : Thucydide - Seconde lettre à Ammée*, Texte établi et traduit par G. Aujac, Tome IV（1991）である。

六九に上るトゥキュディデス『歴史』からの引用については、（1）ディオニュシオスが原典から書き写した引用が間違っていなかったか、（2）ディオニュシオスが記憶から引用したため誤りがあったのではないか、（3）ビザンティン、中世の書写生の見落とし、誤読、誤記があったのではないか、などの問題のほか、そもそもトゥキュディデス本人の作文、ディオニュシオス本人の作文を、原写本は正確に伝えているか、という

（1）『アンマイオスへの第二書簡』第一章二参照。

根本的疑問が拭えない。トゥキュディデスの伝存テクストとの異同がディオニュシオスの引用文中に認められる場合でも、たとえばゴムが一方を、ライスケが他方を真正とする、というふうに近現代の研究者間に不一致がある場合が少なからずある。また『歴史』第三巻八四について評言がないことは、ディオニュシオスの使用テクストには存在しなかったという研究者の有力な見解がある。

またたとえば『歴史』第五巻八八のメロス島代表の発言を、ディオニュシオスがアテナイ人の言葉としているのは、書写生の間違いであろうと推測されるなど、文献伝承にはさまざまな困難が伴う。したがってトゥキュディデスのテクストとの異同をすべて註記するには、別個の文献学的研究を要する。本篇においては訳文整合性の必要に応じて註記するにとどめた。

トゥキュディデスの『歴史』は八巻に分かれてわれわれに伝えられているが、古代には九巻、一三巻など別の巻分けもあったらしい。ディオニュシオスは、マルケリノス『トゥキュディデス伝』(五八)で「最も多くかつ広く行なわれる巻分け」として引用された八巻分けを採用している。トゥキュディデス自身が行なった巻分けとは考えられない。

プレンティス (Prentice, W. K., "How Thucydides Wrote his History", *Classical Philology* 25, 1930, pp. 117-127) は、トゥキュディデスの最初の原稿はパピルス平面に書かれ、修正や変更の手が入れられたばらばらなパピルスが何枚も重ねられたものであったが、トゥキュディデスの死後巻物に転記されたと考えている。

ディオニュシオス『デイナルコス論』

木曽明子

作品の真偽論

ディオニュシオスの修辞学書中最も短く、最後の作品に数えられる『デイナルコス論』は[1]、強い制作動機をもって執筆されたと想像される。動機の第一は、ディオニュシオスがアッティカ主義の推進者としてアッティカ弁論家たちの適正な選別評価を行ない、畏友カイキリオスが（あるいは、とともに）進める「十大弁論家」すなわち「カノン」選定に、十人目の候補としてデイナルコスに照準を合わせていた、ということである。ただしディオニュシオスがアッティカ主義の旗手であったことは疑いないが、「カノン」の選定はあく

(1) 本篇第十一章四と第十三章四で言及される「デモステネス論」が特定困難ながら、『トゥキュディデス論』中で「執筆中」として言及される「デモステネス論」と同一のものであるならば（いずれの言及も作品の真偽論に関わる）、『デイナルコス論』が『トゥキュディデス論』より後であることは確実になる。

まで仮説であって、『模倣論』解説においてその根拠と考えうるものを示したつもりである。(1)

第二はデイナルコス作品の真偽論である。ディオニュシオスが教師として弁論実習生に接する日常において、手本として持たせるアッティカ弁論の各作品が真正であることは、指導の大前提であった。そしてデイナルコスを「カノン」の十人目の候補と見なしていたとすれば、作品の真偽判定は必須の基礎作業であった。

ギリシア古典文学の伝承については、前三世紀のアレクサンドリアやペルガモン図書館の事業を、文献学的整理・研究の嚆矢と見る考えが一般的である。(2) そこで編まれた図書館目録（ピナケス）は、黄金時代のローマ、すなわちディオニュシオスが生きたアウグストゥス帝治世下でも権威ある文献遺産と見なされていた。この図書館目録が、乱れのあった伝承を多少とも系統的に整理選別した結果であることは確かである。叙事詩、抒情詩、悲劇、喜劇、歴史、哲学など、ジャンル別に分類し、それぞれの作品をテクスト校合し註釈を施すなど、精査整備した意義はきわめて大きい。さらに、たとえば抒情詩では、最高の詩人九人を選び、そのリストをいわゆるカノンとして後世に伝えたことが注目される。(3) しかし弁論作品の伝承については、アレクサンドリア・ペルガモン学派によって学問的基礎が固まったとは言いがたいようである。弁論を実生活から学問の領域へ移行させた功は確かにペルガモン学派に帰されるべきであろう。(4) しかしさほど時間の隔たりのない前四世紀も末の弁論家たちについては、両学派に軽視されたためもあってか、誰が何を書いたかについて伝承に混乱が多かったようである。(5)

少なくともディオニュシオスにとっては、大きな不満があった。文献学者ビュザンティオンのアリストパネスやカリマコス、それにアポロドロスほかの学者たちや、学者・伝記作者であるマグネシアのデメトリオスの記事などを入念に調べたディオニュシオスは、これら先人たちの方法ないし図書館目録が必ずしも周到緻密な方法と厳格な基準に拠っていないことに気づいた。とりわけ大きな欠陥と考えられたことは、弁論家の生涯について、これら先人たちが粗略な扱いしかしていないことであった。

弁論家（あるいは代作者）が生まれ育った環境や時代がその作品に反映され、ときに年代決定や真偽論の鍵にさえなることに異論の余地はあるまい。ディオニュシオスは弁論作品の伝承に伴う不足・誤謬を是正する作業に劣らず、弁論家の生涯の追跡を重視した。『古代弁論家』の各論であるリュシアス、イソクラテス、イサイオスを扱った論攷の冒頭には、いずれも簡潔ながらその生涯が語られている。そして『イサイオス論』では、イサイオスの生涯を跡づけるためにヘルミッポス（＝カリマコスの弟子）の書を精査したが、満足のいく成果がなかったと告白している[6]。

（1）Shoemaker, G., "Dinarchus, Traditions of his Life and Speeches with a Commentary on the Fragments of the Speeches", unpubl. Ph. D. thesis (Columbia University, 1968) がこの仮説を支持すると思われるが、訳者未見である。Worthington, 1994, pp. 244-263 を参照。

（2）前四―三世紀のペリパトス派の業績もあるが、網羅的系統的な総覧を目ざしたのはアレクサンドリア・ペルガモン学派が最初とされる。

（3）Pfeiffer, p. 207,『模倣論』解説四五六頁および四五七頁註（1）（2）参照。

（4）アレクサンドリア学派では弁論は一応視野には入れられていたが、ほとんど本格的研究の対象にされなかったと推測されている（Rhys Roberts, 1900, p. 305 参照）。

（5）本篇でもカリマコスやペルガモン図書館の目録（ピナケス）の弁論家に関する誤謬が指摘されている。第一章二、第十章一七および第十一章一八参照。

（6）『イサイオス論』第一章二参照。

それはともかくディオニュシオスが多産な評論活動の終わりに、他からの要請や慫慂によってではなく、自ら「取りあげずに済ませてはならない」（第一章一）アッティカ弁論家として真摯に取り組んだデイナルコスについては、とりわけ作品の帰属判定が杜撰なまま残されていることが大きな問題であった。他の弁論家に比べて偽作の混入が多かったとしても、そのまま放置された節がある。しかしデイナルコスを「巧みな文章表現で世評高く、数も少なくなく質的にも悪くない」（同所）と見るディオニュシオスにとって、彼の伝承作品の真偽を確定することは、正統なアッティカ弁論の担い手として、しかるべき評価を与えるためにも、喫緊の作業であった。

加えてデモステネス作品との混同ないし混入という難題があった。衰運のアテナイにあって、憂国の至情溢れる弁舌で国政を動かしたデモステネスは、多数の議会演説や法廷弁論を残し、死後も影響を持ち続けた。多くの追随者を生み、なかでも究極の模倣者と言われたデイナルコスの作品への混入・混淆は、避けられないなりゆきであった。『デイナルコス論』は、作品の真偽という基本問題を大枠に文体論にまで切り込み、同時にディオニュシオスがアッティカ弁論の最高峰と賛嘆してやまないデモステネスの作品群（corpus）の、言わば純化をも狙いとした作者晩年の労作である。[1]

ディオニュシオスは『デイナルコス論』の出発点として、まず弁論家自身の作品を第一次資料として、作品中で語られている出来事を、歴史書等の同時代の記録と照合することに着手した。デイナルコス自身が晩年の法廷弁論『プロクセノス告発』で語っていることから必要事項を抜き出して、彼の人生の大筋をスケッチし、それを同時代の歴史家ピロコロスの記述に衝き合わせてみる。[2]それによってデイナルコスの生歿年を確定し、そこから活動年代を確認することが、すべての始まりであった。次は、これも作品そのものを読み込むという基本作業なしには不可能であるが、弁論家デイナルコスの文体の特性を測ることである。先行あるいは同時期の優れた弁論家の文体を精査熟知したうえで、デイナルコスのものとされる作品を読み合せてみる。この二つを作品の真偽論が踏むべき不可欠の手続きとして、ディオニュシオスはまずデイナルコスの生年を確定し（前三六一／六〇年）、代作を始めたと見る二五歳（前三三六年）以前、および後年のエウボイア島カルキスへの亡命期間（前三〇七―二九二年）中に置かれる弁論を偽作と判定した。他の歴史家エポロス(3)やテオポンポス(4)の複数の書をも吟味し、可能なかぎり正確かつ関連性の高い記事を取捨選択して、判定を裏づけることも怠らなかった（第二章）。本篇第九章一に掲げられているアルコーン一覧表は、年代確定のための基礎資料であり、その精度は（以後の伝承過程で生じた綴り字の誤り等を除けば）きわめて高いことが認められ

---

(1) ディオニュシオスは現存作品中の随所で、デモステネスの作品の真偽論に触れている。『デモステネス論』第五十七章三の記述からデモステネス作品の真偽論を主題にした作品があったが、散逸したという推測があるが（Bonner, pp. 35-36 参照）、未確定である。第十一章四および二七七頁註（6）ならびに第十三章四および二八七頁註（5）参照。

(2) ピロコロスは前三四〇頃―二六一頃年。神官の家系の出で、著書『アッティカ史』の残存断片は、前四―三世紀の史実を伝える貴重な記録である。

(3) エポロスは前四〇〇頃―三三〇年。小アジアのキュメ出身。イソクラテスの弟子。

(4) テオポンポスは前三八〇頃―三一五年頃。キオス島出身。イソクラテスの弟子。『ピリッピカ』はのちのピリッポス伝記類の重要な資料となった。『模倣論』断片八（『ポンペイオス・ゲミノスへの書簡』第六章一―一一）および要約第三章九―一〇参照。

ている。

デイナルコス年譜

ここでディオニュシオスの記述を最近の研究成果で補いつつ、デイナルコスの生涯を辿ってみよう。

コリントス生まれのデイナルコスは、青年期にアテナイに来た。デイナルコスのアテナイ到着の年を、ディオニュシオスは明言していない。「哲学や弁論の諸派の全盛時代」に来たと、また「テオプラストスやパレロンのデメトリオスと交わった」としか言っていない（第二章二）。近代の弁論研究の泰斗ブラスはデイナルコス一八ないし一九歳の前三四二年を、アテナイ到着の年と推定している。[1] プラトンが歿し（前三四七年）、その学園アカデメイアが、スペウシッポス学頭のもとにあった年である。テオプラストスはプラトンの死後ただちにアリストテレスとともにアテナイを去り、おそらくアッソスへ、次いで故郷ミュティレネへ行った。[2] 前三四二年アリストテレスは若きマケドニア王子アレクサンドロスの師として王都ペラへ行き、前三三六年までその地に留まった。テオプラストスは前三四二年アテナイに戻り、哲学の研究・教授に携わり、デイナルコスはその講筵に列したと考えられる。[3] この時期犬儒派のシノペのディオゲネス[4]が評判を取るなど哲学が盛んで、弁論も激動する国際情勢の中、鬩ぎ合う政治的諸勢力の論争の武器として全盛期の観があった。反マケドニアの旗手デモステネスは演壇から市民に檄を飛ばしつつ、対ピリッポス戦に向けて同盟国結集のために東奔西走していた。一方マケドニア寄りを非難されながら、イソクラテスはもっぱら公開弁論、公開書簡のかたちでピリッポスとの協調路線を採る政見を発表し続けた。

さて弁論全盛期のアテナイで居留外国人の身分を得たデイナルコスは、前三三八年のカイロネイアにおける対マケドニア戦に、ギリシア連合軍兵士として参戦したと推測される。(5) カイロネイア戦の敗北によってマケドニア統治下に入ったアテナイで、二五歳のデイナルコスは代作を始めた、とディオニュシオスは推測している。(6) 前三三六年にはピリッポスの暗殺、アレクサンドロスの東征宣言、次いでアリストテレスの学園

(1) Blass, 1898, p. 294 参照。
(2) テオプラストスは前三七二／六九—二八八／八五年。アリストテレスは前三八四—三二二年。パレロンのデメトリオスは前三五〇頃—二九七年。
(3) テオプラストスがデイナルコスより一〇ないし一一歳年長であることを考えれば、アテナイに戻ったテオプラストスにデイナルコスが師事したと考えられようが、のちにアテナイの独裁権を手にするパレロンのデメトリオスは、この時期やっと九歳頃であったので、「交わった」は後年の交誼を指していると考えねばならない。
(4) シノペのディオゲネスは前四一二頃—三二三年。ソクラテスの孫弟子にあたり、自足・無為を説いて犬儒派（キュニコス派）の思想を実践したとされる。大樽を住処とした逸話で知られる。
(5) Worthington, 1992, p. 4 参照。
(6) 二五歳とする根拠はとくに述べられていないが、デモステネスが公訴弁論の代作を始めた年が二五歳であり（『アンマイオスへの第一書簡』第四章一参照）、あるいはまた、一般に弁論代作者の執筆活動開始を二五歳に置く伝統的手法にディオニュシオスは従っているのかもしれない。しかし二五歳より若干早めないかぎり、作品の真偽論との整合性が得られない。二七五頁註（2）参照。

リュケイオン開設[1]、市民生活を脅かす再三の穀物価格暴騰[2]と多事多端の中、デモステネス、アイスキネス、ヒュペレイデス、デマデスら弁論家（＝政治家）たちの抗争は続いた。まもなくデイナルコスは代作者として評判を高めたと考えられる。有名な前三二四／三二三年のハルパロス事件[3]では、国選（民会任命）の原告団の一人に弁論代作を依頼されるまでになった。アテナイ市民権を持たないため、デイナルコスは自らこの訴訟に加わることはできなかったが、当代有数の弁論代作者と認められたわけである。続くアレクサンドロス大王の死（前三二三年）ののち、ラミア戦争の敗北（前三二二年）に続くマケドニア軍駐屯をもって、ギリシアの自由に終始符が打たれた。その間デモステネスの自決（前三二二年）、ヒュペレイデス処刑（前三二二年）に続き、武将・弁論家として市民の尊敬を集めた「善き人ポキオン」がアテナイ民会によって死刑に処される（前三一八年）など、混迷と擾乱の時代であった。まもなくアテナイ統治者任命権を宣言したマケドニアのカッサンドロスは、パレロンのデメトリオスにアテナイの支配権を与えた。続く一〇年間、すなわちパレロンのデメトリオスによるアテナイ単独支配の前三一七―三〇七年がデイナルコスの最盛期と言えようが、その間のマケドニア要人および親マケドニア派のアテナイ市民との親密な付き合いは、政情の一変（一時的な民主政の復活）とともに彼を逆運に突き落とした。パレロンのデメトリオスら寡頭派の追放（前三〇七年）と同時に、デイナルコスもエウボイア島のカルキスへの亡命を余儀なくされた[4]。

カルキスで一五年を過ごしたデイナルコスは、前二九二／九一年アテナイに戻って（師テオプラストスの助力が推測されている）、友人プロクセノスのもとに寄宿した。しかし二人の間に金銭問題が生じたらしく、デイナルコスは友人プロクセノスを被告人として提訴し、自ら法廷で弁じた[5]。『プロクセノス告発』がそれである。審理の結果は知られず、これ以後のデイナルコスの動静、死の状況は不明である。

ディオニュシオスがデイナルコスの政治的側面について触れていないのは、居留外国人であったため参政権を持たなかったからでもあろうが、デイナルコスがアテナイの誇った民主体制の終結から独裁制への過渡期を生き、後年自ら独裁権力にも与したことを、ディオニュシオスは重視したためとも考えられる。他の優れた弁論家の作品に見いだされるその人独自の文体、その人の作品すべてに見られる同質性がデイナルコスには欠けているのも、ひとつにはこうした生き方に起因するとディオニュシオスは考える。

デイナルコスは弁論代作を前三〇七年のカルキスへの亡命の年をもってやめた、とディオニュシオスは見た。デイナルコスに弁論代作を依頼するためにカルキスまで船で行く人はいないだろうから、と説明してい

---

(1)大王アレクサンドロスをパトロンとして、アリストテレスは前三三五年アテナイ郊外リュケイオンに学園を開いた。前三二三年には学園を次期学頭テオプラストスに譲って、カルキスに移動した。

(2)消費穀物の大半を輸入に頼っていたアテナイにおいて、前三三〇—三二九年、前三二八—三二七年、前三二七／二六年の穀物輸入量の減少は深刻な食糧危機をもたらした。

(3)前三二四／二三年のハルパロス事件とは、東征中のアレクサンドロス大王の財務官ハルパロスが、大金と傭兵六〇〇〇人、軍船三〇隻を持ってアテナイを目ざして逃亡し、デモステネスほか政治家を買収したとされる事件。

(4)パレロンのデメトリオスは前三〇七年にアテナイを脱出し、テーバイへ逃れた後、プトレマイオス王家によってアレクサンドリア図書館への招きを受けたが、前二九七年その地で死んだ。

(5)居留外国人の訴訟は、軍事執政官（ポレマルコス）の管轄権内の私的訴訟に限られていた（アリストテレス『アテナイ人の国制』第五十八章二参照）。

る。アテナイを脱出したのは、弁論代作で得た富に注がれる嫉視の眼を恐れたためだとも言う。そこでデイナルコスの二五歳の年前三三六／三五年から三〇七／〇六年までに位置づけられうる作品を真作と推定し、飛んで二九一年（七〇歳）のアテナイへの帰還直後に『プロクセノス告発』を置いたが、この年代設定に基づく真贋の判定がデイナルコスの最晩年にどこまで適用されたかは、作品末尾の散逸をも一因として定かではない。しかし弁論家の活動年譜を踏まえて真作と偽作を分別するその手法は、時代や史料環境ゆえに若干の齟齬や誤謬は免れえないとしても、少なくとも方法論として貴重な文献学上の寄与であったと言える。

デイナルコスの文体

真偽判定のもう一つの尺度となるのが、文体である。ディオニュシオスは『古代弁論家』以降一貫してリュシアス、イソクラテス、イサイオスを文体の発明（創出）者、デモステネス、アイスキネス、ヒュペレイデスを文体の完成者と見ている。そうした先達の驥尾に付したのがデイナルコス、というのがディオニュシオスの評価である。とはいえ「水っぽく冗漫で白々しい」文体をデイナルコス以外の弁論家のものと見破り、「安っぽく空疎で素人のたわごとと言ってもいい」（第十一章一三、一八）例のごとき凡百の弁論作品を、「デイナルコスの文体からはほど遠い」（第十一章一六）と喝破する以上は、デイナルコスの文才をそれなりに認めているのである。巧みな文章表現で「世評高かった」（第一章一）という事実も考慮に入れている。ではデイナルコスの文体とはいかなるものか？

「リュシアスの弁論に似ているときもあれば、ヒュペレイデスの、そしてデモステネスの弁論に似ているときもある」(第五章二)が、これら先達がそれぞれ独自の趣を全作品を通じて明らかに感じさせるのに対して、デイナルコスは「その全作品に共通に見られる作風、あるいは彼独自の特質」を持たないため、見分けるのは容易ではない(第五章二)、とディオニュシオスは言う。とりわけそっくり真似たといわれるデモステネスを模して、その的確無比に及ばず、文構成では文彩表現の多彩さと変幻自在さに及ばず、弁論術的推論、弁証術的推論、布置配列、展開、そして何よりもここぞという勘所を押さえる直覚力でデイナルコスはデモステネスに遅れを取る。したがって原型(デモステネス)にあるおのずからなる優美さと輝きの発散がなく、悪くすると退屈を覚えることさえあるうえに、なんといっても心を揺り動かす力に欠ける。苦心の跡が拭われておらず、不自然さが残ることもある。こう言われるとデイナルコスが「田舎のデモステネス」なる綽名を奉られたのも、むべなるかなである。後二世紀のヘルモゲネスも、「大麦パンのデモステネス」と呼んで、「手強《ごわ》く猛々しく激しい」デモステネスの特性を取り込んだものの、手触りが粗い、というデイナルコスの欠点を巧みに言い当てている。(1) 近現代の研究者もおおむねデモステネスとの近似を認めつつも、後者の圧倒的な訴えの力には及ばないと言い切る。そしてその原因をデイナルコスが代作者であり、所詮金のために書いたからだと言う研究者もいる。(2) なんといってもデモステネスの弁論には、迸り出る愛国心があったからこそ

(1) ヘルモゲネス『文体論』B第十一章三九九R参照。「大麦パンのデモステネス」の原語は、*κρίθινον Δημοσθένην*.

(2) Kennedy, 1963, pp. 256-257 参照。近代の学者からもおおむね低評価を受けているデイナルコスに対して、再評価の動きがないわけではない。Worthington, 1992 参照。

そ、聞き手もその気魄に動かされたのではないか、と。

そうだとすると、微妙でありながらも決定的であるこうした違いは、文体を真偽判定の尺度にするにあたって、どこまで有効でありうるのか？ ここでディオニュシオスが繰り返し言及する「言葉にならない感覚」が思い起こされる。ディオニュシオスは美術や音楽鑑賞における感性のはたらきを引き合いに出して言う、画家ポリュクレイトスや彫刻家ペイディアスの手になる本物の彫像とその模像とを弁別するのは、理知をもってはとらえがたい「言葉にならない感覚」だと。それは自然が万人に与えた感受性であり[1]、じかに美を感じ取る能力であり、言語化されないままにはたらく力（感覚）である。これあればこそホメロスの『イリアス』『オデュッセイア』は万人を愉しませ、トゥキュディデスの『歴史』は人を惹きつけてやまない。むろん誰でもがホメロスのように歌えるわけではなく、誰でもがトゥキュディデスのように書けるわけではない。しかしその美に打たれその力に感動する心、作品を鑑賞する能力は人みな共通に分かち持っている。そうであるとはいえ、とディオニュシオスはつけ加える、万人に備わるその感覚は、修練を怠らず、磨きをかけ、場数を踏まなければ、対象の本質を正確につかむことはできない。繰り返し見て目を鍛え、経験を積まなければ、美の真髄はつかめないのである。その機微は鑑賞者だけでなく、模倣者において「明け暮れともに居る」（第七章五）ことで絶えず刺激を受け続け、やがて手本の美を自分に引きよせて、自己の資質に同化させえてこそ、真の模倣に至るとは、『模倣論』で説話を引いて説かれたところであった[2]。同時に真の模倣には、これと分かちがたく「理知的判断」すなわち知性のはたらきも必須であることは、『トゥキュディデス論』第二十七章三で語られる。しかしながら、テクスト脱落によって詳説に至っていないことが惜しまれるところである。本篇第七章七で画家アペレス、塑像家ポリュクレイトスなどの名とともに触れられる原型と模造品の違いも、このテクスト脱落部分が現存していれば、なお深く会得されえたかもしれない。

真偽論その後

それはさておき、手本と模倣作品の違いは、直覚的に見分けられるようでもありながら、それを許さぬ近似性が遍在するのも事実であり、それだけにデイナルコスの場合、デモステネス作品との混同あるいは混入が起こったのも不思議ではない。たとえばディオニュシオスがデイナルコスの真作公訴弁論としている『テオクリネス弾劾』がそれである（本篇第十章一七）。カリマコスによる判定がなお継承されて、今も現存デモステネス弁論集（corpus）に第五十八弁論として入れられているが、作品には一貫してデモステネスへの非難、告発の言葉が連ねられており、デモステネスを作者と見ることにはどうしても無理がある。この作品に付された四世紀の高名な修辞学者リバニオスは「この弁論を多くの人がデイナルコス作と考えているが、しかしデモステネスのものらしくないことはない」と言っている(3)。前掲のブラスは、ディオニュシオスによる年代

(1) 絵画にたとえて…『イサイオス論』第四章二、『文章構成法』第二十一章二、音楽にたとえて…『リュシアス論』第十一章六―第十一章四、『文章構成法』第十一章八―九参照。

(2) 『模倣論』要約版第一章二参照。

(3) デモステネス第五十八弁論『テオクリネス弾劾』の「古伝概説」二参照。話者エピカレスはデモステネスの弁論術の弟子であり、係争のさい頼みにしていた師からの支持を得られなかった。演説中のデモステネスへの恨み言はそのせいであるが、文体は師のそれに似た、とリバニオスを支持する解釈が現代の研究者間にある。MacDowell, pp. 297-298 参照。

計算の誤差を勘案して、本弁論をデイナルコスのアテナイへの到着日時以前とする説を立て、デイナルコス作者説を否定している。[1] 十九世紀に行なわれた諸家の文体研究によれば、デモステネスの文体では避けられているヒアートゥス（母音連続）や短音節の三個連続などが、『テオクリネス弾劾』では無頓着に使われているという。[2] ただそれをもって本弁論をデイナルコス作とするには至らないであろう

一方現在デモステネス弁論集に第三十九弁論として収録されている『ボイオトスへの抗弁、名前について』については、「この演説をデモステネスから外してデイナルコスに帰そうという人」にディオニュシオスは異を唱えて、それは誤りだと断言し、本篇の私訴弁論偽作の項に入れている（第十三章三）。誤りとする理由は、もっぱら年代的不整合（デイナルコスは一一歳）から論じられているが、年代推定の根拠が弁論中で言及されるアテナイのエウボイア出兵とタミュナイでの勝利であるとしても、その事件の年代が必ずしも確定せず、写本の地名表記にも修正が入ったりするため、推定は容易ではない。やはりデモステネスとデイナルコスとの混同という厄難を背負う一例と言えよう。この作品について現代の研究者たちは、デモステネス真作説で一致している。[3]

私訴弁論偽作として次に挙げられる『持参金について』は、登場人物や関連する状況から『ボイオトスへの抗弁、名前について』の続きであることに疑いの余地はないが、「同じ表現が多く見られて、デイナルコスの年齢を別にしても同じ弁論家［デモステネス］の作ということになるでしょう」というディオニュシオスの見立ては、そのままでは受けいれがたいとする論者が多い。少なくとも前作『ボイオトスへの抗弁、名前について』をデモステネスのものと見る近現代の研究者は、弁論技法や議論そのものの弱さ、短音節連続

の頻度などから『持参金について』は明らかに筆力に差があるとして、作者未詳と結論する(4)。しかし一方で、この弁論はデモステネスの最上のものとは言えないにせよ、彼への帰属が認められないほど悪いわけではない、という判定もある(5)。文体を尺度にした真偽論の難しさを例証する一事といえよう。

なおディナルコスの弁論作品数についてディオニュシオスは、マグネシアのデメトリオスの「一六〇以上」という記録を伝えているが、彼自身が『ディナルコス論』で真作と認定している作品は、公訴弁論二八、私訴弁論三一、計五九である(6)。擬プルタルコス『十大弁論家列伝』（後二世紀）は六四と記している。スーダ辞典（十世紀）の挙げる数字は、一六〇か六〇か判然としない。ちなみに現在伝存する「デモステネス弁論集」（corpus）に数えられる六一のデモステネス作品のうち、真作は四一篇にとどまる(7)。

なお結尾の第十三章は、年代的基準で私訴弁論偽作を判定したところで、以後テクストは散逸しているが、

（1）Blass, 1893, p. 498 参照。

（2）Bers, V., *Demosthenes, Speeches 50-59*, Austin, 2003, p. 130 n. 6 参照。

（3）Paley, F. A. and Sandys, J. E., *Select Private Orations of Demosthenes*, part 1, Cambridge,1898³, pp. 198-200; Gernet, 1957, p. 31; Scafuro, A. C., *Demosthenes, Speeches 39-49,* Austin, 2011, pp. 63-64 などを参照。

（4）Adams, C. D., "Demosthenes' Avoidance of Breves", *Classical Philology* 12-3, 1917, p. 291 などを参照。

（5）MacDowell, p. 79 参照。

（6）テクスト校訂や読解の違いから、「六〇」など、研究者により若干異なる数字が挙げられる。Blass, 1898, p. 306 参照。

（7）デモステネス研究者間で若干違いがある。

公訴弁論で文体に基づく真偽判定に進んだ段取りと同様の仕方で、記述が継続したと想定される。論述の規模（構成）から見て、さほど多量の欠落ではないと推測できる。

テクスト伝承

修辞学書と総称されるディオニュシオスの作品中で特異な地位を占めるためか、『デイナルコス論』の伝承はF写本（十世紀末あるいは十一世紀初、あるいは十二世紀）のみに拠っているので、[1] テクスト修正、補填の作業は他の作品とは事情を異にする。

（1）Laurentianus 59, 15; Rhys Roberts, 1910, p. 453 参照。

ディオニュシオス『アンマイオスへの第一書簡』

戸高和弘

書簡の形式を取っているが、純粋な私信ではなく、公刊されることを前提とした著作である（以下の二つの書簡も同様）。

本書簡の主題は、デモステネスがアリストテレスの『弁論術』から弁論の技術を学んだとする、あるペリパトス派の哲学者の意見に反論することである。ここにプラトン以来の、哲学と弁論術との対立、あるいは哲学者とソフィストないし弁論家との対立を読み取ることもできるだろう。(1) しかしディオニュシオス自身は、自らの弁論術を「哲学的弁論術」と見なし、哲学と弁論術をむしろ両立させるべきものだと考えていたのであり、本書簡の主題も哲学と弁論術の対立そのものに関わっているわけではない（「哲学的弁論術」については『ポンペイオス・ゲミノスへの書簡』解説を参照）。

ディオニュシオスにあえて反論の書簡を書かせた動機は、弁論術教師としての自らの立場を擁護しようと

(1) プラトン『ゴルギアス』『パイドロス』を参照。

いうものである。[1] ディオニュシオスにとって、弁論術を身につけるには偉大な先人を模倣することが不可欠であるが、模倣は「自然な方法で、学習にいそしみ明け暮れともに居て学び取ること」と「技法の教えによる方法」の二つに分類される（『デイナルコス論』第七章五）。ディオニュシオスはこのうち前者をもっぱら評価するのであり、後者は「工夫の跡が感じられて自然さが欠けているもの」である（同章六）。彼自身もギリシア最高の弁論家と認めているデモステネスが、アリストテレスの定めた技法を学ぶことで優れた弁論家となったとすれば、彼の弁論術理論、とりわけ模倣理論に反することは明らかである。

自らの理論を擁護するためにディオニュシオスは、『弁論術』が書かれた時点ですでにデモステネスが弁論家として大成していたことを証明しようとする。まずはデモステネスとアリストテレスの伝記を記したうえで（第四―五章）、著作の相互参照から『弁論術』はアリストテレスの比較的後年の著作であり、その時点でデモステネスはすでにいくつもの弁論を発表していたとする（第六―七章）。しかし相互参照から分かるのはアリストテレス著作相互の先後関係でしかなく、『弁論術』がデモステネスの弁論の後から書かれたことの絶対的な証拠とはなりえない（第八章）。そこで、ディオニュシオスは『弁論術』の中で言及されている歴史的事件を取出し、この著作が書かれた年代を確定しようとする。

まずアリストテレスが「オリュントスの戦い」に言及していることから、少なくとも『弁論術』はこの戦いの後に書かれたことが分かるが、ピロコロス『アッティカ史』の証言から、この戦いはカリマコスがアルコーンのとき（前三四九／四八年）に起こったものである（第九章）。この時点でデモステネスは十二の公的弁論を作成していた（第四章）。

次に取りあげるのは、ピリッポスのテーバイへの使節派遣である。ピロコロス『アッティカ史』の証言、およびデモステネス自身の第十八弁論『冠について』の証言から、この使節派遣はリュシマキデスがアルコーンのとき（前三三九／三八年）とされる。これが「オリュントスの戦い」から一〇年後の出来事だとすれば、デモテネスの数々の弁論が『弁論術』より以前のものであることは、さらに確かとなる（第十―十一章）。またディオニュシオスは、デモステネスの最も著名な弁論『冠について』も、『弁論術』以前の弁論であることを証明しようとするが（第十二章）、『弁論術』で言及されている事件と『冠について』との関係は明らかではなく、この証明の妥当性は確証されない。

以上のとおり、この書簡は文献学の著作と見なすことができ、その意味では『デイナルコス論』と類似した著作だと言えるかもしれない。むろんディオニュシオスの動機は、自らの理論を擁護することにあり、そのかぎりで本書簡は古代の弁論術の内実を伝えるものである。また、ここに見られる考察方法はきわめて実証的であり、現代の観点からすれば認めがたい点もあるにせよ、全体としてその結論も妥当なものである。本書簡はこうした実証的方法が約二〇〇〇年前にすでに確立していたことを伝えており、われわれに古代ギリシアにおける学問研究のレベルの高さを示していると言えるだろう。

（1）Usher, 1974, p. 303 参照。

ディオニュシオス『ポンペイオス・ゲミノスへの書簡』

戸高和弘

本書簡はポンペイオス・ゲミノスに答えるためのものであるが、二つの部分に分かれている。前半は『デモステネス論』でプラトンを批判したことについて弁明するものである。ポンペイオス・ゲミノスがどのような人物か不明であるが、ディオニュシオスがわざわざ弁明の筆を取っているということは、それなりの社会的地位の人物であったのかもしれない。

弁明の第一点は、デモステネスとの比較においてプラトンを取りあげたのであり、文章においてプラトンがデモステネスに劣っていると言ったにすぎないということである（第一章四―五）。デモステネスの文章が最高であることを読者に納得させるには、その他の優れた文章家を取りあげて比較する必要があり、そのためにはプラトンとの比較は避けられなかったのである（同章六―八）。また、プラトン自身が『パイドロス』において、自らの弁論と比較してリュシアスの弁論を批判しており、比較という方法に問題はないはずである（同章九―一四）。

弁明の第二点は、プラトンを批判したのは自分だけではなく、アリストテレス以来、数多くいるということである（同章一五―一七）。

弁明の第三点は、プラトンの主題ではなく、言葉づかいの一部だけを批判しているのであり、プラトン自身が自らの過ちを認めているということである（第二章二）。

弁明の第四点は、「失敗を避けて通れないようなことをあえて行ない危険をおかさずして、大いなる成功は決して望めないのだ」というポンペイオスに対して、自分も同じ考えであり、プラトンは「崇高、壮大で、危険を伴う表現」を目ざしながら、ごく一部で過ちを犯しているにすぎないと言っているだけだ、ということである（同章三―五）。この議論は『崇高について』第三十三章とその内容が近似しており、『崇高について』の著者はポンペイオス・ゲミノスだと主張する研究者もいるほどである[1]。『崇高について』は後一世紀後半の著作ではないかと考えられており、その可能性は低いが、仮にポンペイオス・ゲミノスが『崇高について』の著者であれば、本書は図らずも「呉越同舟」ということになるのかもしれない。

後半は歴史家について批評するものであるが、ディオニュシオスは『模倣論』という著作を執筆中であり、第二巻で歴史家を取りあげたのでその部分を転載するとしている（第三章一）。『模倣論』は断片と要約しか現存せず、本書簡に転載されることで、『模倣論』の本文が一部とはいえ現代まで伝わったのである。

最初に論じられるのは、ヘロドトスとトゥキュディデスであり、ここでも比較の方法が使われている。まず「題材（ὁ πραγματικὸς τόπος）」を取りあげるが、ディオニュシオスは歴史家にとっての仕事を五つに分類して、

（1）Russell, 1964, p. xxix 参照。

一つ一つについて両者の優劣を判定する。

(1)「立派な主題（ὑπόθεσις）、しかも聞く者を喜ばせるような主題を選びだすこと」（同章二）。
(2)「どこから始めてどこまで進めるべきかを決定すること」（同章八）。
(3)「どの出来事を著作に取り入れ、どの出来事を省くのかを考察すること」（同章一一）。
(4)「記述される出来事を区分し、それぞれ適切な場所に配置すること」（同章一三）。
(5)「記述される出来事に対する歴史家自身の態度」（同章一五）。

以上五つの点すべてについて、ヘロドトスがトゥキュディデスよりも優れているとされる。このうち、(1)と(5)は現代の歴史学の立場から見れば異質なものだろうが、とくに(1)については、驚く人さえあるかもしれない。ペロポネソス戦争を「沈黙と忘却に委ねることで後代の人々に無視されて方がよかった戦争」「忌まわしき主題」とし（第三章四）、これを取りあげたトゥキュディデスを批判するディオニュシオスには、厳しい反論が寄せられるだろう。『トゥキュディデス論』と重複することになるため、この点については以下のことを確認するにとどめたい。ディオニュシオスは弁論術教師の立場から歴史を論じているのであり、論述の目的は、弁論ないし文章を上達させるために、どの著作家の、どのような点を模倣するべきかを示すことである。彼はペロポネソス戦争そのものを否定しているわけではなく、弁論の主題として選ぶのにはふさわしくないと言っているだけである。現代の歴史学の立場からすれば、到底受けいれがたいものだろうが、古代において「歴史」が読み物としての側面も持っていたことを考慮に入れるならば、ディオニュシオスの判定にも一定の合理性は認められるだろう。前半でのプラトンについてもそうであったが、ディオニュシオスの判定は一種の「文章美学」に基づいており、哲学や歴史学からの判定とは必ずしも一致しないとしてもやむをえないのである。

「題材」に続いて、「文体（ὁ λεκτικὸς τόπος）」の「特性（ἀρετή）」から判定が下されるが、ディオニュシオスは「特性」を三つに分類し、さらに五つの「付帯的な特性（ἀρετὴ ἐπίθετος）」を加えている。

特　性

(1)「純正な［ギリシア語の］語彙による、ギリシア語の語法に忠実な語り方（ἡ καθαρὰ τοῖς ὀνόμασι καὶ τὸν Ἑλληνικὸν χαρακτῆρα σῴζουσα）」（第三章一六）。

(2)「明晰さ（σαφήνεια）」（『模倣論』「要約」から補われる）。

(3)「簡潔さ（συντομία）」（同章一七）。

付帯的な特性

(1)「生き生きとした描写（ἐνάργεια）」（同章一七）。

(2)「性格と感情の模倣（ἡ τῶν ἠθῶν τε καὶ παθῶν μίμησις）」（同章一八）。

(3)「重厚さと驚異を表わす修辞技巧の特性（αἱ τὸ μέγα καὶ θαυμαστὸν ἐκφαίνουσαι τῆς κατασκευῆς ἀρεταί）」（同章一八）。

(4)「力強さ、緊張感、その他同じような効果をもつ表現の特性（αἱ τὴν ἰσχὺν καὶ τὸν τόνον καὶ τὰς ὁμοιοτρόπους δυνάμεις τῆς φράσεως ἀρεταὶ περιέχουσαι）」（同章一九）。

(5)「心地よさ、説得力、魅力、その他同種の特性（ἡδονὴ καὶ πειθὼ καὶ τέρψις καὶ αἱ ὁμοιογενεῖς ἀρεταί）」（同章一九）。

(6)「適切さ（τὸ πρέπον）」（同章二〇）。

「特性」(2)と「付帯的な特性」(5)と(6)においてヘロドトスがまさり、「特性」(3)と「付帯的な特性」(4)においてトゥキュディデスがまさり、その他は同等だとされる。

次に論じられるのは、クセノポンである。クセノポンはヘロドトスを見倣っており、「題材」[1]に関しては称賛に値する（第四章一―二）。「文体」に関してはヘロドトスにひけをとらない場合もあるが（同章三）、「崇高さ、美しさ、壮大さ」[2]と「歴史の様式」においてヘロドトスに劣り、「表現に生気を吹きこもうとして」[3]失敗しており、「必要以上に長く」[4]、「人物の適切な特徴」[5]をうまくとらえていない（同章四）。

次にピリストスについて論じられ、彼はトゥキュディデスに似ているとされている[6]（第五章一）。彼は「手のこんだ言葉づかいを避け、端的で、凝縮した、論理的な言葉づかい」[7]の点でトゥキュディデスにまさるが（同章三）、記述される事柄の「配列」[8]、「表現の美しさ、厳粛さ、豊かな説得推論」と「文彩表現」[9]においては劣っている（同章二―四）。しかし「文章表現」のもつ「自然な響きのよさ」[10]と「節度を弁える知性」[11]によって、トゥキュディデスよりも「実際の演説に向いている」（同章六）。

最後に論じられるのは、イソクラテスの「最も傑出した」弟子とされるテオポンポスである。ディオニュシオスは彼を非常に高く評価しており、「題材」において「挿入に関するもの」[12]が（第六章一一）、「文体」において「母音連続、総合文のリズミカルな循環、文彩表現の単調さを気にしすぎる」[13]点が批判されているだけで（同章一〇）、その他の点は「見倣うに値する」（同章六）。以上に加えて、テオポンポスは、「記述するさいの配慮と勤勉さ」が称賛に値し（同章二）、哲学的弁論術を身につけようとする者に「豊富な材料」を提供し、また「哲学的考察」に優れ「正義、敬虔、その他の徳について、数多くの見事な解説」を加えている（同章六）。さらに彼の「最も特徴的な功績」は、「個々の事件」において「隠された原因と実行者の動機と心の動き」を吟味することであり、「自明だと思われている徳と気づかれていない悪徳の秘密」を明るみに出すことである（同章七）。

（1）「特性」(1)と(2)、「付帯的な特性」(1)と(5)と(6)。
（2）これらは「付帯的な特性」(3)に含まれる。Rhys Roberts, 1901, p. 172 参照。ディオニュシオスの用語は一定しておらず、さまざまな言葉が使われている。以下の判定も上記の「題材」「特性」「付帯的な特性」の分類に当てはめてはみるが、あくまでも目安にすぎない。
（3）「付帯的な特性」(4)。
（4）「特性」(3)。
（5）「付帯的な特性」(2)。
（6）「題材」(1)と(3)。
（7）「特性」(2)。
（8）「題材」(4)。
（9）「付帯的な特性」(3)と(4)。
（10）「付帯的な特性」(5)。
（11）「付帯的な特性」(6)。
（12）「題材」(3)。
（13）「付帯的な特性」(6)。

テオポンポスの作品は断片以外には現存せず、ディオニュシオスの評価が妥当なものなのかどうか、われわれには判断できないが、意外とも思われるほどの評価の高さには、彼がイソクラテスの弟子であり、その教えを実践していたことが関係していそうである。ディオニュシオスは自らの弁論術を「哲学的弁論術」と標榜しており、その模範となるのはイソクラテスの実践的な「哲学」にある。[1] つまり、「哲学的弁論術」とは、内容空疎な美辞麗句や大言壮語を連ねる手段ではなく、市民が社会生活を営むための必須の教養なのである。[2] そのかぎりでここでの「哲学」とは、超越的な真理（たとえばイデア）の探究などではなく、あくまでも、社会の中で生きてゆくための実践的な知識にほかならない。本書簡前半でディオニュシオスはプラトンの文章を批判していたが、「哲学」においても両者の立場は相容れないようである。

かつて、ディオニュシオスが『崇高について』の作者ではないかとも考えられていたが、プラトンを批判し、イソクラテスを評価するディオニュシオスの立場は、『崇高について』の立場とは正反対である。プラトンが高く評価されていることについては『崇高について』解説を参照してもらうとして、『崇高について』第四章二、第二十一章一、第三十八章二で、イソクラテスは批判的に言及されている。また、『崇高について』はカイキリオスの同名の著作に対する不満から書かれたとされ（第一章一―二）、第八章一―四、第三十一章、第三十二章八でもカイキリオスは批判されている。これに対して本書簡第三章二〇では「親しきカイキリオス」と呼ばれており、この人物についての立場も、ディオニュシオスと『崇高について』は対照的である。むろん、他者への評価が時とともに、あるいは状況の変化によって、正反対に変わるということもありえないことではなく、これらは決定的な証拠とはなりえない。しかし現在われわれが手にすることのできるディオニュシオスの著作から判断するかぎりでは、『崇高について』の作者は誰か他の人物だと見なすほうが妥当だろう。[3]

（1）イソクラテス『ソフィストたちを駁す』二一、『アンティドシス』二七一を参照。

（2）『古代弁論家――序』第一章三を参照。なお、Rhys Roberts によれば、ディオニュシオスの文体は「きわ立って明晰で、気取りのない」ものである。Rhys Roberts, 1901, p. 47 参照。

（3）ディオニュシオスが三文体の一つとして「崇高」を取りあげるとき、その内容は『崇高について』にきわめてよく似ている（『リュシアス論』第十三章四、『イソクラテス論』第三章五以下）。しかし、これは『崇高について』の著者がディオニュシオスの著作を読んでいたとも、両者の記述が弁論術に関する共通の典拠に基づくとも考えられるだろう。

『アンマイオスへの第二書簡――トゥキュディデスの文体の特性』

戸高和弘

本書簡もアンマイオスへ宛てたものである。『トゥキュディデス論』において、ディオニュシオスが「文体（χαρακτήρ）の属性をすべて解説してしまうまでその証拠を挙げていない」ため、「綿密な考察が尽くされていない」と考えたアンマイオスは、「弁論の技法書や入門書の著者がしているように、説明するたびに歴史家〔トゥキュディデス〕の言葉を添える」ように提案したのである。これに対して、ディオニュシオスは「何事もなおざりにすまいと決心し、演説者のやり方ではなく、教師のやり方で」答えたのである（第一章二）。『トゥキュディデス論』第二十四章を引用した上で（第二章二）、ディオニュシオスはトゥキュディデスの通常とは異なる語彙、語形、語法を例として取りあげて論じている（第三―十四章）。なかには、必ずしもトゥキュディデスに特有ではないものも含まれており、ディオニュシオスの見方は厳格に過ぎるとも偏狭だとも言われるかもしれない(1)。しかし、「純正なギリシア語」を勧奨する弁論術教師としては、ある程度これはやむをえないことだろう。続いて、第十五章では「おびただしい挿入」が、第十六章では「解りにくい説得推論」が、第十七章では「対置、押韻、並置といった幼稚な文彩」が取りあげられている。

「何事もなおざりにすまいと決心」したと言っているわりには、あまり熱意が感じられず、『トゥキュディデス論』で言及したものがすべて論じられているわけでもない。そこには、自らの著作が技法書や入門書とは一線を画したものだという、ディオニュシオスの自負が潜んでいるのかもしれない。[2] 彼は、単に文章を飾るだけの小手先の技法を教えるのではなく、市民として社会において有益な活動をするための必須の教養として「哲学的弁論術」を教示しているのである。ディオニュシオスに一種の「文章美学」があることは確かだが、それは現実社会から遊離した文章術では決してなく、市民としての実践に基づくのである。

あまり熱意が感じられず、現代の観点からすれば受けいれがたい点もあるにしても、古典ギリシア語のネイティブによる文体批評には、絶大な価値がある。本書簡はさまざまな言葉や言い回しをネイティブがどのように感じたのかを教えてくれるのである。とりわけ、トゥキュディデスの文章がネイティブにも難解に感じられていたことは、古代ギリシア人の文章についての感性が、現代のわれわれにも通底していることを示しているだろう。

最後に写本について述べておけば、『アンマイオスへの第一書簡』と『ポンペイオス・ゲミノスへの書簡』の写本が十五世紀を下らないのに対して、『アンマイオスへの第二書簡』は十世紀ないし十一世紀にまで遡る写本（Parisinus 1741）が現存している。

（1）Usher, 1985, p. 403 参照。

（2）Usher, 1974, pp. xx-xxi; 1985, p. 402 参照。

文献表（本文、註釈において明示していないもの）

(1) 凡例に挙げたもの以外の校訂版、対訳書、註釈書

ロンギノス

Brandt, R., *Pseud-Longinos Vom Erhabenen*, Darmstadt, 1983.

Fyfe, W. H., *Longinus: On the Sublime* (Loeb Classical Library; with Aristotle, *Poetics* and Demetrius, *On Style*), Cambridge, Massachusetts / London, 1953.

Fyfe / Russell: *Longinus: On the Sublime*, translation by W. H. Fyfe, revised by D. A. Russell (Loeb Classical Library; with Aristotle, *Poetics* and Demetrius, *On Style*), Cambridge, Massachusetts / London, 1995.

Lebègue, H., *Du Sublime* (Les Belles Lettres), Paris, 1965.

Rhys Roberts, *Longinus, On the Sublime*, Cambridge, 1899.

Russell, D. A., '*Longinus*' *On the Sublime*, Oxford, 1964.

Schönberger, O., *Longinos: Vom Erhabenen* (Reclam), 1988.

ディオニュシオス

Rabe, H., *Rhetores Graeci*, Vol. XVI, I-II, *Syriani in Hermogenem Commentaria*, Leipzig, 1892-93.

Walz, C., *Rhetores Graeci*, Vol. VI, ex codicibus Florentinis, Mediolanensibus, Monacensibus, Napolitanis, Parisiensibus, Romanis, Venetis, Taurinensibus et Vindobonensibus, Stuttgart, 1836, Osnabrück, 1968 reprinted.

(2) 翻訳

ロンギノス

Dorsch, T. S., *Aritotole-Horace-Longinus*, Classical Literary Criticism (Penguin Classics), 1965.

Grube, G. M. A., *On Great Writing* (*On the Sublime*), New York, 1957a.

Havell, H. L., *Longinus: On the Sublime*, London, 1890.

Smith, W., *Dionysius Longinus: On the Sublime*, London, 1739.

ロンギノス『文学論』(上・下) 青木巌訳 (『ソフィア――西洋文化ならびに東西文化交流の研究』第十号、上智大学)、一九六一年。

――――『崇高について』小田実訳 (河合文化研究所)、一九九九年。

――――『崇高について』永井康視訳 (バッカイ舎)、一九七〇年。

ディオニュシオス

Pritchett, W. K., *Dionysius of Halicarnassus: On Thucydides*, Berkeley, 1975.

Rhys Roberts, W., *Dionysius of Halicarnassus: Three Literary Letters*, Cambridge, 1901, Garland, 1987.

Usher, S., *Dionysius of Halicarnassus: Critical Essays* (Loeb Classical Library), Cambridge, Massachusetts / London I, 1974, II, 1985.

(3) その他の参考文献

ロンギノス／ディオニュシオス

Battisti, D. G., *Dionigi di Alicarnasso "Sull' imitazione", Edizione critica, traduzione e comment*, Pisa, 1997.

Baumgarten, A. G., *Aesthetica*, Frankfurt a. d. Oder, 1750 / 58.

Blass, F., *Die Attische Beredsamkeit* I (von Gorgias bis zu Lysias), Leipzig, 1887^{2}.

———, *Die Attische Beredsamkeit* II (Isokrates und Isaios), Leipzig, 1892^{2}.

———, *Die Attische Beredsamkeit* III 1 (Demosthenes), Leipzig, 1893^{2}.

———, *Die Attische Beredsamkeit* III 2 (Demosthenes' Genossen und Gegner), Leipzig 1898^{2}.

Bompaire, J., "Le Pathos dans le traité du Sublime", *Revue des Études Grecques* 86, 1973, pp. 323-343.

Bonner, S. F., *The Literary Treatises of Dionysius of Halicarnassus: A Study in the Development of Critical Method* (Cambridge

Classical Studies), Cambridge, 1939, rep. Amsterdam 1969.

Bowersock, G. W., *Augustus and the Greek World*, Oxford, 1965.

Burke, E., *A Philosophical Enquiry in the Sublime and Beautiful* (Oxford World's Classics), 1990.

Clark, D. L., *Rhetoric in Greco-Roman Education*, Columbia, 1957.

Clarke, M. L., *Rhetoric at Rome: A Historical Survey*, New York, 1996.

Costil, P., *L'esthétique littéraire de Denys d'Halicarnasse*, (Ph.D. dissertation) Paris, 1949.

De Lacy, P., "Stoic Views of Poetry", *American Journal of Philology* 69, 1948, pp. 241-271.

D-K: *Die Fragmente der Vorsokratiker*, ed. H. Diels, W. Kranz, 6th ed., Zürich, 1951.

Douglas, A. E., "Cicero, Quintilian, and the Canon of Ten Attic Orators", *Mnemosyne* 9, 1956, pp. 30-40.

FGH: C. Müller, *Fragmenta Historicorum Graecorum*, 5 vols., Paris, 1847-83.

FGrHist: Die Fragmente der Griechischen Historiker, ed. F. Jacoby, Berlin, 1923-30, Leiden, 1940-58.

Fuhrmann, M., *Die Dichtungstheorie der Antike*, Darmstadt, 1992.

Gernet, L., *Démosthène: Plaidoyers Civils*, Tome II (Budé), Paris, 1957.

Gomme, A. W., *A Historical Commentary on Thucydides*, Vol. 1, Oxford, 1945.

———, "Who was Kratippus ?", *Classical Quarterly* 48, 1954, pp. 53-55.

Goold, G. P., "A Greek Professional Circle at Rome", *Transactions of the American Philological Association* 92, 1961, pp. 168-192.

Grube, G. M. A., "Dionysius of Halicarnassus on Thucydides", *Phoenix* 4, 1950, pp. 95-110.

——————, "Notes on the *περὶ ὕψους*", *American Journal of Philology* 78, 1957b, pp. 355-374.

——————, *The Greek and Roman Critics*, Toronto, 1965.

Heath, M., "Dionysius of Halicarnassus 'On Imitation'", *Hermes* 117, 1989, pp. 370-373.

Hendrickson, G. L., *Cicero: Brutus, Orator* (Loeb Classical Library), Cambridge, Massachusetts / London, 1939, revised 1962.

Hunter, R., *Critical Moments in Classical Literature: Studies in the Ancient View of Literature and its Uses*, Cambridge, 2009.

Innes, D. C., *Demetrius: On Style* (Loeb Classical Library), Cambridge, Massachusetts / London, 1995.

——————, "Longinus and Caecilius: Models of the Sublime", *Mnemosyne* 55, 2002, pp. 259-284.

——————, "Longinus: Structure and Unity", in *Ancient Literay Criticism*, ed. by Andrew Laird, Oxford, 2006.

Kennedy, G. A., *The Art of Persuasion in Greece*, Princeton, 1963, 1974[6].

——————, *The Art of Rhetoric in the Roman World*, Princeton, 1972.

——————, *A New History of Classical Rhetoric*, Princeton, 1994.

Lackenbacher, H., "Die Behandlung des *πάθος* in der Schrift *περὶ ὕψους*", *Wiener Studuien* 33, 1911, pp. 213-223.

Lallot, J., *La grammaire de Denys le Thrace* (Sciences du langage), Centre national de la recherche scientifique, Paris, 1989.

L-P: *Poetarum Lesbiorum Fragmenta*, ed. E. Lobel, D. Page, Oxford, 1955.

L-S-J: *Greek-English Lexicon*, compiled by H. G. Liddell & R. Scott; revised and Augmented throughout by H. S. Jones; with the Assistance of R. Mckenzie, Oxford, 1953.

MacDowell, D. M., *Demosthenes, the Orator*, Oxford, 2010.

Pfeiffer, R., *History of Classical Scholarship from the beginnings to the end of the Hellenistic Age*, I, Oxford, 1968.

Porter, J. I., "Feeling Classical: Classicism and Ancient Literary Criticism" in *Classical Poets*. The Class*ical Tradition of Greece and Rome*, Princeton, 2006, pp. 301-352.

Radermacher, L., "Kanon" *RE*^{2} X, 1919, cols. 1873-78.

Rhys Roberts, W., "Caecilius of Calacte", *American Journal of Philology* 18, 1897, pp. 302-312.

————, "Dionysius of Halicarnassus as an Authority for the Text of Thucydides", *Classical Review* 14, 1900, pp. 244-246.

————, "The Literary Circle of Dionysius of Halicarnassus", *Classical Review* 14, 1900, pp. 439-442.

————, "Usener and Rademarcher's text of Dionysii Halicarnasei Opuscula", *Classical Review* 14, 1900, pp. 452-455.

————, *Dionysius of Halicarnassus: On Literary Composition*, London, 1910.

Russell, D. A., "De imitatione" in D. West and T. Woodman (eds.), *Creative Imitation and Latin Literature*, Cambridge, 1979, pp. 1-16.

————, "Longinus Revisited ?", *Mnemosyne* 34, 1981, pp. 72-86.

Russell / Konstan: D. A. Russell, D. Konstan, *Heraclitus: Homeric Problems* (Society of Biblical Literature), 2005.

Sacks, K. S., "Historiography in the Rhetorical Works of Dionysius of Halicarnassus", *Athenaeum* 61, 1989, pp. 66-80.

Sandys, J. E., *History of Classical Scholarship*, Cambridge, I, 1906^{2}, 1921^{3}.

Schlegel, F. von, *Wissenshaft der europäischen Literatur: Vorlesungen, Aufsätze und Fragmente aus der Zeit von 1795-1804*, Kritische Friedrich-Schlegel-Ausgabe, Bd. 11, München / Paderborn, 1958.

Seagal, C. A., "Ὕψος and the Problem of Cultural Decline", *Harvard Studies in Classical Philology* 64, 1959, pp. 121-146.

Shoemaker, G., "Dionysius of Halicarnassus, *On Dinarchus*", *Greek, Roman and Byzantine Studies* 12, 1971, pp. 393-409.

Spengel, L., *Rhetores Graeci*, Vol. II, Leipzig, 1854.

Verdenius, W. J., "The Principle of Greek Literary Criticism", *Mnemosyne* 36, 1983, pp. 14-59.

Walker, W. S., *Rhetoric and Poetics in Antiquity*, Oxford, 2000.

Weaire, G., "The Relationship between Dionysius of Halicarnassus' *De Imitatione and Epistula ad Pompeium*", *Classical Philology* 97, 2002, pp. 351-359.

Whitmarsh, T., *Greek Literature and the Roman Empire: The Politics of Imitation*, Oxford, 2001.

Wiater, N., *The Ideology of Classicism: Language, History and Identity in Dionysius of Halicarnassus* (Ph.D. dissertation at Bonn University, 2008), De Gruyter, 2011.

Wooten, C. W., "Dionysius of Halicarnassus and Hermogenes on the Style of Demosthenes", *American Journal of Philology* 110, 1989, pp. 576-588.

Worthington, I., *A Historical Commentary on Dinarchus. Rhetoric and Conspiracy in Later Fourth-Century Athens*, Ann Arbor, 1992.

――――, “The Canon of the Ten Attic Orators” in I. Worthington ed., *Persuasion; Greek Rhetoric in Action*, London, 1994.

The Oxford Classical Dictionary, 3rd ed. by S. Hornblower and A. Spawforth, Oxford, 2003.

カント『判断力批判』熊野純彦訳（作品社）、二〇一五年。

ディオニュシオス／デメトリオス『修辞学論集』木曽明子・戸高和弘・渡辺浩二訳（京都大学学術出版会）、二〇〇五年。

A・G・バウムガルテン『美学』松尾大訳（玉川大学出版部）、一九八七年。

エドマンド・バーク『崇高と美の起源』鍋島能正訳（理想社）、一九七三年。

――――『崇高と美の観念の起源』中野好之訳（みすず書房）、一九九九［一九七三］年。

佐々木健一『美学辞典』（東京大学出版会）、一九九五年。

戸高和弘「弁論術と美学――ハリカルナッソスのディオニュシオス」（『文芸学研究』第十一号、文芸学研究会）、二〇〇七年、八二―一一〇頁。

――――「弁論術と美学――ハリカルナッソスのディオニュシオス」（大森淳史・仲間裕子・岡林洋編『芸術はどこから来てどこへ行くのか』晃洋書房）、二〇〇九年。

――――「ロンギノス『崇高について』――序説」（『文芸学研究』第十四号、文芸学研究会）、二〇一〇年、一一六―一四六頁。

森谷宇一「伝ロンギーノス作『崇高について』をめぐる二つの覚書」（『美學史研究叢書』第一輯、東京大学文学部美学芸術学研究室）、一九七〇年。

――――「ボワローと古代詩学・修辞学（Ⅱ）」（『岡山大学法文学部学術紀要』第三十五号、岡山大学法文学部）、一九七四年、六一―七五頁。

柳沼重剛『トゥキュディデスの文体の研究』（岩波書店）、二〇〇〇年。

以下のうち、固有名詞索引はロンギノスとディオニュシオスを併せて、事項索引、引用文献一覧、主要訳語一覧は分けて収録する。

ロンギノスは章、節番号のみで示す。ディオニュシオスの著作には、以下の略記号を用いる：*Mim.* =『模倣論』、*fr.* =断片、*fr. ad* (*espotum*) =書名未詳断片、*ep.* =要約版、*Thu.* =『トゥキュディデス論』、*Dei.* =『デイナルコス論』、*Amm I* =『アンマイオスへの第一書簡』、*Pom.* =『ポンペイオス・ゲミノスへの書簡』、*Amm II* =『アンマイオスへの第二書簡』。続く数字は章、節番号である。

『ポンペイオス・ゲミノスへの書簡』『アンマイオスへの第二書簡』にある自著からの長文の引用は、引用元（略記号：*Dem.* =『デモステネス論』、*Thu.* =『トゥキュディデス論』）の章、節番号を（　）で併記する。

（例）　ソクラテス　*Pom. 2. 1 (Dem. 6. 4; 7. 1)*

　　　　普通名詞　*Amm II 2. 2 (Thu. 24. 4)*

固有名詞索引

本文中の固有名詞について、必要と思われるものに簡単な説明を付す。引用文中に現われる人名については（　）内に章、節番号を記す。

なお、弁論のタイトルにのみ現われる名前、およびアルコーンの名前は原則として略す。

ロンギノス／ディオニュシオス

ア　行

アイアス（テラモンの子）　Αἴας　トロイア戦争で活躍するギリシアの英雄。　*9. 2; 9. 10;* (*9. 12*)

アイギナ　Αἴγινα　エーゲ海、サロニコス湾の中央にある島。　*Thu.* (*15. 3*)

—人　Αἰγινήτης　*Thu. 14. 1-2;* (*15. 3*)

アイスキネス　Αἰσχίνης　前397—322年頃。アテナイの十大弁論家の一人。弁論三編が現存。それらは新興国マケドニアの攻勢に苦慮する前4世紀後半のアテナイを知る貴重な史料である。(*16. 4*), *Mim. ep. 5. 5, Dei. 1. 1, Amm I 2. 3; 10. 5; 12. 6*

アイギュプトス　Αἴγυπτος　神話上のエジプトの王。エジプトという国名の起源となった。(*23. 4*)

アイスキュロス　Αἰσχύλος　前525／24—456年。三大悲劇詩人の一人。『オレスティア三部作』など七編が現存する。　*15. 5; 15. 6, Mim. ep. 2. 10*

アイドネウス　Ἀϊδωνεύς　冥府の王ハデス。(*9. 6*)

アイトリア人　Αἰτωλοί　アイトリアはギリシア中部、コリントス湾北岸の地方。　*Thu. 9. 7*

アイリオス・トゥベロン　Αἴλιος Τουβέρων　→コイントス・アイリオス・トゥベロン

アカイア勢　Ἀχαιοί　ホメロス『イリアス』『オデュッセイア』において、ギリシア人を意味する。(*9. 8*); (*9. 10*)

アガタルコス　Ἀγάθαρχος　アテナイがシケリアに遠征したさいの、シケリア艦隊の将軍。　*Thu.* (*26. 2*)

アガトクレス　Ἀγαθοκλῆς　前361／60年生。シケリアのテルマエ出身で、シラクサの僭主（前317—304年）、後に王（前304—289年）となった。　*4. 5*

アキレウス　Ἀχιλλεύς　『イリアス』の主人公。トロイア戦争における、ギリシア軍第一の英雄。(*9. 12*); *15. 7*

アクシラオス（アルゴスの）　Ἀκουσίλαος　前6—5世紀。歴史家、初期イオニア散文作家の一人。　*Thu. 5. 2*

アクロポリス　ἀκρόπολις　*Dei.* (*3. 5*)
アジア　Ἀσία　(*4. 2*); (*43. 2*)
アッティカ　Ἀττική　アテナイを中心都市とする、ギリシア中部の地方名。*Thu. 18. 5*; (*36. 1*), *Mim. ep. 5. 1*, *Amm I* (*11. 2*); *11. 3*; (*11. 9*); *11. 10*, *Pom. 2. 1*, *Amm II* (*15. 2*)
　―風　Ἀττικός　*34. 2*, *Thu.* (*28. 2*), *Dei.* (*1. 3*), *Amm I 2. 1*
　―方言　Ἀτθίς　*Thu. 23. 4*, *Pom. 3. 16*
アテナ・ポリアス　Ἀθηνᾶ Πολιάς　ポリスの守護女神・アテナ。*Dei.* (*3. 5*)
アテナイ人　Ἀθηναῖοι　*4. 3*; *16. 3*; *23. 3*; *38. 2*, *Thu. 6. 2 et passim*
アテノゲネス　Ἀθηνογένης　ヒュペレイデスの弁論『アテノゲノス弾劾（第3弁論）』中の人物。*34. 3*
アナクシメネス（ランプサコスの）Ἀναξιμένης　前380―320年頃。歴史家、弁論家。ゾイロスの弟子であり、イソクラテスの文体を継承した。アレクサンドロスの師。アリストテレスの偽書『アレクサンドロスへの弁論術』の著者とする説がある。*Amm I 2. 3*
アナクレオン　Ἀνακρέων　前６世紀中頃の独吟抒情詩人。*31. 1*
アパレウス　Ἀφαρεύς　イソクラテスの養子。自らも弁論作品を書いた。*Dei. 13. 8*
アペレス　Ἀπελλῆς　前４世紀後半に活躍した画家。小アジアのコロポン出身、コス島で歿した。アレクサンドロスの肖像画を描いたとされている。*Dei. 7. 7*, *Thu. 4. 2*
アポロニオス（ロドスの）Ἀπολλώνιος　叙事詩人。前250年頃に書かれた『アルゴナウティカ』の作者。*33. 4*
アメイノクレス　Ἀμεινοκλῆς　コリントスの造船家。前704年頃サモスを訪れ、四隻の三段櫂船を建造した。三段櫂船の発明者とされることもある。*Thu. 19. 4*
アラトス　Ἄρατος　前315―240年頃。教訓詩人。『星辰譜（パイノメナ）』の作者。*10. 6*; *26. 1*
アリステアス　Ἀριστέας　前６世紀（？）。小アジア北西部プロポンティス地方、プロコンネソス島出身の叙事詩人。『アリマスペイア』の作者とされる。*Thu. 23. 3*
アリマスペイア　Ἀριμάσπεια　アリステアス作と言われている叙事詩（アリマスポイ物語）。*10. 4*
アリストゲイトン　Ἀριστογείτων　デモステネス『アリストゲイトン弾劾（第25―26弁論）』中の人物。*27. 3*
アリストテレス　Ἀριστοτέλης　前384―322年。古代ギリシアの代表的哲学者。プラトンの学園アカデメイアに学び、後に学園リュケイオンを開設した。アレクサンドロスの家庭教師でもあった。彼の『弁論術』は現存する最古の学術的・体系的な弁論術書であり、後代の弁論術書の雛形となった。*32. 3*, *Thu. 3. 3*, *Mim. ep. 4. 3*, *Amm. 1. 1 et passim*, *Pom. 1. 16*
アリストクレス　Ἀριστοκλῆς　ロドス島の弁論家という以外は不詳。*Dei. 8. 3*
アリストパネス　Ἀριστοφάνης　前445―380年頃。アテナイ最盛期の大喜劇詩人。『雲』『女の平和』『蛙』など11篇が現存。同時代の政治家、文人などを攻撃して犀利な社会批評を行なった。*40. 2*
アルカイオス　Ἀλκαῖος　前７世紀後半―６世紀中頃。抒情詩人の「カノン」の九人の一人に数えられる。*Mim. ep. 2. 8*
アルキダマス　Ἀλκιδάμας　前４世紀に活躍した修辞学者、ソフィスト。即興の演説を擁護し、イソクラテスに対抗した。*Amm I 2. 3*
アルキダモス　Ἀρχίδαμος　スパルタ王（在位、前469頃―427年）。アルキダモス二世。ペロポネソス戦争開戦時の王。*Thu. 36. 1-2*; *41. 7*
アルキビアデス　Ἀλκιβιάδης　前451／50―404／03年。アテナイの政治家、軍人、ソクラテスの弟子。シケリア遠征を主導したが、遠征の失敗はペロポネソス戦争敗北の一因とされる。*Thu. 8. 2*

アルキロコス　Ἀρχίλοχος　前7世紀。パロス島出身、ギリシア最初期の抒情詩人。 *10. 7; 13. 3; 33. 5*

アルゴス　Ἄργος　ペロポネソス半島東北部、アルゴリス地方の中心都市。 *Thu. 5. 2*

アルゴス（アンピロキアの）　Ἄργος　アイトリア地方北西部アンピロキアにあったポリス。 *Thu. 9. 7*

アルゴナウティカ　Ἀργοναυτικά　アポロニオス作の叙事詩（アルゴ船物語）。 *33. 4*

アルタメネス　Ἀρταμένης　ロドス島の弁論家という以外は不詳。 *Dei. 8. 3*

アルテミシオン　Ἀρτεμίσιον　エウボイア島北端にあったポリス。前480年この地の沖合で、ギリシア海軍がペルシア海軍と戦った。 *(16. 4)*

アルベラ　Ἄρβηλα　ティグリス川上流のアッシリアの古代都市。前331年アレクサンドロスは、この地とガウガメラとの中間の平原でペルシア王ダレイオス三世に決定的な勝利を収めた（アルベラの戦い＝ガウガメラの戦い）。 *Amm I 12. 3*

アレクサンドロス　Ἀλέξανδρος　前356—323年。マケドニアのアレクサンドロス三世（大王）。父ピリッポス二世の後を受け世界制覇を目ざし、同時にギリシア文化を広めた。 *4. 2; (32. 2), Dei. 2. 4, Amm I 5. 3; 12. 3; 12. 7*

アレス　Ἄρης　軍神。 *(9. 11); (15. 5)*

アロエウスの息子たち　Ἀλῳάδαι　ホメロス『イリアス』に登場する、オトスとエピアルテスという巨人の兄弟。 *8. 2*

アンティゴノス（隻眼の）　Ἀντίγονος　前382頃—301年。アレクサンドロスの部下の将軍。大王の死後、王を称し（アンティゴノス一世）、帝国の再統一を企てたが、前301年イプソスの戦いで敗死。彼の子孫は代々マケドニア王となった（アンティゴノス朝）。 *Dei. 2. 5; 11. 11*

アンティステネス　Ἀντισθένης　前445—365年頃。哲学者。ソクラテスの弟子で、キュニコス派の創始者。 *Thu. 51. 2*

アンティポン（ラムヌスの）　Ἀντιφῶν　前480頃—411年。アテナイ十大弁論家最古の人。弁論術の先駆者の一人であり、アッティカ弁論における初期の勇壮な文体を代表する人物。前411年、寡頭派の指導者として民主派により死刑を求刑されたさいの弁論は、雄渾な文体の代表とされ、現存する。 *Amm I 2. 3*

アンティマコス　Ἀντίμαχος　前5世紀末。『テーバイ物語』（断片）で知られる叙事詩人、ホメロスの詩の注釈者でもあった。 *Mim. ep. 2. 3*

アンピクラテス（アテナイの）　Ἀμφικράτης　前2—1世紀のソフィスト、弁論家。 *4. 4*

アンピポリス　Ἀμφίπολις　トラキア地方にアテナイ人が入植して建設したポリス。 *Thu. (12. 3); 41. 3*

アンマイオス　Ἀμμαῖος　ディオニュシオスの親しい友人で庇護者と推定される。 *Amm I 2. 3; 3. 1, Amm II 17. 2*

アンモニオス　Ἀμμώνιος　前2世紀。アレクサンドリアの文献学者。 *13. 3*

イオカステ　Ἰοκάστη　オイディプスの母にして妻。 *23. 3*

イオニア　Ἰωνία　エーゲ海に面した小アジア（現トルコ）南西部の地方。 *Thu. 16. 3*

—人　Ἴωνες　*(22. 1), Thu. 48. 1-2*

—の　Ἰόνιος　*Thu. 10. 3*

—方言　Ἰάς　*Thu. 23. 4, Pom. 3. 16*

イオン（キオスの）　Ἴων　前480頃—421年。アテナイで活躍した悲劇詩人。作品は現存しない。 *33. 5*

イサイオス　Ἰσαῖος　前420—340年頃。アテナイ十大弁論家の一人。デモステネスの師として知られ、その文体はディオニュシオス『イサイオス論』で詳述。 *Dei. 1. 1, Amm I 2. 3*

イソクラテス　Ἰσοκράτης　前436—338年。アテナイ十大弁論家の一人。洗練をもって知られるその文体については、ディオニュシオスが『イソクラテス論』で詳述している。 *(4. 2); 4. 2; 38.*

2
—門下　οἱ Ἰσοκράτειοι　*21. 1, Dei. 1. 1; 6. 5; 8. 3, Thu. 53. 1, Mim. ep. 3. 10; 5. 2, Amm I 2. 3, Pom. 1. 5-6; 6. 1; 6. 9*

イピクラテス　Ἰφικράτης　前4世紀アテナイの代表的将軍。戦闘技術の革新と卓越した傭兵指揮とで知られる。*Amm I (11. 2)*

イリアス　Ἰλιάς　ホメロス作の叙事詩（イリオン［＝トロイア］物語）。トロイア戦争を題材とし、アキレウスの怒りを主題とする。現存するギリシア最古の文芸作品。*9. 12-13*
—の、イリオン（＝トロイア）の　Ἰλιακός　*9. 7; 9. 12-13*

エウゲオン（サモスの）　Εὐγέων　不詳。*Thu. 5. 2*

エウデモス（パロスの）　Εὔδημος　不詳。*Thu. 5. 2*

エウペモス　Εὔφημος　不詳。*Thu. 43. 1*

エウボイア　Εὔβοια　ギリシア本土の東、エーゲ海西部の島。*Thu. (10. 3); (15. 3); (20. 1)*

エウポリス　Εὔπολις　前446—411年頃。アリストパネス、クラティノスと並ぶ、古喜劇三大詩人の一人。*16. 3*

エウテュデモス　Εὐθύδημος　ペロポネソス戦争時のアテナイの将軍。*Thu. (26. 2)*

エウリピデス　Εὐριπίδης　前485／84—406年。三大悲劇詩人の一人。『メデイア』『ヒッポリュトス』など作品17篇が現存。*15. 3; 15. 5-6; 40. 2-3, Mim. ep. 2. 10; 2. 12-13*

エウリュステウス　Εὐρυσθεύς　神話上のミュケナイ王。ヘラクレスに十二の難行を課した。ヘラクレスの死後、彼の子供たちがアッティカに逃れたため、その引渡しを要求して遠征に出かけたが、アテナイ人に敗れ、逆にヘラクレスの長子ヒュラスに殺された。*Amm II 15. 2; (15. 2)*

エウリュメドン　Εὐρυμέδων　ペロポネソス戦争時のアテナイの将軍。*Thu. (28. 2)*

エウリュメドン　Εὐρυμέδων　小アジアの中央部パンピュリア地方を流れ、地中海に注ぐ川。*Thu. 13. 2*

エウリュロコス　Εὐρύλοχος　ホメロス『オデュッセイア』に登場する、オデュッセウスの部下。*19. 2*

エジプト　Αἴγυπτος　*43. 2*

エトナ山　Αἴτνη　シケリアの火山。*35. 4*

エニュオ　Ἐνυώ　軍女神、戦争の女神。*(15. 5)*

エピダムノス　Ἐπίδαμνος　ギリシアの北、アドリア海沿岸にあった植民市。ケルキュラとコリントスが共同で植民した。*Thu. (10. 3); 10. 4*

エラトステネス(キュレネの)　Ἐρατοσθένης　前285—194年。アレクサンドリアの図書館長を務めた、博学の学匠詩人。*33. 5*

エリゴネ　Ἠριγόνη　アテナイ人イカリオスの娘。父と娘で酒神ディオニュシオスをもてなし葡萄酒を与えられた。イカリオスはそれを羊飼いたちに分け与えたが、酔った羊飼いたちは毒を飲まされたと思い彼を殺してしまう。それを知ったエリゴネは首を吊って死んだ。*33. 5*

エリス　Ἔρις　「不和・争い」の擬人化された女神。*9. 4*

エリニュス　Ἐρινύς（複数形エリニュエス Ἐρινύες）　殺人など自然の法に反した行為に対する復讐あるいは罪の追及の女神。*15. 2; 15. 8; (15. 8)*

エレパンティネ　Ἐλεφαντίνη　エジプト南部の都市。ナイル川の川中島（エレファンティネ島）。*(26. 2)*

オイディプス　Οἰδίπους　ソポクレス作『オイディプス王』によれば、オイディプスはテーバイの王ライオスと妃イオカステとの間に生まれるが、「父を殺す」という神託のために捨てられて、コリントスで育つ。後に誤ってライオスを殺し、さらにスピンクスの謎を解いてテーバイの王となったオイディプスは、イオカステを妻とし四人の子供をもうけた。*15. 7; 23. 3; 33. 5*

オケアノス　Ὠκεανός　元来は、大地を

カ 行

ナイの将軍。カイロネイアで戦った将軍の一人。 *Amm I (8. 1); 9. 1; 9. 3*

カロン　*Χάρων*　ランプサコス出身の歴史家。ヘロドトスと同時代に活動し、彼よりも年長であったらしい。 *Thu. 5. 2, Pom. 3. 7*

キオス　*Χίος*　エーゲ海東部の島。 *Mim. ep. 3. 9*

キケロ　*Κικέρων*　前106—43年。政治家、弁論家、哲学者。ローマ第一の雄弁家にして、ラテン語散文の完成者。共和政を擁護しカエサルに対抗したが敗れ、カエサル暗殺後アントニウスによって殺された。哲学や弁論術についての著作を数多く著わした。 *12. 4*

キモン　*Κίμων*　前510—450年頃。アテナイの政治家、将軍。マラトンの英雄ミルティアデスの子。ペルシア戦争後、アテナイの覇権確立に寄与した。 *Thu. (13. 2)*

キルケ　*Κίρκη*　魔法に優れた神話上の女神、太陽神ヘリオスの娘。オデュッセウスの部下たちを魔法によって豚に変えた。 *9. 14*

キュクロプス　*Κύκλωψ*　神話上の一つ目の巨人族。オデュッセウスがその漂泊の途上で遭遇した。 *9. 14*

キュテラ　*Κύθηρα*　ペロポネソス半島の南にある島。 *Thu. 14. 1*

—人　*Κυθήριος*　*(14. 2)*

キュノスセマ　*Κυνὸς σῆμα*　ダーダネルス海峡に面したヨーロッパ側、トラキア・ケルソネソスにあった地名。前411年この地の沖合で、アテナイ艦隊がスパルタひきいるペロポネソス艦隊に勝利した（キュノスセマの戦い）。 *Thu. 12. 2, Pom. 3. 10*

キュロス　*Κῦρος*　ペルシア王（在位、前550—530年）。キュロス二世（大王）。メディア、リュディア、バビロニアなどを征服してペルシア大帝国を築いた。 *25*

ギリシア　*Ἑλλάς*／ギリシア勢（人）　*Ἕλληνες*／ギリシア人（語）の　*Ἑλληνικός*　*passim*

クサントス（リュディアの）　*Ξάνθος*　前5世紀中頃、盛期。リュディアのサルディス出身の歴史家。『リュディア史（*Λυδιακά*）』（現存せず）の著者。 *Thu. 5. 2*

クセノメデス（キオスの）　*Ξενομήδης*　前5世紀の歴史家。キオス島について神話的な歴史を書いたと伝えられる。 *Thu. 5. 2*

クセノポン　*Ξενοφῶν*　前430—355年頃。傭兵としてペルシア王子のために従軍した体験を綴った『アナバシス』のほか、『ギリシア史』『キュロスの教育』『ソクラテス言行録（ソクラテスの思い出）』などが知られる。 *4. 4-5; 8. 1; 19. 1; 19. 25; 28. 3; 32. 5; 43. 5, Thu. 51. 2, Mim. ep. 3. 4; 4. 2, Pom. 3. 1; 4. 1*

クセルクセス　*Ξέρξης*　ペルシア王（在位、前486—465年）。前480年ギリシアに遠征、サラミスの海戦などで敗北を喫した。 *(3. 2), Thu. (10. 5), Pom. 3. 14*

グナイオス・ポンペイオス　→ポンペイオス・ゲミノス

クラティッポス　*Κράτιππος*　前5—4世紀。アテナイの歴史家。 *Thu. 16. 2-3*

クリティアス　*Κριτίας*　前460頃—403年。アテナイの政治家。ソクラテスの弟子、プラトンの母方の従兄。ペロポネソス戦争後、寡頭制の政権（三十人政権）を指導した。詩人、弁論家でもあり、『集会演説序説』という著作が残されている。 *Thu. 51. 2*

クレイタルコス　*Κλείταρχος*　前3世紀。アレクサンドロス史家の一人。その著作は、大仰な文体と疑わしい内容とを批判されながらも、ローマにおいて広く読まれ、ローマの歴史家にとっての模範となった。 *3. 2*

クレオメネス　*Κλεομένης*　スパルタ王（在位、前520—490年頃）。 *(31. 2)*

クロトン　*Κρότων*　イタリア半島南端の街。オリンピック競技優勝者を輩出したことで知られる。 *Mim. ep. 1. 4*

ケピソドロス　*Κηφισόδωρος*　前4世紀に活躍した、アテナイ出身の弁論家。歴史的著作もあったが散逸。ディオニュシオスによれば、彼は師イソクラ

テスを弁護し、プラトンとアリストテレスを攻撃した。 *Amm I 2. 3, Pom. 1. 16*
ゲミノス →ポンペイオス・ゲミノス
ケユクス Κῆυξ 神話上のトラキアの王。ヘラクレスの従兄弟。 *(27. 2)*
ケルキュラ Κέρκυρα ギリシア西部、イオニア諸島北端の島。ラテン語形コルキュラ、コルフ島とも呼ばれる。 *Pom. 3. 9, Thu. 9. 6; 10. 3-5; 28. 2*
コイントス・アイリオス・トゥベロン Κόιντος Αἴλιος Τουβέρων = Quintus Aelius Tubero 前1世紀後半。ローマの歴史家、法学者。前48年のパルサリアの戦いで、敗れたポンペイオスの側についていたが、カエサルに許された。前46年リガリウスを告発したが、キケロの弁護により裁判に敗れ、公職を退いた。 *Thu. 1. 1; 55. 5, Amm II 1. 1*
コリントス Κόρινθος *Thu. 10. 3; 19. 4; (26. 2), Dei. 2. 2; (3. 2), Amm II 5. 1*
　—人 Κορίνθιος Amm II 14. 1-2
ゴルギアス（レオンティノイの） Γοργίας 前485—380年頃。古典期の最も著名な弁論家。前427年にシケリアの外交使節としてアテナイに来訪、華麗な雄弁で市民を熱狂させた。アテナイにおける弁論術の発展に大きな影響を与えた。 *3. 2, Mim. fr. 5, Thu. 24. 9; 46. 2, Pom. 1. 12; 2. 1 (Dem. 5. 6; 6. 4; 7. 2), Amm II 2. 2 (Thu. 24. 9); 17. 1*

サ　行

サッポー Σαπφώ 前630頃—6世紀中頃。レスボス島の女流独吟抒情詩人。「十番目のムーサ」と詩才を称えられた。 *10. 1*
サラミス Σαλαμίς アッティカ沖の島。前480年「サラミスの海戦」の戦場。 *(16. 2)*
サルペドン Σαρπηδών トロイア戦争におけるトロイア方の英雄。 *(23. 3)*
シカノス Σικανός アテナイがシケリアに遠征したさいの、シケリア艦隊の将軍。 *Thu. (26. 2)*
シゲイオン Σίγειον 小アジア北西端、エーゲ海に面したポリス。 *Thu. 5. 2*
シケリア Σικελία シケリアはギリシア語形。ラテン語形シキリア、イタリア語形シチリア。 *4. 3; 38. 3, Thu. 9. 6-7; 18. 5; 18. 7; 42. 2; (48. 1); (48. 3), Pom. 3. 12; 5. 1; 5. 4-5, Amm II 10. 1; (13. 2)*
シモニデス Σιμωνίδης 前556—468年頃。バッキュリデス、ピンダロスとともに三大合唱詩人と称された。 *15. 7, Mim. ep. 2. 6*
シュラクサ軍（人） Συρακούσιοι シュラクサ（シラクサ）はシケリア南東部に位置するポリス。 *(38. 3), Pom. (5. 5), Amm II (9. 1); (13. 1)*
シリウス Σείριος 天狼星。 *(15. 4)*
シレノス Σιληνός 神話上の半人半馬の種族。 *Mim. ep. 3. 12, Pom. 6. 11*
スキオネ Σκιώνη ギリシア北部、カルキディケ半島のポリス。 *Thu. (15. 3)*
スキュタイ人 Σκύθαι スキュタイ（スキタイ）は中央アジアの遊牧騎馬民族国家。 *(28. 4)*
スタゲイラ Στάγειρα トラキア地方、カルキディケ半島にあったポリス。アリストテレス出生時、マケドニアの支配下にあった。 *Amm I 5. 1*
ステシコロス Στησίχορος 前632—556年頃。合唱抒情詩の確立者とされる詩人。 *13. 3, Mim. ep. 2. 7*
スパクテリア Σφακτηρία ペロポネソス半島南西部の沖、ピュロスの南にある島。 *Thu. 13. 3*
スパルタ Σπάρτη *(4. 6), Thu. 10. 4; 14. 3; 15. 1*
　—人 Λακεδαιμόνιοι *4. 2; 4. 4; 38. 2*
　—の Λακωνικός, Λακεδαιμόνιος *38. 5, Thu. 15. 2, Amm II 4. 2*
　—兵 Σπαρτιᾶται *Thu. 13. 3*
ゼウクシス（ヘラクレアの） Ζεῦξις ペロポネソス戦争（前431—404年）前後に活躍し、優れた写実で知られる画家。描かれた葡萄の房を小鳥が本物と間違えたと伝えられる。作品はマケドニアの王都ペラの宮殿をも飾った。 *Thu. 4. 2, Mim. ep. 1. 4*
ゼウス Ζεύς ギリシア世界の最高神。

(3. 2); (4. 3); (9. 10); 9. 10; 9. 14, Thu. 36. 1
ゼノン（エレアの） Ζήνων 前５世紀前半から活動した自然哲学者。パルメニデスの弟子で友人。パラドクスで有名。 *Thu. 3. 3*
ゼノン Ζήνων 不詳。 *Pom. 1. 1*
ゾイロス Ζωίλος 前４世紀の弁論家、哲学者。ポリュクラテスの弟子。ホメロス、イソクラテス、プラトンを厳しく批判し、「ホメロスを鞭打つ男」の異名をとった。 *9. 14, Pom. 1. 4; 1. 16*
ソクラテス Σωκράτης 前469―399年。アテナイの大哲学者。著作を残さなかったが、問答形式で知と徳とを極めようとするその姿は、弟子プラトンの対話篇に活写されている。 *4. 4, Thu. 51. 2, Pom. 2. 1 (Dem. 6. 4; 7. 1)*
ソシゲネス Σωσιγένης 不詳。 *Dei. 8. 4*
ソポクレス Σοποκλῆς 前496／95―406年。三大悲劇詩人の一人。『オイディプス王』など七作品が現存。 *3. 2; 15. 7; 23. 3; 33. 5, Mim. ep. 2. 10-13*

タ 行

ダナオス Δαναός 神話上のアルゴスの王。 *(23. 4)*
ダマステス Δαμάστης 前５世紀。シゲイオン出身の歴史家。ヘラニコスの弟子。 *Thu. 5. 2*
タミュナイ Τάμυναι エウボイア島中部の地名。 *Dei. 13. 3*
タルタロス Τάρταρος 生成の始原の二神、ガイア（大地）とウラノス（天）の息子であり、ハデス（冥界）のさらに下にある底（奈落）でもある。神々にそむいた大罪人が落される所。 *9. 6, Thu. 6. 5*
ディオニュシオス（ポカイアの） Διονύσιος ペルシアの支配に対するイオニアの反乱にさいし、ラデ沖の海戦（前494年）で反乱軍を指揮した。 *22. 1*
ディオニュシオス（シュラクサの） Διονύσιος シュラクサの僭主（在位、前367―357）。ディオニュシオス二世。父ディオニュシオス一世の後を受けて僭主となるが、ディオンとヘラクレイデスによってその座を追われた。 *4. 3*
ディオドトス Διόδοτος アテナイの政治家。前427年、反乱し鎮圧されたミュティレネ人に対し、クレオンの提案する過酷な処罰がいったんは決議されたが、ディオドトスは寛大な処置を主張して決議を取り消させた。 *Thu. 43. 1*
ディオドロス Διόδωρος デモステネスが弁論『アンドロティオン弾劾』と『ティモクラテス弾劾』を代作した人物。 *Amm I 4. 1; 4. 4*
ディオニュソス Διόνυσος バッコスとも呼ばれる葡萄酒、演劇などを司る神。 *15. 6, Thu. (28. 2)*
ディオン Δίων 前408―353年頃。ディオニュシオス二世の叔父であり、プラトンの弟子。ディオニュシオス二世を追放してシュラクサを支配するが、暗殺された。 *(4. 3)*
ティマイオス Τίμαιος 前356―260年頃。シケリアのタウロメニオン出身の歴史家。アテナイにおいて、イソクラテスの弟子、ピリスコスから弁論術を学んだ。主にシケリアに関する『歴史』38巻を著わした（現存せず）。プラトンの対話篇に登場する人物とは別人。 *4. 1-2; 4. 4-5, Dei. 8. 4*
ティモクラテス Τιμοκράτης デモステネスの弁論『ティモクラテス弾劾（第24弁論）』中の人物。 *Amm I 4. 4*
ディルケ Δίρκη テーバイ王リュコスの妻。アンティオペを虐待したため、彼女の双子の息子アンピオンとゼトスに殺され、死体を泉に投げ込まれた。 *40. 4*
テオクリトス Θεόκριτος 前270年頃、盛期。ギリシアの牧歌詩人。牧歌（田園詩）というジャンルの創始者。 *33. 4*
テオデクテス Θεοδέκτης 前377―336年頃。悲劇詩人、弁論家。プラトン、イソクラテスに学んだと言われる。その品詞論はアリストテレスの下敷きに

なった。 *Amm I 2. 3*
テオドロス Θεόδωρος ガダラ出身の弁論術教師。後に皇帝となるティベリウスに弁論術を教え、その後ロドス島で弁論術を教授した。 *3. 5*
テオドロス（ビュザンティオンの） Θεόδωρος 前5―4世紀。プラトンの対話篇『パイドロス』266Dで「言論づくりの巨匠」として言及される修辞学者。弁論術を理論的に体系化した先駆者としてアリストテレスによっても言及されている（『弁論術』第3巻第11章1412a）。 *Amm I 2. 3; Pom. 1. 12*
テオプラストス Θεόφραστος 前371―287年頃。アリストテレスの高弟として学園リュケイオンの二代目学頭となり、ペリパトス派の祖と言われる。著作活動は、弁論術に関するものを含み多岐にわたり、『人さまざま』『形而上学』『植物誌』などが現存する。 *32. 3, Dei. 2. 2*
テオポンポス Θεόπομπος 前378―320年頃。キオス島出身の歴史家。トゥキュディデス『歴史』の終わったところから書き起こした『ギリシア史』のほか、『ピリッポス史』の断片が伝わっている。 *31. 1; 43. 2, Mim. ep. 3. 9, Pom. 1. 16; 3. 1; 6. 1; 6. 8*
テッサリア人（勢） Θεσσαλός テッサリアはギリシア中部、エーゲ海に面した地方。 *Thu. 18. 2, Amm I (11. 6); (11. 8); Amm II 10. 1*
テーバイ Θῆβαι ギリシア中央部、ボイオティア地方南東部のポリス。 *15. 5, Amm I (11. 2); 11. 6-10*
― 人 Θηβαῖος *Thu. (36. 2), Amm I (11. 6-7); (11. 9); 11. 10*
デマデス Δημάδης 前380頃―319年。カイロネイアの戦いの後活躍した、アテナイの政治家、弁論家。 *Amm I (12. 2)*
テミストクレス Θεμιστοκλῆς 前524―459年頃。アテナイの高名な将軍。サラミスの海戦で、ギリシア軍に大勝利をもたらした。 *Amm II (4. 1); 16. 2*
デメトリオス（マグネシアの） Δημήτριος 前50年頃、盛期。キケロの親友で文通相手アッティクスの友人。彼の『同名人録（Περὶ ὁμωνύμων ποιητῶν καὶ συγγραφέων）』はディオゲネス・ラエルティオスの典拠となった。 *Dei. 1. 2-3*
デメトリオス（パレロンの） Δημήτριος 前350―280年頃。テオプラストスの弟子。ペリパトス派の哲学者、政治家として活躍。アレクサンドリア図書館の設立にも功があった。古典期の最後にして次のヘレニズム期の特徴をすでに備えた弁論家。 *Dei. 2. 1; (3. 4), Pom. 1. 16; 2. 1 (Dem. 5. 6)*
デメトリオス（攻城者） Δημήτριος 前336―283年。アンティゴノス一世の子。アンティパトロス朝を倒しマケドニア王（デメトリオス一世、在位、前294―288年）となる。 *Dei. 2. 5; (3. 4); 9. 2*
デメトリオス Δημήτριος ディオニュシオスの友人。 *Pom. 3. 1*
デモクレイデス Δημοκλείδης デモステネスの甥デモカレスの政敵（下記参照）。 *Dei. 9. 2*
デモクレス（ピュゲレの） Δημοκλῆς テオプラストス派の弁論家（擬プルタルコス『十大弁論家列伝』842E）。上記のデモクレイデスと同一人物か。 *Thu. 5. 1*
デモステネス Δημοσθένης 前413年歿。ペロポネソス戦争時のアテナイの将軍。 *Thu. 8. 2; 9. 7; 18. 3; 18. 5; (26. 2)*
デモステネス Δημοσθένης 前384―322年。アテナイ十大弁論家の一人。政治家としても活躍。作品61編が現存。その文体の卓越性については、ディオニュシオス『デモステネス論』で詳述。 *2. 3; 10. 7; 12. 4; 14. 1-2; 16. 2-3; 22. 3; 32. 1; 34. 1-3; 36. 2; 39. 4, Mim. ep. 5. 4 et passim*
テュデウスの子 Τυδεΐδης テュデウスはカリュドン王オイネウスの子で、テーバイ攻めの七将の一人。その息子ディオメデスは『イリアス』においてアキレウスにつぐギリシア軍の英雄。 *(26. 3)*
テュレア Θυρέα ペロポネソス半島東

部、アルゴスの南にあったポリス。 *Thu. 14. 1-2*

テルモピュライ　Θερμοπύλαι　ギリシア中東部の地名。前480年この地で、スパルタを中心とするギリシア軍とペルシア軍とが戦った（テルモピュライの戦い）。 *38. 4*

テレンティアノス　Τερεντιανός　ロンギノスが『崇高について』を捧げた人物だが、いかなる人物か不明。 *1. 1; 1. 4; 4. 3; 12. 4; 29. 2; 44. 1*

トゥキュディデス　Θουκυδίδης　前460―400年頃。ペロポネソス戦争に自らも参戦し、『歴史』を著わしたアテナイの歴史家。 *14. 1; 22. 3; 22. 25; 38. 3, Thu. 1. 3 et passim, Mim. fr. 8; ep. 3. 1-3; 3. 6-8, Dei. 8. 1, Pom. 2. 1 (Dem. 6. 4); 3. 1 et passim, Amm II 1. 1 et passim*

トゥベロン　→コイントス・アイリオス・トゥベロン

ドナウ川　Ἴστρος　35. 4

トラキア　Θρᾴκη　トラキアはギリシア北東部の地名。 *Thu. 41. 3*

　―の　Θρῃκίη　*(31. 1)*

トラシュマコス　Θρασύμαχος　前430―400年頃、盛期。ソフィスト、弁論術教師。措辞と演技的要素の重視によって、弁論術の発展に多大に影響を残した。リズミカルな総合文に関する著作はイソクラテスを先取りしていた。プラトンの対話篇『国家』の登場人物。 *Amm I 2. 3, Pom. 1. 12*

ドリス人　Δωριεύς　広義にはドリス方言を話すギリシア人（ドーリア人）を、狭義にはギリシア中部、ポキスの北のドリス地方の住民を指す。 *Thu. 9. 7; (48. 1-2)*

トロイア　Τροία

　―人（勢）　Τρῶες　(15. 4); (27. 1)

　―の　Ἰλιακός, Τρωικός　*(9. 8), Thu. 19. 3*

ナ　行

ナイデス　Ναΐδες（単数形ナイス Ναΐς）泉や川のニンフたち。ナイアス（Ναϊάς）（複数形ナイアデス Ναϊάδες）ともいう。 *Thu. 6. 5*

ナイル川　Νεῖλος　*35. 4*

ナウパクトス　Ναύπακτος　アイトリア地方、コリントス湾口にあったポリス。前429年この地の沖で、アテナイ艦隊とスパルタ艦隊とが戦った。 *Thu. 9. 7*

ニカノル　Νικάνωρ　不詳。 *Amm I 12. 6*

ニキアス　Νικίας　前470―413年頃。ペリクレスの死後、アテナイを指導した政治家、将軍。 *Thu. 8. 2; 14. 1; 18. 5; 42. 2*

ハ　行

パイアニア　Παιανία　アテナイの区。 *Mim. fr. 1*

パイスティス　Φαιστίς　アリストテレスの母。 *Amm I 5. 1*

パウサニアス　Παυσανίας　前470年歿。スパルタの将軍。前479年、プラタイアの戦いでペルシア軍を打ち破った。 *Thu. (36. 1-2)*

パエトン　Φαέθων　太陽神ヘリオスの息子。何でもかなえてやるという父の言葉に、太陽を運ぶ馬車を御することを願ったが、御することができず、ゼウスの雷に打たれ死んだ。 *15. 4*

パケス　Πάχης　ペロポネソス戦争期の将軍。前428年ミュティレネの反乱を鎮圧した。 *Thu. 17. 2*

バッキュリデス　Βακχυλίδης　前520―450年頃。シモニデス、ピンダロスとともに三大合唱抒情詩人と称される。オリュンピアをはじめとする四大競技会の優勝者を称える祝勝歌でピンダロスと競い合った。 *33. 5*

パニュアシス　Πανύσιας　前5世紀初頭。叙事詩『ヘラクレス物語』の作者。 *Mim. ep. 2. 4*

パトロクロス　Πάτροκλος　トロイア戦争で活躍するギリシアの英雄。アキレウスの親友。 *(9. 12)*

パルメニオン　Παρμενίων　前400頃―330年。アレクサンドロスの部下の武将。 *9. 4*

パルメニデス　Παρμενίδης　前500年頃、盛期。いわゆる「ソクラテス以前の哲

学者」。エレア出身でエレア派の始祖。その名はプラトンの対話篇の題名となった。 *Thu. 3. 3, Amm I 1. 12*
ヒッピアス（エリスの） Ἱππίας 前 5 世紀に活躍したソフィスト。弁論家および教師として大きな名声と富を獲得した。その名はプラトンの対話篇の題名となった。 *Pom. 1. 12*
ヒッポダマス Ἱπποδάμας 不詳。 *Pom. 1. 16*
ピュグマイオイ人 Πυγμαῖοι ピグミー。 *44. 5*
ピュタゴラス Πυθαγόρας 前530年頃盛時の哲学者、数学者。ピタゴラスの定理で知られる。 *Mim. ep. 4. 1*
ピュテアス Πυθέας 前 4 世紀。アテナイの弁論家。親マケドニア派のアイスキネスに与して、反マケドニア派のデモステネスに敵対した。 *Dei. 10. 5-6*
ピュティアの巫女 Πυθία デルポイのアポロン神殿に仕える女司祭。 *13. 2*
ピュテス Πύθης ＝ピュテアス Πυθέας アイギナの三段櫂船に乗り、ペルシア軍相手に奮戦した人物。 *(31. 2)*
ピュテン Πυθήν コリントス軍の指揮官。 *Thu. 26. 2*
ヒュペレイデス Ὑπερείδης 前389—322年。アテナイ十大弁論家の一人。デモステネスとともに反マケドニアの政治家として反対派を攻撃したが、カイロネイアの戦い以後その立場はいっそう過激になり、『デモステネス弾劾』でデモステネスとも対立した。 *15. 10; 34. 1-4, Dei. 1. 1; (1. 3); 5. 2; 5. 4; 6. 1-2; 7. 3; 8. 3, Mim. ep. 5. 6, Amm I 2. 3*
ヒュレ Φυλή アッティカ地方、アテナイの北西部の地名。 *Pom. 3. 10*
ピュロス Πύλος ペロポネソス半島南西部のポリス。 *Thu. 13. 3; 14. 4; 18. 3; (26. 2)*
ピラグリオス Φιλάγριος ロドス島の弁論家という以外は不詳。 *Dei. 8. 3*
ピリストス Φίλιστος 前430頃—356年。歴史家。シュラクサの僭主ディオニュシオス一世と二世の助言者。 *40. 2, Mim. ep. 3. 4; 3. 6; 3. 8, Pom. 3. 1; 4. 1; 5. 1-4; 5. 6*
ピリッポス Φίλιππος 前382—336年。マケドニア王ピリッポス二世（在位、前359—336年）。アレクサンドロスの父。軍事行政組織を整備してマケドニア興隆の基礎を築いた。前338年のカイロネイアの戦いでギリシアを制したが、2年後暗殺された。 *16. 2; (18. 1); (31. 1); (32. 2), Thu. 54. 5-7, Amm I 4. 4; 4. 6; 5. 3; (9. 1); 10. 3-6; 11. 1-10; 12. 1; 12. 3*
—の Φιλιππικός *Amm I 10. 1; 10. 4-6, Pom. 6. 2*
ピロコロス Φιλόχορος 前340—260年頃。歴史家。『アッティカ史』の著者。マケドニア王アンティゴノス二世（ゴナタス）に処刑された。 *Dei. 3. 2; 3. 4; 13. 1; 13. 5, Amm I 9. 1; 9. 4*
ピンダロス Πίνδαρος 前518—438年頃。合唱抒情詩の完成者といわれる詩人。『ピュティア競技祝勝歌』『イストミア競技祝勝歌』『オリュンピア競技祝勝歌』『ネメア競技祝勝歌』がほぼ完全な形で現存。 *33. 5, Mim. ep. 2. 5, Pom. 3. 12*
プサオン Ψάων 前 3 世紀後半（？）プラタイア出身の歴史家。30巻の歴史を著わした（散逸）。 *Dei. 8. 4*
プラタイア Πλάταια, Πλαταιαί ギリシア中央部のボイオティア地方、テーバイの南にあったポリス。前479年この地で、ギリシア軍がペルシア軍を打ち破った。 *(16. 2); (16. 4), Thu. 9. 6; 15. 3; 36. 1-2*
—人 Πλαταιεῖς *Thu. (15. 3); (36. 1-2); 41. 7; 42. 4*
プラトン Πλάτων 前427—347年。アテナイの哲学者。ソクラテスの弟子、アリストテレスの師。 *4. 4; 4. 6; 13. 1; 13. 3; 14. 1; 28. 2; 29. 1; 32. 5; 32. 7-8; 35. 1; 36. 2, Thu. 3. 3, Mim. ep. 4. 2, Dei. 8. 1, Amm I 5. 2; 7. 2; 8. 1, Pom. 1. 1 et passim*
—の Πλατωνικός *23. 3, Pom. 1. 2; 2. 1 (Dem. 5. 1)*
プリュギア地区 Φρύγιοι アッティカとボイオティアの境界地帯。 *Thu. 18. 2*

プリュニコス　*Φρύνιχος*　前6世紀末から5世紀に活躍した、アテナイの悲劇詩人。 *(24. 1)*

プリュネ　*Φρύνη*　前4世紀のヘタイラ（高級娼婦）。不信心の罪で訴えられたさいに、愛人の一人ヒュペレイデスの弁護によって無罪となった。 *34. 3*

プレイアデス　*Πλειάδες*　昴。 *(15. 4)*

プロクセノス　*Πρόξενος*　デイナルコスの友人。後にデイナルコスによって告発された。 *Dei. 3. 1-3; 12. 1; 12. 16*

プロタゴラス　*Πρωταγόρας*　前490—420年頃。古典期の最も著名な最長老のソフィスト。プラトンの対話篇『プロタゴラス』の題名となった。 *Thu. 3. 3, Pom. 1. 12*

プロディコス　*Πρόδικος*　前431—421年頃外交使節としてアテナイに来訪、厳格な言葉の使用を主張し、ソフィストとして活躍した。プラトンの対話篇『プロタゴラス』に登場する。 *Pom. 1. 12*

プロトゲネス　*Πρωτογένης*　前4世紀後半の画家、彫刻家。カウノスあるいはクサントスの出身だが、ロドス島で活動した。アペレスの好敵手。 *Thu. 4. 2*

ペイディアス　*Φειδίας*　前5世紀最高の彫刻家。アテナイのパルテノン神殿やアクロポリスに聳えたアテナ像、オリュンピアのゼウス像などで知られる。 *Thu. 4. 2, Dei. 7. 7*

ヘカタイオス　*Ἑκαταῖος*　前550—480年頃。ミレトス出身の歴史家。最重要の初期イオニア散文作家。作品は断片しか現存しない。 *27. 2, Thu. 5. 2*

ヘゲシアス（マグネシアの）　*Ἡγησίας*　前250年頃、盛期。歴史家で弁論家。『アレクサンドロスの生涯』などでアジア風文体の代表者と見なされ批判された。 *3. 2*

ヘクトル　*Ἕκτωρ*　『イリアス』の主要人物の一人。トロイア王プリアモスの長子にして、トロイア方第一の英雄。 *(23. 3); (27. 1); 27. 1*

ヘシオドス　*Ἡσίοδος*　ホメロスと並び称される前8世紀末頃の（教訓）叙事詩人。『仕事と日』『神統記』などが知られる。 *9. 5; 13. 4, Mim. ep. 2. 2*

—の　*Ἡσιόδειος*　*9. 5*

ヘスティアイア　*Ἑστίαια*　＝ヒスティアイア　*Ἱστίαια*　エウボイア島北端、アルテミシオンの南西にあったポリス。 *Thu. 15. 3*

ペネロペ　*Πηνελόπη*　オデュッセウスの妻。 *27. 4*

ヘラ　*Ἥρα*　神話上の女神。ゼウスの正妻。 *Thu. 28. 2*

ヘラクレイデス（シュラクサの）　*Ἡρακείδης*　前354年歿。ディオンとともに僭主ディオニュシオス二世を追放するが、その後対立しディオンに殺害された。 *(4. 3)*

ヘラクレイトス（エペソスの）　*Ἡράκλειτος*　前500年頃、盛期。ソクラテス以前の哲学者の一人。「万物流転」という言葉が有名だが、彼自身の言葉かどうか不明。 *Thu. 46. 2*

ヘラクレス　*Ἡρακλῆς*　ギリシア神話最大の英雄。 *(4. 3); 40. 3, Thu. (54. 7)*

—の子孫たち（子供たち）　*Ἡρακλεῖδαι*　*27. 2, Amm II (15. 2)*

ヘラニコス（レスボスの）　*Ἑλλάνικος*　前480—395年頃。ヘロドトス、トゥキュディデスと並び古代ギリシアの歴史記述に大きな影響と与えたが、作品は断片以外現存しない。 *Thu. 5. 2; 6. 1; 9. 3; (11. 3), Pom. 3. 7*

ヘリオス　*Ἥλιος*　太陽神。 *15. 4*

ペリオン山　*Πήλιον*　ギリシア北部テッサリア、エーゲ海岸のマグネシアにある山。 *(8. 2)*

ペリクレス　*Περικλῆς*　前495頃—429年。アテナイの政治家。民主政を完成させ、アテナイを最盛期へと導いた。 *Thu. 8. 2; (14. 3); (15. 3); 18. 2; 18. 4; 18. 7; 42. 1; 43. 1-2; 44. 1; 44. 3; 45. 2; 45. 5-6*

ペリパトス派　*Περιπατητικός*　アリストテレスを始祖とし、学園リュケイオンを中心に活動した哲学の学派。 *Amm I 1. 1; 2. 3*

ペルシア

—王　βασιλεύς　*Thu. 47. 1; 54. 1*
—人　Πέρσης, Πέρσαι, Μῆδος　*(3. 2); 4. 2; (43. 2); (48. 1); (48. 4), Thu. 13. 2; 36. 1-2; 38. 2; 39. 1*
—の　Περσικός, Μηδικός　*Thu. 5. 5; 10. 4; (11. 3); (20. 1); 41. 6, Pom. 3. 9*
ヘルケイオス・ゼウス　Ἑρκεῖος Ζεύς　「前庭のゼウス」という意味で、家の守護神。　*Dei. 3. 5*
ヘルメス　Ἑρμῆς　神々の使者、道と通行人、旅人の守護神。その像が道路や戸口に立てられていた。　*(4. 3)*
ヘルモクラテス　Ἑρμοκράτης　前5世紀。シュラクサの将軍。アテナイのシチリア遠征軍を壊滅させた。　*(4. 3), Thu. 43. 1-2; 48. 1*
ヘルモン　Ἕρμων　ヘルモクラテスの父。　*(4. 3)*
ヘレスポントス人　Ἑλλησπόντιοι　ヘレスポントスはエーゲ海とプロポンティス（マルマラ海）とを結ぶ海峡＝ダーダネルス海峡。　*Thu. 48. 1*
ヘレネ　Ἑλένη　伝説のトロイア戦争に歌われたギリシア第一の美女。　*Mim. ep. 1. 4*
ヘロドトス　Ἡρόδοτος　前484頃—430年以降。ペルシア戦争を描いた『歴史』により、歴史の父と呼ばれる。　*13. 3; 22. 1; 26. 2; 28. 4; 43. 1, Thu. 5. 5; 6. 1; 9. 3; 23. 6, Mim. 8; ep. 3. 1-4, Pom. 3. 1 et passim, Amm II 2. 1*
—の　Ἡροδότειος　*4. 7; 18. 2; 31. 2; 38. 4*
ペロプス　Πέλοψ　神話上のタンタロスの子。プリュギアからペロポネソスへ渡って後にピサの王。　*(23. 4)*
ペロポネソス　Πελοπόννησος　ギリシア南端の半島を指す地名であるが、スパルタを中心とする同盟軍を意味する場合がある。　*Thu. 9. 7; 14. 1; 48. 1, Amm I 10. 4, Amm. 14. 1*
—軍（人）　Πελοποννήσιοι　*Thu. 6. 1 et passim, Pom. 3. 10*
—の　Πελοποννησιακός　*Thu. 5. 1-2; 5. 5; 10. 2; 10. 4; 23. 4; 25. 3; 51. 2, Pom. 6. 2*
ボイオティア　Βοιωτία　ギリシア中部、アッティカ西北部に接する地方。　*Thu. (18. 2)*
ポカイア人　Φωκαεύς　ポカイアは小アジア西岸中部にあったポリス。　*Thu. 19. 4*
ポキス　Φωκίς　ポキスはギリシア中央部、コリントス湾北岸の地方名。
—人　Φωκεύς　*Amm I (11. 2); 11. 3*
—の　Φωκικός　*Amm I 11. 10*
ポストゥミオス・テレンティアノス　Ποστούμιος Τερεντιανός　→テレンティアノス
ポテイダイア　Ποτίδαια　Ποτιδαιατικός　ギリシア北部、カルキディケ半島のポリス。前432年、同盟を破棄しアテナイと開戦したが、前430年に降伏した。　*Thu. 10. 4*
—の　*Thu. (10. 5)*
ホメロス　Ὅμηρος　前8世紀。ギリシア最大の叙事詩人。『イリアス』『オデュッセイア』の作者。　*9. 4; 9. 7; 9. 11; 9. 13-14; 10. 5; 13. 4; 14, 1-2; 33. 4; 36. 2; 44. 5, Mim. ep. 2. 1, Dei. 1. 3, Pom. 1. 13; 3. 11*
—の　Ὁμηρικός　*13. 3*
ボレアス　Βορέας　北風の神。　*3. 1*
ポリュクラテス　Πολυκράτης　サモス島の僭主。前535年頃、僭主となり、522年頃ペルシアの総督に暗殺された。　*Thu. 19. 4*
ポリュクレイトス　Πολύκλειτος　前460—410年頃盛期。彫刻家。「槍をもつ男」（ローマ時代の模刻現存）ほか、神、英雄、運動選手の青銅彫刻で名高い。彫刻における美や均整の原理を数学的に説明した理論書『カノーン』でも知られる（大プリニウス『博物誌』34—53）。　*Thu. 4. 2, Dei. 7. 7*
ポロス　Πῶλος　シケリアのアクラガス出身の弁論家。ゴルギアスの弟子。『措辞論』で知られる。　*Thu. 24. 9, Amm I 1. 12, Amm II 2. 2 (Thu. 24. 9)*
ポンペイオス・ゲミノス　Γναῖος Πομπήιος Γέμινος　不詳。　*Pom. 1. 17; 2. 3*

マ　行

マカオン　*Μαχάων*　神話上の人物で、医神アスクレピオスの息子。トロイア遠征に参加した。 *Amm. 5. 1*

マケドニア　*Μακεδονία*　*(18. 1)*, *Mim. ep. 3. 12, Amm I 4. 4, Amm II 6. 11*

—人　*Μακεδών*　*4. 2; (18. 1)*

マトリス（テーバイの）　*Μάτρις*　前３世紀（？）。弁論家。『ヘラクレス頌』をアジア風文体で書いた。 *3. 2*

マラトン　*Μαραθών*　アッティカ地方アテナイ北東の地名。 *(16. 2-4); 16. 2; (17. 2)*

ミュティレネ　ミュティレネはエーゲ海北東部、レスボス島の南部にあったポリス。前428年アテナイに対して反乱を起こしたが、翌年鎮圧された。

—人　*Μυτιληναῖος*　*Thu. 9. 6; 15. 4; 17. 2; 43. 1*

—の　*Μυτιληναϊκός*　*Thu. 9. 6*

ミュロン　*Μύρων*　前470—440年頃に活動した、アルカイック期後のギリシア青銅彫刻を代表する彫刻家。ボイオティアとアッティカの境にあったエレウテライ出身。 *Thu. 4. 2*

ミレトス　*Μίλητος*　小アジア（現トルコ）南西部イオニア地方のポリス。 *(24. 1)*

ムニュキア　*Μουνυχία*　アテナイの外港ペイライエウスの北東部にあった丘で、要塞化されていた。 *Dei. 2. 5; (3. 4)*

メイディアス　*Μειδίας*　デモステネスの弁論『メイディアス弾劾（第21弁論）』中の人物。 *20. 1*

メガラ　*Μέγαρα*　メガラはアッティカ地方の西、メガリス地方のポリス。 *Dei. (3. 4)*

—人　*Μεγαρεύς*　*Dei. (3. 4), Pom. (3. 9); (5. 5)*

メギロス　*Μέγιλλος*　プラトンの対話篇『法律』に登場するスパルタ人。 *(4. 6)*

メッセネ　*Μεσσήνη*　ペロポネソス半島南西部の地名。三次にわたるメッセニア戦争でスパルタに征服された。 *4. 2*

メナンドロス　*Μένανδρος*　ペロポネソス戦争時のアテナイの将軍。 *Thu. (26. 2)*

メナンドロス　*Μένανδρος*　前342／41—293／92年。新喜劇の代表的詩人。 *Mim. ep. 2. 14*

メネクサイクモス　*Μενέσαιχμος*　前４世紀。アテナイの弁論家リュクルゴスの政敵。 *Dei. 11. 13-14*

メレサゴラス（カルケドンの）　*Μελησαγόρας*　あるいはアメレサゴラス　*Ἀμελησαγόρας*　不詳。 *Thu. 5. 2*

メロエ　*Μερόη*　ナイル川中流、スーダンの首都ハルツームの北東にあった都市。 *(26. 2)*

メロス　*Μῆλος*　エーゲ海南西部にある島。前416年、アテナイへの服従を拒否したため住民が虐殺された。 *Thu. 15. 4; 37. 2; 41. 6*

—人／—の　*Μήλιος*　*(Thu. 37. 3); 39. 2; 39. 5; 40. 1; 40. 4; 41. 3; 41. 5*

モロン　*Μόλων*　ロドス島の弁論家で、キケロが影響を受けた。 *Dei. 8. 3*

ヤ　行

ユダヤ人　*Ἰουδαῖοι*　9. 9

ライン川　*Ῥῆνος*　35. 4

ラケダイモン人（軍）　*Λακεδαιμόνιοι*　スパルタ人（軍）と同義。 *Thu. 9. 6-7 et passim, Pom. 3. 9; 4. 1, Amm II 14. 1-3*

ラミア　*Λάμια*　子供さらって食べるとされる怪物。 *Thu. 6. 5*

リキュムニオス　*Λικύμνιος*　前４世紀。キオス島出身のディテュランボス作家、弁論家。美文で書くための語彙集を弟子のポロスに贈ったとされ（プラトン『パイドロス』267C）、また、演技に適した朗読向きの作品を書いた（アリストテレス『弁論術』第３巻第12章1413b3-14）。 *Thu. 24. 9, Amm II 2. 2 (Thu. 24. 9)*

リビュアの　*Λιβυκός*　リビュア（*Λιβύη*）はアフリカ全体を意味する場合もある。 *(15. 4)*

リュクルゴス　*Λυκοῦργος*　トラキア地方エドノイ人の神話上の王。ディオ

ニュソスの祭儀を拒否したため神の怒りを買い、発狂して息子を斧で打ち殺した。 *15. 6*
リュクルゴス Λυκοῦργος 前390—325／24年頃。アテナイ十大弁論家の一人。財政を担当し、カイロネイアの戦いの後もアテナイの威信を保とうと努力した政治家。『レオクラテス弾劾（第1弁論）』が現存。 *Mim. ep. 5. 3, Dei. 11. 14, Amm I 2. 3*
リュシアス Λυσίας 前459／58—380年頃。アテナイ十大弁論家の一人。法廷弁論代作者としても活躍した。アッティカ主義の模範となったその平明晴朗な文体については、ディオニュシオスが『リュシアス論』で詳述している。 *32. 8; 35. 1, Thu. 51. 2; 53. 1, Mim. fr. 5; ep. 5. 1; 5. 6, Dei. 1. 1; 5. 2; 6. 1-3; 7. 1, PomI. 1. 10-11*
— の Λυσιακός, Λυσίειος *34. 2, Dei. 5. 3; 7. 1, Pom. 1, 10*
リュディア人 Λυδός リュディアは小アジア（現トルコ）西部の地方。 *Thu. 5. 5, Pom. 3. 14*
レウカス Λευκάς ギリシアの西、イオニア海にある島。 *Thu. 9. 7*
レオンティノイ Λεοντῖνοι レオンティノイはシケリア東部、シュラクサの北にあったポリス。
— 人 Λεοντῖνοι *Thu. (48. 1); (48. 3), Amm II 13. 2*
—の Λεοντῖνος *(Thu. 24. 9)*
レト Λητώ ゼウスに愛されてアポロンとアルテミスの母となった女神。 *34. 2*

事項索引

事項索引は、引用文を除く本文（自著からの引用を含む）中の言及をもって編集するが、ロンギノスでは文章美学、文芸理論、修辞理論、文法、弁論および関連事項を、ディオニュシオスでは名詞句を中心に、文芸理論、修辞理論、文法、弁論および関連事項を掲げる。いずれも言及箇所を、主要原語とともに、章、節番号の順で示す。

若干の項目に付した → は、同じ意味の別項目を
⇒ は、対義語など関連の深い項目を表わす。

ロンギノス

ア 行

愛　*ἔρως*　*35. 2*
悪趣味　*ἄμουσος*　*28. 1; 34. 2*
浅はか　*μικροψυχία*　*4. 7*
　—な　*μικρόψυχος*　*3. 4*
あざやかな　*δεινός*　*10. 1; 22. 3; 29. 1*
圧縮する　*ἐπισυνάγω*　*24.1*／*συνάγω*　*42.1*
アポストロペー＝頓呼法（cf. 55頁註（2））　*ἀποστροφή*　*16. 2*
アポロンが乗り移った　*φοιβόληπτος*　*16. 2*
あまりにリズミカルな　*κατάρρυθμος, καταρρυθμίζω*　*41. 1-2*
誤り　*ἁμάρτημα*　*4. 1; 33. 3-4; 35. 1*
　—を犯さない　*ἀναμάρτητος*　*32. 8; 33. 2; 36. 1*
ありきたりの　*ταπεινός*　*8. 2; 40. 2; 43. 3*
言い換える　*μεταφέρω*　*10. 6*
意外な　*παράλογος*　*24. 2*
いかめしい　*σεμνός*　*30. 2*
生き生きとした　*ἐναργής*　*15. 7; 31. 1*
　—描写　*διατύπωσις*　*20. 1*／*ἐνάργεια*　*15. 2*
勢い　*φορά*　*2. 2; 21. 2; 32. 4; 33. 5*
威厳のない　*ἄσεμνος*　*43. 1*
異彩を放つもの　*διάστημα*　*40. 2*
偉大さ（cf. 7 頁 註（5））　*μέγεθος*　*1. 1 et passim*
　—を形成する　*μεγεθοποιός*　*39. 4*
　—をまとわせる　*μεγεθύνω*　*9. 5; 13. 1*
偉大だという印象を与える　*μεγαλορρήμων*　*23. 2*
偉大でない　*ἀμεγέθης*　*34. 4; 40. 2; 41. 3*
偉大な才能の　*μεγαλοφυής*　*2. 1; 9. 1; 9. 14; 15. 3; 34. 4; 36. 1; 44. 3*
偉大な精神　*μεγαλοφροσύνη*　*7. 3; 9. 2; 14. 1; 15. 12; 33. 4; 36. 1*
　—性　*μεγαλόφρων*　*9. 2; 44. 2*
偉大な魂　*μεγαλοψυχία*　*7. 1*
偉大な表現　*μεγαληγορία*　*15. 1; 16. 1; 39. 1*
　—の　*μεγαλήγορος*　*8. 4*
偉大にする　*μεγεθοποιέω*　*40. 1*
一体化している印象を与える　*σωματοειδής*　*24. 1*
一体にする　*σωματοποιέω*　*40. 1*
逸脱　*παράβασις*　*15. 8*
息吹　*πνεῦμα*　*8. 4; 13. 2; 33. 5*
畏怖される　*δεινός*　*44. 2*
意味、意味内容　*νοῦς*　*22. 4; 27. 3; 42, 40. 3*
意味する　*σημαίνω*　*39. 2; 39. 4*
イメージ　*φαντασία, φάντασμα*　*9. 6*　→視覚イメージ
　—する、—を作りだす　*φαντάζομαι*　*15. 2; 15. 4; 15. 7-8; 15. 10*
卑しい　*ταπεινός*　*9. 3; 9. 10; 33. 2; 35. 2; 43. 6*
異様な　*ἔκφυλος*　*15. 8*
印象的な　*σοβαρός*　*18. 1*
韻律　*μέτρον*　*39. 4*
迂言法　*περίφρασις*　*28. 1-2; 29. 1*
宇宙　*κόσμος*　*9. 5-6*
　—規模の　*κοσμικός*　*9. 5*
美しく描く　*καλλιγραφέω*　*33. 5*
生まれのよさ　*εὐγένεια*　*34. 2*

浮ついた　μετέωρος　3. 2
永遠　αἰών　1. 3; 4. 7; 9. 3; 44. 9
　—の　αἰώνιος　9. 7
影像　εἴδωλον　39. 3
鋭敏にする　ἐξεγείρω　26. 3
英雄詩脚　ἡρῷος　39. 4
描きだす　εἰκονογραφέω　10. 6
エピローグ　ἐπίλογος　9. 12
演示弁論、演示的　ἐπιδεικτικός　8. 3, 12. 5; 34. 2-3
応答　ἀπόκρισις　18. 1-2
大仰な　φυσώδης　28. 1
おかしい　γελοῖος　34. 3; 38. 5
厳かさ　ἀξίωμα　8. 1; 39. 3
恐れる　φοβέομαι　14. 3; 22. 1; 34. 4
恐ろしい　δεινός　9. 5; 10. 4; 10. 6／φοβερός　3. 1; 9. 7; 10. 6
　—もの　δέος　10. 4; 22. 2
恐ろしさ　δεινότης　34. 4／φόβος　8. 2; 22. 2; 22. 4
落ちつかない　σοβέω　41. 1
踊りのための　ὀρχηστικός　41. 1
驚き　θαῦμα　44. 1
驚くべき　θαυμαστός　4. 2; 17. 2; 39. 1-2
覚え書き　ὑπόμνημα　36. 4; 44. 12
　—を作る　ὑπομνηματίζω　1. 2
思い浮かべる　ἀνειδωλοποιέω　14. 1
思いもよらない　παράδοξος　35. 5
重々しさ　βάρος　30. 1
重苦しさ　παχύτης　29. 1
重みのある　ἐμβριθής　9. 3
音楽　μουσική　28. 1
　—的にする　μελοποιέω　28. 2
　—に縁のない　ἄμουσος　39. 2
音節　συλλαβή　39. 4

カ　行

絵画　ζωγραφία　17. 3
諧謔　ἀστεῖος, ἀστεισμός　34. 2; 34. 3
懐胎している　ἐγκύμων　9. 1; 13. 2
書き換える　παραγράφω　21. 1
格［文法］　πτῶσις　23. 1
拡大　αὔξησις　23. 4; 38. 6; 43. 3
　—した　αὐξητικῶς　38. 2
　—法　αὔξησις, αὐξητικός　11. 1-3; 12. 1-2
画定　περιγραφή　11. 3
飾らない　λιτῶς　34. 2
過剰さ　περιουσία　12. 1; 34. 4
活力ある　ἔμπρακτος　11. 2; 18. 1
神懸かった　ἔνθεος　18. 1
神懸かりにする　θεοφορέομαι　13. 2
神懸かる　βακχεύω　3. 2
神が取りつく　θεοφορέομαι　15. 6
神々の戦い　θεομαχία　9. 6; 9. 8
神にも等しい　ἰσόθεος　35. 2
神の（ような）　θεῖος　4. 6; 9. 9
神の息吹　ἐπιπνοία　13. 2
神わざのように　δαιμονίως　43. 1／θείως　32. 5
空っぽ　χαῦνος　7. 1
軽やか　ὑγρός　34. 2-3
渇いた　ξηρός　3. 4
考え　ἔννοια　9. 2-3
簡潔　συντομία　42
　—な　σύντομος　11. 3; 17. 1
完結してない　ἀτελής　27. 3
観照　θεωρία　35. 3
感情　πάθος　12. 5; 32. 8; 38. 3; 38. 5
　—の高まり　ἐκπάθεια　38. 3
　—をかき立てる　ἐμπαθής　15. 9; 24. 2; 26. 3
　—を喚起しない　ἀπαθής　41. 1
完全な　τέλειος, τέλεος　11. 2; 22. 1; 36. 4; 40. 1; 41. 1
簡素な　ψιλός　28. 2
喜劇　κωμῳδία　9. 15
　—的（要素）　κωμικός　38. 5, 34. 2
技巧的　πεποιημένος　3. 4; 8. 1
技術　τέχνη　2. 1; 2. 3; 8. 1; 17. 2-3; 22. 1; 36. 3-4
　—的な　τεχνικός　2. 1
基準　ὅρος　32. 1
競い合うこと　ζῆλος, ζήλωσις　13. 2; 14. 1; 44. 11
規則　νόμος　33. 5
　—を定める　νομοθετέω　32. 1
機知　ἅλς　34. 2
機能　δύναμις　23. 2
技能　ἕξις　44. 4
奇抜な　ξένος　4. 1; 16. 2
規範　μέτρον　14. 1
技法書　τεχνολογία　1. 1; 2. 1

—の作者　τεχνογράφος　12. 1
決まり文句の使用　τοπηγορία　11. 2; 12. 5; 32. 5
奇妙な　ἀλλόφυλος　22. 4
疑問　πεῦσις　18. 1-2
休止　ἀνάπαυλα　11. 1
急転回の　ἀγχίστροφος　22. 1; 27. 3
驚愕　ἔκπληξις　1. 4; 15. 2
—させる　ἐκπλήττω　12. 5; 22. 4; 35. 4
—すべき　ἐκπληκτικός　15. 11
狂気　μανία　8. 4; 10. 1; 15. 3
強固な　ἰσχυρός　7. 3-4
凝集する　συγκορυφόω　24. 2
凝縮する　ἐπισυστρέφω　24. 1
強制（力）　βία　1. 4; 12. 4
教説　δόγμα　13. 4
教則（本）　παράγγελμα　2. 1, 6
驚嘆すべき　θαυμάσιος　1. 4; 39. 4／θαυμαστός　9. 3; 35. 5; 43. 3
驚嘆する　θαυμάζω　7. 1; 7. 4; 9. 2; 10. 3; 35. 4; 36. 1; 36. 3
驚嘆に値する　ἀξιοθαύμαστος　35. 4
強調　ἐπίτασις　11. 1; 38. 6
共鳴する　συμφθέγγομαι　28. 1
教養　παιδεία　1. 3
—のない　ἀνάγωγος　34. 2
狂乱　κορυβαντιασμός　39. 2
強力な　ἁδρός　40. 4
強烈　σφοδρός　8. 1; 12. 5; 32. 4
—さ　σφοδρότης　9. 13
虚栄心　κακόζηλος　3. 4
極致　ἄκρος　34. 4／ἀκρότης　1. 3
切り立った　ἀπότομος　12. 4; 39. 4
切りつめる　συγκόπτω ，41. 3
—こと　συγκοπή　39. 4; 42
技量ある　εὐπάλαιστρος　34. 2
きわ立つ　ἄκρος　10. 1; 10. 3; 10. 6; 11. 3; 15. 7; 20. 1; 34. 2; 44. 1
緊張　τόνος　9. 13; 34. 4
緊迫　ἀγωνία　19. 2; 22. 1; 22. 4
—感　ἀγών, ἀγωνιστικός　15. 1; 22. 3; 23. 1; 26. 3
寓意　ἀλληγορία　9. 7
—的　ἀλληγορικός　32. 7
空疎な　κενός　3. 5
—言辞　κουφολογία　29. 1
区切り　περίοδος　11. 1
屈折反復　πολύπτωτος　23. 1
組み合わせ　ἐπισύνθεσις　10. 1; 40. 1
—る　ἐπισυντίθημι, συντίθημι　10. 7; 40. 2
形成　πλάσις　8. 1
系統的方法　μέθοδος　2. 2
—を欠いた　ἀμέθοδος　2. 2
軽薄な　μικροχαρής　4. 4; 41. 1
形容する　σκευάζω　43. 2
けがす　αἰσχύνω, καταισχύνω　43. 1; 43. 5
—もの　αἶσχος　43. 3
けがれのない　ἄχραντος　9. 8
激した　παθητικός　2. 2
激しやすい　περιπαθής　8. 3
激情（cf. 15頁註（3））　πάθημα　10. 1／πάθος　3. 5 *et passim*
—的　παθητικός　3. 5; 8. 2; 12. 3; 15. 2; 18. 2; 29. 2; 32. 6
—に駆られる　ἐμπαθής　8. 4; 27. 3
激烈にする　ἐπιστρέφω　12. 3; 27. 3
気高さ　δίαρμα, δίαρσις　8. 1; 12. 1
欠陥　κακία, κακόν　3. 4; 3. 5; 5
結語　ἐπίλογος　12. 5
結合させる　συναναπλέκω　20. 1
結集すること　συμπλήρωσις　12. 2
解毒剤　ἀλεξιφάρμακος　16. 2; 32. 4
権威　κράτος　30. 1
限界とする　παρορίζω　38. 1
衒学的　σχολαστισκός　3. 4
言語表現　λόγος　12. 1; 32. 7
現実的な　ἔμπρακτος　15. 8／πρακτικός　9. 14
現実に即した　ἀληθινός　3. 1／ πραγματικός　15. 9-11
源泉　πηγή　8. 1; 32. 5
見物人　θεατής　35. 2
源流　νᾶμα　13. 3
語　ὄνομα　15. 1; 16. 4; 24. 2; 40. 4
恋　ἔρως　15. 3
—する　ἐράω　10. 3
—の　ἐρωτικός　10. 1
好機　καιρός　12. 5; 32. 1
高貴な　γενναῖος　8. 1; 9. 1; 9. 10; 15. 8
高潔な　εὐγενής　3. 3; 7. 1; 39. 4; 43. 6
考察　θεωρία　39. 1
—する　θεωρέω　1. 2; 17. 1

—対象　σκέμμα　33. 1; 36. 4
構成する　συνίστημι　39. 4
—もの　σύστασις　8. 1
構成要素とする　συνεδρεύω　10. 1
行動にあふれる　δραματικός　9. 13
荒廃　διαφθορά　44. 8-9
—させる　διαφθείρω　44. 6
公平な　ὑγιής　44. 9
傲慢　ὕβρις　44. 7
効用　χρεία　36. 1
高揚する　ἐπαίρω　7. 2
声　φωνή　9. 2; 21. 1
—をもつ　φωνητικός　30. 1
語句　ὄνομα　8. 1; 16. 4; 30. 1-2; 39. 3; 40. 2; 43. 1; 43. 3／ὀνομάτιον　43. 2
心地よい　ἡδύς　3. 4; 28. 1
—と思う　ἥδομαι　36. 4
心地よくする　ἐφηδύνω　15. 6; 34. 2
心地よさ　ἡδονή　5; 29. 2; 38. 5; 39. 1; 44. 1; 44. 11
心　διάνοια　7. 3; 14. 2; 20. 2; 39. 3／φρόνημα　9. 3; 44. 2-3／ψυχή　16. 2; 17. 3; 26. 2; 39. 3
—に描きだす　εἰδωλοποιέω　15. 7
—ゆさぶる　συγκινέω　15. 2; 29. 2
快い音調　εὐμέλεια　28. 2; 39. 3
古色蒼然たる趣（cf. 77頁註（2））　εὐπίνεια　30. 1
こだま　ἀπήχημα　9. 2
誇張　ὑπερβολή　5; 23. 4; 38. 1; 38. 3-4; 38. 6
—表現　ὑπερέκπτωσις　15. 8
—技法　δείνωσις　11. 2; 12. 5
言葉（cf. 9頁註（1））　λόγος　1. 3 et passim
—をもつ　λογικός　36. 3
言葉づかい　φράσις　3. 1; 8. 1; 13. 4; 30. 1; 42
—の　φραστικός　30. 1
好ましさ　γλυκύτης　34. 2
語法　λέξις　8. 1; 10. 6; 22. 1; 28. 2
固有の　ἴδιος　30. 1; 32. 4
凝りすぎ　περιεργασία　3. 4
これ見よがしな装飾品（cf. 105頁註（5））　προκόσμημα　43. 3
混合　μίξις　39. 2-3
混濁する　θολόω　3. 1

サ　行

再現すること　ἀποτύπωσις　13. 4
祭典　πανήγυρις　35. 2
—演説　πανηγυρικός　4. 2
才能　φύσις　2. 3; 36. 4; 40. 2; 44. 1; 44. 11
—に恵まれた　προσφυής　34. 2
作家　συγγραφεύς　27. 1; 33. 1
瑣末な　μικρός　9. 3; 30. 2
賛辞（弁論）　ἐγκώμιον　8. 3; 16. 2-3
—が得意な　ἐγκωμιαστικός　8. 3
賛美　ἐγκώμιον　38. 2
散文　λόγος　7. 1; 33. 1
—作家（cf. 9頁註（2））　συγγραφεύς　1. 3; 9. 15; 13. 2; 22. 1; 30. 1; 40. 2
詩　ποίημα, ποίησις　7. 1; 9. 13; 15. 2; 30. 2; 33. 1
—的な　ποιητικός　13. 4; 15. 8; 34. 2
思惟　διάνοια　35. 3; 39. 4
視覚　ὄψις　10. 3
—イメージ（cf. 47頁註（1））　φαντασία　3. 1; 9. 13; 15. 1-3; 15. 5; 15. 8-9; 15. 11-12; 43. 3
時宜　καιρός　2. 2; 42; 43. 3
—を得た　εὔκαιρος　22. 4; 32. 4
—を得て　καιρίως　1. 4
—を得ない　ἄκαιρος　3. 5, 29. 1
式典向きの　πομπικός　8. 3
字句　φωνή　43. 5
思考　νόημα　12. 1; 22. 2; 39. 4／νόησις　3. 4; 4. 1; 5; 8. 1; 15. 12; 22. 1; 28. 2; 30. 1; 39. 3
死後の名声　ὑστεροφημία　14. 3; 44. 8
事実に即した　ἐναλήθης　15. 8
詩人　ποιητής　1. 3; 9. 15; 13. 2; 15. 2; 15. 8; 16. 3; 32. 7; 33. 4-5; 40. 2-3
—［ホメロス］　ποιητής　8. 2; 9. 10; 10. 3; 10. 6; 15. 3; 19. 2; 27. 1
時制　χρόνος　23. 1
自然（本性）　φύσις　1. 2 et passim
—の　φυσικός　2. 2; 17. 3; 35. 4; 36. 3; 39. 1
自然哲学　φυσιολογία　12. 5
自然な並び方　ἀκολουθία　22. 1
実例　παράδειγμα　16. 2-3; 22. 4

社会の機微に通じる　πολιτικός　9. 13; 34. 2; 44. 1
尺度　μέτρον　9. 4
洒落　σκῶμμα　34. 2
自由　ἐλευθερία　21. 2; 44. 2-3
集結、集めること　σύνοδος　10. 3, 20. 1
重厚さ　ὄγκος　8. 3; 12. 3; 15. 1; 30. 2; 39. 3; 40. 2
重厚な　ὀγκηρός　28. 2
重厚にする　ὀγκόω　3. 1
集団にして　ἀγεληδόν　23. 4
修練　ἄσκησις　2. 2
熟達者　τεχνίτης　17. 1
主題　ὑπόθεσις　1. 1; 9. 12, 38. 2; 39. 1
—となるもの　ὑποκείμενον　1. 1; 12. 1; 23. 4
順序　τάξις　1. 1; 22. 1-2; 22. 4
純正な　καθαρός　6; 32. 8; 33. 1-2
状況　καιρός　16. 3; 18. 2; 27. 2
称賛　ἔπαινος　28. 3; 44. 11
—する　ἐπαινέω　1. 2; 4. 2
—に値する　ἐπαινετός　31. 1
—弁論が得意な　ἐπαινετικός　8. 3
情動　πάθος　41. 2
叙述　διήγησις, διηγηματική　25; 27. 1, 9. 13
抒情詩　μέλος　33. 5
白々しい　ψυχρός　4. 1; 4. 5
白々しさ　ψυχρότης　3. 4
白々しくなる　ψύχω　27. 1
素面《しらふ》である　νήφω　16. 4
しらべ　μέλος　39. 2
神格化する　ἀποθεόω　16. 2
新奇さを追い求める　καινόσπουδος　5
神気で満たす　φοιβάζω　8. 4
真実　ἀλήθεια　1. 7; 6; 9. 13
真（実）の　ἀληθής　1. 2; 7. 2-3; 9. 3; 22. 1
信じられない　ἄπιστος　9. 13
—こと　ἀπιστία　38. 5
信じられる　πιστός　15. 8; 38. 3; 44. 5
真正な　γενναῖος　8. 4; 32. 4
心像形成　εἰδωλοποιία　15. 1
神的な　δαιμόνιος　33. 5; 35. 2
信頼性　ἀξιοπιστία　16. 2
辛辣さ　κέντρον　34. 2
神話を物語る　μυθολογέω　34. 2
推論　ἐπιχείρησις　15. 9
—する　ἐπιχειρέω　15. 10
崇高　ὕψος　1. 1 *et passim*
—な　ὑψηλός　1. 1; 3. 2; 5; 8. 3; 9. 2; 10. 1; 11. 2; 13. 2; 15. 12; 18. 1-2; 29. 2; 39. 4; 40. 2-3; 41. 1; 43. 3; 43. 6; 44. 1
—な表現　ὑψηγορία　8. 1; 14. 1; 34. 4
—にする　ὑψόω　14. 1
—に見える　ὑψηλοφανής　24. 1
—を形成する　ὑψηλοποιός　28. 1; 32. 6
すさまじい　δεινός　15. 8
すさまじさ　δεινότης　12. 4
鋭い　δριμύς　44. 1
性［文法］　γένος　23. 1
成果　ἐπιγέννημα　6
—をあげる　ἐπιτυχής　15. 3; 22. 1; 33. 4
正確　ἀκρίβεια　33. 2; 36. 3
—な　ἀκριβής　35. 2
性格（描写）　ἦθος　9. 15; 13. 4; 29. 2
—を描く　ἠθολογέω　9. 15
性格描写が不十分　ἀνηθοποίητος　34. 3
性格描写に優れる　ἠθικός　34. 2
性格豊かに　ἠθικῶς　9. 15
生気ある　ἔμψυχος　34. 4
生気がない　ἀπόψυχος　42
成功　κατόρθωμα, κατόρθωσις　5; 33. 1; 34. 1-2; 36. 2; 36. 4
—する　κατορθόω　36. 2
生硬な　ἄκρατος　32. 7
生彩を放つ　κατασημαντικός　32. 5
制作物　δημιούργημα　13. 4
精神　φρόνημα　16. 2
正統な　γνήσιος　39. 3; 44. 7
生命　ψυχή　30. 1
生来の　συγγενής　39. 3
せきたてる　κατασπεύδω　19. 2; 40. 4
接合　σύνθλιψις　10. 6
接続語　σύνδεσμος　21. 1-2
絶頂　ἀκμή　9. 13
節度　μέτρον　29. 1
—ある　μέτριος　3. 5
—のない　ἄμετρος　3. 5; 32. 7; 44. 7
説得　πειθώ　1. 4; 17. 1; 20. 1; 39. 1; 39. 3
—する　πείθω　15. 9-10
説得力　πίστις　38. 4
—のある　πιστός　18. 1; 31. 1
絶妙の　εὔστοχος　34. 2

漸層法（cf. 67頁註（1）） κλῖμαξ 23. 1
選択 ἐκλογή 8. 1; 10. 1; 30. 1
前置詞 πρόθεσις 10. 6
旋律 φθόγγος 28. 1
洗練させる ἐκκαθαίρω 10. 7
創意 ἐπίνοια 1. 2; 35. 3
—に富む ἐπινοητικός 4. 1
相違点 διαφορά 35. 1
相応させる προσαναγκάζω 15. 3
総合 συναίρεσις 10. 3
—文（cf. 99頁註（6）） περίοδος 40. 1
葬送演説 ἐπιτάφιος 28. 2; 34. 2
想像する πλάσσω 14. 2
壮大さを獲得する ἁδρεπήβολος 8. 1
荘重な μεγαλοπρεπής 30. 1
想念 ἐννόημα, ἔννοια 15. 1; 15. 5; 28. 3
挿話 ἐπεισόδιον 9. 12
素材 ὕλη 10. 1
粗雑な ἀπηνής 32. 7
そつがない ὑγιής 33. 1
ソフィスト σοφιστής 4. 2
—的 σοφιστικός 23. 4
粗野 ῥυπαρός 43. 5

タ 行

第一位の座 πρωτεῖον 1. 3; 33. 4; 34. 1
—を占める πρωτεύω 13. 4; 33. 1; 34. 1; 44. 2
大言壮語 στόμφος 3. 1; 32. 7
題材 ὕλη 13. 4; 43. 1
怠惰 ῥᾳθυμία 44. 11
大胆さ τόλμη, τόλμημα 2. 2; 32. 4; 38. 5
大胆な θρασύς 32. 3／τολμηρός 32. 3
大胆に ἐπιτολμῶν 15. 5
大胆不敵である ἀποθαρρέω 32. 8
大胆無比 παρατετολμημένα 8. 2
高ぶり ἀνάστημα 7. 2／παράστημα 9. 1
高ぶる διαίρω 2. 2
高みにある διαίρω 7. 1
高みに達する ἐπακμάζω 13. 4
卓越 ἐξοχή 1. 3; 10. 3; 10. 7
ダクテュロスの（cf. 97頁註（11））δακτυλικός 39. 4
巧みな ἐπιδέξιος 34. 2
多彩にする καταποικίλλω 23. 1
多種列挙 ἀθροισμός 23. 1
多数化する πλεονάζω 23. 3
脱線 παρέκβασις 12. 5
喩え παραβολή 37
魂 ψυχή 7. 2-3; 9. 1; 10. 3; 11. 2; 13. 2; 14. 1; 14. 3; 15. 4; 20. 2; 32. 5; 35. 2; 39. 3; 44. 5; 44. 7; 44. 9
—の ψυχικός 44. 8
多様化 πολυμορφία 39. 3
短音節 βραχυσύλλαβος 41. 3
単調さ ὁμοείδεια 41. 1
誓い ὅρκος 16. 2-3
—の ὁμοτικός 16. 2
力 δύναμις 9. 9; 13. 2; 15. 11
—強さ ἰσχύς 20. 1; 30. 1
知識 ἐπιστήμη 2. 2; 6
知性 νοῦς 30. 1
稚拙な μειρακιώδης 3. 4
縮める συστρέφω 42
秩序 τάξις 20. 3
—立ってない ἄτακτος 20. 3
着想 λῆμμα 15. 10; 40. 4; 43. 1
彫刻 ἄγαλμα 30. 1 ／ἀνδριάς 36. 3 ／πλάσμα 13. 4
長所 ἀρετή 10. 1; 11. 1; 33. 1; 33. 4; 34. 1-2; 34. 4; 35. 1
超絶した ὑπερφυής, ὑπερφυῶς 1. 4; 9. 4; 9. 6; 16. 2; 43. 2
挑戦者 ἀνταγωνιστής 13. 4
頂点 ἄκρος 33. 2
調和させる ἁρμόζω 3. 1; 40. 2
直喩 εἰκών 37
著作 σύγγραμμα 32. 8／συγγραφή 35. 2／σύνταγμα 5; 39. 1
つまずきやすい ἐπισφαλής 33. 2
積み重ね ἐποικοδόμησις, ἐποικοδομία 11. 2; 39. 3
定義 ὅρος 12. 1
—する διορίζω 11. 3
ディコレイオス（cf. 101 頁 註（6）） διχόρειος 41. 1
低調 ἴζημα 9. 13
低劣 ἀγεννής 3. 4; 9. 3; 35. 2; 44. 6
適合する ἁρμόδιος 12. 5
でたらめ εἰκαῖος, εἰκῇ 2. 2; 7. 1
転換 μετάβασις 27. 1
—する μεταβαίνω 27. 1-2

転置　ὑπέρβασις　22. 3-4
　—する　ὑπερβιβάζω　22. 2-3
　—法　ὑπερβατός　22. 1; 22. 3
問いかけ　ἐρώτησις　18. 1-2
道化ている　παίζω　3. 2
頭語反復　ἐπαναφορά　20. 2-3
同調させる　συνεξομοιόω　39. 2
特質　εἰδοποιία　18. 1
独自の　ἴδιος　44. 12
特性　χαρακτήρ　22. 1
　—に応じて　ἀριστίνδην　10. 7
特徴　ἰδίωμα　10. 6
　—になる　ἴδιος　9. 11; 9. 13; 44. 6
とげのない　ἄκεντρον　21. 1
ともに霊感（熱狂）で満たす　συνενθουσιάω　13. 2; 32. 4
トロカイオス（cf. 101頁註（6））　τροχαῖος　41. 1
度を越す　προεκπίπτω　15. 8; 38. 1
貪欲　πλεονεξία　31. 1; 44. 7; 44. 10

ナ　行

長さ　μῆκος　39. 4; 42
なぞらえる　παρεικάζω　9. 13; 12. 4
並はずれた　ὑπερτεταμένος　10. 1; 12. 5
滑らかなもの　λειότης　21. 1
日常生活を描く　βιολογέω　9. 15
日常的　ἰδιωτικός　43. 1
日常表現　ἰδιωτισμός　31. 1
人称　πρόσωπον　23. 1; 26. 1
　—転換　πολυπρόσωπος　27. 3
音色　φθόγγος　39. 2-3
熱狂する　κορυβαντιάω　5
能力　δύναμις　1. 4; 8. 1

ハ　行

配語法（cf. 23頁註（5））　σύνθεσις　8. 1; 34. 2; 39. 1; 39. 3; 40. 3
配置　τάξις　1. 4
配列　οἰκονομία　1. 4
拍　χρόνος　39. 4
迫力　δύναμις　34. 4
バッコスの熱狂　βακχεία, βάκχευμα　16. 4; 32. 7（cf. 15頁註（2））
発想　εὕρεσις　1. 4
派手好み　ῥωπικός　3. 4
派手やかにする　προστραγῳδέω　7. 1
話を展開させる　διεξοδεύω　34. 2
ハーモニー（cf. 97頁註（3））　ἁρμονία　28. 2; 39. 1; 39. 3-4; 40. 1; 40. 4
速さ　τάχος　12. 4; 34. 4
パレンテュルソス　παρένθυρσος　3. 5
伴奏　παράφωνος　28. 1
判断（力）　ἐπίκρισις　6, 33. 1
判断する　ἐπικρίνω　12. 5; 36. 4
判定　κρίσις　6; 7. 4; 44. 9
　—者　κριτής　14. 2; 17. 1; 44. 9
　—する　κρίνω　34. 1; 35. 2
　—力　διάγνωσις　6
反復（cf. 61頁註（3））　ἀναφορά　20. 1
　—させる　ἐπιπολάζω　41. 1
反論する　ἀνθυπαντάω　18. 1-2
美　κάλλος　5; 17. 2; 20. 1; 30. 1; 39. 3; 43. 5
比較　σύγκρισις　4. 2
悲劇　τραγῳδία　3. 1; 33. 5
　—詩人　τραγῳδός　15. 8
　—の　τραγικός　3. 1; 15. 3; 30. 2
　—の題材とする　ἐκτραγῳδέω　15. 3
　—もどき　παρατράγῳδος　3. 1
卑小さ　μικρότης　33. 2; 43. 1
卑小にする　μικροποιός　43. 6; 44. 6
卑俗　ἰδιώτης　31. 2
　—である　ἰδιωτεύω　31. 2
肥大する　οἰδέω　3. 1; 3. 3-4
美点　καλά　32. 7; 33. 3; 34. 4
ひときわ偉大な　ὑπερμεγέθης　33. 2; 44. 1
皮肉　εἰρωνεία　34. 2
響き　ἦχος　39. 2
　—合う　συνηχέω　28. 1; 39. 4
　—のよい　εὔηχος　24. 2
　—の悪い　κακόστομος　43. 1
響く　φωνήεις　40. 1
非凡な　περιττός　3. 4; 35. 3; 40. 2
比喩　μεταφορά　32. 1; 32. 3-4; 32. 6-7; 37
　—的な　τροπικός　8. 1
　—表現（cf. 79頁註（4））　τροπικός　32. 2; 32. 6／τρόπος　12. 1; 32. 5; 32. 7
ピュリキオス（cf. 101頁註（6））　πυρρίχιος　41. 1
表現　ἑρμηνεία　5; 43. 3
　—が多彩　πολύφωνος　34. 1

—上の　λεκτικός　38. 5
—する　ἐκφωνέω　15. 6
—の　ἑρμηνευτικός　23. 1
—力豊かに　σημαντικῶς　31. 1-2
描写　διαγραφή　32. 5
—する　ἀναζωγραφέω　32. 5
—的　φραστικός　12. 5; 32. 6
標準語法　κυριολογία　28. 1
剽窃　κλοπή　13. 4
品格のある　κύριος　30. 1
貧弱　ταπεινότης　38. 6
—な　ταπεινός　1. 1; 3. 4
品のない　ἄσεμνος　5; 10. 7
風刺　μυκτήρ　34. 2
不快な　ἀμάλακτος　15. 5
深く考えさせる　ἀναθεωρέω　7. 3
—こと　ἀναθεώρησις　7. 3
複数（化）　πληθυντικός　5; 23. 2-3; 24. 1-2
不敬神　ἄθεος　9. 7
不敬な　δυσσεβής　4. 3
不自然な　ἀπεοικώς　22. 4
不死にする　ἀπαθανατίζω　16. 3
不死の　ἀθάνατος　9. 6; 44. 8
付帯する　παρακολουθέω　10. 3
無難　ἀσφάλεια　16. 4
—な　ἀσφαλής　33. 2
不毛　ἀφορία　44. 1
文　λέξις　39. 3
分割　διασπάω　27. 3
文芸　λόγος　2. 3; 3. 1; 7. 3; 29. 2; 36. 3; 44. 1
文彩　σχῆμα　8. 1; 16. 1-2; 17. 1-3; 18. 1-2; 20. 1; 27. 2; 29. 1-2; 32. 4; 38. 3
—表現　σχηματισμός　16. 2; 18. 1
—を使用する　σχηματίζω　17. 2
文飾　κόσμος　23. 1; 24. 2; 31. 1
平板にする　ἐξομαλίζω　9. 13; 21. 1
平明　ἀφέλεια　34. 2
変化　μεταβολή　5; 20. 3; 23. 1; 39. 2
変換　ἀντιμετάθεσις　26. 1
変形　μεταμόρφωσις　24. 2
弁論　λόγος　15. 2; 15. 8-9; 17. 1; 17. 3; 20. 2; 27. 3
弁論家　ῥήτωρ　1. 4; 8. 3; 9. 3; 11. 2; 15. 8; 15. 10; 17. 1; 30. 1; 32. 8; 34. 4; 44. 3-4
—［デモステネス］　ῥήτωρ　12. 3; 16. 4; 17. 2; 20. 2; 32. 2
弁論術（の）　ῥητορική　17. 2, 15. 2; 15. 8-9
忘我自失する　ἐξίστημι　3. 4
忘我自失の境地　ἔκστασις　1. 4; 38. 5
報告　ἀγγελία　43. 3／προσαγγελία　10. 7
冒頭　εἰσβολή　9. 9; 28. 2; 38. 2
本性（cf. 7 頁註（4））　φύσις　1. 1; 3. 1; 3. 3; 9. 7; 9. 11; 15. 3; 20. 3; 22. 3; 33. 2; 39. 3; 44. 6
—に従う（をもつ）　φύω　1. 2; 32. 4

マ　行

前置きする　προϋποτίθημι　1. 3; 9. 3
前口上　προοίμιον　38. 2
魔術をかける　κηλέω　39. 3
間のびした　ἀβλεμής　29. 1
魔法　θέλγητρον　39. 2
まやかし　σόφισμα　17. 2
見かけ倒し　φλοιώδης　3. 2; 10. 7
見苦しい　ἀσχήμων　43. 6
見苦しく思われる　ἀσχημονέω　3. 5; 4. 7
短い　βραχύς　42. 1
見せかけ　φαντασία　7. 1
—る　συνεμφαίνω　22. 3
密集　πύκνωσις　10. 1
—する　σύγκειμαι　41. 3
実り豊か　γόνιμος　8. 1; 31. 1; 44. 3
魅了する　κατακηλέω　30. 1
魅力ある　ἐπαφρόδιτος　34. 2
民衆的な　δημώδης　40. 2-3
無惨な　δειλός　2. 1
矛盾　ὑπεναντίωσις　10. 3
無駄話　λῆρος　9. 14
無秩序　ἀταξία　20. 2-3
明快　ἐμφανιστικός　31. 1
明晰　σαφήνεια　11. 3
目につかなくする　ἐξαμαυρόω　17. 2
目をくらませる　πανουργέω　17. 1-2
模像　μίμημα　39. 3
もったいぶった　σχολικός　3. 5; 10. 7
もっともらしい　πιθανός　1. 4; 38. 5
物語的　μυθικός　9. 14; 15. 8
物語めいた　μυθώδης　9. 13; 15. 8
物々しい　κομπώδης　23. 4
模倣（する）　μίμησις, μιμέομαι　13. 2; 15. 12; 22. 1, 18. 2; 34. 2; 43. 5

文句　λέξις　27. 3

ヤ　行

躍動する　ἐναγώνιος　9. 13; 15. 9; 22. 1; 25; 26. 1
有益さ　ὠφέλεια　1. 1; 36. 1; 44. 11
優雅な　γλαφυρός　10. 6; 33. 5
有機体　σύστημα　40. 1
優美　χάρις　1. 4; 34. 2
　—な　ἐπίχαρις　34. 3
豊かな流れ　χεῦμα　13. 1／χύσις　12. 4-5
ユーモア　παιδιά　34. 2
揺らぐことのない　ἀναφαίρετος　36. 2
幼稚　παιδαριώδης　4. 1
用法　χρῆσις　2. 2; 16. 2
欲望　ἐπιθυμία　32. 5; 44. 6; 44. 9
呼びかけ　προσφώνησις　26. 3
余分な　περιττός　2. 3; 30. 1

ラ　行

リズム　ῥυθμός　39. 2; 39. 4; 41. 1-2
　—の終止　κατάληξις　41. 2
流暢でない　ἀδιάχυτος　34. 3
霊感　ἐνθουσιασμός　15. 1
　—で満たす　ἐνθουσιάω　3. 2
　—に満たされた　ἐνθουσιαστικός　8. 1; 8. 4
　—を吹きこむ　ἐμπνέω　16. 2
歴史　ἱστορία　12. 5; 14. 1; 30. 2
連辞省略（cf. 59頁註（5））　ἀσύνδετον　19. 2; 20. 1-3
連続した　συνεχής　11. 1; 20. 3; 32. 5
論証　ἀπόδειξις　16. 2-3
　—的　ἀποδεικτικός　15. 11
論題　πρᾶγμα　1. 4; 3. 5; 12. 2
論点　λῆμμα　10. 1; 11. 3

ワ　行

和音　συμφωνία　39. 2
わざとらしい　κομψός　41. 1
話題　τόπος　12. 2; 16. 1; 17. 1

ディオニュシオス

ア　行

悪趣味、趣味の欠如　ἀναίσθητος, ἀπειροκαλία　*Thu.* 46. 2; 51. 3, *Pom.* 2. 1 (*Dem.* 5. 5)
圧縮、凝集、凝縮させる（言葉の配列、文章を）、引きしまった表現　συστροφή, συστρέφω, συνάγω, πυκνόν, ἀγκύλος　*Thu.* 13. 3; 24. 3; 24. 11; 25. 4; 53. 1, *Dei.* 6. 4, *Pom.* 5. 3, *Amm II* 2. 2 (*Thu.* 24. 3; 24. 11)
生き生きした描写（筆致）　ἐνάργεια　*Mim. ep.* 2. 5; 3. 2; 3. 5; 5. 2; 5. 5, *Pom.* 3. 17; 4. 3
一貫性、首尾一貫、整合性、一致（文法等の）　σύνταξις, ἀκολουθία　*Mim. ep.* 5. 4, *Thu.* 24. 5; 37. 5; 41. 7; 42. 1; 49. 1; 53. 2; 53. 3, *Dei.* 6, 2, *Amm II* 2. 2 (*Thu.* 24. 5); 12. 1; 12. 2; 14. 2
意味されているもの、意味内容（表示形式の対概念として）　σημαινόμενον　*Thu.* 24. 6, *Amm II* 2. 2 (*Thu.* 24. 6); 13. 1
韻文、韻律、詩　μέτρον, μέλος, ποίημα, ποίησις　*Mim. fr.* 4-5; *ep.* 2. 1; 2. 8; 2. 13; 4. 1, *Thu.* 23. 7; 24. 11; 29. 4; 31. 1; 46. 2; 51. 4; 52. 4; 53. 2, *Pom.* 1. 8; 2. 1 (*Dem.* 5. 6); 2. 2, *Amm II* 2. 2 (*Thu.* 24. 1); 3. 1 ⇒散文
隠喩、暗喩（メタポラー）　μεταφορά　*Mim. fr.* 5, *Pom.* 2. 1 (*Dem.* 5. 5)　⇒比喩
迂言法（ペリプラシス）　περίφρασις　*Thu.* 29. 2; 29. 4; 31. 3-4; 32. 1; 46. 2, *Pom.* 2. 1 (*Dem.* 5. 5), *Amm II* 4. 1
美しさ、気品　κάλλος　*Mim. fr.* 2; *ep.* 1. 2; 1. 4-5; 2. 8; 2. 12; 3. 2; 3. 7, *Thu.* 27. 3; 48. 1-2, *Dei.* 8. 1, *Pom.* 3. 21; 4. 3; 5. 3
絵　ζωγράφημα　→絵画
押韻（ホモイオーシス、パロモイオーシス）　ὁμοίωσις, παρομοίωσις　*Thu.* 24. 9; 29. 5, *Amm II* 2. 2 (*Thu.* 24. 9); 17. 1
教え、教条（弁論術の）　παράγγελμα　*Mim. ep.* 2. 13; 4. 1, *Thu.* 19. 3; 22. 3, *Dei.* 7. 5; 7. 7; 8. 2; 8. 6, *Amm I* 1. 1

カ 行

絵画、絵　γραφή, ζωγράφημα　*Mim. ep. 1. 4*

画家、絵描き　ζωγράφος　*Mim. ep. 1. 4, Thu. 4. 2, Dei. 7. 7*

格、格変化（文法）　πτῶσις　*Thu. 24. 6; 37. 4-5, Amm II 2. 2 (Thu. 24. 6); 11. 1-3; 12. 2*

主—　ὀρθὴ, ὀνοματισκὸς πτῶσις　*Thu. 37. 5*

属—　γενικὴ πτῶσις　*Thu. 37. 5, Amm II 11. 2; 12. 2*

与—　δοτικὴ πτῶσις　*Amm II 11. 3; 12. 2*

対—　αἰτιατικὴ πτῶσις　*Amm II 11. 2-3*

拡大法（修辞技法上の）（アウクセーシス）　αὔξησις　*Mim. ep. 2. 5; 5. 1; 5. 5-6, Thu. 19. 2*

語り、陳述（弁論の構成部分）　διήγησις　*Mim. ep. 3. 8; 5. 1; 5. 4; 5. 6, Thu. 7. 3; 9. 3; 9. 5-6; 10. 3; 11. 1; 12. 1; 13. 3; 16. 2; 19. 3-4; 25. 1; 33. 2; 37. 2; 38. 1; 55. 4, Pom. 3. 9; 3. 11; 3. 14; 3. 20*

感覚、感性　αἴσθησις　*Thu. 4. 3; 15. 3; 27. 1; 27. 3; 50. 1, Dei. 8. 6*　⇒言葉にならない感覚

簡潔さ（文章の）　συντομία, βραχύτης　*Mim. ep. 2. 8; 2. 14; 3. 2, Thu. 5. 4; 23. 6; 28. 2; 36. 1, Pom. 3. 17*

冠詞　ἄρθρον, διάρθρον　*Amm II 2. 2 (Thu. 24. 6); 11. 1*　⇒分節語（補註 K 参照）

感情、情動、情熱、情念　πάθος　*Mim. ep. 2. 1; 2. 10-12; 3. 2; 3. 7, Thu. 2. 1; 4. 3; 23. 6; 23. 8; 42. 4; 48. 1; 48. 3; 53. 1, Dei. 6. 4; 7. 4, Pom. 3. 18; 6. 9*

換喩（メトーニュミアー、ヒュパラゲー）　μετωνυμία, ὑπαλλαγή　*Pom. 2. 1 (Dem. 5. 5)*

聴き手、聴衆、聴くこと　ἀκροατής, ἀκρόασις　*Mim. ep. 1. 5, Thu. 16. 2; 45. 3, Pom. 3. 10; 3. 12*

喜劇詩人　κωμῳδός　*Mim. ep. 2. 14*

稀語、珍しい語　γλωττηματικός　*Mim. ep. 3. 7, Thu. 24. 1, Amm II 2. 2 (Thu. 24. 1); 3. 1*

技術、技法、技法書　τέχνη　*Mim. fr. 1; ad.; ep. 1. 2; 1. 4-5; 5. 7, Thu. 4. 2-3; 9. 1; 19. 2-3; 27. 1; 27. 3; 34. 2-3, Dei. 7. 5; 8. 6, Amm I 1. 1; 10. 1, Amm II 1. 2*

規則（弁論術の）　παράγγελμα　→教え、教条

教養、教育　παιδεία　*Mim. ep. 1. 5, Thu. 50. 3; 51. 1, Pom. 1. 1; 1. 13*

均衡、均整、均斉　συμμετρία, σύμμετρος, τάξις, ὁμαλότης　*Mim. ep. 3. 12; 5. 6, Dei. 8. 6*

句（文章構造の）　κόμμα　*Thu. 22. 2*

区分、部分（文章構成法上の）　διαίρεσις, διαστολή　*Thu. 9. 1-2; 9. 4; 9. 10; 19. 1; 21. 2; 25. 4; 28. 2; 37. 4; 48. 2; 55. 4, Pom. 3. 10; 3. 13-14; 3. 20; 5. 1, Amm II 5. 1; 8. 1; 14. 3*

研究　ζήτησις, θεωρία, πραγματεία　*Mim. fr. 3, Pom. 3. 1; 3. 8*

—書　πραγματεία　*Pom. 2. 1*

—者、文芸—家、文芸愛好家　φιλόλογος　*Mim. fr. 6, Thu. 2. 3; 25. 2, Pom. 6. 1*

口語、日常会話調（の語彙、文）　διάλεκτος, λόγος ἰδιώτης　*Mim. ep. 3. 5; 3. 10, Thu. 50. 1, Pom. 2. 1 (Dem. 5. 3); 4. 3; 6. 9*

構想、意図、目的　προαίρεσις, πρόνοια　*Mim. fr. ad.; ep. 3. 9; 5. 1; 5. 7, Thu. 1. 1; 3. 1-3; 5. 2-3; 5. 5; 7. 3; 16. 4; 23. 8; 25. 2; 44. 2, Dei. 1. 2, Pom. 1. 4; 1. 13; 1. 17; 4. 1; 5. 6*

構文、文章構成、語順配列、配語法　σχηματισμός, σύνθεσις τῶν ὀνομάτων　*Mim. ep. 2. 2; 2. 6; 3. 5; 3. 10; 5. 4, Thu. 22. 1-2; 24. 2; 25. 4; 26. 1; 42. 1; 52. 4, Dei. 6. 2; 6. 4; 7. 3-4; 8. 2, Pom. 6. 9, Amm II 11. 2; 16. 1*

声、音、音声　φωνή, ἦχος　*Thu. 24. 2; 36. 1, Dei. 6. 4*

心地よさ（文の響きの）、快、心地よい　ἡδονή, ἡδύς　*Mim. ep. 2. 2; 2. 5; 2. 8; 3. 3; 3. 5; 3. 10; 4. 23; 5. 1; 5. 3; 5. 5, Thu. 23. 7; 25. 4; 27. 1; 28. 1; 29. 3; 36. 1-2; 47. 2; 51. 4; 55. 5, Dei. 6. 2, Pom. 2. 1 (Dem. 5. 2; 5. 4); 3. 17; 3. 19; 4. 3; 5. 5; 6. 9*　⇒不快

語順調整、音調、調和、調整　σύνθεσις τῶν ὀνομάτων, ἁρμονία　*Mim. ep. 2. 5; 2. 13;*

4. 1; 5. 4, Thu. 24. 2; 24. 11; 36. 1; Pom. 3. 14, Amm II 2. 2 (Thu. 24. 11)
語順配列、配語法　σύνθεσις τῶν ὀνομάτων →構文
古色蒼然たる趣　πίνος　Pom. 2. 1 (Dem. 5. 3)
誇張技法（デイノーシス）　δείνωσις　Mim. ep. 2. 5; 5. 3
誇張法（ヒュペルボレー）、誇大表現、大言壮語　ὄγκος, ὑπερβολή, κόμπος　Mim. ep. 2. 13, Pom. 2. 2
凝った言い回し（表現）、凝りすぎ　περιττολογία　Mim. ep. 2. 13; 3. 3, Thu. 23. 2; 54. 4, Pom. 2. 1 (Dem. 5. 4; 6. 2)
言葉づかい　λέξις, λεκτικὸς τόπος, διάλεκτος φράσις　→措辞、言い回し、表現
言葉にならない感覚、直覚力　ἄλογος αἴσθησις, τὸ ἄλογον　Thu. 4. 3; 27. 1; 27. 3　⇒理知的判断力
語法　ὀνομασία　Mim. ep. 4. 1, Thu. 5. 4; 8. 1; 28. 1; 48. 1; 50. 2, Pom. 3. 16, Amm II 3. 2
語法違反　σολοικισμός　Thu. 24. 7; 29. 1; 33. 2; 37. 4; 53. 2; 55. 2, Dei. 8. 2, Amm II 2. 2 (Thu. 24. 7); 11. 2
固有名詞　προσηγορικὸν (ὄνομα)　Thu. 24. 4, Amm II 2. 2 (Thu. 24. 4); 11. 1　⇒普通名詞、名詞
ゴルギアス風文彩　Γοργίειον σχῆμα　Thu. 24. 9; 46. 2, Pom. 2. 1 (Dem. 5. 6), Amm II 2. 2 (Thu. 24. 9); 17. 1

サ　行

材料（著作の）　ὕλη　→題材
散文　λόγος, πεζὴ λέξις, ψιλὸς λέξις　Thu. 1. 1; 23. 7, Amm II 2. 2 (Thu. 24. 1)　⇒韻文、詩
詩、韻文　ποίημα, ποίησις　Mim. fr. 4-5; ep. 2. 1; 2. 13; 4. 1, Thu. 23. 7; 24. 11; 29. 4; 31. 1; 46. 2; 51. 4; 52. 4; 53. 2, Pom. 1. 8; 2. 1 (Dem. 5. 6); 2. 2, Amm II 2. 2 (Thu. 24. 11); 3. 1　⇒散文
詩人　ποιητής　Mim. ep. 2. 7; 2. 9-10; 2. 14, Thu. 1. 1; 15. 3; 24. 6, Pom. 3. 1, Amm II 2. 2 (Thu. 24. 6)
時制（文法）　χρόνος　Thu. 24. 7, Amm II 2. 2 (Thu. 24. 7); 12. 1
自然（万象の始源、原理としての；人間の資質、生まれつきとしての；技術の基盤、模倣の対象としての；技術・技巧との関連で）　φύσις　Mim. fr. 6; ep. 3. 3, Thu. 11. 1; 12. 1; 24. 5; 42. 4; 50. 1; 52. 4; 53. 2, Dei. 6. 2-3; 7. 5-6, Pom. 3. 19; 5. 6; 6. 10, Amm II 2. 2 (Thu. 24. 5); 6. 1; 9. 2
実行（文章構成法上の）　χρῆσις　Thu. 34. 2-3　⇒布置配列
実戦弁論、実際的弁論　ἐναγώνιος λόγος, ἀληθινὸς λόγος　→弁論
字母　γράμμα　Thu. 24. 2
市民弁論　πολιτικὸς λόγος　→弁論
締めくくりの附言（修辞学理論上の）　ἐπιφώνημα　Thu. 48. 6
重厚、重々しさ（文章の）　βάρος, μεγαληγορία　Mim. ep. 3. 7; 5. 5, Thu. 23. 6; 24. 11; 27. 1, Pom. 2. 1 (Dem. 6. 2); 3. 18, Amm II 2. 2 (Thu. 24. 11)
修辞、修辞技巧、調整する（文章を）　κατασκευή, κατασκευάζειν　Mim. fr. 6; 7; ep. 2. 5; 5-6, Thu. 27. 2; 35. 2; 55. 2, Dei. 5. 4; 7. 3, Pom. 2. 1 (Dem. 5. 3; 6. 2; 6. 4); 2. 2; 3. 18
主題、論題　ὑπόθεσις, πρᾶγμα, πραγματικός τόπος, ὑποκείμενα　Mim. fr. 5; ad, Mim. ep. 1. 1; 2. 7; 3. 4; 3. 6; 3. 9; 3. 12, Thu. 1. 1; 2. 1-2; 5. 3; 6. 4; 7. 3; 9. 1; 17. 1-2; 21. 2; 25. 1-2; 36. 1; 51. 1; 52. 1; 54. 1; 55. 2, Dei. 6. 3; 7. 3, Pom. 1. 10; 2. 1 (Dem. 6. 1); 2. 2; 3. 2; 3. 4-7; 3. 14; 4. 1-2; 5. 1; 6. 2
受動形（文法）　παθητικόν　Thu. 24. 5, Amm II 2. 2 (Thu. 24. 5); 7. 1-2; 8. 1　⇒能動形
純正（なギリシア語、語彙、語法を使う）　καθαρός, καθαρεύω　Mim. ep. 2. 14; 3. 5, Thu. 5. 4; 23. 6; 36. 1; 41. 7; 42. 3; 48. 1, Pom. 3. 16; 4. 3; 6. 9
序（弁論の構成部分）、序論、冒頭部分、前置き　προοίμιον　Thu. 4. 3; 7. 3; 10. 2; 12. 2; 19. 1-3; 20. 1; 25. 1; 25. 3; 41, 4, Dei. 3. 3; 4. 1; 5. 4, Amm I 10. 3-6, Pom. 3. 3-6; 5. 4, Amm II 7. 2; 9. 2; 15. 1
情動、情熱、情動性　πάθος, παθητικόν

→感情
証明、立証、例証、実証、論証、証言 ἀπόδειξις, πίστις, παράδειγμα *Mim. ep. 1. 4, Thu. 2. 2; 8. 1; 12. 1; 19. 2; 25. 1; 34. 6; 43. 2; 47. 1; 55. 2, Dei. 6. 3, Amm I 1. 1; 2. 2; 3. 2; 4. 7; 7. 1-2; 8. 1; 10. 2; 11. 1; 11. 10; 12. 1; 12. 4; 12. 8, Pom. 1. 9, Amm II 1. 1-2; 2. 1*
女性形、女性名詞 θηλυκόν (γένος) *Thu. 24. 5; 37. 5, Amm II 2. 2; 10. 1; 11. 2* ⇒ 男性形、中性形
人格、性格，人格を表わす ἦθος, ἠθικός →人柄
真実 ἀλήθεια *Thu. 2. 1; 2. 3; 3. 3; 8. 1; 10. 3-4; 11. 1; 45. 5; 55. 5, Amm I 1. 2; 2. 1-3, Pom. 1. 3; 1. 14; 1. 16*
推論 συλλογισμός *Amm I 7. 1; 8. 1* ⇒ 説得推論、弁証術的推論
すばらしさ、驚く（驚嘆す）べきもの δεινότης, θαυμαστόν *Thu. 28. 1; 34. 2; 50. 2; 51. 3; 55. 4, Amm I 3. 2; 12. 8, Pom. 1. 2; 1. 7; 2. 1 (Dem. 6. 1; 6. 3); 3. 6; 3. 10; 6. 4; 6. 10*
性格、性格描写、人物造型、人物設定 ἦθος, τὰ ἠθικά、ἠθοποιία, προσωποποιία *Mim. ep. 2. 1; 2. 5; 2. 10-12; 2. 14; 3. 2-6; 4. 1-2; 5. 4, Thu. 34. 4; 45. 5, Pom. 3. 18; 4. 2; 5. 2*
正確、精確、的確、精緻、緻密、 ἀκρίβεια *Mim. fr. 1; ep. 2. 6; 2. 12; 3. 1, Thu. 6. 1; 9. 8; 13. 1; 23. 1; 35. 2, Dei. 1. 2; 4. 2; 5. 1; 5. 4; 6. 5; 7. 2, Pom. 1. 3; 2. 1 (Dem. 5. 2; 6. 3; 6. 4); 3. 15; 6. 8*
生気（文章の） ψῦχος *Pom. 4. 4*
接続詞（語） σύνδεσμος *Thu. 24. 6, Amm II 2. 2 (Thu. 24. 6)*
説得（力） πειθώ, πιθανότης *Mim. fr. 5; ad. ep 3. 3, Thu. 15. 1; 23. 7; 44. 1, Dei. 7. 2, Amm I 1. 2; 4. 5; 8. 1; 10. 3; 10. 6, Pom. 3. 19; 5. 3*
説得推論 ἐνθύμημα *Thu. 24. 8; 34. 2-3; 37. 7; 38. 2; 39. 6; 41. 7; 42. 1; 42. 4; 45. 5; 46. 1; 53. 3, Dei. 6. 3, Amm I 7. 1; 11. 2; 12. 2; 12. 5, Pom. 3. 20; 5. 3, Amm II 2. 2 (Thu. 24. 8); 15. 1; 16. 1* ⇒弁証術的推論
前置詞 πρόθεσις *Thu. 24. 6, Amm II 2. 2 (Thu. 24. 6)*
総合文（文章構造の） περίοδος *Mim. ep. 3. 11; 5. 2, Thu. 22. 2; 31. 1, Pom. 5. 4; 6. 10*
荘重、崇高、壮大（文体、文章の） μεγαλοπρέπεια, μεγαλοπρεπὴς χαρακτήρ, ὕψος, ὑψηλός *Mim. fr. 5; ep. 2. 1; 2. 5; 2. 7; 2. 10; 2. 13-14; 3. 2; 3. 5; 3. 10; 4. 1-2; 5. 3, Thu. 23. 6; 48. 1; 50. 2; 55. 2, Dei. 7. 4, Pom. 2. 1 (Dem. 5. 1; 7. 1); 2. 5-6; 4. 1; 4. 3; 6. 9*
挿入（文章法上の） παρεμβολή *Mim. ep. 3. 12, Thu. 24. 8, Pom. 3. 14; 6. 11, Amm II 2. 2 (Thu. 24. 8); 15. 1*
措辞、言葉づかい、言い回し、表現 λέξις, λεκτικὸς τόπος, διάλεκτος, φράσις *Mim. fr. 4-5; ep. 1. 1; 2. 13-14; 3. 2-3; 3. 5; 3. 7-8; 4. 7; 5. 1; 5. 5-7, Thu. 1-1; 5. 5; 19. 2; 21. 2; 22. 1; 23. 2; 23. 5-7; 24. 1; 24. 4; 24. 10-13; 25. 1; 25. 4; 26. 1; 27. 1-3; 28. 2; 30. 1; 33. 1-2; 34. 1; 35. 3-4; 36. 1; 37. 7; 41. 7; 42. 1; 42. 4; 44. 3; 46. 1; 47. 2; 48. 1; 49. 1-2; 50. 2-4; 51. 1-2; 51. 4; 52. 4; 53. 2-3; 54. 4; 55. 1; 55. 4, Dei. 6. 2; 7. 3-4; 11. 16; 13. 4, Pom. 2. 1 (Dem. 5. 4); 2. 2; 2. 6; 3. 18-19; 4. 4; 5. 3-4; 6. 9-10, Amm II 2. 2 (Thu. 24. 1; 24. 11-12); 4. 1; 5. 1; 6. 1; 8. 1; 9. 2; 11. 2; 12. 1; 15. 1; 16. 1*
塑像、画像、肖像 πλάσμα, εἰκών *Mim. ep. 1. 2, Pom. 4. 1*

タ　行

題材、素材、材料 ὕλη *Mim. ep. 1. 1; 2. 4; 2. 8; 2. 14; 3. 1; 3. 3-4, Thu. 1. 1; 5. 5; 8. 3; 9. 1; 21. 1; 22. 1; 25. 1; 26. 1; 34. 1-2; 34. 4; 47. 2, Pom. 1. 10; 1. 15; 3. 15-16; 4. 1-2; 5. 5; 6. 6; 6. 8; 6. 11*
代作者（弁論の） λογογράφος *Dei. 2. 4; 11. 15*
対置（アンティテシス） ἀντίθεσις *Thu. 24. 9; 32. 2, Amm II 2. 2 (Thu. 24. 9); 17. 1*
代名詞 ἀντονομασία, ἀντωνυμία *Thu. 37. 5, Amm II 12. 2*
題目選定 κρίσις, ὑπόθεσις, πρᾶγμα, ὕλη *Mim.*

ep. 3. 9, Thu. 2. 2; 5. 3-4; 7. 3, Pom. 3. 2; 3. 6; 3. 14; 4. 1
対話　διάλογος　*Thu. 16. 1; 37. 1-2; 38. 1; 41. 4; 41. 7-8; 48. 1, Pom. 2. 1 (Dem. 6. 4; 7. 1)*
多彩さ，多彩な（文章の）　πολυτροπία, ποικίλος　*Mim. ep. 2. 10; 3. 9, Thu. 23. 7, Dei. 8. 6, Pom. 3. 11-12; 4. 2, Amm II 3. 2*
短所、欠点、欠陥　ἀτύχημα, κακία　*Thu. 3. 1-2; 24. 12; 28. 1; 34. 7; 35. 2; 52. 3, Pom. 1. 3; 1. 6; 1. 10; 2. 1 (Dem. 6. 4)*　⇒長所
単数形（文法）　ἑνικόν　*Thu. 24. 5; 37. 5; 48. 5, Amm II 2. 2 (Thu. 24. 5); 9. 1-2; 13. 1-2*　⇒複数形
男性形（文法）　ἀρρενικόν (γένος)　*Thu. 24. 5, Amm II 2. 2 (Thu. 24. 5); 10. 1; 11. 2*　⇒女性形、中性形
単調さ　ταὐτότης, ὅμοιον　*Pom. 3. 20; 5. 2; 5. 4; 6. 10*
知性　σύνεσις, διάνοια　*Mim. ep. 3. 8; 5. 6-7, Pom. 5. 6*
地方史、地方伝承　τοπικὴ ἱστορία　*Thu. 5. 3; 6. 1, Dei. 11. 17*
中性形（文法）　οὐδέτερον (γένος)　*Thu. 24. 5; 37. 5, Amm II 2. 2 (Thu. 24. 5); 10. 1*　⇒男性形、女性形
長所、美質、徳、特性（文章の）　ἀρετή　*Mim. ep. 2. 1; 2. 14; 3. 1-2; 3. 4; 5. 7, Thu. 1. 1-2; 3. 1-3; 5. 5; 24. 1; 28. 1; 34. 6; 36. 1; 42. 1; 45. 2; 49. 1; 52. 4; 55. 2-3, Dei. 8. 5, Pom. 1. 3; 1. 7; 1. 10; 1. 13; 2. 1 (Dem. 6. 5); 3. 16-20, Amm II 2. 2 (Thu. 24. 1)*　⇒短所
陳述、語り（弁論の構成部分）　διήγησις　*Mim. ep. 3. 8; 5. 1; 5. 6, Thu. 7. 3; 9. 3; 9. 5-6; 10. 3; 11. 1; 12. 1; 13. 3; 16. 2; 19. 3-4; 25. 1; 33. 2; 37. 2; 55. 4, Pom. 3. 9; 3. 11; 3. 14; 3. 20*
提示題目、提示部分（弁論の構成部分）　πρόθεσις　*Thu. 19. 2; 20. 1*
ディテュランボス（騒々しい大袈裟な文を指して）　διθύραμβος, διθυραμβικός　*Mim. fr. 4, Thu. 29. 4, Dei. 8. 1, Pom. 2. 1 (Dem. 6. 4); 2. 2*
適切さ　πρέπον, ἐπιεικής, εὐκαιρία　*Mim. ep. 2. 9-10; 3. 3, Thu. 8. 2; 10. 1; 18. 1; 26. 1; 34. 4; 41. 5; 44. 1-2, Dei. 6. 4; 8. 6, Pom. 2. 1 (Dem. 5. 6); 3. 9; 3. 13; 3. 15; 3. 20; 4. 2; 4. 4; 6. 2, Amm II 12. 2*
哲学　φιλοσοφία　*Mim. ep. 3. 5, Thu. 2. 2-3; 9. 1; 50. 3, Dei. 2. 2, Pom. 1. 13; 1. 17; 2. 2; 6. 5-6*
—者、自然（哲）学者　φιλόσοφος, φυσιολόγος　*Mim. ep. 4. 1-2, Thu. 3. 3; 8. 1; 51. 2, Amm I 1. 1; 3. 2; 6. 1; 7. 2; 8. 1; 9. 1; 11. 2; 12. 1-2; 12. 4; 12. 8, Pom. 1. 5; 1. 15; 3. 1; 4. 1; 6. 3*
手引き、手ほどき、入門書　εἰσαγωγή, ὁδηγός　*Mim. ep. 2. 13, Amm I 3. 1; 12. 3, Amm II 1. 2*
手本、模範　παράδειγμα, κανών, ἀφορμή　*Mim. fr. 2; 8; ep. 2. 1; 4. 3, Thu. 1. 2; 2. 2; 42. 5, Pom. 3. 16; 6. 11*
展開、進め方（文章構成法上の）　ἐξεργασία　*Thu. 9. 1; 13. 1; 15. 2; 15. 4; 16. 1; 19. 1-2; 45. 4, Dei. 8. 6, Pom. 3. 8*
転置語法（ヒュペルバトン）　ὑπέρβατον　*Thu. 31. 4; 52. 4*
動詞　ῥῆμα　*Thu. 22. 1; 24. 4, Amm II 2. 2 (Thu. 24. 4); 4. 1; 5. 1-2; 6. 1; 7. 1-2; 8. 1; 12. 1*
導入的部分（本論のための）　ἔφοδος　*Mim. ep. 5. 6, Dei. 8. 6*　⇒予備的部分
徳、徳性、美点（文章の）　ἀρετή　→長所
特性　ἀρετή　→長所
図書（館）目録、弁論目録　πίνακες　*Dei. 11. 18, Amm I 4. 3*

ナ　行

日常会話　ἰδιώτης　→口語
人称（文法）　πρόσωπον　*Thu. 24. 7, Amm II 2. 2 (Thu. 24. 7)*
能動形（文法）　δραστήριον, ἐνεργητικόν　*Thu. 24. 5, Amm II 2. 2 (Thu. 24. 5); 7. 1-2; 8. 1*　⇒受動形

ハ　行

配語法　σύνθεσις　⇒構文
激しさ、激情、激越な調子　δεινότης　*Mim. ep. 2. 8; 5. 5, Thu. 23. 8; 24. 11, Dei. 6. 4;*

8. 2, Pom. 6. 10, Amm II 2. 2 (Thu. 24. 11)
発想（弁論、著作における） εὕρεσις Mim. ep. 5. 6, Thu. 15. 1; 34. 2; 35. 2; 45. 5
比較、対照 παραβολή, παράθεσις Thu. 16. 4; 19. 1; 35. 4; 37. 1, Dei. 7. 3, Pom. 1. 6-9; 1. 11; 1. 14; 1. 17
引き延ばし ἀναβολή, μηκύνω, ἐκμηκύνω Thu. 13. 3; 19. 1, Pom. 2. 1 (Dem. 5. 4); 3. 12
悲劇 τραγῳδία Thu. 18. 4; 28. 2, Dei. 7. 3
—詩人 τραγῳδός Mim. ep. 2. 9-10
（文章の）必要不可欠な（要素）、（論題の）必要不可欠な部分 ἀναγκαῖον Mim. ep. 2. 13; 5. 1; 5. 6, Thu. 22. 2; 23. 2; 23. 6; 29. 5; 49. 1; 51. 1; 52. 1, Dei. 4. 1 →付帯的特性
人柄、性格 ἦθος Mim. ep. 2. 14; 4. 1, Thu. 18. 7; 52. 1, Amm I 1. 2, Pom. 3. 18
美徳、美質、美点、特性 ἀρετή, καλά →長所（文章の）
批判、批判する、非難、非難する ἐπιτίμησις, ἐπιτιμάω Thu. 2. 2-3; 3. 3; 7. 1; 9. 1; 10. 1; 35. 4; 44. 2; 52. 3; 55. 2, Amm I 10. 1, Pom. 1. 4; 1. 16; 2. 1 (Dem. 6. 3); 2. 2
比喩、隠喩（メタポラー） μεταφορά Mim. fr. 5, Thu. 24. 1, Amm I 8. 1, Pom. 2. 1-2
比喩的表現、比喩的修辞 τρόπος, τροπικὴ κατασκευή Mim. ep. 2. 10, Thu. 22. 1; 23. 5; 24. 1; 24. 7; 50. 2, Pom. 2. 1 (Dem. 5. 5); 2. 2, Amm II 2. 2 (Thu. 24. 1; 24. 7) ⇒標準的表現、標準的修辞
表現、言葉づかい ἑρμηνεία, ἀπαγγελία, φράσις ⇒文彩表現
表現の美しさ、美辞麗句 καλλιλογία, καλλιεπεῖν Mim. ep. 3. 7, Thu. 27. 1, Pom. 2. 1 (Dem. 5. 4); 5. 3
表示形式 σημαῖνον Thu. 24. 6, Amm II 2. 2 (Thu. 24. 6); 13. 1 ⇒（意味内容の対概念）
標準的表現、標準的修辞 κυρία λέξις Mim. ep. 10, Thu. 22. 1; 23. 5; 29. 6 ⇒比喩的表現、比喩的修辞
評論、論評、批評、評価 ὑποθήκη Thu. 1. 3; 3. 1; 8. 1; 34. 1; 34. 7; 45. 6, Pom. 6. 1
品詞、基本要素（言語の） μόριον, μόρια τοῦ λόγου, λέξεως μέρη Thu. 22. 1; 24. 3
敏速、スピード感（文章の） τάχος Thu. 24. 11; 24. 12; 48. 1; 53. 1, Amm II 2. 2 (Thu. 24. 11)
諷喩（アレーゴリアー）、寓話 ἀλληγορία Pom. 2. 1 (Dem. 5. 6)
不快 ἀνία, ἀηδία Thu. 27. 1; 41. 7; 49. 3, Pom. 2. 6 ⇒心地よさ
複数形（文法） πληθυντικόν Thu. 24. 5; 37. 5; 48. 5, Amm II 2. 2 (Thu. 24. 5); 4. 1; 9. 1-2; 13. 1-2 ⇒単数形
付帯的特性、付加的文飾 ἐπίθετον Thu. 22. 2; 23. 2; 23. 6, Pom. 2. 1 (Dem. 5. 5); 3. 17
布置配列、配置（文章構成法上の） οἰκονομία, τάξις Mim. ep. 2. 1; 2. 4; 3. 4; 3. 6; 3. 9; 5. 4, Thu. 9. 1; 10. 1; 11. 1; 12. 1; 35. 2; 35. 4, Dei. 5. 4; 6. 4; 8. 6-7, Pom. 3. 13; 4. 2; 5. 2; 6. 2
普通教育、普通教育課程 ἐγκύκλιος παιδεία (μάθημα) Thu. 50. 3
普通名詞 ὀνοματικόν (ὄνομα) Thu. 24. 4, Amm II 2. 2 (Thu. 24. 4); 11. 1 ⇒固有名詞、名詞
文芸愛好家、文芸研究家 φιλόλογος Mim. fr. 6, Thu. 2. 3; 25. 2
文彩、文彩形式、文彩表現 σχῆμα, σχηματισμός, τρόπος Mim. ep. 2. 5; 2. 8; 3. 3; 3. 7; 3. 11, Thu. 22. 2; 23. 5; 23. 7; 24. 2; 24. 7-9; 24. 11; 27. 2; 29. 1; 29. 5; 33. 2; 35. 3; 37. 4; 42. 1; 42. 4; 47. 3; 48. 4; 49. 1; 53. 2; 54. 6; 55. 2, Dei. 6. 4; 8. 6, Pom. 2. 1 (Dem. 5. 6); 5. 4; 6. 10, Amm II 2. 2 (Thu. 24. 2; 24. 7-9; 24. 11); 3. 2; 10. 1; 17. 1
分詞（文法） μετοχή, μετοχικόν ὄνομα Thu. 24. 6, Amm II 2. 2 (Thu. 24. 6); 11. 1-2; 12. 2
文飾、修辞技巧、装飾性、飾る κόσμος, κατασκευή, κοσμέω Mim. ep. 5. 2; 5. 4; 5. 7, Thu. 23. 2; 42. 4; 53. 2, Pom. 2. 1 (Dem. 5. 1; 5. 5; 6. 1)
文節（文章構造の） κῶλον Thu. 22. 2; 29. 2

分節語、指示分節語　ἄρθρον　Thu. 24. 6; 37. 5　⇒冠詞
文体　λέξις, λεκτικός, λόγος, χαρακτήρ, ἑρμηνεία　Mim. fr. 6; 7; ep. 1. 2: 3. 1; 3. 4; 3. 10; 5. 7, Thu. 3. 2-3; 23. 1; 24. 1; 25. 1-2; 33. 2; 37. 1; 43. 1; 49. 1; 50. 1-2; 50. 4; 51. 4; 55. 1, Dei. 1. 1; 5. 1; 5. 3-4; 6. 1; 7. 4; 8. 4; 9. 1; 11. 13-14; 11. 16-17, Pom. 1. 2; 1. 10; 1. 17; 2. 1 (Dem. 5. 1); 3. 15; 4. 1; 4. 3; 5. 6; 6. 9, Amm II 1. 1-2; 2. 2 (Thu. 24. 1); 17. 1　→措辞
文法　γραμματική　Thu. 51. 1
並置（パリソーシス、パリソン）　παρίσωσις, πάρισον　Thu. 24. 9; 29. 5, Amm II 2. 2 (Thu. 24. 9); 17. 1
ペリパトス学派　περιπατητικὴ φιλοσοφία　Amm I 1. 1
変化、書き替え（修辞技法上の）　μεταβολή　Thu. 53. 2
変化（歴史記述における）　μεταβολή　Pom. 3. 12
弁証術的推論　ἐπιχείρημα　Dei. 6. 3; 8. 6　⇒説得推論
弁明、擁護　ἀπολογία　Thu. 42. 4; 44. 1, Pom. 1. 17
弁論、演説　λόγος　passim
　審議弁論（議会演説）　λόγος συμβουλευτικός　Thu. 50. 4, Pom. 6. 1
　公的弁論　λόγος δημόσιος　Amm I 4. 1; 4. 6; 10. 1; 12. 3
　実戦弁論、実際的弁論　ἐναγώνιος λόγος, ἀληθινὸς λόγος, ἐναγώνιον πλάσμα　Thu. 23. 8; 53. 2, Pom. 5. 6
　市民弁論　πολιτικὸς λόγος　Mim. fr. 1; 4; 5; 8; ep. 2. 8, Thu. 2. 2; 27. 2; 29. 1; 53. 1; 54. 3; 55. 2, Dei. 2. 3, Amm I 2. 3, Pom. 1. 8-10; 6. 11
　民会演説　λόγος δημηγορικός　Thu. 16. 1; 16. 3-4; 17. 2; 23. 8; 34. 1; 35. 2; 42. 1; 43. 1-2; 44. 2; 48. 1; 49. 1; 53. 3; 54. 1; 54. 5; 55. 1; 55. 4, Dei. 1. 1, Amm I 3. 2; 4. 3-6; 10. 1-6; 11. 8; 12. 1, Amm II 5. 2; 14. 1
　法廷弁論　λόγος δικανικός　Thu. 23. 8; 50. 2; 50. 4; 53. 3; 54. 6; 55. 1; 55. 4, Dei. 9. 2, Amm I 3. 2; 4. 2; 4. 7; 7. 2; 10. 1-2; 11. 10; 12. 1; 12. 3
　葬礼弁論　λόγος ἐπιτάφιος　Thu. 18. 1; 18. 4-7, Amm II 4. 2; 9. 2; 16. 1
　演示弁論　λόγος ἐπιδεικτικός　Mim. ep. 5. 2
　祭典弁論　λόγος πανηγυρικός　Pom. 6. 1
弁論（作）家、演説者　ῥήτωρ　passim
弁論術　ῥητορικὴ τέχνη, κατασκευή　Mim. ep. 2. 13, Thu. 9. 1; 19. 3, Amm I 2. 3; 7. 2; 12. 8, Pom. 1. 17; 6. 5-6
母音連続、母音衝突（ヒアートゥス）　συμπλοκὴ φωνηέντων　Mim. ep. 3. 11, Pom. 6. 10
方言　διάλεκτος　Mim. ep. 2. 8; 3. 1, Thu. 5. 4; 23. 6
　アッティカ―　Ἀτθίς　Thu. 23. 4, Pom. 3. 16
　イオニア―　Ἰάς　Thu. 23. 4, Pom. 3. 16

マ　行

まとまり、段落（文章、論題の）　περιοχή, σῶμα　Thu. 25. 1; 25. 4, Pom. 3. 13-14
魅力　χάρις, τέρψις, τυπός, θέλξις　Thu. 33. 1; 34. 5, Dei. 8. 1, Pom. 3. 19; 4. 3　⇒優美さ
結び、結論、結末部分（弁論、歴史記述の構成部分）　ἐπίλογος, τελευταῖον μέρος　Thu. 20. 1; 29. 4; 52. 4, Pom. 3. 10; 5. 1, Amm II 15. 1
名詞　ὄνομα　Thu. 24. 3-4; 24. 6, Amm II 2. 2 (Thu. 24. 3-4; 24. 6); 4. 1; 5. 1-2; 6. 1; 9. 1; 13. 1-2　⇒普通名詞、固有名詞
明晰、分かりやすさ　σαφήνεια　Mim. ep. 1. 5; 2. 8; 2. 14; 3. 1; 3. 5; 3. 9-10; 4. 1; 4. 3; 5. 1, Thu. 5. 4; 9. 4; 9. 10; 23. 6; 25. 4; 28. 2; 31. 1; 31. 3; 36. 1; 42. 3; 48. 1; 54. 4; 55. 3, Dei. 6. 2, Pom. 2. 1 (Dem. 5. 4); 3. 17; 4. 3; 6. 2; 6. 9
名誉心、虚栄心　φιλοτιμία　Amm I 10. 1; 12. 6, Amm II 14. 1
目録　πίναξ (πίνακες)　→図書（館）目録、弁論目録
縺れ（文章の）　ἕλιξ, πλοκή　Thu. 29. 1; 29. 3-4; 48. 4
模範　κανών　→手本
物語、作り話　μῦθος　Mim. ep. 1. 2, Thu.

5. 3; 6. 5; 7. 1-2, Pom. 6. 8

ヤ　行

融合・融和（字母、言葉の配列の）　κρᾶσις, μῖγμα, μῖξις　*Mim. ep. 5. 7, Amm II 2. 2 (Thu. 24. 1)*
優美さ　χάρις　→魅力
雄弁　δεινότης, δεινός, δύναμις　*Mim. ep. 2. 14, Thu. 2. 2; 23. 6; 27. 1; 48. 1; 53. 1; 55. 2, Dei. 8. 6*
用語選択、言葉（語彙）の選択　ἐκλογὴ τῶν ὀνομάτων　*Mim. ep. 2. 6; 5. 2; 5. 4-5, Thu. 22. 1; 23. 7; 24. 1, Dei. 6. 3; 7. 1; 8. 6, Pom. 4. 3, Amm II 2. 2 (Thu. 24. 1)*
予備的部分・説明（本論のための）　προκατασκευή　*Dei. 8. 6*　⇒導入的部分

ラ　行

理知的判断力　τὸ λογικόν　*Thu. 27. 1; 27. 3*　⇒言葉にならない感覚、直覚力
立証（弁論の構成部分）　πίστις　→証明
類韻・類音（パロノマシアー）　παρονομασία　*Thu. 24. 9; 48. 3, Amm II 2. 2 (Thu. 24. 9)*
歴史、歴史書　ἱστορία　*Mim. ep. 3. 5; 3. 9, Thu. 2. 2-3; 5. 3; 5. 5; 7. 1; 8. 1; 9. 9-10; 19. 2; 23. 8; 24. 1; 42. 5; 44. 1; 50. 2; 51. 4, Dei. 3. 2; 13. 1, Amm I 11. 3, Pom. 1. 8; 3. 3; 3. 8; 3. 12; 3. 14-15; 4. 1; 4. 3; 6. 2-3, Amm II 2. 2 (Thu. 24. 1)*
歴史（作）家、歴史記述者、作家　συγγραφεύς　*Mim. fr. 8; ep. 3. 1; 3. 9, Thu. 1. 3; 2. 2; 5. 1-2; 5. 5; 6. 4; 8. 3; 9. 2-3; 9. 10; 15. 3; 18. 4; 21. 1-2; 23. 1-2; 23. 4; 34. 2; 34. 6; 35. 2; 40. 4; 42. 5; 50. 2; 51. 1; 51. 3; 52. 1; 52. 4; 55. 3-4, Pom. 3. 1-2; 3. 7; 3. 11; 3. 13; 3. 15; 3. 18; 3. 21; 6. 1; 6. 6-7; 6. 11, Amm II 1. 1-2; 2. 1; 16. 2; 17. 1*
朗読　ἀνάγνωσις　*Amm I 11. 9*
論争　ἀγών, ἔρις　*Mim. ep. 3. 7; 5. 2, Thu. 50. 1, Amm I 8. 1; 12. 4; 12. 6*
論題　πραγματικὸς τόπος, ὑπόθεσις　→主題

ワ　行

分かりやすさ　σαφήνεια　→明晰

引用文献一覧

ロンギノスおよびディオニュシオスの著作中で引用されている文献の一覧である。ただし単語は除いて文章の引用のみとする。各作家の個々の作品に付した数字は、巻、章、節番号などを表わす。引用文献の収載箇所はイタリック体で示した。

ロンギノス

（例） アイスキュロス『テーバイへ向かう七人の将軍』42-46 *15. 5*
は、アイスキュロス『テーバイへ向かう七人の将軍』42-46行が『崇高について』第15章５節で引用されていることを示す。

アイスキュロス
『テーバイへ向かう七人の将軍』
42-46 *15. 5*
51 *15. 5*
『エドノイ』(Radt)
断片58 *15. 6*
『オレイテュイア』(Radt)
断片281 *3. 1*
アラトス
『星辰譜』
287 *26. 1*
299 *10. 6*
アリステアス
『アリマスペイア』(Kinkel)
断片１＝７ (Bolton) ＝11 (Bernabè)
10. 4
アリストテレス
「断片」(Rose)
131 *32. 3*
アルキロコス
「断片」(West)
105-106 *10. 7*
イソクラテス
『民族祭典演説』
8 *38. 2*
エウポリス
『デーモイ』(Kassel-Austin)
断片106 *16. 3*
エウリピデス
『エレクトラ』
379 *44. 12*
『オレステス』
255-257 *15. 2*
264-265 *15. 8*
『タウリケのイピゲネイア』
291 *15. 2*
『バッカイ』
726 *15. 6*
『ヘラクレス』
1245 *40. 3*
『アレクサンドロス』(Nauck[2])
断片935 *15. 4*
『アンティオペ』(Nauck[2])
断片221 *40. 4*
『ステネボイア』(Nauck[2])
断片663 *39. 2*
『パエトン』(Nauck[2])
断片779 *15. 4*
旧約聖書
『創世記』
1. 3-9 *9. 9*
クセノポン
『キュロスの教育』
I. 5. 12 *28. 3*
VII. 1. 37 *25*
『ギリシア史』
IV. 3. 19＝『アゲシラオス』2. 12
19. 1
『ソクラテス言行録（ソクラテスの思い出）』
I. 4. 5 *32. 5*
I. 4. 6 *43. 5*

ディオニュシオス

（例） デモステネス『冠について（第18弁論）』208 *Thu. 54. 6*
は、デモステネス『冠について（第18弁論）』208節が『トゥキュディデス論』第54章 6 節で引用されていることを示す。

なお、引用されずに書名の言及にとどまる場合は収載箇所に＊を付した。また、偽作と伝わるものには書名の後に（偽）を付した。

主要訳語一覧

引用文を除く本文中の、文のつくり方、効果に関わる形容詞句を中心に、主要なギリシア語の訳語を示す。「→」で反義語、および関連語を示した。

ロンギノス

ἀγεννής　低劣
ἀγών, ἀγωνιστικός　緊迫感
ἀγώνισμα　試練
ἀδιάπτωτος　過ちのない
ἀδιάχυτος　流暢でない
ἁδρεπήβολος　壮大さを獲得する
ἄθεος　不敬神
ἀθροισμός　多種列挙
αἰώνιος　永遠の
ἀκμή　絶頂
ἀκολουθία　自然な並び方
ἄκρατος　純粋無雑、生硬な
ἀκρίβεια, ἀκριβής　正確（な）
ἄκρος, ἀκρότης　きわ立つ、最優先、頂点、極致、最後、徹底的
ἀλεξιφάρμακος　解毒剤
ἀλήθεια　真実、現実、誠実
ἀληθής　真（実）の、直截
ἀληθινός　現実に即した
ἀλληγορία, ἀλληγορικός　寓意（的）
ἅλς　機知
ἀμάλακτος　不快な
ἄμετρος　節度のない
ἄμουσος　悪趣味、音楽に縁のない
ἀνάγωγος　教養のない
ἀνάπαυλα　休止
ἀνάστημα　高まり
ἀναφορά　反復（cf. 61頁註（3））
ἀνηθοποίητος　性格描写が不十分
ἀντιμετάθεσις　変換
ἀξιοπιστία　信頼性
ἀξίωμα　厳かさ
ἀπαθής　感情を喚起しない
ἀπήχημα　こだま
ἀποδεικτικός　論証的
ἀπόδειξις　実証、論証
ἀπόκρισις　応答
ἀποστροφή　頓呼法（cf. 55頁註（2））
ἀπότομος　切り立った、苛烈な
ἀποτύπωσις　再現すること
ἀπόψυχος　生気がない
ἀρετή　武徳、長所
ἁρμόδιος　適合する
ἁρμόζω　調和させる
ἁρμονία　ハーモニー（cf. 97頁註（3））
ἄσεμνος　品（威厳）のない
ἄσκησις　修練
ἀστεῖος, ἀστεισμός　諧謔
ἀσύνδετον　連辞省略（cf. 59頁註（5））
ἀσφάλεια, ἀσφαλής　無難（な）
ἀταξία　無秩序
ἀτελής　不完全、完結してない
αὔξησις, αὐξητικός　拡大（法）、拡大した
ἀφέλεια　平明
βακχεία, βάκχευμα　バッコスの熱狂
βακχεύω　神懸かる
βάρος　重々しさ
βία　強制（力）
βραχύς　短い
γαῦρος　誇らしい
γενναῖος　高貴な、真正な、秀逸
γένος　種類、性［文法］
γλαφυρός　優雅な
γλυκύτης　好ましさ
γνήσιος　正統な
γόνιμος　実り豊か
δεινός　あざやかな、甚だしい、畏怖される、恐ろしい、すさまじい
δεινότης　恐ろしさ、すさまじさ
δείνωσις　誇張技法
δημώδης　民衆的な
διάγνωσις　判定力
διαγραφή　描写
διάνοια　心、思惟

διάρμα, διάρσις　気高さ
διάστημα　距離、異彩を放つもの
διατύπωσις　生き生きとした描写
διήγησις, διηγηματική　叙述
δόγμα　教説
δραματικός　行動にあふれる
δύναμις　重要さ、能力、力、機能、迫力
ἐγκωμιαστικός　賛辞弁論が得意な
ἐγκώμιον　賛辞（弁論）、賛美
εἰδοποιία　特質
εἴδωλον　姿、影像
εἰδωλοποιία　心像形成
εἰκαῖος　でたらめ
εἰκών　直喩
εἰρώνεια　皮肉
εἰσβολή　冒頭
ἐκλογή　選択
ἐκπάθεια　感情の高まり
ἔκπληξις, ἐκπληκτικός　驚愕（すべき）
ἔκστασις　忘我自失の境地
ἐμβριθής　重みのある
ἐμπαθής　激情に駆られる、感情をかき立てる
ἐμπνέω　霊感を吹きこむ
ἔμπρακτος　活力ある、現実的な
ἐμφανιστικός　明快
ἔμψυχος　生気ある
ἐναγώνιος　躍動する
ἐναλήθης　事実に即した
ἐνάργεια　生き生きとした描写
ἐναργής　生き生きとした
ἐνθουσιασμός　霊感
ἐνθουσιαστικός　霊感に満たされた
ἕξις　技能
ἐξοχή　卓越
ἐπαινετικός　称賛弁論が得意な
ἔπαινος　称賛
ἐπαναφορά　頭語反復
ἐπαφρόδιτος　魅力ある
ἐπεισόδιον　挿話
ἐπιδεικτικός　演示弁論、演示的
ἐπίκαιρος　ふさわしい状況
ἐπίκρισις　判断（力）
ἐπίλογος　エピローグ、結語
ἐπίνοια, ἐπινοητικός　創意（に富む）
ἐπιπνοία　神の息吹
ἐπισύνθεσις　組み合わせ
ἐπισφαλής　つまずきやすい
ἐπίτασις　強調
ἐπίχαρις　優美な
ἐπιχείρησις　推論
ἐποικοδόμησις, ἐποικοδομία　積み重ね
ἑρμηνεία, ἑρμηνευτικός　表現（の）
ἔρως　欲すること、愛、恋
εὐγένεια　生まれのよさ
εὐγενής　高潔な
εὔηχος　響きのよい
εὔκαιρος　時宜を得た
εὐμέλεια　快い音調
εὐπάλαιστρος　技量ある
εὐπίνεια　古色蒼然たる趣（cf. 77頁註（2））
εὕρεσις　発見
ζῆλος, ζήλωσις　趣味、競い合うこと
ἡδονή　心地よさ
ἡδυπάθεια　快適さ
ἡδύς　心地よい
ἠθικός　性格描写に優れる
ἦθος　性格（描写）
ἡρῷος　英雄詩脚
ἦχος　響き
θαῦμα　驚き
θαυμαστός　驚嘆すべき、驚くべき
θέμα　前提
θεωρία　観照、考察
θρασύς　大胆な
ἴδιος　特徴になる、自分の、固有の、もとの、独自の
ἰδίωμα　特徴
ἰδιώτης　卑俗、アマチュア
ἰδιωτικός　日常的
ἰδιωτισμός　日常語
ἴζημα　低調
ἰσόθεος　神にも等しい
ἰσχυρός　強固な
ἰσχύς　力強さ
καθαρός　純正な、明るい
καινόσπουδος　新奇さを追い求める
καιρός　好機、状況、時宜
κακία, κακόν　欠陥
κακόστομος　響きの悪い
κάλλος　美

κατάληξις　リズムの終止
καταρρυθμος　あまりにリズミカルな
κατασημαντικός　生彩を放つ
κατασκευή　議論
κατόρθωμα, κατόρθωσις　成功
κενός　空疎な
κέντρον　鞭、辛辣さ
κλῖμαξ　漸層法（cf. 67頁註（1））
κλοπή　剽窃
κομπώδης　物々しい
κομψός　わざとらしい
κορυβαντιασμός　狂乱
κόσμος　文飾、宇宙
κουφολογία　空疎な言辞
κρίσις　判定
κριτής　判定者
κυριολογία　標準語法
κύριος　まさる、重要な、権威をもった、主な、品格のある、有効な
κωμῳδία, κωμικός　喜劇（的）
λειότης　滑らかなもの
λεκτικός　表現上の
λέξις　語法、文句、文
λῆμμα　論点、着想
λῆρος　無駄話
λιτῶς　飾らない
λόγος　言葉、文芸、散文、言語表現、弁論（cf. 9 頁註（1））
μανία　狂気、まともでないこと
μεγαληγορία, μεγαλήγορος　偉大な表現（の）
μεγαλοπρεπής　堂々とした、荘重な
μεγαλορρήμων　偉大だという印象を与える
μεγαλοφροσύνη　偉大な精神
μεγαλόφρων　偉大な精神性
μεγαλοφυΐα, μεγαλοφυής　偉大な才能（の）
μεγαλοψυχία　偉大な魂
μέγας　偉大な
μεγεθοποιός　偉大さを形成する
μέγεθος　偉大さ（cf. 7 頁註（5））、大きさ
μέθοδος　方法、系統的方法
μειρακιώδης　稚拙な
μέλος　抒情詩、しらべ
μετάβασις　転換
μεταβολή　変化
μεταμόρφωσις　変形
μεταφορά　比喩
μετέωρος　浮ついた
μέτριος　節度ある
μέτρον　尺度、領域、規範、節度、韻律
μικροποιός　卑小にする、弱める
μικρός　瑣末な
μικρότης　卑小さ
μικροχαρής　軽薄な
μικροψυχία, μικρόψυχος　浅はか（な）
μίμημα　模像
μίμησις　模倣
μουσική　音楽
μυθικός　物語的
μυθώδης　物語めいた
μυκτήρ　風刺
νόημα, νόησις　思考
νόμος　規則
νοῦς　意味、意味内容、知性
ξένος　奇抜な
ὀγκηρός　重厚な
ὄγκος　重厚さ、大きさ
οἰκονομία　配列
οἶκτος　哀れみ
ὁμοείδεια　単調さ
ὄνομα　語句、語、名前
ὀξύς　さし迫った
ὄργανον　装置、道具
ὄψις　視覚、目、光景
πάθημα　出来事、情態
παθητικός　激した、激情的
πάθος　激情、感情、情動、災厄（cf. 15 頁註（3））
παιδαριώδης　幼稚
παιδεία　教養
παιδιά　ユーモア
πανηγυρικός　祭典演説
παράβασις　逸脱
παραβολή　喩え
παράβολος　危うさ
παράγγελμα　教則（本）、指摘
παράδειγμα　実例
παράλογος　意外な
παράστημα　高ぶり
παρατήρησις　感銘
παρατράγῳδος　悲劇もどき

παράφωνος　伴奏
παρέκβασις　脱線
παχύτης　重苦しさ
πεποιημένος　技巧的
περιγραφή　画定
περιεργασία　凝りすぎ
περίοδος　区切り、総合文（cf. 99頁註(6)）
περιουσία　過剰さ
περιπαθής　激しやすい
περιττός　余分な、非凡な
περίφρασις　迂言法
πεῦσις　疑問
πηγή　源泉
πιθανός　もっともらしい、弁が立つ
πίστις　立証、証明、説得力
πιστός　信じられる、説得力のある
πλάσις　形成、文脈
πλεονεξία　貪欲
πληθυντικός　複数化、複数
ποίημα, ποίησις　詩
ποιητής　詩人
πολιτικός　実社会の、社会の機微に通じる
πολυμορφία　多様化
πολυπρόσωπος　人称転換
πολύπτωτος　屈折反復
πολύφωνος　表現が多彩
πομπικός　式典向きの
πρᾶγμα　論題、事柄、出来事
πραγματικός　現実に即した
πρακτικός　現実的な
πρόθεσις　前置詞
προοίμιον　前口上
προσφυής　才能に恵まれた
προσφώνησις　呼びかけ
πρόσωπον　人物、人称、正面
πρωτεῖον, πρωτεύω　第一位の座（を占める）
πτῶσις　格［文法］
πύκνωσις　密集
ῥᾳθυμία　怠惰
ῥητορική　弁論術（の）
ῥήτωρ　弁論家
ῥυπαρός　汚れた、粗野
σαφήνεια　明晰
σεμνός　いかめしい
σεμνότης　威厳
σκέμμα　考察対象
σκῶμμα　洒落
σοβαρός　印象的な
σόφισμα　まやかし
σοφιστής, σοφιστικός　ソフィスト（的）
στόμφος　大言壮語
συγγένεια　類縁性
συγγενής　生来の
σύγγραμμα　著作
συγγραφεύς　散文作家、作家（cf. 9頁註(2)）
συγγραφή　著作
σύγκρισις　比較
συλλαβή　音節
συμπλήρωσις　結集すること
συμφωνία　和音
συναίρεσις　総合
σύνδεσμος　接続語
συνεχής　連続した、慎重な、次の
σύνθεσις　配語法
σύνθλιψις　接合
σύνοδος　集結、集めること
σύνταγμα　著作
συντομία, σύντομος　簡潔（な）
σύστασις　構成するもの
σφοδρός, σφοδρότης　強烈（さ）
σχῆμα　文彩
σχηματισμός　文彩表現
σχολαστισκός　衒学的
σχολικός　もったいぶった
τάξις　順序、配置、位置、秩序
ταπεινός　ありきたりの、卑しい、貧弱な
ταπεινότης　貧弱さ
τάχος　速さ
τέλειος, τέλεος　完全な
τέχνη, τεχνικός　技術（的な）
τεχνογράφος　技法書の作者
τεχνολογία　技法書
τόλμη, τόλμημα　大胆さ
τολμηρός　大胆な
τόνος　緊張
τοπηγορία　決まり文句の使用
τόπος　話題
τροπικός　比喩的な

τροπικός, τρόπος　比喩表現（cf. 79頁註(4)）
ὑγιής　そつがない、公平な
ὑγρός　軽やか
ὕλη　素材、題材
ὑπέρβασις, ὑπερβατός　転置（法）
ὑπερβολή　誇張
ὑπερέκπτωσις　誇張表現
ὑπερμεγέθης　ひときわ偉大な
ὑπερτεταμένος　並はずれた
ὑπερφυής　超絶した
ὑπόθεσις　主題
ὑπόμνημα　覚え書き
ὑψηγορία　崇高な表現
ὑψηλοποιός　崇高を形成する
ὑψηλός　崇高な
ὑψηλοφανής　崇高に見える
ὕψος　崇高
φαντασία　（視覚）イメージ（cf. 47頁註(1)）、見せかけ
φάντασμα　イメージ
φθόγγος　旋律、音色
φλοιώδης　見かけ倒し
φοβερός, φόβος　恐ろしい、恐ろしさ
φοιβάζω　神気で満たす
φοιβόληπτος　アポロンが乗り移った
φορά　勢い、運動、動き
φράσις, φραστικός　言葉づかい（の）
φραστικός　描写的
φρόνημα　心、精神
φυσικός　自然（本性）の
φυσιολογία　自然哲学
φύσις　本性、自然（本性）、才能（cf. 7頁註(4)）
φυσώδης　大仰な
φωνή　声、字句
φωνήεις　響く
χαρακτήρ　特性
χάρις　優美
χαῦνος　空っぽ
χρόνος　時制、拍
ψιλός　簡素な
ψυχή　魂、心、生命
ψυχικός　知的な、魂の
ψυχρός, ψυχρότης　白々しい、白々しさ

ディオニュシオス

ἀγεννής　卑しい、卑しげ、卑俗な　→ γενναῖος, εὐγενής
ἀγκύλος　きびきびした、凝縮された、（無理に）圧縮された、縮こまった
ἄγροικος　田舎（風）の　→ ἀστεῖος
ἀηδής, ἀηδία, ἀνιαρός, ἀνία　不快な、心地よさがない、嫌悪感を催す、不快　→ ἡδύς
ἄκαιρος, ἀκαιρία　時と所を得ない、場違い、見当違い、的外れ　→ καιρός
ἀκατάλληλος, ἀνακόλουθος　（文法的に）一致しない、非文法的、不整合の　→ ἀκόλουθος
ἀκατάσκευος　雑な、飾らない、繕わない、無造作な　→ ἐγκατάσκευος
ἀκόλουθος, ἀκολουθία　ふさわしい、整合性、連続性　→ ἀνακόλουθος
ἀκόμψευτος　飾らない　→ κομψός
ἀκόσμητος　気取りのない　→ κόσμος
ἀκριβής, ἀκρίβεια　正確な、詳しい、緻密な、きめ細かな、精緻、正確
ἀληθής, ἀληθινός, ἀλήθεια　真実の、真実らしい、実際的な、率直な、現実の、事実に密着した、実戦弁論風の、真実味　→ ἀναλήθης
ἄλογος　言葉にならない
ἀναίσθητος, ἀναισθησία　無神経な、無神経、悪趣味
ἀνεπιτήδευτος, ἀνεπιτηδευμένως　技巧的ではない、無造作に　→ ἐπιτετηδευμένως, ἐπιτηδεύειν
ἀντίτυπος, ἀντιτυπία　けわしい、衝突する、衝突（音声の）
ἀξιωματικός, ἀξίωμα　堂々たる、威風堂々、威厳
ἀπατηλός, ἀπάτη　誑かすような、誑かし
ἀπειρόκαλος, ἀπειροκαλία　悪趣味、趣味の欠如

ἀπερίσπαστος　切れ目のない
ἀπίθανος　説得力がない　→ πιθανός
ἁπλοῦς, ἁπλότης　単純な、直截な、簡明な、単純さ
ἀπνευστί　息をつく暇もなく
ἀποίητος　わざとらしくない　→ πεποιημένος, ποιητικός
ἀρχαικός, ἀρχαῖος, ἀρχαιοπρεπής, ἀπηρχαιωμένος, φιλάρχαιος　古めかしい、古風な、蒼古とした、古代の
ἀσαφής, ἀσάφεια　不明瞭な、不明瞭　→ σαφής
ἄσεμνος　厳粛さに欠ける　→ σεμνός
ἀσθενής, ἀσθένεια　弱々しい、力強さに欠ける、貧弱、能力不足
ἀστεῖος　都会的な、瀟洒な、洗練された
ἀσυνήθης　馴染みの薄い　→ συνηθής
ἀσύστροφος　締りのない
ἀσχημάτισμος　文彩に欠けた
ἀτεχνίτευτος　技巧を用いていない
ἄτοπος　場違いな、不都合な
Ἀττικισμός　アッティカ風の
αὐστηρός　荘厳な、厳格な、峻厳な
αὐτοφυής　自然に口をついて出た、自然、のままの、自然な
αὐχμηρός　そっけない
ἀφανής　不明瞭な、隠された　→ φανερός, ἐμφανής
ἀφελής, ἀφέλεια　簡素な、飾らない、簡素さ、平明
ἄχαρις, ἀχάριστος　優美さ（魅力）に欠ける、好ましくない　→ εὔχαρις, χάρις
ἄψυχος　生気に乏しい、人格（生命）を持たない、生彩を欠く　→ ἔμψυχος
βαρύς, βάρος　重厚な、低い（音調が）、重厚　→ ὀξύς
βέβαιος　確とした、しっかりした、どっしりした
βεβασανισμένος　強引な、傷めつけられた
βραχύς, βραχύτης　簡潔な、短い、簡潔さ　→ μακρός
γενναῖος, γεννικός　正々堂々とした、凛々しい、凛然とした、高貴な　→ ἀγεννής
γλαφυρός　優雅な
γλυκύς, γλυκύτης, γλυκαίνειν　甘い、甘美さ、甘く響く
γλωττηματικός　珍しい、稀語・珍しい語
γοητεύειν, γοητεία　魔法にかける、（語の響きの）まやかし
γραφικός　躍動感にあふれた
δαιμόνιος　才能に恵まれた、見事な、天才的な、超人的な、優れた
δεινός, δεινότης　巧妙な、強く印象づける、人を圧倒する巧妙さ、すばらしさ、激しさ、卓抜な、雄弁
διαυγής, διαφανής　透きとおった、透明な
διθυραμβικός, διθυραμβώδης　ディテュランボス調（もどき）の
δυνατός　効果的な、力強い
δυσεκλάλητος　表現しがたい
δυσεξέλικτος　解かりにくい
δυσπαρακολούθητος, δυσκαταμάθητος　（叙述に）ついて行きにくい、読みにくい、呑み込みにくい　→ εὐπαρακολούθητος
ἐγκατάσκευος　飾り立てた　→ ἀκατάσκευος
ἐμβριθής　重厚な
ἐμμελής　旋律性の豊かな
ἔμψυχος　生気みなぎる、みなぎるばかりの、
ἐναγώνιος, ἀγωνιστικός　法廷論争向き、論争向き、実戦向き、戦闘的な、闘魂の
ἐναργής, ἐνάργεια　鮮明な、生き生きした（筆致）
ἐναρμόνιος, ἁρμονία　調和のとれた、調和、構成
ἐξηλλαγμένος, ἐξαλλαγή　風変わりな、型破りの、風変わりな言い回し　→ κοινός, συνήθης
ἐπαχθής　嫌味な、憎々しげな
ἐπιεικής　適切な、穏当な、誠実な
ἐπιτρόχαλος　駆けるような、駆け足で（述べる）　→ ἐπιτρέχω
ἐρρώμενος, ῥώμη　力感みなぎる、力強さ
εὐγενής, εὐγένεια　品格ある、品格　→ ἀγεννής
εὐεπής, εὐέπεια　口調のよい、口調のよさ
εὔκρατος　→ κεραννύναι
εὐπαρακολούθητος　ついて行きやすい、読みやすい　→ δυσπαρακολούθητος

εὐπετής　容易な、楽な
εὔπορος　分かりやすい
εὐπρεπής, εὐπρέπεια　好ましい、慎み深い、容姿端麗な、好ましさ
εὔρυθμος　リズミカル、リズム感豊かな
εὐστομία, εὐφωνία　響きのよい言葉づかい、歯切れのよさ
εὔτονος, εὐτονία　緊張感みなぎる、緊張感
εὔχαρις　溢れる魅力の、瀟洒な、優雅な → ἄχαρις
εὐώδης　よい香りの
ζηλωτής, ζηλωτός　張り合う、羨望に値する、見倣う（真似る）べき
ἡδύς, ἡδονή, ἡδύνειν　心地よい、心地よさ、快、心地よくする → ἀηδής
ἠθικός　人格、性格を表わす、性格描写の
θαυμάσιος, θαυμαστός　驚嘆すべき、すばらしい、人を驚かす
θεατρικός　芝居がかった、芝居もどきの、大仰な
ἴδιος　独自の、独特の
ἰδιωτικός　ごく普通の、凡庸の、平凡な、素人の、通俗的
ἱλαρός　まぶしい、心楽しい
ἰσχνός　平明な
ἰσχυρός, ἰσχύς　力強い、確かな、力強さ
καθαρός, καθαρεύειν　純正な、純正な語彙の、にごりのない、純正なギリシア語を使う
καινός, καινότης　奇妙な（言い回し）、新奇さ → ἐξηλλαγμένος
καιρός　時宜、好機、勘所、ここぞという勘所 → ἄκαιρος, ἀκαιρία
καλλιεπεῖν, καλλιρρήμων, καλλιλογία　気品高い表現をする、気品高い表現、美辞麗句
κάλλος, καλός　気品、秀麗（な語彙）、立派な、気品高く美しい、気品
καλλωπίζειν, καλλώπισμα　（措辞に）化粧する、化粧
κατάγλωσσος　こじつけの
κατακορής　やたらとある、飽き飽きする
κατάλληλος　首尾一貫した、筋道の通った
κενός　空疎な、意味のない、空っぽの
κεραννύναι, εὔκρατος, εὐκέραστος　適度に整える、混ぜる（異なる文体を）、融合した、融合、調和の取れた
κεχυμένος　冗漫な
κοινός　一般的、普通の、日常的、ありきたりの → ἐξηλλαγμένος
κομψός　洗練された、優雅な、巧妙な → ἀκόμψευτος
κοσμεῖν, κόσμος　（言葉を）飾る、装飾、文飾
κύριος　標準的な（語法）、主要な → μεταφορικός
λαβύρινθος, σκολιός　迷路のような、曲がりくねった
λάλος　饒舌な
λεῖος, λεαίνειν　滑らかな、滑らかに響かせる → τραχύς
λελύμενος　のびやかな
λεπτός, λεπτότης　精妙な、精妙
λιγυρός　流麗な → τραχύς, πικρός
λιτός　淡々とした
λογικός　論理的な
μακρός　長たらしい、長い、冗長な、だらだら、くどくど → βραχύς
μαλακός　繊細な、力強さに欠ける
μέγα　重々しい、壮大な
μεγαλοπρεπής, μεγαλοπρέπεια　壮大な、荘重さ → μικρός
μεγαλός, μεγαληγορία　重々しい、高められた表現
μειρακιώδης, παιδιώδης　幼稚な、子供じみた、これ見よがしの
μεταφορικός　比喩（転義）的な（語法）→ κοινός
μικρός, μικρολόγος, μικρολογία　瑣末な、しみったれた（物言い） → μεγαλός
μικτός, μῖγμα　融合した、融合
μιμητικός　模倣した、そっくりな
μυστήριος, μυστήρια　秘められた
μυθικός, μυθώδης　物語風の
ξένος　耳慣れない、耳新しい → συνήθης
ὀγκώδης　大仰な
οἰκτρός　いたましい、憐憫を誘う、哀れ

な
ὁμαλός, ὁμαλότης　同質の、同質性、同一性、類似性
ὁμοειδής, ὁμοείδεια, ὁμοιότης, ταὐτότης　単調な、単調さ
ὀχληρός, διοχλέω　苛立ちを感じさせる、苛立たせる
παθητικός　感情に訴える、心を揺り動かす
παραιτητικός　（心を）宥める、（怒りを）鎮める
παχύς, παχύτης　粗雑な、いびつな（措辞）、不器用な（書き手）、不器用
πεποιημένος　人工的、造られた、詩のような　→ ἀποίητος
πεπλεγμένος, πλοκή　縺れた、こみいった、縺れ
περίεργος, πεπλεγμένος, περιεργία　手の込んだ、こみいった
περιττός, περιττῶς　非凡な、並はずれた、凝った、工夫を凝らした
πιθανός, πιθανότης, πειστικός　真実味のある、もっともらしい、説得的、真実味のある、人の心を動かす、説得力　→ ἀπίθανος
πικρός, πικραίνων, πικρότης　手厳しい、とげとげしい、刺すような、耳ざわりな、（耳を）刺す、手厳しい、辛辣さ、鋭さ　→ λιγυρός, λεῖος
ποιητικός, πεποιημένα　技巧的、詩的な、わざとらしい、人工的な　→ ἀποίητος
ποικίλος, ποικιλία, πολυειδής　多彩な、多様な　→ ὁμοειδής
πομπικός　絢爛たる、堂々たる
πρεπώδης, πρέπον　ふさわしい、適切さ
προσφυής　ぴったりの、よく馴染んだ、適切な
πυκνός, πυκνόειν　凝縮した、密度の高い、凝縮する
ῥυθμικός, εὔρυθμος, ῥυθμίζειν　リズミカルな、リズムをつける
σαφής, σαφήνεια　明晰な、明晰さ、分かりやすさ　→ ἀσαφής
σεμνός, σεμνότης, σεμνολογία　厳粛な、おごそかな、真摯な言葉
σκευωρία, σκευωρεῖσθαι　ひねくり回し（文章を）、ひねくり回す
σκληρός　生硬な、硬直した
σκοτεινός, σκοτίζω, σκότος　晦渋な、暗い、韜晦する、晦渋
σολοικοφανής　文法を逸脱した、語法違反の
σοφιστικός　ソフィスト的、こざかしい
στερεός, στριφνόν　堅固な、堅固さ
στιβαρός　雄渾な
στρογγύλος, στρογγυλίζειν　端的な、引き締まった、端的に言う
σύμμετρος, συμμετρία　調和のある、ほどよい、均斉、均衡　→ ἀσύμμετρος
σύμφωνος　調和した、万人の認める
συνεχής, συνέχεια　切れ目のない、絶えまない、一貫している、切れ目のなさ、継続性
συνήθης, συνήθεια　通常の、慣れ親しんだ、日常的な、習慣　→ ἀσυνήθης, ξένος, ἐξηλλαγμένος
σύνθεσις, συντιθέναι　語順配列、構文、（言葉を）配列する
σύντομος, συντομία　簡潔な、簡潔さ
σύντονος, τόνος, εὐτονία　緊張感のある、はりつめた、緊張感
σχηματισμός　文彩に富む
ταπεινός, ταπεινότης　卑しい、卑俗な、凡庸な、俗言鄙語
ταχύς　敏速な、スピード感のある
τετριμμένος　使いこまれた、踏みならされた（道）
τραγικός　悲劇風の、悲劇もどきの
τραχύς, τραχύτης, ἀποτραχύνειν, ὑποτραχύνειν　ごつごつした、荒削りな、荒々しい、（文章を）ごつごつした感じにする　→ λιγυρός, λεῖος
τροπικός　比喩的な
ὑδαρής　水っぽい
ὕπτιος　平坦な、締まりのない
ὑψηλός, ὕψος　崇高な、厳しい、崇高
φανερός, ἐμφανής　明瞭な　→ ἀφανής
φαῦλος　つまらない、卑俗な
φιλάνθρωπος　好ましい
φλύαρος, φλυαρία　無駄口の、たわごと
φορτικός　俗悪な、俗っぽい、卑近な（卑俗な）

χαρίεις, χάρις, χαριεντισμός　優美な、魅力、優美さ、洒落っ気　→ *ἄχαρις*

χλοερός　新緑の

χρήσιμος, χρειώδης　役立つ、有用な

ψυχρός　白々しい、空虚な、無味乾燥な

ὡραισμός, ὥρα, ὡραΐζεσθαι　(新緑などの)盛りの、輝き、きわ立つ

ディオニュシオス『模倣論』整理番号

		本書番号	U. / R. 番号	
断　片	第 1 巻	著者による概観	p. 197	
		断片 1	fr. II p. 200	
		断片 2	fr. III p. 200	
		断片 3	fr. V pp. 201-202	
	第 2 巻	著者による概観	p. 202	
		断片 4	fr. VIII pp. 214-215	
		断片 5	fr. IX pp. 215-216	
		断片 6	fr. X p. 216	
		断片 7	fr. X p. 217	
		断片 8	pp. 232-248	
	第 3 巻	著者による概観	p. 217	
	書名未詳	断片 9	fr. I p. 197	
第 2 巻『要約』		本書 126-141頁	fr. VI pp. 202-214	

略記号一覧

Aujac　*Denys d'Halicarnasse: Opuscules rhétoriques*, Tome V, établi et traduit par G. Aujac, Paris, 1992.

Rabe　*Syriani in Hermogenem Commentaria, Rhetores Graeci*, Vol. XVI, I-II, ed. H. Rabe, Leipzig, 1892-93.

U. / R.　*Dionysii Halicarnasei Opuscula*, Vol. II, ed. H. Usener et L. Radermacher, Leipzig, 1929.

Walz　*Δοξοπάτρου προλεγόμενα τῆς ῥητορικῆς*, *Rhetores Graeci*, Vol. VI ex codicibus Florentinis, Mediolanensibus, Monacensibus, Neapolitanis, Parisiensibus, Romanis, Venetis, Taurinensibus et Vindobonensibus, ed. C. Walz, Stuttgart, 1836, Osnabrück, 1968 reprinted.

Aujac 番号	出　典
A p. 26	*Dionysii Halicarnassensis Epistula ad G. Pompeium*, 3. 1
fr. 1 p. 26	*Syriani in Hermogenem Commentaria* (*Status*), Vol. II p. 4. 9 Rabe
fr. 2 p. 27	*Syriani in Hermogenem Commentaria* (*De Formis*), Vol. I p. 3. 16 Rabe
fr. 3 p. 27	*Syriani in Hermogenem Commentaria* (*De Formis*), Vol. I p. 5. 25 Rabe
B p. 28	*Dionysii Halicarnassensis Epistula ad G. Pompeium*, 3. 1
fr. 4 p. 28	*Syriani in Hermogenem Commentaria* (*De Formis*), Vol. I p. 10. 9 Rabe
fr. 5 p. 28	*Syriani in Hermogenem Commentaria* (*De Formis*), Vol. I p. 11. 19 Rabe
fr. 6a p. 29	*Syriani in Hermogenem Commentaria* (*De Formis*), Vol. I p. 12. 4 Rabe
fr. 6b p. 30	*Syriani in Hermogenem Commentaria* (*De Formis*), Vol. II p. 87. 16 Rabe
fr. 7 p. 30	*Dionysii Halicarnassensis Epistula ad G. Pompeium*, 3. 2-6. 11
Γ p. 30	*Dionysii Halicarnassensis Epistula ad G. Pompeium*, 3. 1
———	Doxopater: Walz, *Rhetores Graeci*, Vol. VI p. 17. 9
pp. 31-40	Codex Parisinus gr. 1741 folio 299-301

訳者略歴

戸高和弘（とだか　かずひろ）
大阪大学非常勤講師
一九六〇年　福岡県生まれ
一九九一年　大阪大学大学院人文科学研究科博士課程修了を経て
現在に至る

主な著訳書
『芸術学フォーラム』第七巻（共著、勁草書房）
『美の変貌――西洋美学史への展望』（共著、世界思想社）
クインティリアヌス『弁論家の教育1～4』（共訳、京都大学学術出版会）
ディオニュシオス／デメトリオス『修辞学論集』（共訳、京都大学学術出版会）
ルキアノス『偽預言者アレクサンドロス――全集4』（共訳、京都大学学術出版会）

木曽明子（きそ　あきこ）
大阪大学名誉教授
一九三六年　満州生まれ
一九六七年　京都大学大学院文学研究科博士課程修了
大阪大学、北見工業大学教授を経て二〇〇二年退職

主な著訳書
The Lost Sophocles (Vantage Press)
What Happened to Deus ex Machina after Euripides? (CTCWeb, ed. Showcase)
M・J・スメサースト『アイスキュロスと世阿彌のドラマトゥルギー――ギリシア悲劇と能の比較研究』（大阪大学出版会）
アイスキネス『弁論集』（京都大学学術出版会）
ディオニュシオス／デメトリオス『修辞学論集』（共訳、京都大学学術出版会）
デモステネス『弁論集2』（京都大学学術出版会）
デモステネス『弁論集3、4』（共訳、京都大学学術出版会）

古代文芸論集《こだいぶんげいろんしゅう》　西洋古典叢書　2017 第5回配本

二〇一八年一月十七日　初版第一刷発行

訳者　戸《と》高《だか》和《かず》弘《ひろ》
木《き》曽《そ》明《あき》子《こ》
発行者　末原達郎
発行所　京都大学学術出版会
606-8315 京都市左京区吉田近衛町六九 京都大学吉田南構内
電話 〇七五-七六一-六一八二
FAX 〇七五-七六一-六一九〇
http://www.kyoto-up.or.jp/
印刷／製本・亜細亜印刷株式会社

ISBN978-4-8140-0097-5

定価はカバーに表示してあります

3　桑山由文・井上文則訳　　3500 円
4　井上文則訳　　3700 円
セネカ　悲劇集（全 2 冊・完結）
1　小川正廣・高橋宏幸・大西英文・小林　標訳　　3800 円
2　岩崎　務・大西英文・宮城徳也・竹中康雄・木村健治訳　　4000 円
トログス／ユスティヌス抄録　地中海世界史　合阪　學訳　　4000 円
プラウトゥス／テレンティウス　ローマ喜劇集（全 5 冊・完結）
1　木村健治・宮城徳也・五之治昌比呂・小川正廣・竹中康雄訳　　4500 円
2　山下太郎・岩谷　智・小川正廣・五之治昌比呂・岩崎　務訳　　4200 円
3　木村健治・岩谷　智・竹中康雄・山澤孝至訳　　4700 円
4　高橋宏幸・小林　標・上村健二・宮城徳也・藤谷道夫訳　　4700 円
5　木村健治・城江良和・谷栄一郎・高橋宏幸・上村健二・山下太郎訳　　4900 円
リウィウス　ローマ建国以来の歴史（全 14 冊）
1　岩谷　智訳　　3100 円
2　岩谷　智訳　　4000 円
3　毛利　晶訳　　3100 円
4　毛利　晶訳　　3400 円
5　安井　萠訳　　2900 円
9　吉村忠典・小池和子訳　　3100 円

5　丸橋　裕訳　3700円
6　戸塚七郎訳　3400円
7　田中龍山訳　3700円
8　松本仁助訳　4200円
9　伊藤照夫訳　3400円
10　伊藤照夫訳　2800円
11　三浦　要訳　2800円
13　戸塚七郎訳　3400円
14　戸塚七郎訳　3000円
プルタルコス／ヘラクレイトス　古代ホメロス論集　内田次信訳　3800円
プロコピオス　秘史　和田　廣訳　3400円
ヘシオドス　全作品　中務哲郎訳　4600円
ポリュビオス　歴史（全4冊・完結）
1　城江良和訳　3700円
2　城江良和訳　3900円
3　城江良和訳　4700円
4　城江良和訳　4300円
マルクス・アウレリウス　自省録　水地宗明訳　3200円
リバニオス　書簡集（全3冊）
1　田中　創訳　5000円
リュシアス　弁論集　細井敦子・桜井万里子・安部素子訳　4200円
ルキアノス　全集（全8冊）
3　食客　丹下和彦訳　3400円
4　偽預言者アレクサンドロス　内田次信・戸高和弘・渡辺浩司訳　3500円
ギリシア詞華集（全4冊・完結）
1　沓掛良彦訳　4700円
2　沓掛良彦訳　4700円
3　沓掛良彦訳　5500円
4　沓掛良彦訳　4900円

【ローマ古典篇】
アウルス・ゲッリウス　アッティカの夜（全2冊）
1　大西英文訳　4000円
ウェルギリウス　アエネーイス　岡　道男・高橋宏幸訳　4900円
ウェルギリウス　牧歌／農耕詩　小川正廣訳　2800円
ウェレイユス・パテルクルス　ローマ世界の歴史　西田卓生・高橋宏幸訳　2800円
オウィディウス　悲しみの歌／黒海からの手紙　木村健治訳　3800円
クインティリアヌス　弁論家の教育（全5冊）
1　森谷宇一・戸高和弘・渡辺浩司・伊達立晶訳　2800円
2　森谷宇一・戸高和弘・渡辺浩司・伊達立晶訳　3500円
3　森谷宇一・戸高和弘・吉田俊一郎訳　3500円
4　森谷宇一・戸高和弘・伊達立晶・吉田俊一郎訳　3400円
クルティウス・ルフス　アレクサンドロス大王伝　谷栄一郎・上村健二訳　4200円
スパルティアヌス他　ローマ皇帝群像（全4冊・完結）
1　南川高志訳　3000円
2　桑山由文・井上文則・南川高志訳　3400円

1　内山勝利訳　　3200 円
セクストス・エンペイリコス　学者たちへの論駁（全 3 冊・完結）
1　金山弥平・金山万里子訳　　3600 円
2　金山弥平・金山万里子訳　　4400 円
3　金山弥平・金山万里子訳　　4600 円
セクストス・エンペイリコス　ピュロン主義哲学の概要　金山弥平・金山万里子訳　　3800 円
ゼノン他／クリュシッポス　初期ストア派断片集（全 5 冊・完結）
1　中川純男訳　　3600 円
2　水落健治・山口義久訳　　4800 円
3　山口義久訳　　4200 円
4　中川純男・山口義久訳　　3500 円
5　中川純男・山口義久訳　　3500 円
ディオニュシオス／デメトリオス　修辞学論集　木曾明子・戸高和弘・渡辺浩司訳　　4600 円
ディオン・クリュソストモス　弁論集（全 6 冊）
1　王政論　内田次信訳　　3200 円
2　トロイア陥落せず　内田次信訳　　3300 円
テオグニス他　エレゲイア詩集　西村賀子訳　　3800 円
テオクリトス　牧歌　古澤ゆう子訳　　3000 円
テオプラストス　植物誌（全 3 冊）
1　小川洋子訳　　4700 円
2　小川洋子訳　　5000 円
デモステネス　弁論集（全 7 冊）
1　加来彰俊・北嶋美雪・杉山晃太郎・田中美知太郎・北野雅弘訳　　5000 円
2　木曾明子訳　　4500 円
3　北嶋美雪・木曾明子・杉山晃太郎訳　　3600 円
4　木曾明子・杉山晃太郎訳　　3600 円
トゥキュディデス　歴史（全 2 冊・完結）
1　藤縄謙三訳　　4200 円
2　城江良和訳　　4400 円
ピロストラトス　テュアナのアポロニオス伝（全 2 冊）
1　秦　剛平訳　　3700 円
ピロストラトス／エウナピオス　哲学者・ソフィスト列伝　戸塚七郎・金子佳司訳　　3700 円
ピンダロス　祝勝歌集／断片選　内田次信訳　　4400 円
フィロン　フラックスへの反論／ガイウスへの使節　秦　剛平訳　　3200 円
プラトン　エウテュデモス／クレイトポン　朴　一功訳　　2800 円
プラトン　饗宴／パイドン　朴　一功訳　　4300 円
プラトン　ピレボス　山田道夫訳　　3200 円
プルタルコス　英雄伝（全 6 冊）
1　柳沼重剛訳　　3900 円
2　柳沼重剛訳　　3800 円
3　柳沼重剛訳　　3900 円
4　城江良和訳　　4600 円
プルタルコス　モラリア（全 14 冊）
1　瀬口昌久訳　　3400 円
2　瀬口昌久訳　　3300 円
3　松本仁助訳　　3700 円

西洋古典叢書　既刊全126冊（税別）

【ギリシア古典篇】
アイスキネス　弁論集　木曾明子訳　4200円
アキレウス・タティオス　レウキッペとクレイトポン　中谷彩一郎訳　3100円
アテナイオス　食卓の賢人たち（全5冊・完結）
1　柳沼重剛訳　3800円
2　柳沼重剛訳　3800円
3　柳沼重剛訳　4000円
4　柳沼重剛訳　3800円
5　柳沼重剛訳　4000円
アラトス／ニカンドロス／オッピアノス　ギリシア教訓叙事詩集　伊藤照夫訳　4300円
アリストクセノス／プトレマイオス　古代音楽論集　山本建郎訳　3600円
アリストテレス　政治学　牛田徳子訳　4200円
アリストテレス　生成と消滅について　池田康男訳　3100円
アリストテレス　魂について　中畑正志訳　3200円
アリストテレス　天について　池田康男訳　3000円
アリストテレス　動物部分論他　坂下浩司訳　4500円
アリストテレス　トピカ　池田康男訳　3800円
アリストテレス　ニコマコス倫理学　朴　一功訳　4700円
アルクマン他　ギリシア合唱抒情詩集　丹下和彦訳　4500円
アルビノス他　プラトン哲学入門　中畑正志編　4100円
アンティポン／アンドキデス　弁論集　高畠純夫訳　3700円
イアンブリコス　ピタゴラス的生き方　水地宗明訳　3600円
イソクラテス　弁論集（全2冊・完結）
1　小池澄夫訳　3200円
2　小池澄夫訳　3600円
エウセビオス　コンスタンティヌスの生涯　秦　剛平訳　3700円
エウリピデス　悲劇全集（全5冊・完結）
1　丹下和彦訳　4200円
2　丹下和彦訳　4200円
3　丹下和彦訳　4600円
4　丹下和彦訳　4800円
5　丹下和彦訳　4100円
ガレノス　解剖学論集　坂井建雄・池田黎太郎・澤井　直訳　3100円
ガレノス　自然の機能について　種山恭子訳　3000円
ガレノス　身体諸部分の用途について（全4冊）
1　坂井建雄・池田黎太郎・澤井　直訳　2800円
ガレノス　ヒッポクラテスとプラトンの学説（全2冊）
1　内山勝利・木原志乃訳　3200円
クセノポン　キュロスの教育　松本仁助訳　3600円
クセノポン　ギリシア史（全2冊・完結）
1　根本英世訳　2800円
2　根本英世訳　3000円
クセノポン　小品集　松本仁助訳　3200円
クセノポン　ソクラテス言行録（全2冊）